HEYNE BÜCHER

W0387240

Fantasy

Herausgegeben von Friedel Wahren

Von ANDREW HARMAN erschienen in der Reihe
HEYNE SCIENCE FICTION & FANTASY:

Der Appendix des Zauberers · 06/5394
Die Frösche des Krieges · 06/5395
Das Wurmloch ins Biblioversum · 06/5489 (in Vorb.)
Hundstage · 06/5534 (in Vorb.)
Fahrenheit 666 · 06/5633 (in Vorb.)

Weitere Romane in Vorbereitung

ANDREW HARMAN

DIE FRÖSCHE DES KRIEGES

Roman

Aus dem Englischen übersetzt
von
JAKOB LEUTNER

Deutsche Erstausgabe

WILHELM HEYNE VERLAG
MÜNCHEN

HEYNE SCIENCE FICTION & FANTASY
Band 06/5395

Titel der Originalausgabe
THE FROGS OF WAR
Aus dem Englischen übersetzt von
JAKOB LEUTNER
Das Umschlagbild malte KRZYSZTOF WLODKOWSKI

Umwelthinweis:
Dieses Buch wurde auf
chlor- und säurefreiem Papier gedruckt.

Redaktion: Friedel Wahren

Erstausgabe bei Arrow Books Limited (Legend Paperback edition),
Random House, London

Printed in Germany 1996
Umschlaggestaltung: Atelier Ingrid Schütz, München
Technische Betreuung: M. Spinola
Satz: Schaber Satz- und Datentechnik, Wels
Druck und Bindung: Elsnerdruck, Berlin

ISBN 3-453-09485-9

INHALT

Für Mum und Dad.

Ein ganz dickes Dankeschön
für die Bereitstellung
der zerebralen Fußleisten,
an denen ich meine intellektuellen
Spielsächelchen zu Schrott fuhr.

Und ein gewaltiger Applaus
für John, der so verrückt war …

I

VATERFREUDEN

Es war beinahe so, als spüre das Wetter, daß etwas ausgesprochen Unangenehmes bevorstand. Es war, als wären die Blitze, – Blitze, in denen sich eine Spannung von Millionen Volt entlud, Blitze, die jetzt, in den Stunden vor Morgengrauen den schwarzen Regenvorhang zerrissen und wimmelnd zur Erde fuhren –, als wären diese Blitze die nervösen Zuckungen eines gigantischen meteorologischen Geistes, der zitternd hinter dem Sofa hockte, nachdem er sich eine Nacht lang einen Horrorfilm nach dem anderen reingezogen hatte. Und dieses ganz besonders Unangenehme sollte sich jetzt ereignen. Hier. Und zwar schon bald.

Ein dröhnender Donnerschlag zerriß die knisternde Stille, mit der der sintflutartige Regen vom Himmel fiel, und rollte hallend über die Berge.

In einem Gebäude, das so kahl und leer war wie am Tag der Fertigstellung des Rohbaus, in dem nichts war, was auch nur im entferntesten brenn- und entflammbar gewesen wäre, in einem Gebäude, das – metaphorisch gesprochen – vor Scham erröten wollte, weil auch nicht der winzigste Fetzen (ein Stück Tapete oder irgendein Wandbehang) vorhanden war, hinter dem es seine architektonische Schlichtheit hätte verstecken können – in diesem Gebäude waren die Thaumaturgischen Physiker von Losa Llamas fieberhaft mit den letzten Abschlußarbeiten für ihr Experiment beschäftigt. Und während der

Regen wie ein tosender Katarakt prasselnd vom Himmel stürzte und die Elemente rasten und tobten, reichte Zhorrothustra, dessen hochgewachsene Gestalt in einen schwarzen Mantel gehüllt war, einem korpulenten Mann eine Tafelkreide, fünf Kerzenständer, einen Winkelmesser und einen Rechenschieber und zeigte ungeduldig auf den Fußboden, auf eine Stelle genau in der Mitte des Raums.

»Jetzt mach endlich, Zerro«, platzte Zhorrothustra los, »dalli dalli! Wir haben schließlich nicht die ganze Nacht lang Zeit.« Er zupfte an seinem Laborkittel und klopfte nervös mit seinem spitzen Schuh auf den Boden. Die graublauen Augen funkelten aufgeregt und gespannt, als Zerro jetzt daranging, Linien und Winkel auszumessen. Zhorrothustra lächelte selbstgefällig. Er genoß die Vorstellung, daß sie in Kürze schon im thaumaren Schulterschluß gegen die Mauern der Ignoranz anrennen und sie mit vereinter Kraft und mit einem einzigen gewaltigen Stoß niederreißen und dem hellen Licht der Aufklärung die Tür öffnen würden. Wie einen leuchtstarken Richtscheinwerfer stellte er sich dieses Licht vor – wenn Zhorrothustra ›Aufklärung‹ dachte, dann dachte er ›Militärische Aufklärung‹. Und war sich dabei – selige Unwissenheit – nicht im mindesten bewußt, daß sich die beiden Begriffe ungefähr so gut vertrugen wie Feuer und Wasser.

Wieder schlug der Sturzregen gegen das winzige Fenster hoch oben in der Steinmauer und übertönte mit seinem Tosen einen Augenblick lang das nervtötende Geräusch quietschender Kreide.

»Hör endlich mit diesem Gequietsche auf!« explodierte Zhorrothustra und trat nach dem auf dem Boden knienden Zerro. »Du weißt genau, daß ich das nicht ausstehen kann. Du tust das mit Absicht! So wie du's immer mit den Fingernägeln an der Tafel machst!«

»Nein ... Ich ...«

»Weitermachen!« brüllte Zhorrothustra.

Apathos strich sich das lange braune Haar aus den Augen, wühlte in den geräumigen Taschen seines Laborkittels, zog fünf große Talgkerzen heraus und zupfte nervös und umständlich an den Dochten. Warum ausgerechnet *er* die Kerzen anzünden mußte, das wollte ihm nicht in den Kopf. Er blies sich zwei, drei Haarsträhnen aus den Augen, fluchte stumm und verwünschte Zhorrothustra und machte sich dann aufs neue an den Dochten zu schaffen.

Allen fiel ein Stein vom Herzen, als endlich das Gequietsche der Kreide verstummte. Zerro stand auf, trat einen Schritt zurück, wandte sich an seine Kollegen und zeigte auf das Fünfeck, das er auf den Fußboden gezeichnet hatte. »Ich habe meine Schuldigkeit getan«, sagte er. »Das Pentagon ist vollendet.« Vor dem Fenster blitzte knatternd kaltes blaues Licht, erlosch wieder, und unmittelbar darauf folgte ein ohrenbetäubender Krach, wie ihn etwa mehrere tausend Tonnen stürzendes Gletschergeschiebe verursachen. Das Auge des Sturms rückte näher. Um besser sehen zu können.

Vorsichtig und langsam trat Apathos jetzt vor und stellte die Kerzen auf – in jede Ecke des Pentagons eine. Mit zitternden Händen zog er die Streichholzschachtel aus der Tasche, sandte ein stummes Gebet zum Himmel (adressiert an fünfzehn beliebig ausgewählte Gottheiten aus der Schar der Tausend Fanatischen Götter der wohlwollend gewährten Gunst), pfiff hurtig noch einen Psalm, um das Gemüt von Gott Chramboh zu besänftigen, dem Gereizten Pannenverursacher, und schluckte ängstlich. Plötzlich sah er sie wieder vor sich, die endlosen Zahlenreihen und Berechnungen, die an die riesige Wandtafel oben im ersten Stock gekritzelt waren. Und noch einmal wanderte er im Geist voll Sorge mit dem Zeigefinger die langen Reihen entlang, prüfte erneut und kontrollierte, machte die Gegenprobe, verglich und kontrollierte abermals. Und wieder fand er keinen Fehler: die Zahlen stimmten. Noch einmal durchlebte er jenen Moment entsetzlicher Angst, den Augenblick, als er festgestellt hatte ...: Der Raum ist zu klein, viel zu klein für diese Energiemenge! Mein Gott! *Gott!* Ganz gleich, welcher Gott, Hauptsache irgendeiner ... Hört überhaupt einer zu?

Stumm ließ er die endlos langen Monate stumpfsinnig geisttötender Rechnerei Revue passieren. Sie alle, das komplette Team, hatten zäh und unermüdlich alles getan, um seine Befürchtungen zu zerstreuen und seine Theorie zu widerlegen. Sie hatten die Größe der kritischen Masse überprüft, die inhärenten Zerfallskonstanten, die Rupturkoeffizienten, und waren immer wieder zum gleichen Schluß gekommen: Falls die resultierende Implosion nicht durch die thaumaturgischen Wellenleiter in Schach gehalten werden konnte und der Sophismuskoeffizient unter den Wert 4,8 abfiel, dann würde der starke Energiezuwachs eine Heliumkernfusion verursachen und in ihrer Folge die augenblickliche globale Verbrennung der Atmosphäre. Dieses Ergebnis war es gewesen, das Apathos zu seinem wissenschaftlich gesicherten Diktum veranlaßt hatte: »Wwwummm! Das war's dann, Freunde!« In den wenigen Gebieten, die zunächst noch der lückenlosen Verbrennung entgehen konnten*, würde bald darauf der Sauerstoffentzug einen tödlichen Preis fordern. Mit Schaudern dachte er an das alles verschlingende Flammenmeer und ließ die Zündhölzer fallen. Zhorrothustra fuhr den schlotternden Thaumaturgen an: »Machst du dir *etwa immer* noch Sorgen wegen des Sophismuskoeffizienten? Wir sind die Sache doch was-weiß-ich-wie-oft durchgegangen! Die Zahlen stimmen, das Pentagon hat die richtige Größe! Glaub mir: es kann nichts schiefgehen!« Er feixte so vertrauenerweckend wie eine Giftnatter. »Zünd endlich die Kerzen an. Wir verschwenden bloß Zeit.«

---

* etwa der in einer Tiefe von 6500 Meter unter der Oberfläche des Pathetischen Ozeans verlaufende Mariandlgraben

Apathos grinste matt, strich sich die Haare aus den Augen und riß ein Streichholz an. Und in diesem Moment, so exakt auf die Sekunde genau, daß es sich nur um einen Zufall handeln *konnte*, entlud sich direkt über ihm – begleitet von einem alle Sinne betäubenden Duett aus blendendhellem blauweißen Licht und ohrenbetäubendem Donner – eine drei Millionen Volt starke statische elektrische Spannung. Diese Spannung und der tödliche Schreck verursachten, daß sich ihm die Nackenhaare aufstellten. Apathos schrie und ließ das Streichholz fallen. Zhorrothustra verdrehte die Augen und fluchte leise.

Schlotternd nahm Apathos ein neues Streichholz aus der Schachtel und setzte es mit heftig bebenden Händen an die Reibfläche. Er schloß die Augen, konzentrierte sich intensiv und – wieder schüttelte es ihn, und wieder zerbrach ein Zündholz. Wütend und fluchend warf er es in die Ecke, biß sich auf die Lippen, hechelte und keuchte und nahm das nächste aus der Schachtel. Er haßte Feuer. Praxx konnte es nicht mehr länger mit ansehen. Sacht nahm er Apathos die Streichholzschachtel aus den zitternden Händen, und nur wenig später flammten fünf Talgkerzen auf und harrten trübe blakend der Dinge, die da kommen sollten.

Alles stand bereit. Die Kerzen warfen fünf zittrig flackernde gelbe Lichtkreise auf den kalten Steinboden, die thaumaturgischen Physiker standen im Karree um das Pentagon, drei von ihnen warteten ängstlich auf das Kommando des vierten. In wenigen Minuten war es soweit. Zhorrothustra fieberte diesem Augenblick entgegen, erwartungsvoll krümmte und streckte er in einem fort die langen Finger. Ihm war zumute wie einem Klippenspringer, der in der Haltung eines Gekreuzigten am äußersten Rand eines steilen und ungeheuer tief abfallenden Küstenfelsens stand und eines ganz genau wußte: nur ein Schritt noch, dann gab es kein Zurück mehr. Es konnte durchaus sein, daß er mit diesem Schritt einen Schritt zu weit gegangen war ... falls sich herausstellen sollte, daß im Moment Ebbe war. Dieses Projekt, das jetzt realisiert werden sollte – es war seine Idee gewesen, es war sein Kind. Nur er wußte tatsächlich, was sie in wenigen Stunden als Resultat ihrer Arbeit vor sich sehen würden ... Immer vorausgesetzt, die Große Kosmische Küstenwache hatte ihn korrekt über den Gezeitenwechsel informiert.

Und wie immer, wenn Zhorrothustra zornig oder erregt war, so intensivierte sich auch jetzt wieder der Blauton seiner blaugrauen Augen. Er war der Motor dieses Experiments, auf seinen knochigen hohen Schultern lag die Last der Verantwortung, die Pflicht, das Zeichen zum Einsatz des Cantus zu geben. Er zog sich die Kapuze seines Labormantels über den verfilzten schwarzen Lockenkopf und bereitete sich vor auf den Moment der Momente, auf den bis dato folgenschwersten Augenblick seiner Laufbahn. Es war still geworden. Selbst der wütende Sturm schien einzuhalten, sein riesiges Auge schielte verstört und voll meteorologischer Neugier durch das winzige Fenster. Im Raum stieg die Spannung, als die vier anfingen, sich mental auf den großen Moment einzustimmen. Jedem von ihnen war bewußt, daß ihr Versuch gefährlich war. Doch *wie* gefährlich es war, das wußte allein Zhorrothustra. Nur er konnte ermessen, wie tief sie in der Tinte sitzen würden, wenn die Wahrheit herauskommen sollte – oder wenn er und sein Team hier *nicht mehr* rauskommen sollten. Sein Innerstes, sein Herz riet ihm, daß er das, was er jetzt unternahm, besser nicht unternehmen sollte. Doch etwas, das noch tiefer lag als sein Herz, sein Bauch sagte ihm, daß er es tun mußte.

Jetzt war es soweit, jetzt, in diesen Stunden vor Morgengrauen. Und hier, in diesem verschlossenen Raum unter dem Erdboden, dessen Wände so mächtig waren, daß sie jeder freiwerdenden Energiemenge standhalten würden, hier lagen die Bretter, die für Zhorrothustra die

Welt und sein Leben bedeuteten, hier war die Bühne, auf der schon bald ein Höllenspektakel zur Aufführung kommen sollte.

Zhorrothustra stand mit dem Rücken zu dem winzigen Fenster, seine schwarzverhüllte Silhouette fiel über das vom Schein der Kerzen erleuchtete Pentagon. Tief verborgen im Schatten der Kapuze seines zeremoniellen Laborkittels begann er leise und klagend zu stöhnen. Ein Blitz konturierte mit kaltblauem Licht den Schattenriß seiner Gestalt, dröhnender Donnerschlag erstickte sein unirdisches Raunen – das Auge des Sturms war ein wenig zur Seite gerückt, um besser sehen zu können. Zhorrothustra hüstelte gereizt. Er fragte sich, ob jemals in der Geschichte der thaumaturgischen Wissenschaft ein anderer der großen thaumaturgischen Forscher solche Beeinträchtigungen durch die Elemente hatte erdulden müssen. Hatte etwa Grienietzsch bei seiner Arbeit am Konzept der Gravitationskonstante der Beschleunigung gegen den Wind ankämpfen müssen? War Pastor Lui bei der Zucht von Schimmelkulturen von Monsunstürmen und Flutwellen behindert worden? Hätte Dharrwyn jemals seine auf der Beobachtung von Eidechsen und Schildkröten basierenden Arbeiten für die Große Vereinheitlichende Theorie zur Schöpfungsgeschichte der Evolution vorlegen können, wenn er sich fünfzehn Stunden pro Tag vor Hagelschlag und Blitzgewimmel hätte verkriechen müssen? Zhorrothustra bezweifelte das.

Er verfluchte sein Geschick und stimmte aufs neue den Cantus an. Lauter diesmal – seine Verärgerung hatte ihn in seinem Vertrauen nur noch bestärkt. Ein Geräusch wie ein tiefes, rhythmisches Klagen, eine Mischung aus einem Brummton und den Geräuschen, die im Wartezimmer eines Zahnarzts zu hören sind, brachte seine Nasenflügel zum Schwingen. Zerro steckte sich den Finger ins Ohr, hielt einen Arm über das Pentagon ausgestreckt und stimmte mit ein. Was er aus dem breiten Resonanzkasten seiner Brust beitrug, brachte das Klangvolumen drastisch zum Ansteigen. Apathos schloß sich als letzter dem anschwellenden Gesang von Zerro, Praxx und Zhorrothustra an. Nur einmal, als Praxx den Ton nicht richtig traf, stotterte die ansonsten gleichmäßig schwingende, beschwörende Anrufungshymne – schließlich hatten sie das ganze zweitausendmal geübt. Dieser Vortrag war Vortrag Nummer 2001.

»NAAAAAAAAA«, stimmte Zerro an.

»NAAAAAAAAA«, stimmte Praxx ein, eine Quint darüber.

»NAAAAAAAAA«, kam Apathos dazu. Er sang eine Oktave über Zerro und komplettierte den Akkord.

»NA NAAA«, überbrüllte Zhorrothustra den chorditischen Radau.

»Wumm, Wumm, Wumm, Wumm, Wumm, Wumm, Wumm, Wummmmmmm.« Wie übersiedende Kesselpauken wummerten sie eine Weile unisono dahin, bis sie wieder von vorn anfingen. Zum zweitausendhundertsten Mal mußte Apathos jetzt feststellen, daß ihm wieder das Bild eines struppig behaarten Humanoiden durch den Kopf ging, der einen Schenkelknochen hoch in die urzeitlich klare Luft warf. Warum ihm das jedesmal wieder passierte – er hatte es nie herausgefunden.

Draußen rückte der Sturm, der die Darbietung ganz offensichtlich nicht sonderlich aufregend fand, unbehaglich hin und her und schleuderte mit verdoppelter elementarer Wucht seine Blitze zur Erde. Die tief in ihre Aufgabe versunkenen Thaumaturgischen Physiker beachteten ihn nicht.

»NAAAAAAAAA«, stöhnte Zerro aufs neue. Seine Kollegen stimmten mit ein, ihr Gejaule verband sich zu einem synergistischen Ganzen, und das Klangvolumen wuchs rapide an, nahm zu, wurde stärker und gewann an Resonanz. Ohne Vorwarnung hob Zhorrothustra die Hand und sang kontrapunktisch gegen den monastisch langsamen Rhythmus an. Was er sang – es erinnerte an

Sprache, es hatte Vokale, Konsonanten, Assonanzen, es reimte sich sogar in irgendeiner Form und war dennoch (von den in diesem Raum versammelten Männern einmal abgesehen) für niemanden verständlich. Es hörte sich an, als hätte man das Band einer Tonaufzeichnung eines alten Volkslieds sauber zerschnipselt, die Schnipsel in eine Olivenölmarinade eingelegt und anschließend in lockerer Folge wieder zusammengeklebt. Zhorrothustras dünne Stimme stieg und fiel und rutschte fortwährend aus der Tonart. Er mußte sich intensiv konzentrieren und hatte große Mühe, die komplex verflochtene Melodie zu halten. Die Anstrengung grub Runzeln und Furchen in seine unter den Falten der Kapuze verborgene Stirn. Es war ein furchterregender Anblick: die schwarzen zeremoniellen Laborkittel, die unter Kapuzen verborgenen Gesichter, der fremdartige heulende Klagegesang – für einen Außenstehenden mag es ausgesehen haben, als machten sich vier tollwütige Wermönche einen schönen Abend. Doch heute schien kein Vollmond, und hier sangen vier Thaumaturgische Physiker, die viele Jahre lang schwer gearbeitet hatten und in Kürze schon den krönenden Abschluß all ihrer Mühen und Plagen erleben sollten.

Zhorrothustra schwankte heftig wie in manischer Trance. Schweratmend intonierte Praxx den Grundton, der das harmonische Gerüst stützte. Knisternd sprang plötzlich ein Funke – seltsamerweise ein grüner Funke – von einer Kerze ab und landete genau im Mittelpunkt des Pentagons. Die Intensität der Beschwörungshymne nahm zu, die Lautstärke stieg deutlich um einige Dezibel, Zhorrothustras Stimme konnte kaum mithalten. Jetzt glitzerten auf den Rändern aller Kerzen grüne Funken – es sah aus, als hätten aus Wachs geformte flackernde Magneten türkisfarbene Feilspäne angezogen. Ein Hauch von Ozon hing in der Luft. Hoch über ihnen fuhr wieder ein Blitz zur Erde, und mächtig hallte das Grollen des Donners über die Berge. Der Sturm, der von diesen Darbietungen ganz offensichtlich so gelangweilt war wie von den Darbietungen einer erbärmlich unfähigen Truppe lustiger Musikanten, trollte sich und verzog sich hinter die Berge. Und trotzdem wurde diesmal das dröhnende Gepolter nicht schwächer, lange hallte es nach, tief und laut. Der Boden vibrierte, als wäre im Nebenzimmer eine Schar Steintrolle mit dem Umbau diverser kleinerer Kontinente beschäftigt. Der Cantus war bei diesem Lärm kaum mehr zu hören. Ein grüner Funke landete auf der Hakennase von Apathos, sprang wieder ab und fiel – nicht ohne ihm die Augenbrauen empfindlich versengt zu haben – auf den kalten Steinboden; ein ganzer Schwarm winziger grüner Funken flitzte und blitzte in Zerros Schnurrbarthaaren, die wie ein Geigerzähler im innersten Risikobereich eines Kernreaktors knatterten. Der Cantus strebte im Eiltempo seinem Höhepunkt zu, so mächtig und schnell, daß jeder von ihnen ein unerträgliches Kitzeln in der Nase verspürte. Zhorrothustra schrie die letzten Vokale beinahe hinaus, um das rumpelnde Getöse des Bodens zu übertönen. Und wie auf ein verabredetes Stichwort hin umklammerten die vier Zauberer die Handgelenke ihrer Nebenmänner und schlossen das Viereck um das Pentagon. Wie ein mächtiger Blitz jagte ein Energiestoß durch ihre Körper, die thaumaturgischen Wellenleiter bildeten ein Ganzes, thaumisch türkis leuchteten die von winzigen grünen Funken umzuckten Linien des Pentagons, das Gepolter war jetzt furchterregend laut. Und plötzlich barst der Boden! Es regnete Steintrümmer, sengende Hitze fauchte durch den Raum und spie heiße Gase wie ein roter Riese, der nach einem ganz besonders scharfen Chili zur Supernova geworden war. Glücklicherweise legte sich der Aufruhr genauso schnell, wie er entstanden war … Zurück blieb eine beklommene Stille.

Es war etwas geschehen. Etwas Schlimmes, Häßliches. *Es hatte funktioniert!* Anstrengung und Furcht ließen ihre Herzen hämmernd schlagen. Nach all den Jahren der

Vorbereitung würden sie das Resultat ihrer Mühen jetzt endlich sehen! Die vier Thaumaturgischen Physiker hatten die Augen fest geschlossen, das Quadrat, das sie bildeten, noch nicht unterbrochen. Sie lauschten angestrengt, keiner wollte der erste sein, der die Augen öffnete.

Und plötzlich hörten es alle. Hörten ein Geräusch, das sie bisher nicht gehört hatten – leise, stetig, langsam. Es klang wie die ruhigen Atemzüge zweier sehr großer und feuchter Wesen, die aufmerksam ihre Umgebung musterten. Zhorrothustra riskierte es als erster, schlug die kalten blauen Augen auf und blickte ungläubig auf die zwei dunklen Ungetüme, die er vor sich sah. Er schrie beinahe vor Freude. Da öffneten auch die anderen furchtsam die Augen – Apathos hätte sie am liebsten auf der Stelle wieder geschlossen.

Wenige Zentimeter vor ihren Augen, breit wie der Raum, den ihre acht Arme umspannten, ragten gewaltige Mauern auf, Mauern aus knotig-narbiger, feuchtglitzernder grüner Haut. Die Kreaturen hockten auf vier gewaltigen Beinen, auf lässig gespreizten schwimmhäutigen Füßen. Unterhalb des Kinns vibrierten im Taktschlag der Atmung gewaltige blaßgelbe Hautlappen, als pumpte in ihrem Innern ein mächtiger Blasebalg. Zhorrothustra unterbrach das Quadrat, trat einen Schritt zurück und sah voll Stolz auf das Paar.

Vor sich sahen sie den Lohn ihrer Mühen, die Frucht ihrer Arbeit. Vor sich sahen sie das ultimative Kriegsgerät, die Waffe der Waffen. Vor ihnen hockte – grausam, kalt bis ins Herz, dickhäutig und biologisch abbaubar: *Rana militaria,* der Kriegsfrosch. In zweifacher Ausführung.

Zhorrothustra grinste seine drei Kollegen an und flüsterte (und aus seiner Stimme war das heiser jubilierende Frohlocken des Bösen zu hören): »Nun werde ich der Todesengel sein!« Seine Mitarbeiter sahen ihn verwundert an.

Zerro drückte sich ängstlich an den riesigen Amphibien vorbei und bewunderte die säulendicken Beine: Unifrog-Ausstattung – absolute Geländegängigkeit! Reglos feucht hockten sie da und starrten auf die vier Männer, nur die Kehllappen pumpten gleichmäßig und gleichbleibend. Praxx schlich vorsichtig zur Tür. Damit hatte er nicht gerechnet! Das war gefährlich. Er hatte Angst, fühlte sich mißbraucht und kam sich gleichzeitig unsäglich dumm vor. Eine Aura beispielloser Macht und Gewalt umgab diese Kreaturen, es war beinahe mit Händen zu greifen, daß es ihnen an Respekt vor dem Leben (dem menschlichen Leben vor allem) radikal mangelte. Apathos zitterte wieder, zupfte sich nervös an den Haaren und stahl sich wie Praxx heimlich zur Tür. Immer und immer wieder kam ihm das eine Wort in den Sinn, mit dem man dasjenige bezeichnete, von dem er jetzt sehr viel, so viel wie nur irgend möglich brauchte: Abstand! Wenn etwa vierhundert Kilometer zwischen ihm und den Kreaturen lägen, dann – stellte er sich vor – wäre das durchaus beruhigend. Jetzt! Ein paar kurze Zeilen aus den Heiligen Schriften schwebten zum Himmel, adressiert an diejenige Gottheit, die zufällig gerade zuhörte – jede war ihm jetzt recht.

Doch plötzlich – es war, als erwache ein gigantisches Standbild unvermittelt zum Leben – wurde einem der Riesenlurche bewußt, daß er Gesellschaft hatte. Menschliche Gesellschaft. Der riesige Kopf drehte sich schwerfällig nach unten, ein seelenloses dunkles Auge fokussierte scharf. Und dann: Blitzschnell, weit schneller, als man es von einem Lebewesen dieser Größe erwartet hätte, tat sich das Froschmaul auf, scheußliches Rosa flitschte todbringend durch den Raum, und ... Zerro war nicht mehr. Nur ein klebriger feuchter Fleck blieb an der Stelle zurück, wo er gestanden hatte. Das riesige Maul schob sich beinahe bis über die Froschaugen hoch, würgte und preßte, und der zappelnde Zauberer ging auf die lange Reise, die ihn durch den amphibischen Schlund nach unten führen sollte. Praxx und Apathos sausten wie der Blitz aus dem Raum, Zhorrothustra folgte nur Sekundenbruchteile später und warf die Tür hinter sich zu. Erstickte Schreie kündeten vom Ende einer vielversprechenden Karriere. Die drei Überlebenden standen im Korridor und schwiegen beschämt. Apathos zitterte zu Tode erschrocken und murmelte seitenlange Danksagungen, die alle an die Tausend Fanatischen Götter der wohlwollend gewährten Gunst gerichtet waren.

»D…, da…, dada… das ist niemals geschehen, klar?« stotterte Zhorrothustra, dem es mühelos und beängstigend bravourös gelang, tiefstes Entsetzen zu simulieren. »Keiner von uns hat etwas gesehen oder gehört, klar?«

Apathos nickte stumm. Hinter einem Vorhang mausbrauner Haare leuchtete grell das Weiße in seinen Augen, und in diesen Augen stand panische Furcht.

»Und was sollen wir mit ihnen anfangen?« keuchte Praxx.

»Überlaßt das nur mir«, beruhigte sie Zhorrothustra. Es klang so aufmunternd wie die Trostworte eines Leichenbestatters. »Ich lasse mir schon etwas einfallen.«

Und als er jetzt, wenige Stunden vor Morgengrauen (der Sturm, der nicht die leiseste Ahnung hatte, was er eben versäumt hatte, grummelte über den Bergen) in diesem kalten Korridor stand, ließ er sich tatsächlich einiges einfallen – er bedachte die vielfältigen Einsatz- und Verwendungsmöglichkeiten seiner Ultimativen Waffe und sah eine glänzende, vielversprechende Zukunft vor sich liegen. Ein wildes, böses Grinsen trat auf sein Gesicht, er grinste listig und gierig wie ein Fuchs, der eben in einen Hühnerstall eingebrochen war. Fieberhaft rieb er sich die Hände, in seinen Augen funkelte stahlblau die Bosheit, sein Herz pochte und hämmerte, die Wonnen eines entsetzlichen neuen Lasters ließen ihn erschauern: Zhorrothustra war auf den Geschmack gekommen – er hatte die berauschende Kraft der Macht entdeckt.

O ja, dachte er für sich, *ich werde mir schon etwas einfallen lassen!*

Als erstes ließ er sich einfallen, welche Voraussetzungen geschaffen werden mußten, damit *Rana Militaria* sich wohl fühlte. Jeder hätte so gedacht, wenn er es mit einer knapp zwei Meter großen letalen Amphibie zu tun gehabt hätte. Er ließ ein Hochsicherheitsgehege bauen, dazu mehrere Truppenübungsplätze, Trainingsgelände unterschiedlicher Schwierigkeitsgrade, auf denen virtuelle Angriffsszenarien realisiert werden konnten. Der Produktionsertrag mehrerer Fischzuchten wurde direkt in dieses Gehege eingeleitet, und aus den zuverlässigsten Bediensteten, die in Losa Llamas zu finden waren, rekrutierte man eine Wärtermannschaft. Zhorrothustra tat alles, was in seiner nicht unerheblichen Macht stand, um sicherzustellen, daß es seinen *Kinderchen* (wie er sich nicht entblödete, sie zu nennen) an nichts fehlte.

Das Jahr 1014 MEZ* ging beängstigend schnell seinem Ende entgegen, und Praxx und Apathos bekamen ihren ehemaligen Chef nur noch selten zu Gesicht.

---

* MEZ: Mittlere Erdschwere-Zeit. Eine Zeitrechnung, begründet und eingeführt von dem Mathematikphilosophen Grienietzsch, der die Beschleunigungsrate von Ziegelsteinen studierte, die aus hohen Türmen geworfen werden. Auf Grund seiner Studien war er zu folgendem Schluß gekommen: ›Da der Ziegelstein seine Geschwindigkeit nicht durch eigene Willenskraft ändern kann, gilt: Zeit ist ein Produkt der Erdanziehungskraft. Ergo muß hinfort jede Zeitrechnung als konstante Größe einen Gravitationsattraktor ansetzen, und jedwede Messung der Zeit muß abgestimmt werden auf jenen Zeitwert, der an einem sonnigen Tag auf Meereshöhe ermittelt wird. Diese Zeitrechnung soll fortan *Mittlere Erdschwere-Zeit* genannt werden.‹

Gerüchten zufolge soll der Mathematikphilosoph Grienietzsch, dem später die bürgerlichen Ehrenrechte aberkannt wurden, dieses höllisch komplizierte Zeitrechnungsverfahren nur deshalb erfunden und eingeführt haben, weil er dadurch die Rückzahlung mehrerer langfristiger Schulden vermeiden konnte, die er durch seine Forschungsarbeit angehäuft hatte. Diese Gerüchte, so kurzlebig sie auch waren, wurden

Aber ihr Berufsethos ebenso wie ihre Bindung an den Hypokritischen Eid machten es ihnen unmöglich, ihn danach zu fragen, was ihn denn so sehr und so lange in Anspruch nahm. Bei den wenigen und immer nur sehr, sehr kurzen Begegnungen war ihnen, als stünden sie einem Menschen gegenüber, der ihnen vollkommen fremd war. Zhorrothustra erschien ihnen wie ein Ge-

---

von vielen geglaubt, nachdem bekannt wurde, *wie* und unter welchen Verhältnissen Grienietzsch seine forscherische Pionierarbeit durchführte. Grienietzsch arbeitete nämlich (gut abgepolstert mit einem ansehnlichen Spesenkonto) in einem Forschungszentrum, das aus mehreren speziell für seinen Bedarf gebauten Türmen unterschiedlicher Höhe bestand, die alle mit einem – ebenfalls für seine Zwecke maßgeschneiderten – Observatorium verbunden waren, das mit allem ausgestattet war, was für eine progressive und effiziente wissenschaftliche Forschung unverzichtbare Voraussetzung ist: Schwimmbad mit Whirlpool und Massagesalon auf jeder Etage, desgleichen eine ständig gut bestückte Bar. Das Forschungsgelände lag am Ufer des Plaittensees, dem favorisierten Tummelplatz der chronisch Reichen und Berühmten.

Die Gerüchte erwiesen sich also als uneingeschränkt wahr.

Nachdem sich Grienietzsch auf einer ganz besonders ersprießlich und außerordentlich hochprozentig verlaufenen Soiree einen saftigen Forschungauftrag des SERC** ergattert hatte (die Auftragssumme erlaubte ihm, die Baukosten seines Observatoriums bar auf den Tisch, eine nennenswerte Summe für den Ruhestand zur Seite und einen ausreichend hohen Betrag auf die hohe Kante zu legen), arbeitete er ein narrensicheres Verfahren aus, durch das er sich für den Rest seines Lebens Ruhe vor seinen Gläubigern verschaffte.

Mit Hilfe seiner Theorien legte er schlüssig dar, daß vor Einführung der MEZ jede Zeitrechnung grundsätzlich fehlerhaft war, und verklagte das SERC wegen böswilligen und vorsätzlichen Vertragsbruchs. Zur Begründung seiner Anschuldigung führte er an, ›daß bei Abfassung des Vertragstextes ein falsches und veraltetes System der Zeitrechnung Verwendung gefunden hat, das durch das aktuelle System nicht gestützt ist. Weswegen die Datierung des Vertrages falsch ist, und damit dem Vertrag als solchem der Status eines fiktionalen Textes zukommt. Er ist ein Märchen, nichts weiter.‹

** SERC: **S**onderforschungszentrum **E**xzentrische und **R**edundante **C**hosen, eine von Thaumaturgen und Magiern gegründete Forschungsgesellschaft.

spenst, wie ein Vampir, den nicht der Blutdurst, sondern die Gier nach Büchern trieb. Er plünderte die Regale der Bibliothek, raste mit fliegenden Kittelschößen durch die Korridore, sprach murmelnd mit sich selbst, und in seinen Augen glitzerte der Wahn. Er beachtete sie nicht, ging ihnen aus dem Weg, war immer auf dem Sprung – zurück an die Arbeit, an die Arbeit, an die Arbeit! Es war beängstigend, mitansehen zu müssen, daß es auf seiner Literaturliste keine Grenzen mehr gab. Sie waren niedergetrampelt worden, überrannt vom Massenansturm informationsgieriger Theorien und gefräßig faktenhungriger Spekulationen und Erwägungen, die sein fiebrig siedender Geist ausgebrütet und gezüchtet hatte. Er verschlang Bücher und stieg dabei von der gewohnten Standardkost (reine und angewandte thaumaturgische Physik) um auf Hors d'œuvres wie Pergamente, auf denen detailliert das Netz der regionalen Wasserwege verzeichnet war; stopfte Appetithäppchen wie die *Jahreszeitliche Temperaturübersichten für die wichtigsten Bergpässe* in sich hinein; fraß sich durch das pikante Angebot exotischer Küchen, die erlesene Menüs aus Kartenblättern, Schaubildern und umfänglichen kartographischen Studien zu bieten hatten, in denen sich so saftig-gehaltvolle Gustostückchen fanden wie etwa *Strecken- und Entfernungsangaben zwischen Süßwasservorkommen, Relativer Feuchtigkeitsgehalt von Talsenken, Erreichbarkeit und Situierung von Fisch- und anderen Zuchtfarmen für aquatisches Getier*. Nach kurzer Zeit schon bot Zhorrothustra jenes ausgemergelt-gehetzte Erscheinungsbild, wie es von jeher für den rastlos arbeitenden Thaumaturgen so typisch war. Das räudige lange Haar stand – insbesondere an den Seiten – wirr vom Kopf ab, er hatte die Angewohnheit, nervös daran herumzuzupfen, wenn er aufgeregt war oder wenn sich unvermutet eine neue Entwicklungsmöglichkeit für seine Kinderchen – für die Ultimative Abschreckungswaffe – ergab.

Was seine Mitarbeiter aber am meisten ängstigte, war

die Veränderung, die in seinen Augen zu lesen war. Das einstmals so offene, unschuldige Kornblumenblau war lange dahin, die Augen funkelten jetzt unversöhnlich, stechend und wild, glitzerten so kalt, daß unter ihrem Blick selbst glaziale Eisströme bis auf den Kern durchgefroren wären. Wie tollwütige Blutegel rollten sie in den Höhlen, kullerten und drehten sich machtgierig, schnappten sich hier einen Fetzen Information, stahlen dort ein oder zwei Fakten, standen niemals still und verrieten, wie schlimm es um Zhorrothustras geistige Gesundheit stand.

Sehr schlimm.

Nur ein leichter Schubs noch, und er …

Mutlos blickte Apathos von einem Drachen zum anderen. Wenn er nur gewußt hätte, was er tun sollte! Mit der Wahl, die er in den nächsten Minuten zu treffen hatte, entschied er über sein weiteres Schicksal. Zwischen zwei Möglichkeiten mußte er wählen und hatte nicht die leiseste Ahnung, welche davon die richtige und welche die falsche war. Verstohlen sandte er ein Gebet zum Himmel, mit dem er sich göttlichen Beistand erflehte von Kha Llamites, dem Gott der Weitsicht, dem zuständigen Nothelfer bei akuter, durch Zeitdruck verursachter Mattscheibe. Unschlüssig kippelte er hin und her, es stand auf des Messers Schneide: Entweder entging er durch einen fulminanten Überraschungssieg dem Verhängnis, oder – und das war gleichermaßen sehr leicht möglich – er hatte innerhalb weniger Sekunden alles verloren. Zwei Drachen – eine Wahlmöglichkeit. »Du mußt eine Entscheidung treffen, du mußt!« murmelte er leise vor sich hin. Praxx machte das Schneckentempo der Apathosschen Entscheidungsfindung rasend, er trommelte gereizt mit den Fingern. Es war doch immer das gleiche, wenn er kurz vor dem Sieg stand.

»Roter Drache.« Apathos sagte es und krümmte sich ängstlich, weil er befürchtete, noch im selben Augenblick das Triumphgeschrei seines Gegners hören zu müssen.

»Verstehe«, gluckste Praxx. Er grinste stillvergnügt, sammelte den flachen Stein auf und legte das Bambusstäbchen ab, das er beinahe schon als seinen Talisman ansah. »Noch einer für ein Matschong!« schrie er, jagte Apathos damit einen Schrecken ein, der wie eiskalter Stahl in dessen bebendes Herz fuhr, und feixte heimlich. Dann machten sie den nächsten Zug. Wie ein Luchs beobachtete Apathos seinen Gegner und wartete auf seine Chance. Er nahm einen Stein von seinem bereits erschreckend geschrumpften Stapel und stöhnte. Stöhnte wie einer, der beim Kartenspiel alle Trümpfe in der Hand hält und feststellen muß, daß er soeben genau die falsche Karte abgeworfen hat.

»Roter Drache«, knurrte Apathos. Er spuckte die beiden Worte beinahe aus und warf seinen Spielstein auf den Tisch.

»Es tut mir ja wirklich außerordentlich leid für dich, alter Freund«, heuchelte Praxx. Er nahm sich den Stein und: »Matschong!« sagte er und zeigte ihm das fertige Spielbild.

»Es ist immer das gleiche«, brummelte Apathos. »Hätte ich nicht den roten, sondern den grünen Drachen abgegeben, dann hätte *ich* ein Matschong legen können.«

»Oh – du hast meine neun Figurensteine bekommen! Und meine zwei Bambusstäbchen auch noch!« quengelte Watt, der erste Labortechniker.

»Nein, die sind von mir. Geschieht dir aber ganz recht, wenn er sie jetzt hat – du sammelst ja immer nur allen möglichen Mist zusammen!« höhnte Phlux.

»Du bist schuld, daß ich jetzt nichts mehr hab!«

»Du hast doch noch eine Pflaume.« Phlux zeigte auf den einsamen Spielstein.

»Wunderbar: vier poplige Punkte«, jammerte Watt. »Hilft mir mächtig weiter ...«

Watt brach mitten im Satz ab: Hastiges Fußgetrappel

war zu hören, das unvermittelt und quietschend abbremste. Dann flog die Tür auf, und ein tropfnasser keuchender Mensch, der etwas am Leib hatte, das entfernt an einen weißen Laborkittel erinnerte, zog die Aufmerksamkeit der verstörten Spielerrunde auf sich. Alle vier starrten erschrocken auf die tröpfelnde Gestalt und kamen mehr oder weniger gleichzeitig zu folgendem mehr oder weniger gleichartigen Schluß:

Unangemeldet und ohne Anklopfen einzutreten – das bedeutete wahrscheinlich, daß etwas Außergewöhnliches geschehen war. Ein Labortechniker mit einem dringlichen Anliegen – diese Kombination konnte nur bedeuten, daß es sich um ein höchst außergewöhnliches und völlig normwidriges Geschehnis handeln mußte. Aber ein tropfnasser Techniker, der einen aufgeschlitzten und tröpfelnden Laborkittel am Leib und einen Ausdruck im Gesicht hatte, der vom panischen Schrecken eines Menschen kündete, der vor kurzem Zeuge eines Vorfalls geworden war, wie er sich im Leben anderer Menschen allenfalls ein einziges Mal ereignete und dann in Windeseile vorbei und überstanden war – diese Kombination bedeutete, daß dieses außergewöhnlich entsetzliche und völlig normwidrige Geschehnis nicht Vergangenheit, sondern noch sehr gegenwärtig war und im Augenblick erschreckend schnell auf seinen katastrophalen Höhepunkt zusteuerte.

Der Techniker stand in einer Wasserpfütze, die zusehends größer wurde, zitterte und stierte zu Tode erschrocken vor sich hin.

»Was ist passiert?« fragte Praxx ängstlich.

»… äh …«

»Ja, und weiter …« Praxx wedelte aufmunternd mit den Händen, um den Informationsfluß ein wenig zu beschleunigen.

»… äh …«, wiederholte der Techniker. In der Brusttasche seines Laborkittels zappelte ein Fisch und schnappte verzweifelt nach Luft.

»Weißt du eigentlich, daß in deiner Brusttasche ein Fisch zappelt?« Apathos zupfte sich an den Haaren. »Glaubt ihr, er weiß, daß in seiner Brusttasche ein Fisch zappelt?«

»... Eia ...«

»... poppeia, oder wie?« Watt stieß Phlux in die Seite.

»Halt die Klappe!« fauchte Praxx. »Die Sache ist ernst!«

Watt verfärbte sich zartrosa und blickte verlegen auf seine Schuhspitzen.

»Komm schon. Hier kann dir nichts passieren. Jetzt sag schon, was los ist.«

Der Techniker blickte verängstigt zur Tür und zuckte wiederholt. Tödliches Entsetzen leuchtete in seinen Augen, die Schreckliches gesehen haben mußten. Noch einmal unternahm er den verzweifelten Versuch, sich verständlich zu machen: »... Ei ... Ei ... Eiaaa.«

»Tut mir leid, aber ich verstehe immer nur Bahnhof«, nörgelte Apathos. »Das liegt an diesem Fisch! Ganz bestimmt. Bei diesem Gezappel muß man ja blöd werden!«

Plötzlich hörte der Techniker zu zucken auf und starrte Praxx ins Gesicht. Seine Augen ... Es war, als blicke man in einen tiefen dunklen Brunnenschacht, auf dessen Grund ein Orkan hauste: Sie waren hohl, zutiefst erschrocken, aufgewühlt, in Aufruhr. Er öffnete den Mund, wollte sprechen und – stieß einen hohen, spitzen Entsetzensschrei aus: »... Eier! ... Eier! ... Eier! ... Eier! ... Eier!« Dann brach er haltlos schluchzend zusammen.

Krachend warf Praxx seinen Stuhl um. Mit einem Satz war er auf den Beinen, war im nächsten Augenblick schon aus der Tür und rief Apathos zu sich. Watt und Phlux sollten sich um den Techniker kümmern.

In den zurückliegenden Monaten hatte Praxx die Menschheit lieben gelernt – nur deshalb beeilte er sich jetzt so. Wenn sich herausstellen sollte, daß nur ein Teil dessen zutraf, was seiner Meinung nach im Moment geschah, dann gab es nur eine Handvoll Menschen, die etwas dagegen zu tun vermochten. Und einer von ihnen war ihm vermutlich schon voraus.

Obwohl er noch ein Stück zu laufen hatte, hörte Praxx die Schreie aus der *Kammer* schon. Schreie des Entsetzens, schmerzverzerrte Schreie, Schreie von Menschen, die Todesqualen litten, hallten durch den Flur und verstummten in dem Augenblick, da jener, der sie ausgestoßen hatte, seinen letzten Atemzug tat. Der Boden erzitterte unter schweren krachenden Schlägen, vom Blutrausch befallen tobte ein mörderischer Vernichtungswahn. Wie auf einer Weihnachtsfeier von Barbaren ging es in der *Kammer* zu.

So grauenerregend alle diese Geräusche auch waren, sie waren nichts, verglichen mit dem einen Geräusch, das schrill und laut diesen kakophonischen Mahlstrom übertönte, das in regelmäßigen Abständen und mit wahnhafter Wonne durch das Chaos brach.

Über all das Leid, über die Angst und über den Tod, die in der *Kammer* umgingen, erhob sich das irre, rauhe Gelächter eines Menschen: ein dröhnendes, schallendes, grauenhaftes Gelächter, dessen Echo laut hallend durch die dicken Mauern drang, hinter denen ein Jaulen wie von Hyänen, ein grauenvoll disharmonisches Gebrüll, der Lärm eines mörderischen, blutschäumenden Gemetzels zu hören war. Es war ein Lachen, in dem kein Frohsinn klang, keine Heiterkeit. Dieses Lachen hatte vor langer Zeit schon die Scheidung eingereicht und die Ehe mit der Fröhlichkeit aufgelöst, hatte das Haus verkauft, die Liebesbriefe verbrannt, hatte mit der Beißenden Schärfe angebandelt und – mieser und fieser diesmal – wieder ganz von vorn angefangen.

Woher es stammte? Aus den Abgründen der Verderbtheit, die in der Seele jedes bösen Geists verborgen liegen.

Was ihm Vergnügen bereitet? Der Adrenalinstoß wahnsinniger Zerstörungslust.

Worin es sein Glück fand? Im Rausch der Vernichtung.

Womit es sich Gehör verschaffte? Mit der Stimme Zhorrothustras, des selbsternannten Todesengels.

Zhorrothustra warf den Kopf in den Nacken und brüllte vor Lachen, lachte mitleidlos und unmenschlich böse, als wieder ein zappelnder, schreiender Techniker angefallen und massakriert wurde. Er stand auf der Plattform genau hinter der mit Stahlplatten verstärkten Tür und blickte über den aufgewühlten Tümpel. Am anderen Ufer, an der Rückwand der *Kammer*, bewegte sich etwas: eine der unzähligen fußballgroßen Gallertkugeln, die dort in einer Ecke auf einem Haufen lagen, ruckte und zuckte heftig. Zhorrothustra sah, wie sich hinter der perlmuttfarbenen durchscheinenden Hülle ein Lebewesen bewegte. Er wußte, was sich jetzt ereignen sollte – annähernd hundertmal war es ihm heute schon gegönnt gewesen, Zeuge dieses Wunders zu werden.

»Komm schon! Komm zu Pappi!« rief er dem Wesen voll falscher väterlicher Fürsorglichkeit aufmunternd zu. Seine Augen funkelten kalt und blau.

Und so, als hätte es ihn gehört, zuckte das Wesen wieder und kratzte und scharrte an der durchscheinenden Haut, wand sich und warf sich und riß die Barriere nieder, die zwischen ihm und der Außenwelt stand. Stemmte sich mit den Hinterbeinen (die Schwimmhäute waren bereits einsatzfähig ausgebildet) vom Boden ab und schlitzte und riß mit den rasiermesserscharfen Krallen, die an den Vorderbeinen saßen. Innerhalb kürzester Zeit war das Hindernis in Fetzen gerissen. Die Eischale platzte auf, das Fruchtwasser, von dem es sich die letzten Monate über ernährt hatte, ergoß sich über die noch nicht geschlüpfte Brut – und ein neues Exemplar der Gattung *Rana militaria* stolzierte hochnäsig in die Welt hinaus. Makellos gestaltet und von Geburt an mit allem ausgestattet, um in einer feindlichen Umwelt überleben zu können: mit Krallen, Zähnen, mit der hieb- und stichfesten Haut eines Rhinozeros und einer enormen Reizbarkeit. Die Gattung *Rana militaria* unterschied sich schon jetzt sowohl hinsichtlich ihrer Größe als auch hinsichtlich ihres Entwicklungsverlaufs ganz erheblich von ihrer Froschverwandtschaft: Statt erst noch lange das erbärmlich zwiebelförmige Kaulquappenstadium zu durchlaufen, schlüpfte sie als fertig ausgebildeter Kämpfer aus dem Ei. Sie hatte sich – evolutionstheoretisch gesprochen – für das Motto entschieden: Der Fieseste überlebt!

Und als dieser jüngste Sprößling jetzt von dem Eierhaufen herunterhüpfte, mit einem sauber ausgeführten Hechtsprung in den Tümpel tauchte und im Anschluß daran einem äußerst erstaunten Techniker der unteren Gehaltsstufe den Garaus machte, da schrie Zhorrothustra vor Freude: »So gefällst du mir, mein Junge!« Er wollte sich ausschütten vor Lachen. Es war ein Lachen, in dem keine Heiterkeit mitklang.

Praxx, der vorsichtig durch die Tür spähte, wollte nicht glauben, was er da sah. Jetzt war ihm klar, warum ihm während der letzten Monate der Zutritt zur *Kammer* verwehrt gewesen war. Wenn er gewußt hätte, was da drinnen vor sich ging …

Das durfte nicht so weitergehen! Zhorrothustra mußte das Handwerk gelegt werden. Wenn es nicht schon zu spät war! Es war ekelerregend, was Praxx in der *Kammer* gesehen und gehört hatte. Er schluckte und würgte, drehte sich um und rannte. Nur einmal hielt er kurz an und half Apathos auf die Beine, der auf dem Boden kniete, sich unausgesetzt tief verbeugte und wahllos Gebete und Anrufungen zum Himmel schleuderte – wie ein Mistbreiter, der einen atheistischen Acker mit Kompost aus den heiligen Schriften düngte. Hinter ihnen tobte und raste das Inferno mit unverminderter Wut, und ein grotesk verzerrter Schrei heulte an ihnen vorüber … Nur einmal hielt er kurz an, um sich ihnen tief und für alle Zeit ins Gedächtnis einzugraben.

Es war ein harter Kampf. Acht stämmige Techniker waren nötig, um Zhorrothustra zu überwältigen. Er schlug wild um sich, kämpfte und spuckte wie eine in die Ecke getriebene Katze, die plötzlich kapiert, was der Tierarzt mit seiner Kneifzange vorhat. Aber schließlich hatten sie es doch geschafft.

Nachdem der letzte Techniker aus der Zelle geflüchtet war, hob Praxx die Klappe des Gucklochs an und spähte durch die Tür. Es wollte ihm den Hals zuschnüren, als er sah, wie sich der ehedem so bedeutende Mann in seiner Zwangsjacke krümmte und wand, wütende Flüche ausstieß und etwas von ›Verstoß gegen die Menschenrechte‹ schrie.

Es fiel ihm schwer, bei diesem Anblick gelassen zu bleiben: Der glänzendste Thaumaturgische Physiker aller Zeiten lag bewegungsunfähig gemacht in einer Gummizelle, und sein Hirn schäumte über mit Ideen, die so aberwitzig und gefährlich waren, daß man die Zelle schalldicht isoliert hatte. Zhorrothustra war seinem eigenen Genius zum Opfer gefallen – genauso wie jeder der in Stücke gerissenen Techniker ihm zum Opfer gefallen war. Durch diesen leidigen Vorfall war die Forschungsarbeit zum Stillstand gekommen, jeder von ihnen war jetzt gezwungen, sich ernsthaft Gedanken zu machen über den semantischen Gehalt der Adjektive ›rein‹ und ›angewandt‹. Die Realität hatte den Topfdeckel gelüftet und eine Prise gesunden Menschenverstand in die Suppe gerührt. Jetzt hieß es innehalten und nachdenken. Und zahlen: Jetzt mußten sie Lehrgeld zahlen, soviel wie noch nie. Sowohl was die Baukosten für das neue, größere und wesentlich sicherere Bassin für ›Zhorrothustras Püppchen‹ (so hatte man sie inzwischen getauft) anging als auch die Kosten für das verkonsumierte Personal.

Als Praxx jetzt den Verrückten, den selbsternannten Todesengel vor sich sah, da war ihm klar, daß er die Vergangenheit vor sich sah. Zhorrothustra hatte einen Fehler gemacht, einen schlimmen, gefährlichen Fehler gemacht, der unter allen Umständen geheimgehalten werden mußte. Wer wußte eigentlich, was passieren würde, wenn man die Frösche freiließ? Praxx schauderte. Gleich morgen wollte er eine Versammlung einberufen und das Team zur absoluten Geheimhaltung verpflichten. Er ließ die Klappe vor das Guckloch fallen und spurtete los, um nach dem amphibischen Chaos in der *Kammer* zu sehen. Zhorrothustra zog und zerrte wütend an seiner Zwangsjacke und brüllte wüste Beschimpfungen und Beleidigungen hinter ihm her, die wie ein Hagelschauer an der Zellentür abprallten.

Genauso wie in Bereichen um ein noch so sicheres Kernkraftwerk die radioaktive Strahlung leicht höher ist als in beinahe allen anderen Bereichen; genauso wie von Kirchen und Kathedralen ein körperlich spürbares sakrales Fluidum ausgeht, wie sonst allenfalls noch von den allerheiligsten Gnaden- und Wallfahrtsstätten – genauso verzeichnete Losa Llamas eine erhöhte thaumare Hintergrundstrahlung, wie man sie sonst nur in wenigen anderen, in außergewöhnlichen Gegenden antrifft.* Schuld daran war die mangelhafte Abschirmung des ständig arbeitenden Thaumatron-Generators, der tief unter der Erde, im Zentrum der Anlage, verborgen war und der den Strom für die Experimente, die Heizung und für die mystische Soffittenbeleuchtung lieferte. Die Flure in Losa Llamas wurden in regelmäßigen Abständen (immer in den Perioden, die auf eine Phase mit maximalem Strombedarf und Stromverbrauch folgten) von einer Flutwelle freier Radikale überschwemmt. Diese

---

* Zu diesen wenigen, den außergewöhnlichen Gegenden gehörte auch eine Region hoch oben in den Krapathen, nahe der Grenze zwischen Isolon und Cranachan. Auch in dieser Region war der thaumare Hintergrundquotient deutlich erhöht – was nicht nur einem bestimmten Teil der in diesem Gebiet lebenden Fauna (einem kleinwüchsigen gelblichen Nagetier) größere Probleme verursachte, sondern auch den Bewohnern eines bestimmten Dorfes, deren Leben existentiell und ökonomisch davon abhängig war, daß diese Tierart ein ganz bestimmtes artspezifisches Problem hatte.

temporär gesättigte Atmosphäre verursachte eine Zusammenballung thaumarer Partikel und dadurch die Entstehung unsichtbarer autonomer Nanofelder – der Boden der Kantine zum Beispiel war mit ihnen übersät.

Der leitende Erzmagus Phaynmann (er hatte die Theorie der Beschleunigung thaumarer Partikel in wechseldichten magikinetischen Feldern entwickelt) hatte im Jahre 1009 MEZ zahlreiche Experimente durchgeführt, um die Gefahren einer Langzeitbelastung durch schwache thaumare Strahlung zu ermitteln. Das Ergebnis dieser Arbeit hat er in jenem berühmten Schlußeuphemismus so zusammengefaßt: ›Wenn sichergestellt ist, daß zeugungswillige männliche Mitarbeiter ihr Vorhaben durch Tragen der zur Verfügung gestellten verbleiten Unterwäsche absichern, sind größere gesundheitliche Beeinträchtigungen ausgeschlossen. Sollten sie dennoch mit ihrem Nachwuchs Probleme bekommen, dann liegt das einzig und allein an ihnen selbst.‹

Was dieses Thema anging, so waren seine Befunde zutreffend.

Unglücklicherweise aber hat es Prof. Phaynmann verabsäumt, die Auswirkungen zu untersuchen, die eine anhaltende Nanofeldstrahlung auf die phrasenstrukturelle und grammatische Integrität der Alltagssprache hat. Woraus ihm kein Vorwurf gemacht werden soll – keiner von uns hätte (wie wir zu unserer Schande gestehen müssen) daran gedacht. Hätte er aber daran gedacht, dann hätte es ganz erheblich weniger Scherereien gegeben.

Sechzehn Stunden hatte es gedauert, bis die *Kammer* endlich gesäubert und die Froschbrut gebändigt war. Sechzehn Stunden, in denen ohne Pause durchgearbeitet und das Thaumatron konstant auf dreiundzwanzig Gigathaum hochgefahren wurde. Die Anstrengung war so gewaltig gewesen, daß beinahe selbst die konzentrierte magische Fachkenntnis von Praxx, Apathos und einem ganzen Rudel weiterer Weißkittel nicht ausgereicht hätte, um sie zu bewältigen. Aber schließlich hatten sie es doch geschafft und die Situation unter Kontrolle gebracht.

Dachten sie jedenfalls.

In dieser Nacht brummte und knisterte die Luft in Losa Llamas, sie war unverhältnismäßig stark mit thaumaren Teilchen gesättigt, die sich schwirrend und summend zu Nanofeldern zusammenballten. Das Heer der wissenschaftlichen Fachkräfte, aufgeputscht mit Adrenalin, hypernervös wie eine Brut Amorettischer Giftschleichen kurz vor dem Zubeißen, plapperte und schnatterte, erzählte sich ohne Ende von den Erlebnissen in der *Kammer,* setzte Tatsachen und Meinungen in die Welt, Ansichten und Empfindungen, übertriebene Schilderungen von heldenhaften Einsätzen, Hirngespinste und Räuberpistolen, eine berauschende, märchenhafte Mixtur aus Fakten und Fiktionen. Immer wieder kollidierten kurze Sätze und Konversationsfetzen mit Nanofeldern, thaumare freie Radikale verbanden sich zu fiktionalen Gespinsten. Die Magie bemächtigte sich der Gespräche und Gesprächsfetzen, holte sie vom Tummelplatz der Fama, entführte Worte und Wörter und ließ sie wie ein phrasendrechselnder Rattenfänger nach ihrer Pfeife tanzen – farblos nüchterne Tatsachen verwandelten sich in schillernde, leuchtendbunte Gerüchte.

Überall in Losa Llamas stiegen wie unsichtbare Schwärme Mutmaßungen und Spekulationen zum Himmel, in hellen Scharen schwirrte das Gerede in Zimmer und Stuben, wie nach einem Wolkenbruch rauschten die Neuigkeiten aus Dachrinnen, Rohrleitungen und Kanälen, rasten Klatsch und Tratsch in Geschwaderformation über die Erde, um den Samen des Gerüchts über dem Neuland der menschlichen Imagination auszustreuen und überall auf der Welt die müßigen Zungen zum Plappern zu bringen.

Es war nur eine Frage der Zeit, bis irgend jemand von den Geheimnissen von Losa Llamas erfuhr.

II

FFIRE, FFIRE!

Dawn richtete sich langsam auf und robbte leise über den Blätterhaufen vor der großen Buche. Unvorsichtigerweise trat sie auf einen Zweig. Das Knacken scheuchte einen Vogel auf, der flatternd davonflog. Sie hielt sich mucksmäuschenstill. Angespannt lugte sie nach allen Seiten, hielt den Atem an und versuchte angestrengt, das Summen und Rascheln der Waldbewohner auszublenden, horchte, ob ihr der Feind auf den Fersen war … Nichts. Alles still. Doch das mochte täuschen, es war noch zu früh, als daß sie sich in Sicherheit wiegen konnte.

Nachdem sie einige nervenaufreibende Augenblicke lang in die Stille gelauscht und nichts gehört hatte, wagte sie einen neuen Versuch. Sie schlängelte sich Zentimeter um Zentimeter durchs Unterholz und versteckte sich schließlich hinter einem großen dunkelgrünen Busch. Jetzt hatte sie alle taktischen Vorteile. Von ihrem botanischen Bunker aus konnte sie das ganze Gelände übersehen und die letzten Schritte ihrer Strategie noch einmal überprüfen. Tarnung und Beobachtung – das war der Schlüssel zum Erfolg. Diese Lektion hatte sie erst vor kurzem gelernt. Sie hatte erleben müssen, daß sehr viele Einsätze gescheitert, von den Gipfeln des beinahe schon errungenen Ruhms abgestürzt und auf dem steinigen Grund der qualvollen Niederlage zerschmettert waren. Eines wußte Dawn ganz genau: Die Wahrscheinlichkeit, daß die letzten Schritte, die sie jetzt noch unternehmen mußte, leicht und problemlos zu erledigen waren – diese Wahrscheinlichkeit war in etwa so hoch wie der Intelligenzquotient eines nicht standortgebundenen Schleimpilzes.

Vor sich, von Laub und Blättern fast verdeckt, sah sie den fetten Wächter, der den Siegespreis beschützte, hinter dem sie her war: den Schatz. Noch war sie zu weit entfernt. Sie konnte ihn nicht richtig erkennen, sah nur ein winziges glitzerndes Ding, das in einem Haufen dürrer Blätter lag. Vor ihrem geistigen Auge aber sah sie ihn ganz deutlich, erkannte jeden Kratzer auf seiner Oberfläche, jede vom vielen Herumtragen glänzend gewordene Delle. Sie kannte ihn wahrscheinlich besser als alle anderen: neun Jahre lang hatte er ihr gehört, seit ihrem ersten Geburtstag. Als sie vor acht Monaten aus Khucaph, dem kleinen Gebirgsdorf in den Krapathen, hierhergekommen war, hatte sie ihn mitgebracht, hatte ihn sorgfältig und sicher verstaut und während des langen mühevollen Marsches bei sich getragen. Und dann war er ihr entrissen worden und lag jetzt schwerbewacht im Wald. Sie wollte ihn sich wieder holen. Das wollten die drei anderen allerdings auch.

Wie die anderen ›Diebe‹ hatte auch Dawn bereitwillig den Auftrag angenommen, dem Wächter, der mit Argusaugen auf ihn aufpaßte, den Schatz vor der Nase wegzuschnappen und ihn dorthin zurückzubringen, wo er jetzt hingehörte: in den Hof von Schloß Isolon. Wer bei der Ausführung dieses Auftrags scheiterte, mußte mit empfindlichen Strafen rechnen. Gefangennahme bedeutete den sicheren Tod. Wenn nicht Schlimmeres.

Dawn führte nicht zum ersten Mal einen derartigen Auftrag aus, es war nicht ihr erster Überfall auf den Wächter. Sie wußte, worauf sie sich gefaßt machen mußte, war bestens informiert, welches Risiko sie einging, welch übergroße Gefahr sie erwartete ... Deswegen machte die ganze Sache auch höllisch Spaß! Sie fieberte vor Vorfreude, als sie sich jetzt auf die letzte, auf die

Großoffensive vorbereitete. Für einen kurzen Augenblick dachte sie wieder an die Zeit in den krapathischen Bergen zurück, an die Spiele, die sie mit Firkin, ihrem älteren Bruder, und mit seinem Freund Hogshead gespielt hatte. Sie erinnerte sich noch sehr gut daran, wie eifersüchtig sie gewesen war, als sie ihnen nur zusehen konnte, weil sie so schwach und krank gewesen war, daß sie das Bett hüten mußte. Das Leben in den Bergen, wo man sich mit Ach und Krach mit den Abfällen aus der Speisekammer der Natur über Wasser hielt und für dieses Privileg auch noch Steuer und Abgaben zahlte – dieses Leben hätte sie beinahe nicht überstanden.

Das Mädchen, das im Augenblick den Wächter beobachtete, hatte mit dem Mädchen aus dem kleinen Dorf in den Krapathen nichts mehr zu tun. Ihre Genesung, die acht Monate, die sie jetzt in Schloß Isolon wohnte und lebte, zusammen mit ihren neuen Freunden – mit Courgette, der Tochter des Kochs, und mit Klayth, dem jüngsten König, der jemals in Isolon regiert hatte – das alles hatte eine Einstellung zum Leben bewirkt, gegen die selbst fanatischste Bigotterie nur eine vorübergehende Laune war. Sie hatte etwas von einer Besessenen, war voller Leben und Energie (selbst jemandem, dessen liebstes Hobby es war, sich die Nummern von Lokomotiven aufzuschreiben, wäre das aufgefallen). Sie hatte sich die zwei roten Bänder, die Klayth ihr geschenkt hatte, ins Haar gebunden, trug ein neues Paar Schuhe aus Kalbsleder und fühlte sich rundum wohl. Am liebsten hätte sie es hinausgeschrien, ganz laut und immer wieder und …

Dann plötzlich, links von ihr … bewegte sich etwas … Das brachte sie wieder auf das augenblicklich Anstehende zurück. Der Siegespreis, dachte sie, ich muß ihn haben! Sie spähte durch das Gebüsch und sah flüchtig, daß sich Courgette, der Rotfuchs, zum letzten, alles entscheidenden Sprung fertigmachte. Obwohl Dawn den größten Teil der Lichtung übersehen konnte, hatte sie bisher nicht feststellen können, wo Firkin und der König steckten. Sie hatte den leisen Verdacht, daß die beiden gemeinsam losschlagen wollten. Es war eines ihrer bevorzugten Manöver: Firkin täuschte eine Attacke vor, lenkte damit Hogshead oder wer immer gerade der Wächter war ab, Klayth kam aus der Deckung, rannte wie aus dem Nirgendwo auf den Schatz zu, schnappte ihn und raste mit ihm in Richtung Schloßhof davon. Dawn hielt das eigentlich für Betrug. So etwas verstieß gegen den Geist des Spiels: Jeder gegen jeden – und nicht paarweise gegen den Rest.

Plötzlich sah sie Firkin. Er stand auf der anderen Seite der Lichtung, gestikulierte und gab Klayth Zeichen. Und fast im selben Moment leuchteten im Vakuum ihres kindlich naiven Geistes die Glühdrähte der Inspiration auf. Sie wußte, wie sie vorgehen mußte. *Ablenkungsmanöver,* dachte sie, *was die können, kann ich schon lange!* Hogshead hatte die beiden noch nicht gesehen, ihre Strategie mochte also funktionieren. Firkin verließ seine Deckung und rannte mit lautem Geschrei los. Hogshead drehte sich um, war bereit, den Schatz zu verteidigen. Dawn packte die Gelegenheit beim Schopf. Sie brach durch das Gebüsch, spurtete geduckt über die Lichtung und versteckte sich dann schleunigst hinter der Buche. Firkin lief im Zickzack auf Hogshead zu und lenkte damit dessen ganze Aufmerksamkeit auf sich. Ausgezeichnet! Gleich war es soweit, der Schatz gehörte ihr! Aber plötzlich kam – mit feuerrotem wehenden Haar – Courgette aus der Deckung gerannt. Sie hatte den gleichen Einfall gehabt, auch ihre mentalen Heizdrähte leuchteten und glühten. Genau im richtigen Moment sprang Dawn jetzt hinter dem Baum hervor und rannte auf Hogshead zu. Sie duckte sich, schnappte sich den kleinen glänzenden Kieselstein, der zwischen seinen Füßen auf dem Blätterhaufen lag, und rannte davon. Firkin knurrte wütend. Dawn war zu schnell, er konnte sie nicht mehr einholen. Im nächsten Moment aber hetzte die ganze Bande hinter ihr her. Sie kreischte und schrie vor Begeisterung und hielt den Kiesel, *ihren* Kieselstein, ganz fest in der Hand. Doch dann tauchte Klayth vor ihr auf, rannte auf sie zu und kam sehr schnell näher. Der König wollte ihr den Weg abschneiden. Dawn sah den kräftigen blonden Jungen verdutzt an, überlegte kurz und entschied noch im gleichen Augenblick: Der Stein gehört mir, ich habe ihn gewonnen! Sie nahm den Kampf an. Courgette hatte inzwischen eingesehen, daß sie Dawn nicht mehr einholen konnte. Sie war stehengeblieben und sah dem Spaß zu. *Raffinierter Schachzug*, dachte sie anerkennend, *muß ich mir merken*.

Ohne das Tempo zu verringern und ohne eine Spur von Ermüdung zu zeigen, hetzte Dawn weiter und rannte auf den Rasen vor der Zugbrücke, rannte direkt auf Klayth zu, der jetzt genau vor ihr war. Der König streckte die Arme aus, wollte sie packen und – Dawn duckte sich geschickt, täuschte eine Ausweichbewegung nach rechts an, wich nach links aus – griff ins Leere. Es war alles so verblüffend schnell geschehen, daß Klayth stolperte, hinfiel und durch das Gras kugelte. Courgette applaudierte lautstark und feuerte ihre Mitspielerin an. Dawn polterte über die Zugbrücke und war gleich darauf im Schloßhof verschwunden. Firkin war wütend und verstört, es wurmte ihn, daß ihn die kleine Schwester über den Tisch gezogen hatte. Noch dazu im Beisein von Klayth. Der lag keuchend im Gras, lachte sich kringelig und benahm sich ganz außerordentlich unmajestätisch. Es war ein phantastisches Spiel gewesen.

Hogshead, Courgette und Firkin spazierten zu dem kichernden Monarchen, halfen ihm auf die Beine und schlenderten dann gemächlich zum Schloß. Sie hatten keine Eile, es blieb genügend Zeit für ein zweites Spiel.

Als sie dann näher zum Schloß kamen, schien es ganz so, als sollte es doch kein zweites Spiel mehr geben. Klayth stöhnte hörbar auf. Ein Männlein lief ihnen über den Rasen entgegen: Paladino, der neuernannte königliche Sekretär und Kurier (inoffizieller Titel *Mädchen für alles*) tänzelte auf Zehenspitzen auf Klayth zu, wedelte mit einem Taschentuch und gestikulierte aufgeregt. Er sah aus wie ein Pudel auf der Ballettbühne: Er trug die entsprechenden Strumpfhosen, hatte einen weißen Krauskopf und eine Kläffstimme. Fehlte nur noch die rote Haarschleife... Man hätte ihn am liebsten mit Schleckereien gefüttert, damit er einem einen Pas de deux vorführte.

»Ffire, Ffire, ähm, Hochheit! *Ffire!*« schrie er mit seinem jämmerlich dünnen Stimmchen. »Ffire, Ffire, ähm, Hoheit, Ffire! Eff ifft dringend erforderlich, daff Königliche Hoheit anweffend ffind!«

Firkin glaubte schon, Paladino werde sich gleich auf den Rücken rollen und sich den Bauch kitzeln lassen. Er war ein wenig enttäuscht, als der Sekretär das nicht tat und statt dessen ungeduldig zu Klayth aufsah.

»Was ist denn schon wieder, Paladino? Kann das nicht warten?«

»Genau!« Firkin versuchte erst gar nicht, seine Verachtung zu verbergen. »Siehst du denn nicht, daß der König beschäftigt ist?«

»Nein, daff ifft er nicht«, piepste Paladino entrüstet. Dann wandte er sich an den König und setzt hinzu: »Eff handelt ffich um eine Angelegenheit von höchffter Wichtigkeit, Ffire!«

»Gib ihm einen Keks und schick ihn weg«, murrte Firkin.

»Worum denn?«

»Erregung öffentlichen Ärgerniffef, Ffire!« Paladino strafte Firkin mit Nichtachtung.

»Wirklich? Ffo – so schlimm?«

»Allerdingf, Ffire! Eff ifft ffogar tsu Handgreiflichkeiten gekommen, Ffire, tffu regelrechten Faufftkämpfen!« Paladino strengte sich gewaltig an, um dem König zu gefallen.

»Tatsächlich? Faufftk... Faustkämpfe! Schon wieder?« Klayth hörte das nur mühsam unterdrückte Gekicher seiner Freunde und zog ein finsteres Gesicht. »Tut mir leid«, sagte er mit einem Achselzucken. »Ich muß los. Könige kennen keinen Feierabend.« Er lächelte gequält und machte sich auf den Weg. Er schritt auf das riesige, hochaufragende Gemäuer von Schloß Isolon zu, Paladino scharwenzelte aufgeregt um ihn herum und informierte ihn detailliert über den Vorfall.

»Das war's dann wohl wieder mal«, brummte Firkin und sah dem davoneilenden Monarchen nach. »So wie gestern. Oder wie vorgestern …«

»Wenn du wieder anfängst, den Beleidigten zu spielen«, unterbrach ihn Courgette und begutachtete, wie weit sich sein Mund schon dem Stadium ›Flunsch‹ angenähert hatte, »dann verzieh ich mich in die Bibliothek!«

»Aber es ist doch einfach nicht fair«, meckerte Firkin. Seine Beschwerde stieß auf taube Ohren.

»Nein, Firkin.«

»Immer wird er weggeholt …«

»Ja, Firkin.«

»Das war früher nicht so …«

»Nein, Firkin.«

»Hörst du mir überhaupt zu …?«

»Nein, Firkin. Ich werde jetzt lieber doch ein bißchen lesen. Ich hab da neulich eine ganz hervorragende Enzyklopädie entdeckt …« Und schon war sie unterwegs ins Schloß. Dann drehte sie sich noch einmal um: »Was ist, Hogshead? Kommst du mit?«

»Äh, ja. Oder nein, ich …« Hilflos schwankte er zwischen den beiden hin und her.

»An allem sind diese Soldaten schuld. Manchmal wünsche ich mir, sie wären in Cranachan geblieben …«, brummte Firkin und trat verärgert gegen einen dürren Zweig.

Nicht schon wieder! Nicht schon wieder dieses ewige, nervtötende Gejammer …! Hogshead geriet in Panik: »Courgette!« schrie er. »Wart auf mich!«

In einem Tal in den Vorbergen der Krapathen, weit entfernt von jenem efeuüberwucherten, weitläufig-großräumigen steinernen Grottenbau, der *Schloß Isolon* hieß, waren drei Männer emsig beschäftigt. Der eine von ihnen, ein hochgewachsener dürrer Mensch, hackte mit einer rostigen Spitzhacke auf den Boden ein und stieß eine Flut lästerlicher Flüche aus, die selbst das laute Rasseln der Ketten nicht ganz zu übertönen vermochte. Er sah die beiden bulligen Wachen in ihrer Ledermontur an, spuckte aus, wischte sich über die Stirn und verzog den Mund hinter seinem Achtmonatsbart zu einem boshaften Grinsen. Hätten seine Blicke töten können, dann hätten sich die beiden Wachen jetzt unter qualvollen Schmerzen am Boden gewälzt, hätten an schweren inneren Blutungen und gefährlichen Organverletzungen gelitten und hätten mit einer empfindlichen und langwierigen Beeinträchtigung ihrer Fortpflanzungsfähigkeit rechnen müssen. Das zumindest. Als er sah, wie jeder von ihnen einen weiteren Truthahnschenkel verputzte, sich dann zurücklehnte und sich wohlig in der warmen Herbstsonne rekelte, stockte er die Menge seiner Verwünschungen um dreimal Salmonellenvergiftung und einmal chronische Ruhr auf. Swinehunt hatte sich diesbezüglich noch nie lumpen lassen – er war außerordentlich großzügig, wenn es um die Zuteilung von Schmerz und Leid ging.

Börrnhadt kratzte sich den kurzgeschorenen Hinterkopf und lächelte zufrieden. Mattsches, die andere Hälfte der Wachmannschaft, hebelte sich versunken mit seinem Dolch die Fleischreste aus den Backenzähnen. Ihr neuer Posten gefiel ihnen ganz ausgezeichnet. Sie arbeiteten jetzt als *Leitende Beamte des Sicherheitsdienstes, Abt. Überwachung der beim Ausbau der transkrapathischen Handelsroute eingesetzten Kettensträflingskolonnen.* »Wirklich ein wunderschöner Titel«, murmelte Börrnhadt selbstgefällig und studierte aufmerksam jedes einzelne Wort auf dem Pergament, das ihm König Klayth so aufmerksam als Merkhilfe zur Verfügung gestellt hatte. »Muß ein Genuß sein«, sinnierte er weiter, »wenn ich erst mal lesen kann.« Ein großartiger Titel für einen großartigen Job. Voll Stolz dachte er daran, wie weit sie in den vergangenen acht Monaten gekommen waren, und seine Brust schwoll noch ein klein wenig weiter an. Mit ihrer Arbeit trugen sie zur Realisierung eines Konzepts bei, das die Transkrapathische Handelsroute zu einer schnellen, modernen, zügigen Verkehrsschiene machte, die den Handelsbeziehungen zwischen Isolon und Cranachan einen rasanten Aufschwung bescheren würde.

Zugegeben: Sie hatten bis jetzt gerade einmal eine Strecke von fünf Metern geschafft ... Aber das war es auch gar nicht, was Börrnhadt an der Sache sosehr begeisterte. Ihn begeisterte vielmehr das Prinzip, das Wesentliche. Wesentlich war, daß er jetzt etwas erleben durfte, was er in seiner mehr als zehnjährigen Karriere als Mitglied der Schloßwache nie erlebt hatte: Er hatte Macht. Und das gab ihm ein beruhigendes Gefühl der Sicherheit. Dabei half er auch noch der Gemeinschaft auf ihrem langen und steinigen Weg zum Wohlstand. Und dieser lange und steinige Weg verlief *hier*, genau hier. Börrnhadt grinste breit: Weit befriedigender noch als das Wissen, gesellschaftlich wertvolle Arbeit zu leisten und kommenden Generationen ein Wahrzeichen hinterlassen zu können – weit befriedigender war das enorme Privileg, das er als *Leitender Beamter des Sicherheitsdienstes, Abt. Überwachung Kettensträflingskolonnen* genoß. Vor allen Dingen jetzt, da es um die Überwachung dieser ganz besonderen Kettensträflingskolonne ging!

Nach einer zwölf Jahre währenden Zeit der Leiden, der grausamen Qual und tyrannischen Schurigelei, die sie im Angesicht der Hakennase und des bösen Blicks der Augenklappe seiner Eminenz, des Erzkanzlers von Isolon, hatten erdulden müssen, hatte Justitia nun endlich ihnen, Börrnhadt und Mattsches, ihr ausgleichendes

Lächeln geschenkt. Jetzt schlugen die warmen Wellen eines sinnvollen und erfüllten Berufslebens mit sanftem Plätschern gegen die zerklüfteten Küsten sinnentleerter Barbarei. Das Blatt hatte sich schließlich doch noch gewendet. Jetzt waren endlich sie an der Reihe: Jetzt schleuderten sie *ihm* Beleidigungen ins Gesicht, jetzt ließen *sie* sich allerlei Schikanen einfallen, jetzt drangsalierten *sie* den Tyrannen – und das ganz gehörig. Warum das so gekommen war ... Börrnhadt hatte alle möglichen Erklärungen gehört: ›Schicksal‹ hatten es die einen genannt, die anderen ›Dusel‹ oder ›Massel‹, und einer hatte sogar behauptet, das wäre eben ihr ›Kaama‹ ... Kein Wunder, dachte sich Börrnhadt, daß einem die Leute alles mögliche einreden wollten, wenn man zwölf Jahre lang unausgesetzt geschurigelt worden war und dann plötzlich die Hand am Drücker hatte. Aber was es wirklich war ... »Kama sich eig'ntlich gaa nich vorstellen«, murmelte er.

Die anstrengende Kopfarbeit mit vollem Magen hatte Börrnhadt Lust gemacht auf ein wenig Spaß und Unterhaltung zum Nachtisch. Ein guter Cognac vielleicht und zum krönenden Abschluß eine kleine gehässige Gemeinheit, lässig und spontan ins Werk gesetzt ... Erbarmungslos riß er die letzten Fetzen Fleisch vom Truthahnschenkel und warf mit dem abgenagten Knochen – mit kaltem Kalkül und so, daß er das Optimum an Verärgerung auslösen mußte – nach dem dürren Straßenarbeiter. Pfeifend sauste das Wurfgeschoß durch die Luft und prallte mit beglückend dumpf wummerndem Aufschlaggeräusch vom schmächtigen Schädel des Opfers ab. Swinehunt, der Ex-Erzkanzler von Isolon, fuhr herum und fauchte die Wachen wütend an.

»Pause is nich!« brüllte Mattsches. »Weiterarbeiten!«

Es lag nicht nur an den körperlichen Strapazen, daß Swinehunt so halbherzig arbeitete. Auch nicht ausschließlich an seinem Verdruß, daß er zum ersten Mal in seinem Leben gezwungen war, sich für etwas abzurackern, das er verabscheute, von dem (und das ärgerte ihn ganz besonders) vielleicht ein anderer, nicht aber er profitieren würde. Die zurückliegenden acht Monate hatten Swinehunt verändert, hatten ihn härter gemacht. In seinen Augen brannte ein Feuer, das heißer und heller war als jedes Feuer, das einmal in ihm gebrannt hatte. Aber sein Wille zur Macht war im Augenblick auf Sparflamme gesetzt. Vorüber waren – für den Moment zumindest – die Tage der Expansion und Sicherung seines Einflußbereichs, alles das lag gegenwärtig in der Gefrierkammer seiner kalten und grausamen Seele auf Eis. Sein Denken drehte sich nur um eines, um das, was zwischen ihm und der Freiheit lag: Flucht. Er sah die Ketten an, die er an Händen und Füßen trug, und bebte vor ohnmächtigem Zorn. Wie sollte er bloß fliehen? Es mußte eine Möglichkeit geben! Irgendeine! Mit diesen beiden Dorfdeppen, denen man idiotische Flausen in den Kopf gesetzt hatte, konnte er den Winter in den Bergen unmöglich überleben. Seine Augen verengten sich, er ballte die Fäuste und holte tief Luft.

In einem Anfall wilder Wut hackte er mit mörderischer Wucht auf den unschuldigen Boden ein. Staubwolken wirbelten auf, Steine zerbarsten und pfiffen wie Querschläger durch die Luft. Swinehunts Naturell siegte: Er ließ seiner Wut freien Lauf und seine Frustration an der Erde aus, auf der er stand.

Der plötzlich einsetzende Krach machte Börrnhadt aufmerksam. Er sah auf und lächelte.

»Schön, daß er sich endlich mal an die Arbeit macht«, sagte er. Mattsches nickte beifällig.

Swinehunts gesundes Auge glühte vor Zorn, wie ein eingesperrtes Wildtier wanderte es ruhelos in seiner Höhle hin und her. Er schmiedete finstere Pläne, brütete mörderische Intrigen und Komplotte aus.

Angenommen, ein nichtsahnendes Wesen aus irgendeiner unbekannten zweidimensionalen Welt würde unvermittelt von der ebenen Fläche genommen, auf der es lebt, würde heftig durchgeschüttelt und in das Reich der Dreidimensionalität geworfen; angenommen, sein Geist würde das überstehen und sich nicht noch im selben Augenblick in eine monomolekulare schlotternde Aspikschicht verwandeln – vermutlich kann sich kein Mensch vorstellen, was die Erfahrung von Freiheit und Raum für dieses Wesen bedeuten würde. Es müßte neue Wörter lernen, Wörter wie ›oben‹, ›unten‹, ›Gravitation‹ und ›Drachenfliegen‹. Es könnte Neues ausprobieren, könnte erfahren, was es heißt, sich abzuseilen; oder sich mit den Füßen voraus in die Wonnen des Trampolinspringens zu stürzen oder sich Kopf voran den Ekstasen des Bungee-Jumpings auszuliefern …

Courgette machte im Augenblick eine ähnlich tiefgreifende, ähnlich spektakuläre persönliche Erfahrung. Vielleicht nicht ganz so gewaltig und etwas weniger halsbrecherisch und riskant. Die neue, zusätzliche Dimension, die sie entdeckte, war unendlich vielteiliger und weit komplexer. Sie war voller Archaismen, Anspielungen und Aphorismen, war durchsetzt mit facettenreichen Sach- und Fachbezeichnungen und vielem anderen mehr. Es war die Dimension der *Wörter*, und es gab Millionen zu entdecken. Courgette war umgeben von Tausenden von Büchern, die in den langen Reihen aus hohen dunklen Regalen standen, die auf den Regalbrettern hockten wie planktonische Rippenquallen auf dem versteinerten Fischbein eines Millionen Jahre alten Wals. Manuale standen Rücken an Rücken mit mächtigen Bänden, Pergamentrollen schmiegten sich an dicke Wälzer, Druckwerk reihte sich an Druckwerk – alle bis zum Platzen voll mit Myrillionen von Wörtern.

Myrillionen – gab es dieses Wort überhaupt? Courgette sprang auf, holte ein großformatiges Wörterbuch aus dem Regal, blätterte aufgeregt die riesigen Seiten durch und suchte ungeduldig den Buchstaben M. M … M … Myriapode, Myrtenkranz, mysteriös. Nichts, weit und breit keine Myrillion. Hatte sie sich das möglicherweise zusammenphantasiert? Komisch, sie war sich ganz sicher, daß sie das Wort schon einmal gehört hatte... *Myrillionen Sterne funkelten am Himmel*... Hörte sich ganz richtig an. Vielleicht hatte es in irgendeinem Buch gestanden. Seit sie die Schloßbibliothek von Isolon entdeckt hatte, hatte sie unzählige Bücher verschlungen.

Noch bis vor acht Monaten, bis zu jenem Moment, als zwei fünfzehnjährige Jungen* zu ihr in die Küche spaziert waren, hatte sie lediglich zwei Bücher besessen – zwei oft und oft gelesene und deshalb auch arg zerlesene Exemplare.

Seit jener Zeit, seit Swinehunts Tyrannenherrschaft gestürzt und Schloß Isolon wieder bevölkert war, konnte sie, so oft und so lange sie wollte, die Bibliothek aufsuchen. Nach einer langewährenden fiktionalen Dürre waren ihre nach Literatur verlangenden Lippen aufgesprungen und rissig geworden – sie hatte sich Hals über Kopf in den großen Teich gesammelter Geschichten und Erzählungen gestürzt, war bis auf den Grund der Phantasiereiche getaucht, ließ sich durch die smaragdgrün schimmernden Wasser der Märchen und Sagen treiben und sammelte Perlen der Weisheit von den Muscheln der glückseligen Unwissenheit. Ihre latente Intelligenz keimte auf und trieb auf dem Humus von Fakten und Fiktionen Blüten. Und diese Blüten strahlten – wie hätte es anders sein können – leuchtendrot. Prosarot.

Obwohl sie das Problem ›Myrillion‹ nach wie vor beschäftigte, stellte Courgette das Wörterbuch ins Regal

---

* Firkin und Hogshead. In Begleitung eines fahrenden Pastetenbäckers, eines Ritters, der einen mörderischen Akzent sprach, und eines Zauberers, der sich einen zahmen Waldkauz hielt, waren sie in Schloß Isolon ›eingefallen‹ – am Ende einer beschwerlichen Reise, zu der sie aufgebrochen waren, um das Königreich von seinem unglaublich habgierigen Herrscher zu befreien. Courgette war in die Eskapade verwickelt worden, weil sie sich zufällig im falschen Moment am richtigen Platz aufgehalten hatte.

zurück und setzte sich wieder über ihre Enzyklopädie. Auf dem Weg zum Lesetisch stolperte sie leicht über einen in den Steinboden eingelassenen Eisenring. Sie setzte sich und las an der Stelle weiter, wo sie ihre Lektüre unterbrochen hatte, auf der Seite, auf der ein purpurroter Edelstein abgebildet war.

»Amethyst«, flüsterte sie leise. Sie drehte und rollte das Wort im Mund herum.

»Hmm? Was hast du gesagt?« Hogshead blickte auf. Er durchsuchte gerade das unterste Brett eines ganz besonders stark verstaubten Bücherregals.

»Ach – nichts«, murmelte sie und blätterte die Seite um. »Iiii! Eine Anakonda!« kreischte sie auf.

»Wo?« schrie Hogshead und schlug sich den Schädel am Regalbrett an.

»Wo schon? Hier, auf Seite 14, du Dussel«, lächelte sie.

»Könntest du das bitte bleiben lassen?« Hogshead rieb sich den Kopf. »Das macht einen ja ganz konfus!«

»Tut mir leid. War wohl die Begeist...« Sie brach ab.

»Was ist eine ›Begeist‹?« fragte Hogshead konfus.

»Pst!« flüsterte Courgette. »Da kommt jemand!«

»Ich rieche es.«

»Ich auch.«

»Wahrscheinlich Firkin.« Hogshead grinste.

»Du bist gemein«, kickerte Courgette. »Hört sich auch gar nicht wie Firkin an.«

»Wie hört sich Firkin denn an?«

»Kann ich nicht sagen. Aber irgendwie anders als... oh!«

Courgette hielt den Atem an. Eine große Gestalt schlich langsam aus dem Schatten der Bücherregale. Ein Mann. Er trug einen langen Mantel, der zweifelsohne schon bessere Zeiten erlebt hatte, seine Schuhe waren an mehreren Stellen mit gelblichen Fellappen geflickt. Über der Schulter trug er einen großen Rucksack, dessen Nähte weit aufgeplatzt waren und nur mit Ach und Krach gerade noch zusammenhielten. Ein krumpliges

Ding mit grünem Rand, das der angejahrte Eindringling statt eines Hutes auf dem Kopf hatte, rundete das schäbige Bild chronischer Verschlamptheit ab. Nur seine Augen ...

Courgette starrte stumm und von Scheu ergriffen auf die leeren grünen Kreise, die an der Stelle saßen, an der ein normaler Mensch Augen hatte. Aber sie hatte ja auch keinen normalen Menschen vor sich. Sie hatte Franck vor sich, den Prospektor. Daß sein Blick so kalt und unergründlich war, das lag an seiner Brille. Sie war mit ein paar Drähten ziemlich wackelig an seinen Ohren eingehängt (bei diesem Gestell handelte es sich um ein Langzeitprovisorium, das er irgendwann einmal zusammengeklopft hatte). Die dicken Gläser hätte ein unbefangener Betrachter leicht für die Böden von Bierflaschen halten können. Dieser Eindruck konnte vermutlich deshalb entstehen, weil die Brillengläser aus den abgesprengten Böden zweier grüner Bierflaschen gefertigt waren.

Franck hatte die meiste Zeit seines Lebens* in den Krapathen verbracht, auf der Suche nach einer Möglichkeit, schnell reich zu werden. Hätte man ihn vor 1023 MEZ gefragt, wie das denn möglich sein könnte, hätte er mit ziemlicher Sicherheit ganz entschieden mit einem einzigen Wort geantwortet: »Gold!« Niemand, am allerwenigsten er selbst, hätte je daran gedacht, daß er einmal mit Hilfe einer Unzahl gelblich bepelzter Nagetiere, die von einem unwiderstehlichen Drang zur freiwilligen Selbstvernichtung befallen waren, zu Reichtum und Wohlstand kommen sollte.

»Wollte nicht stören«, sagte Franck. »Will mir nur ein Buch für die Reise holen.«

---

* Eine nicht genau zu ermittelnde Anzahl von Jahren. Die genaue Zahl lag irgendwo zwischen einem Wert, der signifikant höher als fünfundzwanzig, und einem Wert, der unter dreihundertzwölf angesetzt werden mußte. Aber ganz sicher wußte auch das niemand.

»Für welche Reise?« fragte Hogshead. »Wo willst du denn hin?«

»Wieder zurück« antwortete Franck schlicht. »Da rauf.« Er zeigte mit dem schmutzigen Daumen in Richtung Krapathen.

»Und wie lange?« Courgette rümpfte die Nase.

»Wird sich zeigen.«

»Und warum? Da oben ist doch nichts!« Hogshead sah sich um. Ihm graute bei der Vorstellung, Khucaph noch einmal sehen oder gar wieder dort leben zu müssen.

»O doch«, sagte Franck, der auf einmal viel munterer klang und sich vielsagend auf die Brusttasche klopfte. »Ich hab ja schließlich meine Landkarte!«

»Und was bringt die?« fragte Courgette.

Franck kam näher und blickte sich ängstlich nach heimlichen Lauschern um. »Verratet ihr's auch bestimmt niemandem?«

Hogshead und Courgette schüttelten den Kopf und hielten gespannt den Atem an.

»Versprochen?«

Sie nickten und liefen allmählich rot an.

Franck flüsterte ein einziges Wort und beschwor damit glitzernde, facettenreiche Bilder von unermeßlichem Wert herauf: »Diamanten!« Und dann wiederholte er noch einmal und grinste dabei: »Ich hab schließlich meine Landkarte!«

»Aber du hast doch hier alles, was du brauchst«, platzte Hogshead heraus und schnappte hastig nach Luft. »Es kann Jahre dauern, bis du den ersten Diaman …«

»Psst!« fuhr ihn Franck an und sah sich erschrocken um. »Nicht so laut!« zischte er. Dann schlug er wieder einen umgänglicheren Ton an. »Was ich hier habe – es ist anders als früher, oder? Es ist nicht *meins*. Nichts, was ich gefunden hab!«

»Aber es ist gemütlich und angenehm warm! Viel wärmer, als es in Khucaph jemals war!«

»Schon. Aber es ist so … so überlaufen! Viel zu viele Leute!«

Hogshead mußte ihm recht geben. Seit der Rückkehr der Kriegsgefangenen platzte Schloß Isolon beinahe aus den Nähten. Grölende Männer, kreischige Frauen – sie schnatterten und stritten Tag und Nacht und unentwegt und ohne Ende.

»Mein Entschluß steht fest«, sagte der Prospektor. »Ihr braucht mich auch nicht mehr. Ich muß euch keine Geschichten mehr erzählen – davon habt ihr hier mehr als genug. Aber eigentlich sind es vor allem zwei Gründe, warum ich wieder in die Berge will«, gestand Franck und nahm sich den Band *Der Güldene Mährchenschatz. Allerley närrische Schnurrpfeifereyen aus dem Crapathischen Hanebüchel* aus dem Regal. »Erstens gibt es hier für einen alten Zausel wie mich keinerlei unternehmerische Herausforderung. Ich gehöre in die Berge.« Er stopfte das Buch in den unwillig knarzenden Rucksack und ging zur Tür.

»Und?« fragte Hogshead.

»Der zweite Grund?« wollte Courgette wissen, die froh war, daß sie endlich wieder normal atmen konnte.

»Hä? Ach so, ja natürlich: Waschen. Alle Augenblicke verlangt jemand von mir, daß ich mich endlich waschen soll! Mir reicht's!« Er grinste und schloß die Tür.

Kein Wunder, dachte Hogshead.

»Bitte nicht! Nicht schon wieder!« stöhnte Klayth auf dem Weg zur Ratskammer von Schloß Isolon leise vor sich hin. Paladino tippelte unentwegt im Kreis um ihn herum und brabbelte und schwätzte ohne Punkt und Komma auf ihn ein. Klayth hatte schon lange den Überblick verloren, wie oft er mittlerweile gerufen worden war, um ein Urteil wegen Erregung öffentlichen Ärgernisses zu sprechen. Nach allem, was er in letzter Zeit erfahren und gehört hatte, schien es ihm, als werde diese Flut belangloser Meinungsverschiedenheiten, Konflikte und Streitereien nie wieder versiegen. Und jedesmal schien jemand in die Sache verwickelt zu sein, der seine Zeit in Cranachan abgesessen hatte. Ganz sicher war er da nicht, es konnte auch Einbildung sein. Keine Einbildung war, daß es von Tag zu Tag schlimmer wurde. Der heutige Tag war leider keine Ausnahme.

Klayth seufzte wieder und konzentrierte sich auf die Zusammenfassung, die Paladino herunterrasselte.

»... und er fagte, eff fei *feine* Schuld, Ffire. Aber der andere war der Meinung, eff handle sich um die Ffpielschulden, die noch auff der Zeit in Cranachan fftammten, Ffire, die aber, wie *er* behauptete, gar keine Schulden feien, weil der andere geffchwindelt hat, weffwegen *er* eff ihm noch heimzahlen wollte, Ffire. Und da ifft der *andere* böffe geworden und hat beschloffen ...«

»Paladino! Könntest du bitte für einen Moment die Klappe halten?«

Als Klayth jetzt vor der Ratskammer stand, wünschte er wie schon so oft inständig, die Soldaten würden sich endlich zusammenreißen und sich wieder wie ganz normale Menschen verhalten. König Erdrosselbart hatte ihm versichert, daß die Gefangenen immer gut behandelt worden seien. Trotzdem: Zwölf Jahre cranachische Gefangenschaft schienen keine leichte Zeit gewesen zu sein. Aber jetzt waren sie seit acht Monaten zurück und hätten ausreichend Zeit gehabt, um in Schloß Isolon wieder Tritt zu fassen. Dachte er. Naiv wie immer. Sie hatten ihre Freiheit wieder, waren wieder bei ihren Familien, hatten Arbeit ... Warum stellten sie sich bloß so an?

Er straffte die Schultern, rückte sein Degengehenk zurecht, zupfte den Uniformrock glatt und stieß die Tür auf. Schlagartig verstummte das laute Stimmengewirr. Der Fuhrunternehmer Hassock hatte dem Krämer Mulben einen Doppelnelson angesetzt. Jetzt ließ er los und lächelte den König liebenswürdig an: »Welch übergroße Freude, Euch zu sehen, Hoheit!«

»Hmmm, kann ich von mir nicht behaupten«, brummelte Klayth leise und ließ sich auf den Thron plumpsen.

»Sire«, wandte sich Mulben schweratmend an den König und rieb sich den Hals, »man hat mich überfallen ...«

»Maul halten!« schnauzte Hassock, dessen Gesicht ein dunkelviolettes Matschauge zierte.

»... mich verleumdet ...«

»Maul halten!« wiederholte der schwitzende massige Fuhrunternehmer.

»... meinen ehrbaren Namen in den Dreck gezogen ...«

»Maul halten, Maul halten, Maul halten!«

»Das werde ich nicht!« bellte Mulben seinen Peiniger an und stampfte dabei wie ein zorniges Kind mit dem Fuß. »Sire«, wandte er sich an Klayth, »außerordentlich hohe Hoheit, ich bitte Euch, möget Ihr in Eurer unermeßlichen Weisheit die Antwort finden, die uns zu finden nicht gegeben ist, die Lösung unserer Mißhelligkeiten, und so den ganzen Heckmeck klären.«

O Gott! Klayth verdrehte die Augen. Sie katzbuckelten! Ein schlimmes Zeichen, ganz schlimm! Er schickte eine flehentliche Bitte zum Himmel, richtete sie an Ausizza, den für Diffizile Diskussionen zuständigen Schutzgott, den Unbeirrbar Unparteiischen, den König der Himmlischen Harmonie, schluckte, holte tief Luft und starrte die beiden Beschwerdeführer an.

»Nun gut«, sagte Klayth, der es gar nicht gut fand, daß ausgerechnet er hier sitzen mußte. »Wenn ihr mir zunächst einmal ganz einfach schildern wolltet, worum es bei eurem Disput geht, dann könnte ich vielleicht herausfinden, ob und wie euer Problem zu lösen ist.«

Beide Kläger waren mit einem Satz bei ihm, schlugen aufeinander ein und brachten mit lautem Gebrüll ihre jeweils grundverschiedene Version der Angelegenheit vor.

»Ffo nicht! Ffo nicht!« kreischte Paladino, hüpfte wie ein Gummiball auf und ab und versuchte die Kontrahenten durch heftiges Wedeln mit dem Taschentuch zur

Ordnung zu rufen. »Bitte immer nur einer nach dem anderen. Königliche Hoheit würden ffonft doch nur immer Bahnhof verfftehen, verffteht ihr? Alffo bitte ffehr – immer ffön der Reihe nach, bitte ffön!«

Mulben und Hassock schwiegen kurz, wischten sich über die Uniformen, holten tief Luft und machten im nächsten Augenblick genau so weiter, wie sie angefangen hatten. Jeder strengte sich gewaltig an, den anderen niederzubrüllen. Es war ein ohrenbetäubender Lärm, der bullige Fuhrunternehmer kämpfte mit röhrendem Gegröl gegen das Gebrüll des Marktschreiers an, dessen Stimmbänder von einem Muskelapparat angekurbelt wurden, der sich durch jahrelanges Training im eloquenten Anpreisen von Superspitzensonderangeboten entwickelt hatte. Beide waren sie überzeugte Anhänger der verfahrenstechnischen Taktik: keine Klage ohne Klage-LAUT! Je lauter man seine Unschuld beteuerte, um so eher wurde einem geglaubt.

Klayth war dem rhetorischen Sperrfeuer schutzlos ausgeliefert, wie ein wütender Orkan bliesen ihm Rede und Widerrede ins Gesicht, die Haare flatterten und standen waagrecht nach hinten ab. Ihm blieb nichts anderes übrig, als erregt mit den Händen zu fuchteln und verzweifelt um Ruhe zu bitten. Paladino versuchte es mit Hopsen: Wie ein überdrehter Moriskentänzer hüpfte er auf und ab und war von der Anstrengung puterrot im Gesicht.

»Ruhe!« brüllte Klayth entnervt, als der Krach einmal für einen Sekundenbruchteil stockte. »Wenn ihr nicht sofort euer Schandmaul haltet, stopf *ich* es euch! Und zwar für immer!« setzte er gebieterisch hinzu. Die beiden Männer glotzten ihn mit offenem Mund an. Allmählich machten sie sich jetzt doch Gedanken, ob sie nicht vielleicht zu weit gegangen waren.

Klayth wandte sich an den schweißglänzenden Fuhrunternehmer. »Könntest du mir jetzt, und zwar langsam und gründlich, bitte erklären, was um Himmels willen eigentlich los ist? Und *wie* es dazu gekommen ist? Und *was* ich deiner Meinung nach dagegen unternehmen soll?«

»Vielen Dank, Sire.« Der Fuhrunternehmer grinste Mulben durchtrieben an. »Es geht um folgendes, Sire«, fing er unsicher an, »es handelt sich kurzgesagt darum, Sire, daß …« Hassock zuckte mit den Schultern und gab jede weitere Bemühung auf, sich mit Hilfe des monarchischen Idioms verständlich machen zu wollen. »… daß … daß sich dieser halbseidene, abgefeimte, verdammte Mistkerl, der sich *Kaufmann* schimpft – daß sich diese Kanaille weigert, mir den Preis für eine Fuhre zu zahlen, die ich ihm geliefert habe! Sire!«

Mulbens Gesicht verfärbte sich von Hell- über Hoch- zu Dunkelrot, er stellte den Buckel auf wie eine gereizte Katze. »Ich denk gar nicht dran, zwanzig Schillinge zu zahlen! Ich denk auch nicht dran, fünfzehn Schillinge zu zahlen. Ich zahl nicht mal *fünf* Schillinge für eine Lieferung, die alles andere als komplett war! Wucher nenn ich so was! Erpressung!« Er brüllte, ballte die Fäuste, öffnete sie, ballte sie wieder und starrte Hassock ins nichtlädierte Auge. Sieht nett aus, dachte er, wie ein Panda.

»Bei Abfahrt war sie komplett …«, schrie Hassock.

»Sagst du!« brüllte Mulben. »Bekommen hab ich jedenfalls nur einen Bruchteil der vereinbarten …«

»Einen hübsch großen Bruchteil …«

»Aha! Du gibst also zu, daß sie nicht komplett war!« schrie Mulben siegessicher.

»Natürlich war sie das nicht«, konterte Hassock. Sein Veilchen glühte böse. »Weil *du* mehrere Kisten runtergenommen hast, als ich rückwärts an deine Marktbude rangefahren bin!«

»Lügner! Das ist eine Verleumdung, so etwas täte ich nie …«

»Ruhe! Ffofort RUHE!« jaulte Paladino verzweifelt.

»So preßt man ehrbaren Marktleuten das Geld ab!« Mulben ließ sich nicht abhalten. Er bebte vor Zorn.

»Willst du damit andeuten, ich mache ungesetzliche Geschäfte?«

»So könnt man's nennen. Kennt doch jeder, deine Masche! Erst neulich wieder hat mir der alte Stubben erzählt…«

»Hör mir bloß mit dem auf!« protestierte Hassock und ließ die Fäuste kreiseln. »Was weiß der schon von…«

König Klayth schüttelte entmutigt den Kopf und seufzte matt. Vor seinen Augen tobte und wütete der Streit, Paladino kreischte und hopste, bat flehentlich und erfolglos um Ruhe, und die beiden Geschäftsleute stritten sich ohne Ende weiter über den Verbleib der fehlenden Waren. Erschöpft ließ er sich tiefer in seinen Thronsessel sinken. Er hätte einiges dafür gegeben, wenn er sich jetzt einfach davonschleichen, die Tür hinter sich schließen und die ganze Bande sich selbst hätte überlassen können. In solchen Momenten wünschte er nichts sehnlicher, als ein ›ganz normaler Mensch‹, als ganz einfach ›Klayth‹ zu sein. ›König Klayth‹ sein zu müssen – das war Knochenarbeit.

Unmittelbar jenseits des weiträumigen, von Flechten und Efeu überwucherten Schlosses Isolon begann der Wald. Etwas spärlich zunächst noch. Beinahe zögerlich hielt er respektvoll Abstand von dem seerosenbedeckten Schloßgraben, von den mit dunkelgrünen Vorhängen aus Kletterpflanzen behangenen Außenwällen, bevor er sich wie ein grüner Strom über die sanft gewellten Hügel der krapathischen Vorberge ergoß und schließlich an der Stelle ankam, wo wie eine Eiterbeule jene Lasterhöhle verborgen lag, jene verruchte Mördergrube, die den Namen *Guldenburg* trug. Dort hielt er an und überließ das düstere Straßengewirr der Stadt zur Gänze der alles andere als rechtschaffenen Einwohnerschaft. In dichten Reihen standen die alten Holunderbäume und blickten voll Verachtung auf diesen abstoßenden Flecken ekliger Menschennatur und zitterten, weil es ihnen kalt zwischen

Baum und Borke hinablief. Kein Strauch, der auch nur ein wenig auf sich hielt, hätte sich innerhalb des fünfhundert Meter breiten Sperrgürtels rund um die Stadtmauer blicken lassen. Nur der trübe Bodensatz in der Botanisiertrommel der Natur lebte in und um Guldenburg: Vertreter der Gattung ›Fungi‹ etwa oder der nicht standortgebundene Schleimpilz rangelten dort mit den epiphytischen Rankgewächsen der Kletterschwämme und Baumfarne um den arg begrenzten Lebensraum.*

Schwarz und widerwärtig lag Guldenburg im Wald von Isolon verborgen, wie ein stillgelegter Schieferbruch in einem Naturschutzgebiet.

Am anderen, ansehnlicheren Ende des Waldes, dort, wo die Sonne vermeintlich ein wenig heller schien, wo sich abends Füchse und Hasen wirklich gute Nacht sagten und nicht wie sonst so häufig marodierend im Unterholz wilderten – dort saßen zwei Gestalten hoch oben in ihrem Lieblingsbaum und ließen die Beine in der Luft baumeln. Mit großen Augen sah das braunhaarige kleine Mädchen ihren älteren Bruder an und lauschte hingerissen seinen Geschichten, die von beispielloser Tapferkeit und unvorstellbarem Heldenmut erzählten.

»Wie habt ihr Guldenburg eigentlich gefunden?« fragte Dawn gespannt.

»Wir sind der Musik gefolgt«, erklärte Firkin wie beiläufig.

»Der Musik?« Dawn flüsterte das Wort mit ehrfürchtigem Staunen.

»Vielstimmige Chöre füllten die nach Geißblatt duftende Luft mit himmlischem Schall. Der Klang beflügelte mich, schien meine vom Wandern müden Füße mit neuem Schwung zu beleben, so daß ich schließlich fast durch das Tor stürmte«, sagte Firkin träumerisch – wie einer, der ein großes Ereignis in seinem Leben noch einmal durchlebte.

---

* Im allgemeinen gewannen die fixeren Schleimpilze.

»Oooh, durch das Tor! Und wie war es? Das Tor, meine ich?«

»Äh, aus Holz. Mit Messingbeschlägen. Lautlos drehte es sich in den Angeln und schwang auf.«

»Und die Wachen? Habt ihr mit den Wachen kämpfen müssen? Habt ihr doch ganz bestimmt! So wie gegen die ganzen Vampire, oder?« plapperte Dawn aufgeregt.

»Ich, äh ... ja klar! Oder eigentlich ... nein.« Firkin kam ins Schwimmen, weil er sich nicht mehr ganz genau erinnern konnte, was er ihr alles schon erzählt hatte.

»Wie war's dann?«

»Also ... das Tor wurde bewacht, äh, wurde ... wurde von zwei Löwen bewacht.«

»Löwen! Habt ihr mit den Löwen gekämpft?«

»Nein.«

»Warum nicht?«

Warum nicht, warum nicht? Gute Frage, warum eigentlich nicht? Weil, weil, weil ...

»Weil die Löwen aus Gold waren.«

Dawn fiel der Unterkiefer herab. »Aus Gold!« flüsterte sie.

»He! Wo steckt ihr denn?« rief jemand von unten.

»Echtes Gold?« fragte Dawn.

Firkin blickte hinunter und sah einen kleinen Dicken, der zu ihnen hinaufstarrte: Hogshead. »Ich hab euch schon überall gesucht. Es wird spät. Kommt lieber runter.«

Firkin blickte sich um. Es dämmerte und wurde rasch dunkel. Dawn zog ein langes Gesicht.

»Erzähl weiter«, bat sie. »Ich will noch mehr hören.«

»Morgen wieder.« Firkin kletterte erleichtert vom Baum hinab und stand schon im nächsten Augenblick neben Hogshead. Und während Dawn noch das letzte Stück des Baumstamms hinunterkraxelte und bevor sie noch eine weitere Frage stellen hätte können, schrie er: »Wer als erster im Schloß ist!« Und spurtete los.

»Wer als letzter ankommt, ist ein nasser Fisch!« schrie

Dawn, der im Augenblick keine passendere Beleidigung einfiel, und rannte hinter ihrem Bruder her.

»Joi! Wartet auf mich!« Hogshead kam nicht ganz so schnell in die Gänge. »Kommt zurück!«

Angemessen geschniegelt und gebügelt, körperlich, wenn auch nicht seelisch – für alle Unbilden gerüstet, die seine monarchischen Pflichten mit sich bringen konnten, stand König Klayth vor der Ratskammer.

»Mit wem haben wir es heute als erstes zu tun?« fragte er Paladino.

»Mit der Ffache, äh, dem Fftreitfall betreffend, Ffire, äh…« Er blickte dienstbeflissen auf das Pergament auf seinem Klemmbrett und … machte ein langes Gesicht.

»Mit wem?«

»Ffire, ich ffollte vielleicht erfft ein paar erklärende Worte … Ffire!«

»Schon gut! Bringen wir's hinter uns.« Klayth stürmte in den Saal, zur Verhandlung eines Streitfalls, der ebenso banal war wie die fünfzehn anderen Nichtigkeiten, über die in den zurückliegenden Tagen verhandelt worden war.

Als die großen Messingringe laut klappernd gegen die Türen schlugen, verstummte schlagartig das Geschrei im Saal. Paladino stand zitternd im kalten Korridor und wartete ängstlich auf die Reaktion des Königs. Er mußte nicht lange warten.

»Schon wieder ihr zwei!« brüllte Klayth, als er die zwei blessierten Streithammel erblickte.

»Sire! Es handelt sich nicht um das, was Ihr vielleicht denkt, Sire!«

Paladino drückte sich zitternd am Türrahmen vorbei, verkroch sich in seinen Sessel und zog den Kopf ein, damit Klayth ihn nicht bemerkte. Es half nichts: »Was soll das denn?« fuhr Klayth auf ihn los.

»Ffire, ich, äh, die Ffache ifft ffo…«, wand sich der Sekretär und rieb sich aufgeregt die Hände.

»Sire! Wir haben neue Informationen, was unsere kleine, ähm, gestern doch eher etwas kontrovers geführte Meinungsverschiedenheit betrifft«, säuselte Hassock.

»Ich nehme an, ihr seid immer noch damit beschäftigt, euch gegenseitig die Schuld in die Schuhe zu schieben«, knurrte Klayth den Fuhrunternehmer an.

»Aber nein, Sire! Ganz und gar nicht, Sire!«

»Heißt das, daß du, Hassock, nicht mehr länger abstreiten willst, daß von der Lieferung nichts gestohlen wurde, und daß du, Mulben, nicht länger behaupten wirst, diesen hirnverbrannten und fahrlässigen Nichtdiebstahl begangen zu haben, der gar nicht stattgefunden hat?«

Die beiden Geschäftsleute kratzten sich den Kopf, überlegten und verdrehten die Augen.

»Nein«, antwortete Mulben.

»Ja«, stimmte Hassock gleichzeitig zu.

»Gut«, sagte der König schlicht.

»Sire«, fing Hassock dann wieder an, »wir sind gekommen, um Euch darüber zu berichten, welche Neuigkeiten wir erfahren haben. Unser Streit, Sire, also das war eine Verwechslung, und es tut uns leid, wenn wir Euch gestern Eure knapp bemessene Zeit gestohlen haben sollten, aber, ähem, die Sache ist so seltsam, daß wir gedacht haben, das kann doch einfach nicht wahr sein, haben wir gedacht, Sire.«

»Wovon redest du eigentlich?«

»Na ja, Sire – das ganze Zeug, was ich gemeint habe, daß es er – Mulben – gestohlen hat, war auch gestohlen.«

»Aber ich hab's nicht gestohlen«, schaltete sich Mulben eilends ein.

»Die Sachen sind auf einer von den Paßstraßen auf der Transkrapathischen Handelsroute verschwunden. Wie, kann ich nicht sagen, aber sie sind jedenfalls weg.«

Klayth setzte sich auf und hörte jetzt trotz seiner Verdrossenheit genauer zu. »Du meinst – im Gebirge?«

»Richtig, Sire. Aber das ist noch nicht alles. Ich bin nicht der einzige, dem Zeug weggekommen ist. Ich hab mich mit ein paar Geschäftsfreunden unterhalten, und die meinen, daß jede Fuhre ausgeräumt wurde, die in den letzten drei Tagen über die Berge gekommen ist.«

»Aber warum? Was geschieht da?« fragte Klayth erschrocken und hatte Angst, die Antwort zu hören.

»Keine Ahnung, Sire. Das Komische ist nur, daß anscheinend ausschließlich Lebensmittel und so was gestohlen werden. Sieht beinahe so aus, als wollte sich einer da oben häuslich niederlassen. Aber warum sich einer jetzt, wo der Winter vor der Tür steht, da droben einrichten will, geht über meinen Verstand.«

»Sicher, ja... Auf jeden Fall vielen Dank. Das ist alles höchst bemerkenswert. Wenn du noch mehr erfährst, wäre ich dir dankbar, wenn du es mich wissen ließest. Dann vergesse ich auch die Zeitverschwendung von gestern.« Klayth war in Gedanken bereits woanders. Schlimme Vorahnungen bedrückten ihn, sein Gesicht wurde aschfahl, als er daran dachte, daß es dort oben nur einen Menschen gab, der einen Grund hatte, um zu stehlen; und nur einen Menschen, der auch die erforderlichen Fähigkeiten und – schlimmer noch – die entsprechenden Möglichkeiten hatte.

Hassock und Mulben verbeugten sich und verließen kratzfüßig den Sitzungssaal. Der sorgengeplagte König nahm sie nicht mehr wahr, seine Gedanken schwebten wie Hängegleiter über die krapathischen Berge.

Es war vor allen Dingen ein Wort, das ihn ganz besonders beunruhigte: *Möglichkeit*. Wie konnte es sein, daß er die Möglichkeit zu stehlen hatte? Er wurde schwer bewacht und büßte – ausbruchsicher in Schach gehalten von der vereinigten Sicherheitstruppe Börrnhadt-Mattsches – für seine Verbrechen gegen den Staat. Er konnte es also gar nicht sein.

Oder?

›Und plötzlich, so wie sie ihn in ihren leidenschaftlichsten Träumen gesehen hatte, stand er in der Tür ihres Schlafzimmers. Ihr zartes junges Herz erbebte beim Anblick seines starken, stattlichen Körpers. Ihre Liebe zu ihm war nie erloschen, und jetzt war er – wie sie es immer gewußt hatte – zu ihr zurückgekehrt. Im nächsten Augenblick schon lag sie in seinen Armen, und seine männlich starke Hand liebkoste ihre sinnliche Weiblichkeit.‹

Mampf.

›Er drückte ihren schlanken Leib noch fester an sich und strich mit seinen Fingern durch ihr glänzendes kastanienbraunes Haar.‹

Mampf.

›‚Mein Geliebter', flüsterte sie. ‚Du bist zurückgekommen!'‹

Mampf.

›‚Ich wußte, daß mein Warten nicht vergeblich wäre. Ich habe nie aufgehört zu hoffen.'‹

Mampf, mampf.

Schmachtend verzehrte Ch'tin sein Mittagsmahl. Mampf.

›Er schwieg. Doch seine starken Arme schlossen sich noch fester, noch liebevoller um sie, und sie schmolz dahin und überließ sich den Wonnen seiner Umarmung.‹

Mampf.

›‚Du wirst mich doch nie wieder verlassen?' bestürmte sie ihn und hoffte inständig, er werde ihr die Antwort geben, die so sehnsüchtig erwartete. Er nickte nur stumm. Doch seine Augen sagten mehr, als alle Worte zu sagen vermocht hätten.‹

Mampf.

›Der Krieg war vorbei, jetzt konnte er bleiben und sich und sein Leben ganz allein ihr widmen.‹

Mampf.

›So, wie er es sich immer gewünscht hatte.‹ Mampf.

Der winzige Bücherwurm beendete die letzte Seite, verschlang den Schlußsatz en bloc und rümpfte die Nase. Er schätzte einen guten Liebesroman. Und der hier war gar nicht einmal so schlecht. Manchmal vielleicht ein bißchen schludrig gearbeitet, ein oder zwei Stellen etwas sehr schnulzig – im großen und ganzen aber nicht zu verachten. Vor allem die Heldin war nicht zu verachten – er leckte sich genießerisch die Mandibeln. Doch, doch – schmackhafte Kost!

»Schon fertig?« fragte Hogshead, der vor einer der obersten Regalreihen der höhlenartigen Schloßbibliothek stand.

»Mmmmm. Gut war!« Der winzige grüne Bücherwurm wedelte anerkennend mit den Fühlern.

»Mann! Der hat vielleicht ein Tempo drauf, wenn ihn der Hunger packt!« Courgette lugte hinter einem Bücherregal hervor; ihr Kopf steckte wie in einem Bilderrahmen zwischen zwei dicken Wälzern. Mühesam, hochrot im Gesicht vor Anstrengung, wuchtete sie einen schweren, dicken Folianten auf den Tisch und wirbelte eine Staubwolke auf.

»Nachspeise?« fragte Ch'tin erwartungsvoll.

»Nein, du Gierschlund! Davon kriegst du kein Stück! Du brauchst gar nicht erst die Mandibeln zu fletschen!«

»An einer schau! Gesagt sie hat Mandibeln! Beeindruckt schwer bin ich!« piepste er.

»Je nun«, sagte Courgette und betrachtete mit gespielter Lässigkeit ihre Fingernägel, »Wörterbücher sind nun mal eine beeindruckende Lektüre.«

»Und da jetzt du hast was?« fragte Ch'tin, richtete sich zu voller Größe auf (zwei Zentimeter etwa) und glotzte sie mit seinen ungewöhnlich großen Facettenaugen an.

»Ein Buch.«

»Das ich sehe. Thema welches?«

»Mineralogie. Die Wissenschaft von den Gesteinen.« Courgette überflog rasch ein, zwei Kapitel. Als sie auf eine Abbildung stieß, auf der sie so etwas wie einen in

Stein eingegrabenen Fisch entdeckte, hörte sie zu blättern auf und studierte fasziniert ihren Fund.

»Was ist das denn?« fragte Hogshead, der mit leeren Händen von der Bücherwand heruntergeklettert war.

»Steinbutt!« quiekte Ch'tin.

»Was?«

»Versteinerungen«, erklärte Courgette. »Hier, siehst du? Die sind alle vor ewig langer Zeit gestorben, sind dann verschüttet worden und haben im Gestein einen Abdruck hinterlassen. Wie Preßformen oder so was. Muscheln zum Beispiel oder Vögel, und da: ein Fisch.«

»Sieht komisch aus. Hat ja viel zu viele Flossen!«

»Das ist ein Coelacanthide. Hier steht, daß er vor ungefähr einhundert Millionen Jahren gestorben ist.«

»Wundert mich nicht. Mit diesem Haufen Flossen hat er wahrscheinlich nie schnell genug wegschwimmen können.«

»Stinken ganz schön inzwischen wird er«, witzelte Ch'tin. Er rümpfte einen Körperteil, der Courgettes Vermutung nach die Nase war.

»Ihr seid albern!« Sie riß sich von ihrer Lektüre los. »Hast du etwas gefunden?« fragte sie Hogshead.

»Nein. Ich versteh das einfach nicht! Ich hab alles abgesucht. Sie müssen hier irgendwo sein, in einer Bibliothek dieser Größe muß es doch magische Bücher geben!«

»Auch nicht da drüben – in der Abteilung Zauberkunst?«

»Nein, da gibt es bloß Anleitungen für Taschenspielertricks und solche Sachen. Aber keine echte Magie, nichts Ernsthaftes.«

»Wo dann sie sind, wenn auf den Regalen nicht?« sinnierte Ch'tin.

»Das wollten wir ja herausfinden. Ich habe jedes von diesen verstaubten Bücherregalen abgesucht, Zentimeter für Zentimeter – keine Spur! Nichts!«

»Nicht hier sie sind dann«, resümierte der Wurm weise.

»Aber ich kann einfach nicht glauben, daß es in einem Schloß dieser Größe keine magischen Bücher geben soll! In jedem Schloß gibt es magische Bücher! Das weiß ich von Franck!«

»Wo dann sie sind, wenn auf den Regalen nicht?« murmelte Courgette und sah Ch'tin argwöhnisch an. Sie hatte das dunkle Gefühl, daß er mehr wußte, als er zugab. Der Wurm begutachtete eine Stelle auf dem Tisch, an der – hätte er solche gehabt – seine Füße gewesen wären.

»Ja eben, das meine ich doch!« Hogshead starrte vorwurfsvoll auf einen Haufen Bücher, der nicht vorhanden war und sich hartnäckig weigerte aufzutauchen. »In diesen ganzen Regalen steht kein einziges magisches Buch, das auch nur im entferntesten diese Bezeichnung verdienen würde!«

»Nicht *auf... unter!*« Courgette bekam leuchtende Augen, plötzlich hatte sie verstanden, warum sie nichts gefunden hatten. »Magische Bücher läßt man auch nicht einfach so rumliegen, damit jeder x-beliebige sie finden kann. Jedenfalls nicht in Regalen.« Ch'tin blickte zu ihr auf. Das Wurmgesicht verzerrte sich grotesk, kurvenförmig gebogene Mandibeln wanderten nach oben, und hinter dem Schutzvorhang der grünen Lippen wurden die harten Kieferleisten sichtbar, die er anstelle von Zähnen im Maul hatte. Courgette erwiderte sein Lächeln, stand auf und lief in eine der finsteren Ecken in der Bibliothek.

Hogshead kratzte sich den Kopf und spulte die letzten zwei Sätze, die Courgette gesagt hatte, noch einmal zurück.

»Komm endlich und hilf mir!« rief Courgette, die hinter einer Regalreihe verschwunden war.

Hogshead nahm den Bücherwurm, steckte ihn in die Tasche und lief los. Lief um eine Kurve, durch eine Schlucht aus Bücherwänden und wäre beinahe über Courgette gestolpert, die vor dem untersten Fach des Regals mit den Wörterbüchern am Boden kauerte.

»Mach schon!« Sie schnaufte, keuchte und zog – wie eine übergeschnappte Drossel, die sich mit einem außerordentlich sturen Wurm abplagte – an einem Ring, der im Boden eingelassen war. Hogshead spuckte sich in die Hände. Warum er das tat, wußte er selbst nicht so genau. Er hatte nur beobachtet, daß manche Soldaten das taten, wenn sie irgend etwas Sperriges verschieben, zur Seite rücken oder wegschleppen wollten: schwere Fässer zum Beispiel, störrische Esel , oder auch die bis zum Platzen vollgestopften Einkaufstaschen ihrer Frauen. Dann holte er tief Luft und zog. Es knarrte … Hogshead hoffte, daß nicht er das gewesen war. Er zog noch einmal, Courgette half mit, und mit vereinten Kräften schafften sie es und hoben mit dem Ring ein Stück des Fußbodens an. Über Jahre angesammelter Staub wirbelte hoch und kitzelte Courgette in der Nase.

»Ich bin schon einmal darüber gestolpert«, flüsterte sie. Sie atmete schwer und rümpfte die Nase. »Ich wette, das ist es, was du gesucht hast.«

Hogshead blickte auf das dunkle Loch im Boden. »Eine Falltür. Natürlich! Natürlich nicht *auf* den Regalen!«

Es raschelte in seiner Tasche, Ch'tin spähte über den Rand und schielte in das schwarze Rechteck. Er grinste selbstgefällig – ein kluges Mädchen, diese Courgette.

»Na also! Hier, nimm das da mit!« Courgette nahm eine brennende Fackel von der Wand und gab sie Hogshead.

»Du vergißt wohl nie was, oder? Danke.« Eine Steintreppe führte in die Tiefe. Sie verschwand sehr bald schon in spinnwebverhangener Schwärze. Hogshead holte tief Luft und ließ sich ins unbekannte Dunkel hinab. Die Fackel flackerte – ein kalter Luftzug strömte nach oben, hinauf in die Freiheit, in die Bibliothek. Hogshead zitterte und schluckte nervös. Nur einen Augenblick später war er unter dem Boden verschwunden und stand in einem engen Korridor, der wie ein natürlicher Höhlengang aussah und mit einem sanften Gefälle nach unten führte. Courgette ging dicht hinter ihm. Das beruhigte ihn ein wenig – ihm war immer wohler, wenn sie in der Nähe war. Komisch …

Vorsichtig schlichen sie durch das vom flackernden Schein der Fackel nur schwach erhellte Dunkel nach unten. Bei jedem Schritt wirbelten kleine Wolken aus pulvertrockener Erde auf; es schien, als wäre seit Jahrhunderten niemand mehr hier gegangen. Seltsame Zeichnungen zierten die rauhen Felswände, bildeten unbegreifliche Muster: manche wie buntleuchtendes Feuer, das lodernd Hunderte von schwarzen Käfern hervorrief; andere, die wie Blätter oder Küstenlinien aussahen; wieder andere wie beliebig, aber doch regelmäßig geordnet, und alle unglaublich komplex. Faszinierend waren die Detailansichten: je näher Hogshead hinsah, um so kunstvoller und komplizierter erschienen sie ihm. Es wurde ihm schwindlig, ihm war, als würde er in den wirbelnden teuflischen Plan des Chaos hineingezogen.

Sie marschierten weiter (Ch'tin lugte aus Hogsheads Tasche), bis der Gang eine Idee breiter wurde und sich zu einer kleinen Kammer öffnete: Ende des Wegs, der Korridor war eine Sackgasse! Ehrfürchtig staunend standen sie im flackernden gelben Lichtschein der Fackel und sahen sich um, ihre Schatten tanzten in wilden wirbelnden Sprüngen über die rauhen Felswände. Die Kammer war mit unzähligen Bücherborden bestückt, die sich unter der gewaltigen Last magischer Schriften bogen. Wie Moskitonetze hingen seidigglänzende Spinnweben vor den Regalen, gaben dem Raum etwas vom uralten Mysterium des Brautgemachs und verhüllten die unendlich vielen Bücher, die nur darauf warteten, geöffnet zu werden.

Endlich! Endlich hatten sie sie gefunden: die Sammlung der magischen Bücher, die es – wie Hogshead immer gewußt hatte – in einem Schloß dieser Größe einfach geben mußte!

Courgette schlug ihm heftig auf die Schulter und flüsterte ihm ins Ohr: »Hab doch gesagt, daß sie hier unten sein müssen.« Sie lächelte ihn entwaffnend an.

»Hmmmmpf. Gut gemacht!« *Na gut,* fügte er für sich hinzu, *kann ja sein, daß sie mir ein wenig geholfen hat. Aber ich hätte sie schon noch gefunden – keine Frage!*

Ch'tin lugte über den Rand der Tasche und grinste wurmig. *Magische Bücher! Meine Lieblingslektüre!*

Diesmal krieg ich ihn, dachte Firkin. *Diesmal soll er bluten!*

Er kletterte wieder auf den Baumstamm, richtete sich auf und wiegte den tropfnassen Sack in der Hand. Dann packte er ihn fest und ging auf der rauhen Rindenfläche vorwärts. König Klayth grinste seinen durchweichten Gegner hämisch an.

»Du hast dich ja naß gemacht, Firkin!« Er lachte höhnisch. Laut hallte es durch den kleinen Hinterhof von Schloß Isolon.

»Jetzt bist du dran!« Firkin biß die Zähne zusammen und schwang drohend den nassen Sack.

»Ich sterbe vor Angst!« kam es sarkastisch zurück.

Firkin machte ein paar unsichere Schritte und sah argwöhnisch auf das stehende grüne Gewässer. Bloß nicht noch einmal in diesem Tümpel landen, in dieser kalten, nassen und stinkenden Brühe!

Er ging in die Knie, kroch langsam vorwärts und beobachtete ganz genau jede Bewegung von Klayth, brummte und murrte leise vor sich und verfluchte sein Schicksal, das ihm schon einmal eine kalte Dusche beschert hatte. In der Ferne krächzte ein Rabe und flatterte geräuschvoll zwischen zwei efeubewachsenen Türmen davon.

»Mach dich auf eins gefaßt«, drohte Firkin, »diesmal werden keine Gefangenen gemacht!« Um seine Füße bildete sich eine kleine grüne Pfütze.

Hoch aufgerichtet, kam Klayth auf ihn zu, balancierte lässig den mit Körnern gefüllten Sack in der rechten Hand. Er grinste hinterhältig, brachte den Baumstamm ins Wanken und erschütterte dadurch auch noch den letzten Rest von Firkins schwankender Haltung.

»Hör auf! Das gilt nicht!«

»Alles gilt im Kampf um den Sieg, mein lieber Firkin.«

»Von wegen! Das ist Betrug!« Firkin wischte sich die braunen Ponyfransen aus den Augen. »Ich steh noch nicht wieder ganz sicher auf den Beinen, und du nutzt das schamlos aus!«

»Selbstverständlich! Glaubst du etwa, ein echter Gegner täte das nicht?«

»Aber das hier ist ein Spiel! Es soll Spaß machen!«

»Macht es ja!« grinste der König. »Macht sogar riesig Spaß!«

»Dein blödes Grinsen wird dir gleich vergehen, wenn du erst einmal da drinnen liegst!« Firkin zeigte auf den stinkenden Tümpel.

»Welch ein Jammer, daß du nur leere Drohungen ausstoßen, aber nicht entsprechend kämpfen kannst!«

Von der anderen Seite des Hofs, hinter ein paar Fässern versteckt, wurden die beiden Kämpfer von zwei dunkelbraunen Augen beobachtet.

Firkin rückte langsam auf dem schmalen Baumstamm vorwärts. Immer schwungvoller kreiste jetzt sein Schlagarm, immer weiter und stärker holte er aus, so als wolle er das Laufwerk einer Maschine aufziehen, als wolle er selbst zu einer vernichtenden Kriegsmaschine werden: Firkin, der gnadenlose Kämpfer, Firkin der Kampfsack! Um der Schwungkraft des vollgesogenen Sacks gegenzusteuern, legte er sich in die Gegenrichtung und lauerte und wartete auf seine Gelegenheit. Auf die erstbeste Chance, auf irgendeine Chance – jede war ihm recht. Klayth ging ein wenig in die Knie und bereitete sich auf den Ansturm vor. Ohne Vorwarnung sprang er plötzlich los und zielte mit einem kraftvollen Schwinger nach der Brust seines Gegners. Firkin duckte sich – der Sack pfiff ihm wenige Zentimeter über dem Kopf hinweg. Firkin nutzte seinen Vorteil und streifte Klayth mit einem

Schlag, der ihn gefährlich aus dem Gleichgewicht warf – Klayth wich ein paar Schritte zurück.

Doch schon hatte er wieder Tritt gefaßt. Noch vor Firkin, der sich mit dem Sack abplagte, der inzwischen so schwer war, daß er ihn mehr gezielt schwingen konnte. Fiebernd vor Angriffslust stürmte Klayth mit Gebrüll los, rannte den schmalen Baumstamm entlang, als liefe er auf einer breiten Straße. Hinter den Fässern hielt die Beobachterin erschrocken den Atmen an: Firkin war erledigt!

»Ach, hier ffeid Ihr, Ffire! Ich habe ffchon überall nach Euch geffucht, Ffire ...!« rief Paladino.

Klayth drehte sich zu ihm um, die unerwartete Störung hatte ihn abgelenkt. Firkin fand das Gleichgewicht wieder, schwang den tropfnassen Sack mit tyrannenmörderischer Wucht (die Beobachterin krallte sich regelrecht an einem der Fässer fest) und traf den König mitten ins Kreuz. Der blonde Monarch segelte mit einem eleganten, wunderschön ausgeführten Einfachsalto vom Baumstamm und landete in der stinkenden grünen Brühe. Firkin stimmte ein Triumphgeschrei an. Die Beobachterin erbebte vor Begeisterung, war von Bewunderung für Firkins kämpferisches Können erfüllt. Glücklicher Zufall ...? Das wäre ihr nie in den Sinn gekommen! Klayth platschte und plantschte, spuckte eklige Flüssigkeit und kratzte sich den zähen Schlamm aus dem Haar. Paladino hopste aufgeregt, entsetzt und aufs peinlichste verlegen von einem Bein aufs andere.

»Das war gemogelt«, gurgelte Klayth und funkelte Firkin feucht und wenig fröhlich an.

»Ffehr richtig!« kreischte Paladino. »Eff ifft unfftatthaft, dem Gegner hinterrückff einen Fftoff zu verffetfen!«

»Hoheit sollte eben seinen Untertanen nie den Rücken kehren«, feixte Firkin boshaft.

»Vor allem sollte man mich nicht so rüde unterbrechen«, fuhr Klayth mit wütendem Fauchen auf Paladino los.

»Ffire, ich … ich habe nicht gedacht …«

»Daff … das merke ich!« Klayth klatschte entnervt auf das Wasser. »Hilf mir raus, ich stecke fest!«

Paladino, Sekretär und Mädchen für alles, klappte den entsetzt aufgerissenen Mund zu und eilte König Klayth zu Hilfe. »Vertffeiht, Ffire, iff wollte daff nicht, Ffire, ich werde eff auch nie wieder tun, Ffire.« Der schmächtige Domestik beugte sich zu Klayth hinunter, packte ihn am Handgelenk und zog. »Ffire! Ihr ffeckt anffeinend tatffächlich fefft! Ich ffaffe eff nicht, Euch herauffzuziehen, Ffire!«

Klayth blinzelte Firkin zu, der nur mit Mühe ein Kichern unterdrücken konnte. Paladino zog fester. Der König tauchte tropfnaß aus dem Wasser und zog in die Gegenrichtung. Jetzt erst und viel zu spät, um es noch zu verhindern, durchschaute Paladino das böse Spiel.

»Nein, nein, nein!« schrie er. Dann platschte er kopfüber in die grüne Pfütze.

»Also, Paladino«, sagte Klayth, als der patschnasse, verzweifelt nach Luft schnappende Sekretär einen Augenblick später wieder auftauchte, »das nächste Mal platzt du nicht einfach dazwischen. Wenn du nicht gewesen wärst, dann stünde ich jetzt nicht wie ein begossener Pudel da!«

Klayth lachte, winkte Firkin flüchtig zu und ging ins Schloß, um sich wieder in Ordnung zu bringen. Paladino hockte bedröppelt im Tümpel. Dann sprang er schleunigst auf und lief, grüne Tröpfchen versprühend, hinter dem König her. »Aber Ffire! Ich habe doch geffagt, daff eff mir leid tut«, winselte er weinerlich. »Ffire! Ihr werdet in der Ratffkammer erwartet, Ffire. Ffire! Ffo wartet doch auf mich, Ffire …«

Vorsichtig, damit Firkin sie nicht entdeckte, schlich die Beobachterin aus ihrem Versteck hinter den Fässern. Sie war ungemein stolz auf ihn! Wie er den König von Isolon flachgelegt hatte – einfach großartig! Sie hopste glücklich davon. Ihr Bruder! Sie wärmte sich im Glanz seines Ruhms, von dem ein wenig auch auf sie fiel. Ihr Bruder konnte einfach alles! *Mein Bruder,* dachte Dawn, *ist ein Held!*

Firkin stand schwankend und tröpfelnd auf dem schmalen Baumstamm und schoß eine ganze Köcherladung böser Blicke hinter dem eilig davontrippelnden Ballettpudel her. Schon wieder war Klayth weggeholt worden! Zwischen ihm und Klayth tat sich allmählich ein Graben auf. Er verstand zwar nicht, warum das so war – es gefiel ihm nur nicht. Es gefiel ihm ganz und gar nicht. Was ihm am allerwenigsten gefiel, war die Tatsache, daß er allmählich immer mehr ausgeschlossen wurde, daß man ihn immer öfter links liegen und abblitzen ließ. Immer wieder sah er eine ganz bestimmte Szene vor sich: Zwei riesige Türen, die sich langsam vor ihm schlossen – das rauschende königliche Bankett fand ohne ihn statt... Wenn er nicht aufpaßte, würde er irgendwann tatsächlich vor der Tür sitzen und wie ein geächtetes, streunendes Tier um Essensreste betteln.

Mit dem Gefühl, in etwa so willkommen zu sein wie ein tollwütiger, von Flöhen befallener Straßenköter auf einer Hundeschau, stieg er von dem Baumstamm und stapfte ins Schloß, um sich umzuziehen.

Die Situation, in der sich Klayth befand, war nicht wesentlich anders und schon gar nicht besser. Ihn plagten Zweifel und Ängste, die immer stärker wurden und sich zu panischer Furcht steigerten. Vor einer halben Stunde, gleich nachdem er sich gewaschen und umgezogen hatte, hatte ihm Paladino einen dicken Pergamentpacken vorgelegt – die heutige Tageszeitung. Es gehörte zu Klayths Pflichten, täglich die aktuelle Zeitung durchzusehen und sich zu vergewissern, daß sie nichts Unerfreuliches enthielt. Auf den ersten Blick sah es so aus, als sei in der heutigen Ausgabe nichts Ungewöhnliches zu finden. Auf der letzten Seite wie üblich der Sport: eine Meldung, welche Turniermannschaft aufstieg und wer wen beim Bogenschießen-Open am Wochenende geschlagen hatte. Im Mittelteil dann – schlecht gedruckt und grausam formuliert wie immer – die *Gilben Seiten*. Nach Branchen sortiert, warben Hunderte von Kleinanzeigen um die ›geschätzte Aufmerksamkeit‹ der Leser und Kunden: eine Messer- und Scherenschleiferei zum Beispiel (*Scharfe Messer schneiden besser!*); ein Rüstungsunternehmen ›Thorhammer‹ (*Maßspenglerei, individuelle Aufrüstung und Nachrüstung. Wir bringen Sie in Harnisch!*); ein Hufschmied (*Schmitz' Schmiede. 24-Stunden-Service: Wir belegen Ihr Pferd mit Beschlag!*), und so ging es seitenlang weiter und weiter … das ganz normale Nachrichtenangebot nach einem ganz normalen Tag in Isolon. Nur auf der Seite ›Aktuelle Meldungen‹ fiel Klayth ein außergewöhnlicher Beitrag auf. Neben einem Bericht über den Stand der Vorbereitungen für das in einem Monat im Schloß stattfindende Volksfest (man kam gut voran, nur: »*Ein paar Feuerschlucker mehr sollten es schon sein!*«) und der Mitteilung, daß die letzte Woche als vermißt gemeldete Katze Musch wieder gesund und wohlbehalten zurück sei (ein ehrlicher Finder hatte sie aus dem Sack gelassen, in dem er sie gekauft hatte), stand dort ein Artikel, bei dessen Lektüre Klayth das Herz augenblicklich in die maßgeschneiderte Hose rutschte:

EIN GESPENST GEHT UM IM GEBIRGE

DER SCHRECKEN DER TRANSKRAPATHISCHEN HANDELSROUTE

Wie aus gut unterrichteten Kreisen gemeldet wird, nehmen mysteriöse Diebstähle auf der Transkrapatischen Handelsroute erschreckend zu. Kein Kaufmann scheint vor dem skrupellosen Räuber sicher, der auf einsamen Bergpässen schnell und unauffällig zuschlägt. Die Spannung wächst mit jedem Tag, mit jedem neuen Verbrechen.

›Es ist ein unerklärliches Rätsel‹, so der Fuhrunternehmer Hassock, das jüngste Opfer des Schreckens der Berge. *›Ich habe nichts gesehen und nichts gehört. Er – oder es – muß von hinten gekommen sein.‹ Kollegen des Unternehmers berichten Ähnliches. Bis jetzt ist es bei Sachschäden geblieben. Wann werden die ersten Verletzten zu beklagen sein? Die Kaufleute wollen endlich Taten sehen. ›Sollte das so weitergehen, werden wir unsere Preise erhöhen müssen. Und das will schließlich niemand‹, kommentierte ein Sprecher der Markt- und Kaufleute.*

Als Klayth diesen Artikel las, ging es ihm eiskalt durch Mark und Bein. Er bebte vor Angst und erschauerte bei dem schlimmen Verdacht. Er ließ die Zeitung sinken und starrte mit leerem Blick auf die Seite. Er konnte nicht glauben, was da stand. Er ahnte Böses. Sehr Böses. So unsäglich Böses, daß ihn der übermäßige, kaum zu bändigende Drang befiel, auf der Stelle einen chirurgischen Eingriff an den Handgelenken durchzuführen – und zwar mit eigener Hand und stumpfem Messer –, oder aber loszuschreien und haltlos schnatternd und wild mit den Armen fuchtelnd davonzurennen. Die Worte, die er gelesen hatte, stocherten und stießen und rüttelten an seinem Gewissen, sie nörgelten und quengelten so lange, bis er sich wieder an bestimmte Ereignisse erinnerte, die er für immer hatte vergessen wollen. Sie ließen so lange nicht nach, bis ein Kapitel seines Lebens wieder aufgeschlagen war, das er einmal entschieden und unwiderruflich abgeschlossen hatte. Die Vorfälle in den Bergen verrieten alle die Handschrift eines gewissen Ex-Erzkanzlers. Je mehr Klayth darüber nachdachte, um so intensiver bearbeiteten die Bauingenieure seines Gedächtnisses mit mnemotechnischen Preßluftbohrern den Fahrbahnbelag, unter dem er seine Vergangenheit erinnerungssicher vergraben lagen. Die ersten Risse und Sprünge waren bereits sichtbar.

»Und stimmt das wirklich?« Diese Frage, die ein hörbar wütender Händler stellte, holte Klayth wieder in die Wirklichkeit zurück, in die Ratskammer, in der sich ein aufgebrachter Mob versammelt hatte. Händler, Fuhrunternehmer, Bauern, Journalisten – alle hatten sie die besorgniserregende Meldung in der Morgenzeitung gelesen, drängelten sich jetzt im Saal und forderten Rede und Antwort.

»Selbstverständlich stimmt es«, antwortete Mulben mit Nachdruck. »Oder willst du vielleicht sagen, daß man mir nicht trauen kann?«

»Äh, nein. Ganz bestimmt nicht. Das will ich damit nicht gesagt haben!« Mehrere Versammlungsteilnehmer kicherten.

»Was in der Zeitung steht, glaub ich unbesehen. Immer!« Mehrere Journalisten reagierten auf diesen sarkastischen Zwischenruf mit einem Gebrüll, das nicht eben von Kultiviertheit und gutem Geschmack zeugte.

Die Bohrer rissen Steinbrocken aus dem mentalen Straßenbelag, die Sprünge klafften immer weiter auf. Klayth schlug die Hände vors Gesicht und wünschte sich, der Thron, auf dem er saß, möge ihn verschlingen – schnell, lautlos und am liebsten sofort.

Die Stimmung im Saal heizte sich beängstigend auf. Paladino hüpfte vor der versammelten Menge auf und ab, stieß kläffende Laute aus und bat dringend und verzweifelt um Ruhe. Niemand hörte auf ihn. Nur die ängstlichsten unter den versammelten Händlern nahmen ihn wahr. Aber weil sie in den hintersten Reihen nahe an der Tür standen (womit sie sich für den Fall einer zunehmenden Eskalation einen raschen Abgang gesichert hatten), sahen sie nur gelegentlich einmal Paladinos Hände über den Köpfen ihrer Kollegen fuchteln. Sie gingen selbstverständlich davon aus, daß es sich um ein Zeichen der Zustimmung handelte, achteten nicht weiter darauf und brummelten und murrten zu gegebener Zeit ihr »Hört, hört!«. Damit bewirkten sie unglücklicherweise, daß sich Paladino nur um so mehr ins Zeug legte – er hüpfte und hopste, als wäre er ans obere Ende einer sehr großen und starken Sprungfeder angeschweißt. Die Situation geriet immer mehr außer Kontrolle, und Paladino tat das seine dazu: Statt Öl auf die Wogen zu gießen, goß er es ins Feuer.

Dann büffelte sich ein bulliger Kaufmann mit Gewalt einen Weg durch die rebellische Menge. Klayth blickte auf. Plötzlich wünschte er sich, Börrnhadt und Mattsches wären noch bei ihm. Der Kleiderschrank starrte Klayth drohend an. »Sire! Heut morgen hab ich eine Gemüselieferung reingekriegt. Und mit der Lieferung eine Mitteilung. Und wie mir gesagt worden ist, steht in der Mitteilung, daß keine Lieferung mehr reinkommt, bis die Sache mit den Raubüberfällen aus der Welt geschafft ist.« Das Geschrei war verstummt, die Menge lauschte angespannt.

»Soll das heißen, du kriegst keine Waren mehr?«

»Nix anders. Nicht, bis die Sache aus der Welt ist.«

Schlagartig setzte die Diskussion wieder ein, hitzig und um einige Dezibel lauter als zuvor. Der bullige Kaufmann winkte mit der Hand und bat sich Ruhe aus. Paladino zitterte stumm.

»Sire! Bei aller Hochachtung, Sire, aber – wie wär's'n eign'tlich, wenn Ihr Euch mal in Trab setzt und Euch um die ganze Scheiße kümmert? Tschulligung – weg'n meim Cranachisch, mein ich.«

»Waff für ein ffockierende Ffprache!« jaulte Paladino indigniert auf.

»Ist, ist …«, stotterte Klayth nervös, »ist schon geschehen.« Die Menge war verdattert, Paladino hielt den Kopf seltsam schief. »Schon entschuldigt, meine ich – deine cranachische Ausdrucksweise«, setzte Klayth erklärend hinzu. Paladino war ffockiert. Der massige Kaufmann nickte und gab auf diese Weise eindringlich zu verstehen, daß er gern gewußt hätte, welche Schritte Klayth zu unternehmen gedenke.

Klayth hätte es ebensogern gewußt.

»Kann eigentlich jemand den Dieb beschreiben?« wagte er dann den Anfang.

»Das ist der widerlichste, fieseste und schleimigste ...«

»Nein«, ging Klayth dazwischen, »ich meine, ob jemand weiß, wie er aussieht?«

Schweigen. Lastendes, bedrückendes Schweigen. Nur hin und wieder von einem unergiebigen »Äh ...« oder »Hm!« oder »Öööh ...« unterbrochen.

»Es hat also noch niemand den Dieb gesehen?« fragte Klayth.

Immer noch Schweigen und verlegenes Gebrummel.

»Hat jemand einen Anhaltspunkt, um wen es sich handeln könnte? Vielleicht eine Bande vagabundierender Handlungsreisender?«

Schulterzucken.

»Ein paar cranachische Randalierer?«

Gemurmel. Dummes Zeug hauptsächlich.

»Ein einzelner? Na – irgendwelche Vorstellungen?«

Warum sagt mir denn keiner, daß es nicht *er* ist? schluchzte Klayth. Ganz tief drinnen, damit es keiner hören konnte.

Leises, schüchternes Füßescharren.

Im Kopf des Königs stieß ein Preßluftbohrer gegen ein Hindernis. Ein dunkelbraunes Abflußrohr ging in die Brüche, dickflüssig und schwarz schwappte das Grauen aus der defekten Leitung.

»Kann denn niemand irgendwelche zweckdienlichen Hinweise geben? Weiß denn keiner, mit wem wir es zu tun haben?« bettelte Klayth flehentlich.

»Ist das eine Rätselfrage?« kam ein Zwischenruf aus den hinteren Reihen. »Das ist so eine Art Quiz hier, oder?«

»Ja genau! Und wie heißt die Lösung?«

»*Ihr* wißt es, hab ich recht? He, Leute, der König weiß es!«

»Laßt schon hören!«

»Ich weiß es nicht«, murmelte Klayth. Schwarzes Grauen überflutete seine Seele.

»Aber einen Tip könnt Ihr uns doch geben!«

»Ich, also … Ich habe einen Verdacht.« Klayth hielt es nicht mehr länger aus.

»Wer ist es?«

»Ich glaube, ich weiß, wer möglicherweise hinter dem Ganzen steckt«, sagte Klayth. Er hoffte inständig, daß er meilenweit danebenlag, er betete darum, daß irgend jemand seine Theorie in der Luft zerreißen werde. Die Stimmung heizte sich wieder auf, die Menge forderte lautstark Antwort.

»Wer ist es …«

»Aufknüpfen, den Kerl! An den Ei …«

»… Genau! An den Eichen da drüben! …«

Klayth stand auf, erhob die Arme und bat um Ruhe. »Möglicherweise täusche ich mich aber auch. Und deshalb will ich erst genauere Nachforschungen anstellen. Ich brauche ein paar starke Männer, die mit mir in die Berge ziehen.« An diesem Punkt seiner Ansprache wurde es totenstill. Die Menge verdrückte sich vorsichtig in Richtung Ausgang.

»Ich glaube, ich weiß, wo ich die Antwort auf unsere Fragen finden kann.« Klayth zeigte auf die andere Seite des Saals. »Freiwillige versammeln sich bitte dort drüben …«

Hogshead konnte es noch immer nicht glauben. Er saß in seinem Zimmer und sah mit großen Augen auf das mächtige Buch mit den gelben Seiten, das er vor sich auf den Tisch gelegt hatte. Sein Zimmer … Es war eigentlich kein Zimmer, eher ein leerer Raum unter dem Dach im Schloßspeicher, der nie benutzt worden war. Er hatte ihn kurz nach ihrem Einzug in Schloß Isolon entdeckt, hatte den Eingang verkleidet und ihn zu seinem privaten Versteck gemacht. Nur Courgette und Ch'tin wußten noch davon, und beide hatte er zu strengstem Stillschweigen verpflichtet. Hier hatte er Ruhe, hier konnte er lesen, erkennen und lernen. Und jetzt hatte er das Buch. Ein magisches Buch. *Sein* magisches Buch. Mit aufgeregt klopfendem Herzen rückte er das uralte Buch auf dem Tisch zurecht. Courgette sah ihm zu und nippte nervös an der Tasse Wasser, die sie sich mitgebracht hatte.

Hogshead zündete eine kleine Talgkerze an und steckte sie in den selbstgebastelten Kerzenständer, der auf einem Dachbalken stand. Der leidlich helle Schein erleuchtete die mit Buchmalerei verzierte Schrift des vergilbten Folianten und verlieh dem Raum eine geheimnisvoll flackernde Atmosphäre. Es schien, als ob die Lettern auf verlockende Art und Weise tanzten und Hogshead auffordern wollten, die Zauberformeln zu sprechen. Die Wörter in diesem Buch – die Wörter in diesem *magischen* Buch – übten eine faszinierende, beinahe mesmerisierende Wirkung auf ihn aus. Courgette und Ch'tin beobachteten ihn, in ihren Augen spiegelte sich der Schein der Talgkerze.

»In acht dich nimm! Brennen wie Feuer kann Magie!« fiepste Ch'tin mit hoher Stimme. Courgette sah den Bücherwurm erschrocken an.

Hogshead starrte wie gebannt auf die Buchseite.

»Zumuten nicht zuviel am Anfang darfst du dir! Süchtig werden kann man!«

»Ja, bitte sei vorsichtig!« flüsterte Courgette ängstlich.

Es hatte den Anschein, als wollten ihm die Augen aus den Höhlen treten, sosehr konzentrierte sich Hogshead auf das, was er vor sich sah. Ch'tin hätte besorgt und neugierig die Stirn gerunzelt, hätte sich das Kinn gerieben, hätte… hätte er Stirn und Kinn besessen. Der Junge, der in diesem vom Schein einer Talgkerze erleuchteten Zimmer saß, hatte die Welt vergessen. Für ihn zählte nur noch das Buch, das vor ihm lag. In diesem Buch war das ganze Wissen eingeschlossen, mit dem er die Fähigkeiten erlangen konnte, die ihn zum tapferen, furchtlosen Helden machten, der Auge in Auge mit den Ungeheuern und Dämonen aus dem Reich der Phantasie kämpfte. Das Buch enthielt den Stoff, aus dem Legenden sind, sagenhaften Stoff! Zahllose glänzende Möglichkeiten eröffnete es ihm, wie er – er allein! – durch kühne, ehrenvolle Großtaten die schwarze Flut des Bösen zurückdämmen und den Lauf der Welt zum Besseren wenden konnte. Zwei davon bedachte er flüchtig: Er würde zum Beispiel dafür sorgen können, daß unerwiderte Liebe ihre Erfüllung fand; er würde wehmütig klagende Jungfern und Maiden, die in verfallenen Schloßtürmen eingekerkert waren, befreien können … Es stand alles hier, auf diesen Seiten, sauber gesetzt mit fettgedruckten Lettern. Auch wie Warzenkuren durchzuführen waren, stand da … aber das interessierte ihn weniger. Was die Sache mit den Jungfern anging: Selbstverständlich würde er im eigentlichen Akt der Errettung seine Befriedigung finden und nicht in irgendwelchen Belohnungen, die gutausgestattete, sehnsüchtig wartende Maiden anbeteten, die unglaublich dankbar waren und diese unglaubliche Dankbarkeit auch zum Ausdruck bringen wollten. Dieses Buch und mit ihm noch viele andere, die in den Tiefen der Bibliothek verborgen waren, enthielt alle Zaubermacht, die er brauchte. Er mußte nur zugreifen – wie auf dem Servierteller lag sie vor ihm und wartete wie eine üppig gedeckte Bankettafel nur darauf, daß er darüber herfiel und das Angebot mit rasender, thaumaturgischer Unersättlichkeit verschlang.

Er hätte nur noch wissen müssen, wie man an die Sächelchen herankam.

Die ASCII-Schrift* zum Beispiel konnte er absolut

* Die im Almanach Seltener und Cryptischer Initiale und Ideogrammata (im Fachidiom von Magiern, Beschwörungs- und Zauberkünstlern kurz *ASCII* genannt) gelisteten Schriftzeichen, Logogramme, Symbole und Hieroglyphen sind urheberrechtlich geschützt und als solche geistiges und materielles Eigentum der Internationalen Sozietät für Brachygraphischen Nonsens (im Fachidiom von Magiern, Beschwörungs- und Zauberkünstlern kurz *ISBN* genannt).

nicht entziffern. Die Sache war nicht so einfach, wie er es sich vorgestellt hatte. Und schon gar nicht so einfach, wie Franck es ihm geschildert hatte. Der alte Prospektor hatte mit keinem Wort erwähnt, daß magische Texte in einer anderen Schrift geschrieben waren, die ganz andere Buchstaben verwendete und – was noch schlimmer war – keine Abstände zwischen den einzelnen Wörtern setzte. Letzteres mochte ja das Schreiben ganz enorm vereinfachen – das Lesen war dafür eine Heidenarbeit. Vom korrekten Vorlesen ganz zu schweigen. Zu den allerersten Ausbildungsschritten im Studium des Zauberns und Verzauberns gehört die Vermittlung jener unbedingt erforderlichen Fertigkeit, den Verstand in zwei ungleiche Teil aufspalten und sich mit dem einen auf die Formation der thaumaturgischen Wellenleiter (auf das eigentliche ›Zaubern‹ also) konzentrieren zu können, mit dem anderen (und wie manche meinen, dem wichtigeren Teil) auf das um vier oder fünf Zeilen ›Vorausgreifende Lesen‹, um eine geeignete Textlücke, die sogenannte ›Verschnaufpause‹ ausfindig zu machen. Man weiß, daß unzureichende Atemtechnik dazu geführt hat, daß viele Zauberlehrlinge wegen akuten Sauerstoffmangels blau angelaufen und in Ohnmacht gefallen sind – insbesondere bei der Rezitation des *Pandimensionalen Mantras in b-Moll.* Atemtechnik war das A und O, wer Atemtechnik beherrschte, der erzielte mit ziemlicher Sicherheit auch gute Resultate.

Alle diese Schwierigkeiten: Atemtechnik, Lesen, hyperkorrekte phonetische Aussprache – sie waren zu meistern, wenn man unbegrenzt Zeit und eine unendliche Zahl von Leben zur Verfügung hatte. Hogshead hatte das große Glück, daß ihm ein Tutor zur Seite stand. Und wenn dieser private Lehrmeister auch nur knapp zwei Zentimeter groß und grün war und die Welt durch zwei Facettenaugen sah, so war ihm doch die Magie im Wortsinn in Fleisch und Blut übergegangen – seit er sich eines Nachmittags einmal einen leichten Imbiß vom *Anhang*

IIIb (einem Buch, das Whintz gehörte, dem Fahrenden Zauberer) genehmigt und sich dadurch einen genauen und bemerkenswert gründlichen Einblick in die Welt der Magie verschafft hatte. Außerdem hatte er während der Zeit, die er mit dem Zauberer Merlot verbrachte, eine ganze Menge gelernt. Ch'tin war also bestens gerüstet, um Hogshead zu helfen, um ihn anzuleiten und vor allen, um Hogshead davon abzuhalten, irgendwelche hochgradig törichten Dummheiten zu begehen.

Man konnte also davon ausgehen, daß Ch'tin schon sehr bald und sehr dringend benötigt werden sollte.

Hogshead saß vollkommen still und reglos auf seinem Stuhl. Nur gelegentlich einmal blätterte er eine Seite um. Er war in das uralte Buch vertieft, das er vor sich liegen hatte, war so versunken wie eine Katze, die in einen kleinen Teich starrt, gebannt vom Anblick des Fischschwarms, der unter der spiegelglatten Wasserfläche vorbeizieht. Noch nie hatte Courgette gesehen, daß ihn irgend etwas sosehr in Bann geschlagen hätte – ausgenommen vielleicht eine schön verzierte, frischgebackene Schokoladentorte. Doch das war anders, war unschuldiger, naiver gewesen. Aber dieser Hunger ... Was sie jetzt in seinem Gesicht sah, das war – sie sagte es nicht gern; sagte es nicht einmal sich selbst gern – *Machthunger*.

Und dann ... Plötzlich wurde das dumpfe Schweigen gebrochen. Hogshead pochte mit dem Zeigefinger auf die Buchseite, blickte Ch'tin an und sagte: »Den da!«

»Gefunden hast du einen Zauberspruch?« piepste das Würmchen. »Gut.«

»Aber ... es ist doch nichts Gefährliches, oder?« fragte Courgette ängstlich.

»Gib sie mir!« forderte Hogshead herrisch und zeigte auf die Tasse, die Courgette in der Hand hielt.

»Ich hab aber noch nicht ausgetrunken!«

Hogshead zeigte auf den Tisch, auf eine Stelle ein paar Zentimeter vor sich, und Courgette ertappte sich dabei, daß sie gehorchte. Sein Blick beunruhigte sie.

»Brauch ich sonst noch was?« fragte Hogshead den Bücherwurm.

»Zufälle glückliche ein ganze Menge. Ein Levitationszauber nicht sehr schwer ist allerdings.«

Hogshead war voller Zuversicht. Während der letzten acht Monate hatte er viele Stunden mit Ch'tin verbracht, hatte soviel wie möglich über die Zeit mit Merlot zu erfahren versucht, hatte Fragen gestellt und Ch'tin genau beobachtet, hatte gierig jeden seiner verdrehten Sätze aufgesogen. Er war der ideale wißbegierige Schüler. Er hatte immer an Magie geglaubt, hatte insgeheim immer gewußt, daß es Magie wirklich gab, und hatte dieses Wissen beständig gefestigt, indem er alle möglichen Geschichten, die alle möglichen Leute ihm erzählten, gierig verschlang, wenn sie auch nur im entferntesten irgend etwas mit Magie zu tun hatten. Und nachdem er Magie aus erster Hand erfahren hatte, hatte er jetzt die Möglichkeit zu lernen, wie er sie für sich selbst nutzen konnte. Er war aufgeregt, er war nervös, spürte es wie einen Stich im Rücken – es überlief ihn kalt.

Er sah sich den Text an. Er konnte ihn lesen, kannte jeden einzelnen Buchstaben und verstand ihn doch nicht. Er war in einer fremden Sprache abgefaßt, die Buchstaben waren in einer Weise angeordnet, wie er es noch nie gesehen hatte. Es war eine kurze Zauberformel. Einfache Levitation ohne jeden Schnickschnack: einen Gegenstand wählen, schweben lassen, wieder absetzen, fertig. Und nicht erst noch um den Kopf kreisen und Salto schlagen lassen oder ähnlichen Firlefanz. Zumindest jetzt noch nicht. Hogshead sah die Tasse an… Konnte man sie tatsächlich dazu veranlassen, daß sie vom Tisch abhob, ohne daß man mechanisch auf sie einwirkte? Es gab nur eine Möglichkeit, dies herauszufinden. Tief in seinem Innern war er überzeugt, daß das möglich war. Aber wenn man es genau betrachtete… Die Tasse wirkte beachtlich stabil und fest. Ortsfest, sehr seßhaft.

Aber das, sagte er sich, das sollte sich jetzt ändern.

Hogshead konzentrierte sich auf den Zauberspruch. Er las ihn durch und versuchte, die korrekte Aussprache jedes einzelnen Worts herauszufinden. Nachdem er sich ein paar Minuten lang stumm vorbereitet hatte, war es soweit: Er holte tief Luft – er war bereit. Courgette sah es mit gemischten Gefühlen. Sie wußte, daß sie ihn nicht davon abhalten konnte. Würde sie ihn jetzt zurückhalten, dann hätte er wochenlang scheußlich schlechte Laune. Einerseits wünschte sie, dieser Fimmel, ein Zauberer sein zu wollen, möge seinen Reiz verlieren. Andererseits aber und beinahe mehr noch hoffte sie auf ein Wunder. Sie hoffte, daß der Versuch klappte – es war schon schlimm genug, mit dem eingeschnappten Firkin zurechtkommen zu müssen.

Plötzlich drangen seltsam würgende Laute aus Hogsheads Kehle. Es klang, als würde ein zerknautschtes Tonband – die Aufzeichnung irgendeines fragwürdigen Mantras – rückwärts und mit halber Geschwindigkeit abgespielt und begleitend dazu ganz gemütlich eine Katze erdrosselt. Es war ein vielversprechender Anfang. Ch'tin nickte weise, als er dieses gutturale, unmenschliche Geräusch hörte. Hogshead starrte die Tasse herausfordernd an und setzte dabei den nervtötenden Strangulationslärm unbeirrt fort. Er war eisern entschlossen: Es mußte gelingen! Verstört rückte Courgette ein wenig vom Tisch ab. Hogsheads verzerrtes Geheul wurde lauter. Ch'tin war stolz, die Sache lief gut!

Plötzlich ein Klopfen! Einmal nur: Keramik auf Holz! Courgette hielt den Atem an und starrte mit weitaufgerissenen Augen auf die Tasse: Sie stand nach wie vor genau dort, wo sie gestanden hatte, und sah immer noch herausfordernd stabil und schwer aus. Hatte es wirklich geklopft? Das konnte wohl nicht sein.

Tiefe Falten standen auf Hogsheads Stirn, konzentriert machte er weiter, war vollauf in Anspruch genommen von der Nachahmung unsäglich scheußlicher tierquälerischer Handlungen. Ob er das Geklapper gehört hatte? Oder war es nur Courgettes Wunschdenken gewesen?

Ein weiteres Klopfen beantwortete diese Fragen. Die Tasse bewegte sich. Ganz eindeutig, sie bewegte sich. Hogsheads Stimme stockte und schwankte ein wenig. Er hatte vor einem schwierigen phonetischen Wechsel Atem geholt und verdoppelte jetzt seine Anstrengungen. Fünf Kätzchen kreischten und kratzten mit den Krallen hemmungslos quietschend auf einer Schiefertafel. Wieder ein Klopfen. Dann eine ganze Serie. Die Tasse klapperte, schlug einen Trommelwirbel auf dem Tisch, immer schneller, immer lauter, rührte sich dabei aber nicht von der Stelle. Das Geräusch war so laut, daß die Tischplatte zu schwingen begann. Es hörte sich an, als würde ein ganzes Heer von Klopfkäfern im Pogorausch mit den Schädeln aufeinander losrennen. Courgette hielt sich die Ohren zu. Der Krach wurde qualvoll. Ch'tin hoppelte über die vibrierende Tischplatte, als die Impulszahl der Oszillationen der Tasse anstieg. Auch das Buch setzte sich in Bewegung. Courgette hatte das Gefühl, als ratterten ihre Zähne in den Zahnhöhlen.

Dann zerplatzte die Tasse mit einem scharfen Knall – die inneren Spannungen waren zu groß geworden. Tausend winzige Splitter sausten durch die Luft, das Wasser schwappte auf den Tisch und spülte Ch'tin über die Kante. Nach dem Lärm der letzten Minuten schmerzte die jäh eingetretene Stille beinahe. Courgette nahm die Hände von den Ohren und starrte entgeistert auf Hogshead und den Haufen nasser Keramikscherben. Hogshead war bleich. Er wirkte so ausgezehrt, als hätte ihn ein Vampirlehrling zu Übungszwecken benutzt. Aber trotz aller körperlichen Erschöpfung leuchteten seine Augen, ein Wort stand deutlich in ihnen geschrieben: das Wort ›Sieg‹. Und wer Hogshead kannte, den verwunderte es nicht, daß es falsch geschrieben war. *Mit ohne ie,* wie er das nannte.

Was nun den Vorgang der Levitation anging ... Diesbezüglich war der magische Akt möglicherweise ja ein kompletter Flop gewesen. Und trotzdem war etwas anders geworden. Hogshead hatte die Tasse nicht angefaßt. Niemand hatte sie angefaßt. Aber auf irgendeine Weise – durch den Einsatz von Worten und Geräuschen – hatte er sie tatsächlich bewegt. Er war erschöpft und gleichzeitig euphorisch. Er wollte mehr. Er konnte es. Magie! Er besaß magische Kräfte.

Unter dem Tisch hörte Courgette ein klägliches sprudelndes Geräusch. Ch'tin hatte den Mund voll Wasser, er würgte und spuckte und rappelte sich mühsam hoch. Sie setzte ihn auf den Tisch. Sein Gesicht, das auch sonst schon wie ein wüstes Geknäuel aus schauerlichen Mandibeln und Glotzaugen wirkte, war jetzt grotesk verzerrt und sah aus wie ein wimmelndes Nest voll aufgerissener Schnäbel und anderer Freßwerkzeuge.

»Mit Absicht du das nicht habe ich recht gemacht hast, hä?« quiekte er Hogshead herausfordernd an. Er war verärgert. Und wie immer, wenn er verärgert war, verfilzte sich seine Sprache heillos.

Hogshead sah Ch'tin an, der naß und dampfend auf dem Tisch hockte. *Fehlt nur noch, daß von den wütend kreiselnden Fühlern Funken abspringen,* dachte er und lachte. Courgette schauderte beim Klang dieses Lachens. Das war nicht das Lachen, das sie von ihm kannte. Es war anders, war kälter, härter. Und es klang gierig. Sie starrte Hogshead an, der auf den Trümmerhaufen auf dem Tisch blickte. Er sah eigentlich nicht anders aus als sonst immer. Sie schüttelte verwirrt den Kopf. Hatten ihr möglicherweise die Ohren einen Streich gespielt, oder war auf Hogsheads Lachen tatsächlich ein Echo gefolgt ...?

Im Privatgemach des Königs, das hinter dem Konferenzsaal lag, saß Firkin und faltete einen Pergamentflieger. Die Zungenspitze wanderte aufregt von einem Mundwinkel zum anderen, er konzentrierte sich auf die letzten Kniffe und Falze, richtete die Nase genau aus, stellte die Flügel im richtigen Winkel ein und bewunderte dann zufrieden lächelnd sein Werk.

»Fertig«, sagte er. »Wollen wir einen Probeflug machen?«

»Mmmmm«, brummte Klayth abwesend und lümmelte sich in die Sitzkissen, mit denen sein Privatgemach möbliert war. Neben ihm saß sein abgewetzter, ramponierter Teddy und sah ihn glasäugig verwundert an. Firkin hätte nicht sagen können, welcher von den beiden den aufgeweckteren Eindruck machte. Klayth hatte seit Stunden nicht viel mehr als »Mmmmm« von sich gegeben. Er war ausgebrannt, die Hetzjagd von einer Versammlung zur anderen, die Teilnahme an Gesprächen, Einweihungen, festlichen Banketten und unzähligen anderen Veranstaltungen und Pflichtterminen – das alles war nicht spurlos an ihm vorübergegangen. Firkin sah genau, daß ihm die Belastungen des Herrscheramts allmählich über den Kopf wuchsen. Und er sah auch, daß es noch viel schlimmer kommen würde. Es sei denn … Der winzige Funke der plötzlichen Eingebung blinkte auf in der tiefen schwarzen Leere der Verzweiflung … *Es sei denn,* dachte er mit der hoffnungslosen Naivität des unheilbaren Optimisten, *es sei denn, ich finde einen Weg, um seine Probleme zu lösen und alles wieder in Ordnung zu bringen. Weil dann … dann … dann wäre alles wieder in Ordnung! Ha! Ganz einfach!*

Er lächelte versonnen und dachte an alle die vielen Möglichkeiten, wie er helfen konnte. Und dann dachte er an alle die vielen Probleme und Schwierigkeiten, die seine Hoffnung zunichte machten, auch nur in die Nähe jenes Punktes zu gelangen, von dem aus er beginnen könnte, irgendein Problem lösen zu wollen, das auch nur im entferntesten von Belang gewesen wäre. Der winzige Funke erlosch.

Pergamentflieger – das war es wohl, wofür er gut war. Großartig …

»Sollen wir ausprobieren, ob er gut fliegt?« fragte er noch einmal.

»Mmmmmmm«, antwortete der König wieder. Unverändert quoll schwarzes Grauen aus den Sprüngen und Rissen der Straßendecke, die über seinem Gedächtnis lag.

»...«, pflichtete ihm der Bär bei.

»Oder soll ich ihn in Fetzen reißen und drauf rumtrampeln?« Die Desillusionierung strich über die Reibfläche an der Zunderbüchse, in der die plötzlichen Eingebungen steckten. Irgend etwas in ihm wehrte sich dagegen, so leicht aufzugeben. Der Funke glomm wieder auf, glühte rot: Jetzt sanft anblasen, ganz leicht anfachen, die Hände an den Mund und anblasen – sanft, ganz behutsam! Der Zunder schwelte, fing Feuer und erleuchtete eine Tür. Die Tür schloß sich. Schloß sich schnell – Klayth sperrte ihn aus. Jetzt kam es darauf an, schnellstens einen Fuß dazwischenzustecken! So wie diese Dings das immer machten, diese Leute, die einem immer ihren Wachtturm zeigen wollten, diese Je ... diese Je ... je länger er darüber nachdachte, um so weniger fiel es ihm ein.

»Mmmmmm«, hörte er es verschlossen trübsinnig stöhnen.

»...?« sagte der Bär.

Der Türspalt war gerade so breit wie sein Schuh. Hoffentlich hielt der das aus ... »Was ist mit dir, Klayth? Hörst du mir überhaupt zu?«

»Mmmmmm.«

»Klayth!«

»Äh? Was?« Der König versuchte angestrengt, die Gummistiefel seiner Seele aus dem Sumpf des Selbstmitleids zu ziehen.

»Ich habe gesagt ›Hörst du mir überhaupt zu?‹. Ich rede seit zehn Minuten mit dir. Ich wette, du hast nicht ein Wort gehört.«

»Tut mir leid. Ich habe, äh, nachgedacht.« Klayth angelte nach den Socken der Selbstachtung, die in den Gummistiefeln hängengeblieben waren.

»Ich gäb was dafür ...«

»Hä?«

»Ich gäb was dafür, wenn ich wüßte, was du gedacht hast, mein Gebieter.« Firkin machte einen übertrieben tiefen Kratzfuß und verbeugte sich bis zum Boden. Es war ein Versuch, Klayth ein wenig aufzuheitern ...

»Ich weiß nicht, wo ich beginnen soll.«

»Mach's einfach so, wie Franck immer gesagt hat: ›Am besten beginnt man mit dem Anfang und macht dann so lange weiter, bis man am Ende zum Schluß kommt.‹«

»Hmmmm. Das ist leichter gesagt als getan«, seufzte Klayth.

»Sind es diese Diebstähle im Gebirge?« Firkin machte sich auf eine längere Aussprache gefaßt und setzte sich.

Und plötzlich, so wie sich ein Schleppnetz auf dem Deck eines Fischkutters öffnet, genauso brach es jetzt wie eine Sturzflut aus Klayth heraus. Tonnenweise wurden Gefühlsergüsse aufs Trockene geworfen, sie wanden und krümmten sich, schnellten hoch und schnappten in der feindseligen Umwelt verzweifelt nach Luft.

»Ja«, schniefte Klayth. »Genau das. Die Diebstähle. Und die Soldaten und ... Ich fürchte, ich mache keine sehr gute Figur.«

»Als was?«

»Als König.«

»Warum glaubst du das?« Eine heikle Situation für Firkin: Entweder wurde er gleich über die Reling gespült, oder – und das war eigentlich noch schlimmer – er mußte das Zeug, das er eben heraufgeholt hatte, auch noch ausnehmen.

»Denk doch nur an die ewigen Querelen. Dauernd soll ich irgendwelche Kabbeleien und Streitereien schlichten. Die Soldaten, die in Cranachan waren, haben sich immer noch im Schloß eingelebt, und ich ... ich weiß einfach nicht, was ich da machen soll.«

»Ich wüßte nicht mal, wo ich da anfangen sollte.«

»Das ist genau das Problem.« Klayth sah Firkin hilfesuchend, beinahe flehentlich an. »Genau das ist es. Ich weiß nicht, wie ich es anfangen soll.«

»Was anfangen?«

»König zu sein. Hörst du mir eigentlich zu?«

»Also das ist doch kein Problem«, legte Firkin mit seiner Hilfeleistung los. »Ganz einfach: Ein König, äh, ein König, also ein König … regiert!«

»Ja schon. Aber was heißt das?«

»Na ja … er sagt den Leuten, was sie machen sollen … und so.« Firkin geriet ins Stottern und wünschte sich fast, er hätte Klayth weiter Trübsal blasen lassen.

»Aber *was? Was* sagt er ihnen, sollen sie tun?« platzte Klayth los. »Und *wie* sagt er ihnen, sollen sie das tun? Und *woher* weiß er eigentlich, was er ihnen sagen soll, daß sie tun sollen? Und warum sagt er ihnen das, was er meint, daß sie tun sollen?«

»Ich, äh, also … das letzte weiß ich.« Firkin mußte sich so stark konzentrieren, um hinter den Sinn von Klayths Fragerei zu kommen, daß er vor Anstrengung schielte.

»Dann sag's mir. Hat mir noch nie einer gesagt.«

»Weil … weil … na ja …« Firkin brummte der Kopf, er suchte verzweifelt nach einer Antwort, »… weil er der König ist.«

Es war eine erbärmliche Antwort.

Klayth sah Firkin an. Kein Zweifel, Firkin hatte es ernst gemeint, es war seinem Gesicht anzusehen. Firkin blickte ihn so treuherzig an wie der Welt cleverster Spaniel: Er hatte gerade den alten Pantoffel, den man ihm zum Zerbeißen überlassen hatte, angeschleppt und wartete jetzt auf seine Belohnung. Es war nicht auszuhalten! Klayth verfärbte sich puterrot, und dann – dann zischte der Dampf pfeifend aus dem Druckventil, und Klayth explodierte. Er brüllte vor Lachen und kugelte kreischend von seinem Kissenhaufen. Firkin war fassungslos.

»Wa…, was hab ich denn gesagt?« platzte er heraus. Nur mit Mühe konnte er verhindern, ebenfalls vor Lachen loszubrüllen. »Was?« Es half nichts, das Virus war ansteckend. Auf seine letzte Frage bekam Firkin nie eine Antwort. Innerhalb weniger Sekunden hatte sie ein heftiger, kräftezehrender Anfall umgeworfen. Diagnose: akute, hemmungslose Ausgelassenheit.

Kurze Zeit später, nachdem sie sich endlich beruhigt hatten, schaffte es Klayth trotz Heiserkeit und Seitenstechen, wieder einigermaßen verständlich zu sprechen. »Alle meine Probleme ließen sich restlos beseitigen«, sagte er, »wenn man eines erreichen könnte: daß der Krieg nie stattgefunden hätte. Aber das ist leider nicht möglich. Was ist jetzt eigentlich mit diesen Fliegern, von denen du vorhin dauernd gefaselt hast?«

»Haha! Tut mir leid, aber an die hab ich nicht mehr gedacht!«

»Fertig!« sagte Klayth hämisch.

»Du?«

»Ja«, sagte Klayth. Er hielt seinen Flieger hoch und streckte den linken Arm aus. Firkin nahm die gleiche Position ein.

»Los!« schrie er und schickte den Pergamentflieger mit einer gekonnten, ruhigen Bewegung los. Er flog geradeaus und flog – für Klayth zumindest – ärgerlich gut. Klayth schoß der Flieger aus der Hand, überschlug sich und sauste nach einer scharfen Linkskurve im Sturzflug nach unten.

Es klopfte.

»Wenn du's wissen willst, dann zeig ich dir, wie man sie macht«, sagte Firkin und hob seinen Flieger auf.

Es klopfte wieder. Höflich, aber bestimmt.

»Herein!« rief Klayth. »Ja«, sagte er zu Firkin, »wüßte ich gern.«

»Ffire, Ffire! Habt Ihr die Verffammlung vergeffen? Ffie hätte ffon längfft beginnen ffollen!«

»Du lieber Himmel! Die Freiwilligen. Das habe ich vollkommen vergessen. Du hättest mich holen sollen, Paladino!«

»Daff tue ich ffoeben, wie Ihr vielleicht ffeht, Ffie!«

Dann flog plötzlich die Tür noch einmal auf. Wie eine Meute Hundewelpen stürmte eine durchgedrehte Dreierbande ins Zimmer.

»Firkin, Firkin, Firkin!« schrie Hogshead aufgeregt. Courgette und Dawn kamen hinter ihm hergerannt.

»Ichhab'sgeschafftichhab'sgeschafftich...« Fuchtelnde Arme, ein hampelnder Hogshead, eine zappelnde Courgette, eine hopsende Dawn – sie schienen plötzlich überall im Zimmer zu sein.

Klayth stahl sich davon und ging zu seiner Versammlung, gefolgt von Paladino und einem finsteren Blick von Firkin.

»Es hat zwar nicht genauso funktioniert wie ich geglaubt hab' daß es funktioniert aber es hat funktioniert und sie hat geklappert und dann ist sie zersprungen und hat eine Schweinerei verursacht aber das kriegen wir wieder hin und ich will's noch mal machen und und...« Als Hogshead kurz nach Luft schnappte, legte Courgette los und nahm Firkin in die Zange, nagelte ihn fest wie ein Schmetterlingssammler, der einen Nachtfalter aufspießt. »Es stimmt ich war dabei und hab's gesehen und sie hat geklappert und ich hab sie gar nicht angefaßt und er auch nicht aber sie hat sich bewegt und war voll Wasser und er hat's geschafft daß es funktioniert hat und...

Firkin wurde von dem Sperrfeuer aus Wörtern und nickenden Köpfen immer tiefer in die Kissen gedrückt. Er ertappte sich dabei, daß er an vier Monate alte Labradorwelpen dachte. »Aufhören!« brüllte er. Es war ein Akt der Notwehr, durch den er sich die Möglichkeit verschaffte, endlich auch ein Wort zu sagen. »*Was* hast du gemacht?«

Hogshead klappte den Mund zu. Er wirkte ein bißchen verlegen.

»Tut mir leid. Ich, äh, habe mich wohl ein wenig hinreißen lassen. Aber es ist einfach so aufregend weil's geklappt hat und weil ich es geschafft hab dabei hab ich sie überhaupt nicht angefaßt und ...«

»Du fängst schon wieder an. Mach langsam und sprich so, wie es sich gehört. Was hast du getan?« Firkin war klar, daß er gar nicht darum herumkäme, sich die Geschichte anzuhören. Und weil Klayth im Augenblick nicht da war, konnte er sie sich genausogut auch gleich anhören.

Hogshead sah Courgette und Dawn an und kicherte. Auf eine Art, die außerordentlich kindisch war – selbst für ihn.

»Nun«, begann er gestelzt und schilderte den Vorfall mit der Tasse. Courgette und Dawn lauschten hingerissen, obwohl jede von ihnen alles darüber wußte und die Geschichte schon mindestens dreimal gehört hatte.

»... so war's. Ein Akt der Magie. Ich habe gezaubert!« schloß Hogshead triumphierend.

»Magie«, sagte Firkin teilnahmslos. »Du kannst doch gar nicht zaubern.«

»Jetzt schon. Ich hab's gelernt. Und ich hab's gekonnt.« Hogshead war kurz davor, wieder mit seiner Hampelei zu beginnen.

»Ja, ja. Toll«, kommentierte Firkin trübsinnig.

»Also – von dir ich hätte eigentlich etwas Besseres erwartet als diese matte Reaktion«, jammerte Hogshead. »Fiesling!«

»Ich habe eben wichtigere Dinge im Kopf.«

»Was kann denn wichtiger sein als Magie ... ?« Hogshead wollte losplatzen. Dawn ging dazwischen und beschwichtigte ihn.

»Was ist los mit dir?« Als Dawn den gequälten Ausdruck auf dem Gesicht ihres Bruders sah, fiel ihr der Abend wieder ein, bevor er aus Khucaph verschwunden war. Und das beunruhigte sie. Es beunruhigte sie sehr. Nicht nur sie – auch Hogshead und Courgette.

»Wenn du zugehört hättest, statt wie eine Wilde auf mich einzufaseln, dann wüßtest du, was los ist«, sagte Firkin. »Es ist wegen Klayth ...«

Hogshead hüstelte. »Äh, Entschuldigung, aber mir ist gerade wieder eingefallen, daß ich da noch eine Beschwörung, äh ...«

»... am Laufen habe«, führte Courgette zu Ende.

»Gefährlich, so etwas unbeaufsichtigt zu lassen ...« Hogshead war schon aus der Tür.

»Nicht auszudenken, was da passieren könnte ...«, pflichtete Courgette bei. Weg waren sie.

Firkin wandte sich an seine Schwester. Dawn zitterte. Sie saß in der Falle. Zu spät, um sich noch eine Ausrede einfallen zu lassen. Sie war dran.

»Es ist wegen Klayth ...«, fing Firkin wieder an.

Und wie eine wasserscheue Rotznase, die in die Badewanne gesteckt wird, begann sie zu schreien. Lautlos und stumm und nur für sich. Niemand sonst hörte sie.

Es war nicht klar, was Klayth sich vorgestellt hatte. Klar war nur (das war seinem Gesicht, in dem sich Verunsicherung und Verdruß spiegelten, deutlich anzusehen), daß er fest damit gerechnet hatte, daß sich mehr als drei Freiwillige melden würden. Er hätte natürlich auch eine Mannschaft rekrutieren können. Er hatte es nicht getan. Er war der Ansicht, daß ein Freiwilliger besser war als hundert Zwangsverpflichtete. Außerdem war er sich nicht sicher, was er in den krapathischen Bergen herausfinden würde. Je weniger die möglicherweise schreckliche Wahrheit kannten, um so besser. Es hatte keinen Sinn, die Pferde scheu zu machen.

Daß sich das Vorrücken der Truppe von Anfang an etwas laut und lärmend gestaltet hatte, das lag einzig und allein am quertreiberischen und streitsüchtigen Charakter von Mulben und Hassock, die sich (weiß der Himmel warum) entschlossen hatten mitzuziehen, um mit eigenen Augen zu sehen, was auf der transkrapathischen Handelsroute vor sich ging. Hassock, der knickrige Pfennigfuchser, wollte herausfinden, wer da oben ohne seine Genehmigung die Lieferwege seiner Waren umänderte. Mulben war mitgekommen, weil er ein wachsames Auge auf Hassock haben wollte, dem er allenfalls so weit über den Weg traute, wie ein Kamel spucken konnte.

Der dritte Freiwillige näherte sich dem Ziel der Expedition mit einem Gefühl der Beklommenheit und Furcht, das in seiner Intensität etwa dem gleichkam, das auch Klayth empfand. Hätte man die beiden gezwungen, mit verbundenen Augen von einem hohen Sprungturm mit doppeltem Salto rückwärts und dreifachem Schraubensprung in ein brennendes Faß zu hechten – es hätte bei weitem nicht die tosende Adrenalinsturzwelle ausgelöst, die ihnen jetzt durch die Adern brauste. Firkin war schlecht vor Angst, als sie sich jetzt der engen Erosionsrinne näherten, dem Einsatzort des Kettensträflingstrupps; er bedauerte zutiefst, daß sie nicht wenigstens einen kleinen Eimer mitgenommen hatten. Klayths Seele stapfte in ihren Gummistiefeln mühsam durch die steigende Flut des Grauens.

Klayth schlich sich leise in die Rinne. Es war gespenstisch still. Befremdlich still für einen Ort, an dem ein Kettensträflingstrupp im Einsatz war. An dem es eigentlich laut und lärmend hätte zugehen müssen – an dem man wenigstens die Schmerzenschreie eines Sklaven hätte hören müssen, dem gerade eine unverdiente Strafe verabreicht wurde. Klayth hätte sich wesentlich besser gefühlt, wenn er die süße Stimme eines gemarterten Swinehunt vernommen hätte. Seine Augen waren in den königlichen Augenhöhlen ständig in Bewegung und suchten unentwegt unruhig und alarmbereit die Umgebung ab. Bis ihnen plötzlich die Sicht versperrt war: Die Rinne bog ab; was hinter der Kehre lag, war nicht zu sehen. Klayth winkte Firkin zu sich und gab den Kaufleuten mit Handzeichen zu verstehen, daß sie warten sollten. Die Jungen schlichen ängstlich weiter und spähten vorsichtig um die Biegung. Kalt und naß lief die hoch angestiegene Flut des Grauens über den Rand und in die Gummistiefel.

Firkin stockte der Atem, er schauderte. Seine schlimmsten Befürchtungen waren wahr geworden: Börrnhadt und Mattsches lagen schlaff und reglos, mit dem Gesicht nach unten auf den steinigen Boden hingestreckt. Es war ein unsäglicher Schock. Firkin taumelte, wankte hinter die Wegbiegung zurück, schloß die Augen und lehnte sich zitternd an die steile Felswand. Wieder vermißte er schmerzlich den Eimer. Er konnte nicht glauben, was er eben gesehen hatte, es war unmöglich. Es konnte ganz einfach nicht sein. So, wie er es immer befürchtet hatte, genauso war es eingetreten: Swinehunt war offensichtlich geflohen und hatte Börrnhadt und Mattsches einfach liegengelassen. Schaudernd sah er ihr Bild wieder vor sich.

Klayth (seine seelischen Füße glucksten im klebrig feuchtkalten Grauen) starrte auf die hingestreckten Leichen und bemerkte nicht, daß ihn jemand, der hoch über ihm hockte, angespannt beobachtete. Hassock, totenbleich im Gesicht, stand neben ihm und glotzte stier und stieläugig die beiden Opfer an. Arm in Arm sah er den Tod und das Entsetzen vor sich, sie grinsten fahl und winkten ihm mit ihren Sensen lässig und unheilvoll zu.

Der heimliche Beobachter, ein hochgewachsener dürrer Mensch, spähte über einen riesigen Felsbrocken (der verfilzte Bart schabte dabei über den Flechtenwuchs auf dem Stein). Der junge König ging unsicher ein, zwei Schritte weiter. Der Beobachter rückte ein Stück zur Seite, um besser sehen zu können. Er zupfte nervös an seiner ramponierten ledernen Augenklappe herum. Dabei stieß er mit seinem Rucksack gegen einen lockeren Stein. Der Brocken sauste mit lautem Gepolter den steilen Abhang hinunter. Klayth trat instinktiv zur Seite. Der Stein verfehlte ihn nur knapp, er schoß haarscharf an ihm vorbei und schlug krachend an der gegenüberliegenden Wand der Erosionsrinne auf. Klayth blickte erschrocken nach oben und sah gerade noch den Rücken einer Gestalt, die ihm merkwürdig bekannt vorkam. Sie trug einen großen Rucksack und war im nächsten Augenblick hinter der Horizontlinie verschwunden. »Haltet ihn!« schrie Klayth verzweifelt. »Da oben! Er haut ab!«

Firkin stürmte auf die Felswand zu, wollte in der Falllinie hinaufspurten, fuchtelte wild, suchte fieberhaft einen Griff, irgendeinen Halt und scheiterte kläglich. Mit einem halben Dutzend Kletterhaken, zehn oder zwölf Steigeisen, einem 30-Meter-Seil und zwei Eispickeln … hätte er möglicherweise eine Chance gehabt. Er rutschte ab und blieb wie ein wild keuchendes Häufchen Elend am Fuß des Abhangs liegen.

Ein letztes triumphierendes Gelächter hallte keckernd durch die Rinne …

Firkin schäumte vor Wut. Swinehunt war entkommen.

Plötzlich: ein tiefes unmenschliches Stöhnen, dann Kettengerassel …! Hassock, schreckensbleich im Gesicht, fuhr herum. Der Tod und das Entsetzen – sie winkten, sie waren gekommen, um die armen Seelen zu holen …

Die Leichen bewegten sich. Wollten seine Seele holen. »Ouuhhhhh«, stöhnte die massige, auf den Boden hingestreckte Gestalt.

Hassock schrie.

Eine riesige schwarze Hand erhob sich, bog sich nach unten und krallte sich an der Schulter der anderen Gestalt fest.

»He, Mattsches! Aufwach'n, wir ham Besuch!«

Hassock fiel in Ohnmacht.

Swinehunt floh. Er rannte, hetzte querfeldein durch die krapathischen Berge, durch einen Landstrich, den er mittlerweile sehr gut kannte. Er sah die verblüfften, entgeisterten Gesichter dieser beiden Dorfdeppen noch vor sich und schrie und kreischte vor Lachen.

Deppen! Echte Deppen! Depperte Deppen!

Er sah die Situation so plastisch vor sich, als würde sie in 80-mm-Superthaumination* auf seine Netzhaut projiziert. Er war selbst verblüfft, wie tadellos die Sache geklappt hatte.

»Aber bei meinem Verstand«, sagte er sich, anmaßend, wie es seine Art war, »wie hätte es da auch nicht klappen sollen?«

Er bog scharf nach links, duckte sich hinter einem moosbewachsenen Felsen nieder, zwängte sich durch einen Eingang, der sorgfältig mit Farngestrüpp und Heidekraut verdeckt war, und betrat eine große Höhle.

Nachdem er endlich nicht mehr befürchten mußte, daß er von neugierigen Spitzeln entdeckt wurde, gestattete er sich den Luxus, sich einen Stuhl auszusuchen, eine Tüte Popcorn zu bestellen und sich gemütlich niederzulassen im Laterna Magica-Theater seines Geistes, um sich genießerisch das Abenteuer seiner Flucht anzusehen. Schwere rote Vorhänge glitten mit weichem Schwung geräuschlos zur Seite, Zahlen liefen in schneller Folge über die Leinwand, der Bildausschnitt wackelte kurz einmal, und dann – begann es.

Vor etwa einer Woche hatte Swinehunt die ersten Schritte zur Realisierung seines Fluchtplans unternommen. Nur ein Problem gab es noch, warum er sich nicht schon damals der endgültigen Freiheit erfreuen hatte können: seine Beine waren um die Fußknöchel mit zwei ungeheuer schweren Ketten zusammengeschlossen, und diese Ketten hingen fest und sicher in einer Felswand des Piz Arretschina, eines viertausendfünfhundert Meter hohen erloschenen Vulkans in den Krapathen. Während der letzten Monate vor diesem Zeitpunkt hatte er des öfteren die Schlösser an diesen Ketten mit einem Dietrich

---

* 80-mm-Superthaumination: Projektionstechnik und -format. Wird in allen erstklassigen, mit Breitwand ausgestatteten Laterna Magica-Theatern verwendet.

geöffnet und die Umgebung ausgekundschaftet. Nach drei oder vier dieser nächtlichen Exkursionen war er sich über zwei Dinge klargeworden. Erstens: Er brauchte einen Stützpunkt. Zweitens: Er mußte die Wachen ausschalten, sonst würde er auf der Stelle wieder geschnappt werden. Was nur zur Folge hätte, daß die Sicherheitsvorkehrungen verdoppelt würden – im besten Fall. Nein, er brauchte einen Fluchtplan, der ihm die Möglichkeit verschaffte, sich ein Schutzlager in den Bergen anzulegen und eine Verfolgung durch die Wachen auszuschließen. Es hatte nicht lange gedauert, und er hatte einen perfekten Plan ausgeheckt. Dann hatte er sich an die Verwirklichung dieses Plans gemacht...

Zum letzten Mal ließ Swinehunt den schweren Vorschlaghammer auf die Felskante der Erosionsrinne niedersausen. Dann stellte er die Arbeit ein. Die plötzlich eingetretene Stille verwirrte Börrnhadt. Er blickte auf und sah, daß Swinehunt tief gebückt vor der Felswand stand und an seinen Ketten zerrte.

»Nix da«, brüllte Börrnhadt, »weiterarbeiten!«

»... sonst gibs ein aufn Nischel«, fügte Mattsches hinzu.

»Bitte, meine Herren, bitte! Ich habe nicht ohne Grund die Arbeit eingestellt.« Die Ausführungen, die jetzt folgen sollten, hatte Swinehunt mehrere Tage lang sorgfältig einstudiert.

»Was für'n Grund?« wollte Börrnhadt wissen.

»Gesetz zum Schutz der Gesundheit werktätiger Strafgefangener, erlassen 1023 MEZ, Paragraph 32, Abschnitt III, Unterabschnitt VI«, rasselte Swinehunt herunter.

»Und was is damit?« erkundigte sich Börrnhadt. Mattsches kratzte sich den rasierten Schädel.

»Ich fürchte, daß Sie bei der Ausführung Ihrer Tätigkeit gegen diesen Paragraphen verstoßen. Das is damit.« Swinehunt registrierte die von ihm erwarteten leeren Blicke, den Ausdruck kompletten Unverständnisses, gratulierte sich heimlich zu seinem ersten Erfolg und fuhr fort: »Laut Paragraph 32, Abschnitt III, Unterabschnitt VI muß – ich zitiere – ›jeder im Straßenbau beschäftigte Arbeiter, jeder in der Landwirtschaft beschäftigte Arbeiter und jedes Belegschaftsmitglied eines Kettensträflingstrupps, i.e. jeder behufs Strafverbüßung und charakterlicher Besserung seiner persönlichen Freiheit temporär beraubte Werktätige in einer Weise beschäftigt werden, durch die eine lückenlose Einhaltung der Sicherheitsvorschriften und darüber hinaus die Verunmöglichung des Verlassens des Einsatzortes durch den Sträfling, sei es zu Fuß oder mit Hilfe eines Vehikels, gewährleistet werden können‹. Klar?«

Mattsches kratzte weiter.

»Mit anderen Worten«, fuhr Swinehunt fort, »Verbrecher müssen ausbruchssicher ein- oder angeschlossen werden.«

Börrnhadt nickte bedächtig. »Desweg'n hast du ja deine Kett'n«, sagte er. Und war stolz auf dieses bemerkenswerte Meisterstück logischen Schließens.

»Nun, es sind eben diese Ketten, die mich veranlassen, meiner Sorge Ausdruck zu verleihen. Meine sehr verehrten Herren: Die wenigen Monate unserer Zusammenarbeit haben dazu geführt, daß ich Sie nicht sosehr als meine Wärter, sondern beinahe als meine Freunde ansehe.«

Mattsches grinste.

»Und deshalb erfüllt mich die Vorstellung, daß Sie wegen einer so trivialen und dabei so leicht zu korrigierenden Angelegenheit in ernsthafte Schwierigkeiten kommen könnten, mit entsetzlicher Sorge«, sülzte Swinehunt.

Mattsches blickte finster.

»Auf was willst'n du eig'ntlich raus?« fragte Börrnhadt.

Swinehunt rasselte mit den Ketten. »Nach all den Belastungen, denen diese Ketten in den vergangenen acht Monaten ausgesetzt waren, wäre es doch wohl einmal an der Zeit, sie einer Prüfung zu unterziehen. Ich habe manchmal das Gefühl, als wären sie nicht so stabil, wie sie aussehen. Wenn mir zum Beispiel – infolge Materialermüdung oder dergleichen – die Flucht gelänge, dann … gar nicht auszudenken, was das für Sie bedeuten könnte …«

Daran hatte Börrnhadt noch nicht gedacht.

»Man prüft derartige Ketten, indem man schwere Gewichte daranhängt und zusieht, ob sie diese Belastung aushalten. Sie, meine Herren, sind stärker als ich. Ich dachte deshalb, daß *Sie* – und das nur und ausschließlich in Ihrem eigenen Interesse – die Ketten einem Belastungstest unterziehen sollten. Das würde nicht lange dauern, und Sie könnten sich anschließend völlig sicher sein, daß ich Ihnen ganz bestimmt nicht entwischen kann.«

»Wo er recht hat, hat er recht«, flüsterte Mattsches.

Börrnhadt stand auf und ging zu Swinehunt. Er hob die Kette auf und riß heftig daran. Sie klirrte ein wenig, erwies sich ansonsten aber als sehr stabil.

»Der fehlt nix«, sagte er und wollte wieder davonstapfen.

»Äh, ich will ja nicht aufdringlich sein und will Ihnen auch ganz bestimmt nicht vorschreiben, wie Sie Ihre Arbeit zu verrichten haben – aber das war als Test nicht ausreichend. Es müßte vor allen Dingen auch der Verschluß der Fußschelle getestet werden«, führte Swinehunt aus. »Erst wenn das geschehen ist, können Sie wirklich sicher sein, daß die Ketten stabil sind.«

Börrnhadt brummelte wegen der zusätzlichen Arbeit, schloß eine der Schellen auf und untersuchte sie genau.

»Is einwandfrei«, murrte er nach einer Weile und wollte sie Swinehunt wieder um den Knöchel schließen.

»Ha! Sind Sie wirklich ganz sicher? Sie könnte an einer versteckten Stelle Rost angesetzt haben, es könnte Materialermüdung vorliegen oder sonst etwas. Am besten wäre es, wenn Sie die Ketten an sich selbst prüfen würden. Sie erlauben?« Er nahm die Schlüssel, nahm die Schelle und legte sie um den Knöchel des Wärters. Börrnhadt riß und zerrte – Kette und Schelle gaben keinen Millimeter nach. Er lächelte zufrieden.

»Scheint in Ordnung. Abstobil salut, äh, solut... sehr fest, mein ich.«

»Wunderbar. Doch da bleibt noch etwas Ungetestetes.« Swinehunt zeigte auf den Ring, der in den Fels eingelassen war. »Laut des 1015 MEZ vom Sicherheitsrat für Straf- und Zwangsarbeit veröffentlichten Berichts zum Thema ›Befestigung im Fels. Zur Durchführung des Belastungstests‹ – ich zitiere – ›sollte bei der Durchführung eines Belastungstests von Metall-in-Fels-Befestigungen (MIFB) das zu prüfende Material zumindest dem Doppelten der im alltäglichen Gebrauch auftretenden Kraft ausgesetzt werden‹.«

»Heißt...?« fragte Börrnhadt.

»Heißt, wenn Mattsches gleichzeitig zöge...« Swinehunt bückte sich und schloß, während er immer weiter sprach, seine Fußschellen auf »... dann, so meine ich, ließe sich ein allen Anforderungen genügender Test des Gesamtsystems durchführen.« Er hielt die geöffnete Fußschelle in der ausgestreckten Hand und winkte Mattsches zu sich.

»Sind Sie Rechts- oder Linksfüßer?« erkundigte er sich beiläufig.

»Äh...«, machte Mattsches. Die Fußfessel schloß sich um seinen rechten Knöchel.

»Bestens«, sagte Swinehunt und trat zurück. Außer Reichweite. »Ich denke, fünfzigmal wirklich fest ziehen dürfte genügen. Also dann: Eins... zwei... drei... Na, das geht ja schon ganz famos...«

Ob sie es tatsächlich bis fünfzig schafften... Swinehunt wartete nicht so lange. Er marschierte los, blieb nur einmal noch stehen, warf die Schlüssel in den Bach und spazierte dann weiter – heraus aus der steinigen Rinne und hinaus in die Freiheit.

»Etwas vorsichtiger aber sei dieses Mal!« Ch'tins Piepsstimme wehte dünn durch das Dachzimmer.

»Natürlich, selbstverständlich! Ich weiß doch, was ich tu.« Hogshead konnte es kaum mehr erwarten, wieder zu zaubern. Rasch blätterte er die Seiten des uralten Buchs durch und suchte den Levitationszauber. Er wollte es noch einmal damit versuchen. Und diesmal sollte es klappen. »Einführung hab ich schon gelesen, kann also nichts passieren«, sagte er kurz angebunden.

»Hmmpf!« sagte Ch'tin skeptisch.

Hogshead blätterte ein paar Seiten weiter und starrte angestrengt in das Buch, auf das auch jetzt wieder der matte Schein der Talgkerze fiel. Rechts von ihm lag ein kleiner runder Kieselstein, links von ihm (in sicherer Entfernung, wie der Bücherwurm hoffte) saß Ch'tin, der ihn ansah wie ein weiser alter Prophet, der seinen Lieblingsjünger unterrichtet. Hätte Ch'tin menschliche Gestalt gehabt, dann wäre er wahrscheinlich in eine mausgraue Kapuzenkutte aus grobem Sackleinen gekleidet gewesen und hätte einen Strick um den Leib gebunden gehabt. Seine Hände hätte er auf einen knorrigen Eichenstock gestützt, er hätte gehinkt (reine Effekthascherei!), hätte sich nicht enthalten können, Hogshead mit ›Mein Sohn‹ anzureden, und sein Name hätte sich (etwas klappernd vielleicht) mit ›Berlin‹ gereimt. Plötzlich verstummte das Rascheln pergamentener Blätter – Hogshead sah Ch'tin gierig an.

»Den da!«

»Was das ist?« erkundigte sich Ch'tin vorsichtig.

Hogshead las vor: »Levitation unbelebter Objekte. In Ordnung?«

Ch'tin nickte und piepste ein Gebet an Serpenth, den Erlöser und Beschützer aller Wesen, die da gleiten und schlängeln auf Erden. Für alle Fälle.

»Gut!« Hogshead war begeistert. »Und was jetzt?«

»Die Einleitung lies.«

»Hab ich beim letzten Mal schon gelesen.« Hogsheads Zeigefinger sauste ungeduldig die Zeilen entlang. »Das brauch ich doch alles nicht. Ich will nur zaubern. Und zwar gleich!«

»So ungeduldig sei nicht! Mit Weile eile! Nie man lernt aus, mein So ... äh.«

»Aber es ist wichtig. Ich muß ... will es noch einmal versuchen. Und ich will, daß es diesmal klappt.«

»Allzu schnell nicht immer gut ist. Mmmmmpf.«

»Ich will jetzt diesen Levitationzauber zaubern!« Hogsheads Augen verengten sich, er starrte den Wurm durchdringend an.

»Nun denn, mein So ... äh. Fang an.« Ch'tin nickte.

Hogshead grinste. Er war plötzlich ungeheuer nervös. Er sah den Kieselstein an, der klein war und rund und stabil; sah dann auf die Buchseite und auf die Wörter, die dort standen ... Er schluckte und räusperte sich.

Also dann, dachte er und schluckte noch einmal. Er erhob die Stimme, begann mit der Strangulation gehässiger Kätzchen, wimmerte und schrie die schwierigen, zerhackten, gedehnten, nahezu außerirdischen Wörter. Seine wie von einem Würgegriff gequälte Stimme strengte sich bis zum äußersten an, um einigermaßen wohlbehalten durch die trügerischen Untiefen der Artikulation zu steuern. Ein paar Teenager, die das zufällig hörten, erfanden bei dieser Gelegenheit das Wort ›Grunge‹.

»Chchhh henz jenkle yng inggall ainindy wayte ...«

Beim Versuch, die Wörter korrekt auszusprechen, verzerrte sich sein Kehlkopf, und sein Kehldeckel wand sich und schlug wild um sich wie ein Aal, der lebendig auf den heißen Grill geworfen worden wird.

»... vvel thin aynsht ookkun dhutschhh teetiimgu ...«

Atmen, Stimmführung kontrollieren ...! Er plagte sich, konzentrierte sich. Und tatsächlich schien es diesmal schon leichter vonstatten zu gehen. Es kam ihm beinahe bekannt vor:

»... ttisggan zwoolg emu taberm utter way nezzzeer ...«

Je mehr er sich konzentrierte, je intensiver er auf den Klang der eigenen Stimme hörte, um so sicherer und fester wurde sein Vortrag. Es schien ihm beinahe, als rezitiere er frei, als trage er auswendig vor und benutze das Buch nur noch als Gedächtnisstütze. So, als habe er diesen Text schon oft und oft rezitiert … Aber das konnte nicht sein. Oder doch?

»… hahtjan unke inhenzz jenmeer dabes innzzich d …«

Hogshead blickte auf, er hatte ein Geräusch gehört: Stein auf Holz. Der Kiesel hatte sich bewegt. Er atmete langsam ein und setzte dabei – anders intonierend jetzt – die Rezitation fort. Wieder bewegte sich der Kieselstein. Die Anstrengung trieb ihm den Schweiß auf die Stirn, in die sich tiefe Falten gegraben hatten. Tonhöhe und Timbre: darauf kam es jetzt an, davon hing es ab, ob es ein Erfolg werden oder als Fiasko enden würde. Und als es dann mehrmals hintereinander leise pochte, da wußte er, daß es funktionierte. Er schloß die Augen, psalmodierte konzentriert und wesentlich selbstsicherer, und seine Stimme nahm zu an Festigkeit und Volumen. Die Klopfgeräusche wurden schneller, wurden leiser und immer leiser und hörten schließlich ganz auf. Hogshead sprach noch ein paar Sätze … erst jetzt fiel ihm plötzlich auf, daß er den zweiten Teil der Zauberformel mit geschlossenen Augen gesprochen hatte, ohne in das Buch zu blicken.

Er nahm sich fest vor, irgendwann einmal mit Ch'tin darüber zu sprechen. Im Augenblick hatte er dafür keine Zeit, er platzte beinahe vor Neugier, ob der Zauber gewirkt hatte. Eine Explosion hatte er zumindest nicht gehört …

Er schlug die Augen auf und sah auf die Tischplatte, auf die Stelle, an der der Kieselstein gelegen hatte. Bei diesem Anblick stockte ihm der Atem. Er wußte zwar nicht genau, was er eigentlich erwartet hatte – *das* aber ganz bestimmt nicht: Die Stelle, auf der der Stein gelegen hatte, war leer. Der Kiesel war verschwunden, hatte sich in Luft aufgelöst.

»Es hat schon wieder nicht geklappt«, beklagte er sich bei Ch'tin. »Warum? Der Stein sollte jetzt über der Tischplatte schweben, und ich habe ihn verschwinden lassen! Liegt das an meiner Aussprache, oder was?« Er wischte mit der Hand über die Stelle, auf der der Kieselstein gelegen hatte. »Weg! Verschwunden! Warum hat es nicht richtig funktioniert?«

Ch'tin blickte Hogshead in die Augen: »Mit dem Wort schnell fertig die Jugend ist!«

»Hä? Es hat nicht geklappt! Das Ding ist weg!«

Ch'tin legte die Fühler nach vorn und zeigte nach oben. Hogshead blieb vor Erstaunen der Mund offenstehen. Dort oben, einen Meter über der Tischplatte, schwebte auf einer Säule aus purem Nichts der Kieselstein. Er kreiste langsam und zog in kleinen geostationären Umlaufbahnen um ein Häuflein heillos verwirrter Stickstoffatome.

Hogshead starrte ihn fasziniert an. Sein Gesicht warf Falten, er grinste wie ein Krokodil. Er hatte es geschafft! Diesmal hatte er es geschafft! Hogshead, der Magier! Hogshead, der Zauberer! Hogshaed, der Nekromant!

Ein überwältigendes Gefühl der Befriedigung erfaßte ihn. Reglos saß er im matten Schein der Talgkerze, sah mit irrem Grinsen dem kreisenden Kieselstein zu und kicherte leise. Es war ein selbstzufriedenes stilles Kichern, in dem – winzig nur, wie ein Hauch bloß – der hohle Klang postthaumatischer Überspanntheit mitschwang.

Wieder fauchte ein eisiger Windstoß durch Swinehunts Höhle und bohrte sich wie ein ganzes Heer thermischer Taschendiebe mit spitzen kalten Fingern noch tiefer in seinen zitternden dünnen Körper. Er verfluchte den Holzhaufen, der auf dem Boden lag, und schwor sich, beim nächsten Mal eine Schachtel Zündhölzer zu stehlen. Er hatte schon lange den Überblick verloren, wie oft er vergeblich versucht hatte, diese erbärmliche Karikatur eines Lagerfeuers anzuzünden.

Er kroch zum Eingang der Höhle und sah nach dem Wetter. Der Wind blies aus Nordwest, wahrscheinlich würde er noch vor Einbruch der Dunkelheit auf Nord drehen. Es sah ganz so aus, als näherte sich eine Kaltfront. Und wieder fluchte er, als er sich vergegenwärtigte, was die kalten Winter in den Krapathen für den unvorsichtigen Wandersmann bedeuten konnten, und sich gleichzeitig erinnerte, wie wohlig warm er es doch hinter den schützenden Mauern von Schloß Isolon gehabt hatte. Der Winter kam schnell – die Vorstellung, ihn hier in den Bergen überstehen zu müssen, war ihm in etwa so angenehm wie die Vorstellung, in Zukunft für seinen Lebensunterhalt arbeiten zu müssen. Er sah Klayth vor sich, sah ihn an einer langen Bankettafel sitzen, an der er eben ein königliches Festmahl verputzt hatte – er haßte ihn! Haßte ihn, weil es *ihm* nicht mehr gegönnt war, Erzkanzler von Isolon zu sein und die Annehmlichkeiten, die dieses Amt mit sich brachte, genießen zu dürfen. Statt dessen hockte er hier im Gebirge in einer kalten feuchten Höhle, wo ihm allenfalls einmal ein Bergziege oder ein verirrter Lemming Gesellschaft leisteten. Das konnte nicht so weitergehen.

Ich könnte hier sterben, und kein Mensch würde es merken, dachte er. *Und wenn mich dann – was äußerst unwahrscheinlich ist – jemand in diesem Loch fände, wäre ich nichts als eine unbekannte Leiche. Nicht mehr identifizierbar. Weil mich irgendwelche Viecher angefressen hätten. Oder wegen fortgeschrittener Verwesung.*

Er fröstelte. Das Entsetzen trat aufs Gaspedal und gab den Weg frei für einen anderen Gedankengang.

Ich bin frei, dachte Swinehunt, *ich bin gesund und ich habe einen anständigen Lebensmittelvorrat. Es ist Zeit, die Ärmel hochzukrempeln und aus meinem Leben etwas zu machen.*

Nachdem er seine gestohlenen Siebensachen zusammengesammelt, sich selbst warm eingepackt und den Holzhaufen versteckt hatte, sah er sich um, orientierte sich und marschierte los: weg von den Bergen, weg von Cranachan, weg von Isolon. Er rief sich das Bild von

Klayth ins Erinnerung und legte es in jenem neuralen Aktenschrank in seinem Gedächtnis ab, auf dem das Etikett ›Rache‹ klebte. Irgendwann einmal wollte er sich darum kümmern und die Sache in Ordnung bringen.

Kurz hinter Courgette stolperte Dawn in die düstere Dachkammer. Sie wartete, bis sich ihre Augen an das dämmrige Licht gewöhnt hatten. »Hallo«, sagte Courgette. Vorsichtig stieg sie über die Bretter, die auf den Dachbalken lagen, und trat an den Tisch.

»Was tust du denn da oben?« fragte sie Hogshead, der auf dem Tisch stand.

»Das verstehst du nicht. Magie …!« Hogshead trat zur Seite und gab den Blick frei auf den Kieselstein, der immer noch einen Meter über der Tischplatte kreiste.

»Du hast es geschafft! Hervorragend!« schrie Courgette.

»Ich hab's gestern abend …«

»Der ist seit *gestern abend* da oben?« unterbrach ihn Courgette hingerissen. »Bhoauey!«

»Klar!« blähte sich Hogshead auf. »Und da bleibt er auch, solange ich das will!«

»Fest er hängt!« piepste Ch'tin, der über den Rand von Hogsheads Tasche lugte.

»Er hängt *nicht* fest! Er ist da oben, weil ich das so will!«

»Mein Kieselstein!« kreischte Dawn plötzlich auf.

»Was will denn *die* hier?« schrie Hogshead herrisch und zeigte auf Firkins Schwester.

»Was hast du mit meinem Kieselstein gemacht?« winselte Dawn.

»Fest er hängt!« säuselte Ch'tin.

»Er hängt nicht fest!« fauchte Hogshead.

»Hol ihn runter!« fuhr ihn Dawn an.

»Gefällt er dir da oben nicht?«

»Nein!«

»Mir schon!« sagte Hogshead herausfordernd. »Ich hab ihn dorthingebracht, und mir gefällt er da oben!«

»Hol ihn auf der Stelle runter!«

»Du kannst ihn doch wieder runterholen, oder?« fragte Courgette skeptisch.

»Klar kann …«

»Fest er mmmmpffmmpfmpfm!« quiekste Ch'tin. Hogshead stopfte ihn in die Tasche.

»… kann ich ihn wieder da runterholen. Nur …«

»Nur?« fragten Courgette und Dawn.

»Äh … nicht grade jetzt. Ich weiß gar nicht, warum du unbedingt willst, daß ich ihn wieder runterhole. Es ist phantastisch, wenn er da oben ist. Paß auf!« Hogshead packte den Stein mit beiden Händen, zog die Knie an und kreiselte langsam durch die Luft. Courgette lachte laut auf. Es sah kolossal lächerlich aus!

»Gibt es eigentlich noch einen anderen Zauberspruch, mit dem du ihn wieder herunterholen kannst?«

»Gibt es.« Hogshead kletterte vom Tisch. »Aber ich kann ihn nicht lesen. Irgend so ein Idiot hat die Seite versaut, auf der er steht.« Er zeigte Courgette den Levitationszauber, blätterte um und zeigte ihr die Seite, auf der Gegenzauber stand: Die Schrift war nicht zu entziffern, sie war verwischt und verschmiert. Es sah ganz so aus, als hätte jemand eine große Tasse mit einer heißen Flüssigkeit verschüttet.* Neugierig steckte Dawn den Kopf unter Hogsheads Arm hindurch.

---

* Das Buch hatte ursprünglich dem Zauberlehrling Urklid gehört. Urklid war anerkanntermaßen der ungeschickteste und dümmste Magi-Azubi des Jahrgangs 1022 MEZ. So dumm, daß er schließlich relegiert wurde, nachdem er als Teilnehmer eines Fernlehrgangs eine mit Thaumatin** geschriebene Hausarbeit eingereicht hatte. Noch am Tag seiner Entlassung behauptete Urklid steif und fest, die Tasse, die über seinem Buch schwebte, sei vor dem Akt der Levitation leer und nicht mit heißem Tee gefüllt gewesen. Woher der Tee kam und für wen er zubereitet worden war, blieb ein Geheimnis.

** Thaumatin war eine Tinte, deren Verwendung nur den erfahrensten Thaumateuren gestattet war, weil sie eine Qualität besaß, durch die die Lettern auf einer Buchseite in irreführender Weise umgestellt wurden oder durch Selbstentzündung verbrannten.

»Was macht *die* denn hier?« fauchte Hogshead wieder. »Sie ist viel zu jung für die Magie. Außerdem sollte das Zimmer doch eine Geheimkammer sein!«

»Dawn ist da, weil es Schwierigkeiten gibt.«

»Welche Schwierigkeiten?«

»Klayth ...«

»Nein! Nein!« schrie Hogshead und fuchtelte entsetzt mit den Händen. »Firkin ist schon schlimm genug! Und jetzt auch noch du!«

»Es wird noch schlimmer werden mit ihm, wenn du jetzt nicht zuhörst!« Courgette hatte einen Kommandoton am Leib, der beängstigend an eine Lehrerin erinnerte, die einem Haufen verstockter Rotzlöffel die Leviten las. »Die beiden sind eben aus dem Gebirge zurückgekommen. Klayth hatte recht mit seinen Befürchtungen.«

»Was? Swinehunt ist ...«

»Ja.«

»Firkin hat mir erzählt, daß Klayth kein König sein will«, sagte Dawn.

»Was?« Hogsheads Augenbrauen wanderten hoch über die Stirn bis unter den Haaransatz.

»... und das ist seiner Meinung nach nur möglich, wenn der Krieg nie stattgefunden hat.«

»Der Krieg ...«

»Diese ganze Zauberei scheint deinem Verstand nicht sonderlich gutzutun«, seufzte Courgette. »Wenn der Krieg nie stattgefunden hätte, dann hätte König Kharthezsh, Klayths Vater, seinen Sohn auch nicht allein auf dem Thron zurückgelassen, kapiert?«

Hogsheads Augenbrauen tanzten auf und ab wie die Hände einer Strickerin, die wie wild fuhrwerkten und häkelten, um den Faden in diesem logischen Gewirk nicht zu verlieren, und produzierten am Ende nicht mehr als ein wirres Knäuel aus verfilzten Zeitfusseln.

»Aber ... das war vor zwölf Jahren! Was sollen wir da machen?« Hogshead spürte, daß Kopfschmerzen im Anzug waren.

»Nichts«, erklärte Courgette.

»...« Eine intelligentere Nachfrage fiel Hogshead nicht ein.

»Wie sollten wir auch!« schnauzte sie.

Eine Weile sah es ganz so aus, als dächte sich Hogshead etwas aus. Dann gab er auf.

»Was können wir dann machen?«

»Also ...« Courgette schmunzelte. Ganz fein nur. Und trotzdem lag in diesem Schmunzeln ein winziger Hauch maßloser Selbstgefälligkeit. »Also, ich habe da eine Idee ...«

Der eisige Nordwind nahm ihn überhaupt nicht wahr. Es war ein Wind, der es eilig hatte. Er pfiff querfeldein, nahm keinerlei Rücksicht darauf, was im Weg stand, blies schneidend durch ihn hindurch, stieß ihm extrem kalte Finger in den Leib und überzog seine Knochen mit tiefgekühltem silbernen Rauhreif. Seit Stunden war das jetzt so; Swinehunt kam sich wie ein wandelnder Gletscher vor. Er hätte am liebsten laut vor sich hingeflucht und auf den Boden dieses öden Landstrichs in den Krapathen gespuckt – er tat es nicht, weil er befürchtete, der Speichel werde ihm gefrieren. Dafür fluchte und lästerte sein schöpferischer Verstand doppelt soviel wie üblich. Er stapfte erschöpft durch den Wind, der mit Eisnadeln nach ihm warf, und hätte gern gewußt, wohin er eigentlich stapfte.

Er war in den zurückliegenden Stunden unablässig nach Osten marschiert. Die Gegend hatte sich allmählich verändert, er war in ein Gebiet gekommen, das an eine Tundra erinnerte. Gelegentlich war ein Moorhuhn torkelnd aus dem stopplig-verkümmerten Gras aufgeschnurrt, aber darüber hinaus gab es nicht sonderlich viel zu sehen. Nur noch mehr stopplig-verkümmertes Gras. Hinter ihm standen die Berge der Krapathen dunkel vor der Spätnachmittagssonne, auf dem Gipfel des Piz Akalzoneh war etwas Schnee gefallen. Das war das einzige, was ihm im Moment ein wenig Befriedigung verschaffte: die Tatsache, daß sie hinter ihm lagen. Seine Flucht war geglückt. Wie ein Fisch war er ihnen aus der Bratpfanne gesprungen. Und mitten im Gefrierfach gelandet.

Er fröstelte. Es schüttelte ihn, er nieste und zog den Kragen enger um den blaugefrorenen Hals. Über endlose Meilen erstreckte sich die baumlose leere Tundra vor ihm. Meilenweites Nichts. Nur riesige Flächen öden, eintönigen, wüsten Landes, in dem es nichts gab, was auch nur im entferntesten brauchbar gewesen wäre …

Doch dann fiel ihm etwas auf. In der Ferne, in einer Senke zwischen zwei gewaltigen Bodenwellen, stand ein großes dünnes Etwas, das aussah, als hielte es zwei Arme weit ausgestreckt – beinahe wie eine ausgemergelte Vogelscheuche nach einer radikalen Abmagerungskur.

Was es auch sein mochte – es schien ihm jedenfalls weit mehr einer näheren Kenntnisnahme wert als irgendeines von diesen blatternarbigen Moorhühnern, die dauernd aus dem Gestrüpp auf ihn losbrummten. Er machte sich auf den Weg.

Klayth hatte eine Nacht lang darüber nachgedacht. Und je länger er darüber nachdachte, um so besser gefiel ihm der Gedanke. Natürlich würde es nicht leicht sein. Er würde einsam sein, würde sich Sorgen machen, solange die vier nicht wieder bei ihm waren … Doch andererseits kannte er niemanden auf der Welt, bei dem er sich so sicher gewesen wäre, daß er sich den Luxus des Vertrauens leisten konnte.

»Worauf warten wir eigentlich noch?« Dawn stand am Schloßtor und zappelte ungeduldig. Sie wollte los, jetzt gleich! Wollte über die Zugbrücke, durch den Wald und über die Hügel, hinter denen die prächtige, die leuchtende Stadt lag, deren Türme (wie Firkin ihr erzählt hatte) hoch zum Himmel aufragten, in der die Straßen mit Gold gepflastert waren: Guldenburg!

»Genau! Jetzt macht schon endlich, wir haben schließlich nicht den ganzen Tag lang Zeit!« murrte Hogshead, der seinen Rucksack bis zum Platzen mit Zauberbüchern vollgestopft hatte, die er auf der Reise lesen wollte. Das Erlebnis, magische Fähigkeiten zu besitzen, hatte ihm ein Selbstvertrauen geschenkt, wie er es bisher nicht gekannt hatte. Hogshead, der Magier, war unschlagbar! So dachte er sich das. Und ein bequemer Hang zum Selbstbetrug* half ihm dabei, die Tatsache zu übersehen, daß er nur einen einzigen Zauberspruch kannte und – wie anhand des immer noch kreiselnden Kieselsteins eindeutig nachgewiesen – andererseits nicht einen einzigen Zauberspruch kannte, mit dem er die Wirkung des einzigen ihm bekannten Zauberspruchs wieder rückgängig machen konnte.

Courgette zog Firkin am Ärmel.

»Komm endlich. Alles ist abmarschbereit. Gehen wir!«

Sie wollte ihn loseisen, bevor er seine Meinung möglicherweise wieder änderte. Und das nur zu seinem eigenen Vorteil. Denn falls Firkin sie jetzt wieder mit seinem Dackelblick angesehen und »Es ist wegen Klayth ...« gesagt hätte, hätten sie sich wahrscheinlich mit Hogshead darum gestritten, wer ihn als erster erwürgen dürfte.

Firkin war inzwischen fest davon überzeugt, daß *ihm* diese glänzende, so einfach zu verwirklichende Möglich-

---

* Selbstbetrug: eine parapsychologische Freizeitbeschäftigung, erfunden und zu erstaunlicher Perfektion entwickelt von den Bhlaikny-Yogis aus dem Gagalaya, die diese Kunst so sehr vervollkommneten, daß sie eine Selbsttäuschungkompetenz erreichten, die ihnen die unverbrüchliche Überzeugung ermöglichte, sie könnten – allein durch Auf- und Abhopsen auf einer Luftmatraze – fliegen. Und nicht nur sie, sondern jeder, der sich im gleichen Zimmer aufhält. Genossenschaftliche Flüge, bei denen jeder Yogi einen anderen Yogi davon überzeugte, sie könnten in komplex vernetzten Formationen ähnlich einem vielschichtigen, fünfzackigen Stern fliegen – diese genossenschaftlichen Flugversuche wurden verboten, nachdem eine yogische Flugmatratze in eine vierhundert Meter tiefe Schlucht abstürzte, weil der Niesanfall eines Mitfliegers das kollektive Bewußtsein zum Auseinanderbrechen brachte.

keit zur Lösung ihres Problems eingefallen war. Courgette ließ ihn in dem Glauben. Hauptsache, die Sache funktionierte.

»Und du bist dir wirklich ganz sicher?« fragte Firkin Klayth.

»Aber ja«, sagte Klayth müde. »Wir haben doch die ganze Nacht darüber gesprochen. Swinehunt wieder hinter Gitter zu bringen – damit wäre mein Problem nicht gelöst. Mein Vater muß wieder zurückkommen. Sonst wird alles nur noch unerträglicher.«

Firkin nickte. Die Entscheidung war nicht leicht gewesen. Dawn hatte die Fragen gestellt, die er schon vor Monaten hätte stellen sollen. Sie hatte erreicht, daß er endlich verstanden hatte, was der Kern des Problems, was die Wurzel des Übels war. Courgette hatte zugehört, als ihre gelehrige, gut vorbereitete Schülerin mit der für sie typischen Unbefangenheit ihrem Bruder erklärt hatte, wie man sich einen König heranzog, der sein Handwerk verstand und deshalb das Vertrauen der Leute genoß. Klayth habe man nie die Chance gegeben, dieses Handwerk zu lernen, man hatte ihn einfach auf den Thron gesetzt. Und das, hatte sie ausgeführt, sei ihrer Meinung nach etwa so, als händige man einem jungen Mann ein Sortiment auf Hochglanz polierter, höllisch scharf geschliffener chirurgischer Bestecke, einen Satz Phiolen mit cannabishaltigem Schmerzmittel, drei Meter Zwirn und fünfzehn Patienten mit unterschiedlichen Beschwerden aus und lasse ihn dann einfach machen. So etwas falle doch ganz bestimmt niemandem ein, oder? Nein, der junge Mann müsse eine Ausbildung machen, die Jahre dauere, er werde mit ganz einfachen Sachen, mit gebrochenen Fingern etwa, anfangen, würde sich dann langsam über Kniescheiben und Nasenkorrekturen zu Beinen, Leber und Lunge hocharbeiten und werde erst nach langen und schweren Lehrjahren ein eigenes einträgliches Geschäft aufmachen können.

Firkin schulterte seinen Rucksack. Er sah sich das

kleine Porträt von König Kharthezsh an, das Klayth ihm gegeben hatte. Vater und Sohn – die Ähnlichkeit war unverkennbar. Nur der Schnauzer fehlte noch. Aber bis sich auch Klayth eine Bürste von diesem Format stehen lassen konnte, mußten erst noch ein paar Jährchen vergehen.

»Könnte ich euch doch nur einen Tip geben, wo ihr ihn suchen müßt!« sagte Klayth. »Aber ich habe keine Ahnung. Swinehunt hat alle einschlägigen Dokumente und Unterlagen vernichtet. Ich kann mir nur vorstellen, daß sich vielleicht etwas ergibt, wenn ihr mit eurer Suche in Guldenburg beginnt.«

»Ja genau! Guldenburg!« kreischte Dawn und zappelte wie ein Hampelmann.

Hogshead hatte das ungute Gefühl, daß Dawn beim Anblick von Guldenburg möglicherweise ein wenig überrascht sein könnte ...

In einiger Entfernung waren trippelnde Schrittchen zu hören. Sie kamen näher.

»Firkin! Komm!« sagte Courgette.

»Du weißt, daß alle annehmen, wir wären auf einer Campingtour«, erinnerte Firkin Klayth. »Es können also ein paar Wochen vergehen, bevor uns jemand vermißt.«

Das Getrippel kam immer näher. Ein Männchen wedelte mit einem Taschentuch ...

Dawn zog Firkin am Ärmel. »Jetzt komm endlich!«

»Geht ihr schon voraus. Ich komme gleich nach«, sagte er. Dawn hopste davon.

»Ffire, Ffire ...«, blökte es weinerlich.

»Ihr werdet mir fehlen«, sagte Klayth. »Und bleibt nicht zu lange weg. Sonst könnte es sein, daß ihr bei eurer Heimkehr einen abgebrühten Tyrannen vorfindet.« Die beiden lachten gequält und wurden dann still. Einen kurzen, aber unangenehm bedrückenden Moment lang standen sie sich schweigend gegenüber.

»Ffire, Majefftät, Ffire ...!« meckerte Paladino.

Firkin hatte einen Kloß im Hals. Und literweise Wasser hinter den Augen.

»Auf Wiedersehen, Klayth. Paß auf dich auf.«

»Auf Wiedersehen, Firkin. Und viel Glück.«

Firkin wandte sich schleunigst ab, als er den Domestiken über den Hof trappeln sah. *Wenn dieser faselnde Hanswurst jetzt auch nur eine einzige geistreiche Bemerkung fallen läßt*, dachte Firkin und biß im Geist die Zähne zusammen, *dann wacht er im Krankenhaus wieder auf.*

»Ffire, Ffire ...«

Firkin hatte das unbestimmte Gefühl, daß es mehr als nur ein paar Wochen dauern sollte, bevor er Klayth wiedersehen würde. Und als er dann, an diesem kühlen Herbstmorgen, das Gemecker von Paladino noch im Ohr, Schloß Isolon verließ, sah er noch einmal zurück und hielt jede Einzelheit der Szenerie genau im Gedächtnis fest. Wenn er wieder zurückkäme, sähe alles ganz anders aus. Warum er das glaubte – er konnte es sich nicht erklären.

Swinehunt dachte angestrengt nach. Er stemmte sich gegen den Wind, starrte auf den Wegweiser, kramte in seinem Gedächtnis und versuchte, sich zu erinnern. Er stand an einer Wegkreuzung und mußte sich für eine von drei Möglichkeiten entscheiden: zurück nach Isolon – kam überhaupt nicht in Frage; nach links, über die Berge nach Cranachan, wo ihn die Amputation lebenswichtiger Organe (angefangen bei denen, die dem Zwecke der Fortpflanzung dienen) erwartete – auch keine gute Möglichkeit; oder rechts, den Berg hinunter nach Losa Llamas, an einen Ort, wo ihn keiner kannte, der mitten in einem riesigen unwegsamen Wald lag – eine äußerst vielversprechende Möglichkeit.

Als er sich auf den Weg nach Losa Llamas machte, ging ihm beständig etwas im Kopf herum, eine vage Erinnerung, ein Gerücht, daß dort vor Jahren irgend etwas geschehen war, etwas Entsetzliches, etwas, das vertuscht worden war. Etwas, das nie hätte geschehen dürfen.

Nicht weit von ihm, in einem Loch in einem abgestorbenenen Baum, hockte ein Schwarm geschwätziger Gerüchte. Als sie spürten, daß sich ein Paar aufnahmewilliger, frisch gespitzter Ohren näherte, putzten sie sich eifrig das Gefieder. Nicht mehr lange, und sie würden wieder ausfliegen, um den Samen der Intriganz zu säen, um Gespräche und Unterhaltungen zu lenken und unbeschäftigten Zungen Arbeit zu verschaffen.

Swinehunt stand am Nordrand des Waldes von Losa Llamas und dachte nach. Die Vorstellung, in diesen Wald einzutauchen, machte ihn nervös. Weiß der Himmel, was ihm da drinnen auflauerte: wilde Tiere vielleicht, Wegelagerer, Meuchelmörder. Vielleicht lag in diesem Wald auch, hinter Wachttürmen versteckt, eine Horde von diesen Kerlen auf der Lauer, deren Namen sich kein Mensch merken konnte, und hatte es darauf angelegt, ihn zu bekehren! Alles mögliche konnte sich in diesem dunklen grünen Dschungel in oder hinter den zahllosen Bäumen und Büschen verstecken. Er entschied sich vorsichtshalber dafür, am Waldrand entlangzugehen, und hoffte, daß er irgendwo einen besseren oder zumindest weniger gefährlichen Weg fände.

Die geschwätzigen Gerüchte zitterten aufgeregt in ihrem toten Baum.

Swinehunt stapfte verdrossen am Waldrand dahin, bedachte seine Lage und kam schon bald zu dem Ergebnis: Übel. Mies. Häßlich! Wie ein Dieb in der Nacht, wie der allerletzte schändlichste Vertreter dieser Zunft schlich er in der Kälte herum! Nichts hatte er in der Hand, wenn er geschnappt wurde! Nichts, womit er dem Greifer drohen und ihn einschüchtern konnte! Keine Möglichkeit, ihn zu erpressen – es gab sie nicht mehr, die feingesponnenen Drähte zu den höheren Stellen! Mit einem Wort: Er war machtlos. Zurückgeworfen auf den Status eines gewöhnlichen Verbrechers. Dabei war er alles andere als ein gewöhnlicher Verbrecher – er war ein außergewöhnlicher Verbrecher. Es lief eben alles nur auf das eine hinaus: Macht. Und die hatte er im Augenblick nicht. Alles, was er jetzt brauchte, war die Chance, daß sich irgendwo eine winzige Öffnung auftat – noch im selben Augenblick wäre er drinnen, wäre am Ruder und würde eine Schreckensherrschaft errichten, die schlimmer und mörderischer sein sollte als alles, wovon er jemals geträumt hatte.

Die Brechstange, um diese winzige Öffnung aufzuhebeln – die mußte ihm jemand besorgen. Alles andere würde er dann selbst erledigen.

Aus der dunklen Höhle des toten Baums war plötzlich das Flattern winziger Flügel zu hören. Die Gerüchte flogen davon. Jahrelang hatten sie in diesem Baum gehockt und gewartet. Niemand kam mehr nach Losa Llamas, niemand hätte sie gehört. Es blieb ihnen nichts übrig, als in ihrem Loch zu hocken und sich gegenseitig ihre Anschauungen und Klatschgeschichten zu erzählen. Alle waren sie Teile eines symbiotischen Verbundes, in dem jeder an den Legenden des anderen schmarotzte, um so den Geist ihres Unternehmens am Leben zu halten. Um bereit zu sein, wenn ihnen ihre Chance geboten wurde.

Die Chance hieß Swinehunt.

Die Gerüchtestaffel breitete die hauchdünnen Flügel aus, flog zwischen den Bäumen hindurch und über Büsche hinweg und spürte voll freudiger Erregung den Auftrieb der Luft unter den Schwingen. Sie waren im Einsatz, sie hatten einen Auftrag. Plötzlich schien ihnen die Zeit der Langeweile schon lange zurückzuliegen. Ihr Ziel lag genau vor ihnen, hinter den letzten Bäumen am Waldrand. Mit aufgeregtem Gesumm flogen sie die letzten Meter durch den Wald, waren plötzlich im Freien, jagten mit Geheul durch den offenen Luftraum und schwangen sich hoch hinauf – dorthin, wo das Ziel ihres Einsatzes lag.

Brummend und murrend stapfte Swinehunt über den sumpfigen Boden am Waldrand. Keine Macht und nasse Füße! Das war nicht mehr lustig.

In geschlossener Formation flogen die Gerüchte auf

den murrenden Mann zu. Für sie war er riesig, ein Schalltrichter mit gewaltigen Ausmaßen. Sie steuerten seinen Kopf auf einer Anfluglinie an, die gerade auf seinen Rücken zulief. Der Staffelführer hatte den Nacken im Visier. Die Gerüchte formierten sich (kein Befehl hatte sie dazu veranlassen müssen) glatt und reibungslos zu einer Kette und flogen, jeder im Windschatten seines Vordermanns, in Reihe dahin. Der Kopf von Swinehunt wurde immer größer und größer und füllte, je näher sie ihm kamen, ihr Sehfeld immer weiter aus. Noch näher. Im allerletzten Moment erst drehte der Staffelführer ab, wendete und ging auf einen Kurs dicht an der Oberfläche von Swinehunts Nacken entlang. Auf der Stelle änderte sich der Horizont vor ihnen. Sie befanden sich jetzt auf einem blaßrosafarbenen Planeten und flogen durch einen Dschungel aus dünnen hohen Stengeln, der von Schuppen bedeckt war. Der rasende Zickzack-Flug durch diesen Stengelwald erforderte ein bis auf den Bruchteil einer Sekunde genaues Timing.

Plötzlich ragte vor ihnen ein riesiger blaßrosafarbener Überhang auf, dessen Abmessung nur ungefähr zu erahnen war, weil er zum großen Teil von den Haaren auf Swinehunts Kopf verdeckt wurde. Der Staffelführer führte – zeitlich perfekt abgestimmt – einen Immelmann-Turn aus und stürzte sich mit Höchstgeschwindigkeit in die dunkle Tiefe der gewaltigen Höhle. Der Rest der Staffel folgte unmittelbar hinter ihm. Ohne die Geschwindigkeit zu verringern, raste das führende Gerücht durch das Innere von Swinehunts Ohrmuschel und bohrte eine Öffnung in die dünne Membran des Trommelfells. Die anderen Gerüchte flitzten durch dieses nadeldünne Loch hinter ihm her. Sie teilten sich auf und flogen in zwei Reihen um das riesige Loch im Zentrum des Steigbügels, dann durch eine weitere Membran in das Spiralhorn der Schnecke. Von dort den Hörnerv entlang und durch die Prozeßsteuerungsabteilung direkt ins Gedächtniszentrum.

Swinehunt zog eben sehr vorsichtig den Fuß aus einem Morastloch. Und blieb plötzlich, wie ein zur Salzsäule erstarrter Reiher, regungslos stehen. Er bohrte versunken im rechten Ohr, und schlagartig, mit absoluter Klarheit fiel ihm wieder ein, was er über Losa Llamas gehört hatte. Die Erinnerungen kehrten zurück, die Gerüchte hatten ihren Auftrag erfolgreich ausgeführt.

Swinehunts Gehirn verfiel in aufgeregte mentale Betriebsamkeit. Mit dem Geschick eines Mendelschen Genetikers kreuzte es innerhalb von Sekunden seine übermäßige Machtgier mit dem, was im Speicher seines Gedächtnisses an Wissen über die Ultimative Waffe aufbewahrt war, und hatte im nächsten Augenblick auch schon eine neue einjährige Pflanze gezüchtet, robust und wucherwüchsig wie Knöterich: einen Plan.

»Die Frösche. Ich muß die Frösche haben. Die Kriegsfrösche, *Rana Militaria* – sie gehören *mir!* Ich krieg sie!«

Er holte tief Luft und lachte laut. Der Herbstwind trug dieses Lachen, in dem Swinehunts böse Seele ihren Ausdruck fand, über die öde Tundra. Swinehunt hatte ein Ziel, und in seinen Augen leuchtete wieder jenes Glitzern, das so lange erloschen gewesen war. Ein alter Freund war zu Besuch gekommen.

»Zum Wohl!« sagte die Gier, setzte sich an den Kamin und stieß mit ihrer alten Freundin Gewieftheit an.

»Schön, daß du wieder da bist, Gier«, sagte die Skrupellosigkeit, die im Lehnsessel am Feuer saß.

Unter den zuckenden Brauen funkelte und glitzerte kalt und berechnend der Wahn in Swinehunts bösen Augen. Er wartete keine Sekunde länger und marschierte los – in eine ganz bestimmte Richtung.

Ein böses, niederträchtig-glucksendes Lachen stieg wie eine ganz besonders unangenehme Sumpfgasblase langsam in dem dürren Körper nach oben. Je mehr er sich für die Ideen erwärmte, die ihm durch den Kopf schwirrten, um so lauter und rauher lachte er, sein irres

Geschrei hallte durchdringend über die vorhin näher beschriebene Tundra.

Die Gier legte eine Schaufel Kohlen nach und schürte die Glut des Bösen.

Die Gerüchte projizierten Bilder in 80-mm-Superthaumatron auf die Breitwand seiner Vorstellungskraft. Er erlebte den Aufmarsch der furchterregenden Froschmacht und sah die durch keine Macht der Welt aufzuhaltende amphibische Armee ausrücken. Sah, wie alles, was sich ihr in den Weg stellte, von blitzartig hervorschnellenden peitschenden Zungen gefällt wurde, sah, wie reißende Krallen gewappnete Schlachtreihen zerstückelten. Und sah sich selbst: General Swinehunt, Kommandant der Bataillone der Batrachier.

Ach, Quak! dachte der Herr der Lurchischen Heerscharen. *So schlimm sind nasse Füße nun auch wieder nicht.*

III

SANKT STRIZZIUS

Nur knapp einen. Meter rechts neben ihm rauschten mit ohrenbetäubendem Tosen die Wasser des Kheyman. Hektoliter um Hektoliter spülte über Granitblöcke, die wie die mächtigen Rücken von Walen im Flußbett lagen. Dort, wo Felszacken aus dem Wasser spießten, bildeten sich Bugwellen, an deren Spitzen weißer Schaum stand, der von der Strömung verwirbelt und mitgerissen wurde. Wie eine schwarze Spinne schob sich Swinehunt ängstlich am moosbewachsenen, tropfnassen und steilen Felsufer entlang. Er kam nur langsam voran. Vor ein paar Minuten erst war er ausgerutscht und hatte sich das Knie verstaucht. Er fluchte, als ihm wieder einmal ein kalter Wasserguß den Rücken hinunterrieselte. Er hatte keinen trockenen Faden mehr am Leib, alles klebte kalt auf der Haut, löste sich schmatzend bei jeder Bewegung und klebte dann wieder an. Er stemmte sich hoch und zog sich an einem flechtenbedeckten Felsbrocken hinauf. Ärgerlich schlug er nach einem Ast, der ihm ins Gesicht hing, und rutschte im selben Augenblick mit dem rechten Fuß auf einer moosigen Stelle aus. Mit einer Reflexbewegung packte er den Ast und hielt sich fest, hing in der Luft, zappelte und strampelte mit den Beinen. Unter ihm schoß der Fluß brausend zu Tal. Swinehunt rutschte tiefer, der Ast bog sich unter seinem Gewicht. Je weiter er absackte, um so lauter tosten die Wellen, stießen wild gischtende Anfeuerungsrufe aus, triefend vor aquatischem Hohn. Panischer Schrecken lief ihm über das Gesicht. Wieder ein scharfer Ruck, wieder sackte er ein Stück nach unten. Als er nach oben blickte, grinste ihn ein hellbrauner Streifen frischen Holzes in der flechtenbedeckten Rinde hämisch an. Das Grinsen wurde breiter, der Ast brach. Wirbelnd scharrten seine Füße über den glitschigen Fels, selbst die winzigste Reibungsfläche wären ihnen recht gewesen. Swinehunt stürzte. Wie verwischte grüne und graue Schatten sausten Felsen an ihm vorbei; dann fiel er, den mittlerweile nutzlosen Ast noch immer fest umklammert, wie ein Senkblei auf das Wasser zu. Mit mörderischer Wucht prallte er auf, die Luft wurde ihm mit einem Schlag aus den Lungen gepreßt – er war auf einem Felsbrocken gelandet und lag mit den Füßen nur wenige Zentimeter von der Uferkante entfernt. Die Wasser tobten vor Enttäuschung. Swinehunt lag keuchend auf dem Rücken und tobte vor Wut. Er schleuderte den Ast nach dem Fluß. Der Ast fiel ins Zentrum eines ruhig kreisenden großen Strudels, wo er noch im selben Augenblick von den aquatischen Händen des wirbelnden Wasser gepackt und in die Tiefe gerissen wurde. Wie die Reiser eines Hexenbesens, der zu einem verlängerten Wochenende in die Hölle unterwegs ist, tauchten ein- oder zweimal noch kurz ein paar Zweige aus dem Wasser, dann waren auch sie verschwunden. Swinehunt schluckte erschrocken. Genauso hätte es ihm ergehen können. Nur hätte er, bei dem Gewicht, das er mit sich herumschleppte, vermutlich gar nicht so lange durchgehalten wie der Ast. Ihn schauderte beim Gedanken daran, wie eine unsichtbare eiskalte Strömung seinen ertrinkenden Körper packte und ihn in dunkle Tiefen, in ein grünes Grab zog. Jeder Mensch, in dem auch nur ein Fünkchen Gläubigkeit glühte, hätte jetzt ein Dankgebet zum Himmel geschickt, weil ihm dieses Schicksal erspart geblieben war. Swinehunt fluchte und spuckte.

Befeuert von starken Adrenalinstößen, bekräftigte sein

rasender Verstand aufs neue seinen Haß auf die Welt im allgemeinen und großen und ganzen und produzierte Flüche mit einem Tempo, das es mit der Fließgeschwindigkeit des reißenden Stroms durchaus aufnehmen konnte. Ohne Ende verfluchte er sein ungerechtes Schicksal, rappelte sich wieder auf und humpelte weiter am Flußufer dahin. Er verabscheute es, machtlos zu sein. Er haßte es, herumkriechen und herumschleichen zu müssen (allein die Worte klangen schon so erniedrigend!). Wie einen inkonsequenten Gelegenheitsdieb widerte es ihn an, wenn er durch Hintertüren einsteigen mußte. Nur eine letzte Hintertür noch, nur ein letztes Mal noch über den Hof von hinten einschleichen, dann würde sich die Tür des Haupteingangs für ihn öffnen, man würde ihn freundlich willkommen heißen und ihn höflich einzutreten bitten. Schon bald wäre es soweit. Sehr bald schon!

Es gab einen nie benutzten schmalen Geheimgang, der geradewegs ins Zentrum von Losa Llamas führte. Wenn er sich richtig erinnerte, dann lag der Eingang etwa auf halber Höhe der Uferböschung, hinter dem großen Wasserfall gleich nach der nächsten Flußbiegung.

Tief in den Gedächtnisspeichern von Swinehunts brodelndem Hirn arbeitete ein Gerüchteteam mit Hochdruck und übermittelte ein Bild ins Denkzentrum.

Damit riefen sie in Swinehunts Bewußtsein die flüchtige Erinnerung an eine alte Landkarte wach, auf der der gewundene Lauf des Kheyman eingezeichnet war, dann der Wasserfall, mit dem sich der Ghawiall in ihn ergoß, und eine gestrichelte Linie: der Gang, der von diesem Wasserfall direkt ins Zentrum von Losa Llamas führte. Swinehunt rückte die Augenklappe zurecht und lächelte verzerrt. *Welch ein Gehirn!* dachte er überheblich. *Wirf ihm irgendeine schwierige Frage hin, und es liefert dir in Sekundenschnelle die Antwort.* Swinehunt verzog das Gesicht zu einem grausigen, überaus eingebildeten und selbstgefälligen Grinsen.

Welch ein Blödmann! dachte das Gerücht ›Geheimtür‹ in Swinehunts Gedächtniszentrum. *Wirf ihm irgendeine Antwort hin, und er stürzt sich darauf wie ein ausgehungerter Straßenköter.*

Gefestigt im sicheren Wissen seiner verblüffenden Überlegenheit über alles, was um, über und unter ihm war, ging Swinehunt weiter, bahnte sich vorsichtig seinen Weg über das tückische Felsgestein und träumte von der Macht. Macht. Macht!

Guldenburg! träumte Dawn. Das Quartett marschierte durch den Wald von Isolon, durch ein feuerrot glühendes Labyrinth herbstlich gefärbter Bäume. *Guldenburg! Ich bin auf dem Weg nach Guldenburg! Bin auf großer Fahrt, auf einer Reise ins Abenteuer!* Sie wirbelte durchs Laub und hüpfte glückselig um einen Baum herum.

Guldenburg!

Firkin hatte ihr alles über Guldenburg erzählt.

»Sind wir schon da?« fragte sie zum hundertzehnten Mal und zerrte Firkin am Ärmel.

»Nein. Noch nicht.«

»Wie weit ist es noch?«

»Rat mal«, stöhnte Firkin gereizt.

»Äh … ›Ein paar Meilen noch. Wir haben jetzt ungefähr die Hälfte geschafft‹.« Dawn zitierte Firkin und wartete darauf, daß er erwidern werde, sie habe falsch geraten, die Stadt liege ›gleich hinter diesem Berg da‹ oder ›nur noch um diese Kurve da vorn‹.

»Du wirst es schon merken, wenn wir nahe dran sind«, erklärte Hogshead und grinste blöde. »Du wirst es riechen!«

Firkin funkelte ihn wütend an.

Die Düfte! dachte Dawn träumerisch. Firkin hatte ihr alles erzählt. Jahraus, jahrein war dort die Luft vom Duft der Blüten erfüllt, von den Aromen der Dufttöpfe und Räuchervasen …

»Wenn der Wind aus der richtigen Richtung weht«,

sagte Courgette grinsend, »wirst du's ziemlich schnell riechen!«

Firkin blickte sie finster an.

»Ooh!« Dawns angeregte Einbildungskraft eilte durch den Wald voraus in das Guldenburg ihrer Phantasie. Mit der Gummilinse ihres geistigen Auges holte sie ganz nahe heran, was sie sich an Pracht und Herrlichkeit ausgemalt hatte. Sie sauste durch die Straßen der Stadt, von denen sie eine genaue, detailgetreue Vorstellung hatte. Stundenlang hatte ihr Firkin die prächtigen goldenen Türme geschildert, die wie güldene Berge zum Himmel aufragten; hatte ihr von den Stadtbewohnern erzählt, von wunderschönen Menschen, deren Schönheit nur noch ihr übergroßer Edelmut gleichkam; und von den wohltuend duftenden Straßen, über deren Pflaster zu schreiten eine wahre Wonne sein mußte.

Firkin hatte das ungute, beklemmende Gefühl, daß die Wirklichkeit den leicht übersteigerten Erwartungen, die Dawn bezüglich dieser Stadt hatte, möglicherweise nicht ganz entsprechen werde.

Dort, wo die zwei Flüsse zusammentrafen, tosten die Wasserfluten ohne Ende mit ohrenbetäubendem Dröhnen. Irgendwo schlängelte sich ein einsames schwarzes Ding über den Rand eines tropfnassen bemoosten Flecks. Irgendwie gelang es ihm, Halt zu finden. Es schob sich um eine Winzigkeit weiter vor, gerade so weit, daß sich ein zweites schwarzes Ding zu ihm gesellen konnte. Mit vereinter Kraft zogen die beiden Lederfinger jetzt wieder und wurden für ihre Mühe durch das Auftauchen eines dritten und dann noch eines vierten glänzenden Fingerlings belohnt. Das kaum hörbare Ächzen, das von unten heraufdrang, und das Zittern der schwarz behandschuhten Hand zeigten, wieviel Mühe dieses Unterfangen kostete. Stöhnend, keuchend und klatschnaß vom Scheitel bis zur Sohle, krabbelte Swinehunt platschend die steile Felswand hinauf, die wie hinter einem brausenden grünen Vorhang hinter dem Wasserfall lag, über den der Ghawiall in die Tiefe stürzte. Genau über sich sah er eine schmale Kante, das letzte Stück festen Bodens, über das Millionen Liter Wasser fünfzig Meter tief nach unten in das Flußbett des Kheyman fielen. Jeder Fels, jeder Stein, alles rund um ihn war tropfnaß – wo immer die Luft auf einen festen Fleck stieß, lud sie ihre feuchte Last ab. Swinehunts Hand, die nach Griffen und Halten suchte, scheuchte Salamander aus ihren Verstecken in den Ritzen und Felsspalten. Unablässig dröhnten und donnerten die sintflutartigen Wasserfluten.

War es ein Déjà-vu-Erlebnis, oder lag es einfach an seinem außerordentlichen Vorstellungsvermögen, daß er glaubte, er sei schon einmal hier gewesen? Aus irgendeinem Grund kannte er jeden festen Griff und wußte außerdem, wie er verwundert feststellte, mit absoluter Sicherheit das eine: Wenn er es schaffte, sich auf diesen Felssims ein kleines Stück weiter nach oben hinaufzuziehen, wenn er dann das Gestrüpp zur Seite schob und die Tür aufstemmte – dann stand er im Eingang zu jenem Gang, der direkt ins Zentrum von Losa Llamas führte.

Mit letzter übermenschlicher Anstrengung und wildem Gestrampel zog und schob er sich hoch und landete schließlich sicher auf dem schmalen Felsband. Er lag auf dem Bauch und hörte seinen Puls in den Arterien und Venen hämmern, so laut, daß er sogar das Getöse der Wassermassen übertönte. Er war bis auf die Haut durchnäßt, war durchweicht von Kondenswasser, Sprühwasser und den Strömen von Schweiß, die er bei seinem Aufstieg vergossen hatte. Etwa fünfzehn Meter vor ihm befand sich die Abbruchkante des Wasserfalls. Selbst für einen muskelbepackten Barbaren, der die Tollkühnheit besessen hätte, über diese Wand aufzusteigen, hätte ein Fehltritt, ganz gleich an welcher Stelle auch immer, den sicheren Tod bedeutet – für den klapperdürren Ex-Erzkanzler sowieso. Er fluchte beim Gedanken daran, wieviel Energie er verschwendet hatte, um sich bis an diese Stelle durchzukämpfen. Swinehunt haßte das Leben in freier Natur. Es war alles so mühselig: ewig erst bergauf, dann ewig wieder bergab – es war ein einziger Kampf. Natur, das war Stumpfsinn und Unwissenheit, der Natur war nicht beizukommen. Sie ließ sich nichts befehlen, selbst wenn man auf sie einbrüllte, bis man blau anlief. Man konnte sie noch nicht einmal bestechen. Ihn schauderte, als er daran dachte, von welchen Gefahren er umgeben war. Ein Fehltritt... Die reißende Strömung des Ghawiall hätte ihn auf den Grund gezogen und unter tonnenschweren Wassermassen dort unten festgehalten. Wäre er auf der anderen Seite gelandet, hätte ihn der Kheyman verschluckt und so lange in seinem felsigen Rachen hin- und hergeworfen, bis sein zerfetzter Körper den letzten Atemzug getan hätte. Swinehunt holte tief Luft und war äußerst froh, daß ihm diese aufmunternde Alternative erst jetzt eingefallen war und nicht schon vorhin, als er dreißig oder noch mehr Meter über etwas hinaufgekraxelt war, das der Rücken eines eingeölten Tyrannosaurus hätte sein können – genauso knorrig, genauso glitschig und genauso gefährlich. Extrem gefährlich.

Er keuchte noch immer, als er hinter das Gestrüpp spähte, das die Felswand verdeckte. Plötzlich schoß ihm eine erschreckende Vorstellung durch den Kopf. Angenommen, es waren alles bloß Lügen? Angenommen, er müßte wieder absteigen, den ganzen Weg bergab wieder zurück? Besser gar nicht dran denken! Er drückte gegen das Gestrüpp, schob es zur Seite und entdeckte dahinter eine kleine Holztür. Ohne Zweifel der Eingang in den Korridor! Auch wenn er es nie zugegeben hätte – er war so erleichtert, daß er zu zittern anfing. Es war unglaublich: Hinter dieser Tür lag seine Zukunft und der Weg dorthin. Der Gang durch diese Tür gab ihm die Möglichkeit, sich wieder eine Machtbasis zu schaffen und wieder ein Leben zu führen, wie er es gewöhnt war. Er brauchte nur noch die Klinke zu drücken, die Tür zu öffnen und geradewegs nach Losa Llamas zu marschieren. Die Hand im schwarzen Stulpenhandschuh packte den kalten Metallring, drehte und drückte. Die Tür bewegte sich nicht. Zugesperrt. Swinehunt fluchte. Eine Tür abzusperren, die so unzugänglich war – lachhaft! Als ob sich jemand, der dumm genug war, sich diesen mörderischen Anmarsch anzutun, von einem Türschloß abhalten ließe! »Oh! Abgeschlossen! Macht nichts, ich muß ja nur wieder dreißig Meter senkrecht nach unten und noch einmal das Risiko auf mich nehmen, in den Fluß zu stürzen«, knurrte er bissig-sarkastisch vor sich hin, holte den Schlüsselbund mit der Dietrichsammlung, die ihm schon so viele gute Dienste geleistet hatte, aus der Tasche und ging daran, fachmännisch das Schloß zu öffnen. Swinehunt zitterte freudig erregt, als er im Schlüsselloch herumstocherte und den Hebel bewegte. Ein einfaches Steckschloß mit zwei Zapfen! Das brachte selige Erinnerungen an seine Zeit in Cranachan zurück: Keine Urkunde, keine geheime Information, die vor seinen neugierigen Blicken sicher gewesen wäre, vor den Blicken von ›Fisk mit den flinken Fingern‹ (er hatte es immer gern gehört, wenn seine engsten Freunde ihn so genannt hatten!). Seine Panzerknacker-Fertigkeiten waren – wie das Schloß, mit dem er sich zur Zeit beschäftigte – ziemlich eingerostet. Doch es dauerte nicht lange, dann bewegte sich quietschend auch der zweite Zapfen, und die Tür schwang auf. Schneller als ein Aal in Vaseline flitschte er durch die Öffnung und ringelte und schlängelte sich der Morgenröte einer glorreichen Zukunft als Diktator entgegen, in deren Licht auch ein hauchzarter, aber vielversprechender Schimmer glänzte: der Glanz der absoluten Tyrannei.

Auf dem kleinen Marktplatz zu Füßen der verwahrlosten und verfallenen Ruine, der die Stadt ihren Namen verdankte, waren Dutzende von Buden und Ständen für das Fest aufgeschlagen worden. Und zwischen diesen Buden und Ständen schoben und stießen und drängelten sich unzählige Menschen.

Überall in der Stadt, in diesem Gewirr aus düsteren Gäßchen und trostlosen Seitenstraßen, schoben und stießen und drängelten sich düstere Einheimische und trostlose Touristen, die in der zwielichtigen Unterwelt von Guldenburg zu Besuch waren.

Im hintersten, finstersten Winkel des kalten Herzens von Guldenburg grinste ein Klumpen Luft. Ein Klumpen warmer, feuchter, klebrig-zäher und aufgeregt pulsierender Luft. In einem übel verqualmten Winkel des *Silbernen Spucknapfs* hing ein durchscheinendes Grinsen, breit wie das Grinsen der Edamerkatze – das Grinsen der *Schtimmung*. Sie blies die Backen auf, stieß ein langanhaltendes Blähgeräusch aus und fauchte den blatternarbigen Meuchelmörder verächtlich an, der sein dreißig Zentimeter langes Zerwirkmesser wetzte. Wehte ihm ein Rauchwölkchen unter die Nase, setzte sich das buntscheckige Festhütchen noch um eine Idee verwegener auf den Kopf, ließ eine kleine Bombe platzen, die rauchend einen Schwall Granatsplitter versprühte und wimmelnde Kondensstreifen ausspuckte, und verschwand. Für einen Augenblick noch war ihr Grinsen in den Rauchschwaden zu sehen – das Grinsen der *Fest-Schtimmung*.

Heute war Strizzius-Tag, und Guldenburg rüstete zum Fest.

Sankt Strizzius, der Pensionierte, Exkommunizierte und Relegierte (so sein vollständiger Titel), war der Schutzpatron der Fraternitas Criminalis Guldenburgensis, der Schutzheilige jener kriminellen Bruderschaft, die in dem Sündenpfuhl hauste, der da Guldenburg hieß. Angeblich waren in dem lehmigen Buckel, auf dem die Burg hockte, die verbliebenen Reste der nicht unerheblichen, in vielen Jahren angesammelten Vermögensmasse des Heiligen zur letzten Ruhe gebettet. Schon lange vor seiner Heiligsprechung, schon damals, als er noch die Tracht des Novizen trug, hatte Strizzius erkannt, daß sich mit Heiligenbildern, Reliquien und Bibel-Erstdrucken (illustrierte Ausgaben, komplett mit Schutzumschlag und signiert) kolossale Schwarzmarktpreise erzielen ließen. Strizzius wurde sehr früh schon und ohne die üblichen langwierigen Zeremonien und Förmlichkeiten heiliggesprochen, so früh wie kein anderer Novize vor oder nach ihm. Natürlich wußte er, was das für ihn bedeutete: Schwarzmarktheiligsprechungen kosteten auch zu seiner Zeit schon ein Heidengeld. Aber, so rechnete er, ein paar päpstliche Ringe, ein halbes Dutzend Ausgeh-Meßgewänder mit Seidenfutter (XL) und die Testamentsurkunden von vier niederen Gottheiten – das sollte eigentlich reichen, um die anfallenden Kosten zu decken. Es reichte nicht nur, er konnte sich sogar noch ein erkleckliches Sümmchen auf die hohe Kante legen.

Nachdem er dann zum Schutzpatron aller Kriminellen ernannt worden war, gestalteten sich die Lebensumstände auf eine für den jungen Heiligen durchaus zufriedenstellende Weise: Es ging aufwärts (mit der gleichen Tendenz entwickelten sich auch die Staatsanleihen, in die er einen Teil seines Privatvermögens angelegt hatte). Als Heiliger kam er an Sachen heran, an die er als Novize niemals herangekommen wäre. Das ging so lange gut, bis eines Tages Dom Isolon, dem Paten der organisierten Hochwürdenschaft des Königreichs, eine Büste (Massivgold) des Kardinals Synt angeboten wurde. Die Synode schöpfte Verdacht, es wurden Ermittlungen angestellt, und Sankt Strizzius wurde sehr schnell und wieder ohne die ansonsten üblichen langwierigen Zeremonien und Förmlichkeiten pensioniert, exkommuniziert, relegiert und auf Lebenszeit von allen religiösen, frommen und auch nur annähernd gottesdienstlichen Aktivitäten ausgeschlossen. Er wollte seinen Ohren nicht trauen, als ihm der Urteilsspruch verkündet wurde. Er hatte mit zweiundzwanzig Jahren Zwangsarbeit gerechtet – statt dessen wurde er zu vierzehn ›Ave Maria‹ verurteilt und eindringlich vermahnt, so etwas nie wieder zu tun. Von da an führte er ein Leben als Schriftsteller und verfaßte Kriminalromane. Er starb in völliger Armut. Obwohl die ganze Geschichte vollkommen frei erfunden war, glaubte die Verbrecherwelt von Guldenburg jedes Wort. Aus dem einfachen und für jedermann verständlichen Grund, weil sie ihnen ermöglichte, ungeniert in aller Öffentlichkeit ihren überaus anstößigen Aktivitäten zu frönen, ohne dabei von den Hütern des Gesetzes behelligt zu werden. Und so wollten sie es auch in diesem Jahr wieder halten.

Immer noch strömten aus den vielen engen Gäßchen die Menschenmassen auf den überfüllten Marktplatz. Aufgeregtheit und gespannte Erwartung hingen in der Luft. Sie hatten es nicht leicht, sich gegen die anderen, weniger angenehmen ortsansässigen Düfte und Aromen durchzusetzen, die sonst noch in der Luft hingen. Die *Schtimmung* in Guldenburg war legendär. Ganz besonders, wenn sie sich das buntscheckige Festtagshütchen aufgesetzt hatte. Die Straßenhändler und Marktleute hatten eiligst alle möglichen Tafeln und Plakatständer aufgestellt, auf denen sie ihre Waren anpriesen, und versuchten, die Wirksamkeit ihrer Werbemaßnahmen dadurch noch zu steigern, daß sie sich gegenseitig überbrüllten. Der vorherrschende Geräuschpegel schwankte irgendwo zwischen Stimmengewirr und kakophonischem Lärm. Beides nahm beständig an Lautstärke zu.

In einer Ecke war eine kleine Bühne aufgeschlagen, auf der grüngekleidete Spielmänner und Minnesänger mit langen Bärten im Augenblick das letzte Stück ihres Auftritts beendeten. Tapfer schrammelten, trommelten und pfiffen sie mit Mandolinen, Tambourins und Flöten gegen den Lärm an und sangen von der widerrechtlichen Käfighaltung von Mäusen. Zum dramatischen Ende blies der Anführer der Spielschar mit seiner Flöte große rosarote Luftballone auf, ließ sie aufsteigen und sah zu, wie sie über die Köpfe des Publikums davonschwebten und von Hand zu Hand weitergereicht wurden. Das Lied endete mit einem perlenden Schlußakkord, die Minnesänger verbeugten sich und traten ab, begleitet vom stürmischen Applaus einer kleinen Menschenansammlung, um sich irgendwo auf dem mittlerweile noch volleren Marktplatz die wohlverdiente Erfrischung zu genehmigen.

Über diesen Marktplatz spazierte auch Aezznaton, der Meuchelmörder mit dem dreißig Zentimeter langen infernalisch scharf geschliffenen Zerwirkmesser. Er wollte in sein Büro und starrte jeden, der ihm im Weg stand, wütend an. Als er durch die düstere Seitengasse ging, die so schmal war, daß seine enorm breiten Schultern fast die Hauswände streiften, hätte er um ein Haar gelächelt. Er war glücklich. Er war immer glücklich, wenn Sankt Strizzius-Tag war. Es war ein hervorragender Tag fürs Geschäft. Aezznaton betrieb einen Suchdienst, er suchte für andere Leute andere Leute. Und wenn er sie gefunden hatte, gingen sie ihm wieder verloren. Dauernd. Verschwanden in irgendwelchen Löchern, fielen Felswände hinunter oder gerieten unter eine Ladung Schutt, die durch irgendeinen dummen Zufall genau auf die Stelle stürzte, wo sie sich gerade aufhielten. Er liebte seinen Beruf. Er ermöglichte ihm, das zu tun, was er am liebsten tat: liquidieren und Geld einsacken. Und seine Kunden zahlten gut. Immer im voraus, versteht sich.

Aezznaton ließ den muskelbepackten Körper auf einem kleinen Stuhl nieder, räumte vorsichtshalber ein Sortiment kleiner, dafür aber nicht weniger extrem gefährlicher Gerätschaften aus dem Weg, spielte mit seiner Stahlmachete und wartete auf Kundschaft. Es war noch relativ früh, die lohnenswerten Aufträge wurden nachts gebucht. Er freute sich darauf.

Das Büro, also derjenige Teil von Aezznatons Geschäftsimperium, den die Kunden zu sehen bekamen, war nicht viel mehr als ein beinahe leerer Raum. Nur ein

Tisch stand da, ein Stuhl (der augenblicklich unter der Last des Muskelbergs ächzte, der darauf saß) und ein kleiner Aktenschrank. An den Wänden waren drei kleine Kerzenhalter befestigt. Das flackernde Licht der Talgkerzen beleuchtete den Jahreskalender und Terminplaner, beides Beilagen des Monatsmagazins *Der Käufliche Vollstrecker* beziehungsweise des Jahrbuchs *Der Assassinen-Almanach.* An der Rückwand hing ein vergilbender Pergamentfetzen, eine Urkunde, mit der Aezznaton der Status eines ›qualifizierten Privatvollstreckers, berechtigt zur Ausführung einschlägiger Aufträge‹ bescheinigt wurde – ›Honorierung nach Maßgabe der üblichen tarifrechtlichen Regelungen‹. Darunter ein Zettel mit dem weit weniger lesbaren handschriftlichen Vermerk: ›Fereinsrabat und Grupenermesigung nach Fereinbahrung, Schpezialitet: Massenfohlstrekung‹.

Die für die Dauer des Sankt Strizzius-Tages geltende Straffreiheit hatte zur Folge, daß sich an diesem Tag wesentlich mehr Subjekte mit Hang zum Kriminellen auf den Straßen der Stadt herumtrieben als üblich. Was wiederum zur Folge hatte, daß an diesem Tag die Zahl derer, die die Dienstleistungen des stärksten und besten Meuchelmörders in Guldenburg in Anspruch nahmen, deutlich anstieg. Aezznaton legte die Hand mit dem Schlagring auf den Tisch, trommelte mit den mächtigen Fingern und wartete geduldig.

Losa Llamas lag – sechs Kilometer vom Ghawiall entfernt, viereinhalb Kilometer stromaufwärts vom Wasserfall – in einer Bodensenke im dichten Wald versteckt, gut geschützt an einer Uferschleife des Kheyman. Diese Stelle war gewählt worden, weil sie so unzugänglich lag, daß sich kein Reisender dorthin verirren konnte; weil diese Gegend nie besiedelt gewesen war und weil es weit und breit keine größere Ansiedlung gab. Das Gelände war vollständig gerodet und von jeder Vegetation gesäubert. (Zum großen Verdruß des hypersensitiven weißgemusterten Knöterichs, der mit gut organisierten Einsätzen diese Arbeiten zu sabotieren suchte, indem er etwa die Karren von Lieferanten unter sich begrub, Handwerkszeug zum Verschwinden brachte, Sensen entwendete und alles mögliche andere unter den grünen Teppich kehrte. Doch als dann einmal ein ganzer Lieferantentrupp Gefahr lief, bei lebendigem Leib begraben zu werden, ergriff man drastischere Maßnahmen. Im Rahmen von Feldversuchen konnte durch den Einsatz eines tragbaren Rucksack-Thaumatrons, das mit hoher pflanzentötender Wirksamkeit auf hypersensitive botanische Plagen reagierte, die ganze Gegend innerhalb weniger Stunden gerodet und abgeräumt werden.)

Erst nachdem dort nichts mehr wuchs, konnte Losa Llamas wachsen. Auf dem erschlossenen Baugelände entstand eine freundliche Siedlung: Eine Anzahl zusammengewürfelter, leuchtendbunt gestrichener Gebäude gruppierte sich um eine zentral gelegene Rasenfläche, die wie ein Schachbrett mit schwarzen und weißen Quadraten angelegt war. Auf diesem Rasen wurde, wenn immer sich jemand fand, der sich dazu breitschlagen ließ, *Dresch** gespielt.

In die Mitte des Stadtplatzes hatte man einen Springbrunnenteich gebaut und verschiedene regionale Fischarten dort eingesetzt, ohne sich vorab über deren Ernährungsgewohnheiten kundig zu machen. Leider wurden deshalb sehr viele von den größeren Fischen

---

* Dresch: eine lokale Variante des Schachspiels, erfunden von den Ingenieuren und Wissenschaftlern von Losa Llamas, die von der Zahmheit des Brettspiels gelangweilt waren. In ihrer Gier, mit dem neuen Spiel zu beginnen, hatten seine Erfinder keinerlei Regeln vereinbart oder festgelegt. Was dazu führte, daß jedes Spiel (bei dem große Prügel und simplere Zauberformeln eingesetzt wurden) dazu neigte, sich zu einer hitzigen und ungeordneten Massenschlägerei zu entwickeln. Nicht selten gab es nach einem solchen Spiel schwere Verluste zu beklagen: etwa den Verlust des lose in die Tasche gesteckten Kleingelds, Blutverlust oder die Einbuße von Gliedmaßen.

von scheußlichen schmutzig-grauen und gebißbewehrten Fischen aufgefressen, die in Banden ihre Runden machten, und die kleineren Fische von den immer weniger werdenden größeren. Die dann noch vorhandenen kleineren Fische hatten so lange ihre Ruhe gehabt, bis sie so groß geworden waren, daß sie für die schmutzig-graue Fischvarietät interessant wurden. Am Ende stellten sich die schmutzig-grauen Fische auf eine kannibalische Ernährungsweise um und fieselten sich so lange gegenseitig ab, bis sie schließlich vorzeitig ausstarben. Die einzigen, die überlebten, waren ein paar Exemplare jener einheimischen Fischart, die dafür berühmt ist, daß sie auf Bäume klettern kann. Außerdem hatten sie soviel Intelligenz besessen, daß sie irgendwann dahintergekommen waren, wie die Sache im Teich lief, und hatten sich auf der Stelle in die wasserlose Umwelt des Waldes davongemacht.

Es hatte den Anschein, als wäre dieser Vorfall das Interessanteste, was es von Losa Llamas zu berichten gab. Dabei lag hier, an den Ufern des Kheyman, eines der am besten gehüteten Geheimnisse der wechselvollen Geschichte des Königreichs Isolon verborgen. Vielleicht sollte man genauer sagen *unter* den Ufern des Kheyman. Das winzige rosarot, blau und gelb gescheckte Dorf war lediglich der Vordereingang zu einem weitverzweigten Labyrinth aus Tunneln, Kammern und Forschungsinstituten, das sich so wirr in die Erde wühlte wie der Bau einer Kolonie LSD-süchtiger Wühlmäuse. Was eigentlich dazu geführt hatte, daß sich ein wissenschaftliches Forschungszentrum auf die Entwicklung und Herstellung der Ultimativen Abschreckungswaffe geworfen hatte (und wen der König von Isolon eigentlich ultimativ hatte abschrecken wollen) – dieses Wissen war in einem Gespinst aus Intrigen und List verloren gegangen, das so unentwirrbar verwickelt und so verschlungen war, daß selbst ein Genie mit einer Vorliebe für Logikrätsel und Entfesselungskunst allenfalls den schwachen Schimmer einer leisen Ahnung von seiner Komplexität haben konnte.

Inzwischen war in einem der tiefergelegenen Korridore im südlichen Bezirk des unterirdischen Losa Llamas das knirschende Geräusch von Metall auf Metall zu hören – dort unten bohrte sich wie von selbst eine kreisrunde Scheibe aus dem Boden. Nach ein paar Minuten verstummte das knirschende Geräusch, die Scheibe wurde ein kleines Stück angehoben und dann zur Seite geschoben. Zwei Stulpenhandschuhe tauchten über dem Rand des Lochs auf, zogen und holten eine hochgewachsene, dürre, schwarzgekleidete Gestalt herauf – nach oben, nach Losa Llamas. Die schwarze Ledermontur quietschte (Folge der vor kurzem erfolgten Naßimprägnierung), als Swinehunt den Deckel wieder in das Loch einpaßte und festschraubte. Er scharrte Staub und Erde darüber, blickte sich um und orientierte sich.

Abgesehen von seinem Atem und dem Quietschen seines Lederpanzers hörte Swinehunt kein anderes Geräusch. Kein Pflaster auf dem Boden, kein Verputz an den Wänden – der Gang war einfach in die Erde gefräst worden. Vor ihm verzweigte er sich nach beiden Richtungen. Durch die Decke waren ein paar verirrte Wurzeln gewachsen und hatten sich um das mächtige Kabel gewickelt, über das der Strom hierhergeleitet wurde, den das brummende Thaumatron erzeugte. Die Lampen gaben ein gedämpftes gelbes Licht. Die ganze Anlage wirkte, als wäre sie für etwas ganz anderes und von jemand ganz anderem gemacht: Es roch muffig und abgestanden, es roch wie in der Schlupfhöhle einer riesigen Insektenkolonie. Swinehunt lauschte noch einmal, um sicherzugehen, daß nicht irgendwo das Zirpen von Chitin zu hören war.

Links oder rechts? Er hatte nicht die leistete Ahnung. Deshalb entschied er sich kurz entschlossen. Mit einem dürren Zweig kratzte er noch ein kleines Orientierungszeichen in die weiche Wand und marschierte dann aufs

Geratewohl los. Nach links. Seine Mission näherte sich ihrem Ende. Wenn er jetzt noch ein eindeutiges Beweismittel fand, mit dem er die Fieslinge in Cranachan von der Existenz der Frösche überzeugen konnte, dann war es nur noch eine Frage der Zeit, bis er sich wieder das verschafft hatte, wonach er gierte: Macht – absolute, schiere Macht.

Ein brausender Adrenalinstrom rauschte durch seinen Körper, fieberhaft rieb er die Stulpenhandschuhe aneinander, verstohlen schlich er den Gang entlang und seinem Ziel entgegen.

Tief drinnen in der Gedächtnisabteilung in Swinehunts siedendem neuronalen Netzwerk nahm in diesem Moment eines der dort versammelten Gerüchte die Gratulationen und Glückwünsche für erfolgreich geleistete Arbeit entgegen. ›Geheimtür‹ lächelte selbstgefällig vor sich hin, flatterte zur wohlverdienten Pause in die Bar an einer synaptischen Verbindung und bestellte sich einen Acetylcholin-Cocktail.

»Weißt du vielleicht etwas Besseres?« fragte Courgette herausfordernd. »Nach allem, was Ch'tin uns erzählt hat, wäre es doch ganz gut, mit ihm anzufangen.«

Hogshead schüttelte den Kopf. Dawn hopste im Laub herum und träumte von den Herrlichkeiten, die Guldenburg zu bieten hatte. Firkin öffnete und schloß erst mehrmals den Mund, bevor er antwortete: »Ich kann mir nur nicht so recht vorstellen, wie er das wissen soll.«

»Wir haben das doch alles schon besprochen. Er reist so viel herum, daß er bestimmt irgendwas gehört hat«, sagte Courgette.

»Glaubst du wirklich?«

»Natürlich. Ich bin mir sicher, daß er was weiß. Und wenn nicht, dann kennt er wahrscheinlich jemanden, der was weiß. Oder er kennt zumindest jemand, der jemanden kennt, der wahrscheinlich jemanden kennt, der was weiß.«

»Aber ob er auch weiß, wo der König ist?«

»Um das herauszufinden, gibt es nur eine Möglichkeit: Wir müssen ihn fragen, nicht wahr?« meinte Courgette mit einem Tonfall, daß Firkin sich vorkam wie ein besonders unartiger Schüler, der gerade gefragt hatte: »Was? Hausaufgabe *auch noch*?«

»Aber wie sollen wir ihn finden?« fragte Hogshead, der ihn unbedingt treffen wollte.

»Er ist heute abend bestimmt in Guldenburg«, erklärte Courgette zuversichtlich. »So viele Leute wie am Sankt Strizzius-Tag sind sonst nie in der Stadt. Dieses Geschäft kann er sich gar nicht entgehen lassen.«

»Mmmm. Glaub ich auch«, räumte Firkin ein. Damit war es entschieden. Bei ihrer Ankunft in Guldenburg wollten sie als erstes *ihn* suchen: Whintz, den Fahrenden Zauberer, Lieferant von Zaubertränklein, Salben und Ölen; Korrektor von Chronographen-Dysfunktionen, Abdichter kleinerer Wasserhahnleckagen und Gelegenheitsmedium. Bei keiner größeren Menschenansammlung fehlte er, für jeden war die Gestalt mit dem langen schwarzen Umhang und dem hohen spitzen Hut (beide mit Blitzstrahlen, mit blechernen Monden und billig lackierten Sternen und Sternzeichen geschmückt) ein vertrauter Anblick; jeder hatte schon einmal gesehen, wie er mit theatralischen Gesten die Menschen aufforderte, mit ihren kaputten Chronometern und stumpfen Scheren zu ihm zu kommen. Selbst am Sankt Strizzius-Tag konnte es nicht allzuschwer sein, ihn im Gewühl auf dem Marktplatz zu entdecken. Und Hogshead wollte Whintz, diesen Verwandten im Geiste, unter allen Umständen treffen. Auch wenn Whintz gar kein *wirklicher* Zauberer war. Dazu fehlte ihm jene höhere, außerordentliche magische Eignung, mit der zum Beispiel er, Hogshead, ausgestattet war (das bildete er sich wenigstens ein. Der pummelige Proto-Magus, der gerade einmal *einen* Zauberspruch – und auch den nur zur Hälfte – auf Lager hatte, war fest davon überzeugt, daß diese besondere magische Fähigkeit nicht erlernt werden konnte – sie war ererbt).

Die vier Kinder marschierten um einen kleinen Hügel herum, schlugen sich durch das letzte Waldstück und traten ins Freie. Sie standen vor dem morastigen schwarzen Stück Land, hinter dem die mauernumschlossene Stadt lag: Guldenburg! Goldene Türme, die hoch zum Himmel aufragten und von denen blitzendes Licht in alle Richtungen strahlte; wehende Banner, buntflatterndes heraldisches Tuch, das ihnen zuwinkte und sie willkommen hieß; Löwenstatuen aus massivem Gold, die das glänzende Stadttor bewachten, die Pforte der Metropole ... Keine Spur!

»Arrrhh! Du verlogenes Ekel!« kreischte Dawn und prügelte, so fest sie konnte, auf Firkin ein.

»Äh ... ich ... also«, wand sich Firkin.

»Wunderschön ist es, hast du gesagt, und prächtig und und ...«

»Äh ja ...« Firkin sah Courgette und Hogshead flehentlich an. Hilfesuchend. Sie halfen ihm nicht. Sie lächelten freundlich und hörten aufmerksam zu.

»Wo sind die Löwen? Ich möchte die Löwen sehen!«

»Anscheinend hat man sie weggebracht ...«

»Wohin?«

»Weiß ich nicht. Ist eine Ewigkeit vergangen, seit ich hier war«, winselte Firkin erbärmlich.

»Dann such sie!«

»Äh ... Kann ich nicht.«

Dawn war entsetzt.

»Paß auf, Dawn, die Sache ist so«, mühte sich Firkin. »Daß da keine Löwen sind, das liegt daran, daß ... daß ...«

»Daß man sie weggebracht hat«, sagte Courgette und zwinkerte. »Man hat sie an einen sicheren Ort gebracht. Ist doch so, Firkin, oder?«

Firkin blinzelte verwundert. »Ja, natürlich. So ist es. An einen ganz sicheren Ort.«

Courgette, Firkin und Hogshead nickten einmütig, und Dawn gab sich notgedrungen und ziemlich widerwillig mit dieser Erklärung zufrieden. Firkin stöhnte erleichtert und blickte Courgette dankbar an.

»Aber… Warum ist hier eigentlich alles so dreckig?« fing Dawn wieder an.

»Äh, weil… weil man nicht saubergemacht hat«, schnauzte Firkin und ging auf das Stadttor zu. Dawn lief ihm hinterher.

»Aber du hast gesagt, daß alles blitzblank ist und strahlend und…«

»Das ist… Nachdem wir das letzte Mal hier waren… äh… hat es geregnet.«

»Warum soll es vom Regen dreckig geworden sein?«

Firkin sah sich um und warf Courgette und Hogshead erneut flehentliche Blicke zu. Keine Reaktion, die beiden konnten nicht sprechen, weil sie sich angestrengt das Lachen verbissen.

»Das ist so… Jeder Regentropfen enthält ein wenig Schmutz, Und wenn dieser Schmutz auf…«

Courgette und Hogshead beobachteten aufmerksam, wie sich Firkin abstrampelte, um sich aus seiner ausweglosen Situation wieder hinauszumanövrieren.

»Geschieht ihm ganz recht. Warum lügt er auch seine kleine Schwester an?« flüsterte Courgette.

Hogshead nickte und unterdrückte ein Kichern.

Das Gebilde, vor dem die Kinder jetzt standen, als ›Tor‹ bezeichnen zu wollen – das hätte bedeutet, den Bedeutungsrahmen dieses Hauptworts über Gebühr auszuweiten und fast zu sprengen. Vor Jahrzehnten einmal mochte dieser Begriff vielleicht angemessen gewesen sein, jetzt war er es ganz bestimmt nicht mehr. Das ›Tor‹ vor dem Loch im äußeren Verteidigungswall um Guldenburg, das einmal in Sekundenschnelle geschlossen und verriegelt werden konnte und so die Stadtmauer zu einer unüberwindbaren Barriere machte – an diesem Verschlag hätte man jetzt nicht einmal mehr leise anklopfen dürfen. Was aber sowieso nicht möglich war, weil das ›Tor‹ gar nicht mehr geschlossen werden konnte. Die zwei gewaltigen Torflügel, die sich einmal reibungs- und geräuschlos in gut geschmierten Angeln gedreht und zu einer mit Messingbeschlägen verstärkten, massiven und stabilen Wand aus Eichenholz geschlossen hatten, lehnten jetzt gefährlich wacklig an den steinernen Torpfosten. Die Angeln waren nicht mehr wiederzuerkennen, sie waren von der Arthritis des Rosts zerfressen – kaputte und unbrauchbare Gelenke. Dick wucherte das Unkraut, wo einmal die Torwärter Wache gestanden hatten. Die mächtigen Eichenholzbretter waren wie Hochhäuser, in denen Bohrasseln, Holzwürmer und der Holzschwamm hausten.

»Und was ist mit den Räucherstäbchen und den Duftschalen und den Vögeln und ...«, schnatterte Dawn aufgeregt und zupfte Firkin am Ärmel.

»Ah ja, die sind ...«

Das ›Stadttor‹ war gewissermaßen eine mikrokosmische Widerspiegelung des Zustandes, in dem sich Guldenburg insgesamt befand. Was einmal prächtig, stolz und ansehnlich gewesen war, war jetzt verkommen und unnütz. War Heimstatt für unzählige unappetitliche Subjekte, die sich um einen Platz stritten, um leben, atmen und sich gegenseitig schröpfen und ausnehmen zu können.

Durch dieses Portal traten die Kinder ein und gingen die verdreckte Straße entlang, die zum Marktplatz führte. Hogshead bebte vor gespannter Erwartung; Dawn kochte vor Wut und Enttäuschung; Firkin versuchte verzweifelt den Pfeilhagel boshafter Fragen zu überhören, den seine scharfzüngige Schwester auf ihn abschoß. Die Läden entlang der Straße waren geschlossen. Die Händler waren mit ihren Geschäften in die Buden auf dem Marktplatz umgezogen. Einmal deswegen, weil sie sich den Festbetrieb nicht entgehenlassen wollten, und zum anderen, weil sie den unzähligen Verbrechern aus dem Weg gehen wollten, die die zugesicherte Straffreiheit weidlich ausnützen würden. Die sonst so geschäftige Straße wirkte seltsam unheimlich. Vom Ende der Straße war das ausgelassene Lärmen der enthemmten Menge zu hören. Betrunkenes Lachen stieg brüllend aus den Tiefen einer kochenden, orgiastisch tobenden See auf, brach für einen kurzen Augenblick durch die Oberfläche und wurde sofort wieder hinabgerissen in die aufgewühlten bodenlosen Abgründe lärmender Hemmungslosigkeit. Wie die Flaschenpost eines glücklich auf einer Insel gestrandeten Schiffbrüchigen tanzten Jubelschreie über einen schäumenden Ozean aus tumultuarischem Geplapper. Wie eine Bläschenkette sprudelte das kokette Kichern der *Guldschätzchen* in diesem berauschenden Champagner aus stürmischer Fröhlichkeit nach oben. Es war ein phantastisches Fest.

Und über allem flitzte und sauste die *Festschtimmung* hin und her, zwinkerte und feixte, ließ Flitterbomben explodieren, zündete verschwenderische Feuerwerke und grinste breit und zahnlos.

Dawn begann bei diesem Krach nervös zu zappeln. Man schien sich ganz hervorragend zu amüsieren da vorn! Sie wollte unbedingt dabeisein. Sofort und auf der Stelle! Firkin packte sie am Kragen und hielt sie mit Macht zurück. Sie hatten einen Auftrag, eine Mission! Feiern war nicht drin, keine Debatte! Als die vier dann um die nächste Straßenecke bogen, traf sie die *Festschtimmung* mit voller Wucht. Beinahe unsichtbar hing ein irres Grinsen in der Luft, leuchtete auf, verschwand wieder, leuchtete auf, verschwand wieder... und hatte sich ein knallig buntscheckiges Festtagshütchen verwegen aufgesetzt. Es schaukelte und schunkelte im Takt der plärrenden Musik hin und her. Und als dann der unwiderstehliche Rhythmus einer Conga durch die Luft schwebte, begann auch Hogshead mit den Füßen im Takt auf den Boden zu klopfen. Courgette schlug sich versonnen mit der Hand gegen den Oberschenkel.

»Was ist jetzt?« Firkin hatte Mühe, den Lärm zu überbrüllen. »Hat schon einer Whintż gesehen?«

»Nein. Noch nicht«, sagte Hogshead. »Ich kann aber von hier aus auch nicht besonders viel sehen.« Seine Schultern begannen im Takt zu zucken.

Ein riesiger Tausendfüßler wand sich mit ruckartigen Bewegungen durch die stampfende Menge, die Festbesucher formierten sich zur Polonaise. Die *Festschtimmung* ließ einen Hagelschlag explodierender Streubomben niedergehen und schickten dem zu Boden regnenden Kondensstreifengewimmel ein verächtlich furzendes Geprusste nach.

»Was glaubst du, wo er sein könnte?« schrie Courgette und schaukelte hin und her.

»Auf irgendeinem Podium am Rand des Platzes, denk ich«, brüllte Firkin. Er hatte sich vollkommen in der Gewalt und spähte, so gut es ihm möglich war, über die Köpfe der Menge hinweg. Dawn, die hinter ihm stand, glich ihre Beinarbeit allmählich dem Stampfen der Polonaise an. Der Tausendfüßler schlug mit der linken Beinreihe aus. Hogshead hob unwillkürlich den linken Fuß an. Die *Festschtimmung* grinste.

»Cha cha cha cha cha. CHA!« murmelte Courgette vor sich hin.

»Ich seh ihn nirgend-WO!« skandierte Hogshead.

»Geht mir ganz genau-SO!« sang Courgette.

»Nicht nur dir, auch mir, CHA!« schloß sich Dawn an und faßte Courgette an der Hüfte. »Ich frag mir nur, warum, CHA!« sang sie und schlug mit dem rechten Bein aus. Das durchsichtige Spitzhütchen über dem grinsenden Gesicht der *Festschtimmung* blinkte und hopste im Takt auf und ab.

»Bhoau, Mann! Was'n Rhythmus!« rief Hogshead, als ihn Courgette an der Hüfte packte. »Reinlassen, reinlassen!«

Als sich der Schwanz des Tausendfüßlers an ihnen vorbeischlängelte, verlängerten Hogshead, Courgette und Dawn den Polonaisewurm um drei Segmente. Ein durchscheinendes, blinkendes, buntscheckiges Festtagshütchen wurde hoch in die Luft geworfen.

»He, Moment!« brüllte Firkin erschrocken, als die drei davontanzten. »Halt! Zurück! Was soll denn das?«

Alles, was er zu hören bekam, war ein dreistimmiges »Cha!«, das genau in dem Moment ausgestoßen wurde, als drei zusätzliche Tausendfüßlerbeine nach rechts ausschlugen. Vier Takte später waren sie im Gedränge verschwunden… Drei mehr, die der *Festschtimmung* zum Opfer gefallen waren.

Nach wenigen Minuten änderte sich der Boden. Swinehunt hatte jetzt nicht mehr nackte schwarze Erde unter den Füßen, sondern sauber verlegte Steinplatten. Die Wände waren verputzt, die Beleuchtung wirkte heller. Er hatte den Eindruck, daß er sich dem Zentrum von Losa Llamas näherte… Oder doch zumindest einem Bezirk, wo es noch mehr und anderes zu tun gab als Unkrautvertilgung und Insektenvernichtung.

Plötzlich spannte sich sein Rücken, er hörte Schritte. Irgend etwas näherte sich. Swinehunt duckte sich, spähte um eine Ecke – die Schritte hielten an. Eine Gestalt im weißen Laborkittel schob den Schieber vor dem Guckloch in einer großen Eichenholztür zur Seite und lugte durch den Spion. Dann stellte sie das Tablett, das sie in der Hand hielt, auf den Boden und schob es halb durch eine andere Schiebetür. »Es ist soweit, Zhorrothustra: Mittagessen!« Der Kittelträger sprach wie ein Zoowärter, der seinen Lieblingsgorilla begrüßt. Ein beinahe unmenschliches wütendes Geheul schallte aus ihm der Tür entgegen.

»Is ja gut«, antwortete der Techniker gelangweilt. »Aber daß mein Vater eine Kaulquappe war – zumindest das glaub ich nicht!«

Wieder brüllte Zhorrothustra eine wirre Serie wüster Beschimpfungen, die alle die angeblich zweifelhafte Abstammung des Technikers zum Thema hatten.

»Jetzt hör mir mal zu, du Knallkopf!« schrie der Techniker. »Ich muß mir diese Beleidigungen nicht bieten lassen! Du würdest schön dumm aus der Wäsche schauen, wenn ich irgendwann mal nicht mehr käme. Niemand sonst will auch nur in deine Nähe! Du könntest dich einsargen lassen! Und Mittagessen wär auch nicht mehr!«

Wieder ein Schwall lästerlicher Beschimpfungen, diesmal allerdings ein wenig gedämpfter.

»Genau. Und merk dir das, ja?«

Das Tablett verschwand in Windeseile.

»He, Zhorrothustra! Soll ich den Kinderchen was ausrichten? Ich will grad zu ihnen.«

Swinehunt hörte unverständliches Gebrummel. *Kinder?* wunderte er sich. *Welche Kinder? Hier leben doch gar keine Familien.*

»Gut, sag ich ihnen. Bis morgen dann. Ach, und noch was, Zhorry!« Der Techniker lugte durch das Guckloch. »Nicht weglaufen!«

Hinter der zentimeterdicken gepolsterten Eichentür röhrte ein Orkan wüster Beschimpfungen; Zhorrothustra ließ Dampf ab und tobte und wetterte wutentbrannt.

Der Techniker schob die Klappe vor das Guckloch und spazierte beschwingt und leise kichernd durch den Gang davon.

Ein heftiger Neugieranfall veranlaßte Swinehunt, ihm durch das unterirdische Labyrinth von Loas Llamas zu folgen. Er wußte einiges über Zhorrothustra, hatte viele Gerüchte über ihn gehört, nur von Familie war nie die Rede gewesen. Kinder? Zhorrothustra?

Swinehunt konnte so leicht nichts überraschen. Aber diese Information traf ihn wie ein Schock. Wie ein hochwillkommener Schock. Kinder waren immer sehr nützlich, wenn es darum ging, jemanden überzeugen zu müssen. Mit freudiger Erregung erinnerte er sich daran, welche Wirkung er bei vielen Gelegenheiten, während zäher und heikler Verhandlungen dadurch hatte erzielen können, daß er einfach die abgeschnittene Fingerspitze eines Kindes auf den Tisch hatte fallen lassen. Äußerst wirkungsvoll. Eine Welle eiskalter Bosheit steppte, begleitet von der sündig sägenden Musik eines schändlichen Streichorchesters, die Bühnentreppe seines Rückens hinunter und ließ gehässig und schadenfroh das weiße Spazierstöckchen und den Zylinder durch die Luft wirbeln. Schön war es, auf der Welt zu sein!

Leise und heimlich und in sicherem Abstand zu dem vorauseilenden Techniker verzog Swinehunt unter der ledernen Augenklappe das Gesicht zu einem feixenden Grinsen. Das Klirren von Schlüsseln holte den Ex-Erzkanzler von Isolon wieder in die Wirklichkeit der Tunnelgänge von Losa Llamas zurück. *Schlüssel?* wunderte er sich.

Sind die Kinder auch eingesperrt? Ulkig!

Der Techniker schloß eine Reihe von Schlössern auf, nahm den großen Eimer, der an der Stahltür stand, und öffnete das Tor.

Mysteriös blubbernde Geräusche hallten durch das Bogengewölbe über der Tür. Dumpfes amphibisches Grunzen mischte sich mit dem plätschernden Geräusch, mit dem dickflüssiges Wasser an Stein schlug.

Der Wetzstahl der Inquisition schärfte die Schneide der Neugier mit blitzendem Rasiermesserschliff; tief gebückt spähte Swinehunt durch die Tür.

Der Raum war dunkel und feucht. In einem Teich, so groß wie ein Ozean, bewegten sich riesige Schatten, von Zeit zu Zeit war kurz glitzernde rauhe Haut zu sehen. Es roch nach dem feuchtem Verputz, der wie ein verrottender Vorhang aus Schutt, verfaulendem Laub und Algen von den Wänden hing. Es war ein Ambiente, das so ekelerregend und gleichzeitig so umwerfend tröstlich war wie der Anblick einer warmen nassen Hundedecke.

Der Techniker stand auf einer Art Kanzel über dem Teich und hatte den Eimer neben sich abgestellt. Im trübe beleuchteten höhlenartigen Raum der *Kammer* klang seine Stimme schwach und dünn, als er rief: »Alles Liebe von Pappi!« Er leerte den Eimer in den Tümpel und trat dann einen Schritt zurück.

Alles Liebe von Pappi! dachte Swinehunt. *Pappi … Natürlich!*

Plötzlich war es vorbei mit dem dumpfen Grunzen, das fast wie das Muhen von Kühen geklungen hatte. Die Viecher begannen zu fressen, der Teich geriet in Aufruhr und verwandelte sich in einen tumultuarischen Wirrwarr aus rauher Haut, peitschenden Zungen und reißenden Klauen. Im trüben Licht war nicht auszumachen, wie viele Kreaturen sich im Teich tummelten oder wie groß sie waren … Es war ein gespenstisches Bild. Zungen, schnell wie Geschosse, packten zappelnde Fische, kurz blitzten ihre kräftigen dicken Spitzen im feuchtklammen Zwielicht auf, bevor sie zuschnappten, festhielten und den Inhalt des Eimers in die riesigen amphibischen Speiseröhren zerrten. Einen kurzen Augenblick nur, dann war der Fischsnack verschwunden.

Einen kurzen Augenblick lang nur hatte wie ein Blitz das Licht des Bösen aufgeleuchtet.

Heimlich stahl sich Swinehunt in die *Kammer*. Der Tumult im Teich übertönte jedes Geräusch. Er schlich auf den Techniker zu, der am Geländer lehnte, versunken dem besessenen Schlingen und Würgen zusah und keine Ahnung hatte, *wie* versunken er schon im nächsten Moment sein sollte.

Das eiskalte Entzücken des Meuchelmörders erfaßte Swinehunt, blitzartig hatte er den Techniker an den Knöcheln gepackt, hochgehoben und über das Geländer geworfen, so schnell, daß kein unwillkürlicher Reflex, keine Abwehrreaktion mehr ausgelöst wurde. Einen winzigen Augenblick lang hing der Techniker zappelnd in der Luft, dann stürzte er, den Mund weit aufgerissen, in das schlammige Wasser. Die lauwarme Brühe strömte ihm durch die Kehle und drang in die Lungen ein. Er schlug wild um sich und versuchte verzweifelt, an die

Oberfläche zu stoßen. In diesem finsteren rasenden Chaos aus fetzenden und um sich schlagenden Froschschenkeln hätte die Oberfläche überall sein können. Seine Lungen, vollgepumpt mit lauwarmer Flüssigkeit, schmerzten, als wollten sie jeden Moment zerreißen. Er hustete. Es war ein stummes, vom Wasser ersticktes Husten, ein unwillkürlicher Reflex, mit dem er die letzten wenigen Millibar Sauerstoff ausatmete, die noch in seinen schon ziemlich blau angelaufenen Lungenbläschen hingen. Zu Tode erschrocken sah er, wie das Luftbläschen im brodelnden Wasser verschwand.

Plötzlich platschte ein formlos rosaroter Klecks gegen seinen Knöchel, packte zu und zog. Er sah nach unten und erkannte im trüben Gebrodel die Silhouette eines Männchens. Und so, wehrlos festgehalten in einer feindlichen Umgebung, kapitulierte der Techniker. Beinahe dankbar gab er den Kampf auf und rutschte durch den amphibischen Schlund.

Fasziniert sah Swinehunt zu, so fest packte er das Geländer, daß sich die Fingerknöchel in den Stulpenhandschuhen weiß färbten. Seine Zähne blitzten im Dunkel, sein Mund verzog sich zu einem feixenden Grinsen, das so böse und niederträchtig war, wie selbst er es nur selten einmal zustande brachte.

Die Sache lief ausgezeichnet. Was er hier und jetzt vor sich sah, das war furchteinflößend kaltherzige Macht. Nichts konnte unbarmherziger und grausamer sein als diese Kreaturen.

Nachdem der Techniker aus dem Weg geräumt war, gab es niemanden mehr in Losa Llamas, der sich noch um Zhorrothustra gekümmert hätte. Nur er interessierte sich noch für ihn. Wenn er Zhorrothustra auf seine Seite ziehen und dadurch sicher sein konnte, daß die Kriegsfrösche hinter ihm standen (am besten ziemlich weit hinter ihm – diese Zungen hatten eine beträchtliche Reichweite), dann konnte ihn keine Macht der Welt mehr aufhalten. Jetzt stand ihm nichts mehr im Weg!

Als die Wellen, die die letzten Zuckungen des Technikers ausgelöst hatten, gegen das Teichufer plätscherten, stieg blubbernd ein abscheuliches machtbesessenes Lachen in Swinehunts Kehle auf.

Die Heerscharen des Todesengels waren eben um einen Mitstreiter stärker geworden – um einen ganz besonders infamen Cherub.

Firkin stellte sich auf die Zehenspitzen, hüpfte auf und ab und versuchte verzweifelt, in dem Gewühl den Überblick nicht zu verlieren. Der Tausendfüßler wurde unentwegt größer, immer wieder hängten sich Menschen an ihn an, rannten mit und schlugen erst mit dem linken, dann mit dem rechten Bein aus. Von allen Seiten kamen sie, sausten in manchen Fällen in bereits vorformierten Segmenten wild kreischend an Firkin vorbei und schlossen sich an das hin und herpeitschende Schwanzstück an. Begleitet wurde dieses Gewimmel vom heulenden Pfeifen der Feuerwerkskörper, die das gespenstisch grinsende Gesicht der *Festschtimmung* bis hoch in die Troposphäre hinaufjagte, wobei ihr buntscheckiges Hütchen blinkte und blinkte und vielfarbige Rauchzeichen aufsteigen ließ.

Ein paarmal sauste Courgette, von der rasenden Meute haltlos vorwärts- und weitergetrieben, an ihm vorbei. Er hörte sie nur, sehen konnte er sie nicht. Genausowenig wie er Hogshead sah. Allmählich machte er sich Sorgen um Dawn. Sie war so klein, konnte in der Menge so leicht zerquetscht werden … Plötzlich packten ihn zwei Hände und rissen ihn mit. Als er herumfuhr und nach hinten sah, hatte er den Geruch von abgestandenem Bier, Käse und Zwiebeln in der Nase. Ein besoffenes Quartett hatte sich ihn gegriffen, trieb ihn johlend und grölend vorwärts und stampfte im Congaschritt zur Mitte des Platzes. Firkin schrie, als er unaufhaltsam durch ein Meer aus Menschen geschleift und geschoben wurde und die Hände an seiner Taille immer fester zupackten. Einen flüchtigen Augenblick lang sah er Courgette: ein Wirbel roter Haare raste in der Gegenrichtung an ihm vorbei. Links und rechts von ihm zogen Menschenmassen in stampfenden Marschkolonnen vorüber. Er wurde scharf herumgerissen und schrie entsetzt auf, als der Rücken eines Vordermannes beängstigend schnell auf ihn zukam. Er hörte ein durchsichtiges furzendes Schnauben, es prustete und gluckste ihm in den Ohren – der vollmundige Beitrag der *Festschtimmung*. Gleich war es soweit, Firkin würde unweigerlich zerquetscht werden. Hinter ihm schob und stieß die mit vier Mannstärken getriebene Maschine mit unverminderter Kraft weiter, vor ihm verdeckte der stabile Rücken schon beinahe den ganzen Horizont und kam ständig näher und immer näher. Noch näher. Firkin streckte die Arme aus, um auf den unvermeidliche Zusammenstoß vorbereitet zu sein. Dann rasselte er gegen den Rücken des Vordermanns, und seine Hände krallten sich um eine enorm breite Taille. Betäubt von der Wucht des Aufpralls, schüttelte er den Kopf, büschelweise zischten und flitzten Wunderkerzen und fluoreszierende Kondensstreifen bis hoch in die Stratosphäre hinauf – dann wurde er noch tiefer in den irrwitzig wirbelnden Trubel gerissen.

Firkin stand heillose Ängste aus. Sein Gesicht war gegen die Nieren des Kleiderschranks gequetscht, unvorbereitet wurde er immer wieder zum Opfer von Zusammenstößen, die so heftig waren, daß ihm die Luft wegblieb. Beine, Füße, Absätze, alles um ihn herum trat und stieß – ganz genauso wie beim Massenansturm der Schnäppchenjäger im Winterschlußverkauf. Er wurde um immer engere Spitzkehren gehetzt, wurde so fest untergefaßt, daß es ihm beinahe die Arme ausrenkte, und zu immer schnelleren Zwischenspurts angetrieben; wurde in mörderischen Massenkarambolagen wieder abgebremst und von unzähligen wild ausschlagenden Füßen gegen das Schienbein getreten. Und fluchte mordsmäßig, als die *Festschtimmung* mit gackerndem Lachen um ihn herumsurrte.

Dann wurde er unvermittelt von hinten gestoßen. Er taumelte, bekam die Absätze seines Vordermanns zu spüren und stolperte. Er wollte den Sturz noch abfangen … Es war nicht möglich; zuviel stürmte von hinten auf ihn ein. Plötzlich war alles um ihn her nur mehr noch ein Getümmel aus Armen und Beinen, Absätzen und Fäusten, der kalte harte Boden raste ihm entgegen, und er ging unter in einem Meer von Schuhwerk, ertrank in einem Ozean, in dem sich ein Schuhfetischist wie im siebten Himmel gefühlt hätte. Er wälzte und warf sich auf dem Boden hin und her, um den tretenden und stampfenden Füßen auszuweichen, die aus allen Richtungen nach ihm zielten. Manchmal blitzten Lichtstrahlen über ihm auf und fielen in das finstere trampelnde Chaos, in dem er sich verloren krümmte und wand. Er schrie. Das war das Schlimmste, was er je erlebt hatte: er wurde zu Tode getrampelt, und niemand bemerkte es. Erst im trüben Licht des frühen Morgens würden verkaterte Augen seinen zerschundenen Leichnam entdecken – zerquetscht, zerstampft und plattgetrampelt. Entsetzlich, so sterben zu müssen.

Bevor er wußte, wie ihm geschah, wurde er von einer Hand am Kragen gepackt und auf den Knien über den Boden geschleift. Noch immer war er zu Tode erschrocken. Er blickte auf und sah, wie sich Courgette verzweifelt an Hogshead klammerte, der ihn so tapfer vor dem Untergang gerettet hatte. Firkin konnte sich gerade noch rechtzeitig wieder aufrappeln – nur wenige Sekunden später trat ein ganzes Bataillon linker Beine genau dorthin, wo er sich eben noch befunden hatte. Hogshead schob ihn vor sich her und quetschte ihn genau in dem Moment wieder in die Conga-Kette, als alle mit einem Ruck wieder losstürmten. Firkin stolperte erneut. Ihm war schwindlig, er hatte große Mühe, sich auf den Beinen zu halten.

Plötzlich rannte sein Vordermann auf und davon. Alle stürmten plötzlich los. Firkin blieb nichts anderes übrig, als ebenfalls loszurennen und zu hoffen, daß Hogshead sich festhalten konnte. Die Polonaise schien jetzt schneller vonstatten zu gehen als bisher. Das Ausschlagen war eingestellt. Alle spurteten ohne Unterbrechung geradeaus. In dem chaotischen Trubel hatte sich die Spitze der Schlange an das Ende angeschlossen, und weil diejenigen weiter vorn in der Schlange beschleunigten, um wieder aufzuholen, mußten auch die Schlußlichter rennen. Die Schlange drehte sich im Kreis. Es war ein Teufelskreis.

Die vier Kinder wurden plötzlich in den Mittelpunkt einer wirbelnden Spirale gerissen. Rund um sie drehten sich die Ränder des Marktplatzes. Immer enger wurden sie hineingezogen, so eng, daß sie sich nur noch mit Mühe gerade und auf den Beinen halten konnten. Immer schneller wurden sie um Haarnadelkurven herumgerissen, so schnell, daß es kaum mehr möglich war, sich am jeweiligen Vordermann festzuhalten. Hogshead schwitzte vor Anstrengung. Die Windungen wurden noch enger, das Tempo noch schneller, und schließlich waren sie so erschöpft, daß sie bei einer scharfen Linkswende aus der Kurve getragen wurden. Sie schossen nach vorn und sausten ziellos ins Dunkle. Und landeten schließlich – die schreiende Dawn als letzte – im gierigen Schlund einer engen Gasse und krachten in einen Haufen weggeworfener Kisten und Schachteln.

Zhorrothustra warf den schwarzgelockten Kopf herum. Er hatte ein Geräusch gehört. Die Sichtklappe vor dem Guckloch in der Tür wurde zurückgeschoben. Er starrte auf das Auge, das in die Zelle spähte, und wartete auf das Tablett mit dem Essen. Das Tablett kam nicht. Stattdessen hörte er, wie das Schloß aufgebrochen wurde. Dann hörte er ein Knarren – die Tür öffnete sich.

Ein hochgewachsener dürrer Mensch betrat vorsichtig

den Raum und stieß die Tür hinter sich weit auf. Alles das tat er so verstohlen und heimlich, daß Zhorrothustra mißtrauisch wurde. Zehn Jahre lang war die Tür immer fest verschlossen geblieben.

Swinehunt hockte sich neben die zusammengekrümmte Gestalt in der Zwangsjacke. Er feixte. Endlich hatte er den Mann vor sich, der ihm Starthilfe für ein neues Leben geben konnte. Allzulange hatte er sich im Schatten herumgedrückt, hatte ein Leben geführt, das selbst dem geächtetsten, verrufensten Nagetier Bewunderung abgenötigt hätte. Aber das sollte sich jetzt ändern.

»Alles Liebe von den Kinderchen«, flüsterte Swinehunt. Das bärtige Gesicht des alten Wissenschaftlers legte sich in Falten, er grinste.

»Wie geht's ihnen denn?« krächzte er.

»Gut. Sind jederzeit einsatzbereit.«

Swinehunt drehte Zhorrothustra herum und fing an, die auf dem Rücken verknoteten Bänder aufzuschnüren.

»Was tust du denn da?« krächzte Zhorrothustra.

»Helfen. Du kommst jetzt mit mir. Ich habe einiges mit dir vor.«

»Und mit den Kinderchen?«

»Aber ja. Ganz bestimmt.«

Zhorrothustra wandte sich um und blickte Swinehunt an. Zum ersten Mal seit vielen Jahren blickten seine Augen einen Menschen wieder offen an. Er mußte nicht aussprechen, worum er bitten wollte, sein Wunsch stand klar und überdeutlich in diesen lauteren Augen geschrieben. Sekunden später hatte Swinehunt Zhorrothustra aus der Zelle gebracht, die Tür verschlossen und war unterwegs zur *Kammer*.

»Wir können aber nicht lange bleiben«, sagte er, als er vorsichtig die Tür öffnete und den bemitleidenswerten alten Mann in den modrigen Raum dirigierte.

Mit unsicheren Schritten (die langjährige Untätigkeit hatte Muskelatrophie verursacht) tappte Zhorrothustra voran und klammerte sich an das Geländer. Zum ersten Mal seit langer, langer Zeit blickte er wieder auf die rauhen glänzenden Rücken seiner ›Kinderchen‹, sah, wie sich die riesigen Amphibien gluckernd in den lauwarmen Teich plumpsen ließen, und lächelte stolz. Und die Erinnerungen kehrte zurück, die Erinnerung an die Nacht ihrer Geburt vor fünfundzwanzig Jahren, an die Wochen der Aufzucht und Pflege. Und an die unglückseligen Todesfälle. Zhorrothustra bedauerte sie zutiefst. Eine schreckliche, eine entsetzliche ... Zeitverschwendung hatte das verursacht! Verpaßte Chancen, verlorene Zeit! Zeit, die er sich seinen Kinderchen hätte widmen können, wenn diese ... diese blöden Techniker nicht gewesen wären! Seine Augen funkelten wütend, er durfte gar nicht daran denken, was er alles hätte erreichen können, wenn ihm diese Zeit zur Verfügung gestanden hätte.

Aber jetzt! Jetzt war sie gekommen, die Zeit. Zhorrothustra kannte seine Kinderchen, er wußte, wozu sie fähig waren ... Und er wußte, daß es nie zu spät war, um einem alten Frosch neue Kunststückchen beizubringen!

Swinehunt legte dem alten Mann die schwarz behandschuhte Hand auf die Schulter und führte ihn langsam aus der *Kammer*. Vorsichtig sah er sich im Korridor um und machte sich eilig auf den Weg, um mit dem selbsternannten Todesengel Losa Llamas zu verlassen. Wann immer man auch feststellen würde, daß er verschwunden war – es wäre in jedem Fall zu spät.

Ein machthungriges Hyänenlachen schallte keckernd durch den Gang, der zur Geheimtür führte.

Viel zu spät.

IV

WARNUNG VOR DE ...

Niemand hätte sagen können, wie lange die vier in dem Haufen aus Kisten und Schachteln in dem finsteren Gäßchen lagen. Als Firkin endlich soviel Willenskraft aufbrachte, um die Augen zu öffnen, war es jedenfalls wesentlich und merklich dunkler als zum Zeitpunkt ihrer Ankunft. Langsam erst, dann aber zunehmend gereizter, stieß er Hogshead in die Seite, der sich über verschiedene Kisten und Firkins rechtes Bein ausgebreitet hatte. Hinter ihnen lief das Fest unverdrossen weiter auf Hochtouren. Hogshead zuckte, grunzte und schüttelte müde den Kopf.

»Und? Hast du ihn gesehen?« flüsterte Firkin. Es klang ein wenig verärgert.

»Hä?« gab Hogshead zur Antwort und rieb sich die Schienbeine.

»Whintz. Hast du Whintz gesehen? Ist jetzt alles klar?«

»Äh, ich, also ...«

»Also?« fragte Firkin bedeutungsvoll und massierte sich vorsichtig die blessierten Rippen.

»Was *also?*«

»Also wo sollen wir suchen? Wo sollen wir nach König Kharthezsh suchen?«

Im Schatten eines kleinen Torwegs spitzten sich zwei hellhörige Ohren. Überaus hellhörige Ohren – sie waren ein Leben lang darauf trainiert worden, auch noch das minimalste Indiz aufzuschnappen, das auf ›Intrige‹ hindeutete, und an ihren Besitzer weiterzuleiten, der dann ein Maximum an Profit aus diesem Hinweis herausholte.

»Weiß nicht«, sagte Hogshead kleinlaut. »Ich hab Whintz nicht gesehen.«

Die Gestalt im Schatten des Hausgangs notierte sich im Kopf: Whintz, Kontaktmann.

»Das überrascht mich nicht«, fauchte Firkin. »Das überrascht mich überhaupt nicht, nach dieser ganzen Tanzerei.«

»Wir haben uns lediglich unters Volk gemischt«, wehrte sich Hogshead.

»So würde ich das nicht unbedingt nennen«, knurrte Firkin.

Still und heimlich schlich sich ein riesiger dunkler Schatten aus dem Hauseingang und ging langsam auf die vier Kinder zu.

»Und wie würdest du's nennen?« schnauzte ihn Hogshead an.

»Zeitverschwendung und Gefährdung unserer Mission.« Verschnupft verschränkte Firkin die Arme. Er zuckte zusammen, als er sich dabei gegen die schmerzempfindlichen Rippen stieß. »Wenn ich euch nicht aus dem Tumult gerettet hätte ...«

»He, Moment mal!« unterbrach ihn Hogshead. »Wer hat hier wem gerettet?«

Der dunkle, unheilvolle Schatten richtete sich auf und schlich näher.

»*Wen!*« korrigierte Courgette.

»Klappe!« fauchten Firkin und Hogshead gleichzeitig.

»*Ich* war's, der *dich* vom Boden aufgesammelt hat!« brummte Hogshead.

»Du? Ha!«

»Ja! Ich!«

»Wwwwaaa ...!« machte Courgette. Dann klappte ihr Unterkiefer herunter. Vor sich sah sie einen Schatten, der schwärzer war als das Innere einer schwarzen Katze. Genaugenommen sah sie eigentlich nichts – die riesige Masse, die sich durch die radikale Abwesenheit von Licht auszeichnete, verdunkelte jedes vorhandene Licht.

Hogshead schluckte ängstlich, blickte auf und erstarrte.

»Was will sie denn jetzt schon wieder?« stöhnte Firkin. »Was soll dieses ›Wwwwaaa ...‹?« Firkin saß mit dem Rücken zu dem drohend aufragenden Schatten.

»Frrknnn!« Hogshead versuchte zu sprechen, ohne den Mund zu bewegen. »Hnnttrrr drr sthtt einrrr!«

»Ha ha. Sehr witzig!« murrte Firkin sarkastisch.

»Hnnttrrr drr!« wimmerte Hogshead, die Zähne fest zusammengebissen und die Augen weit aufgerissen.

»Das ist wirklich ein erbärmlicher Versuch, mich davon abzubringen, über diesen Schwachsinn zu reden, den ihr euch auf dem Marktplatz geleistet habt! Einfach alles liegen und stehen zu lassen und abzuhauen ...«

»Mnnstrrr!« jammerte Courgette. Dawn war verschwunden, sie hockte zitternd unter einer Kiste.

In der pechschwarzen Finsternis des winzigen Gäßchens stand ein Schatten, der auf irgendeine Art noch pechschwärzer und finsterer war. Und dieser Schatten atmete. Mit leicht gespreizten Beinen – die Hände an den Hüften, der eine Arm ledergepanzert, der andere nackt – stand er da und beobachtete die verängstigt zappelnden Kinder. Die mächtige Brust hob und senkte sich, und der Lederpanzer knarrte so bedenklich, als würde er jeden Augenblick von den massigen Schultern gesprengt, die er umspannte. Tief in Gedanken versunken stand er in der Gasse, nur wenige Zentimeter vor Firkin – wie ein kleiner Kontinent, der den Ritterschlag erhalten hatte. Groß und drohend. Er beobachtete, wartete und spielte mit dem Heft der Stahlmachete, die ihm lässig und griffbereit an der Hüfte hing. Fragen schossen ihm durch den Kopf und verlangten Antworten. Die Antworten klangen verdächtig ausweichend. Verdacht und Ausflüchte: der Schatten schätzte dergleichen nicht. Verdächtiges erwies sich nur allzuoft als gefährlich. Und wenn in seinem Metier von Gefahr die Rede war, dann bedeutete das in aller Regel tödliche Gefahr. Jedenfalls dann, wenn er sich darum kümmerte …

Als er jetzt sah, zu wem die Stimmen gehörten, war er doch ein wenig verblüfft. Nach allem, wovon sie gesprochen hatten: von Königen und Kontaktmännern, von Mission und Auftrag … Er hatte eigentlich Leute erwartet, die ein bißchen, nun ja, bedrohlicher gewirkt hätten. Und/oder gewinnversprechender.

Aezznaton, der professionell arbeitende Meuchelmörder, hatte im Lauf seines Lebens schon mit den unterschiedlichsten Persönlichkeitstypen zu tun gehabt, wenn es um das Arbeitsfeld *Monarchenlokalisierung* gegangen war: mit verfeindeten Söhnen/Töchtern/Liebhaberinnen/Ehefrauen, denen es um Entschädigung für erlittenes Leid ging (nicht seine Sache); mit verfeindeten Söhnen/Töchtern/Liebhaberinnen/Ehefrauen, denen es um Vergeltung für erlittenes Leid ging (bitte hier unterschreiben!); mit Aristokraten/Kanzlern/Politikern (die Liste ließe sich ad infinitum fortsetzen), die aus den unterschiedlichsten Gründen an einem raschen Königsmord interessiert waren (wäre nur noch die Sache mit dem Honorar zu klären!). Aezznaton hätte einen ganzen Katalog mit endlosen Variationsmöglichkeiten zusammenstellen können, nur … jeder Eintrag in diesem Katalog war in irgendeiner Form auch mit Geld verbunden. Aber dieser Haufen sah verdächtig nach Heimwerkern aus …

Es gab nur eine Möglichkeit, wie er herausfinden konnte, was er mit ihnen anstellen mußte: eine Prüfung mit Hilfe seines bewährten und zuverlässigen ›Algorithmus zu Risikoeinschätzung‹. Bei diesem Verfahren der sicheren Entscheidungsfindung mußte eine Anzahl einfacher Frage mit ›Ja‹ oder ›Nein‹ beantwortet werden. Und zwar folgendermaßen:

Sind die zu bewertenden Personen

1) gefährlich?	wenn ›Ja‹ weiter mit 7)
	wenn ›Nein‹ weiter mit 2)
2) harmlos?	wenn ›Ja‹ weiter mit 5)
	wenn ›Nein‹ weiter mit 4)
3) am Leben?	wenn ›Ja‹ weiter mit 1)
	wenn ›Nein‹ weiter mit 6)
4) reich?	wenn ›Ja‹ weiter mit 6)
	wenn ›Nein‹ weiter mit 9)
5) Lockvögel?	wenn ›Ja‹ weiter mit 8)
	wenn ›Nein‹ weiter mit 9)

6) Volltreffer! Kassensturz!
7) Warum noch lange warten? Umbringen!
8) Umbringen. Erst sie, dann ihre Hintermänner.
9) Was soll's? Auf alle Fälle umbringen.

Aezznaton war ungeheuer stolz auf dieses von ihm entwickelte Verfahren, das nur zwei Befreiungsklauseln kannte. Die erste: Wenn sich zeigte, daß die zu bewertende Person über Kapital in einem so hohen Ausmaß verfügte, daß Aezznaton, hätte er dieses Kapital besessen, den Rest seines Lebens in einer großzügigen Villa am Strand der Östlichen Lausee hätte verbringen können, dann konnte diese Person freikommen, im Falle sie trat die Besitz- und Eigentumsrechte an diesem Vermögen ab. Die zweite: Frei kam auch jede Person weiblichen Geschlechts, die im Besitz einer harten schwarzen Handwaffe war, die gemeinhin als ›Handtasche‹ bezeichnet wird.

Leidvolle Erfahrung hatte Aezznaton gelehrt, welche Schmerzen mit Hilfe dieses so harmlos wirkenden Instruments zugefügt werden konnten.

Weil aber dieser jämmerliche, bibbernde Haufen weder größere Summen Geldes noch eine Handtasche zu besitzen schien, ließ das Bewertungsverfahren nur eine Handlungsmöglichkeit zu.

Eine schnelle geschickte Daumenbewegung, ein leises Rauschen, als rasiermesserscharfes Metall aus der Scheide glitt, und Aezznaton hatte seine Stahlmachete gezogen. Er grinste.

»Noch ein letzter Wunsch?« fragte er beiläufig.

Watt nahm den Eimer mit den Fischen und ging in die *Kammer*. Warme feuchte Luft hüllte ihn ein, er mußte husten. Er haßte diesen Gestank. Wenigstens brauchte er die Scheißviecher nur einmal pro Woche zu füttern! Die riesigen Amphibien planschten erwartungsvoll, sie wußten, daß sie gleich zu fressen bekämen. Watt schüttete den Inhalt des Kübels über das Geländer und beobachtete mit Abscheu aber auch Bewunderung, wie die zweieinhalb Meter großen Frösche um sich schlugen und ihre Mahlzeit verschlangen. Er schauerte.

Plötzlich fiel ihm ein weißer Fleck auf: ein Stoffetzen trieb an die Wasseroberfläche. *Warum der wohl …?* Er schluckte nervös. Dann zog er den Fetzen vorsichtig mit einer langen Stange aus dem Wasser. Das Material war ihm bekannt. Außerdem war das Namensschild noch lesbar.

Trotz des Ekels, der ihn würgte, nahm er den nassen blutbefleckten Lappen und las. Es war ein Fetzen des Mantels, der Phlux gehört hatte.

Ihm wurde schwindlig, alles drehte sich um ihn. Er rannte aus der *Kammer*, rannte nach rechts und hetzte den Korridor entlang. Irgend etwas lief entsetzlich falsch, und er wurde das scheußliche Gefühl nicht los, daß es noch schlimmer kommen sollte. Er versuchte sich einzureden, daß *er* es war, der falsch lag; daß es an seiner Dummheit lag, daß seine Phantasie mit ihm durchging. Und doch war ihm klar, daß der Fetzen, den er in der Hand hielt, ein Zeichen war. Ein böses Omen, das Symptom einer schweren und grausamen Krankheit, die kurz vor dem Ausbruch stand. Er ahnte, daß das Böse bereits höhnisch grinsend über die Mauern der Anständigkeit spähte, daß es schon auf der Lauer lag.

Er raste um die nächste Kurve und hielt dann jäh, wie ein Auto mit kreischenden Bremsen, vor einer Tür an. Zögernd schob er die Klappe vor dem Guckloch zur Seite und spähte in die Zelle. Er sah gepolsterte Wände, sah den gepolsterten Boden – der Anblick verschlug ihm den Atem. Und obwohl er fast damit gerechnet hatte, traf es ihn wie ein Schock, als er jetzt seine Befürchtungen bestätigt fand. Er starrte in eine leere Zelle.

Zhorrothustra war verschwunden.

ZUNEHMENDE KRIMINALITÄT VERURSACHT RÜCKGÄNGE IM TOURISMUSGESCHÄFT

Cranachan, das malerische Königreich der Berge, scheint als touristisches Ziel immer mehr an Reiz zu verlieren. Seit eine Welle von Diebstählen und...

Das Klappern der Schreibmaschine verstummte. Wütend riß der Schreiber die Seite aus der Maschine, knüllte sie zusammen, warf sie in den Pergamentkorb und spannte ein neues Blatt ein.

Er brummelte etwas von ›Redaktionsschluß‹, ›Schlagzeile‹ und ›Terminstreß‹ und hackte von neuem auf die Tasten ein.

PLÜNDERUNGEN SIND SCHLECHT FÜRS GESCHÄFT

Im vergangenen Jahr kamen noch weniger Touristen nach Cranachan als...

»Nein, nein, nein«, knurrte er und zerfetzte wieder eine Seite. Er fuhr sich mit den Händen durch das zunehmend lichter werdende fettige Haar und stöhnte zum fünfzigsten Mal innerhalb von fünf Minuten. Dann zog er eine kleine Flasche aus seinem schmutzigen Mantel, schraubte den Deckel ab und nahm einen tiefen Schluck. Als er spürte, wie ihm der Alkohol wohltuend in der

Kehle brannte, ging es ihm gleich viel besser. Er starrte zur Decke und wartete auf Eingebungen.

Noch einmal (unmöglich zu sagen, zum wievielten Mal) verfluchte er sein Unglück und wünschte sich sehnlichst den Tag herbei, da ihm noch einmal der große Durchbruch gelingen würde. Er erinnerte sich noch gut an die Zeit, als er seinen großen Knüller gelandet hatte. Aufmacher! Erste Seite! Exklusivbericht! Tempi passati!

Und jetzt? Womit mußte er sich jetzt befassen? Was hatte er, Turgg Enjeff, Enthüllungsjournalist und Spitzenreporter des *Cranachischen Merkur*, jetzt zu melden?

KEINER WOLLTE SIE KAUFEN!

Katze (Musch) nach zweistündiger Dunkelhaft endlich wieder aus dem Sack gelassen!

OMA RÄUMT AB!

Die strahlende Gewinnerin des diesjährigen Mensch-ärgere-dich-nicht-*Wettbewerbs der SeniorInnen!*

BLUTBAD AM SEEUFER!

Möwe ermordet!

Es reichte, um einen erwachsenen Menschen zum Heulen zu bringen! Vielleicht sollte er einmal …

SPITZENREPORTER GESTEHT:
ICH HABE CHEFREDAKTEUR ERWÜRGT!

Das konnte durchaus passieren, wenn er nicht bald eine anständige Story bekam. Vielleicht sollte er sich einfach eine Geschichte ausdenken? Oder Schriftsteller werden? Oder sich hinlegen und sterben, aus Frustration und Langeweile? Eine dunkle Wolke zog am Fenster vorbei, groß wie ein Klavier.

Turgg starrte auf das leere, niederträchtig weiße (fast weiße) Blatt Pergament und fluchte leise und nur für sich. Er sammelte diverses Schreibzeug und einen kleinen Notizblock zusammen, stand auf, schlüpfte in seinen fettig-fleckigen Mantel und schlurfte auf die Straße hinaus. Sollte der Chefredakteur ruhig noch ein wenig auf seinen erbärmlichen Artikel warten.

Turgg Enjeff interessierten keine Artikel, Turgg Enjeff brauchte eine Story! Er steuerte seinen bevorzugten Aufenthaltsort an, seine Quelle für Klatsch und Tratsch und sonstigen Lebensunterhalt. Eine kleine Spelunke im heruntergekommeneren Teil der Stadt Cranachan: die *Saure Gurke*.

Acht Finger, deren stoppelhaariger Bewuchs unter einer Unzahl billiger falscher Diamantringe gut versteckt war, kreisten über der schwarzen Kugel. Die Gestalt, zu der diese Finger gehörten, hatte goldene Ringe in die Ohrläppchen gesteckt, die sich auch im Nasenloch eines Preisbullen nicht schlecht gemacht hätten, und um den Kopf ein enganliegendes rot-weiß getüpfeltes Kopftuch gewickelt. Sie klopfte nervös mit den Füßen auf den Boden und starrte immer intensiver in die Kugel.

»Schon entdeckt?« fragte Watt.

Die Gestalt verneinte knurrend und starrte das Ding noch schärfer an.

Dann blitzte ein kleiner weißer Funke auf, es knisterte kurz, und dann wirbelte ein Schneesturm in der Kugel ... statische Störungen.

»Wann war dieses Ding eigentlich letztes Mal zur Wartung?« schnauzte die Gestalt. Sie pochte gegen die Kugel und fummelte ärgerlich an einem der kleinen Knöpfe rechts unten am Sockel.

«Ich, äh«, antwortete Watt.

»Hmmmmpff. Dacht ich mir ... ›Weiß nicht mehr‹«, spottete die Gestalt und ließ die Augen keine Sekunde lang von der Kugel.

»Da! Hab sie!«

Watt starrte in das statische Schneegestöber: »Wo?«

Er bekam keine Antwort. Die Gestalt ließ die Hände über der Kugel kreisen, sprach stöhnend und ächzend Beschwörungsformeln und versuchte verzweifelt, ein klares Bild zu bekommen. Nach kurzer Zeit legte sich der Schneesturm ein wenig, es hagelte mit kleinen Unterbrechungen, und ein trübes Bild erschien in der Kugel: vier Kinder, die auf einem Haufen alter Kisten und Schachteln und anderem Müll lagen.

»Bißchen dunkel«, fand Watt.

»Sie sind in einer Seitengasse.«

»Ah«, sagte Watt unbeeindruckt.

»In Guldenburg.«

»Ach so. Verstehe. Guter Empfang«, sagte Watt schüchtern. »Was starren die denn eigentlich so an?«

»Keine Ahnung.« Armreifen klirrten, als die Frau mit den Handgelenken leicht gegen die Kugel schlug, die Finger krümmte und streckte und die Bildeinstellung änderte. Der Blickwinkel verschob sich, der Bildausschnitt wanderte nach oben. Noch weiter nach oben.

»Oha!« sagte Watt, der mit einem umwerfenden Gespür für Untertreibung gesegnet war, und staunte das kleine Schwarzweißbild an: Die blitzende Stahlklinge einer Machete schwang drohend durch die Luft.

Wie der Blitz war die Frau auf den Beinen, der Stuhl flog krachend durchs Zimmer.

»Sofort Projektor fertigmachen! Fokus auf diese Koordinaten! Höchste Intensität. Zelt auf dem Marktplatz! Mach schon, Tempo, Tempo!«

Um ein Haar wäre Watt über die eigenen Füße gestolpert, als er in drei verschiedene Richtungen gleichzeitig losrannte.

Hoffentlich kommen wir nicht zu spät, dachte die Frau. *Wir dürfen keine Zeit verlieren, nicht eine Sekunde!*

»Halt, halt!« bettelte Zhorrothustra kläglich. »Nur eine kurze Pause. Bitte!« Eiskalt pfiff der Wind über die kahle Öde hoch auf dem Foh-Paß.

Swinehunt drehte sich um, sah den gebrechlichen alten Wissenschaftler an und knurrte wütend: »Keine Zeit! Weiter geht's!«

Ich kann mich einsargen lassen, wenn sie mich hier im Gebirge erwischen, dachte Swinehunt, der sich nur allzudeutlich daran erinnerte, was Erdrosselbart, der König von Cranachan, ihm angedroht hatte. Genauer gesagt: seinen wichtigeren Organen angedroht hatte.

Er packte den müden Alten und schleppte ihn auf die Paßhöhe. Dort oben schüttelte er ihn heftig und zeigte ins Tal, auf eine Burg auf einem Hochplateau, um die sich ein Haufen windschiefer Behausungen zusammendrängte.

»Da!« schrie er Zhorrothustra mit zusammengebissenen Zähnen an (eine Angewohnheit, die er sich wirklich einmal abgewöhnen sollte, weil sie häufig dazu führte, daß das Gesagte annähernd unverständlich wurde). »Da! Siehst du? Kannst du es sehen?«

Unsicher richtete Zhorrothustra die eisverhangenen Augen auf die Feste in der Ferne.

Über den Wind hinweg, der heulend über den Bergpaß fauchte, schrie Swinehunt: »Cranachan! Wir sind fast da!«

»Kein letzter Wunsch?« fragte Aezznaton noch einmal und wiegte vielsagend seine Machete. »Noch nicht einmal ein Gnadengesuch? Oh, das enttäuscht mich aber.«

Vier entsetzte Augenpaare blickten aus vier Gesichtern, die starr und vor Schreck wie versteinert waren.

Niemand hatte die stämmige kleine Frau kommen sehen, die ein Blümchenkleid, eine nicht dazu passende Schürze und ein rot-weiß getüpfeltes Kopftuch trug. Plötzlich stand sie, die linke Hand in die Hüfte gestemmt, in der Gasse und wirbelte mit der rechten eine schwarze Handtasche aus Krokoleder.

»He, Freundchen!« knurrte die Frau, die eine merkwürdige Stimmlage hatte. »Willst du vielleicht die armen Würmchen da belästigen, oder wie?«

Aezznaton warf den Kopf herum und schleuderte den

dicken schwarzen Pferdeschwanz hochmütig über die Schulter.

»Und wenn?«

»Ist aber gar nicht nett, so was!« kam es im krächzenden Falsett zurück.

»Wer sagt das?« brummte Aezznaton und richtete die Machete auf die Frau. Er war verwirrt. Nach einer kurzen Prüfung entschied er, daß die vier unter Wahlmöglichkeit 5) einzuordnen waren: Lockvögel.

»*Ich* sag das, Omama Tini. Jederzeit zum Kampf bereit, überall und allerorten! Genauso wie meine Freundin hier.« Sie schwang ihre Handtasche, grinste angriffslustig und ging einen Schritt auf Aezznaton zu.

»Ich bin also nicht *nett*. Natürlich bin ich nicht nett! Macht sich nicht bezahlt in meinem Geschäft.«

»Macht sich auch nicht bezahlt, kleine Kinder zu belästigen.« Wieder trat sie einen Schritt auf ihn zu und ließ dabei die Handtasche um den Zeigefinger kreiseln wie ein Ritter seinen Streitkolben. Aezznatons Augen kreiselten im Gleichlauf mit der wirbelnden Waffe.

»Ist das Kroko?« fragte er. Er versuchte den branchenüblichen drohenden Ton aufrechtzuerhalten.

»Is es. Beste Lausee-Ware. Kaum kaputtzukriegen. Kleine Vorführung gefällig?«

»Äh, ich …«, stotterte Aezznaton, der wie hypnotisiert auf das kreisende Pendel starrte. Er wußte bestens Bescheid – sowohl was die Strapazierfähigkeit von Lausee-Kroko als auch was die winzigen scharfkantigen Widerhaken anging, die (wenn sie im richtigen Winkel über die Haut schabten – ein Effekt, der vor allem beim Einsatz der Tiefaufschlagtechnik erzielt wurde) selbst auf der kampfgestähltesten Haut scheußliche Blasen verursachen konnten. Vor allem der Gedanke an letzteres – und gar nicht einmal sosehr die höllischen Schmerzen, die die Schließen und Schnallen verursachen konnten – war es, der dem Meuchelmörder am meisten zu schaffen machte. Nur eine einzige infolge eines Handtaschenschlags entstandene Blase und ... Gar nicht auszudenken, welche Demütigung dergleichen bedeutete! Nie wieder könnte er sich dann im *Silbernen Spucknapf* blicken lassen; seinen Posten als Kapitän der *Köpfel*-Mannschaft könnte er abschreiben (den würde er vermutlich an Aknerr den Rausschmeißer verlieren), seine Anmeldung zur Neunundfünfzigsten Guldenburger Meisterschaft im Kühekippen würde er auf alle Fälle rückgängig machen müssen, an die Folgen für das Geschäft mochte er gar nicht erst denken ... Es würde Jahre dauern, bis er sich wieder zu seiner augenblicklichen Position hochgearbeitet hätte, Jahre, in denen er sich mit Kneipenschlägereien und billigen Drei-Schilling-Morden durchschlagen und das hämische Kichern hinter seinem Rücken würde aushalten müssen. ›Das ist doch Aezznaton‹, würde man hinter ihm herrufen. ›Bist wohl zu schwach, ums mit einer alten Frau mit Handtasche aufzunehmen!‹ Und dann würden sie sich krumm und scheckig lachen. Genauso würde es sein.

»Kein Problem«, brachte sich Omama Tini wieder in Erinnerung.

»Äh, mein Terminkalender ... Vielleicht ein andermal, ja?« Er grinste schüchtern, knurrte die Kinder wütend an und verzog sich dann wie eine zu Tode beleidigte Muräne in sein Büro.

Omama Tini gluckste leise vor sich hin und spazierte beschwingt auf die vier Kinder zu. »Was ist?« fragte sie. »Wollt ihr etwa den ganzen Tag hierbleiben? Los, kommt schon!«

Hogshead war unsäglich erleichtert. Er strampelte sich aus den Kisten und half Courgette und Dawn aus dem Müllhaufen heraus. *Wenn ich nur etwas länger Zeit zur Vorbereitung gehabt hätte,* dachte er, *hätte ich die Sache gedeichselt. Nicht die geringste Chance hätte er gegen mich gehabt! Paar Zaubersprüche hier, paar Blitze da – gar kein Problem! Auf den Knien hätte er vor mir gelegen und hätte um Gnade gewinselt!*

»Erbärmlich! Absolut erbärmlich!« fauchte Firkin, als er sah, wie Hogshead das Bündel mit seinen Büchern schulterte. »Meilenweit schleppst du diese Bücher mit dir rum, quasselt endlos davon, wofür Magie alles gut ist und daß sie dich unbesiegbar macht, und dann? Bei der ersten kleinen Schwierigkeit machst du dir fast in die Hose! Ich weiß gar nicht, warum ich mich mit so was überhaupt abgebe.«

»Ich war ganz kurz davor!« protestierte Hogshead. »Nur noch ein paar Sekunden, und es hätte ... es hätte ...«

»Hätte was?« Firkin hatte die Hände in die Hüften gestemmt und forderte unnachgiebig Antwort.

»... ihm ganz außerordentlich leid getan!« sagte Hogshead trotzig. »Kannst du mir glauben!« Seine Unterlippe zitterte vor ohnmächtiger Wut. Hinzu kam die Nachwirkung des überstandenen Schocks, er war vor Angst halbverrückt geworden.

»Hört jetzt endlich auf!« schrie Courgette.

»Ich hab nicht bemerkt, daß du irgend etwas Besonderes getan hättest ...«, fuhr Hogshead Firkin an und versetzte ihm einen Rippenstoß. »Hast nur dagesessen und wolltest mir nicht glauben!«

»Paß besser doch auf ein bißchen«, piepte Ch'tin und starrte aus der Rocktasche vorwurfsvoll zu Hogshead hinauf.

»Jetzt fang du nicht auch noch an!« murrte Hogshead. Er hatte das Gefühl, als hätte es plötzlich die ganze Welt auf ihn abgesehen.

»Was ist jetzt? Wir können doch nicht den ganzen Tag in dieser scheußlichen Gasse herumstehen«, polterte Omama Tini. »Jetzt kommt schon endlich!«

Sie machte auf dem Absatz kehrt und marschierte zielbewußt in Richtung Marktplatz los. Die Kinder folgten ihr.

Ohne Ende toste der Lärm der Feierlichkeiten zum Sankt Strizzius-Tag. Die Spielleute sangen und bliesen und schrammelten und trommelten auf allen erdenklichen Instrumenten herum; die Menge johlte, hüpfte und tanzte ausgelassen, betrunken und hemmungslos; die Marktleute brüllten, schwenkten Fähnchen und Wimpel und versuchten, den Festteilnehmern soviel Bares wie irgend möglich aus der Tasche zu ziehen. Irre grinsend sauste und flog in wilden Sprüngen ein durchsichtiges Gesicht kreischend über dem Trubel, ließ dichte Haufen von Schwärmern und Krachern splittern und Feuerwerkskörper bunt leuchtend explodieren – geradeso, als gäbe es kein Morgen mehr.*

Firkin wollte eben lauthals dagegen protestieren, daß man sich wieder in den Trubel stürzte und erneut der gefährlichen, narkotisierenden Wirkung der *Festschtimmung* aussetzte, als Omama Tini scharf links abbog, eine Art Vorhang anhob und in einem rot-weiß gestreiften Zelt verschwand, das in einer Ecke des Marktplatzes aufgeschlagen war und dessen Wände mit allerlei Zeichen und Symbolen dekoriert waren: mit Händen, deren Finger weit gespreizt waren, mit Sternen, fremdartigen Tieren und Argusaugen. Hogshead war sich nicht ganz sicher, er meinte aber, daß es ganz leicht schimmerte.

---

* Für einen sehr großen Teil der Festgäste traf das tatsächlich zu. Infolge des unmäßigen Konsums von Alkohol und anderen toxischen Genußmitteln, mit denen sie in den vierundzwanzig Stunden, die das Sankt Strizzius-Fest dauerte, ihren Körper quälten, war es in hohem Maße unwahrscheinlich beziehungsweise gänzlich ausgeschlossen, daß sie die anschließenden vierundzwanzig Stunden im Zustand geistiger Klarheit erleben würden. Und für einige Personen, die das große Pech hatten, daß ihre Namen auf einem Blatt Pergament gelistet waren, das in der Tasche eines gewissen professionellen Meuchelmörders steckte**, sollte der folgende Tag mit einer Wartezeit beginnen, die sehr verwirrend und alles andere als angenehm sein würde: Am Ende dieser Wartezeit würde sich herausstellen, ob es die sogenannte Reinkarnation tatsächlich gibt.

** Ob es sich dabei um ›Pech‹ handelte, war eine Frage der Perspektive. Für manche standen diese Namen ganz zu Recht auf der Liste.

Seltsamerweise schien niemand außer ihnen das Zelt zu bemerken.

Eine Hand, an der eine Unzahl billiger Ringe mit falschen Juwelen steckte, schob sich durch den Schlitz in der Eingangsklappe und winkte des Quartett herein.

Wie eine Flutwelle stürzte eine Schar kotzender Säufer aus dem Gewühl, grinste anzüglich und blies rülpsend dichte Wolken stinkenden Zwiebelgeruchs in die Luft – nur eine Millisekunde später waren die vier im Zelt verschwunden. Omama Tini saß vor einer großen Kristallkugel und mischte einen Stoß Karten. Mit einer abfälligen Bewegung der bemerkenswert haarigen Hand bedeutete sie den Kindern, sich zu setzen, und begann dann, die Karten auf dem Tisch auszulegen.

In dieser Nacht lachte Turgg Enjeff das Glück. Auf dem Weg in die *Saure Gurke* fielen ihm zwei Gestalten auf, die aus einer Seitengasse rannten, um die Ecke bogen und dann in Richtung Burg weiterliefen. Es war nicht die Tatsache, daß zwei zwielichtige Gestalten heimlich und verstohlen durch die Straßen liefen, die seine Aufmerksamkeit erregte – dergleichen war in Cranachen nichts Außergewöhnliches. Was ihn aber erstaunte, was ihn veranlaßte, sich verwundert die Augen zu reiben, dann noch einmal genau hinzusehen und ein kurzes Dankgebet an Re Shersha, die Göttin der Journalistischen Seelenstärke und des korrekten Satzbaus zu richten, das war die Richtung, in die diese beiden Gestalten rannten. Das und das höhnische Grinsen, das er flüchtig auf einem Gesicht mit Augenklappe gesehen hatte. Diese Impression hastete jetzt den Glockenturm in seinem Gedächtnis hinauf, hing sich an die Glockenseile, setzte mühsam die träge verharrende Masse in Bewegung und läutete, läutete, läutete … läutete so laut und hallend, daß selbst der unerschütterlichste Glöckner in Krämpfe orgiastischen Entzückens verfallen wäre. *Das* hatte Nachrichtenwert!

Und als er jetzt durch die Gasse hetzte, dann wieder ein kurzes Stück schlurfte, dann wieder weiterhetzte, überschlugen sich die Gedanken in seinem Kopf. Warum rannten die zwei in diese Richtung? Dort gab es nichts, nur den cranachischen Königspalast – und der war befestigt und uneinnehmbar, dort fänden sie keinen Zutritt. Warum war ihm das Gesicht so bekannt vorgekommen? Wer war der andere Mann? War das eine Story, die einen Aufmacher abgab?

Kurz vor dem Steilabhang, auf dem die Burg stand, bogen die zwei Gestalten links ab und gingen zu einem zerzausten Busch, der zwischen zwei Felsbrocken stand. Allem Anschein nach interessierte sie dieses Gestrüpp außerordentlich, weit mehr jedenfalls, als Turgg Enjeff das erwartet hätte – die beiden sahen ihm gar nicht so aus, als hätten sie sonderlich viel für die Probleme des Gartenbaus übrig. Der Größere schien etwas zu suchen: Er durchforstete den Busch sorgfältig, versuchte stöhnend, irgend etwas auf dem Boden hinter dem Stamm zu erreichen, und zwängte sich dabei immer weiter und tiefer ins Gesträuch. Merkwürdigerweise beteiligte sich dann auch der andere an der Suche und stöberte in der gleichen Manier auf dem Boden herum. Eine Minute später waren sie beide verschwunden.

Turgg Enjeff wartete eine Weile, dann durchsuchte auch er das Gestrüpp und tastete die rauhe Rinde des Stammes und den Boden ab. Er stieß auf Holz, auf glattes, sauber gehobeltes Holz, so wie es für Türbretter verwendet wurde. Er drückte den Busch zur Seite und öffnete die kleine Tür: Schmale Stufen führten in die Tiefe und verschwanden im Dunkel der Erde.

Endlich! dachte er. *Endlich ein Fall, der eine Recherche wert ist!* Es gab eine Formulierung, schon fast eine Floskel, an die er seit Jahren nicht mehr gedacht hatte, weil es nie mehr einen entsprechenden Anlaß gegeben hatte. Diese Floskel schlich jetzt immer weiter in seiner Erinnerung nach vorn (wegen des höllischen Glockengedröhns hielt sie sich krampfhaft die Ohren zu). Zwei kurze Sätze waren es, Sätze, von denen er nie mehr geglaubt hätte, daß er sie noch einmal würde aussprechen können: ›Stoppt die Presse! Haltet die Titelseite frei!‹

Die Nacht war noch jung, es war still und dunkel in Cranachan, als sich Turgg Injeff, Enthüllungsjournalist und Spitzenreporter des *Cranachischen Merkur,* in die Büsche schlug. Und verschwand.

Omama Tini starrte die Kinder durch die Glaskugel an. Courgette und Dawn rutschten unbehaglich auf ihren Stühlen hin und her, als sich das linke Auge scheußlich groß und kugelig aufgebläht auf sie richtete – sie kamen sich vor wie Exemplare einer neuentdeckten Fruchtfliegenart, die unter einem Mikroskop lagen. Hogshead beobachtete die alte Frau ganz genau, er war fasziniert von den seltsamen Handbewegungen, die sie machte, von den fremd klingenden Wörtern, die sie sprach. Was hier vor sich ging, das war Magie. Kein Zweifel.

Vor dem Zelt tobte das Fest lärmend und hemmungslos und ohne Ende weiter, gelegentlich waren krachende Geräusche und brüllendes betrunkenes Lachen zu hören.

»Wer will als erster ziehen?« krächzte Omama Tini mit ihrer unnatürlichen Falsettstimme.

»Wozu?« fragte Firkin und verschränkte die Arme. Es war ihm anzusehen, daß er verärgert war.

»Um zu finden, was ihr vielleicht sucht.«

»Was soll das denn für eine Antwort sein?« fuhr Firkin sie an. Er war unleidlich, weil er den Eindruck hatte, daß sie wertvolle Zeit verschwendeten.

»Keine sehr originelle, muß ich zugeben. Leider. Aber üblicherweise sehr brauchbar. Üblicherweise sind die *meisten* Leute aber auch zur Mitarbeit bereit und wählen eine Karte. Die meisten Leuten *wollen* nämlich meine Kräfte und Fähigkeiten nutzen, meine Fähigkeit der Prophetie, der Voraussicht und Einsicht und was dergleichen obskurantistischer Schmu mehr ist. Aber wenn du dir *unbedingt* die Haken ablaufen willst, wenn du *unbedingt* weiter vergeblich nach einem Zauber … äh … nach einer Person suchen willst, die nicht hier ist – bitte schön! Nur zu!«

Hogshead stürzte sich wie ein Habicht auf den Ausrutscher: »Zauberer! Du hast Zauberer gesagt! Woher weißt du das?«

»Stimmt ja vielleicht gar nicht«, sagte Firkin. So schnell, als wolle er eine geheime Schuld verbergen.

»Hab ich das wirklich gesagt?« Omama Tini war hocherfreut, daß Hogshead so prompt auf ihren absichtlichen Versprecher reagiert hatte. »Tut mir leid. Das wird mir noch öfter passieren. Ganz bestimmt.«

»Woher? Wie ist das möglich?« drängte Hogshead wißbegierig. »Sag schon!« Seine Stimme schien sich verändert zu haben, sie klang jetzt härter, fordernder.

»Die Gabe«, sagte die Frau und klopfte sich leicht an die Schläfe.

Gabe? Dawn spitzte die Ohren. Irgendwelche Geschenke?

»Ich *sehe*«, sprach Omama Tini weiter und ließ dabei die Hände theatralisch-geheimnisvoll kreisen, »ich *sehe,* was die Zukunft uns bringen wird, was in der Vergangenheit war und was die Gegenwart für uns bereithält …«

»Möcht ich gern wissen«, quiekte Dawn. »Ich hab bald Geburtstag!«

»… hm! Wirst du wohl …!« Omama Tini funkelte Dawn wütend an, die plötzlich puterrot geworden war. »Ich meine doch nicht *solche* Gaben! Ich rede von Ereignissen, von Geschehnissen, ich sehe Zeichen und Omen …«

»Wie?« fuhr Hogshead dazwischen.

»Ich lese es aus den Karten. Karten können weissagen. Mit Hilfe der Karten habe ich in diese Gasse gesehen«, log sie. »Die Karten haben mir einen Fingerzeig gegeben, sie haben es mir kundgetan, sie haben mir gesagt, wo und wie ich suchen soll … Ich wüßte gar nicht, was ich ohne meine Thrarha-Karten anfangen sollte!«

»Können sie auch uns weiterhelfen?« fragte Hogshead. Firkin stöhnte verächtlich.

»Zieh eine Karte, dann wirst du schon sehen!«

Hogsheads Wurstfinger schoß nach vorn und zeigte auf eine Karte. »Die hier!«

Firkin ächzte und murmelte etwas wie »Holde Einfalt …«

Die überraschend männliche, juwelengeschmückte Hand der Wahrsagerin deckte die Karte auf. Zu sehen war ein buntes Bildchen, das eine lange gewundene Straße zeigte. Hogshead deutete auf eine weitere Karte: ein langer Holzstock, ein spitzer Hut, Bart und Umhang. Die dritte Karte: zwei menschliche Beine, die im Maul eines zweieinhalb Meter großen Froschs steckten. Omama Tini starrte erschrocken auf das Bild und wurde kreidebleich.

»Ui. Ein Versehen. Die dürfte eigentlich gar nicht dabeisein«, brabbelte sie, riß die Karte mittendurch und warf sie auf den Boden. »Ver… versuch's noch einmal.«

Viel Auswahl gab es nicht mehr, nur eine Karte war noch geblieben. Die Alte drehte sie um: eine Herde Tiere, die mehr oder weniger wie Bergziegen aussahen. Sie standen auf einem Berghang, und es sah aus, als blökten sie kläglich.

Hogshead sah die Wahrsagerin an. »Und was heißt das jetzt alles?«

»Wie ich schon sagte: Thrarha-Karten geben Fingerzeige. Sie liefern keine fertigen Antworten, sondern eine Botschaft, die gedeutet werden muß.« Omama Tini hatte das Entsetzen über die Froschkarte noch nicht ganz überwunden. Es war doch nicht möglich, daß an diesen Dingern tatsächlich was dran war …?

»Die erste Karte …«, wollte sie anfangen.

»Die erste ist leicht«, unterbrach sie Hogshead. »Eine Straße. Heißt also, daß Whintz gerade die Straße runter ist.«

»Woher willst du wissen, daß es sich um Whintz handelt?«, fragte Courgette.

»Sieht doch ein Blinder«, sagte Hogshead, bevor die alte Frau den Mund aufbrachte. »Stock und Hut: kann nur ein Zauberer sein!«

»Und der böse Frosch und die Geißlein?« fragte Firkin spöttisch.

»Das ist ... das sind ... sind Tiere ...«, grübelte Hogshead. »Ich hab's!« schrie er und schnappte mit den Fingern. »Whintz ist die Straße runter und in ein Zoogeschäft! Worauf warten wir noch?«

»Aber es muß doch wirklich nichts mit Whintz zu tun haben«, nörgelte Firkin. »Es könnte genausogut heißen: ›Drunten an der Straße wohnt der Geißenpeter, und wenn er sich nicht besser um seine Herde kümmert, verkleidet sich der große böse Frosch, schleicht sich bei ihm ein und frißt ihn auf‹!«

»Blöder Whintz, äh, Witz!«

»Oder der große böse Frosch ist hinter einem armen Ziegenhirten her, weil der ihm seine sieben Geißlein nicht geben will, und dieser Ziegenhirt steht jetzt verkleidet unten auf der Straße und wartet auf uns, weil er uns erzählen möchte, wo Whintz ist ...«

»Unsinn, ich hab recht ...«, widersprach Hogshead.

»Keiner hat recht«, krächzte Omama Tini, die es endlich geschafft hatte, zu Wort zu kommen. »Vor allen Dingen weil das keine Ziegen sind und weil der Frosch absolut nichts damit zu tun hat.« Die Wahrheit durfte sie nicht sagen. Noch nicht!

»Was sind es dann?« fragte Firkin.

»Llamas«, sagte Courgette selbstgefällig. »Für Ziegen sind die Hälse viel zu lang. Außerdem haben sie keine Hörner. Und dann sind auch noch ihre Füße ...«

»Danke, wir haben verstanden!« schnauzte Firkin.

Courgette konnte einen manchmal aber auch wirklich auf die Palme bringen!

»Die Karte mit der Llamaherde«, raunte Omama Tini bedeutungsschwanger.

»Was?« fragte Hogshead.

»Llamas«, krächzte die alte Frau. »Na, klingelt's immer noch nicht? Denkt doch mal nach! Macht schon, los … Llamas …!«

»Was?«

»Losa Llamas!«

»Was?«

»Soll ich's euch vielleicht noch vorbuchstabieren?« blaffte die Alte. »Die Botschaft der Thrarha-Karten ist vollkommen klar: Folgt der gewundenen Straße, dann findet ihr Whintz an einem Ort, der Losa Llamas heißt.« Sie warf ihnen eine Landkarte hin. »Der Weg ist deutlich markiert, ihr könnt ihn gar nicht verfehlen. Und jetzt raus mit euch, ich bekomme einen Migräneanfall.«

Kaum hatten die Kinder das Zelt verlassen (sie bogen sofort scharf rechts ab, um der immer noch ausgelassen feiernden Menge aus dem Weg zu gehen), sprang Omama Tini auf und riß sich Kopftuch, Schürze und Perücke herunter. Wütend kratzte sie sich den Kopf und brummte und knurrte in einem fort etwas von »Perücken« und »jucken« und »wahnsinnig werden«. Dann ertönte – wie von weit her – eine Stimme:

»Was ist, Schätzchen? Kann ich ausschalten?«

»Ja«, raunzte die Gestalt im Zelt, deren Stimme plötzlich vom Falsett um eine ganze Oktave nach unten fiel. »Und spar dir dein ›Schätzchen‹! Himmel, wie kommen die Frauen bloß mit diesem Haufen Unterwäsche zurecht …?«

»Wenn du willst, zeig ich's dir, Liebling.«

»Watt! Hör sofort auf mit dem Quatsch! Watt …!

Einen Augenblick später lief ein paarmal ein leichtes Schimmern über das rot-weiße Zelt, das ganz hinten in einer Ecke des Marktplatzes stand, und dann – war es verschwunden.

Die dunkle Steintreppe, über die Swinehunt Zhorrothustra hinaufführte in den cranachischen Königspalast, schien kein Ende nehmen zu wollen. In Swinehunts Kopf tobte ein Aufruhr, der verursacht wurde von Gier, Hoffnungslosigkeit und entsetzlicher Angst. Nach vierzehn Jahren wieder in diesem geheimen Zugang zu stehen, dieses Erlebnis rief unangenehme Erinnerungen wach. Bruchstücke seiner Vergangenheit kamen ihm in den Sinn, wie in einem Topf voll dünner Suppe trieben sie nach oben, drehten sich, schimmerten blaß im trüben Licht und kollerten gegen und über die Linsen der Zerknirschung – fade Brocken, in denen mit Ausnahme des Verlustschmerzes und des Bedauerns jede Empfindung zerkocht war. Auch wenn er sich noch sosehr bemühte, er konnte die ständig wiederkehrende Vision nicht auslöschen, die Erinnerung an damals, an seine ruhmvolle, erfolggekrönte Zeit im Palast. Er feixte – und es sah beinah wehmütig aus –, als er an diese Zeit dachte. An die Tage, als man ihn ›Fisk‹ nannte, als er Innenminister von Cranachan war; an die glanzvollen Tage, als er Macht hatte; an die Tage, bevor die Lemminge …

Swinehunt knurrte wütend, als er sich daran erinnerte, was damals passierte. Es hatte alles so einfach ausgesehen. Immer auf der Suche nach etwas, mit dem er König Erdrosselbart beeindrucken konnte, hatte Fisk eine immens ergiebige Einkommensquelle entdeckt, deren Reichtum in die Tasche von Isolon floß.

Diese Quelle war der Lemmingfell-Handel.

Fisk war der Überzeugung gewesen, daß die Flußrichtung dieser ergiebigen Quelle umgeleitet werden mußte. Nach Cranachan.

Er hatte herausgefunden, daß die Lemminge in einem Gebiet in den Krapathen lebten, das zu Cranachan gehörte. In den letzten Augenblicken ihrer Lebenszeit stürzten sie sich allerdings unbekümmert über eine Felsklippe, die die Grenze zu Isolon bildete. Infolge dieser Entdeckung war es zu Disputationen über Import/Export-Vereinbarungen gekommen, war der Versuch unternommen worden, mittels Einsatz schwerer Erdbewegungsmaschinerie den Grenzverlauf zu ändern, war schließlich der Krieg ausgebrochen. Und mit diesem Krieg und obwohl die schlagkräftige cranachische Armee in diesem Krieg einen überwältigenden und glänzenden Sieg errang, begannen für Fisk die Schwierigkeiten. Cranachan hatte sich die schwere Last aufgeladen, dreitausend Kriegsgefangene durchfüttern zu müssen. Und als hätte das nicht gereicht, blieben auch noch die Einkünfte aus dem Lemmingfell-Handel weit hinter den Erwartungen zurück, als sich in den Folgejahren aus mysteriösen Gründen die Absatzentwicklung dramatisch verschlechterte. Die Schuld wurde Fisk zugeschrieben, er wurde verbannt. Sollte er jemals wieder nach Cranachan zurückkehren, dann würde dieser Versuch mit dem Tode bestraft beziehungsweise mit der narkosefreien Untersuchung und Entfernung innerer Organe.

Warum die Verkaufszahlen so dramatisch zurückgegangen waren, das hatte man nie herausgefunden.

Damals war der Wendepunkt in seinem Leben eingetreten, in einem Moment, als es ganz so aussah, als stünde der Erfolg seiner Pläne und Intrigen unmittelbar bevor. Hätte alles geklappt, dann wäre er inzwischen unglaublich mächtig und reich geworden und stünde ganz oben an der Spitze.

Swinehunt stand in dem düsteren Geheimzugang, spuckte aus und fluchte leise. Heißer Zorn stieg in ihm auf und schürte das Verlangen, die Verhältnisse zu seinen Gunsten zu korrigieren. Und das sollte ihm mit Hilfe des alten thaumaturgischen Physikers möglich sein, der sich eben hinter ihm die steilen Stufen heraufschleppte. Swinehunt war sich bewußt, daß er ein großes Risiko einging. Er sah nur keine andere Möglichkeit. Er mußte Thatarr auf seine Seite bringen, er brauchte ihn als Verbündeten …

Er schob alle Gedanken an die Vergangenheit zur Seite, konzentrierte sich ausschließlich auf die Gegenwart und horchte an der Tür am Ende des Geheimzugangs. Diese Tür war der Eingang zum Palast. Wenn er einmal durch diese Tür eingetreten war, gab es kein Zurück mehr …

Ein schwacher Windstoß, und kalte Nachtluft wehte durch einen der unzähligen Korridore des befestigten Palastes von Cranachan und ließ einen Gobelin leicht aufflattern – zwei Männer waren eingetreten. Sie blickten sich verstohlen um und schlichen dann heimlich und bedrückt weiter. Sie waren unterwegs zu einem Treffen, das nicht verabredet war, bei dem niemand mit ihnen rechnete …

Trotz des überaus reichhaltigen Bücherangebots, das die Schloßbibliothek von Isolon bereithielt, entgegen aller für die Geschichtsschreibung geltenden Gesetze und Ordnungssysteme und ungeachtet der Informationsfülle, die auf den Seiten der unzähligen Bücher zu finden war, in den Folianten und Faszikeln, die sich in der dunklen Kühle der Regale verbargen – nirgendwo fand sich ein Eintrag zum Stichwort ›Losa Llamas‹.

›Llamas‹ – das ja! Wen danach verlangte, der brauchte nicht lange zu suchen: Material über Habitat, geographische Verbreitung, Krankheiten, Parasitenbefall und sexuelle Praktiken – alles vorhanden und leicht zugänglich. Lange, ausführliche Abhandlungen zum Thema Llamawolle und Bekleidungs-, Möbel- und Spielzeugindustrie (Kuscheltiere!); illustrierte Anleitungen, denen zu entnehmen war, welch hohe Befriedigung die Beschäftigung mit Llamazucht bereiten konnte (allerdings nicht den beteiligten Llamas); Fakten und Zahlenmaterial zum Thema ›Llamas‹ in Hülle und Fülle …

Zum Thema ›Losa Llamas‹ aber … nicht die Bohne.

Es war ein Jammer. Vor allem was Firkin, Hogshead, Courgette und Dawn anging. Es muß ein unheilbar am Gebrechen des Optimismus erkrankter Mensch gewesen sein, der jenes geflügelte Wort prägte, wonach Unwissenheit ›selig‹ sei. Nur wenn man knapp einer Katastrophe entgangen ist, die (hätte man sich die Mühe gemacht und sich über einige Tatsachen, geschichtliche Ereignisse und die Unzulänglichkeit von Sicherheitssystemen informiert) nicht hätte eintreten müssen; wenn Schock und Entsetzen überstanden sind, wenn die panische Flucht vor den Klauen der Vernichtung geglückt ist – nur in einem solchen Moment kann man meinen, daß Unwissenheit ›selig‹ sei. Oder wenn schon nicht selig, dann wenigstens bequem.

Die Truppe Firkin et al. wußte nicht nur nichts davon, daß die Thaumaturgischen Physiker von Losa Llamas seit dem Jahr 1014 OG an einem Forschungsprojekt ›Abwehr und Verteidigung‹ gearbeitet und dabei so unterschiedliche Kreationen geschaffen hatten wie das *Säurespritzende Springkraut,* fünf verschiedene Sorten einer *temparatursensitiven Schlingrosenart* und das *Anxtolotl,* eine echsenähnliche Amphibie, die das Pheromon ANXT produzierte, das Panikanfälle verursachte. Sie wußten genausowenig davon, daß die thaumaturgische Linguistik in den Bereichen Prosodie, Phonetik und Sophismusforschung viele nützliche und außerordentlich lebenstüchtige Ergebnisse geliefert hatte. Sie verharrten in einem Zustand chronischer Unwissenheit und absoluter Ahnungslosigkeit und waren blind für die Tatsache, daß nicht nur alle diese Kreaturen (und noch viele andere, größere und gefährlichere) einmal existiert hatten, sondern daß ein nicht unerheblicher Teil von ihnen nach wie vor existierte. Und zwar dort, wo die Streckenmarkierung auf ihrer Landkarte sie jetzt hinführte – im Wald von Losa Llamas.

»Geradeaus«, sagte Firkin, faltete die Karte zusammen und steckte sie ein. »Immer diesem Pfad nach.«

»Überhaupt kein Problem.« Hogshead inspizierte den breiten Pfad, der vor ihnen um eine Kurve bog. »Das ist ja fast eine Straße.«

Wenige Augenblicke später standen sie vor einer undurchdringlichen, dicht überwucherten grünen Wand. Es war doch immer das gleiche, Hogshead hätte sich in den Hintern beißen können! In solchen Momenten war er von *einer Tatsache* absolut überzeugt: Wenn er an einem wolkenlosen Tag zum Himmel aufblicken und dann, nur für sich und ohne jede Absicht ›Schöner Tag heute‹ flüstern würde, läge er noch im selben Augenblick zähneklappernd unter einer drei Meter hohen Schneewehe begraben. Irgendwann mußte er sich angewöhnen, das Maul zu halten, wenn es so aussah, als gebe es ›überhaupt kein Problem‹.

Am Waldrand hielt sich ein bescheidenes Hinweisschild mühselig aufrecht und versuchte sein Bestes, um sie zu warnen:

ZURÜCKBLEIBEN. GEFAHR!!
WARNUNG VOR DE ...

Die Warnung brach mitten im Wort ab und endete in einem gelblich weißen Strich, an dem ein übel mißhandelter und als solcher kaum mehr kenntlicher Pinsel klebte, dessen starre Borsten gestaucht und grotesk verdreht waren. Auf dem Boden lag eine verrostete Büchse in einer Pfütze aus eingetrockneter, hartgewordener Farbe. Für Hogshead sah es aus, als wären mehrere große Hundertfüßer durch die Farbe gespurtet und hätten den Schildermaler verjagt. Aber ob es tatsächlich so gewesen war ... Courgette schauerte, Dawn blickte sich verängstigt um.

Firkin schluckte nervös und flüsterte: »Paßt mal auf: Ich weiß zwar nicht, was hier passiert ist. Aber offensichtlich liegt es schon lange zurück. Möglicherweise will man uns auch bloß reinlegen. Wenn es wirklich gefährlich wäre, hätte uns Omama Tini das gesagt.« Stumm und nur für sich fügte er noch hinzu: *Hätte sie doch bestimmt, oder?*

Er schluckte wieder, nahm dann alles zusammen, was er an Tapferkeit aufbringen konnte und sagte: »Also dann – geradeaus!«

»*Da* durch?« moserte Hogshead. »Das soll wohl ein Witz sein!«

Firkin holte die Karte aus der Tasche, Hogshead lugte ihm über die Schulter.

»Siehst du? Geradeaus.« Er faltete die Karte wieder zusammen und marschierte, bewaffnet mit einem großen Stock und grimmiger Entschlossenheit, zielbewußt los. Auch wenn ihm oben die Angst im Nacken saß, auch wenn er unten kalte Füße bekam, auch wenn irgendwo dazwischen sein Herz auf dem Weg in die Hose war – er zeigte es die anderen nicht. Schließlich war er der Anführer.

Nachdem er ein paar Minuten auf den Verhau eingeschlagen und schwitzend die Brombeer- und sonstigen Ranken verwünscht und verflucht hatte, war ein schmaler Trampelpfad freigelegt, der geradewegs in den Wald führte.

»Na also«, sagte er triumphierend und stürzte sich ins Dickicht.

Der Pfad schlängelte sich um Baumwurzeln, über morastige Flecken, durch dichtes Gestrüpp – seit Jahren war hier niemand mehr gegangen. Hogshead blieb immer weiter zurück, weil er sich von den peitschenden Zweigen fernhalten wollte, die Dawn zurück- und auf diverse hochempfindliche Stellen seiner Anatomie schnellen ließ. Immer wieder einmal mußte er sich dabei von Ch'tin Beschimpfungen anhören, immer dann, wenn ein Zweig eine Stelle traf, die nur wenige Zentimeter über oder unter seiner Rocktasche lag.

Nachdem sie einen kleinen Bach überquert hatten,

blieb Courgette plötzlich stehen, legte den Kopf schief und horchte.

»Was hörst du denn?« fragte Dawn.

»Weiß nicht genau«, flüsterte Courgette.

In der Ferne waren Geräusche zu hören, die klangen, als versuche jemand – oder eher *etwas* –, sich durch bellendes Husten die Mandeln zu entfernen. Es heulte, kreischte und bellte dann wieder.

Jetzt hörte es Dawn auch. Sie zitterte.

»Glaubst du, es weiß, daß wir hier sind?« wisperte sie. Sie hätte einiges drum gegeben, wenn sie Zeichensprache beherrscht hätte.

Ein lautes Brüllen schallte durch den Wald, unmittelbar gefolgt vom verstörten Gekreisch mehrerer aufgescheuchter Vogelschwärme. Dawn packte Courgette an der Hand und unterdrückte einen entsetzten Aufschrei: Ein grausig schrilles Gezeter raste durch die Bäume.

»Wahrscheinlich«, sagte Courgette.

»Was ist es denn?« fragte Firkin.

Ein ersticktes Heulen ertönte hinter einem Busch, viel näher als das Gezeter.

»Näher gekommen«, antwortete Courgette hilfreich.

»Was sollen wir bloß tun?« flüsterte Dawn und krallte sich an Courgettes Hand fest.

Ihre Frage ging fast unter im Lärm der jetzt losbrach: Äste schlugen krachend gegeneinander, Zweige splitterten, knackten und brachen, und hinter sich hörten sie es atmen, laut und rauh.

»Wer macht denn da so einen Krach?« schrie Hogshead. Er war gelaufen, um sie wieder einzuholen. Er keuchte, abgebrochene Zweige steckten ihm in den Haaren, und hinter ihm schwankten und rauschten die Bäume, durch die er bei seinem theatralischen Auftritt gebrochen war.

Firkin starrte zu Tode erschrocken an Hogshead vorbei. *Wie soll ich es ihm bloß beibringen?* dachte er. Er lächelte – beruhigend, herzlich und freundlich. So dachte *er*.

»Wwwwaaa?« fragte Courgette. Auch sie starrte an Hogshead vorbei.

»Alles in Ordnung mit dir?« fragte Hogshead immer noch etwas kurzatmig. Er bekam keine Antwort. »Warum fängst du jetzt wieder mit deinem ›Wwwwaaa‹ an?«

»Ich werde dir jetzt eine Frage stellen«, fing Firkin an. Er stierte dabei Hogshead über die Schulter und grimassierte beruhigend. »Eine absolut rein hypothetische Frage... eine Übung in Imagination, ein Training der Vorstellungskraft. Hmmm, *wenn* da hinter dir, und zwar jetzt, etwas *stünde*... Also, ich sagte doch *wenn?* Sagte ich doch, oder?... Natürlich alles nur ausgedacht... etwas stünde, das drei Meter lang ist, drei Meter hoch, scheußlicher als Ch'tin, ungefähr eine Million Beine hat, riesige Augen und lange, biegsame Fühler... ähem... Was tätest du da?«

Hogshead überlegte. »Hat es Zähne?«

Firkin spähte ihm über die Schultern. »Theoretisch... theoretisch nicht. Nur so riesige messerscharfe Dinger, mit denen es dir innerhalb von Sekunden ein Bein absäbeln kann... äh, könnte. Selbstverständlich nur, *wenn* es da *wäre*.«

»Ist es böse? Ich meine ›wütend‹ oder ›zornig‹?«

»*Wenn* es einen Meter hinter dir *stünde*, dann sieht es sehr böse... *sähe* es sehr böse aus.«

»Überhaupt kein Problem«, sagte Hogshead. »Ich würde mich umdrehen und die *Formula Miniaturata ad infinitum* sprechen.«

»Und was brächte das?«

»Es würde schrumpfen und immer mehr schrumpfen. So lange, bis es verschwunden wäre.«

»Ausgezeichnet. Nehmen wir jetzt einmal an, es *käme* tatsächlich zu dieser Situation... Also, *wenn* es dazu *käme, könntest* du dann diesen ultimativen Schrumpfspruch...«

»Miniaturata ad infinitum«, verbesserte ihn Hogshead.

»... ad infintum dann eben. Aber *könntest* du ...«

»Aber woher denn!« lachte Hogshead. Es gefiel ihm sehr gut, dieses Spiel, das Firkin sich da ausgedacht hatte. Es freute ihn, daß Firkin schließlich doch noch so etwas wie Interesse an Magie zeigte. »Viel zu schwer, so was.«

Firkin schrie, innerlich und nur für sich. Die Hoffnung warf ihren Koffer aufs Bett und packte überstürzt ein: Unterhosen, Socken, Hemden ...

»Was könntest du denn *wirklich* tun?« fragte Firkin. »*Jetzt*, meine ich, *wenn* es tatsächlich zu dieser Situation *käme*.«

»Schreien und abhauen«, meinte Hogshead.

Ach, du meine Güte, dachte Firkin ... Hosen, Schuhe, Strickjacke ...

Dann war, knapp einen Meter hinter Hogshead, ein Geräusch zu hören, als scharrten Knochen an Ziegelsteinen entlang – die Kreatur leckte sich begehrlich die ›Lippen‹.

Es war eine Reflexbewegung: Hogshead drehte sich um und bedauerte es noch im selben Moment. Eine Kreatur, nicht unähnlich der, die Firkin beschrieben hatte (wobei er allerdings die Stückzahl der Beine weit überschätzt hatte), öffnete und schloß mit böse mahlender, langsam kreisender Bewegung das riesige Maul und zeigte dabei tief gestaffelte Reihen gefährlich glitzernder Mandibeln. Als Hogshead das sah, wurde ihm auf der Stelle klar, daß sich Firkin noch in zwei weiteren Punkten getäuscht hatte. Erstens: Die Kreatur hatte sehr wohl Zähne. Sogar verschiedene Sorten Zähne: nadelspitze, die dicht an dicht auf der ›Zunge‹ saßen, und daneben ein ganzes Regiment zwanzig Zentimeter langer blitzender Fangzähne, angetreten und bereit zu karnivorischem Gebrauch. Und zweitens: Die Kreatur war alles andere als ›hypothetisch‹.

»KNURR, KNURR«, knurrte sie und schob sich auf

ihn zu – das Geräusch ihrer Tritte klang, als stampfe sie platschend durch frische Farbe.

»Braves Kerlchen, ganz braves Kerlchen«, wimmerte Hogshead kläglich und wich vorsichtig zurück, die Hände abwehrend gespreizt.

»FAUCH«, gab die Kreatur zu verstehen und rückte rasselnd wieder ein paar Schritte vor.

»AAAAAAHHHHH!« äußerte Hogshead daraufhin. Ganz entsprechend dieser Äußerung schrie er, drehte sich um und rannte davon, während er mit Knien und Ellbogen Gebüsch und Zweige zur Seite stieß. Die anderen drei waren nirgends zu sehen.

»KNURR, WAU-HAU, FAUCH, BRÜLL.« Das Wesen stieß einen furchterregenden Schwall haarsträubender Onomatopöien* aus. Wieder rückte es torkelnd ein Stück nach vorn, und die Beine rasselten wie ein Sack voll klappernder Knochen.

Noch ein Stück weiter vorn schrie Dawn.

»KREISCH, KREISCH«, lärmte der Onomatopode** und raste polternd und ratternd durch den Wald hinter Hogshead her.

Hogshead hetzte und jagte durchs Dickicht, stolperte über Wurzeln; Zweige schlugen ihm ins Gesicht – der Onomatopode kam unaufhaltsam näher, holte immer mehr auf. Hogshead brach der Schweiß aus, lief ihm in Strömen über das Gesicht, brannte ihn in den Augen und machte ihn halbblind. Und da passierte es. Da passierte ihm, was den großen Heldinnen des Laterna Magica-Theaters immer passiert, wenn die letzte Spule in den Projektor eingelegt ist: Er verfing sich mit dem Fuß in einer Wurzel und stürzte. Und schon war der Onomatopode über ihm. Hogshead schrie, als er das mandibelbewehrte, speicheltriefende Maul auf sich zustoßen sah. Das war das letzte, was er sah.

---

* Lautnachahmungen

** Onomatopode: Lautfüßler.

»KREISCH, GURGL, FETZ, SCHNAPP.« Die Geräusche des Todes durch Zerstückelung hallten durch den Wald. Und sie hallten entsetzlich in den Ohren von Firkin, Courgette und Dawn, die plötzlich ein schreckliches Schuldgefühl befiel.

»JAUL, MALM, KREISCH.«

Firkin hielt es nicht mehr aus. Fest packte er seinen Stock, rannte zurück, überquerte einen kleinen Bach und war fest entschlossen, irgendeine Heldentat zu vollbringen, bevor es zu spät war.

»HEUL, WAU-HAU, GURGL.«

Er sauste die Böschung hinauf, hetzte um einen Baum, holte mit dem Stock aus und blieb wie angewurzelt stehen. Hogshead lag auf dem Rücken und hatte die Augen geschlossen. Er war ohnmächtig, anscheinend hatte er einen Schlag auf den Kopf abbekommen. Ansonsten aber schien ihm nichts zu fehlen. Nach dem entsetzlichen Lärm hatte Firkin damit gerechnet, die Überreste eines rasenden Blutbads anzutreffen; hatte erwartet, zerfetzte Glieder und in Strömen vergossenes Blut sehen zu müssen... Nichts von alledem war zu sehen. Der Onomatopode stand ein wenig seitab, hatte den Kopf gereckt und zeterte aus Leibeskräften... wie ein Hund, der den Mond anbellt.

»JAUL, KREISCH, QUIIIIETSCH.« Firkin warf seinen Stock nach ihm und traf ihn mit voller Wucht am Kopf. Der Lautfüßler fuhr herum.

»WIMMER«, sagte er. Und gleich darauf »JAUL«, als ihm Firkin einen großen Stein an die Schläfe warf. Er ratterte los, blieb dann wieder stehen und glotzte Firkin mit funkelnden dunklen Augen an. Von Zeit zu Zeit ließ er noch ein »WIMMER« oder »ÄCHZ-STÖHN« hören, ansonsten hielt er still. Der Onomatopode war es nicht gewöhnt, daß man ihn schlug.

Firkin kümmerte sich um Hogshead. Er war mehr als nur ein bißchen erleichtert, als er auch bei genauerer Prüfung kaum Blut entdeckte. Das wenige Blut, das er fand, stammte von einem Kratzer auf dem Handrücken. Er schüttelte seinen Freund, schlug ihm leicht ins Gesicht – keine Reaktion. Courgette und Dawn staksten ängstlich durch den Bach und lugten vorsichtig um den Baum. Der Onomatopode funkelte sie böse an. Schließlich spritzte Courgette dem ohnmächtigen Hogshead eiskaltes Wasser ins Gesicht.

»Nicht! Laß mich in Ruhe, ich will nicht aufgefressen werden!«, schrie Hogshead und fuhr erschrocken auf. Er sah sich verwundert um. »War wohl ein Alptraum«, brummelte er lahm.

»WINSEL«, sprach der Lautfüßler.

»Da! Da hinter dir!« schrie Hogshead und fuchtelte wild mit dem Zeigefinger. »Das hat mich gefressen. Ich habe geträumt, daß es mich auffrißt. Hau ab ...«

»Alptraum von wegen!« piepste ein höchst gereizt klingendes Stimmchen. Ch'tin zwängte sich wütend aus Hogsheads Tasche. »Du nicht besser aufpaßt warum auch! Beinahe worden zerquetscht ich wäre!« Er wackelte und fuchtelte wild mit den Fühlern und ersetzte auf diese Weise den Zeigefinger, mit dem jeder andere bei einer derartigen Schimpfkanonade drohend gewinkt hätte – ein überdeutliches Anzeichen dafür, *wie* wütend er war. Hogshead fiel zudem noch auf, daß dem Bücherwurm die Wortstellung nicht nur wie üblich durcheinandergeraten war – sie befand sich genau in dem Zustand, in dem Hogshead sich befunden hätte, wenn sich Firkins Befürchtungen als richtig erwiesen hätten.

»Ganz ruhig. Jetzt ist ja alles wieder gut«, tröstete Courgette Hogshead.

»Gut von wegen wieder alles! So weiter wenn geht es, Begleitschutz ich fordere!« tobte Ch'tin.

»Ich verstehe das nicht«, sagte Firkin, der den Onomatopoden wütend anstarrte. »Wenn wir ihn nicht beachten, dann läßt er uns in Ruhe.«

»Es sieht beinahe so aus, als ob er uns nur verjagen wollte. Fast so wie ein Wachhund«, sagte Courgette.

»Aber er hat mich doch angefallen!« protestierte Hogshead lautstark.

»Nur vollinhaltlich dem zustimmen ich kann!« pflichtete Ch'tin vehement bei.

»Ist ja gut. Wir haben's gehört«, murmelte Firkin schuldbewußt.

»Aber wo ist dann, bitte schön, das Blut? Und wo sind die ganzen Gedärme? Du bist doch gar nicht wirklich angefallen worden! Es hat sich nur so angehört. Er hat versucht, uns zu verjagen!« Courgette blieb dabei. »Er ist harmlos. Glaube ich.«

Aber warum hat er versucht, uns zu verjagen? Firkin machte ein finsteres, mißtrauisches Gesicht. *Was ist da los in Losa Llamas? Was will man dort so massiv absichern?*

»Er sieht aber nicht harmlos aus«, grummelte Hogshead. »Hoffentlich hast du recht.« Ch'tin nickte.

»Aber das ist doch wohl klar«, erklärte Courgette. »Wenn er wirklich so gefährlich wäre, wie er aussieht, dann wärst du jetzt in kleine Fitzelchen zerfetzt und über den ganzen Wald verstreut.«

Ch'tin schluckte. Hogshead schauderte plötzlich, er würgte heftig und wurde so weiß wie ein Huhn unter den Schwanzfedern. Courgettes nüchterne, realistische Art war manchmal nur schwer zu ertragen.

Weit von diesem Schauplatz entfernt, in einem Zimmer in Losa Llamas, starrte ein untersetzter Mann angestrengt in ein Sichtgerät, das wie eine Kristallkugel aussah. Bäume flitzten vorbei, der Brennpunkt der Kugel raste durch den Wald. Der Mann war beunruhigt. Zhorrothustra war seit Tagen spurlos verschwunden.

Am entgegengesetzten Ende des Waldes schoß ein winziges Insekt, dessen Augen wie Fischaugenobjektive aussahen, aus dem Gebüsch, legte sich scharf in die Kurve und raste wieder zurück – zurück nach Losa Llamas. Das Bild in der Kugel schwenkte steil über den Rand der Tundra und tauchte dann wieder in den Wald ein. Praxx stöhnte. Warum hatte man ihm auch nie erlaubt, einen anderen Linser zu konstruieren!

Seit zwei Tagen war er jetzt aus Guldenburg zurück, er hätte Zhorrothustra eigentlich längst gefunden haben müssen. Der Linser raste weiter durch den Wald, und Praxx' Zuversicht schwand mit jedem Meter. Er schloß die Augen, konzentrierte sich und steuerte das Insekt vorsichtig um. Er setzte es zur Beobachtung auf die vier Kinder an.

Turgg Enjeff kroch auf allen vieren durch die Finsternis, die schwärzer war als die Seele des cranachischen Ex-Innenministers, und mühte sich Zentimeter für Zentimeter die scheinbar endlose Treppe aus ramponierten Steinstufen hinauf. Er war einer Story auf der Spur. Einer *guten* Story. Er spürte es, er konnte es riechen! Endlich würde er wieder für Schlagzeilen sorgen und den Aufmacher für die Titelseite liefern! Er war auf dem Weg zurück ins Rampenlicht!

Haß und Bedauern empfand er, wenn er sich an seinen letzten Knüller erinnerte. Genauer gesagt an den einzigen größeren Knüller, den er jemals gehabt hatte. Welchen Aufruhr hatte er vor vierzehn Jahren mit seiner Aufdeckung des *Lemming-Skandal*s verursacht! Welche Sensation war es gewesen, als er die ganze Sache als das entlarvt hatte, was sie wirklich gewesen war: ein okkultistischer, schwarzkünstlerischer, raffiniert inszenierter Schwindel, der so manchen zum Selbstmord getrieben hatte. Er hatte, so hatte es damals ausgesehen, kurz davor gestanden, sich einen Namen zu machen, der in den Redaktionsstuben dieser Welt als Geheimtip gehandelt wurde, wenn es um die Vergabe von Exklusivaufträgen ging.

So wie es aussah, hatte er *zu* kurz davor gestanden. Er hatte dem Druck des Chefredakteurs nachgegeben und die Schleier gelüftet, hatte die Namhaften namhaft gemacht, den verborgenen Schmutz ans Tageslicht gebracht und dafür gesorgt, daß er haften blieb. Das Problem dabei war nur gewesen, daß er an ihm haften geblieben war. Plötzlich wurde er als ›Verräter‹ bezeichnet, als ›Verleumder‹, als ›der Abschaum der Menschheit‹. Doch er blieb stolz und ließ sich nicht brechen. Er hatte es geschafft – er war Journalist! Doch dann kamen keine Exklusivaufträge mehr, und plötzlich war er ein ›nichtvermittelbarer‹ Journalist.

Turgg Enjeff hatte nie herausgefunden, was er falsch gemacht hatte. Er konnte nur vermuten, daß er zu fest auf zu viele Zehen getreten hatte, und daß die Füße, zu denen diese Zehen gehörten, zurückgetreten hatten. Aber wessen Füße das gewesen waren und warum sie zurückgetreten hatten, das mußte er erst noch ergründen. Diesmal wollte er jedenfalls erheblich vorsichtiger vorgehen.

Das Geräusch der Schritte vor ihm verstummte, und eine Reihe anderer Geräusche (seine quirlige Phantasie übersetzte sie ihm korrekt als ›konspiratives Geflüster‹ und als ›vorsichtiges Verlassen des Geheimzugangs durch eine kleine, nur selten benutzte Tür und Eintreten in einen großen Korridor‹) drangen an sein Ohr. Er wartete, bis es wieder still war, und schlich dann weiter.

Der Korridor lag im Dunkel. Aber der Mond zeichnete ein paar silberblaue helle Flecken auf purpurne Samtschatten. Turgg Enjeff lauschte angestrengt und hörte links, weit vor sich, leise Schritte. Er zog sich die Schuhe aus und zuckte zusammen – der Boden war eiskalt. Dann tappte er heimlich hinter seiner Beute hinter dem her, was Nachrichtenwert hatte und seinen Namen wieder auf die Titelseite bringen sollte.

Er schlich durch die gobelinbehängten Flure und spähte genau in dem Moment um eine Ecke, als sich zur Rechten eine Tür leise schloß. Notizblock in der Hand, Bleistiftspitze frisch geleckt, bezog er Stellung vor dieser Tür und lauschte.

Jede Äußerung, die durch die Tür drang, wurde gierig

aufgeschnappt und in Turgg Enjeffs krakeliger Handschrift festgehalten. Und während er schrieb, hoben sich seine Augenbrauen in staunender Reaktion auf die Horrorgeschichten, die ihren Weg in den Korridor fanden. Er wollte seinen Ohren nicht trauen. Ein Fressen für die Leser!

Genau das war es!

Ohne auch nur im geringsten verstört oder geknickt zu sein, ratterte der Onomatopode los und verschwand still und leise im Dickicht – so still und leise, wie es einem drei Meter langen Geschöpf mit robustem Ektoskelett und einigen hundert Beinen möglich ist. Und während sich Courgette versicherte, daß mit Hogshead alles in Ordnung war, hörten sie immer wieder einmal ein vereinzeltes »WIMMER« oder »SCHNIEF« aus dem schwankenden und rauschenden Laubwerk. Dawn, die beinahe verrückt geworden wäre vor Angst und die fest davon überzeugt gewesen war, daß der letzte Anblick, der ihr im Leben gegönnt sein sollte, das Innere des Verdauungssystems eines Onomatopoden sein würde – Dawn stellte zu ihrer Verwunderung fest, daß sie mit dieser Kreatur Mitleid hatte. So groß war die Macht, die eine Handvoll erbärmlicher lautmalender Geräusche auf ein naives und leicht zu beeindruckendes Gemüt ausübten.

Firkin war, auch wenn ihn das dunkle Geheimnis von Losa Llamas beunruhigte, außerordentlich von sich angetan. Im Alleingang hatte er sich dem Schrecken gestellt, hatte gekämpft und Hogshead vor dem geifernden Rachen des rasenden Ungeheuers gerettet. Er hatte getan, was ein *wirklicher* Mann tun mußte. Klayth wäre mit Sicherheit hochbeeindruckt, wenn er nach ihrer Rückkehr nach Schloß Isolon davon erführe. Möglicherweise würde er sogar veranlassen, daß einer dieser scheckig gekleideten Minnesänger und Spielmänner seine Heldentat in einem Lied verewigte. Firkin träumte mit offenen Augen, er sah die Szene schon vor sich: Drei oder vier Minnesänger, sie standen auf der Empore, steckten sich die Finger in die Ohren und stimmten einen näselnden Gesang an: ›Wer heute in den Wald geht, der nehme sich in acht ...‹

Nachdem ihm Courgette eine Unbedenklichkeitsbescheinigung ausgestellt hatte, stand Hogshead steifbeinig auf und rieb sich den Hinterkopf. Ch'tin hatte seinem Ärger und Mißmut über rücksichtslose und fahrlässige Behandlung hinreichend Ausdruck verliehen, war mit ein paar Kapiteln aus einem schmalzigen Liebesroman abgefüttert worden und hatte sich zu einem Nickerchen in Hogsheads Tasche zurückgezogen.

»Und jetzt?« stöhnte Hogshead. »Wo geht's weiter?«

Courgette zuckte die Achseln. »Firkin hat die Karte.«

›... dort steht mit seinem Knüppel ...‹, hörte Firkin die Barden singen.

»Wo geht's jetzt weiter?« wiederholte Hogshead seine Frage und rempelte Firkin an.

›... jung Firkin auf der Wa-a-a-cht.‹ Die Darbietung war zu Ende, tosender Applaus brandete auf, das begeisterte Publikum rief den Helden auf die Bühne, es rief seinen Namen ...

»Firkin! He, du Trottel! Wo hast du die Karte?« schrie Hogshead.

»Was? Wie?« Die Kulisse des Bankettsaals verschwamm, wurde grün und verwandelte sich in einen Wald ... »Ach, du bist es«, murmelte Firkin benommen.

»Wer sonst? Was hast du denn geglaubt?«

»Sag ich dir später mal. Was willst du?«

»Wo geht's jetzt weiter?« fragte Courgette, weil Hogshead nur noch gereizt brummte.

»Immer dem Weg nach. Kommt schon!«

Sie nahmen wieder ihre Marschordnung ein und brachen auf. Firkin, der unbezwingbare Held, legte ein scharfes Tempo vor und hackte schwungvoll und begeistert auf den Wirrwarr aus Ästen und Zweigen ein.

Irgendwo vor ihnen im Wald wackelten in freudiger Erwartung zwei hypersensitive Ohren, als sie die Trittgeräusche des anrückenden Quartetts vernahmen.

Der Pfad war nach wie vor dicht überwuchert. Er schlängelte und wand sich und änderte, wie ihnen vorkam, beinahe Zentimeter für Zentimeter die Richtung. Erstaunlicherweise irrten sie nur ein- oder zweimal vom Weg ab und gerieten an den Klippenrand einer riesigen Schlucht, auf deren Grund, in schwindelerregender Tiefe, das schmale Band eines Flüßchens zu sehen war.

Nachdem sie sich zwei Stunden lang durch endloses Dickicht gehackt und geschlagen hatten, ließ Firkin eine Marschpause einlegen. Die Kreatur, deren Ohren die Anwesenheit der vier gerade eben registriert hatten, spuckte sich in die winzigen Pfoten und sprang mit einem gewaltigen Satz auf einen anderen Baum. Sie schwang sich mit einem eleganten Salto von einem Ast zum nächsten, hüpfte und hangelte sich bis zu jener Stelle, wo die vier Kinder rasteten und Kekse knabberten – auf einer kleinen Lichtung, die beinahe wie ein gepflegtes Rasenstück mitten im verwucherten Dickicht lag. Begeistert rieb sich das Geschöpf die Pfoten und ließ aufgeregt die Ohren spielen. Dann wickelte es den langen Greifschwanz um den Ast, auf dem es hockte, und verankerte sich fest und sicher auf seinem Sitzplatz. Zwei schwarzbraune Marsupialieraugen blickten unverwandt auf die Rasenfläche, das Tierchen konzentrierte sich auf die bevorstehende Aufgabe. Es lag lange zurück, daß es die Instruktionen, mit denen es beauftragt war, hatte ausführen können. Jetzt hing es kopfunter an einem Ast, beschrieb mit Pfoten und Ohren geheimnisvolle Kreise und ließ seine Gehirnstromwellen über die Lichtung streichen. Ließ sie tief in den Rasen eindringen und brachte damit etwas in Bewegung, das in ihm verborgen lag. Der kleine braune, einem Beuteltier ähnliche Vierfüßler zwang den Rasen, das zu tun, was sein Name andeutete: zu rasen.

Die Kinder hatten keine Ahnung, daß sie wieder in den Einflußbereich eines der nirgendwo dokumentierten, streng geheimgehaltenen Abwehrsysteme von Losa Llamas geraten waren – an einem Ast über ihnen baumelte ein ›Verbl‹. Bei ihren Versuchen, Kreuzzüchtungen von Substantiven und Verben herzustellen, hatten die Thaumaturgischen Physiker gleichsam als ein Nebenprodukt dieser Forschungen die Möglichkeit entdeckt, die substantivische Wurzel eines Objekts so aufzuschließen, daß sie dazu gebracht werden konnte, wie ein hochaktives Verbum zu agieren. Nachdem sie das herausgefunden hatten, war es ihnen gelungen, diese Potenz – ähnlich wie den Onomatopoden – mit einer physisch-körperlichen Erscheinungsform auszustatten und damit zu einem autonom funktionierenden Wesen zu machen.

So war das ›Verbl‹ geschaffen worden: eine Kreatur, die – wie sich zeigen sollte – wie ein beinahe perfektes, beinahe unüberwindliches Abwehrsystem funktionierte. Das Tier an sich war vollkommen harmlos, es besaß nicht einmal scharfe Zähne, weil es sich ausschließlich von weichschaligem Obst ernährte. Sobald es aber einer Formation bis an die Zähne bewaffneter Soldaten oder Söldner gegenüberstand, dann zeigte das Verbl, was in ihm steckte. Je mehr Waffen eine Streitmacht mit sich führte, um so größer war die Gefahr, der sie sich aussetzte. Sobald ein Verbl seinen Marsupialierblick auf einen Säbel richtete, begann der zu säbeln. Hämmer begannen zu hämmern, Hacken zu hacken und Spieße zu spießen. Die Thaumaturgischen Physiker hingen der Überzeugung an, daß in der Liebe und im Krieg die gleichen Regeln galten – woraus sie für sich das Recht ableiteten, am Regelwerk der Grammatik so lange herumrubbeln zu dürfen, bis es ihren Zwecken entsprach. Daher war also das Verbl in der Lage, auch harmlose, natürliche Objekte in tödliche Waffen zu verwandeln. Flechten zum Beispiel, die unschuldig auf Baumrinden wuchsen, verflochten ihre Opfer in tödlich würgende Gespinste.

Einen Fehler allerdings hatte das Verbl. Aus irgendeinem Grund (nie hat man ihn herausgefunden und den Defekt beseitigen können) war das Verbl von einem unstillbaren Verlangen nach einer bestimmten weichschaligen Frucht beherrscht, die in den Wäldern um Losa Llamas nicht heimisch war: Für eine Banane hätte das Verbl alles getan.

Dawn kreischte erschrocken auf, als der Rasenfleck, auf dem sie saß, plötzlich zehn Zentimeter nach links rückte. Sie sprang auf, als hätte sie auf einer glühenden Herdplatte gesessen, und starrte den Boden finster und vorwurfsvoll an. Er hatte sich bewegt! Ganz bestimmt! Oder doch nicht? Sie gab Firkin ein paar hinter die Löffel. »Laß das!« brummte sie und setzte sich wieder.

»Au! Was soll das denn?« fragte Firkin.

»Das weißt du ganz genau«, sagte sie schnippisch und biß in ihren Keks.

Über ihnen schaukelte das Verbl sanft hin und her und fispelte selig vor sich hin.

Plötzlich ließ Dawn ihren Keks fallen und krallte sich krampfhaft im Gras fest: Das Rasenstück unter ihr hopste schwungvoll fünfzehn Zentimeter nach links, dann zehn Zentimeter nach vorn, drehte schließlich eine elegante Pirouette und bohrte sich einige Zentimeter tief in den Waldboden. Bevor Firkin noch helfen konnte, wurde auch der Fleck, auf dem er saß, beweglich und hüpfte wild durch die Gegend. Und gleich darauf hopsten auch Hogshead und Courgette. Innerhalb weniger Sekunden herrschte ein Lärm, als würde eine Sumo-Meisterklasse von Steintrollen wie besessen fuhrwerken: mehrere Zentner verbal dynamisierter Erdbrocken tanzten, hüpften und hopsten mit seismischer Ausgelassenheit über die Lichtung.

Das schaukelnde Verbl gluckste marsupialisch fröhlich, es lachte sich kringelig, wackelte mit den langen flauschigen Ohren und schickte so immer weitere knisternde Denkströme auf seine Opfer hinab.

Dawn kreischte verzweifelt: etwas Kaltes, Klebriges war gegen ihre Fingerknöchel gestoßen, ein kaltes grünes Geflecht rutschte und glitt über ihre Hand. Die starken magischen Felder, die das Verbl über der Lichtung aufbaute, hatten die substantivische Wurzel einer Flechte aktiviert, die auf einem Steinbrocken saß. Jetzt krochen große grüne Myzelflecken über Dawns Arm und wanden sich um ihre Fußknöchel – das Verbl quiekte vor Begeisterung. Hogsheads fliegender Rasenteppich hüpfte und stieß wie ein übermütiges neugeborenes Lamm.

Der schimmlige Filz reichte Dawn jetzt bis an die Schulter und lag wie eine Decke über ihren Füßen. Er zog sie an den Steinbrocken und hielt sie dort fest wie ein Stück sensitives biologisches Paketklebeband. Sie schrie verzweifelt, gräßliche klaustrophobische Ängste schüttelten sie.

Das Verbl stieß sich mit den Hinterbeinen von der Unterseite des Astes ab, schaukelte fidel und mit neuem Schwung, plapperte ohne Ende vor sich hin und machte so die magischen Felder fruchtbar.

Courgettes Rasenstreifen sprang urplötzlich hoch in die Luft, stieß und bockte so heftig, daß sie den Halt verlor und im hohen Bogen abgeworfen wurde. Das Verbl richtete jetzt seinen tödlichen Blick auf sie. *Zeit für den Coup de Grâce*, dachte es. *Oder vielleicht richtiger für den Coup de Gras?*

Noch im selben Augenblick fauchte mit blauer Stichflamme eine brennende Feuerlohe aus einem brennesselbewachsenen Wiesenstück. Entsetzt starrte Courgette auf die qualmende Stelle, an der es durch Verb-Aktivierung zur Selbstentzündung gekommen war; ihr Herz klopfte laut, lauter noch als der seismische Lärm, den die tanzenden Rasenstücke verursachten. Das Verbl quiekte, und wieder flammte, nur wenige Zentimeter von Courgette entfernt, mit kaltblauer Stichflamme ein verbaktivierter Brennesselstreifen auf. Sie rannte in Deckung, wich den herumhüpfenden Rasenflecken aus und verkroch sich unter einem Baum, gerade in dem Moment, als ein drittes, mit Nesselgewächsen bestandenes Areal aufflammte. Wie war das möglich, woher kam dieses Feuer? Eine vierte Feuerlohe flammte auf, genau vor ihren Füßen diesmal und mächtiger als die vorangegangenen, verqualmte und deckte alles mit einem rauchenden Teppich aus verkohlten Pflanzenresten zu. Ein blendender Blitz, ein dumpfer Explosionsknall, ein Schrei ...

Trotz der chaotischen Kapriolen, die sein Rasenfleck schlug, blickte Hogshead auf und sah Courgette im Explosionsfeuer stehen, sah eine Stichflamme auf sie zu rasen, sah sie eingehüllt in eine blauweiße Rauchwolke. »Nein, nein, nein!« schrie er, sprang und stürzte zu Boden. Er landete, schlug einen Purzelbaum, wich den durch die Luft wirbelnden Erdbrocken aus und rannte auf den Baum, auf die immer größer werdende Rauchwolke zu. Hogshead befürchtete das Schlimmste. Er warf sich in den beißenden Qualm. Ein riesiger Ast lag am Boden, qualmte und prasselte. Er suchte nach Courgette und ... Es wollte ihm die Kehle abschnüren, als sein Blick auf einen Haufen schwarzer Asche fiel, auf – wie er annahm – Courgettes behelfsmäßigen Scheiterhaufen.

Eine gespenstische Stille lag über der Lichtung.

»Plötzlich hat alles aufgehört«, sagte Firkin in die unnatürliche Ruhe hinein. Er stand hinter Hogshead, eingehüllt in die letzten verwehenden Rauchschwaden.

Hogshead starrte auf den qualmenden Aschehaufen und sagte: »Courgette.« Die Unterlippe zitterte ihm.

Und dann begann es plötzlich in Hogsheads Rocktasche zu rumoren. Ch'tin ringelte sich ans Tageslicht und war offensichtlich fest entschlossen, Hogshead wieder einmal Bescheid zu stoßen. Diesmal wegen Störung der

Mittagsruhe. Die wütend wackelnden Fühler sahen für Firkin fast so aus, als krempelten sie vorsorglich schon einmal die Ärmel auf. Er schnappte sich den Bücherwurm.

»Hogshmmffmfm!« piepste der Wurm. Firkin hielt ihm das Maul zu.

In Hogsheads Kopf herrschte Aufruhr. Sein Verstand dementierte vehement, was seine Augen ihm immer und immer wieder mitteilen wollten. Er hörte, wie Courgette ihm zuflüsterte, hörte in seinem Kopf Gesprächsfetzen …

»… du mußt keine Angst haben … alles ist wieder gut. Ganz ruhig … alles ganz friedlich …«

Eine Träne rollte Hogshead über die Wange. Sie war grau vom Dreck auf seinem Gesicht. Wieder hörte er Courgettes sanfte Stimme:

»… aber wer wird denn. Ich hab dich doch gern … Und diese bösen Erdbrocken liegen jetzt auch wieder ganz still … Was hast du aber auch für ein süßes Pelzchen …«

Sein Verstand spielte ihm einen bösen Streich; es war der Schock, der aus Courgettes Worten unsinniges Geplapper machte. Der Wahnsinn stand vor der Tür und trommelte mit langen Fingern geduldig auf den Türpfosten. Hogshead konnte es nicht mehr aushalten.

»Courgette!« schluchzte er.

»Ja?« hörte er sie von weither.

»Warum mußte es gerade dir passieren?« fragte er. Er war plötzlich überzeugt, daß er durch das Treffen mit Omama Tini auf irgendeine Weise die Fähigkeit erworben hatte, mit jenen in Kontakt zu treten, die nicht mehr unter …

»Hä? Wem denn sonst? Was hast du denn gedacht?« Courgette kam hinter einem Baum hervorspaziert und hielt ein kleines pelziges Beuteltier auf dem Arm, das eine Banane verschlang. Wobei es irre grinste.

»Aber …«, machte Hogshead, der eigentlich sprachlos war.

»Gott sei Dank ist dir nichts passiert«, sagte Firkin und stieß einen tiefen Seufzer der Erleichterung aus. Ganz leise war ersticktes Geschrei zu hören. »Klappe, Ch'tin!« knurrte Firkin.

»Hätte aber leicht geschehen können«, sagte Courgette. »Wenn der Kleine da nicht von seinem Ast gesprungen wäre, dann hätte ich nicht nach oben geschaut. Dann läg ich jetzt darunter. Ist doch wirklich ein schlaues Kerlchen!« Sie streichelte das Verbl. Und hatte keine Ahnung von seiner furchtbaren Macht.

»Und ich dachte ...« Hogshead blickte erst Courgette, dann den Aschehaufen an ...

»Oh«, murmelte sie, wurde ein wenig rot und entdeckte dann etwas auf dem Boden, das allem Anschein nach außerordentlich interessant zu sein schien.

Hogshead wischte sich über das Gesicht. »Meine Augen sind ziemlich rauchempfindlich« sagte er wenig überzeugend. »Fangen immer gleich zu tränen an. Muß irgend so eine Allergie sein.«

Wieder waren die erstickten Schreie zu hören.

»Jetzt sei doch endlich still«, flüsterte Firkin und nahm die Hand von Ch'tins Maul.

»Ich keinen Lärm doch mache. Lärm wer macht hier ist deine Schwester«, piepste Ch'tin selbstgerecht.

»Dawn!« schrie Firkin auf. Er hatte die kleine Schwester völlig vergessen.

Und wie eine Antwort auf seinen Schrei war wieder das erstickte Stöhnen zu hören. Firkin fuhr herum, entdeckte einen von Flechten überwucherten Felsbrocken und sah, daß sich unter der Flechtendecke energisch etwas wand und krümmte. Er rannte los und riß und zerrte an dem faserigen grünen Gewebe, das jetzt völlig stillhielt. Es dauerte nur ein paar Sekunden, dann war Dawns Kopf freigelegt – er saß wie eine Krone auf einer birnenförmigen, grünen und schimmeligen Masse. Dawn schien es gutzugehen – sie war fuchsteufelswild.

»Brrääähh! Das Zeug schmeckt widerlich. Hol mich sofort da raus!« schrie sie und zappelte wütend.

»Ist alles in Ordnung mit dir?« fragte Firkin.

»Ja. Hol mich schon raus!« Sie spuckte ein paar Myzelfasern aus und strampelte ungeduldig.

Courgette küßte Hogshead sanft auf die Wange und rannte dann los, um bei der Befreiung von Dawn zu helfen. Das Verbl spazierte gleichgültig davon, verzog sich ins Unterholz und leckte sich genießerisch die letzten Bananenspuren von den Lippen.

Keiner von ihnen wußte, daß sie beobachtet wurden. Ganz in ihrer Nähe hielt sich eine winzige insektenähnliche Kreatur auf, die mit einem Fischaugenobjektiv ausgestattet war. Sie ließ sich leise auf einem Blatt nieder. Mit einer geschickten Bewegung stellte sie Spezialfühler ein und richtete sie nach Losa Llamas aus. Sie piepste und quiekte ein paarmal hoch und schrill... Nachdem der Testton-Durchlauf erfolgreich abgeschlossen war, richtete sich der Linser zur Beobachtung ein.

Die untersetzte, in wallende dunkle Gewänder gekleidete Gestalt rieb sich erfreut die Hände, als das vom Linser übertragene weitwinklig verzerrte Bild durchkam. Sie beobachtete, wie Firkin, Hogshead und Courgette Dawn von dem Flechtengespinst befreiten. Praxx lächelte. Er war sehr zufrieden – die Sache lief hervorragend.

Obwohl... Alles wäre hervorragend gelaufen, wenn er auch noch gewußt hätte, wohin Zhorrothustra verschwunden war.

Das lauteste Geräusch, das Swinehunt hörte, als er in der Stille der Mitternacht auf dem Korridor vor den Privatgemächern des hochverheerenswerten Thatarr stand, war das Hämmern seines rasenden Herzschlags. Sein brodelndes Gehirn wußte, daß er in wenigen Sekunden das gefährlichste Wagnis seines Lebens eingehen würde, und überflutete seinen Körper mit den entsprechenden chemischen Botenstoffen. Adrenalin brauste selbst durch die winzigste Ader und machte ihn bereit für das Bevorstehende. Äußerlich verriet lediglich ein kaum wahrnehmbares Zeichen, welcher Aufruhr in seinem Innern tobte: Unter der schweißglänzenden Haut an der Schläfe pochte und pulste mit regelmäßigem Taktschlag eine Ader.

Seine Chancen – *alle* Chancen – waren gleich null. Doch dafür hielt er die denkbar stärkste aller Trumpfkarten in der Hand. Vorsichtig öffnete er die Tür und betrat das verdunkelte Zimmer. Die Silberstrahlen des Mondlichts beschienen eine Reihe exakt ausgerichteter Schlachtengemälde und brachen sich funkelnd auf den glänzenden Schaustücken einer stattlichen Kollektion von Streitäxten, Schwertern und Dolchen, die die Wände schmückten. Swinehunt erinnerte Zhorrothustra noch einmal daran, völlig stillzuhalten, und gab ihm mit einer anschaulichen Geste zu verstehen, was sie zu erwarten hatten, falls man sie entdeckte. Dann schlich er sich in das Schlafgemach des Obersten Chefs des Ministeriums für Sicherheit und Kriegsführung. Auf einem Sockel stand ein großes Holzbett, und über diesem Bett hing das Bild einer jungen, äußerst attraktiven und auffällig spärlich gekleideten Frau. Die Frau war an einen Felsen gekettet und wirkte erstaunlicherweise angsterfüllt, wehrlos und umwerfend wollüstig zugleich. Trotz seiner Angst nahm sich Swinehunt fest vor, sich mit dem Maler in Verbindung zu setzen und das Modell ausfindig zu machen …

Ein dumpfes Stöhnen holte ihn wieder auf den Boden der Tatsachen zurück: Die größere der beiden Gestalten auf dem Bett wälzte sich herum und zog die Bettdecke mit sich. Daraufhin war wieder ein Stöhnen zu hören: Eine schmale Hand faßte nach der Bettdecke und zog sie sichtlich gereizt mit einem heftigen Ruck wieder zurück. Bevor einer der Schläfer hätte aufwachen können, stürzte Swinehunt auf das Bett zu, hielt seinem Opfer mit einer Hand den bärtigen Mund zu und setzte ihm mit der anderen ein Stilett an die Kehle. Zhorrothustra postierte sich – etwas weniger schwungvoll – auf der anderen Seite des Betts.

»Keine Bewegung!« fauchte Swinehunt leise. »Ein Ton, und du hast keine Mandeln mehr! Ist das klar?«

»... klar?«

Der auf dem Rücken liegende Thatarr nickte den unbekannten Angreifern zu.

»Wenn du mir jetzt ganz genau zuhörst«, sprach Swinehunt weiter, »dann steht ihr beide zum Schluß erheblich besser da.«

»... besser da.«

Swinehunt blickte die schattenhafte Gestalt seines Begleiters verblüfft an: Zhorrothustra stand höhnisch grinsend vor dem verängstigten Mädchen.

»Ich will dir ein Geschäft vorschlagen, das beste Geschäft, das du jemals gemacht hast«, flüsterte Swinehunt, der sein Gesicht nach wie vor versteckt hielt.

»... gemacht hast«, wiederholte Zhorrothustra.

»He, Moment mal!« Swinehunt sah Zhorrothustra verärgert an. »Ich habe zwar gesagt, du sollst es so machen wie ich. Damit habe ich aber nicht gemeint, du sollst alles ganz genau so machen wie ich. Überlaß das Reden mir! Klar?«

Der thaumaturgische Physiker grinste blöde ins Dunkel.

Swinehunt wandte sich wieder Thatarr zu und wiegte ausdrucksvoll sein Messer. »Bist du bereit, zuzuhören?«

Der Oberste Chef des Ministeriums für Sicherheit und Kriegsführung nickte. Gleichgültig beinahe, wie es Swinehunt schien.

»Ich kann dir die wirkungsvollste Kriegsmaschine anbieten, die jemals entwickelt wurde. Absolute Geländegängigkeit, nimmt jeden Burggraben. Rundumarmierung mit pfeilspitzensicherer Panzerung. Selbstgesteuerte Berserkerkapazität. Grausam bis zum äußersten, kaltblütig und gnadenlos. Und: Sie kostet keinen Pfennig Sold!« flüsterte Swinehunt. »Interessiert?«

Thatarr schüttelte den Kopf.

»Was?« bellte Swinehunt und nahm die Hand vom Mund des Kriegsherrn.

»Wir haben bereits Kriegselefanten.«

»Was ich dir anbiete, das frißt deine Kriegselefanten zum Frühstück!«

»Artillerie-Nashörner – alles schon ausprobiert. Nein danke, kein Interesse.«

»Artillerie-Nashörner! Wie kannst du dieses Kanonenfutter mit meinem Angebot vergleichen!« fauchte Swinehunt.

Thatarr kam ins Grübeln, irgend etwas regte sich in seinem Gedächtnis. Zhorrothustra knuffte und piekte die Konkubine des obersten Kriegsherrn auf bedrohlich prüfende Art und Weise. Es lag lange zurück, daß er sich in weiblicher Gesellschaft befunden hatte. Vor allen Dingen in so unbekleideter weiblicher Gesellschaft. Zhorrothustra ließ seine Gedanken wandern, ganz genau so, wie er auch die Spitze seines Messers wandern ließ.

»Gürteltier-Mannschaftstransportwagen?« fragte Thatarr.

»Du meine Güte«, spottete Swinehunt. »In welcher Zeit lebst du eigentlich? Wir schreiben das elfte Jahrhundert! Wir haben wesentlich Besseres zu bieten als diese schwerfälligen Kreaturen! Was ich dir biete, ist mit nichts zu vergleichen, was gegenwärtig im Kampf eingesetzt wird. Greif zu, und alle deine Feinde werden dich beneiden!«

»Also – was ist es?« fragte Thatarr müde.

»Die Ultimative Abschreckung!« flüstere Swinehunt.

»Schön. Und was, bitte, ist das genau?«

»*Rana militaria*. Die Kriegsfrösche!«

»Du liebe Zeit! Das ist ein Mythos. Ein militaristisches Hirngespinst!«

»Falsch! Die Frösche sind sogar äußerst lebendig. Und zwar in … Aber damit verriete ich zu früh zuviel«, bremste sich Swinehunt. »Sag's du ihm, Zhorrothustra.«

»Zhorrothustra?« kam es wie ein Echo von Thatarr. Sein Körper spannte sich, seine Augen weiteten sich, und sein Verstand rieb sich erwartungsvoll die Hände.

»Hä?« Der Physiker konnte sich nur schwer von dem faszinierenden Anblick lösen, den ein fester, makellos geformter weiblicher Oberschenkel und das dahinter liegende geheimnisvolle Dunkel boten.

»Erzähl ihm von deinen Kinderchen«, flüsterte ihm Swinehunt ins Ohr.

»Meine Kinderchen«, plapperte Zhorrothustra wie aufs Stichwort los. »Meine prächtigen Kinderchen! Sie sind eingesperrt! Den Blicken der Welt entzogen! Sie brauchen die Freiheit.« Seine Augen starrten weit in die Ferne.

»Ist das wahr?« fragte Thatarr begierig. Plötzlich war er höchst interessiert.

»Du kannst es ruhig glauben«, versicherte ihm Swinehunt. »Ein Wort nur, und sie gehören dir. Die mächtigsten Waffen aller Zeiten. Du kannst sie alle haben. Wenn du mir dafür ein paar, nun ja, Gefälligkeiten erweist«, flüsterte Swinehunt, der sich immer noch unerkennbar im Schatten hielt.

»Welche Gefälligkeiten?«

»Ich bringe dich zu den Fröschen, wenn du dafür sorgst, daß alle Beschuldigungen, die man gegen mich erhoben hat, fallengelassen werden und ich wieder in mein altes Amt eingesetzt werde. Und zwar zu folgenden Bedingungen: dynamisierte Gehaltsanpassung rückwirkend vom Zeitpunkt meiner Entlassung vor vierzehn Jahren an, garantierter Anspruch auf Alterversorgung in voller Höhe und dreißig Tage Jahresurlaub.«

»Welches Amt?«

Swinehunt trat einen Schritt nach vorn ins Mondlicht.

»Du!« Thatarr verschlug es den Atem. *Darum* war ihm die Stimme so bekannt vorgekommen! »Dein altes Amt?« sinnierte er. »Und wenn ich ablehne?«

»Bist du schon so senil geworden? Hast du vergessen,

daß ich dir ein Messer an den Hals halte? Wenn du ablehnst, stirbst du auf der Stelle. Und ich verkaufe mein Geheimnis an einen anderen.«

»Sieht so aus, als hätte ich keine andere Wahl«, brummte Thatarr.

»Das siehst du ganz richtig«, sagte Swinehunt hämisch.

»Ich werde mit dem König über deinen Vorschlag sprechen« Thatarr ließ sich die Angelegenheit durch seinen aufgeweckten Kopf gehen.

»Tu das. Aber sorg dafür, daß die richtige Entscheidung getroffen wird. Sonst könnte es sein, daß bei unserem nächsten Treffen du, dein feiner König und dazu ganz Cranachan von den mörderischen Schwimmklauen *meiner* amphibischen Armee zertrampelt werden!« Und damit lockerte sich der eiserne Griff, mit dem Thatarr festgehalten wurde, und das Messer, Zhorrothustra und Swinehunt verschwanden lautlos im Dunkel der Nacht.

Während Thatarr geistesabwesend seine fassungslose Konkubine tröstete und dabei die Unterhaltung noch einmal überdachte, löste sich eine Gestalt aus dem Schatten hinter der Tür, kritzelte ein paar abschließende Notizen aufs Pergament, sammelte ihre Schuhe ein und schlurfte leise durch den Korridor davon.

Turgg Enjeff konnte nur mit äußerster Mühe seine Aufregung bändigen. Was er eben gehört hatte, mußte umgehend in Druck gehen. Die Öffentlichkeit hatte ein Recht auf Information!

Stoppt die Presse! Haltet die Titelseite frei! schrie er im Geist immer wieder. Strumpfsockig, mit fliegenden Rockschöße sauste er auf Zehenspitzen durch den Korridor, hin zu dem Gobelin, hinter dem versteckt der Ausgang lag.

Kalt und grün schlängelte er sich durch das dichte Gestrüpp der Wälder um Losa Llamas. Seit ungezählten Jahrhunderten schon glitt er so durch den Wald, änderte von Zeit zu Zeit leicht den Kurs und kam doch immer wieder unabänderlich an der einen Stelle an, wo er über eine Felskante fünfzig Meter tief in den Abgrund stürzte: der Ghawiall, ein uralter Fluß. Sein undurchsichtig trübes Wasser verwehrte den Blick in die verborgenen, unergründlichen Tiefen, die unter der glatten Wasseroberfläche allenfalls zu ahnen waren und jedem Neugierigen eindringlich zu verstehen gaben, daß dies ein Fluß war, der nicht überquert werden wollte; daß dies ein Fluß war, der nichts duldete, das sich ihm in den Weg stellte, keine Furten, keine Trittsteine, keine Stauwehre. Auf seine aquatisch stumme Art legte er eines überdeutlich klar: Wer auf die andere Seite wechseln wollte, mußte einen Umweg machen. Oder ein gefährliches Wagnis auf sich nehmen.

An einer Stelle überbrückte ein umgestürzter Baum den Ghawiall, an der Stelle, auf die die vier Kinder im Augenblick zumarschierten.

Der Baum lag nur wenige Zentimeter über dem träge dahinströmenden schmutzigen Fluß, ein paar kleinere Äste hingen ins Wasser und zeichneten spitz winklige Stauwellen in den stillen grünen Wasserspiegel. Auf dem diesseitigen Flußufer streckte der Wurzelstock wie ein Grabstein für den toten Baum die knorrig verdrehten Finger zum Himmel. Es war nicht zu übersehen, daß auch andere schon diesen Weg gegangen waren: Äste und Zweige waren abgebrochen, um den Weg freizumachen, und trotzdem sah die Rinde erstaunlicherweise so aus, als wäre sie noch nie betreten worden. Firkin war begeistert, ihm schien das die ideale Möglichkeit, den Fluß zu überqueren. Er hatte nur Sorge, daß der Baum vielleicht nicht stark genug wäre, um ihr Gewicht auszuhalten. Courgette dagegen war weniger begeistert; die Aussicht, über diese Behelfsbrücke gehen zu müssen, gefiel ihr nicht sonderlich.

»Du kannst ganz beruhigt sein«, sagte Firkin. »Solche Bäume halten jahrelang.«

»Und was glaubst du, wie lange der schon hier liegt?« fragte Courgette.

»Och ... Jahre. Aber er sieht ganz stabil aus. Ich zeig's euch.« Firkin sprang auf den mächtigen Stamm. Der Baum bog sich ein wenig durch, hielt aber stand. Firkin stampfte ein paarmal auf und horchte auf den Klang des Holzes (er hatte das einmal bei seinem Vater beobachtet, der so die Stabilität von Dachbalken überprüft hatte). Dann sprang er mehrere Male auf und ab – der Stamm klang beruhigend fest und sicher.

Knapp einen halben Kilometer flußabwärts weckten die Vibrationen, die Firkin durch sein dumpf wummerndes Stampfen verursachte, einen Schläfer. Die leichten Druckwellen reizten Nerven, die quer zur Körperrichtung knapp unter der dunklen Schuppenhaut lagen.

»Siehst du? Alles bestens.« Firkin sprang wieder auf die Uferböschung.

Courgette sah den Baumstamm nach wie vor argwöhnisch an. »Gibt es denn keinen anderen Weg über den Fluß?«

Firkin zeigte ihr die Landkarte. Nirgendwo waren Brücken eingezeichnet. Die Stelle, an der sie sich jetzt befanden, war nach Firkins Schätzung der ideale Punkt, um den Fluß zu queren: Losa Llamas lag nur wenige Kilometer entfernt im Wald auf der gegenüberliegenden Flußseite. Courgette zuckte die Achseln.

»Es ist wirklich nicht schwer, da rüberzugehen«, sagte Hogshead. Womit er nicht nur Courgette, sondern auch sich selbst überzeugen wollte. »Du darfst nur nicht dran denken, daß es sich um einen Baum handelt. Stell dir einfach vor, es wäre ein Weg oder so was.« Er lächelte. Aufmunternd, wie er meinte.

»Ich will über den Baum«, sagte Dawn. Sie hatte seit ihrem Erlebnis mit den schimmeligen Flechten kaum mehr ein Wort gesprochen. Jetzt schien sie ganz allmählich ihre jugendliche Begeisterung wieder zurückzugewinnen.

»Also gut. Dann sind wir uns ja einig«, sagte Firkin. »Ich geh als erster und gucke nach, wo die schwierigen Stellen sind.«

Er sprang auf den Baumstamm, legte das Körpergewicht auf den linken Fuß und stampfte im Vorangehen mit dem rechten prüfend auf das Holz.

In den letzten unruhigen Momenten vor dem Erwachen zuckte unter einer knöchernen Halbkugel ein Auge, das von einem dunkelgrünen Rahmen aus uralter Schuppenhaut umgeben war, und rollte unruhig in seiner Höhle hin und her. Schwallwellen, ausgelöst von Firkins stampfender Ferse, pflanzten sich über die ganze Länge des Baumstamms fort, wurden über die ins Wasser hängenden Zweige übertragen, reisten von dort flußabwärts und reizten die seitlich angeordneten Nervenendungen. Lautlos wie eine bemooste Muschel öffnete sich das Auge. Ein dunkelgrüne Pupille, umgeben von einer trübbraunen Iris, blickte – ebenso wie ihr Gegenstück auf der anderen Seite des riesigen Kopfs – über die schmutziggrüne Brühe des Ghawiall.

Firkin schnippte ein Stück loser Rinde ins Wasser. Ein paar winzige Milben brachten sich schleunigst in Sicherheit, selbst sie hatten soviel Verstand, daß sie auf alle Fälle vermeiden wollten, im Fluß zu landen. Firkin hatte etwa ein Viertel der Strecke zurückgelegt, und bis jetzt war der Baum nur um eine kleine Spur weiter auf die glatte Wasserfläche abgesunken. Immer noch stampfte er prüfend auf den Stamm.

Langsam wälzten sich die Gedanken durch das Saurierhirn der Kreatur, die im Flußbett lag. Sie spannte die Muskeln der paddelartigen Vorderbeine an und wirbelte Wolken aus Schlick auf. Über ihr trieb ein kleines Rindenstück vorbei. Mit der entsetzlich arroganten Langsamkeit aller kaltblütigen Killer hob die Kreatur den riesigen Schädel und ließ die mächtigen Halsmuskeln spielen. In dicken braunen Strömen flossen Schlick und

Schlamm von der schützenden Schuppenhaut, die den Körper dieses Leviathans zur Gänze bedeckte.

Der Baumstamm bog sich knarzend, als sich Firkin dem Mittelpunkt näherte. Die Unterseite lag jetzt auf dem Wasser und staute eine ölige Welle auf. Firkin tappte langsam und sehr vorsichtig voran, immer öfter war jetzt das knackende Geräusch zu hören, mit dem Holzfasern rissen. Hatte er bisher erlebt, wie beruhigend die Festigkeit des Baumstamms wirkte, so erlebte er jetzt die erregende Wirkung seiner Elastizität und Schnellkraft.

Wie eine Eruptionswolke brachen Schlick und Schlamm durch die Wasseroberfläche, als der Nydd von seinem Ruheplatz aufschoß. Mit unheimlicher Geschwindigkeit, angetrieben von vier Paddelbeinen, jagte er stromaufwärts auf den umgestürzten Baumstamm zu. Die Fühlorgane, die in den Flanken des Scheusals und in kleinen Grübchen unter den Augen saßen, reagierten auf die Schwingungen im Wasser und lenkten es zielgenau auf seiner sausenden Fahrt durch die zähfließenden Fluten. Die Wasserfläche blieb vollkommen ruhig, der Nydd verursachte nicht das leiseste Kräuseln. Möglicherweise hätte das trainierte Auge eines Spezialisten den Wulst auf dem Wasser wahrgenommen, das einzige Anzeichen jener gewaltigen Wassermassen, die der Flußnydd beim Sturmangriff auf seine Beute verdrängte. Aber leider gab es nur sehr wenige Flußnydd-Spezialisten – nicht selten endete ein vielversprechendes Forscherleben als leichter Nachmittagsimbiß seines Studienobjekts.

Kaum einen halben Meter unter der Wasseroberfläche und trotzdem immer noch unsichtbar, raste das Ungeheuer lautlos flußaufwärts.

Als Firkin in der Flußmitte angekommen war, wandte er sich um und rief seinen Zuschauern aufmunternd zu. Auch wenn er selbst alles andere als ruhig und sicher war – das trübe undurchsichtige Wasser beunruhigte ihn mehr, als er sich eingestehen wollte. »Seht ihr: Kein Problem! Ich bin schwerer als du, Courgette, und mich trägt der Stamm. Du brauchst also keine Angst zu haben. Alles völlig sicher ...«

Als er sah, wie Courgette und Hogshead auf sein Rufen reagierten, verzog er das Gesicht und grinste gequält. Käsebleich standen sie am Ufer und zeigten auf eine Stelle im Fluß, die genau hinter ihm lag. Er wußte ganz genau, daß ihm Hogshead die Geschichte mit dem Onomatopoden nicht verziehen hatte. Und jetzt war es soweit: Jetzt wollten sie sich rächen. Er mußte zugeben, daß sie ihre Sache gar nicht einmal schlecht machten: Lähmendes Entsetzen stand in ihren Augen, die Knie zitterten ihnen, sie fuchtelten aufgeregt mit den Armen, und wie sie es geschafften hatten, so käsebleich zu werden – wirklich überzeugend. Wenn auch eine Idee zu dick aufgetragen. Wahrscheinlich würden sie jetzt gleich »Paß auf! Hinter dir!« schreien ... Es war alles doch ein bißchen *zu* übertrieben. *Dem Affen Zucker geben*, so hieß das wohl.

»Paß auf! Hinter dir!« schrie Hogshead.

»Es ist schrecklich!« kreischte Dawn. *Schau, schau,* dachte Firkin, *sogar Dawn haben sie rumgekriegt! Wann haben die sich das eigentlich ausgedacht?*

»Ha, ha, sehr witzig!« schrie Firkin.

»Nein! Überhaupt nicht!« schrie Courgette.

Laß sie auflaufen, dachte Firkin. »Doch, doch! Ungeheuer witzig!« schrie er lachend zurück.

Plötzlich spürte er einen Wassertropfen im Nacken; eiskalt lief er ihm den Rücken hinunter.

Mann, dachte Firkin, *wie haben sie das denn hingekriegt? Gut gemacht. Eine Sekunde lang habe ich wirklich beinahe geglaubt, hinter mir im Fluß steht irgendwas Riesiges und Feuchtes.*

Ein stinkender kalter Lufthauch blies ihm von hinten durchs Haar und verursachte ihm einen starken Brechreiz.

Das können sie doch wohl nicht gemacht haben, oder?

Die drei standen am Ufer und zeigten immer noch voll Entsetzen auf irgend etwas hinter ihm.

Plötzlich war Firkin außerordentlich beunruhigt. Er drehte sich um. Vor ihm ragte eine dreieinhalb Meter hohe olivgrüne Schuppenwand senkrecht aus dem Wasser. Firkin sah nach oben und blickte in zwei tiefdunkelgrüne Pupillen und in ein riesiges Sauriermaul, das mit vier Reihen tödlicher gelber Zähne mit dickem Zahnbelag vollgepackt war und von den mächtigsten Kiefermuskeln weit und breit in Bewegung gesetzt wurde. Diese Zähne würden beinahe alles innerhalb von Sekunden zermalmen und vernichten – den Lebenswillen selbst des glühendsten, blindwütigsten Optimisten nicht ausgeschlossen.

Firkin war überzeugt, daß ein leicht hochmütiges Echsenlächeln um die schuppigen Lippen spielte. Diese lässige Arroganz des Flußnydds bestärkte Firkin in der Annahme, das Ungeheuer werde im nächsten Augenblick die Vorderflossen auf den Baumstamm legen, ihn freundlich anlächeln und in ein Gespräch verwickeln. Über die wirtschaftliche Lage etwa oder darüber, wie schändlich schlecht Großreptilien heutzutage von der Presse behandelt würden. Dabei habe gerade er schon diverse Jungfern und Maiden davon abgehalten, ihm auf mehr als zwei Kilometer näher zu kommen. Mit Hilfe seines Atems habe er das verhindert (der allen drei Meter langen Wasserdrachen eigene mörderische Mundgeruch habe sie nämlich schon lange vorher umgeweht). Und seiner Existenz sei es doch zu verdanken, daß junge ritterliche Heißsporne zu Heldentaten aufgerufen würden und auszögen, um die Welt von lüsternen Riesen zu befreien, die durch hypnotische Kraft Hofdamen dazu verleiten könnten, unaussprechliche Dinge mit ihnen zu tun, die … nun ja, eben unaussprechlich seien.

Firkin hatte sich getäuscht.

Hilflos zitterten ihm die Knie, als sich plötzlich die

Flossen gegen die Strömung stemmten und der Hals des Ungeheuers nach unten stieß. Firkin wollte ausweichen, rannte zur Seite – aber der eineinhalb Meter lange Kopf bog sich mit sichelnder Bewegung nach innen, der kalte feuchte Atem, der nach unzähligen getöteten Lebewesen roch, erstickte ihn, der Rachen schnappte mit knochenbrecherischer Wucht zu. Er wollte noch schreien, aber seine Rippen zersplitterten, die Lungen wurden zerfetzt, Blutfontänen schossen ihm aus dem Mund. Seine Arme schlugen und zappelten unkontrolliert und sinnlos, als Nervenbahnen zertrennt und Muskeln von den Knochen gerissen wurden. Es dauerte keine Sekunde, und sein Herz war eine breiige Masse. Er hauchte sein Leben aus.

Der Schwung trug den Flußnydd im hohen Bogen über den Baumstamm, und als er aufschlug, zersplitterte der Wasserspiegel in einem Sprühregen aus unzähligen glitzernden Tröpfchen. Der gewaltige Schwanz krachte nach unten, hackte den Stamm in der Mitte durch und knickte ihn wie ein Streichholz ab. Wie eine Flutwelle raste das Wasser über den Fluß, als der Nydd abtauchte und verschwand.

Nach wenigen Sekunden schlossen sich die ölig zähen Fluten des Ghawiall über der aufgewühlten Stelle, und es wurde wieder still. Die Baumhälften trieben flußabwärts und waren schon bald nicht mehr zu sehen. Hogshead, Courgette und Dawn standen stumm und wie gelähmt am Ufer und konnten nicht glauben, was sie gerade gesehen hatten.

Doch dann stieg geräuschlos ein Lederfetzen an die Wasseroberfläche und trieb langsam an ihnen vorbei: der zerrissene Rest eines Stiefels, den Firkin getragen hatte.

Es gab keinen Zweifel mehr: Firkin war tot.

V

THAUMATRONIK: DIE REIFEPRÜFUNG

Das Licht der Kristallkugel lag schimmernd auf den buschigen Augenbrauen des untersetzten Mannes, der das Bild von Hogshead, Courgette und Dawn prüfend betrachtete, um sich einen genauen Eindruck von dem Zustand zu verschaffen, in dem sie sich befanden. Alles war hervorragend gelaufen. Spätestens dann, wenn er zu ihnen stieße, wären die drei Kinder zu allem bereit. Falls seine Berechnungen stimmten … Sofort hatte er noch einmal seine Periheltafeln und die aus dem Apogäum resultierenden Korrekturwerte überprüft, hatte sich versichert, daß er die Grienietzsch-Konstanten nicht vergessen hatte, und eine letzte Angleichung an die chronoperatischen Exponenten der Feldflußtabellen vorgenommen.

Er war bereit.

Fertig zum Aufbruch.

»Rübe auf den Boden!« brüllte Schikaneder. Der Hauptmann der berittenen cranachischen Geheimpolizei hatte die Hände auf dem Rücken verschränkt und überwachte das Exerzieren seiner Männer. Die Truppe robbte durch schlammige Pfützen, kroch kilometerweit unter tiefgespannten Tarnnetzen hindurch, kletterte auf Belagerungstürme und über zinnenbewehrte Mauern, um schließlich am Ende des Manövers das eigene

Schloß zu stürmen. Der kleine vierschrötige Hauptmann blickte mit stolzgeschwellter Brust auf seine Männer. Seine Männer! Noch vor zwölf Monaten hätte er es nicht für möglich gehalten, daß er im befestigten cranachischen Reichspalast bleiben durfte, und jetzt befehligte er sogar eine Eliteruppe der Geheimpolizei! Dabei wäre er beinahe schon in den Ruhestand versetzt worden! Er stellte fest, daß es ihn jetzt noch schüttelte, wenn er an den Moment zurückdachte, als er vor König Erdrosselbart angetreten war, vor seinem Kommandanten, dem Hochverheerenswerten Thatarr, vor dem Minister für Handel und Gewerbe und vor dem Erzkanzler und Innenminister und die Satteltaschen ausgeleert hatte, die alle Erzeugnisse aus der Verarbeitung illegal importierten Nutzviehs Klammer auf Nagetiere Klammer zu hätten enthalten sollen. Dieser Vorfall hatte Auswirkungen gehabt, die noch lange, auch dann noch, als sich der Staub aus den Satteltaschen wieder gelegt hatte, spürbar geblieben waren: Es war zum Krieg mit dem Königreich Isolon gekommen, Cranachan hatte dreitausend kräftige und enorm hungrige Kriegsgefangene versorgen müssen, Fisk, der damalige Innenminister, war nach Isolon verbannt worden, und ihn, Schikaneder, hatte man seines damaligen Postens als Vizehauptmann der 6. Division der Cranachischen Reichsgarde enthoben und in Pension geschickt. Und nachdem er sich dann schon fast an seinen Ruhestand gewöhnt hatte und die Freuden der Zucht und der Pflege von Petunien genoß, hatte er einen Brief erhalten und war zu einer dringenden Audienz beim Hochverheerenswerten Thatarr, dem Obersten Chef des Ministeriums für Sicherheit und Kriegsführung, in dessen Privatgemächer im befestigten Reichspalast von Cranachan gebeten worden.

Und während seine Männer weiter exerzierten und sich darin übten, ungesehen auf die zu Manöverzwecken errichteten Belagerungstürme zu klettern, verdüsterte sich sein Gesicht, als er sich jetzt wieder an dieses Treffen erinnerte.

Vor beinahe genau einem Jahr war es gewesen, als er den Torwachen den Brief gezeigt hatte und daraufhin in die Privatgemächer von Thatarr geführt worden war. Er konnte sich noch ganz genau daran erinnern: Er hatte vor Nervosität gezittert, als der Wächter an die armierte Tür geklopft hatte; er hätte beinahe einen Kollaps erlitten, als er mit einem wütenden Bellen aufgefordert worden war, einzutreten und sein Anliegen vorzubringen. Ängstlich war er durch die Tür geschlichen und hatte dann zitternd im Zimmer gestanden …

»Ihr … Ihr wolltet mich sprechen, Kommandant«, flüsterte Schikaneder, dem die Angst beinahe die Kehle zuschnürte.

Thatarr blickte vom Tisch auf, auf dem Soldaten in Gefechtsformation aufgestellt waren. »Aah, Schikaneder!« brüllte er. »Nur herein!« Er rückte zwei Bataillone in einer Zangenbewegung vor und lehnte sich auf seinem Stuhl zurück. Schikaneder schlich nervös auf ihn zu, beobachtet von den gestrengen Blicken des Obersten Chefs des Ministeriums für Sicherheit und Kriegsführung und der die Wänden zierenden Porträts der größten Generäle der Geschichte. »Auch ein Glas?« bellte Thatarr in die immer schwerer lastende Stille – es hörte sich eher wie ein Befehl an.

»Äh … ja … ja, Kommandant«, stotterte Schikaneder.

»Gut«, murmelte Thatarr. Dann öffnete er einen großen Wandschrank und nahm eine Flasche heraus, die ganz offensichtlich ein hohes Alter hatte. Er schenkte großzügig in zwei bauchige Gläser ein, reichte eines davon Schikaneder und schnüffelte anerkennend. »General Khon Yaks Lieblingsmarke«, sagte er und ließ die sattbraune Flüssigkeit sanft im Glas kreisen. »Nach seinem Rezept gebrannt und in Eichenfäßern gereift. Wird seit dem Ende der Khon Yak-Kriege nicht mehr hergestellt. Eine Schande, nicht wahr?«

Schikaneder beeilte sich, zustimmend zu nicken. Thatarr marschierte zu seinem Stuhl und setzte sich. Er zog noch einmal zwei Bataillone vor, nahm wieder einen gehörigen Schluck und blickte Schikaneder an. »Na? Macht's Spaß mit den Petunien?« fragte er unvermittelt.

»Also ... äh ... jawoll, Kommandant. Äußerst dankbare Aufgabe.«

»Aber wohl nicht so wie die Arbeit mit Männern, was?«

»Ich ... äh ...« Schikaneder war vollkommen verstört. Das war ganz und gar nicht der Thatarr, wie er ihn gewöhnt war.

»Nicht so dankbar wie die Aufgabe, eine Elitemannschaft zu drillen, was? Wohl nicht so packend wie ein Kommando zu führen?«

»Nun, äh, da Ihr davon sprecht, Kommandant, ich ...«

»Gut!« unterbrach ihn Thatarr. »Dann wäre das also geklärt«, bellte er und nahm einen gewaltigen Schluck Khon Yak. Schikaneder überdachte die Unterredung noch einmal, schüttelte den Kopf und nahm ebenfalls einen kräftigen Schluck. Der Oberste Chef des Ministeriums für Sicherheit und Kriegsführung vernichtete mit einer kurzen Handbewegung dreihundert Truppen.

»Äh ... Kommandant, ich ...«, murmelte Schikaneder.

»Immer noch da?« Thatarr blickte auf. »Was gibt's?«

»Äh ... *Was* ist geklärt, Kommandant?«

»Hat man Euch das nicht gesagt?«

Schikaneder schüttelte den Kopf.

»Hab einen neuen Posten für Euch. Exzellente Aussichten! Genau das richtige für einen Mann von Eurem Format, was?«

Schikaneder schnappte nach Luft. »Aber ... ich bin außer Dienst. Ihr wißt doch noch: der *Lemming-Skandal!*«

»Und ob! Kolossaler Spaß, selten so gelacht!«

Schikaneder kratzte sich den Kopf. »...?« fügte er dann noch hinzu.

»… und gute Arbeit«, fuhr Thatarr fort. »Militärische Glanzleistung. Befehle exakt ausgeführt. Eskalation einer potentiell heiklen Situation verhindert. Großartig. Nicht Eure Schuld, daß die Befehle unsinnig waren. Fisk war schon immer ein Trottel.«

So wurde – während Fisk unter Androhung intensiver chirurgischer Behandlung nach Isolon verbannt war – Schikaneder zum Hauptmann der berittenen cranachischen Reichsgeheimpolizei ernannt, zum Chef einer hochtrainierten und auf alle Eventualitäten bestens vorbereiteten Elitetruppe, und hatte keinen blassen Schimmer, was Sinn und Zweck dieser Truppe war.

Eine untersetzte Gestalt, die einen langen dunklen Umhang trug, beobachtete die schluchzenden Kinder. Der Anblick schien sie mit Befriedigung zu erfüllen, schien ihr gleichzeitig aber auch ziemliches Unbehagen zu bereiten. Es war schrecklich, was sie hörte und sah. Hogshead versuchte, die beiden Mädchen zu trösten, die sich fest an ihn klammerten und drückten – eine Situation, die er bei jeder anderen Gelegenheit als äußerst angenehm empfunden hätte. Nur jetzt – jetzt war es die Hölle.

Der Beobachter ging auf sie zu und gab sich zu erkennen. Normalerweise hätte Hogshead den Mann sofort in die Zange genommen, hätte zumindest wissen wollen, wer er war, was er wollte, ob er wirklich allein war oder wo denn die anderen waren, und dergleichen mehr. Doch jetzt schien ihn das alles nicht im geringsten zu kümmern. Er blickte auf, sah den Fremden kurz an, seufzte jämmerlich und starrte dann wieder auf eine bemooste Stelle an einem Zweig.

»Guten Tag«, sagte der Mann mit gespielter Munterkeit. »Darf ich mich vorstellen: Praxx. Kann ich euch irgendwie behilflich sein?«

Courgette schniefte verheult.

»Kann ich euch helfen?« fragte der Mann noch einmal.

»Ihr seht ein wenig bedrückt aus. Ich habe gehört, wie es ziemlich laut geplatscht und gespritzt hat und ...«

Dawn funkelte ihn wütend an und wischte sich dann geräuschvoll die Nase am Ärmel ab.

»Kann ich irgend etwas für euch tun?«

»Ja.« Hogshead sah ihn mit verweinten roten Augen an. »Gehen Sie weg.«

Praxx machte ein Gesicht, das – so hoffte er wenigstens – Verletzung ausdrückte. Ein Gesicht, wie es ein kleiner Hund machen würde, der seinem Herrchen die Zeitung gebracht hat und statt der erwarteten Belohnung mit einem großen und sehr harten Schuh eins übergebraten bekommt, nachdem sich herausgestellt hat, daß die mehrere Minuten lang mit schleimigem, klebrigem Hundesabber behandelte Zeitung vollkommen unlesbar geworden ist.

»Ich wollte doch meine Hilfe anbieten.« Praxx überlegte kurz, ob er zur Verstärkung ein wenig winseln sollte. Er entschied sich dagegen; das erschien ihm doch irgendwie schrecklich würdelos.

»Brauchen wir nicht. Geh'n Sie schon«, sagte Hogshead wieder.

Praxx scharrte verlegen mit den Füßen. Dann versuchte er es mit einer anderen Methode: »Wohin soll die Reise gehen?«

»Geht Sie nichts an«, fuhr ihn Hogshead an. Dawn wischte sich die Nase.

»Da ihr euch am Flußufer aufhaltet, möchte ich annehmen, daß eine Überquerung gewünscht ist?« Praxx äußerte seine Annahme mit einem fragenden Tonfall.

»Gewünscht wäre, daß Sie verschwinden!« knurrte Hogshead. Wieder wischte sich Dawn die Nase ab.

»Darf ich euch behilflich sein, ans andere Ufer zu gelangen?« Praxx gab sich nur wenig Mühe, seinen Ekel zu verstecken. »Möchtet ihr über den Fluß?«

»Selbst wenn wir wollten – wir könnten nicht«, sagte Hogshead schließlich. Es wäre ihm sehr lieb gewesen, wenn Dawn zum Naseputzen ein Taschentuch und nicht immer seine Schulter benutzt hätte.

»In diesem Falle werde ich mich also wieder auf den Weg machen und meine Reise nach Losa Llamas fortsetzen.« Praxx hatte seinen Köder ausgelegt. Er war sich sicher, daß die drei anbeißen würden und …

Die drei blickten auf. Seit einer Ewigkeit war ihnen kein Mensch mehr begegnet, und plötzlich war jemand aufgetaucht, der das gleiche Ziel hatte wie sie.

»Und wie?« fragte Hogshead. »Die Brücke gibt es nicht mehr. Kennen Sie vielleicht einen anderen Weg?« Plötzlich fiel ihm ein, daß ihre Landkarte mittlerweile möglicherweise mehrere Kilometer den Bach hinuntergegangen war.

»Viele Wege führen nach Rom«, sagte Praxx und tippte sich dabei geheimnisvoll an die Nase.

»Da wollen wir nicht hin. Wir wollen über den Fluß da«, sagte Hogshead, der keinen Sinn für sprichwörtliche Redensarten hatte.

Ohne ein weiteres Wort zu verlieren, hockte sich der schwarzgekleidete Mann im Schneidersitz auf den Boden. Er kramte in den diversen geräumigen Taschen seines Umhangs, nahm ein kleines schwarzes Buch heraus, einen Abakus, mehrere Tabellen und ein durchsichtiges rechteckiges Kästchen, das summte und zischte wie ein Handvoll verschmorender Nachtfalter. Dann maß er den Winkel der Sonne über dem Horizont und trug den Wert auf einer der Tabellen ein. Die Kinder sahen ihm völlig entgeistert zu.

»Was machen Sie denn da? Was soll denn das mit einer Brücke zu tun haben?« fragte Hogshead. Praxx verschob einige Kugeln an dem Rechengestell, notierte wieder ein paar Zahlen und stellte auf dem knisternden Kästchen alle möglichen Runenskalen und magischen Parameter ein.

»Seht zu und gebt genau acht«, sagte der Fremde und verschob wieder einige Kugeln auf dem Abakus. Nachdem er einige Minuten lang mehrere allem Anschein nach hochkomplizierte Berechnungen angestellt, gemessen und wieder gerechnet hatte (wobei er insbesondere die aktuellen SMPTE-Werte* beachtete), faltete er die Ta-

* Jahrtausendelang haben sich Götter und alle möglichen Gottheiten im Kosmos herumgetrieben; haben sich bei den Eroberungs- und Kreuzzügen der Sterblichen einmal auf die eine, dann wieder auf die andere Seite geschlagen; haben ein bißchen am Lauf der Geschichte gedreht, wenn irgendeine Liebesehe doch nicht so recht klappen wollte; haben generell allen denjenigen unter uns, die nie die Unsterblichkeit erlangen können, das Leben schwergemacht – und haben dennoch in allen diesen Jahrtausenden eines nie richtig in den Griff bekommen: die Sache mit der Zeit.

Wenn Zeitanomalien dazu führen, daß irgend etwas falsch läuft, dann kann das insbesondere einer niederen Gottheit absolut auf die Dings.... eben auf die Dings da gehen. Ein winzigkleiner Timingfehler kann bewirken, daß das parakosmische Bäbä gewaltig am Dampfen ist. Wie gewaltig es dampft, hängt davon ab, wie klein oder wie groß der Timingfehler ist.

Als Beispiel dafür mag jene Episode aus den Anfängen der Zeit stehen, als G'dnshh, der kannibalische Heringsgott mit seinem aquatischen Rivalen Ploik, dem hyperfertilen Planktongott, eine Wette abschloß, wer am schnellsten den Pathetischen Ozean bestücken könne. G'dnshh versuchte diese Wette durch Mogeln zu gewinnen. Eine annähernd geschlossene Zeitschleife sollte es seiner Nachkommenschaft ermöglichen, nach Erreichen der Fortpflanzungsreife als ausgewachsene Exemplare wieder an den Zeitpunkt drei Minuten nach ihrer Geburt zurückzukehren. Unglücklicherweise aber war damals, in jenen frühen Tagen der Schöpfung, die Zeit noch nicht zur Ruhe gekommen – was eine Reihe kleinerer Schwierigkeiten verursachte, die die Kalkulationen des Heringsgottes über den Haufen warfen. Seine Nachkommenschaft kam zu einem Zeitpunkt drei Minuten *vor* Geburt an und mümmelte sich – kannibalischer Art gemäß – innerhalb weniger Sekunden restlos auf.

Seit diesem Vorfall war die Zeit, so wie die Götter sie wahrnahmen, den Regeln des SMPTE unterworfen. Dieses System der Metaphysischen und Parakosmischen Temporal-Enkodierung war eine sequentiell geordnete runische Ziffernbelegung auf der Belegkante der Bandmaschine der Zeit, die für jeden beliebigen Punkt innerhalb einer gegebenen Zeitspanne die einfache und exakte Lokalisierung ermöglichte. Und – falls das erforderlich war – ein hyperakkurates Editing.

bellen zusammen, steckte das Buch in die Tasche, nahm das durchsichtige Kästchen vorsichtig in die Hand und zog sich die Kapuze über den Kopf.

»Was soll denn das?« fragte Hogshead wieder. »Hören Sie auf damit!«

Praxx saß reglos am Boden, es sah aus, als wäre er eingeschlafen. Aus der Kapuze war, wie ein langsam vorgetragenes Mantra, ein dumpfes Jammern zu hören: Praxx begann damit, die Zeitströme zu ›krümmen‹. Er tat dies mit der Fachkenntnis eines Deja-Moi-Meisters des Neunten Äon und mit Hilfe eines knisternden kleinen Taschenthaumatrons.

Hogshead schüttelte den Kopf, einen kurzen Moment lang schien es, als wackle die Luft.

Praxx' Beschwörungsgesang wurde langsamer. Es hörte sich an, als riebe ein parakosmischer Finger über den Rand der Bandspule der Zeit. Die Tonhöhe sank ab, die Rezitation klang wie das unmelodische Brummen eines tierischen Bassisten, der an akuter Kehlkopfentzündung litt. Mit offenem Mund und völlig entgeistert standen die Kinder da, als plötzlich alles einen Moment lang innezuhalten schien. Dann stieg die Tonhöhe wieder an, langsam erst, dann schneller und immer schneller, bis sich der Gesang schließlich anhörte wie das verhaspelte Piepsen einer durchgedrehten Maus, die den Kopf voll Amphetamin und die Lunge voll Helium hatte.

Praxx stand auf und sauste wie von unsichtbaren Schnüren gezogen rückwärts über die Lichtung und verschwand. Das Tempo der Bilderfolge nahm zu. Gesprächsfetzen, an die Courgette sich erinnerte, rasten rückwärts aus ihrem Gedächtnis. Bilder blitzten auf, Ereignisse, an die Hogshead sich schwach erinnerte – sie stürmten aus seiner Vergangenheit und flogen in eine ungewisse Zukunft. Der Sand in Dawns Lebensuhr floß aufwärts, die temporale Bandmaschine spulte zurück.

Das Tempo der rücklaufenden Bilder verlangsamte

sich allmählich, das Band ruckelte ein paarmal vor und zurück, lokalisierte den SMPTE-Code auf der Belegkante und lief dann unerbittlich vorwärts.

Praxx war nirgends zu sehen.

Über dem Ghawiall lag ein Baum, der ganz so aussah, als läge er dort schon seit Jahren. Hogshead, Courgette und Dawn wurden von einer intensiven Déjà-vu-Empfindung befallen.

»Du kannst ganz beruhigt sein«, sagte Firkin. »Solche Bäume halten jahrelang.«

»Und was glaubst du, wie lange der schon hier liegt?« fragte Courgette, die entsetzt und zu Tode erschrocken war: Sie sah Firkin wieder vor sich, und die Worte, die sie eben ausgesprochen hatte, klangen ihr in den Ohren, als hätte sie sich selbst nachgeäfft.

»Och ... Jahre. Aber er sieht ganz stabil aus. Ich zeig's euch.« Und wieder sprang Firkin unbekümmert auf die behelfsmäßige Brücke, die das öligglatte Wasser des Ghawiall überspannte.

Courgette wollte schreien, wollte brüllen und ihn warnen. Die Bilder jenes Ereignisses, das erst so kurz zurücklag, waren ihr noch allzugut in ... Was war es jetzt? Erinnerung? Gedächtnis? Vorahnung? Zweites Gesicht? Innerlich fuchtelte sie aufgeregt und verzweifelt mit den Händen, rief Firkins Namen, flehte ihn an, umzukehren und wieder zurückzukommen. Tatsächlich aber konnte sie nur hilflos zusehen, wie Firkin vorsichtig mit dem Fuß stampfte und die Festigkeit des Baumstamms prüfte. Sie war unfähig zu handeln, steckte in der Zwangsjacke der Vergangenheit, klebte wie eine Fliege im zähen honiggelben Sirup der Unausweichlichkeit. Mußte tatenlos mit ansehen, wie Firkin mit seinem Stampfen seinen Vernichter rief, der so sicher kommen würde wie jemand, der unter Strafandrohung vor Gericht geladen war.

»Siehst du? Alles bestens.« Firkin sprang wieder auf die Uferböschung.

»Gibt es denn keinen anderen Weg über den Fluß?« hörte Courgette sich fragen. Flehend starrte sie auf die Karte und spürte ihre Schultern resigniert zucken.

»Es ist wirklich nicht schwer, da rüberzugehen«, sagte Hogshead. Er schwitzte beinahe, sosehr strengte er sich an, etwas anderes zu sagen und Firkin zu warnen. »Du darfst nur nicht dran denken, daß es sich um einen Baum handelt. Stell dir einfach vor, es wäre ein Weg oder so was.« Er schwieg und verzog das Gesicht zu einer erbärmlichen Grimasse.

»Ich will über den Baum«, sagte Dawn und meinte genau das Gegenteil. Sie verabscheute sich, weil sie zuließ, daß ihr dieser lächerliche Spruch wieder über die Lippen kam. Und plötzlich flammten blendendhell die Scheinwerfer der nachträglichen Einsicht über ihr auf, sie stand in ihrer Vorstellung vor einem eigens für sie ausgewählten Publikum, das in unbändiges Lachen ausbrach, als sie – sie und ihr Publikum – wie durch das Auge einer versteckten Kamera noch einmal sahen, wie sie sich verhalten hatte.

»Also gut. Dann sind wir uns ja einig«, sagte Firkin. »Ich geh als erster und gucke nach, wo die schwierigen Stellen sind.«

Nein! schrie Courgette stumm. Und auch ihr Gesicht blieb unbewegt und verriet nichts von der Angst und den Qualen, die sie litt.

Einen halben Kilometer stromab war der Flußnydd bereits gestartet. Firkin tappte langsam und sehr vorsichtig auf seinem Weg über den Fluß voran. Hogshead, Courgette und Dawn sahen – entsprechend ihren in der Vergangenheit festgelegten Rollen – hilflos zu, wie sich Firkin auf ein frühes Bad vorbereitete. Auf sein letztes.

Als Firkin in der Flußmitte angekommen war, wandte er sich um und rief seinen Zuschauern aufmunternd zu. »Seht ihr: Kein Problem! Ich bin schwerer als du, Courgette, und mich trägt der Stamm. Du brauchst also keine Angst zu haben. Alles völlig sicher …«

»Los!« flüsterte eine geisterhafte, in einen schwarzen Umhang gehüllte und kaum erkennbare Gestalt neben Courgette. Plötzlich war sie befreit von den Einschränkungen der Vergangenheit, die sie festgehalten hatten wie Fliegenpapier, plötzlich konnte sie sich lösen vom klebrigen Sirup der Geschichte – sie rannte los.

Firkin verzog das Gesicht und grinste gequält, als er sah, wie Hogshead auf sein Rufen reagierte. Käsebleich stand er am Ufer und zeigte auf eine Stelle im Fluß, die genau hinter ihm lag.

»*Hinter* dir!« schrie Hogshead.

»Hinter *dir!*« schrie Firkin. »Paß auf!« Courgette spurtete auf Hogshead zu, brüllte, schrie so laut wie möglich und schwang einen riesigen Knüppel hoch über dem Kopf. Das offene rote Haar flatterte und wehte, als zause es ein wütender Wind – ein Anblick, der vermutlich genau ihrer Stimmung entsprach. Sie sauste an Hogshead vorbei, sprang auf den Baumstamm und kreischte wie eine Amazone, die Blutrache üben wollte.

Ein stinkender kalter Lufthauch blies Firkin von hinten durchs Haar. Er drehte sich um und war plötzlich außerordentlich beunruhigt. *Ein Alptraum,* registrierte sein Verstand, dann *Zähne*, dann *ein ganzer Haufen Zähne*, dann »Aaaaaarrhhh!«.

»Lauf! Lauf schon! LOS!« brüllte Courgette. Wie einen Dreschflegel schwang sie den Ast über dem Kopf und ließ ihn zischend durch die Luft sausen. Firkin glotzte verstört – er wußte nicht so recht, wer gefährlicher aussah: Courgette oder die widerliche Kreatur, die lässig wassertretend vor ihm stand und ihn wie ein Lunchpaket taxierte.

Firkin rannte davon, rannte zur Seite – der Hals des Flußnydd stieß nach unten, und der eineinhalb Meter lange Kopf bog mit einer sichelnden Bewegung nach innen.

»Hau ab, du Scheusal! Laß ihn in Ruhe!« schrie Courgette. Sie schlug ihm den Ast über den Hinterkopf, duckte sich und flitzte unter ihm hindurch, hechtete auf Firkins wild zappelnde Beine los und packte die Fußknöchel – ein Ruck, und sie hatte Firkin dem Rachen des Nydds entrissen. Sie stürzten in das trübe grüne Wasser des Flusses, vorbei an unzähligen olivgrünen Schuppen. Courgette packte im letzten Augenblick noch den Baumstamm, klammerte sich verzweifelt daran fest und verhinderte so, daß sie und Firkin von der Strömung mitgerissen wurden – wie wedelnde Tangstreifen hingen sie im Wasser. Courgettes Schultergelenk knackte, Firkin zog und zerrte, er wand und drehte sich und versuchte den Stamm zu erreichen.

Stromaufwärts wendete der Flußnydd und tauchte lautlos unter.

Mit viel Gestrampel, Treten und Stoßen schaffte es Courgette endlich, Firkin aus dem Wasser und auf den Baumstamm zu hieven. Schwer keuchend klammerte sie sich fest.

Im trüben grünen Wasser erspähte der Flußnydd zwei strampelnde schlanke Beine. Ein Anblick, nach dem sich jeder Wasserdrache die Flossen geleckt hätte! Er gab Gas ...

Wie es ihm gelang, die dafür erforderliche Kraft aufzubringen, das sollte Firkin für immer ein Rätsel bleiben. Er packte Courgette an der Schulter und wuchtete sie auf den Baumstamm. Im selben Augenblick tauchten urplötzlich links und rechts von ihnen zwei riesige Zähne aus dem Wasser und bohrten sich tief ins Holz – genau dort, wo sich vor nicht einmal einer Sekunde Courgette noch festgeklammert hatte. Sie schrie. Einer der unzähligen rasiermesserscharfen Zähne riß ihr die Haut an der Schulter auf. Literweise strömten Flußwasser und Speichel in den aufgerissenen Rachen der wie besessen um sich schlagenden Riesenechse. Firkin und Courgette nutzten die Chance und warteten keinen Augenblick länger. Während das Ungeheuer wütend brüllte und beim Versuch, die Maulsperre loszuwerden, das Wasser peitschte, rannten sie blindlings davon und sprangen ans Ufer, wo sie zusammenbrachen und tropfnaß und keuchend liegenblieben. Courgette preßte sich an den Boden, schrie wie verrückt und japste und schnappte nach Luft. Aus der Wunde an ihrer Schulter sickerte Blut.

Der Flußnydd riß die Zähne aus dem Holz und stahl sich davon. Er wußte, daß es wenig Sinn hatte, einem verpaßten Mittagessen eine Krokodilsträne nachzuweinen; er war zutiefst in seinem Reptilienstolz verletzt und zog sich zurück, um seine Wunden zu lecken.

Ein paar hundert tief in den Baumstamm eingekerbte Bißspuren, ein Blutfleck und zwei Kinder, die zitternd am Ufer standen – das war alles, was noch darauf hindeutete, daß dieses entsetzliche Ereignis überhaupt stattgefunden hatte.

Firkin setzte sich auf, umklammerte die Knie und starrte Courgette sprachlos an. Er war fassungslos, es wollte ihm nicht in den Kopf, wie sie die Situation gemeistert hatte.

»Hast du das aus deinen Büchern gelernt?«

»Nein. Ich, äh, ich glaube, irgend etwas in mir drinnen hat einfach ›Klick‹ gemacht.« Sie wischte sich die nassen Haare aus den Augen und blickte zu Hogshead auf.

»Ist alles in Ordnung mit dir?« wollte Dawn wissen.

»Ich glaub schon«, sagte Firkin. »Ich verstehe nicht, daß ich etwas so Großes nicht gesehen habe. Ich war wie gelähmt...«

Praxx trat hinter einem kleinen Busch hervor, zeigte auf den Baum, der über dem Fluß lag, und grinste wie ein Zauberkünstler auf der Bühne einer billigen Schaubude. »Ta-naa, ta-naa, ta-naaa!« sang er – es hätte vermutlich ein Tusch sein sollen. »Der Weg nach Rom!«

»Was?« Hogshead glotzte den untersetzten Thaumaturgischen Physiker an, als hätte der ihm die Butter vom Brot geklaut.

»Ich will aber nicht nach Rom«, wimmerte Dawn.

»Nein, nein!« Praxx hörte sich an, als wäre sehr zufrieden mit sich. »Nein ... viele Wege führen nach ... Wißt ihr noch?«

»Was ist denn das für einer?« fragte Firkin verdutzt.

»Also«, sagte Courgette, »ich hab ja schon einiges darüber gelesen, wie man jemanden über einen Fluß bringen kann. Aber *auf diese Weise* – das ist ja wohl das Dämlichste ...«

»Du erinnerst dich also tatsächlich! Exzellent!« fiel ihr Praxx ins Wort und bremste damit eiligst etwas ab, das sich vermutlich zu einer fürchterlichen, unverschämten und beleidigenden Tirade entwickelt hätte. »Jetzt aber schnell ins Warme, bevor ihr euch noch den Tod holt«, fügte er dann noch hinzu. Er sagte es mit einer Stimme, die so tröstlich und heimelig war wie die Atmosphäre, die jeder an seinem Lieblingssofa sosehr schätzt.

Und bevor Courgette noch einmal hätte ausholen können, um ihm die Meinung zu geigen, klopfte er mit dem Zeigefinger an das Taschenthaumatron, sprach ein paar unverständliche Worte und hatte sie alle im nächsten Augenblick nach Losa Llamas versetzt.

Der rasante Ortwechsel nahm Courgette, die immer noch die Hände in die Hüften gestemmt hatte und zornig funkelte, den Wind aus den Segeln. »Jetzt sehen wir uns erst einmal deine Schulter an«, sagte Praxx. »Anschließend erzähle ich euch alles, was ihr wissen müßt.« Er führte Courgette ein wenig näher an das bullernde Kaminfeuer und nahm ein rotes Kästchen von einem Bord.

Bestürzung und Zweifel kennzeichneten die Stimmung, die im Konferenzsaal des cranachischen Palastes herrschte.

»Und Ihr seid Euch ganz sicher, daß er es war?« Kalt hallte die Stimme von König Erdrosselbart durch den Raum.

»Ganz sicher, Sire«, antwortete Thatarr. Es klang beinahe so, als wolle er sich rechtfertigen.

»Dann ruft die Wache und sorgt dafür, daß wir ihn wieder loswerden!« schrie Gympl, der Minister für Handel und Gewerbe. »Oder haben wir etwa schon vergessen, was er getan hat? Oder haben wir vergessen, was wir gesagt haben, was wir mit ihm anstellen würden, wenn er auch nur daran denkt, jemals wieder einen Fuß auf cranachischen Boden zu setzen?«

»Langsam. Wir sollten nichts überstürzen.« Thatarr bat mit erhobener Hand um Ruhe.

»Überstürzen? Das sind ja ganz neue Töne.« Gympls Augen funkelten wütend unter den buschigen Brauen. »Ruft die Wachen und schafft uns diese schmierige Landplage ein für allemal vom Hals!« schrie er und hämmerte mit der Faust auf den Tisch ein.

»Ich hatte den Eindruck, daß Fisk die Wahrheit sagte«, meinte Thatarr. »Er kannte Einzelheiten, die nur jemand kennt, der die Frösche gesehen hat. Außerdem war Zhorrothustra bei ihm.«

»Das war ein Hochstapler!« schrie Gympl. »Fisk war doch schon immer ein abgefeimter Schwindler ...«

»Aber was ist, wenn er wirklich die Wahrheit sagt? Was ist, wenn er wirklich Zugang zu den Fröschen hat? ... Sollten wir nicht versuchen, das herauszufinden? Können wir es uns leisten, ein solches Risiko einzugehen?«

»Hat der Hochverheerenswerte Thatarr etwa Angst?« knurrte Gympl wütend.

»Ich will lediglich, daß wir den Sachverhalt genau prüfen, bevor wir eine Entscheidung treffen, die wir dann vielleicht bereuen.«

»Ha! Klingt mir doch sehr nach Ausrede! Ihr habt die Nerven verloren!«

»Gäbe es auch nur die winzigste Chance, uns diesen widerwärtigen Wurm für immer vom Hals zu schaffen, ich wäre der erste, der ... der ...«

»Kreischend die Flucht ergreift?« fiel ihm Gympl ins Wort und brüllte vor Lachen.

»Bitte, meine Herren, bitte!« versuchte König Erdrosselbart die Versammlung zur Ordnung zu rufen. »Frandl, was meint Ihr dazu?«

»Ich sage es zwar nur ungern, aber … ich denke, er hat recht«, antwortete der Erzkanzler und rieb sich die lange Nase. »*Wenn* er die Wahrheit sagt, dann dürfen wir das Risiko nicht eingehen, eine derartige Waffe zu verlieren. Dadurch wären wir wehrlos jedem Aggressor ausgeliefert, der damit gerüstet ist. Wir wären wie Motten, die versuchen wollten, eine mit Artillerie-Rhinos gerüstete Armee niederzuschlagen.«

»Soll das heißen, daß wir auf seine Forderungen eingehen?« stotterte Gympl ungläubig. »Ihr sprecht Euch dafür aus, daß wir nachgeben?«

»Solange wir nicht sicher ermittelt haben, ob Fisk tatsächlich in der Lage ist, die Waren zu liefern, werden wir uns an seine Forderungen halten«, bestätigte Frandl und blickte Gympl über die Ränder seiner Lesebrille an. »Ich denke, das ist ein durchaus vertretbarer Preis, wenn wir dafür eine Waffe dieses Kalibers erhalten.«

»Ein vortrefflicher Entschluß, meine Herren«, sagte Fisk. Er schloß das kleine Guckfenster in der Wand und marschierte durch den Konferenzsaal. Entsetzt starrte Gympl auf das Gesicht aus der Vergangenheit: die scharfgeschnittene Hakennase; das böse, machtgierige, feixende Grinsen; die lederne schwarze Augenklappe; der durchdringende Blick aus dem stechenden Auge – es traf ihn so heftig, daß sein Herz einen Taktschlag lang aussetzte. »Ich mußte feststellen, daß es gewisse Widerstände gegen mein großzügiges Angebot gab«, stellte Fisk fest und blickte Gympl scharf an. »Warum so mißtrauisch, alter Freund? Hat etwa in all den Jahren lediglich Euer Zynismus zugenommen?«

Gympl wischte sich über die Stirn. »Woher wißt Ihr, daß … Ich, äh, einer muß eben den Advocatus Diaboli spielen.« Er lächelte lahm, als ihm klarwurde, daß Fisk hinter dem Guckfenster ihre Beratungen belauscht hatte.

»Ihr werdet zukünftig darauf verzichten, diese Rolle zu spielen – jetzt, da wir wieder zusammenarbeiten.«

Gympl blickte ihn finster an.

»Es gäbe da noch ein paar Dinge zu regeln, damit ich die ›Waren‹ – wie ihr es so hübsch ausgedrückt habt, Frandl – problemlos und zuverlässig liefern kann«, sagte Fisk unverfroren. Er hatte gesiegt.

Er faßte in seine Ledermontur und zog eine Pergamentrolle heraus. »Ihr findet das alles auf dieser Liste.« Er warf die Aufstellung vor König Erdrosselbart auf den Tisch.

Als Fisk dann – den abgerissenen Zhorrothustra im Schlepptau – aufgeblasen aus dem Konferenzsaal stürmte, kritzelte ein hochgewachsener Mann noch ein paar abschließende Notizen in sein Buch. Er bibberte vor Aufregung, drehte sich leise um und schlich durch den Geheimgang davon, der hinter dem Guckfenster in der Wand des Konferenzsaals lag.

Während Praxx behutsam Courgettes Schulterverletzung behandelte, sahen sich die Kinder in dem Raum um, in dem sie so unerwartet gelandet waren. Mit Ausnahme des schmucklos nüchternen Kamins wirkte das Zimmer wie ein chaotischer Dschungel aus Regalen, Borden und Vitrinen. In einer Ecke stand ein Aquarium, in dem ein großer grauer Fisch, der mehr Flossen abbekommen hatte, als er brauchen konnte, träge vor sich hinplanschte. Beobachtet wurde er von zwei hungrigen kalten Augen, die über einem zähnebewehrten langen Schnabel saßen: von einem Vogel, der eigenartig ledrig aussah. In einem Käfig, der auf einem Bücherbord stand, scharrte eine kleine Kreatur, halb Säugetier, halb Reptil. Auf dem Bord darüber war eine Anzahl blauer und goldener Masken ausgestellt, alle mit fremdartigen Ornamenten, mit hundeköpfigen Gottheiten und Riesenkäfern geschmückt. Auf einem Schrank lagen zwei Zigeunerohrringe und ein rot und weiß getüpfeltes Kopftuch.

Wohin man auch sah, überall standen und lagen eigenartige Gegenstände und merkwürdige Gerätschaften, so wahllos und ungeordnet, als hätte ein unfähiger Speditionstrupp den Umzug eines großen Stadtmuseums erledigt. Praxx stellte überrascht fest, daß es Courgette ganz besonders der Fisch angetan hatte.

Die Wärme des Kaminfeuers und der überraschende Schauplatzwechsel hatten mit ihrem ganz besonderen Zauber auf die Kinder eingewirkt. Sie hatten sich von ihrem Schreck erholt und wurden allmählich ruhiger. Courgette war wißbegierig wie eh und je.

»Wo haben Sie den her?« Sie zeigte auf den großen Fisch.

»Bei einer Expedition vor der Küste der Khustoo-Insel in der Östlichen Lausee gefangen.« Praxx beobachtete gespannt ihre Reaktion. Courgettes Augen verengten sich, sie durchforstete gründlich ihr Gedächtnis. Irgend etwas an diesem Fisch kam ihr außerordentlich bekannt vor.

»Aber das ist doch gar nicht möglich«, sagte sie. Sie erinnerte sich an das Buch in der Schloßbibliothek von Isolon, das Buch mit den vielen Tier- und Gesteinsabbildungen.

»Ach, es war gar nicht so schlimm. Ein starker Haken, ein großes Netz, und dann warten, warten, warten... Doch als er dann angebissen hatte, mußte ich nur noch das Netz einholen. Aber ich will euch nicht mit meinen Anglererlebnissen langweilen.« Praxx wechselte das Thema und würgte eine weitere Diskussion ab. »Wie geht's uns denn jetzt so? Wieder besser?«

Vier Köpfe nickten zustimmend.

»Also... warum seid ihr eigentlich im Wald unterwegs?«

»Wir waren auf dem Weg hierher«, sagte Firkin, der von den vieren am wenigsten mitgenommen und am wenigsten verwirrt war. »Wir suchen jemanden.«

»Jemanden, den ich kenne?« fragte Praxx, der die Antwort bereits wußte.

»Whintz, den Fahrenden Zauberer«, erklärte Firkin ohne Umschweife. »Kennen Sie ihn?«

»Aber ja. Und wenn ihr wollt, führe ich euch zu ihm. Das wäre euch doch sicher sehr angenehm nach dieser langen und gefährlichen Reise von Guldenburg hierher, oder ...?«

In Courgettes Kopf begannen die Alarmglocken Sturm zu läuten. Niemand hatte Guldenburg erwähnt, und das rot und weiß getüpfelte Kopftuch kam ihr verdächtig bekannt vor. War sie die einzige, die am Fluß dieses seltsame Gefühl gehabt hatte? Sie hatte Angst, es zuzugeben. Irgend etwas ging hier nicht mit rechten Dingen zu. Plötzlich kreischte der ledrige Vogel und ließ sich von seiner Stange fallen. Er schwebte im Gleitflug durch das Zimmer und landete auf der Rückenlehne des Stuhls, auf dem Praxx saß, die scharfen Krallen verkratzten das Holz, als er sich niederließ. Der Thaumaturgist zuckte nur ganz leicht mit der Wimper, faßte in seine Manteltasche und warf dem Pterodaktylus einen kleinen Stockfisch zu. Der gezahnte Schnabel schnappte den Bissen geschickt aus der Luft und zerkaute ihn knirschend und gierig. Praxx lächelte und kraulte dem urzeitlichen Reptil den Bauch.

Courgette blickte den untersetzten Mann mißtrauisch an. In der kurzen Zeit, seit sie ihn jetzt kannte, hatte sie sich eine Meinung über ihn gebildet. Sie glaubte, daß er einige Eigenschaften und Fähigkeiten besaß, die für sie sehr hilfreich sein konnten. Vertrauenswürdigkeit gehörte allerdings nicht zu diesen Qualitäten. Es gab hier zuviel Unerklärliches, zu viele Fragezeichen, zu viele Rätsel. Eines davon verdaute im Augenblick gerade einen Fisch.

In ihrem Kopf überschlugen sich die Gedanken, sie suchte nach einer Möglichkeit, wie die Einzelteile dieses Puzzles zu einem sinnvollen Ganzen zusammengefügt werden konnten. Sie wußte, was sie am Fluß gesehen hatte, was dort *zuerst* geschehen war. Hogshead und

Dawn hatten es offensichtlich auch gesehen. Aber warum hatte Firkin allem Anschein nach überhaupt nichts davon wahrgenommen? Was ging da vor sich?

»Nun, vielleicht kann uns ja Whintz diese Fragen beantworten«, sagte Praxx. Courgette schreckte aus ihren Grübeleien auf. Praxx hatte zu Firkin gesprochen... Hatte er wirklich? Sie war sich nicht sicher. Wie hätte sie sich hier auch sicher sein sollen? Wie könnte sie ausschließen, daß dieser geheimnisvolle untersetzte Mann ihren Gedanken gelauscht hatte?

Firkin und Hogshead waren im Nu auf den Beinen, waren augenblicklich wieder voller Schwung und Begeisterung. Endlich würden sie Whintz treffen, den Fahrenden Zauberer, den Mann, der ihnen verraten konnte, wo sie den verschwundenen König Kharthezsh fänden. Ihre Reise war beinahe zu Ende, ihre Suche nach Hinweisen und Auskünften fast vorbei. Klayth dürfte bald schon Prinz sein, und alles würde gut werden.

Courgette ging hinter ihnen her, den Kopf voll argwöhnischer und mißtrauischer Gedanken. Wie hätte sie aber auch guten Gewissens einem Menschen trauen sollen, der sich einen Pterodaktylus hielt? Und dazu auch noch einen Fisch, der seit achtzig Millionen Jahren ausgestorben war?

Es würde ein Knüller werden! Es mußte ein Knüller werden! Mit klopfendem Herzen, elektrisiert und fasziniert hatte Turgg Enjeff jedes Wort aufgesaugt und verschlungen, das durch die Geheimtür an sein Ohr gedrungen war. Bis zum äußersten hatte er sich angestrengt, um alles ganz deutlich zu verstehen, und dabei war seine Hand rastlos kritzelnd über die Seiten seines altbewährten kleinen Notizbuchs gewandert. Gespannt hatte er den Ablauf des Dramas verfolgt: ganz zu Anfang die kaum vernehmlichen Versuche der Gegenwehr, die der Hochverheerenswerte Thatarr, oberster Kriegsherr von Cranachan, unternommen hatte, als er in seinem Bett angefallen worden war; dann die Drohungen und Forderungen; danach die Vorstellung von Zhorrothustra, leitender Wissenschaftler und selbsternannter Todesengel, und der Bericht über seine Rolle bei den Forschungsarbeiten in Losa Llamas; und schließlich die Konferenz, die er eben noch belauscht hatte und von der er sich jetzt heimlich davonschlich.

Turgg Enjeff hatte ausreichend Material gesammelt, um einen Knüller landen zu können. Er überflog die Seite in seinem Notizbuch, und ihm war klar: *Die* Sache! Ohne jeden Zweifel! Er würde seine Titelgeschichte bekommen, die zweite in seiner Karriere! Er sprudelte beinahe über vor Aufregung, als er sich von der Tür wegstahl und durch den spinnwebenverhangenen dunklen Tunnel zu jenem Geheimgang schlich, der hinausführte aus dem befestigten Reichspalast von Cranachan.

»Ja?« blaffte er, nachdem es zum zweiten Mal wie ein Hagelschlag an die Tür geklopft hatte. »Was gibt's denn?«

»Mach auf, du hast Besucher«, sagte Praxx.

»Besucher? Ich?«

»Ja. Willst du sie nicht hereinlassen? Sie sind weit gereist.«

Rasselnd wurde ein Riegel zurückgeschoben, die Tür öffnete sich knarzend.

»Scheren krieg ich vor Dienstag nächster Woche keine mehr fertig, Schuhe kann ich bis Freitag machen«, sagte Whintz. »Wenn's was Kniffligeres ist, müßt ihr ein bißchen länger warten, ich steck mitten in meinen Prüfungsvorbereitungen. Also, was wollt ihr?«

»Hallo! Wir wollten gern wissen, ob Sie uns vielleicht helfen können«, sagte Firkin schüchtern.

»Helfen? Wie helfen?« fragte das Gesicht hinter der Tür, das nur aus Bart zu bestehen schien.

»Dürfen wir reinkommen und darüber reden?« fragte Firkin. »Wir glauben nämlich, daß Sie uns helfen können.«

Brummelnd stieß der kleine Mann die Tür ganz auf, und Praxx und die Kinder stapften in den dunklen Raum. Sie sahen sich um; nach ein paar Sekunden hatten sie alles gesehen, was es zu sehen gab. Firkin konnte es kaum mehr erwarten und hätte am liebsten sofort alle seine Fragen gestellt. Hogshead schnupperte, er spürte, daß er von Magie umgeben war. Whintz schlurfte tattrig durch das Zimmer und setzte sich. Es gab hier kaum etwas, was man als private oder persönliche Besitztümer bezeichnen konnte; Whintz hatte alle seine Habseligkeiten in einen abgerissenen kleinen Rucksack und in die geräumigen Taschen seines geschmacklos ornamentierten Mantels gestopft. Mit Ausnahme eines ledergebundenen großen Buches, das auf dem Bett lag. Hogshead starrte es ungläubig an. Auf dem Bett lag *das Buch,* das die Antworten auf ihre Fragen enthielt, das Rüstzeug, mit dessen Hilfe sie ihre Mission zu Ende führen konnten. In diesem Buch war der *Anhang IIIb!* Zu einem Teil wenigstens. Der andere Teil fehlte seit jenem Nachmittag, als ein gewisser, etwa zwei Zentimeter großer Bücherwurm den Anfechtungen des Hungers erlegen war. Hogshead kramte in seiner Rocktasche und holte ein pergamentenes kleines Taschenbuch heraus. Heillos verwirrt sah Whintz, wie Hogshead das Buch aufschlug und mit dem Vorsatzblatt zu sprechen begann.

»Was macht'n der da? Hat er sie nicht mehr alle?«

»Keine Angst. Das ist schon in Ordnung«, sagte Firkin.

»Und warum redet er dann mit einem Buch?«

»Scht!« Courgette legte den Finger an den Mund. »Wenn man ihn zu schnell aufweckt, wird er brummig.« Sanft pfeifende Schnarchgeräusche stiegen aus dem Buch auf.

»Wer wird brummig? Was habt ihr denn eigentlich ...« Whintz verstummte mitten im Satz – ein winziger grüner Bücherwurm dehnte und streckte sich und blickte sich verschlafen um.

Whintz reckte den Hals und sah in das Buch. Seinem Gesicht war anzusehen, daß ihm unzählige Fragen auf der Zunge brannten. Er konnte sie nicht stellen, weil die Schnittstelle Zunge-Gehirn nicht mehr funktionierte – mit offenem Mund starrte er in das Buch, in dem sich ein Geschöpf etwas leckte, was in der Welt der Würmer als ›Lippen‹ durchging.

»Was zum Teufel ist das denn?« schrie Whintz, als er seine Sprachlosigkeit endlich überwunden hatte.

»Ein alter Freund von Ihnen«, erklärte Hogshead munter.

»Von mir? Es … es schaut mich an! Tu was, damit es damit aufhört! Ich kann das nicht ertragen, wenn mich *ein Ding* anschaut!«

Ch'tin schloß die Augen.

Dieser simple Vorgang löste ein so großes Entsetzen aus, daß Whintz geschüttelt wurde, als stünde er im Epizentrum eines Erdbebens. Er stierte Hogshead vorwurfsvoll an. »Das warst du, oder? Das war ein Trick, hab ich recht? So ein Taschenspielertrick, du hast das mit den Fingern gemacht!«

Ch'tin schüttelte den Kopf.

»Es kann meine Gedanken lesen. Ich hab von solchen Sachen gehört. Ich bin verloren. Ruiniert. Es wird mir das Hirn aussaugen, so lange, bis ich völlig zement bin …«

»Dement«, korrigierte ihn Courgette.

»Siehst du?« Whintz krümmte sich beunruhigt und starrte Praxx flehentlich an. »Geht schon los! Stell es ab! Klapp den Deckel zu! Zerquetsch es …«

»Das einzige, was dieser kleine Kerl aussaugt, ist ein besonders schmalziger Liebesroman«, sagte Praxx. »Er ist ein Bücherwurm.«

»Warum du geweckt mich hast?« piepste Ch'tin Hogshead verschlafen an. Whintz fuhr zusammen und starrte noch verängstigter auf den grünen Winzling. Er traute Praxx' Beschwichtigungen nicht.

Hogshead zeigte auf das Buch, das auf dem Bett des Zauberers lag: »Ist es das?«

»Allerdings«, stellte Ch'tin fest und leckte sich gierig die Mandibeln.

»Von wegen.« Whintz winkte unmißverständlich mit der Hand. »Das kriegst du nicht. Ausgeschlossen. Das gehört mir.«

»Frühstück!« piepte Ch'tin.

»Wir wollen es ja nicht ganz haben«, sagte Hogshead vorsichtig. »Wir brauchen nur einen Zauberspruch aus diesem Buch.«

»Das aber auch nur du meinst!« warnte ihn Ch'tin und beäugte das Buch mit gierigem Wurmblick.

»Zauberspruch?« fragte Whintz mißtrauisch. Er warf Praxx einen fragenden Blick zu. »Einen bestimmten oder einfach irgendeinen?«

»Nein, einen ganz bestimmten.«

»Und welchen ganz bestimmten?« Whintz blickte ihn mit neugierig zusammengezogenen Augenbrauen streng an.

»Äh, ja also, wenn ich vielleicht einmal einen Blick ...« Firkin griff nach dem Buch.

»Nein!« schrie Whintz. Er sauste wie der Blitz durchs Zimmer, schlug Firkin auf die Hand und schnappte sich das Buch. Dann drückte er es sich fest an die Brust und sah sie finster an.

»Na gut. Aber könnten Sie uns vielleicht sagen, welche Zaubersprüche in dem Buch stehen?« fragte Firkin und rieb sich die schmerzende Hand.

»Nein. Ihr sagt mir, was ihr wollt, und ich sag euch dann, ob ich das zaubern kann.«

»Wir hatten eigentlich gehofft, Sie könnten uns sagen, welchen Zauberspruch wir brauchen«, murmelte Firkin verlegen.

»Jetzt paßt mal auf! Ich kann Schuhe flicken und Scheren schleifen. Was ich nicht kann, ist Gedanken lesen. Also – was wollt ihr?« fragte Whintz gereizt. Praxx stand im Schatten an der Tür und grinste still. Es lief alles genauso, wie er erwartet hatte.

»Die Sache ist die …« Firkin holte tief Luft und erzählte ihm dann, daß sie von König Klayth den Auftrag erhalten hätten (es klang besser so), seinen Vater, König Kharthezsh zu suchen, damit der den Thron wieder übernähme.

»Klingt doch gar nicht so schwer«, sagte Whintz. »Und warum soll ich euch dabei helfen?«

»Es gibt da ein kleines Problem. Wir wissen nicht, wo wir suchen sollen. Wir wissen nur, daß er vor dem Krieg mit Cranachan verschwunden ist. Aber nicht, *wohin*. Und auch sonst nichts.«

»Und warum kommt ihr dann zu mir?«

»Es geht um das Buch.« Firkin war es leid, um den heißen Brei herumzureden. »Steht in diesem Buch ein Zauberspruch, mit dem man Leute finden kann, oder so was?«

»Was? So was wie ein Lokalisierungszauber?« fragte Whintz. Hogshead und Firkin nickten. Gleichzeitig und heftig.

»Hier drin …?« Whintz klopfte auf sein Buch.

Alle vier nickten. Praxx, der hinter ihnen stand, grinste.

»Ihr wollt von mir wissen, ob in diesem Buch ein Lokalisierungszauber steht? In meinem Buch?« Whintz warf Praxx einen flehentlichen Blick zu.

»Ja bitte. Wenn es nicht zu viele Umstände macht«, lächelte Courgette liebenswürdig.

»Äh, ich …«, murmelte Whintz und fingerte an seinem Hemdkragen herum. Courgette lächelte ihm aufmunternd zu.

»Hmmm. Und wenn in diesem Buch ein Lokalisierungszauber steht … was soll ich dann damit machen?« fragte Whintz und fürchtete sich vor der Antwort.

»Ihn anwenden, um König Kharthezsh ausfindig zu machen«, antwortete Firkin.

Whintz öffnete den Mund, wollte etwas erwidern und klappte ihn wieder zu. Sah dann Praxx an – der schien mit dem Studium seiner Fingernägel beschäftigt zu sein –, öffnete den Mund wieder, schluckte und blickte schließlich zu Boden.

»Warum ich?« fragte er sich.

»Weil Sie ein Zauberer sind«, sagte Hogshead erwartungsvoll.

»Ah«, machte Whintz. Seine Schultern fielen nach unten, plötzlich wirkte er sehr alt. Es war still im Zimmer, unangenehm still. Alle sahen Whintz an und warteten auf seine Antwort.

»Sie sind doch ein Zauberer, oder nicht?« fragte Hogshead argwöhnisch. Whintz sah auf und warf ihm einen Blick zu, in dem Hogshead drei Dinge erkannte: tiefe Scham, Unzulänglichkeit und Erfolglosigkeit. Es war ein Blick, der von den langen Jahren sprach, da er ein Buch mit sich herumgetragen hatte, das ihm von seinem Großvater anvertraut worden war und von dem er nie auch nur ein einziges Wort verstanden hatte. Ganz zu schweigen davon, daß er durch dieses Buch zu einem wirklichen Zauberer geworden wäre. Es war ein Blick, der Hogshead mitten ins Herz traf.

Und es war dieser Blick, der Hogshead und Firkin schlagartig klarmachte, daß alle ihre bisherigen Bemühungen vergeblich gewesen waren. Sie hatten alles darauf gesetzt, hatten ihr ganzes Unternehmen davon abhängig gemacht, daß Whintz ein Zauberer war, der ein altes ledergebundenes Buch besaß, und daß sie mit Hilfe einer der Zauberformeln in diesem Buch den vor beinahe vierzehn Jahren verschwundenen König Kharthezsh wiederfinden und nach Isolon zurückholen konnten. Der ganze Erfolg ihrer Mission hing an dieser einen Voraussetzung: Whintz war ein Zauberer, der diese Zauberformel kannte und sie auch anwenden konnte.

Alle vier hatten sich eingeredet und sich gegenseitig in dem Glauben bestärkt, daß sie die Lösung ihrer Schwierigkeiten in einem Buch fänden. Und dafür hatten sie Gefahren auf sich genommen, waren meilenweit gegangen, hatten sich jede Menge Blasen geholt und mußten jetzt feststellen, daß sie in einer Sackgasse gelandet waren. Sie hatten eine falsche Spur verfolgt, so falsch, wie sie falscher nicht sein konnte. Hogshead kam sich plötzlich vor wie ein Missionar, der durch endlose Wüsten gewandert ist und gegen wilde Bestien gekämpft hat, der riesige Berge bezwungen hat und zum goldenen Himmelstor aufgestiegen ist, wo er dann feststellen muß, daß Gott den Laden geschlossen hat, in ein Seebad umgezogen ist und dort vom Verkauf kleiner Tiere lebt, die er aus Muscheln zusammenbastelt. Sie waren am Ende der Straße angekommen und standen vor einem Schild mit der Aufschrift ›Parken verboten‹.

Wie eine Seuche breitete sich unter den vieren das Gefühl der Verzweiflung und Hoffnungslosigkeit aus. Whintz zuckte sinnlos mit der Schulter.

»Äh, wenn ihr wollt, kann ich euch die Schuhe doppeln, bevor ihr wieder loszieht«, bot er ihnen an. Es war ein erbärmliches Angebot.

Nur mit übermenschlicher Anstrengung konnte sich Firkin davon abhalten, sich schreiend auf den Boden zu werfen, mit den Füßen zu strampeln und mit den Fäusten auf die Dielenbretter einzuschlagen. Außerdem fürchtete er, daß er damit einen ziemlich lächerlichen Auftritt liefern würde.

Allmählich kam ihm zu Bewußtsein, daß sich hinter ihm jemand beinahe ebenso übermenschlich anstrengte, um nicht lauthals loszubrüllen vor Lachen. Nicht daß Firkin etwas gehört hätte – er hatte viel eher etwas gespürt: etwas wie Spott, der ihn wie eine elektrische Welle sanft im Nacken kitzelte. Er drehte langsam den Kopf und blickte vorwurfsvoll die Quelle an, von der dieser elektrisierende Reiz ausging: Es war ein Mann, der sich mit beiden Händen den Mund zuhielt, dessen Gesicht puterrot angelaufen war, der die Augen krampfhaft zusammenkniff und der lautlos zitterte. Nur noch ein winziger Reiz, und er würde explodieren. Firkin fuhr herum, zornrot im Gesicht. Es war ein kläglicher, ohnmächtiger, hilfloser Zorn. Praxx schlug die Augen auf. Er hätte es nicht tun sollen, es war der Tropfen, der das Faß zum Überlaufen brachte. Praxx platzte los. Er lachte brüllend, er bog sich vor Lachen, er hielt sich den Bauch vor Lachen und klappte hilflos und haltlos zusammen. Firkin brüllte den Dicken wütend an, der sich über sein Mißgeschick so maßlos belustigen konnte.

»Maulhaltenmaulhaltenmaulhalten!« schrie er und stampfte kindisch mit dem Fuß auf.

»Aufhörenaufhörenaufhören!« brüllte Praxx, hämmerte auf den Boden ein und hielt sich die Rippen, als befürchte er, sie wollten sich selbständig machen.

Whintz begann zu stottern, als das ansteckende Gelächter wie eine Welle über ihm zusammenschlug. Die verlegene Spannung löste sich auf im reißenden Sturm hemmungsloser Fröhlichkeit, Hogshead, Courgette und Dawn kicherten, prusteten – und dann brachen auch sie in schallendes, zwerchfellerschütterndes Gelächter aus. Im nächsten Augenblick bogen sich alle – alle außer Firkin – vor Lachen und krümmten sich in den heftigsten Lachkrämpfen, als ihnen die erbärmliche Absurdität ihrer Situation klarwurde: Sie hatten es geschafft, einen Zauberer aufzuspüren, der nur leider eins nicht konnte – zaubern.

»Entschuldigung. Eigentlich dürfte ich nicht lachen«, krächzte Praxx und bog sich dabei schon wieder vor Lachen.

»Allerdings«, knurrte Firkin.

»Ich wollte, daß ihr es selbst herausfindet.«

»Und was sollten wir selbst herausfinden? Daß wir alles vermurkst haben? Daß wir blöde sind?« schrie Firkin.

Praxx gab sich große Mühe, ruhig zu bleiben. »Nein. Ihr solltet selbst sehen, daß Whintz nicht der Mann ist, der euch helfen kann. Himmel, meine Rippen! Ich schlage vor, wir gehen jetzt wieder zu mir. Ihr seid doch sicher halbverhungert. Ich mache euch was zu essen, und anschließend erkläre ich euch alles. Nein, die Sache selbst ist überhaupt nicht zum Lachen. Es war nur dein Gesicht. Tut mir leid.« Er führte sie hinaus. Dann war es mit seiner Beherrschung zu Ende, und er bekam den nächsten Lachanfall.

»Ihr habt doch gesagt, er wolle uns diese Amphibien *überlassen.*« König Erdrosselbart knurrte wütend, als er das Pergament las, das Fisk zurückgelassen hatte. »Jetzt sieht es mir aber beinahe so aus, als müßten wir uns auf eine größere militärische Operation einstellen!«

Thatarr sah sich die Liste an und wurde zunehmend mißtrauischer. War er möglicherweise auf einen raffinierten Schwindel hereingefallen? Es sah ganz so aus, als wäre auf dieser Liste alles verzeichnet, was für einen militärischen Gewaltstreich gebraucht wurde. Wenn Fisk wirklich eine Privatarmee aufstellen und ausrüsten wollte, dann wäre das ein ganz besonders kaltschnäuziger Versuch, seine Interessen durchzusetzen. Thatarr konnte fast nicht glauben, daß Fisk tatsächlich die Chuzpe besaß, einen derartigen Plan auszuführen. Wenn sich allerdings herausstellen sollte, daß diese mysteriöse Figur, die sich als Zhorrothustra ausgegeben hatte – wenn sich herausstellen sollte, daß sie nicht … Aber wer war es dann? Und welchen Einfluß übte dieser Jemand auf Fisk aus? Er schauderte und ärgerte sich über sich selbst. *Mach nur so weiter,* dachte er, *dann bist du über kurz oder lang ein paranoides Wrack! Du hast es mit Fisk zu tun und mit einem verrückten Wissenschaftler, der die ganzen letzten Jahre über in eine Gummizelle eingesperrt war. Wenn es stimmt, was sie gesagt haben, dann kannst du davon ausgehen, in den Besitz einer unschlagbaren Vernichtungswaffe zu gelangen. Wenn nicht, dann hast du endgültig allen Grund, Fisk ein für allemal aus dem Weg zu räumen.*

Auch wenn damit seine Zweifel nicht restlos ausgeräumt waren, so wurde Thatarr nach diesen Überlegungen doch ein wenig ruhiger. Das tiefe Mißtrauen aber blieb, das er gegen Fisk hegte. *Behalt ihn im Auge!* sagte er sich. *Trau ihm nicht!*

Das war der Grund, warum er eine bestens ausgebildete Elitetruppe brauchte.

Es war dem Kaminzimmer, das Praxx bewohnte, sehr deutlich anzusehen, daß die Kinder ihren Hunger zumindest teilweise gestillt hatten. Auf dem Tisch türmten sich Teller mit Essensresten, ein ganzer Stapel zuckersüßer großer Krapfen hatte sich auf geheimnisvolle Weise innerhalb weniger Minuten auf ein paar Krümel und Rosinen reduziert, nur einzelne Gehäuse, Kerne und Schalen waren vom Inhalt der großen Obstschale zurückgeblieben, die auf dem Tisch stand, der sich einmal unter der Last der aufgetragenen Speisen gebogen hatte.

Als erste brach Courgette das Schweigen. Sie dürstete nach dem erfrischenden Wein der Wahrheit, der das lodernde Feuer der Fragen löschen sollte, das in ihrem Geist brannte.

»Warum sagen Sie uns eigentlich nicht, was hier gespielt wird«, fragte sie entschlossen. »Sie können mir nicht erzählen, daß da unten am Fluß nicht etwas sehr Merkwürdiges passiert ist. Haben Sie das gemacht? Und was Ihre lebenden Fossilien angeht« – Courgette starrte in die uralten Augen des trübgrauen Fisches –, »es gibt keine Coelacanthidae mehr in der Östlichen Lausee. Die sind vor achtzig Millionen Jahren ausgestorben …«

»Ich sehe, du weißt Bescheid in der Geschichte …«

»… und Pterodaktylen sogar noch etwas früher«, ergänzte sie und bedachte die nackte rosarote Karikatur eines Vogels mit vorwurfsvollem Blick.

Praxx rieb sich das Kinn und sah Courgette bewundernd an.

»Was ist hier los?« fragte Firkin verstört. »Ich verstehe überhaupt nichts mehr. Fossilien als Haustiere! Was soll das alles?«

»Ich sehe schon, ich hätte es besser erklären sollen«, sagte Praxx, der bemerkte, *wie* Courgette ihn ansah: Unter den feuerroten Brauen funkelte nur mühsam zurückgehaltener Zorn in ihren Augen. Der Schein des Kaminfeuers leuchtete flackernd auf Praxx' Gesicht und warf einen zuckenden Schatten an die Wand – es sah aus, als blicke ihm ein vom Veitstanz befallener Teufel über die Schulter. »Es tut mir leid, daß ich euch diese Mantel- und Degen-Klamotte vorgespielt habe. Aber ... ich mußte mir erst ganz sicher sein.«

»In welcher Hinsicht?« wollte Courgette wissen. »Wir hören!«

Praxx holte tief Luft. »Ich bin Deja-Moi-Meister des Neunten Äon. Und einer von den Thaumaturgischen Physikern, die hier in Losa Llamas arbeiten.«

»Arbeiten?« Hogshead spitzte die Ohren, als er das magische Wort hörte: thaumaturgisch! »Woran arbeiten? Und was ist Deja-Moi?«

»Ihr habt die Macht des Deja-Moi schon erfahren: Euer Erlebnis am Fluß – damit habe ich euch eine, äh, kleine Demonstration gegeben, mit der ich euch zeigen wollte, daß ich Ereignisse, die bereits geschehen sind, nachträglich ändern kann.«

»Was heißt da ›ändern‹?« fuhr ihn Firkin an. »Das *Ding* hat sich von hinten an mich angeschlichen, und Sie waren gar nicht dabei!«

»Heißt das, du kannst dich wirklich nicht erinnern?« Courgette starrte Firkin ungläubig an.

»Und ob ich mich erinnern kann! Es war ja auch wirklich eine eindrucksvolle Aktion!« sagte er anerkennend. »Einen Moment lang war ich mir nicht mehr sicher, vor wem ich mehr Angst haben soll: vor dir oder vor ihm!« Wie eine Furie war sie losgestürmt – Firkin sah ihr Gesicht noch ganz deutlich vor sich.

Hogshead hatte es auch gesehen. Ihm wurde ganz weich in den Knien, wenn er daran dachte. Doch diesmal war es nicht Angst, die das Zittern bewirkte.

Courgette schüttelte den Kopf. Firkins Gesichtsausdruck war ehrlich und aufrichtig; Praxx grinste selbstgefällig, so als wolle er sagen: ›Siehst du? Hab ich dir doch gleich gesagt!‹

»Aber du erinnerst dich nicht an das erste Mal?« fragte sie ängstlich. Sie wußte nicht so recht, ob sie Firkins Antwort wirklich hören wollte.

»Das erste Mal?«

»Das erste Mal«, bekräftigte Hogshead. Er ahnte, daß etwas Außergewöhnliches geschehen war, seine Thaumaphilie war angestachelt.

»Dann …«, stotterte Firkin. »… dann war das gar nicht das erste Mal?«

»Nein!« riefen Courgette, Hogshead und Dawn wie aus einem Mund. Praxx schüttelte den Kopf.

»...?« fragte Firkin nach.

»Erklären Sie's endlich!« fuhr Courgette Praxx an. Ihre Augenbrauen zuckten wie die eines gereizten Eichhörnchens.

»In der Regel gilt«, fing Praxx an, »daß etwas geschehen sein muß, bevor man es ändern kann.«

»*Was* ändern?« Firkin bettelte beinahe um Antwort. Er hatte das unangenehme Gefühl, den Anschluß endgültig verpaßt zu haben.

»*Wie?*« fragte Hogshead ungeduldig.

»Deja-Moi«, antwortete der Thaumaturgische Physiker und schlug dabei einen Tonfall an, der üblicherweise ankündigt, daß eine blasiert herablassende Lektion bevorsteht. »Ihr wißt sicher, was ein Déjà-vu-Erlebnis ist«, führte er aus, »jenes unbestimmte Gefühl, eine bestimmte Situation schon einmal erlebt zu haben. Deja-Moi ist die Fähigkeit, zurückzugehen und sich zu versichern. Oder einfach ausgedrückt: die zweite Chance.«

»Soll das heißen, Sie können die Geschichte umschreiben?« Hogshead stand der Mund so weit offen, daß ernsthaft Gefahr bestand, er könne drüber stolpern.

»Eigentlich nicht. Ich kann sie nur ein bißchen stupsen. Wenn man zum nächstliegenden Schicksalsknoten zurückgeht und ihm sozusagen einen leichten Tritt versetzt, dann läuft an seiner Stelle eine andere Gegenwart weiter. Die Vergangenheit ist ja letztlich nichts anderes als die Gegenwart, die schon ein wenig zurückliegt.«

Hogshead schraubten sich beinahe die Augen in den Kopf, als er versuchte, hinter die Bedeutung dieser Anmerkung zu kommen.

»Und so sind Sie auch zu Ihrem Coelacanthiden und zu Ihrem Pterodaktylus gekommen?« fragte Courgette.

»Eine kleine Schwäche von mir, fürchte ich. Aussterben ist etwas, das mir verhaßt ist, dir nicht? Wenn ich mehr Platz hätte, würde ich mir noch mehr zulegen. Ich will es mir aber nicht mit meiner Putzfrau verderben. Aber sonst... Wäre eine nette Möglichkeit, um die Paläontologen ein bißchen zu ärgern. Die hätten es ja auch wirklich zu einfach, wenn die Katalogisierung der Fossilien so übersichtlich bliebe.« Er sah die Promenadenmischung aus Säugetier und Reptil an und lächelte. »Dieser Bursche war so lange nur einer aus der unbedeutend kleinen Gruppe der Therapsiden, bis ich – eine Million Jahre nach ihrem Aussterben – den Versuch unternommen habe, ein paar von ihnen in einem subtropischen Regenwald wieder einzubürgern. Ich finde, es ist einfach ein Jammer, wenn so schlaue Kerlchen wie er ...« Courgette beobachtete, wie das Kerlchen den Kopf einer smaragdgrünen Libelle mampfte. »Wie dem auch sei – es sieht ganz so aus, als würden seine Verwandten mittlerweile ganz nett für Aufregung sorgen. Sie sind an einer Stelle aufgetaucht, wo sie laut Katalog gar nicht sein konnten. Weshalb man diese Varietät *Chronoperates paradoxus* getauft hat – der Zeitenwanderer.«

»Heißt das, Sie sind ein Zauberer?« fragte Hogshead.

»Gewissermaßen, ja. Wie ich vorhin schon sagte: Ich

bin einer von den wenigen verbliebenen Thaumaturgischen Physikern. Unser Forschungsthema war das Studium der Wirkungen der Magie aus Materie, Raum und Zeit. Losa Llamas wurde sozusagen als ›sichere Burg‹ für dieses Forschungsvorhaben eingerichtet, als ein Ort, an dem wir ungestört arbeiten konnten, an dem wir geschützt waren vor den Belästigungen etwa der ›Gesellschaft für die Rechte der Natur‹ oder ähnlicher Vereine.«

»Wer ist das denn?« fragte Hogshead.

»Ein Haufen durchgeknallter Spinner, die der Ansicht sind, daß sich Leute wie wir nicht mit Kräften einlassen sollten, die sie nicht verstehen. Solange wir unsere Abwehrsysteme noch nicht installiert hatten, haben wir dauernd Schwierigkeiten mit ihnen gehabt: Bombendrohungen, Überfälle auf die Labors, Befreiung der Versuchstiere und dergleichen Dinge. Deshalb haben wir dann eine ganze Reihe von Vorrichtungen konstruiert, um Eindringlinge fernzuhalten. Mit ein paar von ihnen habt ihr Erfahrung gemacht: mit dem Onomatopoden und dem Verbl.«

»Wie? Woher wissen Sie, was uns im Wald passiert ist?« fragte Hogshead.

»Dachte ich mir doch, daß ihr die oder andere Frage habt! Paßt auf.« Praxx stellte eine Kristallkugel auf den Tisch. Er leierte einen schon oft zitierten Text herunter und stierte in die schwarze Kugel.

Die Kinder sahen gespannt zu.

»Ich kann nix sehen.« Dawn starrte böse auf den gewaltigen Zinken ihres verzerrten Spiegelbilds.

»Ähm, hm«, brummelte Praxx verlegen. »Die Wellenleiter in diesem Ding werden schon etwas schwach. Es dauert ein bißchen, bis es warmgelaufen ist.«

Noch während er sprach, hellte sich das Schwarz allmählich auf, und ein gestochen scharfes kleines Schwarzweißbild leuchtete im Zentrum der Kugel auf: ein Fluß, der sich durch einen dichten Wald schlängelte.

Das Bild kam in Bewegung. Es rutschte nach unten, der Blickpunkt verschob sich nach oben, wanderte hinüber zu den Krapathen – entsprechend der Bildsteuerung, die tief unter ihnen Apathos nach den Anordnungen von Praxx ausführte.

»Ist das der Fluß, an dem wir …?« fragte Hogshead.

»Ja …«, fiel ihm Praxx schnell ins Wort, bevor Firkin wieder irgendwelche unangenehmen Fragen stellen konnte. Selbst wenn man einen guten Grund dafür vorbringen konnte, war es nicht einfach, vier Leuten beizubringen, daß es ihnen bestimmt war, vorzeitig abzutreten. Praxx hatte von einem Gott gehört, der seinem Sohn etwas Ähnliches hatte erklären müssen. Und der hatte beinahe dreißig Jahre gebraucht, bis er ihn überzeugt hatte, daß eine öffentliche Kreuzigung eine großartige Idee war. »… und hier: Das ist die Stelle, wo ihr das Verbl getroffen habt«, erläuterte Praxx, als das Auge des Linsers über die Baumwipfel sauste. Dawn zog ein finsteres Gesicht, als sie sich an die behenden klebrigen und schimmeligen Flechten erinnerte.

»Seht ihr: Da ist es!« sagte er, als das kleine Beuteltier über die Kugel flitzte. Courgette wurde noch im nachhinein schlecht, wenn sie daran dachte, daß sie dieses Vieh gestreichelt hatte.

»Fixes Kerlchen«, sagte Praxx. »Verrückt nach Bananen.«

Firkin war es leid, noch länger um den Brei herumzureden. »Warum erzählen Sie uns das? Was hat das mit uns zu tun?«

»Eigentlich nichts«, sagte Praxx ironisch. Er wandte sich von der Kugel ab. Wenn er daran dachte, was Apathos und der Linser möglicherweise entdecken würden, verdüsterte sich seine Stimmung. »Eigentlich nichts. Außer daß in drei Tagen alles, was ihr rund um euch seht, ruiniert und tot sein wird. Und von da an ist es nur mehr noch Frage der Zeit, bis auch alles andere auf der Welt, alles, was euch lieb und wert ist, alles, was ihr wißt und alles, wovon ihr nur in Andeutungen gehört habt, geschändet und vernichtet sein wird.«

In Praxx' Stimme schwang ein düster-makabrer Ton. Und dazu Trauer, tiefe Scham und Schuld. »In Kürze wird etwas, das hier geheimgehalten und über Jahre versteckt und verborgen wurde, entfesselt und auf die Menschheit losgelassen werden. Etwas, das Elend, Tod und Verderben bringt; das Ergebnis der Korruption durch absolute Macht.«

Hogshead sah ihn verwundert an. »Sie sprechen von einem zukünftigen Ereignis. Wie können Sie das wissen?«

»Vor fünf Tagen ist Zhorrothustra verschwunden, der Leiter der Arbeitsgruppe, die die Ultimative Abschreckung schuf.«

Die Kinder verstanden kein Wort. Hogshead ertappte sich dabei, daß er an die Begegnung mit Omama Tini dachte – an die Karte mit dem Frosch, die sie so hastig aussortiert hatte.

»Er kann das nicht allein geschafft haben. Wir hatten ihn eingesperrt, um … äh … zu seinem eigenen Schutz. Jemand von außerhalb muß ihm geholfen haben. Jemand den ihr kennt, wie ich glaube. Wenn ich recht habe – und ich bete darum, daß ich nicht recht habe –, dann seid ihr die einzigen, die uns helfen können, noch länger zu leben als nur die nächsten drei Tage.«

Und wenn es dazu kommt, dachte er und sah die vier an, *dann sitzen wir bis zum Hals in der Tinte.*

Apathos saß in einer der vielen unterirdischen Kammern von Losa Llamas und starrte in eine kleine Kristallkugel. Er brummelte vor sich hin, strich sich die Haare aus den Augen und lächelte: Das Bild schwenkte nach links und jagte auf die Krapathen zu. Es sauste über die Tundra, hetzte über die Berge, verlangsamte dann die rasende Fahrt und ging schließlich über dem Häusergewirr nach unten, das im planlosen Wildwuchs über das windgepeitschte Hochplateau wucherte. Apathos murmelte wieder ein paar Anweisungen. Der Linser reagierte entsprechend und ging noch weiter nach unten, noch näher an Cranachen heran. Was er dort eigentlich suchen sollte, davon hatte Apathos keine genaue Vorstellung. Praxx hatte ihn beauftragt, Ausschau zu halten ›nach allem, was ungewöhnlich und zweifelhaft ist und mit dem Verschwinden von Zhorrothustra zu tun haben könnte‹.

Eine außerordentlich hilfreiche Auftragsbeschreibung – soweit Apathos feststellen konnte, war *alles* in Cranachan ungewöhnlich und zweifelhaft. Beim Flug über den befestigten Reichspalast sah er eine kleine Gruppe von Männern, die damit beschäftigt waren, sich gegenseitig von behelfsmäßigen Belagerungstürmen zu stoßen, während ein anderer Trupp unter einem riesigen Tarnnetz kilometerweit durchs Wasser robbte. Daneben fanden noch weitere Manöver statt, die wohl irgendeinen militärischen Sinn haben mußten. Welchen, das hätte er nicht zu sagen vermocht. So sah er zum Beispiel große graugehörnte Tiere, die Schützentürme auf dem Rücken trugen, in denen Bogenschützen saßen.

Unterhalb des Palastes, in der Stadt, gingen ebenso ungewöhnliche Dinge vor sich. Mit Entsetzen sah Apathos, wie sich eine Gestalt von der Brücke über dem Wallgraben stürzte. Er sah, wie sie die Arme ausbreitete und kopfüber in die Schlucht sprang. Und dann – knapp über dem Boden, nur Sekundenbruchteile vor der zweifelsohne äußerst fatalen Karambolage – schnellte sie zurück und sauste wieder nach oben. Erst jetzt bemerkte Apathos, daß der Wahnsinnige mit einem Bein an einem elastischen Strick hing. Er schüttelte den Kopf, dirigierte den Linser in die Stadt und setzte seine Erkundungen fort.

Er steuerte den Linser im Tiefflug durch die engen Straßen, jagte ihn in scharfen Kurven um Ecken, Winkel und andere Hindernisse und murmelte dabei ununterbrochen Instruktionen und Fluganweisungen. Er raste durch eine breite Marktstraße und … Stop! Um ein Haar hätte er es übersehen! Er bellte eine kurze Befehlsfolge, der Linser führte einen 360-Grad-Schwenk aus und blieb im Schwebflug über einem Ladentisch stehen, auf dem Zeitungen ausgelegt waren. Da unten mußte es sein! Der Bildausschnitt wanderte über den Scheitel des Zeitungsverkäufers nach unten und zeigte dann die Schlagzeile auf der Titelseite des *Cranachischen Merkur*:

AMPHIBISCHE ARMEE IM ANMARSCH?

Formiert Fisk Furchterregende Force de Frosch?

Exklusivbericht!!!

Nur wenige hundert Meter von diesem Zeitungsstand entfernt, unter den zu Trainingszwecken errichteten Belagerungstürmen im Hof des Palastes, durchstöberte Schikaneder, Hauptmann der berittenen cranachischen Reichsgeheimpolizei, Rucksack und Satteltaschen und kontrollierte seine Kampfausrüstung. Er hatte die vollständige Ausstattung genau im Kopf und überprüfte genauestens, ob er auch nichts vergessen hatte: Überlebensration, eine Kiste, zehn Tage … eingepackt; Schutzanzug, für einmaligen Gebrauch, Armeestandard bis dreizehn unter Null … eingepackt; Leuchtkugeln, drei Kisten, Leuchtweite ca. 1 km (bei klarer Nacht) … eingepackt. Lehmsprengkörper, vier Kisten, fünfzehn Ladungen pro Kiste … eingepackt. Damenstrumpfhosen, schwarz, Seide, drei Schachteln, fünf Paar pro Schachtel … eingepackt. Alles da – alles, was für die Kriegsführung unbedingt erforderlich war. Vor allem die Strumpfhosen. Schikaneder hatte sie immer dabei – für den Fall, daß man einmal jemanden bestechen oder verführen mußte. Behauptete er zumindest, wenn er danach gefragt wurde.

Seine Truppe, zwanzig Männer, die ihm treu ergeben

waren – auch sie überprüften ein letztes Mal Ausrüstung und Waffen. Kholin, ›der Barbar‹, kontrollierte sorgfältig ›Mjoelnir‹, seinen zuverlässigen Hammer, sein Flügelhelm glänzte und glitzerte im Sonnenlicht. Bhoerrnie, der zwei Meter große Streitaxtkämpfer (seine Freunde nannten ihn ›Der Ex-Terminator‹) polierte liebevoll die einen Meter breite Klinge seiner Zunftwaffe. Schmorr Gaschbord, der blonde, über zwei Meter große Hüne, saß im Schneidersitz am Boden und brachte seinen einsachtzig hohen Schild auf Hochglanz, seine Keule (›Lockenwickler‹ nannte er sie) lag friedlich neben ihm. Diese drei Männer bildeten Schikaneders ›schwere Artillerie‹. Etwas von ihnen entfernt, in respektvoller Distanz, überwachte Trup, Schikaneders stellvertretender Kommandeur, die sechzehn anderen Kämpfer, Söldner und Ausgemusterten, die mit der abschließenden Inspektion der Pferde und der diversen Folter- und Kriegswerkzeuge beauftragt waren. Laut Thatarrs Ankündigung sollten sie schon bald zu ihrem ersten ernsten Einsatz aufbrechen.

Wohin dieser Einsatz sie führen sollte, was sie tun sollten, wenn sie dort angelangt waren, wie hoch die Verluste der feindlichen Seite sein sollten und welcher Erfolg mit diesem Einsatz erzielt werden sollte – Schikaneder hatte keinen blassen Schimmer. Seinen Männern hatte er gesagt, es handle sich um eine Aktion, von der keiner zu wissen brauche. Und als sie ihm keine Ruhe mehr gelassen hatten und wissen wollten, ›Was zum Teufel das denn heißen soll‹, hatte er ihnen geantwortet, daß sie das in diesem Stadium seiner Meinung nach nicht zu wissen brauchten.

Trotzdem – er hatte das unbestimmte Gefühl, daß es nicht mehr lange dauern sollte, bis er alles erfuhr. Über den Hof des Palastes kamen drei Männer geradewegs auf ihn zu. Allen voran stampfte eine vierschrötige Gestalt mit kurzgeschorenem Schädel: Thatarr – ihn erkannte er sofort. Am Schluß des Trios ein Mann, der alt und gebrechlich wirkte, so dünn wie ein Strich in der Landschaft – selbst eine mehrtägige Mastkur hätte die Spuren der jahrelangen Vernachlässigung kaum verwischen können, von denen Zhorrothustras Körper gezeichnet war. Und in der Mitte … Als Schikaneder die hochgewachsene, dünne, schwarzgekleidete Gestalt sah, die mit höhnischem Grinsen Thatarrs rasierten Hinterkopf anstarrte, lief ihm ein eiskalter Schauer durch Mark und Bein: Fisk! Er traute seinen Augen nicht. Nach all den Jahren und nach wie vor von der Todesstrafe bedroht (wie er meinte) – mit jedem anderen hätte er in Cranachan gerechnet, nur nicht mit Fisk. Zumindest nicht lebend. Und schon gar nicht in Gesellschaft von Thatarr. Sein Gehirn schlug Blasen, Fragen über Fragen schossen ihm durch den Kopf und wollten beantwortet werden. Doch im Augenblick mußten alle Fragen zurückgestellt werden.

»Truppe einsatzbereit und vollzählig angetreten!« brüllte Schikaneder und salutierte forsch.

»Ausgezeichnet.« Thatarr, der oberste Kriegsherr, salutierte ebenfalls. Fisk sah feixend über die Schulter. Schikaneder versuchte, ihn nicht zu beachten. Er drehte sich um und schritt auf seine Männer zu, die seitlich von Thatarr angetreten waren.

»Eine Frage, Kommandant: Was will *der* denn hier?« flüsterte er und deutete mit dem Daumen hinter sich.

»Du wirst dich daran gewöhnen müssen. Er kommt mit uns.«

»Was?«

»Du hast richtig verstanden. Er hat uns ein Angebot gemacht, das wir nicht ablehnen konnten.« Thatarr senkte die Stimme und fauchte zähneknirschend: »Paß genau auf ihn auf! Behalt ihn im Auge wie eine Amorettische Giftschleiche! Und wenn er auch nur um eine Haaresbreite aus der Reihe tanzt, dann – operieren! Sofort! Irgendeinen Teil seiner Anatomie, jeden, der dir geeignet erscheint! Das ist ein Befehl, verstanden?«

»Verstanden, Kommandant. Irgendwelche genaueren Vorschläge, Kommandant? Irgendwelche besonderen Wünsche?«

»Das überlaß ich deiner Phantasie. Allerdings ... Ich möchte das Risiko ausgeschlossen wissen, daß es eines Tages irgendwelche Nachkommen von ihm geben könnte. Habe ich mich klar genug ausgedrückt?«

Schikaneder lächelte böse und wetzte im Geist mehrere große Messer. »Hundertprozentig, Kommandant. Vollkommen klar!«

»Ausgezeichnet, Hauptmann. Genauere Anweisungen später. Und jetzt« – Thatarr sprach wieder so laut, daß alle ihn hören konnten – »ruf deine Männer zum Abmarsch!«

Schikaneder vibrierte vor Begeisterung beim Klang dieser Worte und gab den Marschbefehl. Nach wenigen Augenblicken ritt (ohne größere Abschiedszeremonie, ohne Tusch und Fanfarenklang und ohne daß ihnen eine zurückbleibende Menschenmenge bewundernd zugewunken hätte) die kleine Truppe der berittenen cranachischen Reichsgeheimpolizei durch ein Seitentor zum Palast hinaus und machte sich in Begleitung von Thatarr, Fisk und Zhorrothustra auf den Weg in die Berge, nach Losa Llamas.

Courgette war sich ganz sicher: Es waren schlechte Nachrichten! Sie zerrte nervös an ihrem Lederarmband und beobachtete, wie Apathos in den Haaren herumfummelte und Praxx etwas erklärte. Der untersetzte Mann ließ die Schultern hängen, die Falten auf seiner Stirn vertieften sich. Apathos stand auf, entschuldigte sich und verließ das Zimmer. Praxx ließ den Kopf in die Hände sinken.

»Schlechte Nachrichten?« fragte Courgette.

»Ich hatte recht«, sagte Praxx. »Es ist so, wie ich befürchtet habe.« Er war bleich.

»Was heißt ›Ich hatte recht‹?«

Statt einer Antwort murmelte Praxx ein, zwei Instruktionen und stellte die Kristallkugel wieder auf Bildempfang ein. »Ich denke, das wird deine Fragen beantworten.«

Die Kugel zeigte eine Aufnahme aus dem Innern eines wütenden Schneesturms. Allmählich tauchten flimmernd die Konturen von Bergen aus dem visuellen weißen Rauschen auf, hellten auf, wurden detailgenauer – die Berge erwiesen sich als eine Gruppe von vierundzwanzig Reitern. Die Gruppe ritt in aufgelockerter Formation, am Schluß stapften Lastpferde, die schwer an dem Gewicht der Reiter und der Waffen schleppten, die ihnen aufgepackt waren. Firkin schluckte, als eine Axtklinge, die einen Meter breit war, im kalten Sonnenlicht aufblitzte. Der Bildausschnitt wanderte in geringer Höhe über den Trupp; die Waffen, die die Reiter mit sich führten, waren jetzt deutlich zu sehen. Ängstlich und verwirrt verfolgten die Kinder die Aufzeichnung. Vierundzwanzig bis an die Zähne bewaffnete Reiter, die wer-weiß-wohin unterwegs waren, das war ein Anblick, der furchterregend war und unter die Haut ging. Doch eigentlich – mit ihnen hatte das, soweit sie sahen, nichts zu tun. Der Linser zog über die Spitze der Kolonne, schwenkte nach links und sauste auf dem Rückweg über sie hinweg. Die Kinder taumelten leicht, als das Bild vor ihnen in Bewegung geriet.

»Ich habe euch doch von Zhorrothustra erzählt«, brach Praxx das gebannte Schweigen. »Das ist er. Da, auf dem zweiten Pferd.«

Hogshead lächelte. »Sie haben ihn also gefunden. Wunderbar, dann ist ja alles in …« Weiter kam er nicht. Hinter Zhorrothustra war ein verschlagen grinsendes Gesicht aufgetaucht, eine Hakennase, eine lederne schwarze Augenklappe … Hogsheads Mundwinkel rutschten nach unten, so blitzschnell, als hätte ihn eben jemand ganz fürchterlich zusammengestaucht.

»Was? Warum?« stotterte Firkin fassungslos.

»Ich hatte recht«, murmelte Praxx. »Kennt ihr ihn?«

»Wo ist er?« wollte Firkin wissen. »Man muß ihn festnehmen.«

»Das ist leider nicht möglich«, erklärte Praxx. »Seht doch, mit wem er jetzt Umgang hat: Cranachan unterstützt ihn.«

Courgette sah es wie in einer Rückblende vor sich: Fisk, damals Swinehunt, hatte sie in die Folterkammer von Schloß werfen lassen, hatte *sie* der Spionage für Cranachan bezichtigt und wollte sie hinrichten. »Wohin will er?« Ihre Stimme zitterte, Courgette konnte die Wut, die sie gepackt hatte, nur mit Mühe unterdrücken. »Wen hat er sich jetzt als Opfer gewählt? Wessen Leben will er jetzt zerstören?«

Praxx holte Luft. »Er überquert die Krapathen. Er ist auf dem Weg hierher.«

Ein Schwarm aufgeregter Fragen flatterte auf und schwirrte Praxx um den Kopf, wie Motten in einer Sommernacht um eine Kerze gaukeln. *Was um Isolons willen hat er vor …? Warum will er hierher …? Woher hat er …? Seit wann …?* Die Flügel ihrer Fragen flatterten und schlugen aufgeregt und wild. Genauso aufgeregt und wild, wie auch die Fragesteller selbst flatterten und zappelten.

»Er will sich die Ultimative Abschreckungswaffe holen.« Praxx sprach mit der Stimme eines Weltuntergangspropheten. »Er will sie alle als Mittel für seine Zwecke, für die Verwirklichung seiner finsteren Pläne einsetzen.«

»Alle?« fragten Firkin und Hogshead wie aus einem Mund.

»Alle. Wir haben mehrere geschaffen. Wir wußten nicht, was wir taten. Wenn sie in die falschen Hände gelangen, kann nichts in der Welt sie aufhalten.«

Praxx' spielte mit dem Einstellknopf an der Kristallkugel, die Falten auf seiner Stirn wurden tiefer und tiefer. Das Bild zeigte eine dunkle Kammer, groß wie ein Saal.

Riesige Amphibien planschten planlos und böswillig in einem dunkelgrünen Tümpel. An den Spitzen der feuchtglänzenden Schwimmflossen saßen wie Sensenblätter gebogene gewaltige Klauen; die Ränder der gigantischen Mäuler waren mit Zahnreihen besetzt. Obwohl das Bild kaum zehn Zentimeter breit war, vermittelte es spürbar die dumpfbrütende Atmosphäre skrupellos gewalttätiger Macht.

»Würg«, machte Dawn. »Was sind das denn für Scheußlichkeiten?«

»Die Kriegsfrösche. *Rana Militaria*«, flüsterte Praxx.

»Und die will er sich holen?« fragte Firkin.

»Da bin ich mir ganz sicher. Er hat sich Zhorrothustra geholt und kommt jetzt hierher.«

»Sie müssen ihn aufhalten!« schrie Firkin.

»Wie? Unser Abwehrsystem ist nutzlos, wenn eine ganze Armee anrückt; für diesen Zweck ist es nicht konstruiert. Außerdem kennt Zhorrothustra alle unsere Verteidigungsanlagen. Wir brauchen ...«

»Aber irgendeine Möglichkeit muß es doch geben«, fiel ihm Firkin ins Wort.

»Sind sind doch ein Zauberer«, flehte Hogshead. »Sie kennen doch bestimmt irgendeinen Zauber, mit dem Sie sich verteidigen können!«

»Natürlich. Nur ... in diesem Fall hilft uns das nichts. Wenn wir uns wehren, setzen sie nur noch stärkere Angriffswaffen ein. Auch wenn wir die erste Angriffswelle zurückschlagen könnten, wären wir nicht sicher. Je mehr wir uns verteidigen, um so wichtiger werden die Frösche für sie. Kämpfen ist sinnlos. Was wir tun müssen ...«

»Sie wollen also die Cranachier einfach einmarschieren lassen und zusehen, wie sie sich bedienen? Eine phantastische Strategie! Vogel-Strauß-Politik oder wie?« fuhr ihn Firkin an. Sein Gesicht glühte vor ohnmächtigem Zorn.

»Was heißt Vogel Strauß ...?« wollte Dawn wissen. Keiner hörte sie.

»Moment mal«, sagte Courgette. »Möglicherweise bin ich ja blöd, aber vielleicht hab ich ja nur was überhört...? Sie haben eine Verteidigungswaffe erfunden, konstruiert, hervorgezaubert oder wie immer man es nennen will, die mächtiger ist als alles, was in der Geschichte der Kriegsführung jemals zum Einsatz gekommen ist – hab ich das richtig verstanden?«

Praxx nickte. Es sah beinahe so aus, als wäre es ihm peinlich.

»So mächtig, daß die Cranachier sogar einen Krieg und den Verlust von Menschenleben riskieren, um an sie heranzukommen?«

»Ja. Aber...«

»Wenn Sie schon eine so hervorragende Verteidigungswaffe besitzen, dann können Sie sie doch gegen die Cranachier einsetzen!«

Praxx wurde von panischem Schrecken erfaßt, sein Gesicht wurde noch bleicher, als es schon gewesen war. »Nein!!!« schrie er. »Das wäre viel zu gefährlich, das dürfen wir keinesfalls riskieren. Die Frösche sind Zhorrothustras Kinderchen, sie gehorchen ihm aufs Wort! Unvorstellbar, was dann geschähe. Das wäre Selbstmord! Nein!!! Es gibt nur eine Möglichkeit: Wir müssen verhindern, daß die Cranachier hierherkommen. Und deshalb müssen wir folgendermaßen...«

»Wir sind verloren! Dem Untergang geweiht!« schrie Hogshead auf.

»Sie könnten doch das machen«, sagte Dawn seelenruhig, »was Sie mit Firkin gemacht haben.«

Praxx' Gesichtsausdruck veränderte sich, er schien erleichtert. »Das wollte ich doch die ganze Zeit schon...«

»Natürlich!« schrie Hogshead. »Warum tuen Sie nicht das?«

Courgette runzelte die Stirn, sie hatte die Augen geschlossen und war tief in Gedanken versunken. Praxx beobachtete gebannt, daß sie imaginäre Linien auf die Tischplatte zeichnete, die sich zu Schleifen und Kreisen schlossen. Dann blickte sie langsam auf und starrte den dicklichen Thaumturgen wütend an. »Ich verstehe das nicht. Ich kann einfach nicht glauben, daß Sie wirklich abwarten wollen, bis die Cranachier hier eingedrungen sind. Und daß Sie dann, nachdem Sie beobachtet haben, auf welche Weise der Feind angreift – daß Sie dann Ihren Deja-Moi-Trick anwenden und vor dem zweiten Anmarsch in der ganzen Gegend Hinterhalte legen wollen.«

Praxx war sichtbar beeindruckt. »Wenn das möglich wäre, würden wir es so machen. Aber das ist viel zu riskant. Wie ich schon sagte: Ein Ereignis muß stattgefunden haben, bevor es durch ein Deja-Moi-Feld beeinflußt werden kann. Anders ist es nicht möglich. Wenn die Cranachier hier eintreffen, werden sie als erstes das Thaumatron zerstören. Zhorrothustra hat sie bestimmt über alles aufgeklärt. Und ohne Thaumatron sind wir vollkommen wehrlos.«

»Danach wäre alles zu spät, oder? Das heißt also, Sie wollen gar keine zweite Chance«, sagte Firkin.

Praxx nickte bedächtig.

»Versteht ihr allmählich, warum wir eure Hilfe brauchen?« fragte er. »Kommt mit! Ich will euch etwas zeigen. Vielleicht könnt ihr die ganze Sache dann ein bißchen besser verstehen.«

Mit rauchenden Köpfen folgten ihm die vier, ihre Gedanken überschlugen sich, kreiselten und wirbelten wie die Flügel von Windmühlen in einem Orkan. Sie versuchten, wenigstens einen Teil von dem zu verarbeiten, was sie gerade erfahren hatten. Praxx führte sie aus dem Zimmer, durch enge hallende Korridore mehrere hundert Meter tief unter die Erde.

Noch bevor sich die schweren armierten Tore vor ihnen auftaten und den Blick freigaben auf die höhlenartige Halle, in der das Thaumatron stand, spürten sie es. Spürten es eher, als daß sie es hörten: das pulsierende Vibrieren starkthaumarer Teilchen, die mit hoher Geschwindigkeit ein magikinetisches Feld bildeten. Die Luft selbst war geladen, jede Bewegung in diesem Raum erzeugte einen Wirbel winziger blitzender Fünkchen. Sie gingen über metallene Gitterroste, durch die sie in die Etage tief unter sich sahen – es war ein überwältigender Ausblick.

Das Thaumatron füllte die Höhle beinahe vollständig aus. Es sah aus wie der verschlungen und verwickelt konstruierte Unterbau einer Brücke. Die Anlage pulste und vibrierte im Takt des Energiestroms, der durch sie hindurchfloß.

Stumm und von ehrfürchtigem Staunen ergriffen, starrten die Kinder die Anlage an. Praxx hatte große Mühe, das dröhnende Brummen zu überschreien.

»Das Thaumatron!« brüllte er. »Vor vielen Jahren gebaut – der Energielieferant für unsere Experimente und Tests. Kann bis zu fünfundzwanzig Gigathaum produzieren. Üblicherweise brauchen wir aber nur eine Leistung zwischen zehn und zwölf. Verlören wir es, wären wir vollkommen hilf- und schutzlos. Absolut wehrlos.«

»Wie funktioniert es?« schrie Hogshead. Das Brummen war ohrenbetäubend.

»In etwa so wie ein magischer Ring. Nur größer. Einige natürliche Substanzen sind mit magischen Feldern verbunden, bei anderen können sie induziert werden. Wenn du sie in der entsprechenden Weise anordnest und ein wenig Elementarenergie zuführst, stellst du ein positives Feedback her, und schon hast du dein eigenes Thaumatron. Nun ja, ein bißchen mehr gehört natürlich schon noch dazu: Dinge wie Dämpfungswiderstände, Absorptionsvorrichtungen, um im Fall von Überspannung das Durchschmelzen zu verhindern, und dergleichen. Aber sonst – eigentlich ganz simpel.«

Hogshead war fasziniert. Courgette ging der Krach auf die Nerven. Dawn steckte sich die Finger in die Ohren und zog eine Schnute.

»Wenn es den Cranachiern in die Hände fällt, haben

wir keine Möglichkeit mehr, sie aufzuhalten. Und deshalb brauchen wir euch. Irgendwo in eurer Vergangenheit gibt es einen Zeitpunkt, einen Vorfall, eine zufällige Begegnung oder eine Frage, die – wäre sie anders gestellt worden – alles, was jetzt geschieht, verhindert hätte… einen Schicksalsknoten, der einen gehörigen Tritt braucht.«

»Was?« schrie Firkin. »Wollen Sie etwa behaupten, daß *wir* an allem schuld sind?«

»Nein!« brüllte Praxx. »Ich will damit nur sagen, daß ihr den Schlüssel zur Lösung des Problems besitzt. Ihr seid das Bindeglied zur Vergangenheit, das uns fehlt.«

»Einer von uns? Aber wie? Was haben wir getan?« schrie Courgette, die allmählich und noch sehr verschwommen eine leise Ahnung bekam, was das bedeuten konnte. Die Milch der frommen Denkungsart stockte und wurde zur sauren Suppe der vagen Erkenntnis.

»Es kann alles mögliche sein«, antwortete Praxx. »Vielleicht seid ihr irgendwann mal falsch abgebogen. Oder wart an einer Stelle, wo ihr schon ein bißchen früher hättet sein sollen. Oder erst ein bißchen später. Wir müssen lediglich herausfinden, wo ihr was gemacht habt, welches Ereignis es war, das alles ausgelöst hat. Und dann… ein bißchen stupsen!«

»Ach! Sonst nichts? Aber das ist doch unmöglich!« schimpfte Firkin.

»Nein, nicht unmöglich. Nur äußerst unwahrscheinlich. Das einzige, was die Angelegenheit tatsächlich ein wenig problematisch macht, ist die Tatsache, daß wir nur drei Tage Zeit haben, um die Verbindung zu Fisk in eurer Vergangenheit herauszufinden. Kommt schon.«

Drei Tage, um das Atom einer Nadel in einer Million Heuhaufen zu finden…! Logo – kein Problem!

Dawn zupfte Firkin heimlich am Ärmel und flüsterte: »Wer ist eigentlich Fisk?«

Firkin zuckte die Achseln. »Keine Ahnung.«

»Sag mal – frierst du eigentlich nicht?« fragte Schikaneder. Die berittene cranachische Reichsgeheimpolizei war auf ihrem Marsch auf den Höhen des Foh-Passes angekommen, und der heulende Nordwind schleuderte ihnen Schneeregen und Hagelkörner entgegen. Der Winter stand kurz bevor und nutzte die erste Gelegenheit weidlich aus, einmal wieder richtig draufzuhauen. Schmorr Gaschbord hielt ihm ungerührt Brust und Arme hin – beide beeindruckend mächtig und beide nackt.

Der hünenhafte Nordmann warf die blonden Haare zurück und lachte in den fauchenden Wind. »Ik byn gebore åuf eyne Isscholle mitte yn dy angstarktiske Mitvynter. Myn Moedder vår do yn Eynsazz.«

»Pah!« schrie Kholin der Barbar. »Meine Mutter hat mich in einer Höhle mitten in den Amorettischen Bergen zur Welt gebracht – um uns rum eine Brut von fünfhundert Giftschleichen!«

»O mein Thor!« meldete sich jetzt auch Bhoerrnie. »Myn Moedder yst dry Woche for myne Geburt gestorbe. Ik håv ålles ållein gemåkt! Sobåld ik konnte kråbbel, håv ik mit dy Whålrosse gekämpft, und sobåld ik konnte gehen, mit dy Isbaeren!«

Beim Gedanken an die guten alten Zeiten richteten die drei riesenhaften Krieger den Blick wehmütig in weite Fernen.

»... wenn ik dås dy Kinderen erzähl«, sagte Schmorr, »dann glåuben sie mich nit.«

Rauhes Lachen schallte über die Paßhöhe, die berittene Geheimpolizei verschwand hinter dem Horizont und war vom befestigten cranachischen Reichspalast aus nicht mehr zu sehen. Von jetzt an ritten sie nur noch bergab – den ganzen Weg bis nach Losa Llamas.

»Geschieht das alles wirklich und tatsächlich?« fragte Firkin. Die Kinder waren allein; Praxx hatte sich verabschiedet, um ›ein paar Dinge zu klären‹. Courgette war sich nicht ganz sicher, ob ausgerechnet Praxx der richtige Mann dafür war.

»Doch, doch«, beteuerte Courgette. »Meine Schulter ist der beste Beweis dafür.« Auf ihrem Rücken war ein dunkler Fleck zu sehen: getrocknetes Blut.

»Ist sie wieder in Ordnung?« fragte Hogshead.

»Ich werd's überleben. Vorausgesetzt, es überlebt überhaupt jemand von uns.«

»Na, na! Das glaubst du doch nicht wirklich, oder?« knurrte sie Firkin an. »Wir verschwenden hier nur Zeit. Mit unserer Suche sind wir immer noch nicht weitergekommen. Oder hast du etwa schon vergessen, daß wir eigentlich König Kharthezsh suchen wollten?«

Hogshead funkelte Firkin wütend an. Ihm gefiel der Ton nicht, den sich Firkin Courgette gegenüber herausnahm.

»Ich habe das nicht vergessen«, sagte sie ruhig. »Und was das andere angeht: Doch, ich glaube es. Wißt ihr, was das hier ist?« Sie wedelte mit einem rot und weiß getüpfelten Kopftuch und zeigte ihnen zwei große goldene Ohrringe, die sie von einem Regal genommen hatte.

Firkin und Hogshead starrten sie begriffsstutzig an. Dawn wußte sofort, worum es sich handelte.

»Gib uns einen Tip!« bat Hogshead.

»Guldenburg.«

»Ich weiß es, ich weiß es«, wisperte Dawn aufgeregt.

Die beiden Jungen kamen immer noch nicht dahinter.

»Omama Tini«, sagte Courgette sarkastisch.

»Ah ja, ich erinnere mich«, sagte Hogshead. »Aber was willst du damit?«

»Ihr habt doch gesehen, wo ich sie herhabe! Muß ich es euch erst noch vorbuchstabieren?«

Dawn nickte hochnäsig.

»Praxx *ist* Omama Tini!«

»Jetzt mach aber mal langsam«, begehrte Firkin auf.

Courgette wäre ihm beinahe an die Gurgel gegangen.

»Wer hat dir denn die Landkarte gegeben? Wie ist es gekommen, daß wir gerade hier gelandet sind? Und woher weiß Praxx, daß wir von Guldenburg kommen? Es hat ihm keiner gesagt! Und hast du schon jemals eine Frau gesehen, die so haarige Arme hatte und dringend eine Rasur nötig gehabt hätte?«

»Na meinetwegen. Vielleicht verkleidet er sich eben von Zeit zu Zeit gern als Wahrsagerin? Wenn's ihm Spaß macht ...«

»Und warum?« Courgette ließ nicht locker. »Warum treibt er einen solchen Aufwand, damit wir auch ganz bestimmt hierher kommen?« Firkin zuckte die Achseln. »Ich werd's dir sagen«, sprach Courgette weiter, die jetzt richtig in Fahrt war. »Weil uns *tatsächlich* irgend etwas in unserer Vergangenheit mit den Cranachiern verbindet. Wir müssen nur herausfinden, was.«

Die vier sahen sich an.

»Und wie?« fragte Hogshead, nachdem sie für eine ganze Weile geschwiegen hatten. Firkin und Dawn zuckten mit den Schultern und blickten Courgette an.

»Was schaut ihr mich an? Warum fragt ihr mich?«

»Weil du bis jetzt alles rausgekriegt hast.« Hogshead grinste einfältig.

»Pah!« grunzte sie und verschränkte die Arme. Bleiernes Schweigen herrschte; Courgette machte ihre ersten Erfahrungen mit praktizierter Demokratie. Sie mußte sich daran gewöhnen: Schnauze siegt.

»Also gut«, sagte sie schließlich, als sie die erwartungsvolle Stille nicht mehr aushielt. »Halten wir zunächst einmal fest, was wir bis jetzt herausgefunden haben.« Es sah ganz so aus, als sei die Lektüre der Krimis aus der Schloßbibliothek Isolon nicht umsonst gewesen. »Machen wir eine nüchterne Bestandsaufnahme ...«

»Und Sie sind sicher, daß das funktioniert?« Firkin war aufgeregt. Er stand in einem Pentagon, das mit Kreidestrichen auf den Boden gekrakelt war.

»Tja nun – ich habe es schon ewig nicht mehr mit einem nichtegozentrierten Deja-Moi-Feld versucht... Aber eigentlich dürfte nichts schiefgehen.« Praxx lächelte aufmunternd.

»Soll das heißen, Sie kommen nicht mit?« Hogshead nahm sich ein Beispiel an seinem Freund Firkin und wurde scheußlich aufgeregt.

»Auf gar keinen Fall! Ich muß unbedingt hierbleiben. Wenn möglicherweise etwas... äh... sich ändert.« Das aufmunternde Lächeln schrumpelte ein und stürzte wie ein Roter Riese zu einem Schwarzen Loch zusammen.

»Ich gehe«, erklärte Courgette begeistert.

»Nein, du nicht. Das wäre zu gefährlich für dich«, sagte Praxx bestimmt.

»Typisch. Ich darf nie etwas Aufregendes machen«, grummelte Courgette. »Nur weil ich'n Mädchen bin. Ist doch so!«

»Nein. Es ist wegen deiner Schulter. Sie muß erst ganz ausheilen.«

»Pah!« Ihre Augenbrauen ringelten sich und bildeten dann ein sehr spitzwinkliges V.

Plötzlich flog die Tür auf, und ein weiterer Thaumaturgischer Physiker platzte schwer keuchend ins Zimmer.

»Alles klar mit dem Thaumatron. Läuft heute wie verrückt«, meldete Apathos. »Geh aber nicht höher als einundzwanzig Gigathaum. Wär möglich, daß es das nicht aushält.«

»Klingt gut.« Praxx verglich die Tabellen mit den Werten der zeitbedingten Blauverschiebung mit der Grienietzsch-Konstante. »Zwanzig müßten eigentlich reichen. Maximum.« Innerlich legte er die Finger über Kreuz, stäubte sich mehrere Pfund Salz über die Schulter und warf ein kleineres Vermögen an Glückspfennigen in etwa hundert Brunnen.

Firkin sah Hogshead ängstlich an. Er fragte sich, wie es wohl sein mochte, wenn man vierzehn Jahre zurückreiste. Befürchtungen, Vorahnungen, Sorgen: Alles mögliche schoß ihm durch den Kopf und schlug ihm schwer auf den Magen. Ihr Plan ... es hatte sich alles so gut angehört, als Courgette ihn erläutert hatte. Aber jetzt, da es an die Ausführung ging, jetzt war er sich diesbezüglich nicht mehr so ganz sicher. Leider hatten sie bei ihrer Abmachung nicht daran gedacht, auch die eine oder andere Rücktrittsklausel zu formulieren.

Ein tiefes Brummen, das pulsende Summen der Energie, erfüllte den Raum. Praxx vergewisserte noch einmal, daß alle Zahlen, alle Korrekturen und die SMPTE-Dislokationskoeffizienten korrekt waren, drehte sich dann zu Apathos um und sagte mit bemüht unbeschwertem Tonfall: »Also dann: Schieß los!«

Apathos nickte. Er wischte sich eine Haarsträhne aus den Augen, stellte sich vor eine kleine Luke in der Wand und führte eine Reihe komplizierter Handbewegungen aus. Dann kontrollierte er noch einmal die Position von allen im Raum Anwesenden, machte eine abschließende fahrige Handbewegung und warf sich auf den Boden. Nicht gerade sehr ermutigend, fand Firkin. Plötzlich war der Raum in ein blendendhelles blaues Licht getaucht: Pure thaumare Energie blitzte aus der Wandöffnung und schlug ins untere Ende von Praxx' Wirbelsäule ein. Blieb züngelnd dort stehen, verband ihn mit der Wand und sprühte und zischte wie eine Kobra auf einem glühenden Grillrost. Fünfzehn Gigathaum.

»WHHOOOOOUUUIIIIIHHH!« schrie Praxx und rüttelte und schüttelte sich wild. Von jedem Punkt seines Körpers sprühte ein himmelblauer Funkenregen ab, sein Mantel bauschte und blähte sich auf, sein Haar – auch sonst schon strubbelig und zerzaust – peitschte und verzwirnte sich wie eine Hydra in einem Orkan. Das Weiße in seinen Augen verfärbte sich blau, wie winzige Saphire stoben Funken aus den Pupillen. Seine Füße schwebten einen halben Zentimeter über dem Boden. Es war ein phantastischer Anblick; es sah beinahe so aus, als besäße jedes Teilchen seines Körpers eine Ladung, die gegensätzlich zu allen anderen Teilchen wirkte – weshalb jedes Teilchen versuchte, so weit wie möglich vom anderen abzurücken. Ähnliches wäre vermutlich zu beobachten, wenn man einen Platzregen abwarten würde und dann die fünfzehn Millionen Kilowatt starke Arbeitsleistung eines großen Elektrizitätswerks mit einer gereizten blauhaarigen Perserkatze kurzschlösse.

»OUUUWAUUUHHH!« Praxx sprühte, prasselte und vibrierte lautstark im Energierausch. Er strich sich das Haar zurück (es zischte, Funken flogen und flitzten bis an die Decke), streckte die Arme aus und knackte explosionsartig mit den Fingern. Er wirkte wie ein wahnsinniger Dirigent, den die elektrisierende, spannungsgeladene Atmosphäre einer Welturaufführung überwältigt hatte – ein befremdlicher, aber letztendlich nicht unbedingt unzutreffender Eindruck.

Praxx, der immer noch einen halben Zentimeter über dem Boden schwebte, versuchte angestrengt, die saphirblauen Augen auf Firkin und Hogshead zu richten. Die zischende durchscheinend blaue Schlange der thaumaren Energie stieß und schnappte und hörte nicht auf, ihm ihre fünfzehn Gigathaum Ladung ins Kreuz zu jagen. Langsam und zittrig, so als müßte er gegen einen massiven Widerstand ankämpfen, zeigte Praxx auf die Spitze des Pentagons. Ein deutlich hörbarer Knall signalisierte, daß der Kontakt geschlossen war – die Kreidestriche entzündeten sich, blaues Feuer flackerte auf. Hogshead kreischte. Firkin beobachtete jeden Vorgang. Er spürte, wie sich sein Haar selbsttätig bewegte. Praxx fing an, wunderliche Texte zu rezitieren. Siebzehn Gigathaum. Hogshead strengte sich bis zum äußersten an, um die Rezitation zu verstehen – das ununterbrochene Brummen und die knatternden Funkensalven störte beinahe jede Phrase. Praxx stieß klagende Laute aus, das Summen wurde stärker, der Abstand zwischen seinen

Füßen und dem Boden größer. 18,5 Gigathaum. Das pochende Vibrieren wurde unerträglich. Praxx' Stimme stieg in kratzenden Halbtonintervallen auf, wurde mit jedem Schritt auf dieser katatonische Zustände erzeugenden Tonleiter lauter.

20,08 Gigathaum.

Firkin und Hogshead waren in einen Schwarm thaumarer blauer Moskitos eingehüllt, waren kaum mehr zu sehen und waren doch immer noch unverändert in der Gegenwart gegenwärtig. Apathos blickte über die leuchtenden Runenskalen, kontrollierte die Thaumostatanzeige und schrak zusammen: Die goldenleuchtende Anzeige wurde erst rot, dann schwarz, und schließlich erloschen einen entsetzlichen Augenblick lang alle Lichter. Apathos starrte wie gelähmt auf den Thaumostat.

21,5 Gigathaum.

Schneller, schneller, schneller! Panischer Schrecken hatte ihn erfaßt. *Mehr hält das Ding nicht aus!*

22,2 Giagthaum.

Funken sprühten aus Praxx' Augen, er starrte die Jungen an, klatschte krachend und funkenstiebend in die Hände und ... Firkin und Hogshead waren verschwunden.

Apathos gestikulierte, dann war auch die thaumare Schlange verschwunden. Die plötzliche Stille war beinahe noch weniger auszuhalten als der katastrophale Lärm, der eben noch geherrscht hatte. Praxx fiel auf die Knie und keuchte vor Erschöpfung.

Apathos blickte schuldbewußt auf den Thaumostat und die Runenskalen und fragte sich besorgt, ob auch wirklich alles gut verlaufen werde. Hatte er es sich nur eingebildet, oder hatte, eine Millisekunde bevor die Jungen verschwanden, die chronoperatische Flußdichte wirklich übermäßig geflattert? War da eine Spule durchgebrannt? Und wenn schon – das hätte keine Bedeutung. Oder doch?

Der exakte Moment, in dem es einsetzte, war erstaunlich schwierig zu bestimmen. Praxx schwebte psalmodierend und funkensprühend vor ihnen, das Brummen wurde so intensiv, daß alles, was rund um sie war, bebte und zitterte. Dann schien alles plötzlich anzuhalten, die Szenerie, die sie vor Augen hatten, wirkte, als wäre sie etwas in die Ferne gerückt und nicht wirklich ›da‹. Erst nach ein paar Augenblicken konnte man feststellen, daß etwas geschehen war. Praxx' Rezitation hörte sich nach wie vor wie Wischiwaschi an – es hätte genausogut aber auch Waschiwischi sein können. Und plötzlich hörte er auf zu rezitieren. Dann hörte er auf zu leuchten. Apathos sauste rückwärts aus dem Raum, alles strömte von ihnen weg, als würden sie durch eine enge Tunnelpassage gezogen, in der die Ereignisse in umgekehrter Richtung abliefen. Es war, als würden sie fallen, immer schneller und schneller fallen und sich von allem losreißen, was ihnen vertraut war. Das mit Schnellfeuergeschwindigkeit rückwarts spulende Geplapper von Erinnerungsbruchstücken verwandelte sich in einen ununterbrochenen Strom hoher schriller Schallfetzen – es klang wie das Ferngespräch mit einer Fledermaus mit Sprachfehler. Firkin war himmelangst, die sausende Fahrt schien kein Ende zu nehmen. Sie ging weiter und immer weiter zurück durch die Archive der Zeit, schloß sie auf, entfaltete und öffnete sie. Legte Erinnerungen frei, die Firkin lieber vergessen hätte, schälte Zeitschicht um Zeitschicht ab und enthüllte Bilder, die er nie wieder hatte sehen wollen. Leichen im Keller erwachten erneut zum Leben. Es war eine Irrfahrt durch die Nebenstraßen des fast schon Vergessenen, durch die dichten Wälder der lange zurückliegenden Erlebnisse.

Doch plötzlich, als hätte das Gefährt, in dem sie saßen, eine Mauer gerammt, war die Fahrt zu Ende. Eine Tischplatte raste auf sein Gesicht zu, er sah Licht, Pergamente, sah alles nur flüchtig. Und dann … Blackout.

VI

METAMORPHOSE

»Gibbsse mia nochn Doppltn?« nuschelte der Mann, schob sein Glas über die Theke und kramte in den Taschen seines speckigen Mantels nach dem nötigen Kleingeld. Die Bardame schenkte einen Doppelten ein und lächelte, wie es sich gebühre. Dann reichte sie ihm das Glas und nahm das Geld.

»Ddd... Ress isss füa... Hicks... füa dich, Schässschen«, lallte er, wankte bedenklich und torkelte in eine der abgeschiedeneren Ecken in seiner Stammtankstelle. Er verbrachte einen großen Teil seiner Zeit im alkoholgesättigten Interieur der *Sauren Gurke*. Und sperrte die Ohren auf... Denn eines Tages, davon war Turgg Enjeff überzeugt, eines Tages würde irgend jemand eine Bemerkung fallen lassen, eine Information von außerordentlicher Bedeutung, die ihm endlich zu dem verhalf, was Ziel und Inhalt seines Lebens war: zum großen Knüller. In irgendeinem unbedachten Augenblick würde diese wertvolle Information dem Mund eines betrunkenen Geschäftsmanns entschlüpfen, vielleicht auch dem Mund eines Mitglieds der cranachischen Geheimpolizei... Und er würde da sein. Würde die Ohren offenhalten. Vorbereitet sein.

Heute abend allerdings würde es ganz bestimmt nicht passieren. Niemand von Interesse in Hörweite. Wie jeden Dienstag. Die Bude war gerammelt voll: junge Männer, die hinter allem her waren, was in einem Rock steckte; alte Männer, deren Interesse an allem, was in einem Rock steckte, schon lange durch das Interesse an dem ersetzt war, was in einer Flasche steckte; junge Frauen, die alles, was vermutlich in ihren Röcken steckte, fest unter den Schößen und Falten derselben versteckt hielten. Natürlich nur so lange, bis irgendwann einmal der richtige Interessent auftauchte, versteht sich.

Turgg Enjeff paßte das heute ganz ausgezeichnet. Er hatte eine Menge zu denken. Ihm ging einiges im Kopf herum – unter anderem ein Dutzend doppelte Schnäpse, die seinen Blutkreislauf mit vierzigprozentigem Kraftstoff ankurbelten. Er versuchte, ein bestimmtes Bruchstück einer Story in ein rätselhaftes Puzzle einzupassen, das partout nicht aufgehen wollte. Er nahm noch einen Schluck und blickte in sein kleines schwarzes Notizbuch. Im Jahre 1025 MEZ hatte er einen längeren Vermerk in dieses Buch gekritzelt. Seine Stirn furchte sich, als er jetzt angestrengt versuchte, den Sinn aus diesem Gekrakel herauszudestillieren. Damals, als er die Notiz schrieb, hatte sie einen Sinn gehabt. Jetzt war sie zum allergrößten Teil nicht mehr als ein Haufen wirrer Blödsinn.

Es lag erst ein paar Stunden zurück, da hatte er beobachtet, wie Fisk in die Bretterbude eingetreten war, die Maney Hauweck sein ›Büro‹ nannte. Turgg hatte den einen oder anderen Gesprächsfetzen aufschnappen können. Es war um den Einsatz eines Straßenbautrupps gegangen, wegen eines Bauvorhabens an der Grenze zu Isolon. Was bedeutete das? Warum setzte sich der cranachische Innenminister mit dem besten Bauingenieur von Cranachan wegen eines Bauvorhabens an der Grenze in Verbindung?

Sein sechster Sinn sagte ihm, daß das etwas mit seiner Story zu tun hatte. Auf irgendeine Weise hing es mit der Lemming-Geschichte zusammen. Aber wie? Was hatte Fisk vor?

Was immer es auch war – sein sechster Sinn sagte ihm auch, daß es ganz bestimmt nicht ganz koscher war.

Turgg Enjeff putzte sein Glas mit einem Schluck weg, stand auf, schwankte aus der *Sauren Gurke* und machte sich auf den Heimweg. Eines Tages würde er die Story knacken. Eines Tages würde er seinen Knüller haben. Eines Tages …

Vierzehn Jahre später und ein paar Tagesritte von den finsteren Seitenstraßen entfernt, durch die Turgg Enjeff torkelte, stand Praxx in einem Raum, in dem es nach Ozon roch, und rieb sich nachdenklich das Kinn. Prüfend betrachtete er die Kreidezeichnung auf dem Boden, das Pentagon, und kontrollierte die Talgkerzen. Die Sache gefiel ihm nicht. Er hatte nicht damit gerechnet, daß sich das Mienenspiel ihrer Gesichter so dramatisch ändern würde. Während der letzten Minuten hatte er die Nachbilder der Gesichter von Firkin und Hogshead vor sich gesehen, hatte sich konzentriert und sie genau studiert. Er suchte nach einer Erklärung, warum sich im Moment des Verschwindens diese Gesichter vor Entsetzen verzerrt hatten. Schock, ja: das hätte ihn nicht verwundert – schließlich erlebt man es nicht alle Tage, daß man um vierzehn Jahre in die Vergangenheit zurückgeworfen wird. Aber dieses Entsetzen, dieser tödliche Schrecken … Er hatte ein ungutes Gefühl.

Als Courgette den Ausdruck auf Praxx' Gesicht bemerkte, begann sich alles in ihrem Kopf zu drehen. Katastrophenbilder kamen ihr in den Sinn, düstere Untergangsstimmung legte sich auf ihr Gemüt, schwer und drückend wie die Rauchwolken, die über dem verglimmenden Scheiterhaufen einer Feuerbestattung hingen. Sie hielt es nicht mehr aus.

»Stimmt etwas nicht?« fragte sie.

»Äh, äh, nein, nein … alles in Ordnung.« Praxx war ein erbämlicher Lügner.

»Warum dann dieser düstere Blick?« bedrängte sie ihn. »Was haben Sie getan?«

»Ich … nichts. Ich … äh.« Er blickte von der Kreidezeichnung auf und sah sie an: »Als ich die Zauberformel sprach… ist da irgend etwas Außergewöhnliches geschehen?«

»Ha! Was wollen Sie zuerst hören? Funken. Krach. Licht. Firkin und Hogshead lösen sich in Luft auf. Aber sonst… Absolut nichts Außergewöhnliches! Keine Spur!«

Praxx suchte Apathos, doch der war verschwunden.

»Hat es irgend etwas gegeben, wo du dir gedacht hast: Das hätte nicht passieren dürfen… Lichtschwankungen oder dergleichen?«

Courgettes Augen verengten sich, sie blickte ihn argwöhnisch an: »Ja. Warum?«

»Nun ja, mir hat ihr Gesichtsausdruck nicht gefallen, kurz bevor sie verschwunden sind… Und wenn es einen Energieabfall im Defa-Moi-Feld gegeben hat…« Praxx zuckte lahm die Achseln.

»Was dann? Was ist dann mit ihnen?« schrie Courgette.

»Ich glaube nicht unbedingt, daß sie dort, wo sie sich jetzt aufhalten, in Todesgefahr sind. Es hängt eben davon ab, welcher Aspekt des Felds betroffen wurde.« Praxx rieb sich das Kinn, grübelte und murmelte vor sich hin: »… wenn allerdings ein Thaumatromdefekt Deja-Moi-Dichteschwankungen verursacht, dann…«, sinnierte der Thaumaturgische Physiker halblaut, »… wenn eine Zeitspule oder eine Schicksalsröhre durchgebrannt ist… oder der Thaumostat durchgeschmolzen…«

»Dann?« wollte Courgette wissen.

»Äh? Oh, ah ja! Wir sollten zuallerst einmal das Thaumatron überprüfen, ehe wir vorschnell irgendwelche Schlüsse ziehen«, erklärte Praxx eilig, lächelte schwach und eilte hastig aus dem kahlen Raum. Mit wehenden Rockschößen rannte er in die Halle, in der das Thaumatron stand.

Firkin wälzte sich stöhnend zur Seite. Sein Kopf pochte und hämmerte. Ein tiefes Wummern dröhnte durch seinen Schädel, so laut, als stiefelte keuchend und schnaufend eine Blaskapelle durch eine Höhle, rumorte mit Kesselpauken und Schnarrtrommeln, mit gewaltigen Tuben und schmetternden Posaunen. Er schloß die Augen. Der Boden kam in Bewegung, drehte sich wirbelnd. Undeutlich erinnerte er sich, woher seine Kopfschmerzen kamen. Licht, Pergamente, dann … Blackout.

Am Ende einer rasenden Fahrt, auf der sie rückwärts durch die Zeit gezerrt worden waren, hatten sich Hogshead und er von einer Sekunde auf die andere aus dem Nichts materialisiert, hatten einen Augenblick lang zitternd einen Meter über dem Boden gehangen, hatten geschrien, waren auf einen Tisch geknallt und dann ohnmächtig geworden. Er war sich sicher, daß es zu dem Zeitpunkt hell gewesen war.

Jetzt war das gemütliche dicke Federbett der Nacht über das Laken der Dunkelheit gebreitet, selbst in einer Tiefe von achthundert Faden unter dem Wasserspiegel des Pathetischen Ozean waren üblicherweise mehr Photonen zu finden als die wenigen, die den Schauplatz hier beleuchteten.

Wie lange lagen sie schon hier?

Hogshead grunzte. Er kämpfte mit dem übermächtigen Verlangen, die Augen fest geschlossen zu halten. Erfolglos.

Als der letzte Tubaspieler durch Firkins Kopf spurtete, spazierte ein undeutliches Gefühl der Dringlichkeit eine kleine Bühne hinauf, nahm sich eine konisch geformte Gerätschaft, hielt sie an den Mund und brüllte: »Juhu! Firkin! Hier ist dein Weckruf für 1025!«

Firkin stöhnte.

»Willst du etwa noch einmal drei Tage liegenbleiben?« schnauzte ihn die Dringlichkeit an.

Wie lange? Firkin wurde unruhig.

»Na gut: drei Stunden. Aber drei Stunden kommen

einem vor wie drei Tage, wenn man nur rumsitzen und Daumen drehen kann! Gibt schließlich nicht allzu viele verschiedene Möglichkeiten, Daumen zu drehen!« nörgelte die Dringlichkeit. »Was ist jetzt? Willst du dich nicht vielleicht mal aufschwingen und etwas unternehmen? Wir haben nicht viel Zeit!«

Wieviel Zeit? Firkin wurde zappelig.

»Nie genug! Niemals genug! Tempus fugit, wie's so heißt! Jetzt mach schon! Dalli dalli! Bißchen fix!«

Ist ja gut, ist ja gut! dachte Firkin. *Nur noch ein paar Minuten.*

»Paar Minuten! Nix da *paar Minuten!* Hat sich was mit *paar Minuten!* Jetzt mach endlich. Den letzten beißen die Hunde, wie man so sagt«, schwadronierte die Dringlichkeit und hüpfte von einem Bein aufs andere. »Kommst in Teufels Küche, wenn man dich hier erwischt! Willst du das etwa? Hmmm?«

Hogshead stöhnte. Firkin hatte ihm einen Rippenstoß gegeben, hatte sich dann am Tisch hochgezogen und stand jetzt unsicher und schwankend in der beinahe absoluten Dunkelheit. Vorsichtig tastete er auf der Tischplatte herum und suchte irgend etwas, um Licht zu machen.

»Pure Zeitverschwendung. Pure Zeitverschwendung!« raunzte die Dringlichkeit. »Trödel nicht rum! Beeilung, Beeilung! Carpe diem!«

Zwischen drei leeren Gläsern und einer angebissenen Fleischpastete fand Firkin eine Kerze. Nachdem er sich angewidert das kalte erstarrte Bratfett von den Händen gewischt hatte, zündete er sie an. Er zuckte zusammen, als ihm das Licht in die ans Dunkel gewöhnten Augen stach. Hogshead stöhnte erneut und setzte sich mühsam auf.

»Ich werd mal Schmiere stehen. Aufpassen, ob einer kommt. Schrei dann, wenn's soweit ist«, plapperte die Dringlichkeit. »Mach schnell. Keine Zeit. Tempo, Tempo, Tempo ...« Sie verschwand durch die Wand. Firkin sah sich um.

Was er sah, bestätigte ihm nur, was er sich schon bei seiner kurzen tastenden Suche zusammengereimt hatte: Das Zimmer war ein Saustall. Das schwache Kerzenlicht strengte sich gewaltig an, um die allesbeherrschende Dunkelheit zu beeindrucken, und gab sich große Mühe, die sepiafarbenen Pergamentgebirge zu erleuchten, die sich auf jener ebenen Stelle des Zimmers erhoben, die Bücher, die in schlampigen Haufen auf Tische geworfen waren, die zahllosen, eilig hingekritzelten, zerknüllten Notizzettel, die auf dem Boden lagen, aus dem Pergamentkorb quollen und mit leeren Flaschen um einen Platz auf den aschebedeckten Dielenbrettern kämpften. Wenn es zutraf, daß der Zustand einer Wohnung ein Abbild des Geisteszustands des Wohnungsinhabers war, dann mußte dieser Wohnungsinhaber davon überzeugt sein, daß er eine Kanalratte war. Verrückt. Komplett und heillos verrückt.

Ausgestattet mit einer Kerze, die in der Dunkelheit so matt schimmerte wie ein äußerst müde gewordener, erschöpfter Zitteraal, der sich durch ein schlick- und schlammverkrustetes, mit wehenden Tanggirlanden behangenes, jahrhundertealtes Schiffswrack schlängelt, kämpfte sich Firkin durch diese verwüstete Landschaft aus Pergament und Fetzen und stieß schließlich auf die einzige Stelle, an der der Versuch unternommen worden war, ein wenig Ordnung in diesem Katastrophengebiet herzustellen.

In einer finsteren Ecke lehnte eine große Wandtafel, die mit zahllosen vergilbenden Pergamentblättern behängt war. Jedes Blatt war mit Reißnägeln befestigt, und auf jedes Blatt waren ein paar Wörter gekritzelt: Namen, Fakten, Meinungen, Gerüchte. Ein Netz aus Kreidestrichen verband einen Teil dieser Pergamentzettel, markierte Querverbindungen und Folgerungen. Das Ganze sah aus, als hätte sich eine verrückte Tarantel im Spitzenklöppeln versucht.

Es gab einen Punkt in diesem Gewirr, in dem sich auffällig viele Verbindungslinien konzentrierten: ein Zettel, auf dem ein Name stand. Vier Buchstaben: F, I, S, K.

Eine Linie verband den Namen mit der Notiz ›Cranachischer Rat‹, andere verbanden ihn mit Begriffen wie ›Nötigung‹ oder ›Erpressung?‹, mit zweifelhaften Figuren, mit Gaunern, Schwindlern und Schlimmerem. Auf eines aber stieß Firkin immer wieder: Ganz gleich, welche der unzähligen Verbindungslinien er auch verfolgte, welche Namen, Fakten und Vermutungen die Spur sonst noch kreuzte – mit einem Begriff war der Name ›Fisk‹ immer verbunden: Lemminge.

Firkin fand Anmerkungen zu den Zügen und Wanderwegen der Lemminge, zum Thema Grenzstreitigkeiten zwischen Isolon und Cranachan, Verkaufsstatistiken des Vorjahres 1024 MEZ, Umsatzprognosen für das laufende Jahr 1025 MEZ... eine scheinbar unendliche Menge von Informationen zu diesem einen Stichwort.

Firkin war fasziniert. War es möglicherweise dies, weswegen sie zurückgekommen waren? War es möglicherweise *das*, woran sich Courgette erinnert hatte?

Apathos strich sich das lange braune Haar aus den Augen, strich sich über die Stirn, den Scheitel und kratzte sich nachdenklich am Kopf. Er verglich die Runenskalen mit der gewundenen Linie der Energiekurve auf dem Pergament und sagte mißbilligend: »Na, na!« Dann las er die Werte der thaumaren Flußdichte auf dem Densitometer ab, den parakosmischen Richtungsvektor, den Thaumostat und den quasikonstanten magikinetischen Beschleunigerquotienten...: alles in Ordnung. Alles, wie es sein sollte. Jetzt. Jetzt, da es keine Leistung zu erbringen hatte, lief das Thaumatron wie geschmiert. Warum es dann aber bei 21,5 Gigathaum zu diesem plötzlichen, akuten und beinahe vollständigen Absacken der Flußdichte im chronoperatischen Feld gekommen war...? Apathos hatte keine Ahnung. Er hoffte bloß, daß es keine Schicksalsröhre war. Eine

Schicksalsröhre auswechseln zu müssen, das war eine elendige Schufterei.*

Damit waren alle externen Parameter überprüft. Jetzt würde er ein wenig tiefer graben müssen. Apathos zog seinen Laborkittel an (er brummelte dabei fortwährend vor sich hin, wenn er sich überlegte, was möglicherweise alles schiefgelaufen sein konnte), nahm einen kleinen Schlüssel von einem Haken an der Wand, ging durch die

---

* Schicksalsröhren bestehen aus stark bleihaltigem Glas. Durch dieses spezielle Material sollen das Unvermeidlichkeitsfeld und die Unschärfeaura** sicher in die Röhre eingeschlossen werden. Aus diesem Grund sind die Röhren nicht nur sehr schwer und schon deshalb schwierig auszutauschen. Hinzu kommt, daß der Einschluß von Feld und Aura nie hundertprozentig gelingt. Der aussickernde Streufluß gibt dem jeweiligen Techniker unvermeidlich das erdrückende Gefühl; sein Versuch, die Röhre auszutauschen, nimmt einen Zeitraum in Anspruch, der gerade einmal drei Wochen kürzer ist als die Ewigkeit. Dazu kommt das Problem der Unschärferelation, das sich für den Techniker folgendermaßen stellt: Er kann sich nie sicher sein, ob die Sache dann wenigstens wieder funktioniert.

** Erzmagus Skroedingar, der Erfinder und Konstrukteur der Schicksalsröhre, beschrieb das Problem der Unschärfeaura folgendermaßen: ›Das Hauptproblem in der Thaumturgischen Physik liegt darin, daß magische Teilchen so klein und andererseits meine Augen so schwach sind, daß nie mit letzter Sicherheit gesagt werden kann, ob ein thaumares Ereignis tatsächlich stattgefunden hat oder nicht. Uns bleibt daher nur, singuläre, finite thaumare Ereignisse einer solchen Größenordnung zu beobachten, die hinreicht, daß jeder sie sehen kann, und sie dann unmittelbar mit dem mikroskopischen thaumaren Zerfall in Verbindung zu bringen.‹

Er schlug deshalb vor, eine Katze in einen versiegelten Behälter einzuschließen, und mit ihr ein singuläres thaumares Teilchen, einen Nanowicht, einen Hammer und eine Phiole mit Cyanid. Sobald der Nanowicht bemerkt, daß das Teilchen zerfällt, nimmt er den Hammer, zerschlägt die Phiole und tötet so die Katze. Erst wenn der Behälter geöffnet wird, kann der Beobachter feststellen, ob das Teilchen zerfallen ist – es gibt keine Möglichkeit, das vorher zu wissen. Nach Ansicht von Skroedingar befindet sich die Katze in einem unentschiedenen Zustand zwischen Leben und Tod und ist sich dem Unschärfeprinzip zufolge ihrer Zukunft so lange unsicher, bis der Behälter geöffnet wird – eine

Thaumatronhalle, schloß eine kleine Tür auf und nahm einen größeren, komplizierten Schlüssel heraus. Dann marschierte er wieder durch die Halle zurück und schloß eine andere Tür auf. In dem Raum hinter dieser Tür stand ein Podest, und auf diesem Podest mit Bleiplatten abgeschirmt, ein kleiner schwarzer Behälter: ein Behälter mit Nanowichten. Nanowichte waren mikroskopisch kleine Verwandte von Najaden und Nixen, ihre Kusinen waren Sylphen, ihre Onkel Dryaden. Sie waren aber nicht nur kleiner als ihre Verwandtschaft, sie waren vor allem technisch beinahe unvergleichlich weiter fortgeschritten. Während Najaden in den sanften Fluten der Flüsse herumtanzten, surften Nanowichte auf den berauschenden Strömen der Energie. Während Nixen in plätschernden Waldbächlein tollten, flitzten Nanowichte auf den reißenden Stromschnellen der multigigathaum-

---

ideale Möglichkeit, den Zerfall singulärer thaumarer Teilchen zu beobachten, ohne sich dabei die Augen zu verderben.

So großartig diese Theorie auch war, in der Praxis scheiterte sie vollkommen. Skroedingar hatte nicht mit der feliziden Neigung der Nanowichte gerechnet. Nanowichte waren alles andere als unvoreingenommene Beobachter: Kaum war der Behälter versiegelt, schworen sie, sich der Katze auf die denkbar einfallsreichste Art und Weise zu entledigen. Am häufigsten verwendeten sie dazu das Gift (46 Prozent). Eine andere Möglichkeit war, die Katze so lange zu verhöhnen, bis sie einen Herzanfall bekam (23 Prozent), sie mit einem Hammer erschlagen (15 Prozent), wiederholte Kollisionen mit den Wänden des Behälters herbeizuführen (12 Prozent; wobei nicht klar ist, ob diese Fälle tatsächlich auf die Nanowichte zurückzuführen sind oder ob es daran lag, daß unglücklicherweise klaustrophobische Katzen eingesetzt worden waren), andere Verfahren (2 Prozent).

Bei einer späteren verbesserten Version der Schicksalsröhre wurde die Unschärfeaura kreiert. Man setzte dabei eine ganz besonders bösartige Sorte Nanowichte ein und sperrte sie in einen Behälter, der mit einer Zeitschaltuhr ausgestattet war, die das Zerbrechen der Phiole auslöste, wodurch das Gift freigesetzt und die Nanowichte getötet wurden. Das Gefühl der Unschärfe oder Unsicherheit bezüglich des nahe bevorstehenden Todes wurde auf diese Weise verstärkt und in der Schicksalsröhre mit umwerfendem Erfolg nutzbar gemacht.

starken Induktionsfelder dahin. Und einen Nanowicht mit einem Dryaden vergleichen zu wollen, das wäre etwa so, als wolle man eine Pocketworkstation der neunzehnten Generation (sechzehn Bit, vierfach Oversampler, dialogfähig, Parallelverarbeitung) mit einem Sack voll Rechenstäben vergleichen.

Nanowichte waren die diagnostischen Werkzeuge der Thaumaturgischen Physik. Sie konnten Materie auf der Mikroquantenebene kontrollieren und neu ordnen, konnten abgenutzte Elektronen wieder aufladen, waren charmant zu seltsamen Quarks und konnten falsch verklebte Gluonen wieder lösen.

Mit äußerster Vorsicht schaltete Apathos das Schutzfeld ab und trat an den Behälter heran. Er führte ein spritzenähnliches kleines Instrument in eine Öffnung an der Oberseite ein und zog dann den Kolben zurück. Legte das Ohr an das Instrument und lauschte auf das kaum hörbare Tinitussummen. Nach wenigen Augenblicken zog er das Instrument wieder heraus, reaktivierte das Schutzfeld, legte den Schlüssel zurück und trat schließlich an eine kleine Luke am Thaumatron. In der Spritze leuchtete ein winziger verschwommener Lichtfleck. Apathos drückte auf den Kolben und sah zu, wie das Licht, das der Nanowicht verstrahlte, im Innern des riesigen Thaumatrons verschwand.

Der Nanowicht raste in den brausenden thaumaren Induktionsfluß, flitzte davon und machte sich auf die Suche nach dem Defekt; wollte ihn ausfindig machen, reparieren und alle einschlägigen Parameter adjustieren, um sicherzustellen, daß das Thaumatron von nun an wieder störungsfrei funktionierte. Das heißt: Er arbeitete ganz genau so, wie man es von einem Heinzelmännchen der hinterhältigen Sorte kennt.

Turgg Enjeff schwankte und torkelte durch die anrüchigen dunklen Seitenstraßen der Stadt Cranachan nach Hause. Durch die benebelten Neuronen seines Gehirns brauste übelkeiterregend der Alkohol. Um zu verstehen, was in seinem Kopf vorging, ist es angezeigt, an dieser Stelle auf jenen berühmten Beitrag zur Intelligenzforschung zu verweisen, den der philosophische Pharmakologe Qi-Sörl* geleistet hat. Qi-Sörl hat nach mehrjähriger Forschungsarbeit folgende Hypothese experimentell bestätigen können: Stattet man eine unendlich große Menge lernfähiger Schimpansen mit einer ebenso unendlich großen Menge Scrabble-Spielsteinen aus, sperrt diese hochintelligenten Tiere dann in ein chinesisches Zimmer und läßt ihnen unbegrenzt Zeit, dann werden diese Schimpansen eines Tages** mit dem kompletten Œuvre des großen Barden Go Ete aufwarten.

Es war exakt dieses Verfahren der Problemlösung, das im Augenblick in Turgg Enjeffs angetütetem Verstand Anwendung fand. Er versuchte fieberhaft, die Querverbindung zwischen Maney Hauweck und Fisk herzustellen. Seine mentalen Finger kratzten an den schartigen Rändern dieses Puzzlestücks entlang, drehten und wendeten es immer und immer wieder hin und her und versuchten es mit Gewalt in das vernebelte Gesamtbild einzupassen. Er hatte gesehen, daß sie sich getroffen hatten ... Aber was hatte das zu bedeuten?

Turgg Enjeff war jetzt fast zu Hause angekommen. Er blieb stehen und lehnte sich an eine Wand. Er kramte in der Tasche seines Regenmantels, zog einen gar nicht so flachen Flachmann heraus und genehmigte sich ein respektables Quantum. Beglückt bleckte er die Zähne, als ihm der scharfe Schnaps die Gurgel verbrannte. Er hustete.

Plötzlich fiel ihm etwas auf. Er hatte etwas bemerkt. Der Killerinstinkt des heißhungrigen Reporters, der nach

---

* Erfinder der sogenannten *starken* KI-Tropfen.

** Wann genau, konnte leider nicht ermittelt werden, weil die Versuchsreihe vorzeitig abgebrochen wurde. Nicht sosehr aus tierschützerischen, sondern eher aus kosmologischen Erwägungen.

einer Story giert, meldete sich. Es dauerte keinen Lidschlag lang, und Turgg Enjeff war einsatzbereit: Notizbuch zur Hand, Bleistiftspitze geleckt …

Der Schein einer Talgkerze, matt wie das Leuchten eines Glühwürmchens, entfernte sich tanzend vom Fenster und wanderte in die tiefe Dunkelheit im Innern der Hütte. Verdächtig! *Einbrecher,* dachte Turg Enjeff. *Einbrecher auf frischer Tat ertappt – keine schlechte Story! Und vielleicht springt ja auch noch eine Belohnung heraus.*

Er beobachtete das tanzende Kerzenlicht noch ein paar Sekunden lang.

Moment mal! Er stutzte, sah sich um – die Gasse kam ihm bekannt vor.

O nein! Und schon schwankte und torkelte er auf die Tür zu. *Hier wohn ja* ich*!*

»Firkin?« flüsterte Hogshead weithin hörbar. »Hörst du auch, was ich …?«

Die Frage hing einen Augenblick lang in der Luft: ein hauchzarter Verdacht, fein wie ein Gespinst aus Sommerfäden, schwebend wie eine Florfliege, auf die eine Herde durchgehender Kriegselefanten zurast …

Dann kreischten Türangeln, ächzte Holz, schrien gequält die Beschlagnägel – die Tür flog auf, als hätte sich ein überaus grämiger Taifun gegen sie geworfen. Und in der Tür stand ein Mann, der wie ein Stallknecht fluchte, der ein Notizbuch und einen Flachmann umklammerte, der einen schon beinahe durchsichtig schmierigen Mantel trug und Firkin und Hogshead so bissig anstarrte wie eine Flasche Abbeizmittel.

»Aaahh!« schrie Hogshead.

Firkin machte kehrt und rannte.

Gegen einen Stuhl. Lärmend stürzte er über das Möbelstück, die Kerze fiel ihm aus der Hand. Er sah sie noch fliegen, sah Talg spritzen – dann war sie erloschen. Der Raum war in tiefste Dunkelheit getaucht. Durch die Dunkelheit röhrte das wütende Gebrüll des Wohnungsinhabers. Wäre Schall Licht, sie wären auf der Stelle erblindet, ihre optischen Nerven wären durchgeschmort wie eine überlastete Sicherung.

Firkin spürte, wie etwas heftig an seiner Schulter zerrte. Ein Hand schnappte nach seinem Hemd, riß fieberhaft – Hogshead hetzte an ihm vorbei. Im selben Augenblick war er auf den Beinen und spähte in die Schwärze. Sein Schienbein pochte schmerzhaft. Hogshead zog ihn nach links. »Tür«, flüsterte er.

Firkin erinnerte sich plötzlich wieder, daß er eine Tür gesehen hatte. Einen Ausweg. Hinter ihm dröhnten schwere Stiefeltritte, brüllte es wütend aus dem Dunkel: »Ich krieg euch! Ich krieg euch schon, ihr Sch...« Es folgte ein Sturzregen lästerlicher Flüche, Turgg stürzte über den Stuhl und ging krachend zu Boden. Schockwellen rasten durch die vibrierenden Dielenbretter.

Hogshead, der einen glänzenden Orientierungssinn besaß, donnerte gegen die Wand und stieß einen spitzen überraschten Schrei aus. Es hörte sich ein wenig gequetscht an, so als sei mit seiner Nase etwas nicht in Ordnung. Firkin tastete verzweifelt die Wand ab, suchte die Tür, die hier irgendwo sein mußte, und bemerkte plötzlich, daß Turgg regelrecht stramm stand, als er das Aufprallgeräusch hörte. Holz splitterte, der wütende Journalist schleuderte den zerbrochenen Stuhl zur Seite und trampelte auf sie zu: »Ich weiß, wo ihr seid! Da gibt es keinen Ausgang!«

Wieder falsch! dachte Firkin und hielt im selben Moment einen hölzernen Türknopf in der Hand. Er drehte, bog sich nach hinten, zerrte Hogshead durch die Tür und rannte aus der Hütte – geradewegs Hogshead ins Kreuz.

»Mach schon! Schnell!« fauchte Firkin in die Dunkelheit. »Mach endlich den Weg frei! Raus, bevor er uns schnappt...«

Statt entsprechend zu reagieren, überreichte ihm Hogshead einen Besen, drei dreckige Staublappen und eine Dose Schuhcreme.

Firkin verließ der Mut... Ein Besenschrank.

Die Plasmaschlange aus purer Thaumenergie wand sich und zischte an Praxx' Wirbelsäule und ließ ihre Energie in jedes einzelne Molekül strömen. Der Raum knisterte, die besorgniserregend hohe elektrische Spannung entlud sich funkenstiebend: Praxx zog die kosmischen Zügel der Pferde der Zeit an. Er sah besorgt aus, der Schweiß, der auf seinem Gesicht glänzte, und das Funkengestöber verstärkten diesen Eindruck noch. Doch abgesehen von dem Feuerwerkszauber, dem Aufblitzen eisblauer Energiestöße und dem nervenaufreibenden Gebrumm des Thaumatrons schien nicht allzuviel zu passieren. Es war sehr lange her, daß Praxx sich als Magier betätigt hatte, und mit Ausnahme einer Talgpfütze am unteren Ende einer Kerze hatte er trotz aller seiner thaumaturgischen Bemühungen noch nichts bewirkt. Courgette zupfte nervös an ihrem Lederarmband und starrte auf das bedenklich leere Pentagon. Apathos starrte auf die Runenskalen an der Wand: ein Energieabfall von 20,8 Thaum. Wenn sie nicht bald Kontakt herstellen konnten, dann …

Apathos mußte plötzlich wieder an den Nanowicht im Thaumatron denken. Ob es geklappt hatte? Hatte er den Fehler gefunden? Das war eigentlich das einzige Problem mit den Nanowichten: Sie leisteten zwar hervorragende Arbeit, nur wußte man nie, wann sie damit fertig waren. Und vor allen Dingen wußte man nie, *was* sie gemacht hatten. War möglicherweise etwas mit dem Verstärker der temporalen Lokationsmatrix nicht in Ordnung? In dem Fall fände Praxx sie möglicherweise nie. Dann würde er wahrscheinlich noch suchen, wenn die Cranachier schon die Türen einschlugen.

Plötzlich schrie Praxx erschrocken, aber gleichzeitig auch erleichtert auf und zeigte auf den Mittelpunkt des Pentagons. Über den Kreidemarkierungen leuchteten magisch-transluzid zwei schimmernde Gestalten. Die Gestalten bildeten sich so langsam und allmählich, als würden sie aus einer immens großen Entfernung hierhergezogen. Eisige Nebelwolken stiegen von dem Pentagon auf und hüllten die Gestalten ein. Apathos konzentrierte sich intensiv auf die Armaturen und Anzeigentafeln und achtete insbesondere sehr genau auf die Anzeigen des Thaum-Densitometers. Sie befanden sich in der kritischsten Phase des Manövers. Wenn jetzt eine Panne passierte – mochte der Himmel wissen, was dann im Pentagon auftauchte. Ein eisblauer Lichtblitz zuckte durch den Raum und sprühte knisternd von den Kerzen ab. Der Nebel lichtete sich ein wenig, so daß man einen flüchtigen Blick von dem erhaschen konnte, was im Pentagon ankommen würde – was immer das auch wäre.

Praxx schloß die Augen und konzentrierte sich auf die magische Formel. Wenn seine Konzentration jetzt auch nur eine Sekunde lang nachließe ...

Oha, dachte er eine Sekunde später, *wenn ich das jetzt gerade gedacht habe, dann hat, damit ich das denken konnte, meine Konzentration auf den Zauberspruch nachgelassen! Himmel – schon wieder eine Sekunde Konzentration dahin! Hör auf damit! Konzentrier dich!* Blaue Funken sprangen von seinen Fingerspitzen ab, tauchten in die Wolke ein und nahmen Gestalt an. Apathos runzelte die Stirn: Die Runenskalen zeigten einen Energieabfluß von 24,8 Gigathaum. Ein panischer Schrecken erfaßte ihn. *Das hält das Ding nicht aus!* schoß es ihm durch den Kopf.

Plötzlich schrie Praxx auf. Der Energieverbrauch stieg schlagartig auf fünfundzwanzig Gigathaum, aus der Mitte des Pentagons schoß ein blendendheller blauer Blitz. Zwei feste Körper materialisierten sich einen Meter über dem Boden, kreischten und stürzten in die blauen Nebelschwaden. Die Plasmaschlange aus purer Thaumenergie zischte und löste sich auf. Praxx fiel zu Boden und verschwand in der blauen Waschküche. Dawn und Courgette husteten und spuckten.

Nach dem betäubenden Krach der letzten Minuten klang das Husten der Mädchen matt und schwächlich. Apathos murmelte einige Beschwörungsformeln, und in der Decke des Raums tat sich eine kleine Öffnung auf.

Leise summend zog der blaue Nebel durch das dafür vorgesehene Gitterfenster ab, lichtete sich und gab den Blick auf das Pentagon frei. Praxx rappelte sich mühsam auf und rieb sich den Kopf. Er hatte Schmerzen, war verwirrt und sorgte sich um den Zustand der beiden Gestalten, die reglos auf dem kalten Steinboden lagen.

Beim Klang seiner Schritte fuhr Firkin erschrocken herum und schwang drohend einen Besen. Wie ein Schwert schwang er ihn, um jeden, der sich ihm näherte, einen Kopf kürzer zu machen. Hogshead versteckte sich hinter einem schmuddligen gelben Staublappen. »Zurück! Ich weiß, wie man damit umgeht!« fauchte Firkin, der Praxx nicht wiedererkannte.

»Ganz ruhig«, sagte Courgette, »du bist wieder zurück.« Dann trat sie der belustigt glucksenden und kichernden Dawn gegen das Schienbein.

»Ich, ich… oh!« stotterte Firkin und sah sich verstört um. Er war vollkommen orientierungslos, konfus und litt unter den Auswirkungen des Metlag.*

Apathos verschwand im Korridor und rannte schleunigst in die Halle, in der das Thaumatron stand. Er hatte das äußerst beunruhigende Gefühl, daß immer noch nicht alles wieder hundertprozentig in Ordnung war.

Nachdem Turgg Enjeff (der sich schon bald einen Namen als Enthüllungsjournalist machen sollte) die Talgkerze wieder angezündet und den Besenschrank durchsucht hatte, kratzte er sich verstört den Kopf und blickte die Flasche, die er in der Hand hielt, vorwurfsvoll an. Er hatte die Einbrecher doch gesehen! Beide hatte er sie gesehen. Er war auch hinter ihnen herge-

---

* Kurzform für: Metapsychischer Jetlag. Der Terminus stammt von Prof. Phaynmann, er prägte ihn nach seiner ersten Temporaldislozierung. Metlag bezeichnet den Zustand der Übelkeit, Müdigkeit und restlosen Erschöpfung, der nach einer thaumaren Langstreckenzeitreise auftritt.

hetzt – der beste Beweis dafür waren die pochenden Schmerzen in seinen Schienbeinen, die er sich beim Sturz über den Stuhl eingehandelt hatte. Und er war sich ganz sicher gewesen, daß sich die beiden im Besenschrank versteckt hatten, eine andere Möglichkeit gab es hier nicht. Sie waren dagewesen, so wirklich, wie er *da* war. Aber wo waren sie dann? Wieder funkelte er die Flasche zornig an. *Klar: der Schnaps!* dachte er. *Nein, kann gar nicht sein!* dachte er dann. *Durch Alkohol verursachte Halluzinationen …? Wenn schon, dann weiße Mäuse. Aber ganz bestimmt keine Räuber!*

Doch dann faßte er einen Entschluß. Es gab nur zwei Möglichkeiten, dieses Problem zu klären. Noch einmal starrte er die Flasche an. *Ich brauche das Zeug nicht*, sagte er sich. *Ich kann auch ohne das Zeug leben. Ich könnte es ja versuchen … Ich könnte ja eine Zeitlang damit aufhören und sehen, was dann passiert …*

Eine geschickte Handbewegung, und die Flasche war offen. Er drehte sie um und schüttete den Inhalt weg. Zielgenau in seine Gurgel. Er grinste irr (*brennt wie Feuer, der Stoff!*), torkelte wild durch die Gegend und brüllte: »Aaasowasssisss … Hick … isss jezzz? Kommmschon rausss, ihr Scheissskerle!«

Firkin schwirrte der Kopf. Ob es die Nachwirkungen des Deja-Moi-Felds waren oder einfach Metalag, hätte er nicht sagen können. Vielleicht war es auch die Anstrengung, die es ihn gekostet hatte, die Fragen zu beantworten, die ohne Ende auf ihn eingeprasselt waren.

Im Lauf der Anhörung, die seinem Gefühl nach viel länger gedauert hatte, als sie vermutlich tatsächlich gewesen war, hatten sich verschiedene Themen und Punkte herauskristallisiert. Ohne Ansehen ihrer Gewichtigkeit waren das: die Mitglieder des Cranachischen Rats – Fisk, Thatarr, Frandl und Gympl; Lemminge – ihr Lebensraum, der Platz, wo sie sterben, was mit ihren Fellen geschieht; Swinehunt und die Grenze zwischen

Isolon und Cranachan. Irgendwo in dieser Ansammlung von Anhaltspunkten und Hinweisen gab es eine Zeit oder ein Ereignis, das Firkin, Hogshead, Courgette und Dawn mit den Thaumaturgischen Physikern von Losa Llamas verband und deren Geheimnis vor den Cranachiern sicherte.

»Aber wo?« jammerte Courgette. »Wir sind das alles hundertmal durchgegangen. Was haben wir damit zu tun?«

»Ich weiß es immer noch nicht«, gestand Praxx zögernd. »Ich weiß nur, daß ihr etwas damit zu tun haben *müßt*. Ich habe es in einem meiner Eigenfeld-Präkognitionssphäroiden gesehen.«

»Großartig«, maulte Hogshead verärgert und enttäuscht und rang statt der Hände den schmuddligen gelben Staublappen. »Wir haben gerade noch etwas mehr als zwei Tage, dann sind die Cranachier da und schlagen die Türen ein und hauen alles platt, und wir dürfen versuchen, sie aufzuhalten, nur weil Sie uns in einer Wahrsagerkugel gesehen haben …«

»In einem Präkognitionssphäroid!« berichtigte Praxx mit Nachdruck.

»… und wissen immer noch nicht, hinter was wir eigentlich her sind!« redete Hogshead weiter. »Wir sind verloren! Ich sag's euch, wir sind verloren!«

Es wurde still im Zimmer nach Hogsheads Ausbruch, unheimlich still. Alle empfanden wie er den immer stärker werdenden Druck. Plötzlich sprang Praxx vom Stuhl auf, rannte durchs Zimmer und fing an, die Regale zu durchsuchen. »Aber natürlich!« schrie er. »Warum hab ich nicht schon früher daran gedacht? Eindeutig!« Er schob den Käfig mit dem kleinen Tier, das halb Säuger, halb Reptil war, zur Seite. Das lebende Fossil war grämig, weil man es aufgeweckt hatte, und biß einer Gottesanbeterin umgehend den Kopf ab. Praxx wühlte weiter. »Es muß hier irgendwo sein, es muß!«

»Was sucht er denn?« flüsterte Firkin.

Courgette zuckte die Achseln und sah genauso verstört drein wie er. Hogshead machte, etwa in Höhe der Schläfe, eine kreisende Bewegung mit dem Zeigefinger. Dawn lächelte blöde. »Ha! Da ist es!« schrie Praxx. Er holte ein großes Buch vom obersten Regalbrett und blies hustend den Staub ab, der sich in vielen Jahren darauf angesammelt hatte. »Dann wollen wir doch mal«, murmelte er abwesend und blätterte. »1033, 1028, 1012, hoppla, zu weit.« Er blätterte wieder zurück: »1025, na also. Und jetzt, äh, J, K, L, Legende, Legislative, Lemming – schon gefunden!« Der Eintrag in dem Almanach schien ihn zu verblüffen.

»Und? Was steht da?« wollte Courgette wissen.

»›Lemming. Kleines Nagetier (Wandertier), geschätzt wegen seines weichen gelblichen Fells. *Vgl. auch Zweieinhalb-Minutenkrieg.*‹«

Praxx suchte auf der Stelle weiter, bis er die Seite ›Z‹ gefunden hatte.

»Aha! ›Zweieinhalb-Minutenkrieg *(ugs.)*. Bezeichnung für ein unblutiges Grenzgeplänkel zwischen Isolon und Cranachan. Angeblich ausgelöst durch Kontroverse über Besitzrechtsfragen im Lemmingpelz-Geschäft. Sieger: Cranachan. *Vgl. auch August-Strategie* und *Genever-Konvention …*‹ Oh!«

»Lemminge?« fragte Firkin ungläubig. »Sie haben wegen Lemmingen Krieg geführt?«

»Mal was anderes als Religion«, sinnierte Praxx und tippte sich ans Kinn.

Hogsheads Stirn legte sich beinahe knirschend in Falten, sosehr konzentrierte er sich. Er zermarterte sich das Gehirn, um etwas zu fassen zu bekommen, das, wie er glaubte, ganz bestimmt eine Information von entscheidender Bedeutung war.

»Erinnert ihr euch an Swinehunt?« fragte er dann unvermittelt. Seine Augen strahlten wie ein Wissenschaftler, der kurz vor einer Entdeckung steht. »Woher ist er gekommen?«

»Von Schloß Isolon«, antwortete Dawn, die unbedingt einen aufgeweckten Eindruck machen wollte.

»Nein, nein, nein. *Davor*«, sagte Hogshead mit Nachdruck.

Dawn zog ein Gesicht.

»Ja, natürlich! Die ganze Zeit schon liegt es direkt vor unserer Nase!« Firkin hatte verstanden, was Hogshead meinte. Die schrecklichen Ereignisse in Schloß Isolon, vor acht Monaten erst – jetzt fiel es ihm wieder ein.

»Was?« fragte Praxx. »Sag's schon!«

Firkin wandte sich um und blickte ihn mit versteinerter Miene an. »Fisk und Swinehunt sind ein und dieselbe Person. Er war ein cranachischer Spion. Er kam nach dem Krieg im Jahr 1028 MEZ nach Isolon und hat König Klayth für die Ziele der Cranachier benutzt.«

»Ja und?« Praxx war verwirrt, Firkins Enthüllung sagte ihm offenbar nichts.

»*Nach* dem Krieg!« betonte Firkin. »Verstehen Sie nicht? Das ist die Verbindung! Wir müssen dafür sorgen, daß der Krieg niemals stattgefunden hat!« Er sagte es, als verkünde er ein Todesurteil.

»Und dafür haben wir gerade noch zweieinhalb Tage Zeit!« stellte Praxx düster fest.

»Ich denke, wir brauchen einen Plan«, sagte Courgette. »Hat vielleicht jemand eine glänzende Idee?«

Angetrieben vom Nordwind, tanzte und tollte ein leichter Schneeschauer durch die Felsspalten und Abgründe der Krapathen. Er sprang über einen schartigen Gipfel und rollte sorglos und ausgelassen die steilen schneebedeckten Geröllhalden des Piz Akalzoneh hinunter. Stürzte weiter, wirbelte und kreiselte um den massigen Sockel des Piz Arretschina, durch den Foh-Paß und hielt urplötzlich und jählings an. Seine eisige Nase klebte an einer soliden schwarzen Fläche – wie eine gefrorene Fliege an einer getönten Windschutzscheibe. Der kahle graue Granit der kalten Berge war plötzlich verschwunden, an seine Stelle war der weiche schwarze Lederhandschuh von Hauptmann Schikaneder getreten, der krampfhaft die Zügel seines Pferdes hielt und sein Reittier vorsichtig über den rauhen Bergpfad lenkte. Der Zug kam hier nur langsam voran, äußerste Vorsicht war geboten, um zu verhindern, daß durch einen Fehltritt ein Mitglied der berittenen Geheimpolizei in die grundlos tiefe Schlucht stürzte, die nur wenige Zentimeter links von ihnen klaffte.

Schmorr Gaschbord ritt am Ende des Trupps und murrte über das Schneckentempo. Wer zwei Meter zwanzig groß war, der kannte keine Höhenangst. Außerdem war er bei den Fallschirmspringertruppen von Tschkk groß geworden. Und sollte er möglicherweise als Kind eine rudimentäre Disposition für Höhenangst gehabt haben, dann war er auf alle Fälle seit seinem zweiten Geburtstag davon kuriert, als er allein in einem Drachenflieger auf Jagd nach Papageientauchern gegangen war.

Unglücklicherweise war es aber weder Hauptmann Schikaneder noch seinem stellvertretenden Kommandeur, Vizehauptmann Trup, jemals vergönnt gewesen, derartige das Selbstvertrauen stärkende Erfahrungen machen zu dürfen. Weswegen sie sich jetzt verzweifelt an die zur Rechten steil aufragende und dankenswerterweise so vertrauenswürdig solide wirkende Felswand hielten. Schikaneder trug linksseitig Scheuklappen, die ihm den Anblick der gähnenden Schlucht ersparten, und sah starr geradeaus, dorthin, wo nach wenigen Metern der Pfad wieder breiter wurde. *Wenn wir erst mal dort sind*, dachte er, *dann kann uns nichts mehr von Losa Llamas abhalten. Höchstens die Blasen, die wir uns von der Reiterei geholt haben.*

Die im Zimmer herrschende Spannung wuchs immer mehr an, die Atmosphäre schlug spürbar auf die Stimmung, weil Praxx und Apathos hartnäckig versuchten, aus den herumschwirrenden Gedanken so etwas wie einen brauchbaren Plan zu destillieren.

»Ich verstehe nicht, was daran falsch sein soll, in Cranachan einzufallen und König Erdrosselbart zu töten, bevor der Krieg beginnt«, beharrte Firkin trotzig. »Hat schließlich beim letzten Mal auch funktioniert.«

»Hat es nicht!« schrie Courgette. »Ich kann mich jedenfalls nicht an das Staatsbegräbnis von König Klayth erinnern. Du vielleicht?«

»Na ja, das war auch was anderes ...«

»Wie dem auch sei – du hast jedenfalls kein Heer und auch nicht genügend ...«

»Warum wollen wir es eigentlich nicht auf eine etwas friedlichere Art versuchen?« jammerte Courgette.

»Etwa mit Spruchbändern und Demonstrationen und so?« machte sich Firkin lustig. »Grandios! Ich seh's schon vor mir: Wir hängen uns purpurrote, grüne und weiße Schärpen um, stolzieren im Kreis herum und schwenken Plakate, auf denen ›Cranachi go home‹ steht oder ...«

»Nix da«, fuhr Courgette aufgebracht dazwischen. »Wie wär's mit ›Frauenpower‹?«

Firkin war entsetzt.

»Ich meine doch etwas ganz anderes«, fuhr Courgette fort. »Nachrichten und Botschaften abfangen zum Beispiel, taktische Befehle an die Truppe oder ...«

»Und wie?«

»Sie setzen Tauben ein. Wir könnten sie mit Tarnnetzen fangen.«

»Da brauchen wir aber riesige Netze, wenn wir *alle* Tauben fangen wollen«, sagte Firkin. »Zu riskant.«

»Gefällt mir«, meinte Praxx. »Sehr listig. Aber leider nicht durchführbar.«

»Wir könnten vielleicht Teller mit Brotkrümeln aufstellen. Wenn die Tauben sie aufpicken, schleichen wir uns an. Ein Schlag auf den Kopf und schon ...«, meinte Dawn. Firkin funkelte sie wütend an. Es war ein sehr ausdrucksvoller Blick, ein Blick, der zu sagen schien: ›Laß den Blödsinn! Wenn du nichts Brauchbares zu bieten hast, dann halt die Klappe. Manchmal bist du wirklich *nur* peinlich!‹

Dawn starrte trotzig zurück. Als Firkin sich abwandte, spürte er ihren Blick im Nacken. Und dieser Blick schien *ihm* zu sagen: ›*So* großartig waren deine Beiträge bisher auch wieder nicht! Den König umbringen! Invasion! Klar – du und dein nichtvorhandenes Heer. Laß dir gefälligst etwas Nützliches einfallen, etwas, das auch machbar ist, du Trottel!‹

»Wir müßten die Nachrichten schon früher zurückhalten«, sagte Courgette. »*Bevor* sie abgeschickt werden.«

»Was? Willst du vielleicht König Erdrosselbart den Federkiel stehlen, damit er nicht schreiben kann?« fragte Hogshead.

»Besser gleich die Hand abhacken«, schlug Firkin fuchtig vor.

Dawn schüttelte mißbilligend den Kopf.

»Nein«, erklärte Courgette energisch. »Es könnte doch jeder eine Botschaft verfassen und sie als Nachricht des Königs ausgeben, oder? Woran sieht man denn, daß eine Anordnung oder ein Befehl wirklich vom König verfaßt ist?«

Praxx blickte Courgette an. Es kam ihm vor, als wäre ihr wirklich etwas ›Brauchbares‹ eingefallen.

»An der Unterschrift«, schlug Hogshead vor.

»Noch genauer. Es ist etwas, das es nur einmal gibt. Und das auf jedem Brief, auf jedem Dokument verwendet wird.«

Praxx wartete gespannt. Kein Zweifel, sie hatte es. Er sah es an ihrem Blick.

»Ich hab keine Ahnung«, stöhnte Firkin. »Aber du wirst es uns sicher gleich sagen.«

»Ein Siegel.«

»Hervorragend!« Praxx war begeistert. »Wir könnten also nicht nur verhindern, daß Nachrichten ankommen –

wir könnten gefälschte Nachrichten verschicken! Wunderbar!«

Hogshead hob bedächtig die Hand. »Es täte mir außerordentlich leid, wenn ich mit meiner Zwischenfrage Wasser in den Wein der so begeistert geführten Strategiedebatte gießen sollte, aber... kann mir eigentlich einer sagen, wie dieses Ding aussieht?«

»Ich nehme an, es handelt sich um einen Ring«, erklärte Praxx bemerkenswert gelassen. »Er trägt ihn vermutlich immer am Finger.«

»Und wie sollen wir ihm – vorausgesetzt wir kommen jemals so nahe an ihn heran – den Ring vom Finger ziehen?« seufzte Hogshead. Und setzte leise hinzu: »Wird ja immer toller.«

»Wenn er schläft«, schlug Dawn vor.

»Wenn er in der Badewanne sitzt«, sagte Courgette.

»Wir könnten ihm den Finger abhacken« – so der sinnreiche Vorschlag, den Firkin beizutragen hatte.

»... und wie soll der, der den Ring stiehlt, anschließend fliehen? Es würde wahrscheinlich nicht lange dauern, bis der Diebstahl entdeckt wird.« Hogshead dachte daran, wie verärgert Turgg Enjeff gewesen war. Und damals hatten sie sich nur informieren wollen.

Es muß etwas sein, überlegte er, das nur schwer zu fangen ist. Eine Maus zum Beispiel... Nein. Tritt man zu leicht drauf, könnte eine Mordsaufregung verursachen... Ein Ring... Irgend etwas, das einen Ring transportieren kann... Ein Tier, das Dinge tragen kann... Esel... Nein... Elefant... Blödsinn! Ein Tier, das man in Schlössern häufig findet... Wie wäre es mit...? Richtig!

»Wir könnten ihn wegen Diebstahls anklagen und ihm dann die ganze Hand abhacken«, führte Firkin aus.

»Nein«, sagte Hogshead nach einer Weile. »Wie wäre es mit Vögeln? Könnten Sie da machen? Uns als Vögel zurückschicken? Dann würde uns keiner kennen, und wir könnten leicht fliehen.«

»Ich weiß eigentlich nicht, was dagegen spräche.«

Praxx blickte Apathos an. »Ich müßte natürlich das chronomorphogenetische Feld entsprechend adjustieren… Aber das dürfte keine größeren Probleme verursachen. Müßte eigentlich möglich sein.« Apathos hoffte nur, daß die Schicksalsröhre das aushielt.

»Dann wäre das also geregelt«, sagte Courgette. »An die Arbeit!«

Wenige Minuten später, vierzehn Jahre vor dieser Beratung und etwa einen Meter über dem Fußboden drang langsam ein kleiner eisblauer Nebelstreif in eines der Privatgemächer von König Erdrosselbart ein. Es sah aus, als hätte ein unsichtbarer Privatdetektiv, der das Zimmer observierte und einen durchsichtigen Panamahut trug, eine kleine Wolke Zigarettenrauch in die Luft geblasen. Zwei, drei Lungenzüge später schwebten einen Augenblick lang zwei Jungen an dieser Stelle und stürzten dann, nachdem die Finger der Gravitation zugepackt hatten, zu Boden. Und als sich die blaue Dunstwolke allmählich auflöste, kündete ein glitschendes, huschendes Geraschel das Verschwinden der Jungen an – an ihrer Stelle erschienen noch im selben Moment (in dem Augenblick, als das sekundäre chronomorphogentische Feld wirksam wurde) zwei ganz gewöhnliche Tauben. Firkin stand auf beunruhigend spindeldürren Beinen und sah sich im Zimmer um. Seine Augen, die jetzt seitlich am Kopf saßen, verzogen die Ränder des Blickfelds wie Fischaugenobjektive, er befürchte, der Schädel könne ihm zerplatzen.

Das Zimmer war groß und eindrucksvoll ausgestattet. Firkin sah ein gewaltiges Himmelbett und mehrere große Truhen, in denen die Amts- und Festgewänder des Königs aufbewahrt waren. Vier paarweise angeordnete hohe Bogenfenster ermöglichten einen einmaligen Ausblick auf den Innenhof und das Gebirge in der Ferne, das alles bot, was der erholungsuchende Wintersportler brauchte, ob er nun Skifahrer, Bobfahrer oder Hasenjäger war. Auf zwei robusten Holztischen lagen unzählige Pergamente, Dokumente und Landkarten. Das Zimmer hatte zwei Türen. Die eine, schwer befestigt und armiert, führte in den Korridor und über diesen in die anderen Räumlichkeiten des Palastes, die zweite in die königlichen Sanitäreinrichtungen – in einen kleinen Raum, in dem sich alles befand, was erforderlich war, um einen königlichen Leib und Kopf zu pflegen und instand zu halten, auch dann, wenn jedermann rundum vor allem den letzteren verlor. Im Augenblick wallten Dampfschwaden aus diesem Raum, der König wälzte sich schwelgerisch in seinem Monatsbad. Was Körperpflege betraf, so stand König Erdrosselbart in dem Ruf, ein wenig exzentrisch zu sein. Er war dafür bekannt, daß er auf dem Genuß seines monatlichen Bades bestand, ganz gleich, ob es nun nötig war oder nicht.

»Seid Ihr es, Fisk?« klang es dumpf aus dem Baderaum. Der König hatte das Geräusch gehört, mit dem zwei Jungen aus einer Höhe von etwa einem Meter auf die harten Fliesen geplumpst waren. König Erdrosselbart hielt Monatsversammlungen häufig im Bad ab; er war der Ansicht, das befördere die Denkarbeit. Jetzt erwartete er jeden Augenblick seinen Innenminister, mit dem er über die Kosten des bevorstehenden Kriegs mit Isolon sprechen wollte; beziehungsweise darüber, ob und wenn ja welche Planungen es gab, besagte Kosten durch die enormen Gewinne auszugleichen, die man aus der Monopolisierung des Lemmingpelzhandels erzielen wollte. Er selbst rechnete damit, daß erst die dritte Produktionssaison nennenswerte Gewinne bringen werde. Kriegführen war teuer – aber das waren Pelzmäntel schließlich auch. Er hatte sich die Belege und Kostenrechnungen diverser kriegerischer Unternehmungen und militärischer Einsätze der jüngsten Zeit lange und genau angesehen und die Möglichkeiten einer Kostenreduzierung geprüft. Er hatte die Ausgaben für Waffen, Kriegsmaschinen, Informationsbeschaffung, Sold, den

Ersatz von Waffen etc. pp. verglichen und war dabei zu einem verblüffenden Ergebnis gekommen: Der größte Ausgabenposten jeder militärischen Operation war die Truppenverpflegung. Hatte eine Armee irgendwo im Freien ein Nachtlager errichtet, dann konnte man ihr nicht mehr nur Büfettversorgung und Essen-im-Stehen anbieten. Aber ein gesetztes Essen für sechs Züge, drei Bataillone, achtzehn Kavallerieschwadronen ... es war schon erstaunlich, wie schnell da so einiges zusammenkam.

»Fisk! Seid Ihr das? Hört schon auf, da draußen rumzuzittern und kommt endlich rein! Ihr habt Euch verspätet!« dröhnte die Stimme des Königs.

Der Tauberer Firkin stelzte mit hängenden Flügeln über den Boden. Er setzte eine Taubenkralle unsicher einen Schritt nach vorn, kreischte entsetzt auf und wäre beinahe umgefallen. Wenn er das Bein bewegte, schnellte der Hals merkwürdig ruckend und pickend nach vorn. Zittrig setzte er die Kralle wieder auf den Boden und blickte sich verwirrt und bestürzt um. Dann versuchte er es noch einmal. Er hob die Kralle an und bewegte sie langsam vor den Augen. Genauso langsam, aber unerbittlich reckten sich Hals und Kopf. Es war, als wären die Sehnen, die die Beine bewegten, mit dem anderen Ende am Hals angeschlossen – jeder Fußbewegung entsprach eine ähnliche Kopfbewegung. Er gurrte verdrießlich, als ihm klarwurde, daß Tauben eben unglücklicherweise so gebaut waren. Hogshead versuchte es ebenfalls mit dem Gehen – auch er entdeckte dabei diese grausame List der Natur. Kein Wunder, daß Tauben immer so unglücklich aussahen.

»Fisk! Was treibt Ihr eigentlich da draußen?«

Mit viel Gegurr und Ruckedigu brachte Firkin seinen Ärger darüber zum Ausdruck, wie schwer es war, zu gehen und gleichzeitig den Blick auf etwas zu richten. Aber schließlich schaffte er es doch und erreichte den nächstgelegenen Schreibtisch. Turmhoch ragte er vor ihm auf. Wohin er auch sah, überall standen unersteigbare Wolkenkratzer: Kommoden und Schränke, die Griffe unerreichbar hoch oben. Es gab nur eine Möglichkeit, da hinaufzukommen.

»Fisk!«

Aufgeregt breitete er die Flügel aus. Er blickte auf die zwei Flächen aus grauen Federn und empfand tatsächlich etwas wie Stolz, als er feststellte, wie mühelos sie sich auf sein Kommando hin spannten und spreiteten. Die Spannweite seiner neuerworbenen Tragflächen war erheblich größer, als die seiner Arme jemals gewesen war – wenn er einmal einen Moment lang nicht daran dachte, sackten sie ab und hingen bis auf den Boden hinunter. Er wußte natürlich, wie man flog. Er hatte schließlich genügend Vögel vorbeiflattern sehen – damals, als er noch ein Mensch war. Es konnte nicht schwer sein, man brauchte nur mit den Flügeln zu wackeln. Und was ein Vogel konnte, das konnte er schon lange. Bestimmt! Auf, ab, auf, ab – kein Problem. Merkwürdigerweise fiel ihm allerdings jetzt, kurz vor dem Start, erst auf, daß er keinen blassen Schimmer hatte.

»Fisk? Hör ich da etwa Tauben?« rief der König und planschte leise.

Hogshead blickte ängstlich um sich und trieb Firkin zur Eile. Firkin schlug die Flügel versuchsweise mit gewaltiger Wucht nach unten und wirbelte eine kleine Staubwolke auf. Seine frisch bekrallten Füße stellten sich auf die scharfen hakenförmigen Zehen – aber ansonsten ging nichts vorwärts. Er versuchte es noch einmal. Diesmal setzte er den Flügelschlag höher an. Seine Ellbogen stießen beinahe aneinander, sein Brustkorb schien beinahe zu zerplatzen – Firkin schlug mit aller Kraft nach unten. Die Flügel schnitten zischend durch die Luft, schlugen hart am Boden auf, sausten reflexartig wieder nach oben, klatschten am Höhepunkt der Bewegung gegeneinander und stießen wieder nach unten. Langsam und so stillos und unergonomisch, wie es seit dem Ableben des letzten Pterodaktylus nie mehr beobachtet worden war, erhob sich Firkin torkelnd in die Lüfte. Bei jedem Schlag klatschten die Flügel, und Federn wirbelten wild durch die Luft. Es war anstrengender, als er gedacht hatte, ganz bestimmt bekam er über kurz oder lang einen Krampf. Schon nach kurzem aufgeregten Geflatter, das er mit der kunstfliegerischen Grazie einer Qualle durchführte, keuchte er wie ein Blasebalg. Er blickte nach unten und stellte fest, daß er sich gerade ein paar Zentimeter über dem Boden befand. Er biß den Schnabel zusammen, legte die Klauen über Kreuz und strengte sich noch mehr an. Und irgendwie – mit mehr verbissener Beharrlichkeit als mit schnittiger, aerodynamisch-stromlinienförmiger Aviatik und mit dem zappligen Getue eines alten grauen Geschirrtuchs – schlingerte und flatterte Firkin himmelwärts. Und landete wunderbarerweise schließlich (ohne jemals von Steigung, Gieren, Auftrieb und Strömungswiderstand, vom Übersetzungsverhältnis *Muskelkraft-Körpergewicht* gehört zu haben) als maßlos keuchender Haufen von Federn auf dem königlichen Schreibtisch.

Weit hinten im Korridor, noch vor der armierten Zimmertür, marschierten zwei ungeheuer spitze, mit Stahlkappen beschlagene Stiefel entschlossenen Schritts auf die Privatgemächer des Königs zu.

Hogshead blickte zu Firkin hinauf, der regungslos auf dem Tisch lag, und gurrte und ruckste eine Folge freundlicher Ermunterungen. Firkins Krallen reagierten mit einer rüden Geste, als er sich aufrappelte und sich auf dem Tisch umsah. Fäßchen mit die Tinte in allen erdenklichen Farben standen in sauber geordneten Reihen neben einem Schreibset, das neben Schreibfedern auch die Klingen und Federmesserchen enthielt, die nötig waren, um aus einer einfachen Feder ein erstklassiges Kommunikationsinstrument zu machen. Firkin schauderte beim Anblick der Klingen. An einer Ecke waren ein Block aus Löschpapier und ein kleines Töpfchen deponiert, in dem Hunderte von gebogenen Drahtstücken lagen. Rechts standen eine große rote Wachskerze und ein großer Wachsstock. Firkin suchte den Bereich rund um das Siegelwachs und anschließend die ganze Schreibtischplatte sorgfältig ab. Tischkalender, Notizbücher, Tintenlöscher: alles, womit ein Schreibtisch ausgestattet sein mußte, war vorhanden. Alles, nur kein königliches Siegel, ganz gleich, wo er auch suchte.

Das Geräusch, mit dem metallbeschlagene Stiefelspitzen auf Steinplatten schlugen, wurde lauter. Die Zeit wurde knapp. Die Dringlichkeit zwinkerte in Firkins Augenwinkeln, als wolle sie sagen: ›Na? Kennst du mich noch?‹

Firkin stelzte vorsichtig an die Tischkante, achtete dabei immer darauf, daß seine Schwanzfedern nicht zu nahe an die flackernden Kerzenflammen gerieten, und lugte über den Rand. Genau unter sich sah er eine Schublade. Mühsam legte er sich auf die Tischplatte, streckte sehr behutsam einen Fuß über den Rand und scharrte und strampelte sich ab, um den Griff zu finden (diese Haltung war völlig unnatürlich, Firkins Gestrampel wirkte ausgesprochen tölpelhaft). Und dann zog er, sehr langsam und mit viel federviehischem Gefluche, die Schublade auf. Hogshead schnäbelte anfeuerndes Gegurr, als hoch über ihm die gewaltige Holzfläche quälend langsam aus dem Schubfach glitt. Firkin schielte hinein. Sein Herz flatterte vor Aufregung: In der Lade lag, hineingeworfen mit der nachlässigen Geringachtung, die sich im alltäglichen Gebrauch bildet, ein golden glitzernder Ring mit Stempelprägung, das Siegel des Königs von Cranachan. Firkin wartete keine Sekunde länger: Er hüpfte in die Schublade, seine Krallen schlossen sich um den Ring – er hatte ihn! Glücklich kreischte er Hogshead zu und flog ans Fenster, dorthin, wo sie sich hinaufschwingen, davonfliegen und sich in Sicherheit bringen konnten. Er landete auf dem Steinsims und sah zu, wie Hogshead zappelnd und stümperhaft abhob und sich mit wenig elegantem, fuchtelndem Geflatter neben ihm auf der Fensterbank niederließ. Und dann starrten sie, untaubenhaft keuchend, entsetzt das Fenster an. Ein halber Zentimeter gesintertes Silikat versperrte ihnen den Weg in die Freiheit, das Fenster war geschlossen. Sie sahen den Weg nach draußen deutlich vor sich, sie hörten gedämpft die Geräusche der Außenwelt und konnten sie doch nicht erreichen. Sie waren so kurz davor und doch …

Von klaustrophobischer Panik befallen, pickte Hogshead gegen die durchsichtige blanke Fläche. Firkin kratzte vergeblich an dem riesigen Metallgriff … Sie *mußten* hinaus, es hing soviel davon ab.

Plötzlich flog die Tür auf, und Fisk, der hochgewachsene, dürre, schwarzgekleidete cranachische Innenminister, betrat das Gemach. Wie angewurzelt blieb er stehen, als er das Taubenpaar sah.

Tauben! Er schnappte nach Luft, bei ihrem Anblick hatte es ihm den Atem verschlagen. *Ich hasse Tauben!*

Firkin und Hogshead schauderten unwillkürlich, als sie die Gestalt aus der Vergangenheit vor sich sahen. Sie mußten fliehen. Und zwar schnell. Firkin kratzte besessen, verzweifelt und hilflos an dem widerspenstig unbeweglichen Fenstergriff.

»Was soll denn das, Fisk?« brüllte der König aus dem Badezimmer.

»Ich, äh, wißt Ihr eigentlich, daß sich zwei Tauben in Euren Gemächern aufhalten, Sire?« Fisk war verwirrt.

»Was?« schrie der König. Dann schwappte laut platschend und klatschend Wasser über, und Majestät hievte sich aus dem königlichen Badezuber.

Hogshead hackte verzweifelt auf die Fensterscheibe ein.

Wasser plitschte und platschte auf Steinplatten, und König Erdrosselbart, in ein großes Handtuch gewickelt und sichtlich gereizt, stand in der Badezimmertür. Firkin umkrallte krampfhaft den Ring und pickte nach dem Fenstergriff.

»Das Siegel!« brüllte der König. »Das verdammte Biest hat das Siegel! Haltet es auf!«

Fisk sprang quer durchs Zimmer auf die beiden Vögel zu, die flatternd aufstoben. Der Schwarzgekleidete, eifrig darum bemüht, den König zu beeindrucken, unterdrückte seine Taubenphobie, wandelte seine Ängste in Haß um und schnappte mit seinem großen schwarzen Panzerhandschuh nach Firkin. Firkin kam ins Trudeln, ratterte auf den Schreibtisch und warf über den Haufen, was dort an Tintenfässern aufgereiht stand. Der König brüllte vor Wut. Er ergriff ein Kopfkissen und versuchte, Hogshead damit aus der Luft zu holen und auf den Boden zu klatschen. Im nächsten Augenblick war Firkin wieder aufgeflogen, verspritzte Tinte in alle Richtungen und flatterte plump aus Fisks Reichweite. Allmählich wurden die Folgen der Anstrengung spürbar, die der Transport des Siegelrings und die ungewohnte Fliegerei verursachten. Die Flugmuskeln waren angespannt, jeden Moment konnte der Krampf eintreten – Firkin hatte das Gefühl, als schwämme er in einem Sirupmeer im Butterflystil und vollständig bekleidet vor einem ausgehungerten Killerwal davon. Die Zeit, die er sich noch in der Luft halten konnte, wurde knapp. Sehr knapp – sie verflog so schnell, wie er nie hätte fliegen können.

Hogshead hatte kaum weniger Schwierigkeiten. Er raste auf eine Zimmerecke zu, der König holte mit dem Kopfkissen aus, Hogshead wendete, legt sich steil in die Kurve und verschwand im Federgewirbel unter einem pfundschweren, weichen weißen Meteor. Der König schrie triumphierend auf und rannte auf den am Boden festgehaltenen Vogel zu. Der Vorfall lenkte Firkin ab. Fisk sprang hoch, schlug nach ihm, erwischte die Schwanzfedern – und Firkin schraubte sich im Sturzflug nach unten. Die schwarzen und weißen Bodenfliesen kreiselten hypnotisierend, Firkin stürzte taumelnd und trudelnd haltlos und schwindelerregend schnell ab. Er flatterte unbeholfen, die Flügel gehorchten ihm nicht mehr.

König Erdrosselbart zog das erstickende Kopfkissen zur Seite und fuhr erschrocken zurück: Wie ein spitzer scharfer Dolch schoß ein Schnabel auf ihn los und pickte nach seinen nackten Zehen. Fisk schnappte Firkin vom Boden und hielt mit unnachgiebigem Griff die Flügel fest. Hogshead pickte und schnappte tapfer, verlor dutzendweise Federn im Getümmel, ging unentwegt auf die Füße des Königs los und kämpfte wortwörtlich zeh und erbittert. Doch dann wurde es urplötzlich stockfinster um ihn her, er wurde auf den Boden gepreßt und plattgedrückt vom Gewicht des königlichen Badetuchs. Er zappelte und fluchte, doch das nasse Handtuch war zu groß und zu schwer und hielt die Flügel bewegungsunfähig auf dem kalten Steinboden fest. Firkin wehrte und wand sich in Fisks Faust, die ihn wie ein Schraubstock festhielt. Beide Flügel waren von einem Panzerhandschuh wie von einem schwarzen Lederring umschlossen, nur ein Fuß sah noch aus dieser engen Manschette heraus. Der König, jetzt nackt, hob den Ring vom Boden auf und legte ihn wieder in die Schublade. Firkin kochte vor Wut, als er mitansehen mußte, wie er die Schublade schloß und Hogshead in einen Kopfkissenbezug stopfte. Fisk starrte Firkin böse an und feixte höhnisch. Als das verhaßte Gesicht bedrohlich näher rückte, packte Firkin der Zorn: Eine innere Kraft erfaßte ihn, trieb ihn zur Tat und spornte ihn an, seinem Angreifer ins feixende Gesicht zu treten. Das spindeldürre Bein verfehlte zwar sein Ziel, aber der durch diesen Vorgang ausgelöste Nickreflex ließ den Schnabel in einer peitschenden, tödlich scharfen Bogenbewegung vorschnellen – die Stichwaffe, die ihm vorn am Kopf saß, schoß auf Fisks Gesicht zu. Firkin war überrascht, wie schnell alles gegangen war: Schon einen Sekundenbruchteil später traf der Schnabelhieb sein

Ziel. Nicht, wie er gedacht hatte, mit einer harten Kopfnuß, sondern mit einem matschig weichen, unangenehm glitschenden Zusammenstoß – der pickende Schnabel fuhr Fisk tief ins rechte Auge. Fisk schleuderte Firkin reflexartig zur Seite, schrie vor Wut und Schmerz, preßte die Hände auf die unversehens verwaiste Augenhöhle, brüllte und wand sich geblendet und litt Höllenqualen. Firkin prallte an die gegenüberliegende Wand und wurde ebenfalls, noch halb betäubt, eilends in einen Kopfkissenbezug gepackt.

Fisk brüllte wie rasend und rannte blind, mit blutverschmierter Wange aus den königlichen Gemächern. Zwei Palastwachen griffen sich die vermeintlichen Tauben und brachten sie aus dem Zimmer, schleiften sie durch Korridore, um Kurven und Kehren, über Treppen und Stiegen hinunter in den Bauch des befestigten Reichspalastes von Cranachan. Im schaukelnden dunklen Innern ihres behelfsmäßigen Gefängnisses zitterte Firkin ängstlich, als er (immer noch benommen und erst allmählich wieder so weit instandgesetzt, daß er wahrnehmen durfte, wie höllisch weh ihm alles tat) sich überlegte, was wohl die Zukunft für sie bereithielt. Einkerkerung wäre denkbar oder… Einschluß unter dem Teigdeckel einer Fleischpastete.

O nein! Nicht schon wieder!

›Sozialer Aufstieg‹ – für die cranachische Gesellschaft galt dieser Terminus wortwörtlich. Je höher man auf der sozialen Leiter stieg – ganz gleich ob Geld dazu verhalf, Macht, Korruption oder schlicht und einfach Erpressung und Mord –, um so weiter oben lag der Platz, an dem man sich auf dem ›Hügel‹ niederlassen durfte. Der befestigte Reichspalast erhob sich in majestätischer Uneinnehmbarkeit hoch über ganz Cranachan. Unmittelbar unterhalb des Steilabbruchs breitete sich, gestaffelt nach Geltung und Ansehen, der Rest der Stadt aus. Jene, die am wenigsten davon aufweisen konnten, trieben an den äußersten Rändern des wimmelnden Gemeinwesens (auch dieser Terminus darf wörtlich verstanden werden) ihr Unwesen.

In einem Domizil im Revier der *Nouveau Riche*, also nur etwa hundert Meter, möglicherweise auch nur einen Katzensprung vom Steilabbruch entfernt, wurden soeben die letzten Vorbereitungen für eine ganz besondere Festivität getroffen, wurde – aufmerksam beobachtet von einem korpulenten Mann, der das schwarze Haar glatt zurückgeschleckt trug und gelassen eine langhaarige, große weiße Ratte streichelte – noch einmal alles genau kontrolliert und überprüft. Ganze Heerscharen von Männern in umwerfend flotten Anzügen mit wattierten Schultern gingen die Gästelisten durch, um sicherzustellen, daß jeder der Geladenen auch tatsächlich der war, für den er sich ausgab, und daß alle, die ›gut fürs Geschäft‹ waren, auch tatsächlich teilnehmen würden. Eine Einladung bei Kha Putschieno war eine Einladung, der man unter allen Umständen Folge zu leisten hatte.

Das Fest heute abend bedeutete ihm sehr viel, und er hatte deswegen auch keine Kosten und Mühen gescheut. Ein Quartett von Weltrang war verpflichtet, und ein marmorblitzender Konzertsaal eigens für diesen Auftritt gebaut worden. Er hatte ein gesetztes Büfett für dreiunddreißig der bedeutendsten Stadtbürger Cranachans bestellt, das neben dem üblichen Zuviel an Dips, Quiches, Salaten und Appetithäppchen auch etwas exotischere Delikatessen bot wie gegrillte Amorettische Giftschleiche, Puffotterpfannkuchen, Suprême vom Drachenaal und – als besonderen Festschmaus für seine Tochter – ein Töpfchen Lemmingmousse, Spezialimport aus Isolon. Natürlich – Kha Putschieno machte sich da gar nichts vor – war das ein wenig verstiegen. Aber der Anlaß, der fünfzehnte Geburtstag seiner Tochter Mhari Ujanna, war es wert, daß er sich diese kleine Extravaganz leistete. Und schließlich: Wofür scheffelte man eigentlich den ganzen Haufen Geld aus erpresserischen Wuchergeschäften, aus dubiosen Waffenschiebereien und dem Drogenhandel, wenn man es nicht für jemanden ausgeben konnte, den man liebte?

Mhari Ujanna wäre jedenfalls begeistert. Kha Putschieno war sich diesbezüglich ganz sicher.

Er hatte es ihr eindrücklich nahegelegt.

Firkin und Hogshead hockten niedergeschlagen in ihrem Käfig und blickten sich um. Keiner hätte sagen können, wie lange sie schon hier waren. Noch mehr beunruhigte sie aber, daß genausowenig einer sagen hätte können, wie lange sie noch hier sein würden. Mit Praxx in Losa Llamas Kontakt aufzunehmen, vierzehn Jahre in der Zukunft, das war unmöglich. Sie konnten nur warten. Doch was war, wenn es schon zu spät war? Wenn die Truppe der Geheimpolizei bereits in Losa Llamas eingefallen war und das Thaumatron zerstört hatte? Was war dann? Firkin hatte Rückenschmerzen, der Kopf hämmerte ihm noch immer, und die Krallen waren so sehr zerschunden, daß auch die beste Kosmetikerin nichts mehr hätte ausrichten können. Er gurrte erbarmungswürdig und sah sich wieder um. Der nackte Kerker, in den man sie geworfen hatte, war nicht der einzige in diesem Raum: Dutzende von Käfigen standen in langen Reihen an den Wänden. An der Vorderseite hing ein kleiner Trog, in den man ihnen vertrocknete Körner geschüttet hatte, von denen ein Teil schon keimte. Die Drahttür war an der Außenseite befestigt und verriegelt, es war unmöglich, sie von innen zu öffnen. Und rundherum in den anderen Käfigen scharrten und raschelten weitere Tauben, verhalten, stumm und betrübt. Hogshead rieb sich den gequetschten, lädierten Flügel und untersuchte eine gebrochene Kralle.

Hinter den Käfigen, fast schon außer Hörweite, schwebten geisterhaft die körperlosen Stimmen geschäftig hin und hereilender Menschen durch eine offene

Tür. Firkin grübelte, was diese Geschäftigkeit wohl bedeuten mochte – trotz seiner Blessuren war seine Neugier geweckt. Durch eine Luke in der Wand flogen Tauben aus und ein, die kleine Kapseln an den Beinen trugen: Sie brachten Botschaften und Nachrichten und flatterten mit Antworten und Anordnungen wieder davon.

»Noch eine Nachricht von Maney Hauweck«, sagte einer, dessen Aufgabe es war, die Kapseln zu öffnen und den Inhalt an die zuständige Dienststelle weiterzuleiten. »Er meint, sie hätten jetzt beinahe die Hälfte durch. Aber die Dorfbewohner würden langsam müpfig, meint er.«

»Was macht der eig'ntlich da drüben?« fragte eine andere ätherische Stimme, die durch die Tür in die cranachische Telekommunikationszentrale wehte.

»Weiß ich auch nich so genau«, sagte die erste Stimme. »Hat irg'ndwas mit Lemminge zu tun.«

Firkin war auf der Stelle hellwach. Er fuhr bolzengerade hoch und stieß Hogshead in die Seite.

»Und warum mach'n sie desweg'n 'n halb'n Berg platt?« fragte die zweite Stimme.

»Ich denk, weil sich die Viecher von da ob'n runterschmeiß'n, meinze nich auch?«

»Echt? So wie bei Banschitschamping?«

»Genauso. Bloß auf echt. Ohne Seil.«

»Is wahr?«

»Echt wahr. Kannze mir glaub'n.«

Firkins Gedächtnis spulte im Schnellauf zurück. Er dachte an das Tal hoch oben in den Bergen, in dem er aufgewachsen war; an Franck, der Hogshead und ihm erzählt hatte, wie er die Lemminge entdeckte hatte und beinahe über Nacht vom erfolglosen Prospektor zum erfolgreichen Pelzhändler geworden war. Und zum ersten Mal wurde ihm jetzt bewußt, daß er nie herausgefunden hatte, wie Franck von den Höhen des Erfolgs in die Tiefen einer verarmten Existenz geraten war. Er rechnete kurz nach. 1025 MEZ: Franck wäre im Augenblick mit den Vorbereitungen auf die dritte Lemmingsaison beschäftigt.

Plötzlich wurden die Käfige über ihm hart durchgerüttelt, ein schwarzer Panzerhandschuh schrappte an den Türen entlang.

»Graaa!« schrie der Mensch hinter dem Panzerhandschuh. »Graaa!« kreischte er und schlug noch fester gegen die Käfige. Vögel flatterten und zappelten ängstlich, als das zerkratzte, blessierte Gesicht höhnisch feixend durch die Gitterstäbe stierte. Das rechte Auge war von einer hastig zusammengebastelten Augenklappe verdeckt, einem Vorläufermodell jenes nietenbeschlagenen Exemplars aus schwarzem Leder, das er sich damals anfertigen ließ. Wäre es nach ihm gegangen, dann wären diese Tauben auf der Stelle umgebracht worden! Alle! Geräuschvoll trampelte er auf und ab, die leere Augenhöhle brannte scheußlich.

»GRRRAAA!« brüllte er noch einmal und stürmte in die kleine Amtstube der Fernmeldezentrale.

»Telegramm!« schnauzte er. »Mitschreiben!«

»Jawoll!« antwortete die zweite Stimme erstaunlich prompt.

»Empfänger: Geheimagent V. Langschwein, Isolon ...«

Firkin fiel der Unterschnabel herab, als er diesen Namen hörte. Vlad! Plötzlich sah er es wieder vor sich, dieses bläulich-bleiche, anzüglich lächelnde Gesicht ... Was hatte Vlad damit zu tun ...?

»Benötige aktualisierte Angaben über Truppenbewegungen Armee Isolon. STOP. Dringend. STOP. Laut Meldung bereits jetzt massierte Lemmingaufmärsche im Gebirge. STOP. Schnelles Handeln erforderlich. STOP. Fisk.«

Firkin wollte seinen Ohren nicht trauen. Diese Mitteilung konnte nur eines bedeuten: In wenigen Stunden, im besten Fall in wenigen Tagen brach der Krieg aus – der Krieg, den sie verhindern mußten. Und genau das konnten sie nicht. Sie waren ohnmächtig, absolut und vollkommen ohnmächtig.

Firkin starrte die Käfigtür, dann den nackten Metallboden unter seinen Krallen zornig an. Hätten seine Flügel Hände gehabt, dann hätte er jetzt mit aller Macht an den Gitterstäben gerüttelt und lauthals schreiend Haftentlassung gefordert. Statt dessen hockte er auf seinem Sterz und gurrte kläglich. Er hatte versagt, jämmerlich versagt. Die Lage war hoffnungslos. Er kauerte auf dem kalten Käfigboden und flehte ihn an, er möge sich auftun und ihn verschlingen.

Als Fisk aus der Fernmeldezentrale stürmte und kreischend und dabei wie üblich zwanghaft ausgiebig und lästerlich fluchend an den Käfigen vorbeifegte, verschwanden still und heimlich zwei Tauben (die eine war mit Tinte bekleckst, die andere hatte eine gebrochene Kralle und einen gequetschten Flügel) und wurden auf mysteriöse Weise vierzehn Jahre in die Zukunft versetzt.

Von seiner Position hoch im Sattel seines treuen Schlachtrosses blickte Thatarr über weite Meilen krüppelwüchsigen Tundragestrüpps in die Ferne. Hinter ihm ragten die von Schneestürmen gepeitschten Gipfel der Krapathen auf, vor sich sah er, knapp vor dem Horizont, die Ränder des Waldes von Losa Llamas. Heute abend, am Ende eines weiteren harten Tagesritts, wollte die berittene cranachische Reichsgeheimpolizei die Feuer entzünden, die Feldflaschen erheben und vor diesem Wald ihr Lager aufschlagen, um morgen dann bereit zu sein für den letzten, entscheidenden und ohne jeden Zweifel siegreichen Schlag. Wenn ihre Kriegsbeute auch nur halb so wirksam sein sollte, wie Zhorrothustra und Fisk ihm versichert hatten, dann würde er morgen, bei Anbruch der Nacht grenzenlose Macht besitzen. Eine Macht, die es ihm ermöglichte, Tyrannei und Schreckensherrschaft zu errichten und Diktator zu sein! Eine Macht, die es ihm ermöglichte, Grenzen als das zu behandeln, was sie waren: vergängliche und willkürlich gezogene Trennlinien! Eine Macht, die es ihm ermöglichte, rücksichtslos jede Abwehr niederzurennen, die sich ihm zitternd in den Weg stellte! Die Macht des Eroberers ...!

Sollte sich aber herausstellen, daß die Wahrheit diesen berauschenden Machtphantasien nicht entsprach, daß sie den verheißungsvollen Prognosen nicht gerecht wurde – dann blieb ihm als Satisfaktionsmöglichkeit immer noch das Vergnügen, Fisk Stück für Stück – und vor Publikum – die lebensnotwendigen Organe entnehmen zu dürfen. Was immer auch eintreten mochte, er konnte in jedem Fall damit rechnen, daß die kommenden Tage viel Spaß bringen würden.

Und während sein schweres, vom Muskelkater geplagtes Streitroß unbekümmert über die von der Pest der Moorhühner heimgesuchte Tundra zockelte, pfiff er unmelodisch vor sich hin und stellte besinnlich die eine oder andere rein hypothetische Überlegung an: Wenn er jetzt zu wählen hätte, welches von den vielen verschiedenartigen Organen er als erstes entnehmen sollte. Durch welche Entscheidung würde sich wohl ein Höchstmaß an Beglückung erzielen lassen?

Weit von diesem Schauplatz entfernt, tief verborgen in den Wäldern von Losa Llamas und außer Sicht- und Hörweite des anrückenden Reitertrupps, sprühte und knisterte und vibrierte ein Deja-Moi-Meister des Neunten Äon wie wild, als 22,6 Gigathaum magischer Energie mit hämmernden Pulsstößen durch seinen Körper brausten. Das mit Kreide auf den Boden gezeichnete Pentagon erglühte vom Licht ultramarinblauer Blitze und himmelblauer Szintillationen, und wieder stiegen von einem unsichtbaren Punkt eisblaue Wolken auf, als von einer Sekunde auf die andere etwa einen Meter über dem Boden zwei Gestalten materialisierten und noch im selben Augenblick auf- und übereinander auf den kalten Stein stürzten. Die eine schien man geradewegs aus einem Tintenfaß gezogen zu haben, die andere hatte einen gebrochenen Fingernagel und hielt sich vorsichtig den gequetschten Arm.

Firkin war im Nu auf den Beinen und begann zu reden. Ohne daran zu denken, daß er – wie eben noch als Taube – splitternackt war. Ihm schossen tausenderlei Fragen durch den Kopf, er hatte Antworten auf diese Fragen, vor ihm lag ein riesiges und – wie ihm schien – unpassierbares Ödland von Problemen. Und ihnen blieb nur sehr wenig Zeit. So wenig, daß nicht einmal Zeit für Metlag war.

Dawn quiekte und gickelte verlegen. Courgette leuchtete wie eine Tomate, als ihr und Hogshead gleichzeitig auffiel, daß nicht nur Firkin nackt war. Hogshead wurde feuerrot und legte x-beinig die Schenkel übereinander, um seine Blöße zu verdecken.

Firkin ratterte aufgeregt einen gedrängten Abriß der Ereignisse herunter, die sie eben oder vielmehr vor vierzehn Jahren erlebt hatten. Apathos reichte Hogshead einen Laborkittel. Firkin bekam ein Handtuch.

Courgette, Dawn und Praxx hörten aufmerksam zu und nickten mit den Köpfen. Nach wenigen Minuten war jeder über alles im Bilde.

»… und was fangen wir jetzt mit unserem Wissen an?« fragte Firkin verzweifelt. »Nicht mehr lange, dann ziehen sie wegen der Lemminge in den Krieg. Und den müssen wir verhindern!«

»Ja, aber wie?« fragte Hogshead.

»Ich weiß es nicht! Ich komme mir so dumm vor! Wenn wir wenigstens das Siegel hätten!« schrie Firkin.

»Bleib ruhig«, beschwichtigte ihn Courgette. »Rumbrüllen hilft uns auch nicht weiter. Wir müssen nachdenken. Oder sollten es zumindest versuchen.«

»Ich habe die ganzen letzten vierzehn Jahre nachgedacht. Und nichts ist dabei herausgekommen«, murmelte Firkin matt.

»Und Sie? Irgendwelche Ideen?« fragte Courgette Praxx.

»Tja also... Mir fällt dazu nur ein, daß es eigentlich nur drei Gründe gibt, warum die Leute aufeinander losgehen: Rache, Liebe oder Gier. Soweit ich sehe, scheiden im gegebenen Fall die ersten beiden Gründe aus. Bleibt also nur Gier. Sind Lemminge eigentlich sehr wertvoll?«

»Ihre Felle sind es anscheinend. Oder waren es zumindest vor vierzehn Jahren«, sagte Firkin.

»So wertvoll, daß man sich durch einen Krieg die Eigentumsrechte sichern möchte?«

»Schwachsinn! So was gibt's doch gar nicht!« ereiferte sich Dawn. Und wurde prompt überhört. Alle dachten nach und überlegten angestrengt, kratzten sich die Köpfe oder zerbrachen sich dieselben, um die Lösung zu finden für ein Problem, das in etwa so leicht lösbar war, wie ein Durchschnittswalroß in Wasser löslich ist.

Aber plötzlich und sehr zum Nachteil für jeden sterblichen, warmblütigen und mit Stoßzähnen bewehrten Meeressäuger schien Praxx die Salpetersäure gefunden zu haben: Ihm war etwas eingefallen, das möglicherweise klappen konnte. »Das ist es also«, sagte er. »Es geht also wieder einmal ums Geld. Dann wäre die Angelegenheit doch am einfachsten und ein für allemal dadurch aus der Welt geschafft, wenn die Pelze keinen Wert mehr haben.«

»Ach! Und wie sollen wir das anstellen? Kaputtmachen? Oder mit blauer Farbe anschmieren? Oder wie?« fragte Firkin. »Unmöglich zu schaffen.«

»Den Markt mit billiger Importware überschwemmen«, kam der hilfreiche Vorschlag von Courgette.

»Und woher nehmen?« sagte Hogshead. »Lemminge gibt's nur in den Krapathen.«

»Wie könnten wir die Leute dazu bringen, daß sie keinen Pelz mehr kaufen?« fragte Praxx.

»Wenn wir ihnen sagen, daß sie gefährlich sind«, schwallte Dawn drauflos.

»Freilich! Sie beißen, wenn man nicht aufpaßt! Etwas Blöderes fällt ...«, wollte Firkin sie abkanzeln.

»Moment mal!« sagte Courgette. »So dumm ist das vielleicht gar nicht. Das könnte sogar klappen ...«

Die vier Männer trugen Frack. Unbekümmert schlenderten sie die Treppen hinauf und traten vor die riesige weiße Tür von Kha Putschienos Villa. Jeder von ihnen hatte einen Instrumentenkasten bei sich, den er fest an die Brust drückte. Der Chef der Gruppe zog so heftig am Griff der Hausglocke, daß sein Spitzbart und das lange wallende Haar flatterten. Im Haus waren Schritte zu hören. Sie kamen näher, ein Mitarbeiter des *Patenonkels* öffnete langsam die Tür. Er starrte die vier Musiker einschüchternd an und bellte: »Was is, eh?«

»Äh, hallo auch«, stotterte der Primgeiger. Wenn er sich nicht getäuscht hatte, zuckten die gepolsterten Schultern unruhig. »Ich heiß Nidsche. Wir sin die Band.«

»'Intenerum gäz rein«, grunzte Khan Eloni. Er stand in der Tür, das angeklatschte Haar glänzte im dämmernden Abendlicht. »Ihr braucht eine Soundcheck, eh?«

»Nä du, muß nich sein.« Nidsche schnüffelte. »Die Jungs un ich sind ehm vonner Tour zurück. Volles Haus heute?«

»Nix 'ause! Is Villa! Nix da 'ause!« Khan Eloni blickte ihn finster an, die Nadelstreifen seines Anzugs glitzerten bedrohlich.

»Is ja gut, Mann. Wie du meinst, Kumpel«, brummte Nidsche, trat ein paar Schritte zurück und verzog sich dann in Richtung Hintereingang. Der Rambo an der Tür ließ ihn keine Sekunde lang aus den tief mißtrauischen Augen.

Durch einen kleinen Torbogen führte ein Weg in den Garten. Der Cellist pfiff beifällig, als er den von

Sträuchern und Büschen umschlossenen, exakt getrimmten grünen Rasen sah, die kleinen Engelsfiguren und Steinplastiken, die Stuhlreihen mit über dreißig Sitzplätzen, die fünf Tische, die sich unter der Last der aufgetragenen Speisen bogen, und dann hinten, auf der gegenüberliegenden Seite, die marmorglänzende Bühne.

»Kannze dich vielleicht bißchen mehr zurückhalten, Luttwich?« blaffte Nidsche, dem die drohenden Blicke nicht entgangen waren, mit denen das in scheinbar endlosen Reihen vor der Villa angetretene Personal des Party-Service den Cellisten bedachte.

»Tschulligung, Chef«, sagte Luttwich verängstigt und zupfte nervös an den Spitzen seines Flügelkragens. »Is aber auch echt imposant.«

»Trotzdem. Bißchen mehr aufpassen. Wir woll'n schließlich alles vermeiden, was den großen Boß aufregen könnte. Speziell heut abend!« Nidsche strich sich den Bart. »Wenn der Gig heute gut läuft, hol'n sie uns vielleicht öfter.«

»Ich hoff bloß, daß von dem Futter auch was für uns ist«, brummelte Wholfgang, dem beim Anblick der überreich beladenen Tische das Wasser im Mund zusammenlief. »Mein Glissando geht völlig in die Binsen, wenn ich hungrig bin.«

»Dein Glissando war aus den Binsen noch nie raus«, murmelte Luttwich – gerade so weit über Flüsterlautstärke, daß es der Krummhornspieler hören mußte. Er hörte es.

»Du mußt reden!« konterte Wholfgang. »Wann hast du schon mal dein Vibrato beim Schlußarpeggio in der ›Erotischen Symphonie in b-Moll‹ hingekriegt, hä? Kannst du mir eine Gelegenheit sagen, wo's geklappt hat? Letzten Dienstag war's wieder echt heillos. Hat sich angehört, als würd'ste eine seekranke Katze strangulieren. Und dann war da noch damals, wo du ...«

Wholfgangs Stimme verklang, als sich die Tür

zum Garderoberaum hinter der Bühne schloß. Das Quartett packte die Instrumente aus und begann zu stimmen.

Durch die Villa sauste wie ein Wirbelwind der Dämon der Vorbereitungshektik, traf Vorkehrungen, arrangierte, ordnete und ordnete wieder um und machte alles für das bevorstehende Fest bereit.

Courgette blickte Praxx flehentlich an und bettelte um die Erlaubnis, mit Firkin und Hogshead gehen zu dürfen.

»Tut mir leid. Aber deine Schulter ist immer noch nicht ganz geheilt. Es wäre zu gefährlich.« Praxx sprach so tröstlich, wie es ihm eben möglich war.

»Aber ich werde verrückt, wenn ich hier rumsitzen und warten muß, ob sie es geschafft haben oder nicht! Ich muß dabeisein, mittendrin sein! Lassen Sie mich mitkommen!«

»Nein. Du kannst uns hier helfen. Wir brauchen jeden, den wir kriegen können. Es wird auch hier ganz schön was zu tun geben, keine Angst.«

»Laß gut sein, Courgette. Es reicht, wenn zwei gehen«, meinte Hogshead. »Je mehr wir sind, um so leichter könnte man uns entdecken.«

»Können wir endlich?« drängte Firkin. »Wir verschwenden nur Zeit«, fügte er hinzu und stellte sich in das Pentagon. Hogshead trat neben ihn. Apathos machte das Thaumatron startklar (zu seiner großen Erleichterung brauchte er sich diesmal nicht mit irgendwelchen ausgefallenen sekundären chronomorphogenetischen Feldern herumzuschlagen), überprüfte die Runenskalen, die talismanischen Tabellen, den Thaumostat und begann dann, mit Händen und Armen seltsame Bewegungen auszuführen – er rief die energetischen Kräfte auf, rief die Seele des großen Generators wach. Das Summen wurde lauter.

Plötzlich flog die Tür auf. Ein Techniker platzte in den

Raum, keuchte schwer und blickte wirr und gehetzt von einem zum anderen.

»Sie sind durchgebrochen! Die Cranachier sind im Wald! Bloß keine Panik! Bloß keine Panik!« Er wuselte ein paarmal im Kreis herum und hetzte dann, beinahe so schnell, wie er hereingestürmt war, wieder aus dem Raum. Das Echo seines Geschreis hallte durch die Korridore und verklang dann allmählich: »Sie kommen. Bloß keine Panik! Bloß keine Panik!«

Praxx machte ein Gesicht wie ein vierjähriges Kind, dem man gesagt hatte, Weihnachten sei abgeschafft. »Sie werden bei Einbruch der Dunkelheit hier sein«, sagte er schlicht. »Ihr habt also höchstens acht Stunden Zeit. Wenn die Cranachier das Thaumatron zerstören, kann ich nichts mehr für euch tun.« Beim ruhigen, abgeklärten Tonfall seiner Stimme spürten sie den Ernst der Lage beinahe noch deutlicher. »Es liegt jetzt allein an euch. Viel Glück.«

Dawn sah ihren Bruder an. In ihrem Gesicht spiegelte sich eine Empfindung, als hätte eben ihr Lieblingsgoldfisch seinen letzten Schluck Wasser durch die Kiemen gefiltert.

Apathos führte die erforderlichen Fingerbewegungen aus, der Fünfzehn-Gigathaum-Strahl schoß aus der Wand und in den Punkt am untersten Ende von Praxx' Wirbelsäule. Dann nahm die Energiestärke zu, der Raum brummte vor elektromagischer Spannung, und Praxx versprühte Funken. Glitzernd lief der Funkenschein über seine Augenbrauen – sie sahen aus wie schockgefrostete Raupen. Haar und Mantel bauschten und blähten sich auf und peitschten wie von einem Orkan bewegt nach vorn und dann wieder zurück. Die Luft war dick und hatte einen metallischen Geschmack. Apathos jagte die thaumare Energie so schnell hoch, daß schon nach kurzer Zeit ein Wert von 20,8 Gigathaum erreicht war. Praxx nahm die mittlerweile gewohnte Haltung ein und schwebte einen halben Zentimeter über dem Boden.

Dann krümmte er die Finger und bellte ein letztes Kommando. Silbrigweißes Licht flammte auf, eisblaue Rauchfahnen zogen durch den Raum – Firkin und Hogshead waren verschwunden. Ein Gefühl der Leere legte sich über den Raum, die Gedanken und Wünsche von allen, die zurückgeblieben waren, folgten den beiden über die weglosen Ödländer der Zeit.

Und diese Gedanken kreisten alle um das eine und gleiche Thema.

Das Ende war angebrochen.

VII

TEMPUS FUGIT

Auch wenn sie darauf vorbereitet waren, so war es doch jedesmal wieder ein gewaltiger Schock, unvermittelt knapp einen Meter über dem Boden und um vierzehn Jahre zurückversetzt in der Vergangenheit aufzutauchen. Sie schwebten einen Augenblick lang zitternd in der Luft, dann hatte sie die Gravitation wieder, und sie schwammen im ruhigen Fluß der aktuellen Zeit. Eine Sache änderte sich bei dieser Zeitreiserei nie: In welchem Jahr sie auch anlandeten, der Boden war immer gleich hart.

Sie hatten nicht die geringste Vorstellung, wieviel Zeit ihnen für die Ausführung des Plans zur Verfügung stand, den sie in einer nach wie vor ungewissen Zukunft in Losa Llamas ausgetüftelt hatten. Die immer vorhandene Gefahr, daß an jedem Ende der vierzehnjährigen Zeitspanne etwas falsch lief; daß sie möglicherweise nicht mehr entkommen konnten; daß sie hier, in *dieser* Vergangenheit in der Falle saßen und nicht mehr zurückkonnten in jene Zukunft, aus der sie vor wenigen Augenblicken erst verschwunden waren – diese Gefahr saß ihnen im Nacken wie ein bösartiger, schadenfroher Dämon, der ihnen hartnäckig auf den Fersen blieb, der sie quälte und nie zur Ruhe kommen ließ. Es blieb ihnen nichts anderes übrig, als zu tun, was sie tun konnten – ganz gleich, wieviel Zeit sie hatten. Und das bedeutete, sie mußten auf der Stelle damit beginnen.

Hogshead rieb sich brummend den Rücken.

In diesem Moment schlurfte eine abgerissene Gestalt auf sie zu, die einen unsäglich schmuddeligen Regenmantel trug und mit irrem Blick in ein kleines Notizbuch starrte – wie ein Mönch, der eine illustrierte Ausgabe von *Unersättliche Unzucht. Ungekürzt!* ergattert hatte. Selbst hier, in diesem trüb beleuchteten Gäßchen war das Funkeln in seinen Augen nicht zu übersehen: ein Getriebener, einer, der nie genug bekommen konnte! Ohne hinzusehen, steckte er den Schlüssel ins Schloß und verschwand in seiner Hütte. Kurze Zeit später flackerte die Flamme einer gelben Talgkerze auf und erleuchtete den Raum mit ihrem armseligen Licht.

Das Timing war perfekt, die Lokalisierung war perfekt, Praxx hatte es genau getroffen: Firkin und Hogshead hatten ihr Zielobjekt unmittelbar vor sich. Sie mußten nur noch dafür sorgen, daß ihnen dieses Individuum alles glaubte, was sie ihm erzählen wollten. Eine unkomplizierte, kinderleichte Aufgabe... Oder? Wäre Turgg Enjeff so vertrauensselig gewesen wie ein neugeborener Spanielwelpe, hätte er die Leichtgläubigkeit eines ganz besonders bornierten Ökokatastrophikers besessen, dann wäre es möglicherweise unkompliziert und kinderleicht gewesen... Turgg Enjeff war weder das eine, noch besaß er das andere.

Firkin stand auf und massierte sich den geprellten Hintern. Abgesehen von dieser kleinen Malaise war er vollkommen unbeeindruckt. Er hatte nicht die leiseste Ahnung, daß das Verhängnis bereits ganze Wagenladungen Material anfahren ließ, daß es wie wild pickelte und schaufelte und Mauern und Barrieren hochzog, die ihm jede Aussicht verbauen sollten. Er klopfte an die Tür und wartete.

»Keine Zeit. Hab zu tun!« hörte er es drinnen bellen.

Das war nicht die Antwort, die Firkin hören wollte. Er stand schließlich nicht zum Spaß hier. Er hatte etwas zu erledigen, hatte einen klar umrissenen, festen Auftrag auszuführen, es ging um Leben oder Tod. Nichts konnte ihn davon abhalten, seinen Vorsatz in die Tat umzusetzen. Es gefiel ihm, wie die Zukunft sich bisher entwickelt hatte. Zugegeben: Sie hätte noch besser sein können – sie hätte aber auch erheblich schlechter sein können. Und diese Zukunft stand jetzt, vierzehn Jahre von hier und dem hiesigen Jetzt entfernt, am Rande eines unvorstellbar tiefen Abgrunds... Firkin war eisern entschlossen, auf irgendeine Weise den Sturz in die Katastrophe zu verhindern. Er biß die Zähne zusammen, stieß die Tür auf und betrat das nach den Gestaltungsregeln des grauenhaften, unermeßlichen Chaos eingerichtete Interieur. Hogshead folgte ihm, immer noch leise vor sich hinraunzend.

»Raus! Hab doch gesagt, daß ich beschäftigt bin!« blaffte ihn Turgg Enjeff an und traf dabei die nötigen vorbereitenden Maßnahmen für einen gewaltsamen Rauswurf: Er krempelte die Ärmel hoch.

»Augenblick, Augenblick!« Firkin fuchtelte aufgeregt mit den Händen. »Sie können sicher ein paar Minuten erübrigen, wenn ich Ihnen sage, daß es um den Knüller des Jahrzehnts geht!« Dieser Hinweis sollte eigentlich bewirken, daß ein hoffnungslos abgewirtschafteter Journalist Männchen machte – so hoffte Firkin.

Nicht vergebens. Turgg Enjeff spitzte die Ohren. »Knüller?« kam es wie ein Echo zurück.

»Knüller. Titelseite. Topstory. Das Höchste – oder zumindest ganz hoch oben: Skandal auf dem ›Hügel‹!« Firkin zwinkerte und zeigte mit dem Daumen in Richtung Palast.

Turgg Enjeff rieb sich aufgeregt die Hände, er sabberte beinahe vor erwartungsvoller Spannung. »Weiter! Laß hören!« Er fletschte die Zähne wie eine ausgehungerte Hyäne beim Anblick eines blutigen Lendensteaks.

»Ich weiß zufällig, daß Ihr journalistisches Interesse einer Problematik gilt, die mit den Häuten gewisser bergbewohnender Nagetiere zu tun hat«, sagte Firkin hintergründig. Turgg Enjeff nickte – mißtrauisch zum einen, begierig zum anderen, aufnahmebereit, mit offenen Ohren.

»Ich habe ein paar Informationen, die darauf hinweisen, daß hinter der Sache mehr steckt als das, was gemeinhin bekannt ist«, sagte Firkin. Dann schwieg er.

»Was meinst du damit?« fragte Turgg Enjeff. »Welche Informationen?«

»Informationen, die alle angehen. Informationen, die bisher geheimgehalten wurden.« Firkin log, daß sich die Balken bogen. »Ich will, daß die Wahrheit bekannt wird. Ich möchte, daß die Sache an die Öffentlichkeit kommt.«

Die ganze Zeit über nickte Hogshead dabei nachdrücklich und verschwörerisch mit dem Kopf und festigte so das Lügengespinst, das Firkin mit spinnenartiger Kunstfertigkeit wob.

»Wenn ich Ihnen jetzt sage, was ich weiß« – Firkin flüsterte, um anzudeuten, daß ›die Sache auf alle Fälle unter uns bleiben muß‹ –, »wenn ich Ihnen jetzt die ganze Story liefere, alle Tricks, alle Details … Wann kann der *Merkur* damit rauskommen?«

»Ja also … Erst muß ich die Story mal schreiben …«, überlegte Turgg Enjeff.

»Die diktieren wir Ihnen«, unterbrach ihn Firkin schroff.

»… dann muß sie noch redigiert werden …«

»Wann?« fiel ihm Firkin wieder ins Wort.

»… und dann muß mein Chefredakteur noch …«

»Wann?«

»Morgen früh.«

»Gleich morgen früh als allererstes?«

»Gleich morgen früh als allererstes. Und jetzt laß hören!«

»Als Aufmacher?« fragte Hogshead. Firkin funkelte ihn wütend an.

»Haben Sie schon einmal etwas von einem Phänomen gehört, das ›Thaumarer Residualquotient‹ heißt?« fragte Firkin geheimnisvoll.

»... Fe ... noh ... men, das thaumarresidu ... Wie heißt das? Thaumarer *was?*« Turgg Enjeff blickte von dem Bleistiftgekritzel in seinem Notizbuch auf.

»Thaumarer Residualquotient. Aber hören Sie mir doch erst einmal ganz einfach zu. Die Schreiberei machen wir später, ja?« Turgg Enjeff nickte. Firkin starrte Hogshead wütend an, der einen Schritt vortrat und hastig weitersprach: »Alles, was lebt, ob groß oder klein, trägt etwas Magisches in sich, das ihm seine Identität verleiht, das es zu dem macht, was es ist. Von dem es das hat, was sein Wesen ausmacht. Dieses Magische ist es, das Vögel fliegen läßt und Tintenfische davon abhält, es auch versuchen zu wollen; das Pflanzen dazu bringt, bei Tageslicht den Prozeß der Photosynthese durchzuführen, und das die kosmische Stecknadel anleitet, kleine Löcher ins nachtschwarze Firmament zu pieksen. Magie ist überall. Die meiste Zeit bemerken wir sie nicht und brauchen sie auch nicht. Die meiste Zeit bleibt sie im Hintergrund, schmiert die Zahnräder und sorgt dafür, daß die Maschinerie des Lebens fleißig und reibungslos läuft.«

Firkin wollte nicht glauben, was er da hörte. Hogshead trug ein bißchen sehr dick auf. Und außerdem ... bildete er es sich nur ein, oder hatte Hogsheads Stimme tatsächlich einen merkwürdigen Nachhall? Auf jeden Fall würde es ihn wundern, wenn Turgg Enjeff von diesem Käse auch nur ein Wort glaubte.

Hogshead redete immer noch: »... wenn ein Einzelwesen stirbt, dann wird dieses Magische freigesetzt und in anderen Einzelwesen der Wiederverwertung zugeführt. Man nennt das den Thaumaren Kreislauf. Seit Hunderten von Jahren vor Anbruch der Zeit arbeitet dieser

Kreislauf reibungslos und garantiert, daß sich der große kosmische Wasserbehälter nach dem Prinzip der absoluten Kontinuität immer wieder füllt und das Magische nie versiegt. Bis sich, relativ gesprochen vor kurzem erst und gar nicht weit von hier entfernt, etwas ereignet hat, das entsetzliche Auswirkungen …«

Turgg Enjeffs Neugier tippte aufs Gaspedal und beschleunigte Interesse und Aufmerksamkeit. Dann schaltete sie in den nächsten Gang, kurbelte das Schiebedach zurück und ließ sich vom erfrischenden Wind der intriganten Machenschaften das Haar zerzausen.

»Bisweilen verbleibt ein Residuum in den sterblichen Resten, ein Bruchteil jenes Magischen, das das betreffende Einzelwesen zu dem gemacht hatte, was es gewesen war. Und diesen Rest pflegen wir Zauberer ›Thaumischer Residualquotient‹ zu nennen.«

Firkin hob eine Augenbraue, als er Hogsheads selbstverliehenen Titel durch die mickrige Hütte hallen hörte. Plötzlich tauchten im Rückspiegel von Turgg Enjeffs Neugier zwei Blaulichter auf: Alarmiert vom Zucken des Mißtrauens, kurvte – mit dem Vorsatz, eine Verwarnung zu erteilen – ein Wagen der Verkehrspolizei auf die Autobahn. »Ist ja alles ganz schön, aber was hab ich damit zu tun?« wollte der Journalist wissen. Mit zusammengekniffenen Augen prüfte er jeden einzelnen Satz auf mögliche Finten und verborgene Fallstricke und verhielt sich genauso argwöhnisch, wie er sich verhalten hätte, wäre er zwei Vertretern jener Wachtturmwächtervereinigung gegenübergestanden, deren Namen auch er sich nie merken konnte.

»Lemminge«, sagte Hogshead schlicht.

Turgg Enjeff fuhr bolzengerade hoch, genehmigte sich ein nicht unerhebliches Quantum aus seinem Flachmann und lauschte gespannt. Hogshead hatte jenes Wort ausgesprochen, das eine beinahe tödliche Faszination auf den verzweifelt nach dem großen Knüller gierenden

Journalisten ausübte: Lemminge!* Das Blaulicht erlosch, der Wagen bog ab – Turgg Enjeff konzentrierte sich wieder auf das Naheliegende, schaltete wieder in einen höheren Gang und raste hinter dem Köder her, der ihm vor der Nase baumelte – der Aussicht, weltweit die Titelseiten zu beherrschen.

»Die Lemminge«, hörte er Hogshead sagen, »leben in einem Tal, in dem der thaumare Hintergrundquotient sehr hoch ist. Das hat zur Folge, daß bei ihnen der thaumare Residualquotient weit über dem Normwert liegt, auch noch nach der Gerbprozedur. Was in allen anderen Fällen nichts bedeuten müßte. Bei Lemmingen aber …«

»Was? Was ist mit dem Residualdings von Lemmingen?« fragte Turgg Enjeff. Das glitzernde Bild der sinnlichen, verführerischen Maid war noch nicht erloschen.

»Er verursacht merkwürdige Dinge und Geschehnisse«, log Firkin jetzt wieder.

»Welche? Erzähl schon!« bettelte Turgg Enjeff.

»Morgen früh Titelseite?«

»Ja, ja! Jetzt sag schon endlich!« flehte der Journalist verzweifelt.

»In letzter Zeit häuften sich Meldungen, die von gewissen seltsamen und unerklärlichen Vorfällen berichteten, die alle mit der Benutzung von Lemmingfellprodukten in Vollmondnächten zu tun hatten.«

Hogshead sprach mit hallender Stimme. Turgg Enjeff lauschte gebannt. Selbst Firkin war sich – zum ersten Mal in seinem Leben – nicht mehr sicher, ob das, was

* Die anderen Wörter waren ›Mord‹, ›Serienkiller‹ und – das von ihm am meisten geschätzte – ›Sex‹. Letzteres ganz besonders dann, wenn es mit Wörtern wie ›abartig‹ oder ›Skandal‹ kombiniert war. Oder wenn es von einer sinnlichen Maid ausgesprochen wurde, die ihm im Silberlicht einer warmen mondhellen Sommernacht verlangend in die Augen blickte und mit feuchtglänzenden, verführerisch aufgeworfenen Lippen leise flüsterte: ›Komm schon, Liebster, gehört alles dir…‹

Hogshead erzählte, nicht vielleicht doch der Wahrheit entsprach. Besaß Hogshead tatsächlich magische Kräfte?

»Welche Vorfälle?« drängte Turgg Enjeff besessen. Hogshead hatte es geschafft. Turgg Enjeff fraß ihm bereitwillig aus der Hand, lammfromm folgte er ihm auf die erquicklichen grünen Auen des Weltklassejournalismus.

»Brieftaschen aus Lemmingleder springen aus Handtaschen, Sockenhalter fallen zu Boden, Stolen aus Lemmingpelz stürzen von nackten Schultern.«

Turrg Enjeff lümmelte sich gelangweilt in seinen Sessel, der Zauber von Hogsheads Worten war plötzlich verflogen. »Und das ist alles? Ich hab gedacht, ihr hättet eine *Story* zu bieten! Statt dessen kommt ihr mir mit einer lächerlichen Märchenstunde! Raus!« Das Futter der journalistischen Weide, auf die er geführt worden war, schmeckte fad und enthielt nichts, was seinen abgestumpften, weltverdrossenen Gaumen hätte reizen können: nirgendwo das belebend frische Kraut handfester politischer Intrige; keine Mordfälle, die wie eine kräftige Marinade die abgestandene Kost ein wenig gehaltvoller gemacht hätten; an keiner Stelle kam er auf die Felder, auf denen eine neue Ernte von Serienkillern hätte eingebracht werden können. Und eins vor allem fehlte überall – jenes Ingredienz, ohne das keine Aufmacherstory auskam, jenes journalistische Äquivalent eines Aufputschers: Sex.

»Nein, Moment noch! Das ist noch nicht alles!« Firkin war verzweifelt. Er spürte, wie die Unterhaltung versandete, wie die Zukunft verstrich, er roch den Atem des schadenfrohen Dämons des Scheiterns, der ihm auf der Schulter hockte.

»Also gut. Ich gebe euch noch fünf Sekunden«, grunzte Turgg Enjeff, der gerade jetzt eine Lemmingstory sehr gut hätte gebrauchen können.

»Rätselhafte Selbstmorde!« platzte Firkin heraus, befeuert von der Inspiration, die aus der Verzweiflung erwächst. »Leute, die Lemmingpelz tragen, springen von Steilwänden, von hohen Gebäuden und Brücken ...«

»... hört man immer wieder ...«, bekräftigte Hogshead.

»... ohne jeden erkennbaren Anlaß ...«, pflichtete Firkin bei und nickte wie wild mit dem Kopf.

»Und wie kommt's, daß ich nichts davon gehört habe?« Turgg Enjeff war mißtrauisch, er roch eine Intrige.

Firkin warf Hogshead einen flüchtigen Blick zu und machte dann tapfer weiter: »Weil, äh, weil ...« Wieder ein flüchtiger Blick, flehentlich diesmal ...

»... die Sache wird vertuscht. Genau, genau wie du gesagt hast, Firkin, man versucht, die Sache zu vertuschen«, stotterte Hogshead.

Firkin wischte sich die Stirn. »Man will es geheimhalten, weil Lemmingpelz hier noch neu ist und *der* Renner werden soll.«

Turgg Enjeff starrte die Jungen an, die sich erbärmlich abplagten, ihre *Story* aufzuputzen.

»... immer bei Vollmond ...«

»... ist die Wahrheit, glauben Sie mir ...«

Je länger der Reporter schwieg, um so besessener und wahlloser mixten und mischten Firkin und Hogshead gehaltvolle Zutaten in den Nachschlag zu ihrer Räuberpistole.

»... in der Angstartik bereits vom Markt genommen ...«

»... müßte verboten werden ...«

Mit Entsetzen sah die Leichtgläubigkeit, wie immer wieder und immer mehr Geschmacksverstärker in unsinnigen Mengen in die Nachspeise der vorsätzlichen Täuschung gekippt und zu einer unglaubwürdigen Pampe verrührt wurden.

»Halten Sie die Ohren offen. Es ist alles wahr ...«

»... jedes Wort ...«

»... auf Ehre und Gewissen und ...«

Die Leichtgläubigkeit würgte, das Zeug drehte ihr den

Magen um. Wieder kam es ihr hoch, krampfhaft hielt sie sich den Mund zu und rannte schleunigst auf die Toilette. Als in Turgg Enjeffs Kopf die Tür zugeworfen wurde, rasselten die stählernen Rolläden des Argwohns und des Verdrusses nach unten und versperrten allem, was Firkin und Hogshead noch sagen wollten, den Zugang. Ihre Zeit war abgelaufen, unwiederbringlich vorbei.

»Schön. Dann will ich die Augen offenhalten und mich nach den herabfallenden Brieftaschen und nach den zahllosen vom Himmel stürzenden Menschen in gelblichen Pelzmänteln umsehen. Danke für den Hinweis, ich werd dran denken. Nein«, sagte Turgg Enjeff, stand auf und zeigte ihnen, wo der Maurer das Loch gelassen hatte, »nein, werd ich ganz bestimmt nicht. Und jetzt, wenn's recht ist – ich habe zu tun. Gute Nacht.«

Dann packte er sie, sehr fest und sehr bestimmt, und warf sie auf die Straße.

Selbstmordjacketts! Warum gerade ich? Warum kommen alle durchgeknallten Spinner immer zu mir?

Fast im gleichem Moment funkelte tief im Innern jener weitläufig ausgedehnten Baulichkeit, die Schloß Isolon hieß, aufgeregt das große Auge eines schwarzen Nagetiers. Das Auge einer jener schwarzen Hausratten, die in der Schloßküche zur Untermiete wohnten. Warum sie aufgeregt war, das wußte die Ratte nicht, sie wußte nur, *daß* sie aufgeregt war. Sie hatte, wie alle anderen aus ihrer Rotte, etwas in der im Schloß herrschenden Atmosphäre wahrgenommen, etwas, das beinahe greifbar war, eine körperlich spürbare klimatische Veränderung.

Im Jahre 1025 MEZ verlief das Leben in Schloß Isolon, zumindest das Leben einer Ratte, im großen und ganzen ruhig und ohne größere Aufregungen. Sobald die Sonne aufgegangen war, und die Menschen im Schloß unterwegs waren, empfahl es sich, in den Winkeln und Ecken zu bleiben und geduldig den geeigneten Moment abzuwarten, in dem man schnell losflitzen und sich einen zu Boden gefallenen Speiserest oder den einen oder anderen Krümel schnappen konnte. Doch wenn der Tag zu Ende ging und das Schloß in Schlaf fiel, dann beherrschten die Ratten das Feld. Wenn keiner mehr da war, der sie gesehen hätte, konnten sie sich in der Schloßküche frei und ungehindert bewegen. Und diese vorteilhafte Situation nutzten sie, so gut sie konnten: Sie plünderten die Getreidespeicher, zogen wie Staubsauger über den Küchenboden und reinigten ihn von Krümeln und Bröseln und kosteten von den Leckerbissen in den Obstschränken. Nichts war vor ihnen sicher. Aber sie waren auch klug. Und das war eine Eigenschaft, die sie zu vollendeten Parasiten machte. Die Ratten nahmen niemals so viel, daß sie wirklich zur Plage geworden wären, und beschützten darüber hinaus die Küchenvorräte vor anderen, größeren Gefahren: vor den Horden der Wanderratten zum Beispiel, die alle möglichen scheußlichen Krankheiten verbreiteten. *Sie*, diese Außenseiter, waren die wirklichen Schädlinge. Die schwarzen Ratten der Schloßküche dagegen waren sauber, gesund und vor allen Dingen glücklich.

Genauer gesagt waren sie bis vor einigen Tagen glücklich gewesen. Vor einigen Tagen hatte sich etwas geändert. Die Sonne war wie jeden Tag untergegangen, und die Ratten hatten geduldig darauf gewartet, daß sich die Küche leerte. Sie hatten gewartet und hatten gewartet…

In Scharen waren die Menschen in die Küche geströmt und hatten sich an die Arbeit gemacht, hatten unaufhörlich gekocht und einen Braten um den anderen ins Rohr geschoben. Die ganze Nacht lang war das so gegangen. Die Menschen hatten kaum gesprochen. Nur dann, wenn es nicht zu vermeiden gewesen war, und auch dann nur leise, mit gedämpften Stimmen. Diese Betriebsamkeit hatte etwas Gereiztes an sich gehabt, etwas Unruhiges, Verzweifeltes. Und diese unnatürliche Erregung hatte sich überall im Schloß ausgebreitet, war in alle

Ecken und Winkel gekrochen – wie ein dämonisches Geistwesen, daß sich bis an die Haarwurzeln mit dem Edelstoff ›Aufgeregtheit‹ vollgeknallt hat. Niemand war gegen dieses Fieber immun. Sogar das in der Küche eingemietete Rattenrudel zuckte ein klein wenig nervöser als sonst.

Allerdings wußte keine von den Ratten, warum das so war. Und selbst wenn man es ihnen angemessen hätte erklären können, so hätte es doch keine von ihnen verstanden. Den Grund dieser Aufregung zu verstehn, das ging weit über den Horizont auch noch der vernunftbegabtesten Ratte.

Die Bewohner von Schloß Isolon bereiteten sich auf einen ungeheueren Gewaltakt vor. Den ersten nach zweiundzwanzig Jahren. Sie bereiteten sich darauf vor, in den Krieg zu ziehen.

Was die Gewalt anging – diesen Aspekt hätten die Ratten wahrscheinlich verstanden: Keine gesunde Ratte hat etwas gegen eine anständige Holzerei, wenn es um den Schutz des Territoriums ging; sie war sogar bereit, mit einem saftigen Stück stinkenden Blauschimmelkäses gegen eine Horde Wanderratten vorzugehen. Das alles war guter, gesunder, urwüchsiger Instinkt.

Aber Krieg, das war ein anderes Paar Stiefel, ein vollkommen anderes. Das Konzept eines planmäßig vorbereiteten, mit Vorbedacht auf einem bestimmten Schauplatz und zu einer bestimmten Zeit ausgeführten Gewaltaktes, das allein war schon unvorstellbar genug. Aber diese Figuren hier im Schloß wuselten dazu noch Tage im vorhinein durch die Gegend und schmierten sich Pausenbrote! Möglicherweise hatte das mit dem zu tun, was man Intelligenz nannte.

Vor Tagen hatte das alles begonnen, inzwischen waren die Vorbereitungen fast abgeschlossen. Die Waffen aus der Waffenkammer waren gesäubert, poliert und geschliffen, die Rüstungen der Infanteristen blank geputzt, geschmiert und in manchen Fällen um die Hüfte ein paar Zentimeter weitergemacht worden. Die Kriegspoeten und Schlachtenmaler waren wieder reaktiviert worden, um den sicher zu erwartenden Sieg in ansprechender Weise der Nachwelt zu überliefern. Und Brummas, achtundachtzigjähriger Oberbefehlshaber der kulinarischen Brigade, Reichsverweser des Befestigten Blechnapfs und einer der Kriegsherren von Isolon – Brummas war ein fabrikneuer Voll-PRoSt* zur Verfügung gestellt worden.

Morgen abend war es soweit.

Morgen war der große Tag.

»Warum soll ich jetzt wieder schuld sein?« quengelte Hogshead.

»Was wolltest du eigentlich damit beweisen?« schimpfte Firkin und beantwortete seine Frage gleich selbst: »Daß Magie die Lösung für alle unsere Probleme ist!«

»Es hat funktioniert.«

»Aha! Und warum hat er uns dann rausgeworfen?«

»Irgendwann hat's nicht mehr funktioniert«, gestand Hogshead seinen Füßen. »Aber das ist nicht meine Schuld!«

»Und wer ist dann schuld?«

»Ich hab nicht mehr Zeit gehabt, um alles zu lernen. Die letzten drei Zeilen ... Ich, äh ...«

»Ja?« fauchte Firkin.

»... äh, hab ich vergessen.«

»Vergessen! Wegen dir und deinem hervorragenden Gedächtnis sitzen wir also jetzt hier fest.«

»Auf die Magie ist Verlaß. Wirst schon sehen!« Hogshead steckte geknickt die Hände in die Jackentaschen.

Ziellos, entmutigt und vollkommen ahnungslos, was sie – und wenn wo – als nächstes tun sollten, irrten sie

---

* PRoSt: Panzer-Rollstuhl

einsam durch die niederschmetternd trüben und schmuddeligen Gassen im Glasscherbenviertel von Cranachan und achteten kaum darauf, in welche Richtung sie gingen. Plötzlich bemerkte Hogshead erstaunt, daß ein paar Melodiefetzen wie beiläufig heraufschlenderten an die Türen seines dumpf vor sich hinbrütenden Gemüts und gern auf ein Gläschen hereingeschaut hätten. Er schüttelte den Kopf, als erwache er aus einem jener Tagträume, denen insbesondere männliche Teenager gern nachhängen, und suchte nach der Quelle dieser Klänge. Er spitzte die Ohren: Nicht weit von ihm entfernt wehten wieder ein paar Töne über eine Mauer; es klang, als spielte ein Streichquartett vor einer sanft dösenden kleineren Zuhörerschaft. Hogshead lugte durch einen Riß in der zerbröckelnden Mauer und sperrte verwundert Mund und Nase auf: Vor seinen Augen dehnte sich ein saftiger Rasen, der mit lebensgroßen steinernen Engelsfiguren bestückt war und an dessen anderem Ende, etwas erhöht, ein kleines Podium errichtet war, auf dem unter dem Dach eines in Marmor aufgeführten großen Bühnenbaus das Quartett munter drauflossägte und -dudelte. Der Geiger hatte sich für sein Solo erhoben, warf mit einer kurzen Kopfbewegung die wirre Mähne aus dem Gesicht, klemmte die Fiedel unter den schwarzen Spitzbart und ließ eine kreischende Serie chromatisch dahintrillernder Tremolos und qualvoll forcierter Harmoniefolgen vom Stapel, alles im Bereich der mehrgestrichenen Oktave. Der größte Teil des Publikums nickte, betäubt von den Strapazen der abendlichen Lustbarkeit, erschöpft mit dem Kopf.

Nur eine nicht. Hinter den langen Reihen der Stuhllehnen, über denen Lemmingpelzmäntel hingen und gegen die die benommenen Festgäste gesunken waren, saß ein schwarzhaariges kleines Mädchen, das eine große rote Schleife ins Haar gebunden hatte und ein rosarotes Festkleid trug. Es baumelte mit den Beinen und konnte vor Langeweile kaum mehr stillsitzen.

Und plötzlich streckte tief aus dem trüben Dunkel des Unterbewußtseins in Hogsheads Gehirn die Spontaneität einen Tentakel aus, der sich am Hypothalamus vorbei ins motorische Zentrum schlängelte. Hogshead hatte soeben eine phantastische Idee gehabt. Ohne auf Firkin zu warten, kletterte er über die Mauer und ließ sich leise in eine Rabatte fallen, die mit niedrigen Ziersträuchern bepflanzt war (in einigen Jahren ständen hier mit Sicherheit Gewächse, an denen ein Liebhaber von kunstvoll in Form geschnittenem Baum- und Buschwerk seine helle Freude hätte). Firkin war entsetzt: Hogshead hatte offensichtlich durchgedreht! Es blieb ihm gar keine andere Wahl, als hinter ihm herzusprinten.

»Was soll denn das?« flüsterte Firkin und hockte sich neben Hogshead auf den Boden. »Bist du verrückt geworden?«

»Verlaß dich auf mich. Ich weiß, was ich tue«, wisperte sein Freund. Dann kroch er davon und schlich sich heimlich über den sauber gestutzten Rasen. Firkin war noch zu jung, als daß er es schon gewußt hätte: Wenn du jemanden, ganz gleich wen, diese Worte sagen hörst, dann bleibt dir, wenn du vernünftig bist, nur eins: Hau ab, so schnell du kannst. Statt dessen nickte er bloß. Der rasende Violinist war vollkommen in seine Musik versunken, er kratzte sich in die höchsten Lagen hinauf und rang dem alten Instrument ein marterndes Solo ab. Das rammdösige Publikum nickte anerkennend.

Nach wenigen – für Firkin qualvoll langen – Augenblicken war Hogshead hinter der letzten Sitzreihe angekommen und zog einen Lemmingpelzmantel von einer Stuhllehne. Der Mantel fiel lautlos in das feuchte Gras, sein Besitzer döste friedlich weiter. Hogshead rollte das Kleidungsstück blitzschnell zusammen und flitzte genau in dem Moment in die Rabatte zurück, als die Schlußkadenz mit einer schmetternden, makellosen Quint zu Ende ging und das ermattete Publikum mit ein paar spärlichen Klatschern beduselt applaudierte.

Hogshead hielt sich nur so lange in den Büschen auf, bis er den Mantel angezogen und einen großen Steinbrocken gefunden hatte. Firkin sah ihn erschrocken und verstört, mit weitaufgerissenen Augen an.

»Was um alles in der Welt soll das eigentlich?« flüsterte er zornig, als Hogshead wieder davonstürzen wollte. »Wenn du so weitermachst, werden wir noch erwischt. Wir dürften gar nicht hier sein ...«

Hogshead brachte ihn mit einer Handbewegung zum Schweigen. »Keine Zeit für lange Erklärungen«, flüsterte er. »Aber wenn ich es jetzt nicht tue, dann werde ich es nie ...«

»Was *tun?*« krächzte Firkin.

»Wirst schon sehen«, flüsterte er. »Paß du nur auf, daß auch wirklich jeder *alles* sieht. Morgen bin ich auf der Titelseite.« Er verschwand in den Büschen und schlich geduckt auf die Bühne zu. Die Geräusche, die er verursachte, wurden von der Musik überdeckt, das Quartett spielte jetzt ein schwungvolles Stückchen im Dreivierteltakt. Zurück blieb Firkin – er kochte vor Wut.

Hogshead tappte vorsichtig und verstohlen durch das dichte Gebüsch und sauste von allen unbemerkt hinter die Rückseite des Marmorbaldachins der Bühne. Eine Leiter lehnte an der Wand, über die man auf das Dach steigen konnte. *Perfekt!* Hogshead holte tief Luft, trat aus dem Gebüsch, rannte die kurze Strecke zu der Leiter hinüber und kletterte leise hinauf. Sekunden später trat er vorsichtig auf das Dach; den Stein hielt er dabei fest umklammert. Ein Teil seines Verstands sauste in das Gedächtniszentrum und suchte die angesammelten Kenntnisse zusammen. Ein anderer Teil fragte sich verwundert, was er hier auf dem Dach trieb. Und wieder ein anderer rannte schreiend in den Bankettsaal des Glücks, blies meterweise mit einem Atemzug Geburtstagskerzen aus, hob schäumende Gläser und brachte einen Toast auf alle guten Geister des glücklichen Zufalls aus.

Am anderen Ende des Gartens hielt Firkin den Atem

an: Hogshead hatte sich aufgerichtet und ging auf die Dachkante zu. Das Quartett schrammelte versunken dahin, das Publikum döste, Hogshead zitterte. Er trug einen langen Lemmingpelzmantel und hoffte, daß ihm alles, was er jetzt wissen mußte, einfallen werde. Vor allen Dingen die letzten drei Zeilen.

Firkin wurde bleich: Hogshead stand genau an der Dachkante und blickte nach unten. Was tat er denn da? Er konnte sich umbringen, wenn er von dort oben herunterfiel. Oder jemand anderen, wenn er zufällig drauffiel. Und was war das? Der Geiger …? Oder drehte jemand einer Katze den Kragen um?

Hogshead begann leise zu stöhnen, begann dann jaulend ein langsames Mantra von hinten zu singen und hielt den Steinbrocken krampfhaft umklammert – er rezitierte die Zauberformel. Plötzlich blickte das schwarzhaarige kleine Mädchen nach oben und stieß einen gellenden Schrei aus. Die Musik verstummte, ein paar Zuhörer begannen mechanisch zu klatschen, so lange, bis eine andere Frau kreischend aufschrie und ihre befuselte Aufmerksamkeit auf die rundliche Gestalt lenkte, die auf der Kante des Bühnendachs theatralisch hin und her schwankte. Noch einmal plätscherte kurz ein dünner Applaus durch die Publikumsreihen, bis schließlich jeder verstanden hatte, daß es sich nicht um eine Shownummer handelte.

Hogshead sah sich um: Es war soweit, genau der richtige Moment! Mit melodramatischer Geste legte er den Handrücken an die Stirn und schrie: »Es ist sinnlos! Ich kann es nicht mehr länger ertragen!«

Entsetzt starrte das versammelte Publikum zu dem Selbstmörder hinauf.

»Der Kampf dauerte zu lange und war zu schwer«, sprach Hogshead weiter. Firkin beobachtete ihn stumm, wie vom Schlag gerührt. »Heute nacht spüre ich es tief in mir, es beherrscht mich. Und zieht mich, zieht mich …«

Das Publikum hatte jetzt bemerkt, daß er es ernst meinte. Man versuchte, ihn abzuhalten, und rief ihm ermutigende Worte zu.

»Komm schon runter! *So* schlimm kann's doch gar nicht sein!«

»Du wirst es bereuen!«

»Was kann er denn eigentlich nicht mehr länger ertragen?«

Khan Eloni, der Portier mit der geschleckten Frisur, rannte ins Haus, um seinem Boß Meldung zu machen. Hogshead blickte nach unten: Zwischen seinen Füßen fiel die Mauer senkrecht ab – hoffentlich konnte er so weit springen, daß er das gegenüberliegende Gebüsch erreichte. »Es zieht mich!« schrie er wieder und trat zögernd einen weiteren Schritt auf die Kante zu. Und dabei murmelte er leise eine Reihe von Wörtern, die seltsam zerhackt und zerstückelt klangen: »… aberm utter way nezzzeer …« Er starrte auf den Steinbrocken, den er unter dem gestohlenen Lemmingpelzmantel versteckt hielt: »… hahtjan unke inhenzz jenmeer …«

»Mein Mantel!« schrie eine große Frau, die in den hinteren Reihen stand: »Er hat meinen Mantel!«

»Hört sich ganz so an, als hätt er auch eine Katze!«

»Es zieht mich …« Hogshead rückte wieder ein paar Millimeter näher an die Kante heran. »Ich komme nicht mehr dagegen an! Ich kann nicht länger …«

Kha Putschieno stürzte aus der Villa, schnappte sich seine Tochter und starrte zum Bühnendach hinauf.

»'erunter da obe!« schrie er. Keine sehr sinnreiche Anweisung.

Hogshead wurde schwindlig, wie eine kalte, feuchte Welle brach es über ihn herein: »Ich kann nicht mehr länger …«, schrie er und warf sich selbstmörderisch vom Dach. Firkin rieb sich ungläubig die Augen. Hogshead stürzte im weiten Bogen auf die Erde zu, hielt den Stein krampfhaft umklammert und rezitierte fieberhaft sein Mantra: »… jenmeer dabes innzzich d …« Schwarz und unbarmherzig raste ihm der Boden entgegen. Zwei Frauen fielen in Ohnmacht, Hogsheads fäßchenartige Gestalt sauste unabänderlich einem sinnlosen Ende entgegen und war urplötzlich nicht mehr zu sehen.

Nur wenige Sekundenbruchteile vor dem Aufprall auf der kalten harten Erde schoß es Hogshead durch den Kopf: *Die letzte Zeile …? Heißt sie wirklich so? Hoffentlich hast du dich richtig erinnert! Wenn nicht, dann …*

Das letzte, was er sah, bevor er die Augen zusammenkniff und sich Kräften anvertraute, die er kaum beherrschte, war eine große Fläche massiver schwarzer Erde, die schneller und immer schneller und dann noch schneller auf ihn zu stürzte …

Kholin, der Barbar, hackte mit seiner Machete auf eine der unzähligen grünen Gardinen ein, die den Wald von Losa Llamas in ein verwuchertes, undurchdringliches Dickicht verwandelten. Thatarr sah ihm eine Weile zu. Dann drehte er sich um und blaffte das gebrechliche, verwirrte Individuum an, das einmal ein thaumaturgischer Physiker gewesen war: »Wie lange müssen wir uns eigentlich noch durch diesen widerwärtigen Dschungel holzen?«

»Äh, bis wir da sind«, erwiderte Zhorrothustra, der sehnsüchtig in die Richtung blickte, in der ihr Ziel lag, von dem immer noch nichts zu sehen war.

»Und wie lange dauert das noch?«

»So lange es eben dauert«, antwortete Zhorrothustra vage.

Thatarr kochte. Der Kerl war einfach nicht dazu zu bewegen, eine klare, eindeutige Antwort zu geben! Nicht ums Verrecken!

»Können wir uns wirklich auf den da verlassen?« fauchte er Fisk an und deutete mit dem Daumen über die Schulter auf Zhorrothustra.

»Aber ganz gewiß, Kommandant«, versicherte Fisk übereifrig und rieb sich gierig die Hände. »Ich habe mit eigenen Augen gesehen, welche Kriegsbeute auf uns wartet! Ich war Zeuge ihrer furchteinflößenden Macht. Ich habe ...«

»Ja, ja! Diesen Quark hab ich jetzt oft genug gehört«, fiel ihm der Oberste Chef des Ministeriums für Sicherheit und Kriegsführung ins Wort. Er stand kurz, sehr kurz davor zu platzen. »Mich interessiert nur eines: Wie lange dauert es noch, bis wir dort sind?«

Hauptmann Schikaneder spitzte die Ohren. Was er da eben mitgehört hatte, schien alle Voraussetzungen für eine anständige Streiterei zu besitzen. Und jede Streiterei, bei der sich Fisk mit einer Macht einließ, die ihm überlegen war, war für Schikaneder eine anständige Streiterei. Ganz besonders, wenn es sich bei dieser Macht um einen bis aufs Blut gereizten Thatarr handelte. Schikaneder hatte gesehen, was ein wütender Thatarr mit diversen Teilen der menschlichen Anatomie anstellte. Es war kein schöner Anblick gewesen.

»Wir werden noch vor Anbruch der Dunkelheit dort ankommen, Kommandant«, beteuerte Fisk.

»Das will ich auch hoffen. Sollte ich noch einmal eine Nacht in diesem von Stechmücken verseuchten, von Flöhen verpesteten Dschungel verbringen müssen, dann mache ich ganz allein Euch persönlich dafür verantwortlich«, knurrte Thatarr Fisk ins Ohr. »Habe ich mich klar und unmißverständlich ausgedrückt?«

»Jawoll, Kommandant. Erstaunlich klar und unmißverständlich, Kommandant.« Fisk schluckte nervös und unterließ es nach kurzem Bedenken, Thatarr darauf hinzuweisen, daß sie durch mikroklimatisch mannigfaltig gegliedertes subtropisches Waldland marschierten – und durch keinen ›Dschungel‹, wie er es so vereinfachend genannt hatte.

Drei verschiedene Arten entsetzter, schockierter und von ungeheurem Abscheu erfüllter Schreie hörte er; Schreie, die kein Reporter, der etwas auf sich hielt, keiner, der auf dem Weg ganz nach oben war, unbeachtet lassen konnte. *Dabeisein* hieß das Gebot der Stunde, Turgg Enjeff wußte es in dem Augenblick, als er diese Schreie hörte. Wie weggewischt waren die bohrenden Zweifel, die ihn keinen klaren Gedanken mehr fassen ließen; die ihn auf der Suche nach Antworten wie einen Geist, der keine Ruhe fand, durch die Straßen irren ließen. Und so wie die dralle Bardame in der *Sauren Gurke* zur Sperrstunde eisern ganze Scharen von Betrunkenen an die Luft setzte, genau so fegte jetzt Turgg Enjeffs Verstand alle Fragen und Zweifel (etwa ›Und wenn sie, was die Sache mit den Lemmingen angeht, doch recht haben?‹ oder ›Wie soll ich denn nachweisen, daß sie nicht recht haben?‹ und ›Angenommen, sie haben recht: Wie blöd steh ich dann da, wenn ich es aus der Zeitung erfahren muß?‹) in die hintersten Winkel seines Hirns, in denen schon alles erdenkliche andere Gerümpel herumlag.

Er blieb einen Moment lang regungslos stehen, orientierte sich, aus welcher Richtung die Schreie kamen, zog dann das schwarze Notizbuch aus der Tasche seines fettigglänzenden schäbigen Regenmantels und leckte die Bleistiftspitze ab. Dann klappte er wie ein Wirtschaftsprüfer, der hinter einen besonders saftigen Fall von Steuerhinterziehung gekommen ist und jedes einzelne Detail genau vermerken will, mit einer schnellen geschickten Handbewegung sein Notizbuch auf und rannte schleunigst in die Richtung, aus der er das Geschrei hörte, das so verdächtig nach Knüller klang.

Firkin hetzte durch den Garten hinter Kha Putschienos Villa, er konnte nicht glauben, was er eben mit eigenen Augen gesehen hatte. Hogshead, der vom Dach der Bühne stürzte – wieder und immer wieder schoß ihm dieses Bild durch den Kopf. Er rannte durch die Ziersträucher in den Rabatten am Rand der Rasenfläche, er raste auf die Stelle zu, wo seiner Meinung nach Hogshead liegen mußte, ihn quälte die Vorstellung, was ihn dort erwartete: der verkrümmte, entstellte Körper seines Freundes, der in seinem Blut lag, die Glieder verdreht und verstümmelt wie groteske Karikaturen ihren ursprünglichen Gestalt... Er unterdrückte diese grauenvollen Visionen und rannte weiter. Rannte um einen Busch und blieb wie angewurzelt stehen, stumm und sprachlos. Mit offenem Mund starrte er auf das, was er vor sich sah, auf etwas, worauf nichts und niemand ihn hätte vorbereiten können.

Vor seinen Augen, etwa einen halben Meter über dem Boden, schwebte ein großer schmutziger Steinbrocken und zog enge Kreise in der Luft. Und auf diesem Stein lag Hogshead, klammerte sich krampfhaft daran fest und wirkte unglaublich erleichtert. Als er Firkin sah, rollte er herunter und lag wimmernd im Gras, war erschüttert und erlöst zugleich. Auf seinem Bauch war ein großer brauner Schmutzfleck zu sehen, dort, wo er auf dem Stein gelegen hatte.

Plötzlich grinste Hogshead: »Ich hab's geschafft!«

»Was geschafft? Und... wie?« Firkin starrte abwechselnd Hogshead und dann wieder den sacht kreiselnden Steinbrocken an.

Hinter dem Gebüsch waren eilige Schritte zu hören. Die Festbesucher kamen angerannt, alle wollten sie sich das – wie sie glaubten – blutige Spektakel ansehen. Hogshead deutete aufgeregt auf den schwebenden Stein: »Versteck ihn! Keiner darf ihn sehen, sonst funktioniert's nicht!«

»Was funktioniert sonst nicht? W... wie...?« stotterte Firkin verstört.

»Versteck ihn!«

Firkin trat zögernd einen Schritt zur Seite und stand, genau in dem Moment, als die ersten Zuschauer durch das Gebüsch brachen, vor dem steinernen Trabanten. Hogshead begann plötzlich laut zu stöhnen. Er wand und krümmte sich, spielte den Verwirrten, simulierte und heuchelte Schmerz und Leid, als sich die Menge um ihn versammelte.

»Alles in Ordnung mit ihm?« fragte eine große Frau, die über und über mit Schmuck behängt war.

»Ich… ich, äh…« Firkin wußte nicht, was er antworten sollte, und glotzte Hogshead mit großen Augen an.

»Wo bin ich?« stöhnte Hogshead.

»Ganz ruhig, jetzt ist alles gut«, sagte die Frau.

»Wo ist die Katze?« fragte jemand.

»Nein! Nicht schon wieder dieses Gezerre!« Hogshead schrie und strampelte sich aus dem angeblich besessenen Mantel.

»Der spinnt!« sagte ein Mann.

»Es war der Mantel!« brüllte Hogshead und verdrehte dramatisch die Augen. »Der Mantel hat mich dazu gebracht! Hütet euch vor den Lemmingen!«

»Was isse da los, eh?« fragte eine gebieterische Stimme. Die Menge teilte sich, machte Platz für einen kleinen untersetzten Mann. »Eh? Was is, eh?« schnauzte Kha Putschieno. Firkin sah Hogshead leicht zwinkern, sah ein flüchtiges Grinsen über sein Gesicht huschen und wußte Bescheid. Plötzlich war ihm klar, warum sich der Mops, der sich da vor ihm auf dem Boden wand, vom Dach der Orchesterbühne gestürzt hatte; plötzlich fielen ihm alle die verblasenen Ammenmärchen wieder ein, die sie für Turgg Enjeff zusammengesponnen hatten und die er ihnen leider nicht abgekauft hatte.

»Warum hat du das gemacht, Junge?« fragte die Juwelenbehängte und legte in übertriebener Sorge die Stirn in ungezählte Falten.

»Lemm… Lemmmmm… Lemminge!« kreischte Hogshead. Er spielte seine Rolle so gut, daß ihm Speichelschaum in den Mundwinkeln stand.

»Was isse mit die Lemminge, eh?« fragte Kha Putschieno barsch.

»Sie hahab… hab… haben mich dazu gebracht! Mich dazu gedrängt! Gedrängt!« Hogshead warf sich zur Steigerung der Wirkung ein wenig heftiger hin und her.

»Wovon redet der eigentlich?«

»Ich habe es selbst nicht glauben wollen«, schaltete sich Firkin jetzt ein, um dem Theater als Kronzeuge der Unwahrheit die nötige Glaubwürdigkeit zu verschaffen. »Wie Sie wollte auch ich erst nicht verstehen und habe das, was – wie ich jetzt weiß – die Wahrheit ist, als einen Haufen wilder Lügengeschichten abgetan. Bis zu diesem Augenblick. Nachdem das Mondlicht auf diesen Mantel gefallen war, gab es kein Entrinnen mehr.« Firkin zeigte auf Hogshead: »*Er* hatte keine andere Wahl, *er* mußte folgen ...«

Hingerissen lauschte die Menge, als Firkin erklärte, was es mit dem Thaumaren Residualquotienten auf sich hatte, und eine beeindruckend umfangreiche Sammlung einschlägiger, von hinten bis vorn frei erfundener Vorfälle aus aller Welt zu zitieren wußte. Sie gierte nach Information, bettelte geradezu um immer ausgefallenere und noch blutrünstigere Geschichten. Und die ganze Zeit über, immer an den richtigen Stellen und bei den entsprechenden Formulierungen, stöhnte Hogshead, krümmte sich und sabberte. Es war eine phantastische Duo-Nummer.

Als die Schilderungen immer verstiegener und die Zuhörer immer stiller wurden, schlich sich heimlich eine Gestalt in den Garten. Verstohlen um sich blickend, unauffällig die Bleistiftspitze ableckend, näherte sich der im Augenblick erst rudimentär entwickelte Enthüllungsreporter der lauschenden Menge. Nur Firkin beobachtete dieses Ereignis, in einem Augenblick, als die dichtgedrängte Menge einmal kurz auseinanderrückte. Jetzt steuerte er, der durch Dawn zum erfahrenen Märchenonkel und zu einem gewieften Experten im Umgehen lästiger Zwischenfragen geworden war, seine Kollektion überspannter Hirngespinste auf den entscheidenden Punkt zu.

»Können wir denn irgend etwas dagegen unternehmen?« fragte die Schwerdekorierte sorgenvoll und modellierte mit Hilfe ihrer Stirn eine erosionsgeschädigte Kraterlandschaft.

Firkin blickte sie eindringlich, mit flehender Miene an: »Erzählen Sie bitte, bitte niemandem von diesem Vorfall. Was immer Sie zu tun gedenken, lassen Sie vor allen Dingen die Presse nichts davon wissen! *Kein Wort!* Bewahren Sie Stillschweigen – die Sache ist nie geschehen!«

Hogshead stöhnte, wälzte sich auf dem Boden und rollte entsetzt die Augen. Und erreichte damit, daß das Publikum alle etwaigen Bedenken über Bord warf.

»Das ist eine Ungeheuerlichkeit!« plusterte sich die Frau auf. »Eine Gefahr für Leib und Leben. Es ist geradezu grotesk, von uns verlangen zu wollen, daß wir stillhalten!«

»Bitte, bitte! Sie dürfen niemandem, keiner Menschenseele etwas davon erzählen!« bettelte Firkin. Hogshead stöhnte wieder. »Und vor allen Dingen nicht der Presse!«

»Es wäre ein Verbrechen, es *nicht* zu tun! Ich werde jetzt auf der Stelle die Redaktion des *Cranachischen Merkur* aufsuchen!« schrie die Frau.

»Bemühen Sie sich nicht, Verehrteste«, sagte Turgg Enjeff und leckte noch einmal die Bleistiftspitze ab. »Sie können es mir erzählen, ich arbeite für den *Merkur*.«

Und als jetzt alle lauthals darum rangelten, um ihre Geschichten und ihre Namen in die morgige Zeitung zu bringen, verschwanden Hogshead und Firkin wie der Blitz aus dem Garten, rannten schon durch die Gasse und ließen einen Mantel zurück und einen Stein, der etwa einen halben Meter über dem Boden sacht kreiselte. Was die Festbesucher sich wohl dachten, als sie das entdeckten, das wußte keiner so genau.

Turgg Enjeffs Bleistift sauste über die Seiten des kleinen Notizbuchs und hielt die gewaltig aufgebauschten Versionen jener Geschichten fest, die Firkin erzählt hatte. Damit schrieb diese kleine Menschenschar, ohne es zu wissen, das Schlußkapitel des Lemmingpelzhandels, verfaßte die Schlagzeilen seines Niedergangs, formulierte seine ökonomische Grabinschrift und opferte ihn, um vierzehn Jahre später, im unentdeckten Land ihrer Zukunft, die Welt vor dem Unheil zu bewahren.

Am Morgen darauf ging die Sonne über den Krapathen auf, stieg ohne größere Anstrengung zum Himmel, rieb sich die Augen, blinzelte ein- oder zweimal und sah mit zunehmender stellarer Neugier auf Schloß Isolon hinunter. Merkwürdiges ging dort unten vor sich, es herrschte eine für diese Tageszeit vollkommen unübliche Geschäftigkeit. Die Sonne war an dieser Stelle seit ... seit ... och, schätzungsweise seit Jahrhunderten aufgegangen und hatte sich im Lauf dieser langen Zeit darauf eingestellt beziehungsweise sich darauf verlassen können, daß sich dort unten mit der Präzision eines Uhrwerks absolut *nichts* tat, bevor sie nicht weit über dreißig Grad über dem Horizont stand. An diesem Morgen aber war alles anders. Ein aufgeregtes Summen erfüllte die Luft, die Menschen gingen eifrig ihrem Tagwerk nach, buckelten und machten bei der Erledigung irgendwelcher rätselhafter Obliegenheiten den Rücken krumm. Die Sonne, verwirrt von diesem ungewohnten Aktivitätsanfall einige Millionen Kilometer weit dort unten, verbuchte die ganze Angelegenheit unter der Rubrik ›Menschliche Schwächen‹, ließ sich nicht weiter davon abhalten, sanft zu scheinen, und verstrahlte zig-Millionen Lumen im unermeßlich weiten, noch nie erkundeten Weltraum. Die Sache ging sie schließlich nichts an. Warum sollte sie sich also groß darum kümmern? Abgesehen davon brauchte das Licht grob gerechnet viereinhalb Tage, bis es wieder bei ihr ankam – weswegen die ganze Angelegenheit mittlerweile sowieso eher akademischer Natur war.

Drunten auf der Erde herrschte ein Betrieb, als hätte jemand einen riesigen Stock in einen gigantischen Ameisenhaufen gesteckt und hitzig darin herumgestochert. Doch der Ameisenhaufen hieß Schloß Isolon, die Ameisen waren Menschen, die sich abhetzten, um rechtzeitig mit ihrer Arbeit fertigzuwerden, und der Stock war etwa ein Meter achtzig groß, trug einen weiten, von Wind und Wetter schwer mitgenommenen Mantel und den dazu passenden Hut. Sein Gesicht war von einem schmuddligen angegrauten Bart überwuchert, seine Augen linsten durch zwei flaschengrüne Brillengläser, durch eine Vorrichtung, die jedem Augenarzt Alpträume verursacht hätte. Dieser Stock war unter dem Namen Franck bekannt, Franck aus Khucaph.

Im Augenblick war Franck aufs höchste erstaunt über den aufgeregten Wirbel und die wilde Geschäftigkeit rund um ihn her. Hätte ihm je einer vorausgesagt, daß er eine derartige Wirkung erzielen könnte, er hätte es nie geglaubt. *Was ist das jetzt?* überlegte er. *Macht? Oder einfach Angst?*

Es hatte nicht lange gedauert, bis die Kriegsherren von Isolon unter der Führung von König Kharthezsh den Entschluß gefaßt hatten, die Kampfstiefel zu schnüren, das Wehrgehenk blank zu putzen und aufzubrechen, um in den Krieg zu ziehen. Nachdem ihnen Franck, Prospektor und Gründer der Lemmingpelzhandelsgesellschaft mbH, berichtet hatte, daß Cranachan beabsichtige, das Lemminggeschäft an sich zu reißen (und zwar jetzt, im Jahr 1025 MEZ, und für alle Zukunft), war die Flamme des gerechten Zorns entzündet und geschürt worden und schlug bereits wenige Stunden nach dieser Eröffnung hoch zum Himmel. Und wieder nur wenige Stunden später war das eingerostete Monstrum der isolonschen Kriegsmaschinerie durch Stiefeltritte und allerlei gutes Zureden gestartet und in Bewegung gesetzt geworden, und schon bald war jeder im Schloß in irgendeiner Weise mit den Kriegsvorbereitungen beschäftigt. Was die verwirrten Küchenratten nicht wenig verdroß …

… und König Kharthezsh außerordentlich überraschte. Noch bis vor zwei Tagen war das Leben auf Schloß Isolon unter seiner tyrannischen Herrschaft, seinem Regime der gnadenlosen eisernen Faust den gewohnten, unbeschwert gemächlichen Gang gegangen.

Die Menschen liebten ihn. So, wie er es ihnen befohlen hatte. Keiner hatte sich jemals beschwert – zumindest nicht sehr lange. Das Leben war schön, Tortur und Folter gab es gerade in dem Ausmaß, daß man damit hinkam, und pünktlich zu Monatsanfang war die übliche mörderische Zehntenerhöhung fällig. Und mit ihr das Niederbrennen einiger Dörfer und ein bis zwei rituelle Opferungen. Das Leben war einfach und überschaubar gewesen.

Doch dann war, innerhalb von nur zwei Tagen, alles von Grund auf anders geworden. Jetzt unterzeichnete er, den Antragspergamenten und den planungsstrategischen Erfordernissen entsprechend, Quittungen und Bestellungen. Er gab Geld aus! Er, Kharthezsh, der Herrscher über das Königreich Isolon, der Häuptling der Unierten Stammesgemeinschaft des Vorgebirges, der Träger der Eisernen Steuerschraube und der Fackel der Hitzigen Heimzahlung, er gab Geld *aus!*

Es war, sagte er sich an diesem schönen sonnigen Morgen und strich sich den majestätischen Knebelbart glatt – es war ein Investition zur Kapitalakkumulation, zur Sicherung einer sorgenfreien und glücklichen Zukunft. Und dann zeichnete er ein weiteres Bestellpergament ab. »Das letzte«, wie ihm der Sekretär des Untersekretärs des stellvertretenden Vizebilanzbuchhalters des Kanzlers von Isolon versicherte.

Endlich! dachte der König. *Das Geld ist ausgegeben, die Zeit ist gekommen. Wollen doch mal sehen, was ich da so alles in die Schlacht führen werde.*

Er schlenderte zum Balkon seines Privatgemachs, vorbei an dem Porträt, das er vor kurzem noch in Auftrag gegeben hatte, und blickte in den riesengroßen Schloßhof hinab. Und als er jetzt alle vor sich sah, die er in wenigen Stunden schon zum Tor hinaus und in die Schlacht führen sollte, zwirbelte er sich zufrieden den Schnauzbart.

In Scharen strömten die Infanteristen in den Schloßhof, hell blitzten ihre Panzer im Licht der Morgensonne, als sie in Reih und Glied vor ihrem Oberbefehlshaber antraten, der sie aufmerksam musterte – vor dem Kriegsherrn Schlurf, dem Träger der Goldenen Fußbadewanne. Pfeilschützen marschierten auf und nahmen angespannt Aufstellung vor dem hakennasigen, knopfäugigen General Batteur, Träger der Zeremoniellen Beinschiene und der Wurfschlinge der Beherztheit, auch er Kriegsherr von Isolon. Kavalleristen postierten sich mit ihren Reittieren in geschlossener Reihe zu einem eindrucksvollen Bild equestrischer Angriffsstärke – sie versammelten sich vor Oberst Rachitwitz, dem mit Tapferkeitsauszeichnungen hoch dekorierten Kriegsherrn, dem die Schaufel und der Eimer der Vorausplanung verliehen worden waren, ebenso Steigbügel, Reitgerte und Peitschenschnur, die Insignien der Disziplin. Von allen Seiten strömten die Soldaten in den Schloßhof und versammelten sich vor ihren jeweiligen Oberbefehlshabern.

Lächelnd wandte sich der König von Isolon vom Fenster ab, und in seinem Lächeln mischten sich Stolz und glühender, aufrechter Zorn. Sein Amtsumhang schwang wirbelnd um die großen schwarzen Stiefel und legte sich wie ein plastisch ledernes Abbild seines aufgewühlten Gemüts in gefährlich scharfe Falten. Dann machte er sich auf den Weg, um seinen Sohn Klayth ausfindig zu machen, und stampfte ein- oder zweimal mit dem Fuß auf. Nur so.

Eine Leinwand. Schwarz, noch leer.

Dann Musik. Rhythmisch und schnell, wie die Begleitung zu ratternden Schreibmaschinen, zum Bild abrollender, gewaltiger Pergamentstreifen, die um Druckwalzen laufen, zwischen Rasterplatten hindurch und dann vorbei an Druckstöcken, die tintenschwarze Wörter auf das sausende, gebrochen weiße Pergament drucken. Rattern, Sausen, Drucken. Dann erscheint ein Bild auf der Leinwand: Tintenschwarze Wörter – hundertfach, tausendfach werden sie auf sausende Pergamentbahnen gedruckt. Rattern, Sausen, Drucken.

Das Bild verblaßt, wird durchscheinend.

Die Musik rattert und klingelt.

Die Druckstöcke drucken unaufhörlich.

Rattern, Sausen, Drucken.

Im Bildmittelpunkt erscheint ein wirbelndes, gebrochen weißes Rechteck. Die Musik scheppert weiter. Das Rechteck dreht sich schneller und immer schneller. Wird größer. Rast auf den Bildvordergrund zu. Schwarze Wirbel zeichnen sich auf dem Rechteck ab. Schwach erst, dann kräftiger. Sie festigen sich, als das Rechteck langsamer wird und schließlich leicht gekippt stehenbleibt. Die schwarze Farbe bildet jetzt Wörter. Deutlich lesbar, fett gedruckt – Schlagzeilen.

DIE LEMUREN DER LEMMINGE:
ROTE KARTE FÜR DIE GELBEN!

Die Musik rasselt weiter. Die Tonlage steigt um einen Halbton an, die Musik klingt drängender. Wieder wirbelt ein Rechteck in den Vordergrund. Undeutlich, verwischt. Schwarze Spiralen. Buchstaben. Schlagzeilen.

SUIZIDSAKKOS:
DIE GELBE GEFAHR IM KLEIDERSCHRANK!

Wieder einen Halbton höher. Wieder ein wirbelndes Rechteck. Wieder eine Schlagzeile.

SELBSTMORD IM PELZ:
UNGEBETENER GAST RUINIERT GEBURTSTAGSFEST
DURCH SUIZIDALE SENSATIONSNUMMER!

Am nächsten Morgen waren diese Schlagzeilen überall zu lesen. In den Straßen wimmelte es von Zeitungsverkäufern, die die Nachricht von den ›Selbstmörderischen Mänteln‹ und ›Paranoiden Portemonnaies‹ in die Welt hinausschrien, beides Artikel, die in Cranachan viel getragen und benutzt wurden. Den ganzen Vormittag über drängten die Menschen in die Redaktionsstuben des *Cranachischen Merkur* und ergänzten die ständig anwachsende Sammlung der ›Beweise‹ und Gerüchte um immer weitere Berichte von geheimnisvollen Vorfällen. Jene erstaunliche Eigenschaft der menschlichen Natur, die die Leute dazu bringt, alles zu tun, damit dem Ballon der ›Wahrheit‹, sobald er sich einmal aufbläht, die Luft nicht wieder ausgeht – diese Eigenschaft veranlaßte die nach der Aufmerksamkeit der Presse gierenden Menschen, ihr eigenes Quantum banaler Heißluft in den Ballon zu pumpen, dessen hauchdünne Hülle, die Haut der Glaubwürdigkeit, bereits bis zum Platzen gespannt war. Je lächerlicher und unwahrscheinlicher die abgedruckten Geschichten waren, um so mehr Zeitungen wurden verkauft. Während des ganzen Tages kamen immer neue, unglaublich abstruse, esoterische Märchen heraus, wurde die Einbildungskraft mit immer wilderen Berichten gefüttert und angeheizt. Überraschenderweise fiel kein einziges Mal das Wort ›Ente‹. Diese zweisilbige kleine Nadel hätte den Ballon der delirierenden Fiktionen zum Platzen gebracht, hätte ihn in wild zappelnden Zickzacksprüngen, fläzig furzende Dementis absetzend, durch die Luft sausen lassen, hätte ihn in ein schrumpeliges, blamables Häufchen verwandelt. Doch diese Nadel hatte jeder ganz zuhinterst in die festverschlossenen Schubfächer seines Verstandes geräumt.

Firkin und Hogshead waren von ihrem Erfolg überwältigt. Innerhalb nur weniger Stunden war es ihnen gelungen, in ganz Cranachan das Gerücht von den Gefahren des Lemmingfells in Umlauf zu bringen. Turgg Enjeff gab viertelstündlich Pressekonferenzen. Er hatte seinen Knüller und genoß seinen Ruhm. Jeder in Cranachan kannte die furchtbare Wahrheit über die Lemminge.

Die zwei, die das Gerücht in die Welt gesetzt hatten, standen auf dem Stadtplatz in Cranachan und beobachteten die Menschen, die in hellen Scharen zusammenliefen, über die vor kurzem erst gekauften Lemmingpelzwaren disputierten und ihr Geld zurückverlangten. Die Händler leisteten erbitterten Widerstand und verweigerten vehement alle an sie gestellten Rückvergütungsforderungen. Und als die Nachfrage empfindlich zurückging, meldeten immer mehr Ausverkauf an, sie zappelten wie Fische in einem Wasserloch in der Wüste und schnappten verzweifelt nach dem Sauerstoff des Profits, bevor die sengende Sonne der Panik den Markt vollständig austrocknete.

Die beiden Jungen waren außerordentlich zufrieden mit sich. Niemand mehr würde jetzt noch daran denken, wegen eines Haufens wertloser Felle, die kein Mensch haben wollte, in den Krieg zu ziehen. Sie hatten es geschafft!

Sie hopsten und hüpften vor Freude, Euphorie und Erleichterung regneten auf sie herab, Tropfen, so groß wie der Inhalt einer Teetasse klatschten auf die Straße, sammelten sich und liefen in Rinnsalen bergab, wurden zu Bächen, zu reißenden Strömen der Freude, die sich ekstatisch über die Kanten der Bordsteine ergossen. Sie hatten gesiegt. Der Zukunft drohte jetzt keine Gefahr mehr. Schließlich wußte jeder, daß es blödsinnig war, wegen des Eigentumsrechts an den Lemmingfellen in den Krieg zu ziehen.

Jeder wußte es... Nur die nicht, auf die es letztlich ankam.

In der efeuüberwucherten Feste des cranachischen Reichspalastes ging das Leben unbeeindruckt weiter. Die Vorbereitungen für das bevorstehende Gefecht mit Isolon liefen auf Hochtouren, die cranachischen Spione lieferten umfangreiche, detaillierte Berichte über Truppenbewegungen, den neuesten Stand der Bewaffnung und die Moral der Truppe. Die Cranachische Informationsagentur filzte und wühlte so lange, bis die Wahrheit blaugefroren und nackt vor ihr stand, sie sammelte an jedem Punkt der Strecke Cranachan – Isolon Nachrichtenschnipsel zusammen und meldete Terrainabmessungen, Feuchtigkeitsskalen, Konstruktionsdetails von Viadukten und Ergebnisse von Belastungsprüfungen. Sie kannte jeden Felsbrocken, jede morastige Wegstelle, jeden Hügel und jede wacklige Brücke. Die CIA wußte, was man wissen mußte, damit der Einsatz der cranachischen Mannschaften und Kriegsmaschinen garantiert reibungslos und wirkungsvoll verlief; damit sichergestellt war, daß ein leichter und vor allen Dingen ein totaler Sieg errungen werden konnte. Aber um das zu wissen, war der Mitarbeiterstab der CIA in den strategisch wichtigen Bunkeranlagen tief im Innern des Palastes lange Zeit mit der Zusammenstellung und Auswertung dieser Informationsmassen beschäftigt.

Viel zu beschäftigt, um den *Cranachischen Merkur* zu lesen.

So lange beschäftigt, bis es zu spät war.

Plötzlich schallten schmetternde Fanfarenstöße über die dichtgedrängte streitende Menschenmenge auf dem Marktplatz: Knarrend und rasselnd öffnete sich die mächtige Zugbrücke vor dem Haupttor des Palastes, ein Sperrfeuer schnarrender Kommandos war zu hören, dann das seismische Rumpeln, das eine ausrückende Armee erzeugt. Das schlagartig einsetzende rhythmischgleichmäßige Stampfen von weit über tausend Infanteristen sprengte die wüst rangelnden und feilschenden Grüppchen auf dem Platz auseinander, spülte wie eine Sturzsee über sie hinweg und ließ sie erschrocken verstummen – alle starrten wie gebannt auf das anrückende Spektakel.

Gerüstet mit dem schwarzen cranachischen Panzerkleid, rückte die Armee aus und zeigte Flagge: die farbenprächtigen Standarten der Beleidigung, die laut knatternden Fahnen des Angriffs und die grellbunten Banner des Hohns; wie zwei zur ewig anstößigen Geste erhobene Finger flatterten die V-förmigen Wimpel im Wind.

Hinter dem König und drei anderen Männern hoch zu Roß marschierte die Truppe: im zackigen Gleichschritt, regelmäßig wie ein Uhrwerk, mit untadeliger Akkuratesse, gründlich gedrillt und voll militärischer Arroganz. Auf jedem Gesicht lag das oft und oft geübte Gefechtsgrinsen (Heeres-Standardnorm: höhnisch), aus jeder Kehle stieg das gleiche Knurren (Heeres-Standardnorm: angriffslustig). Jeder Mann war gleichsam eingehüllt in die Schutzwehr der ihm zur persönlichen Verfügung überlassenen Bewaffnung, durch die er – wie er sicher wußte – seinen Feinden das Leben zur teuflisch-qualvollen Hölle machen konnte: Kurze Dolche hingen neben glänzenden Zerwirkmessern, Wurfmessern und Garrottiereisen; Streitkolben schlugen klirrend gegen kunstvoll feingeschliffene Axtklingen und die Schäfte mannshoher Langspieße; Kurzschwerter stießen an Köcher, die prall gefüllt waren mit vergifteten Armbrustbolzen, deren Durchschlagkraft kein Panzer standhielt; unter runden Schilden ragten gewaltige Zweihänder vor, die vorläufig noch sicher in ihren Scheiden steckten.

Mit ohrenbetäubendem Lärm rückte die Armee näher, mit schmetterndem Hörnerklang und einem Meer aus leuchtendbunten Fahnen. Das Begriffspaar ›Tarnen und Täuschen‹ schien es in dem von ihr benutzten militärischen Fachwörterbuch nicht zu geben. Aber wozu sollte dergleichen bei einer Truppenstärke von zwölftausendsechshundertachtundfünfzig Mann auch gut sein? Jeder von diesen Männern führte wenigstens vier Waffen mit sich, war im Gebrauch von sechs Waffen ausgebildet, beherrschte drei verschiedene Kampfsportarten und konnte sie alle drei gleichzeitig anwenden.

Firkin zitterte mitleiderregend, als er die Armee mit stampfendem Stiefeltritt vorbeiziehen sah.

Was ging da vor sich? Das hatte doch keinen Sinn …

Angeführt von Zhorrothustra – hochgewachsen, eiskalter Blick – näherte sich vierzehn Jahre in der Zukunft der größtenteils schwarzgekleidete Trupp der berittenen cranachischen Reichsgeheimpolizei den Toren von Losa Llamas. Fisk spürte, wie ihn immer stärker die Erregung packte, jetzt, da sie ans Ende ihrer Marschroute gelangten. Nur wenige Stunden noch, dann sollte er alle Macht besitzen, die er jemals hatte besitzen wollen. Der Hochverheerenswerte Tatarr hob eine behandschuhte Hand, schlug eine weitere Stechmücke auf seinem Nacken tot und ließ anhalten. Ein paar Männer aus dem Zug schlugen klatschend auf diverse Stellen ihres schwer bewehrten Körpers und kratzten verbissen, als die ortsansässigen Schnaken den Versuch unternahmen, die Punktzahl der roten Quaddeln zu erhöhen, die bereits die Haut der Reiter zierten. Es wurde still, als Thatarr durch das schnörkelig bemalte und so gänzlich unbefestigte kleine Tor lugte, mit Expertenblick das nie zuvor gesehene Losa Llamas in Augenschein nahm und dann mißtrauisch die Stirn runzelte.

Er wäre in großer Verlegenheit gewesen, hätte er genau beschreiben sollen, was er denn eigentlich erwartet hatte. Aber dieses leuchtendbunt bemalte, gepflegte, pittoreske Dörfchen, das tief versteckt mitten im grünen Wald lag – das ganz bestimmt nicht. Er suchte nach irgendeinem Zeichen, nach irgendeinem verdeckten Hinweis, nach irgend etwas, an dem er hätte erkennen können, daß es sich bei dieser Ansiedlung tatsächlich um das Zentrum der Thaumaturgischen Hochenergieforschung handelte. Nichts. Wachen, Posten, irgend etwas, das auch nur im entferntesten an Sicherheitsbeamte erinnert hätte ... auch nichts. Ein kleiner brauner Vogel flatterte über den Marktplatz und ließ sich fröhlich zwitschernd auf einem dünnen Zweig nieder.

»*Das* ist Losa Llamas? Was soll das? Wollt Ihr mich zum Narren halten?« fauchte Thatarr den feixenden Fisk an. »Eine zweitklassige Touristenfalle! Und dafür schleift Ihr uns den ganzen Weg hierher, über Berge und endlose Meilen durch mückenverseuchte Wälder? *Dafür?*«

Schikaneder grinste. Er spürte, daß sich Thatarr in eine vernichtende Tirade gegen Fisk hineinsteigerte, die – wie er hoffte – mit der Zeit zur Entnahme wenigstens eines wichtigen Organs führen würde.

»Ihr müßt doch zugeben, daß alles mit genialer Raffinesse ausgeführt ist!« zischte Fisk. Er starrte angewidert auf den kitschigen Springbrunnen: zwei große steinerne Delphine, aus deren Maul Wasser plätscherte.

»Wie bitte?« fuhr ihn Thatarr an. Schikaneders Grinsen wurde breiter. »Wenn Ihr jetzt etwa ein Loblied singen wollt auf die Schönheit neobarocker Kranzgesimse oder den hohen Wert eines kunsthandwerklich orientierten Architekturstils oder irgendeinen anderen vergleichbaren Blödsinn, dann werde ich höchstpersönlich dafür sorgen, daß …«

»Ich wollte damit lediglich die ausgezeichnete Tarnung gewürdigt haben«, stellte Fisk blasiert klar.

»Tarnung?«

»Tarnung! Sich als winziges wehrloses Dorf zu geben, das keinerlei Angriffsabsichten kennt, das sich für seine Existenz beinahe noch zu entschuldigen scheint – kann es denn eine bessere Möglichkeit geben, den Feind in die Irre zu führen?«

Fisk funkelte den finster dreinblickenden Thatarr hämisch an und grinste versteckt. »Ihr habt doch nicht etwa gedacht, wir hätten das falsche Ziel angesteuert? Ihr habt doch nicht etwa Fluchlichtanlangen, Türme und riesige Stacheldrahtzäune erwartet?«

Zhorrothustra zuckte ungeduldig.

»Wo geht's rein?« Thatarr überhörte, so gut es eben ging, die anzüglichen Bemerkungen, die Fisk eben gemacht hatte.

»Mir nach«, sagte Zhorrothustra, der ungeheuer erleichtert war, daß er endlich von seinem Gaul steigen durfte. Die ewige Reiterei war an einem Hintern, der derlei anstrengende Aktivität nicht gewohnt war, nicht spurlos vorübergegangen. Und vor allem nicht schmerzlos.

Die Truppe konnte es kaum mehr erwarten, endlich militärisch zur Sache kommen zu können. Sie stampfte den mit aufwendig dekorierten Fliesen belegten Weg entlang, der zum Eingangstor in einen Säulengang führte (das Tor war mit blaßrosafarbenen Stukkaturen verziert, von zwei mit Muscheln beklebten Blumentöpfen flankiert und absolut nicht wert, daß man auch nur ein Wort über seine Gestaltung verlor).

Zhorrothustra watschelte auf das Tor zu. »Da rein«, sagte er schlicht.

Schikaneder bellte einen kurzen Befehl. Kholin der Barbar salutierte, packte seinen zuverlässigen Hammer Mjoelnir aus und marschierte bedrohlich vorwärts – sein Flügelhelm glänzte erwartungsvoll. Beim Eintritt in den Säulengang schwang er den Hammer ein- oder zweimal, wiegte ihn in der Hand und spürte beglückt, wie er verläßlich an Schwung und Stoßkraft gewann, und …

Keine Sekunde später war das, was einmal ein Tor gewesen war, nur noch ein Stapel Kleinholz, was einmal Torbogen und Säulen gewesen waren, ein Haufen zertrümmerter Steine – das Hindernis war ausradiert. Der Barbar stand blinzelnd in einer rosaroten Wolke aus Gipsstaub, umgeben von Schutt, Bruchholz, einer konsternierten Spinne und einer Kolonie von fünfunddreißig stockbeleidigten Holzwürmern. Haut und Panzerkleid des Kriegers hatten eine ganz entzückende Färbung angenommen.

Ungeduldig trampelten vierundzwanzig Fußsoldaten mit militärischer Unverschämtheit durch den zertrümmerten Eingang und stürmten durch die Korridore, wiegten Streitäxte in den Händen und hielten die gezogenen Schwerter zum Einsatz bereit.

Das Aufmarschgelände von Schloß Isolon war gedrängt voll. Das Heer war angetreten und wartete auf die Ankunft von König Kharthezsh, wartete auf den Marschbefehl. Die Kriegsherren von Isolon saßen in den Sätteln ihrer treuen Streitrösser, dekoriert mit den Ordensbändern und Auszeichnungen, die ihnen für die Teilnahme an siegreichen Feldzügen verliehen worden waren.

Eine kaum mehr zu bändigende Aufgeregtheit hatte alle erfaßt, die Luft über dem Aufmarschplatz schien zu schwirren.

Es waren denkwürdige Zeiten. Und in wenigen Stunden war möglicherweise alles nur noch Erinnerung.

»Diese Aufregung! Welch ein Geruch!« General Batteur holte tief Luft und stieß sie pfeifend durch seine Hakennase wieder aus.

»Nennt man das jetzt ›Aufregung‹?« bellte Schlurf und sah mit finsterer Miene auf das Pferd des Generals, das heftig mit dem Schweif schlug, nachdem es eine Portion Dünger auf dem Aufmarschplatz ausgebracht hatte.

»Erinnert mich an die Hosenkriege«, sagte Batteur verträumt. »Kolossales Gekabbel damals.«

»Strategische Katastrophe!« belferte Schlurf. »Angriff hätte im Morgengrauen erfolgen müssen. Außerdem Zangenbewegung, nicht Frontalangriff! Wundert mich, daß nicht mehr dabei draufgegangen sind.«

»Ruhmreiche Tage!« Batteur schwelgte in Erinnerungen.

Rumreiche Tage, erinnerte sich Oberst Rachitwitz.

»Männer von meiner Klinge gefällt. Durch Ströme von Blut gewatet. Pfeilhagel. Das Prasseln von brennendem Fleisch, als die Toten... Kann's kaum mehr erwarten«, beendete Batteur seinen Ausflug in die Vergangenheit.

Mit einem metallisch ratternden Geräusch wurde etwas über das Kopfsteinpflaster des Aufmarschplatzes geschoben.

»Du siehst die Vergangenheit durch die rosarote Brille«, befand Oberst Rachitwitz, der sich den blonden Schnauzer und den Spitzbart an diesem Morgen akkurat zurechtgestutzt hatte.

»Brauch keine Brille«, knurrte Batteur und tätschelte seine Armbrust. Was zur Folge hatte, daß sich mit unheilvollem Schwirren ein eben erst eingelegter Bolzen löste. »Immer erst warten, bis du das Weiße in ihren Augen siehst. Dann abdrücken. Kann nie danebengehen.«

Wüstes Schimpfen folgte auf diese Erläuterungen: Brummas wurde krakeelend und schwadronierend in seinem vor kurzem angeforderten neuen Panzerrollstuhl zu ihnen gekarrt.

»Was kann beim Abdrücken nie danebengehen?« raunzte Brummas und fuchtelte wild mit seinem Hörrohr. »Hä?«

In den Reihen der Gardekavalleriebrigade von Oberst Rachitwitz entstand vorübergehend leichte Unruhe: Ein Reiter sackte nach vorn und fiel vom Pferd. Batteurs erstes Opfer.

»Er redet von Armbrüsten«, erklärte Rachitwitz.

»Wer? Hä? Was hat er am Arm?« brabbelte Brummas. Er stierte durch die Gegend und schüttelte grantig sein Hörrohr. »Kann mit dem Ding einfach nix hören! Ausschußware! Bruch!«

»Du mußt es dir ans Ohr halten«, riet Schlurf hilfsbereit.

»Wohin? Wiewadas, hä? Nimm die Zähne auseinander, wenn du mit mir redest. Bin schließlich nicht taub!«

»Steck dir's ins Ohr rein!« brüllte Batteur.

»Insorein …? Ah! Ins Ohr rein! Klar, wohin sonst! Bin schließlich nicht taub. Da! Habt ihr gehört? Ein Vogel, hä? Is eine Nachtigall. Eindeutig. Fabelhafter Vogel …«

Ein schmetternder Fanfarenstoß übertönte Brummas' seniles Gefasel, vom Turm herab meldeten sechzehn Bläser die Ankunft des Königs. König Kharthezsh ließ seinen Hengst im Schritt gehen und ritt langsam die Reihen der Armee von Isolon ab, die komplett und einsatzbereit angetreten war. An einem Fenster hoch über dem Platz erschien das winzige Gesicht eines Jungen. Er sah, wie sein Vater vor den versammelten Truppen anhielt.

»… großartiges Gezwitscher.«

Batteur versetzte Brummas fix einen Tritt. Es wurde still auf dem Platz, alle warteten auf den Appell ihres höchsten Kriegsherrn. Der König stellte sich in die Steigbügel, richtete sich auf, erhob die Stimme und sang zwei langgezogene Töne, den zweiten eine Oktave höher als den ersten. Die zum Kampf angetretene Armee antwortete in der gleichen Weise. Der König rief wieder, und wieder antworteten ihm alle, wie Wölfe, die den Vollmond anheulten.

»Hei Hoooooooo!« schrie der König zum dritten Mal.

»Hei Hoooooooo!« antworteten die Männer. Der Kampfruf brachte ihr Blut in Wallung.

Der König wendete sein Pferd, lenkte es dorthin, wo hoch am Horizont die Krapathen aufragten, stimmte das Kampflied an und führte seine Armee, führte dreitausend Mann in die Schlacht: »Hei ho! Hei ho! Wir sind vergnügt und froh. Was gibt es Schönres auf der Welt, wir ziehn ins Feld! Hei ho! Hei ho ...«

Als sich in Cranachan die Staubwolke legte, die zwölftausendsechshundertachtundfünfzig Mann, diverse Pferde und eine Unzahl Proviant- und Nachschubwagen aufgewirbelt hatten, blieb Firkin fassungslos und zu Tode erschrocken zurück. Gut eine halbe Stunde hatte das Defilee der geballten, zu unversöhnlichem Kampf entschlossenen Streitmacht der cranachischen Armee gedauert, und mit jeder vorbeimarschierenden Kolonne war Firkins Hoffnung tiefer und immer tiefer in den Abgrund der Verzweiflung gesunken. Die Ansichten der Armee von Isolon, gegen diese Masse im fairen Kampf den Sieg zu erringen, waren etwa so sicher und verläßlich wie die Moral der Guldschätzchen von Guldenburg. Isolon war zahlenmäßig hoffnungslos unterlegen, war hoffnungslos unterbewaffnet, war von vornherein zum hoffnungslosen Verlierer bestimmt. Der Krieg schien unvermeidlich wie eh und je – in etwa so leicht zu verhindern wie vorzeitiger Haarausfall, in etwa so leicht abzuwenden wie der Tod. Firkin und Hogshead waren fast ans Ziel gekommen, hatten so kurz vor dem Sieg gestanden, hatten beinahe schon die Zukunft vor einer unvorstellbar schrecklichen Tyrannei bewahrt... Aber ›fast‹ und ›beinahe‹ waren eben nicht gut genug. Sie waren Versager, vollkommene, totale Versager. Das Schicksal hielt sich nicht damit auf, ihnen den Fehdehandschuh hinzuwerfen – es lachte lange und herzlos und schlug ihnen das lederne schwarze Ding klatschend um die Ohren.

Firkin setzte sich auf den Boden und vergrub das Gesicht in den Händen. Er starrte auf den Dreck zwischen seinen Füßen und stöhnte erbärmlich.

»Was tust du denn da?« fragte Hogshead.

»Trübsal blasen.«

»Aber warum denn?«

»Dreimal darfst du raten!« flennte Firkin. »Weil es aus ist. Endgültig aus und vorbei. Wir sind gescheitert. *Ich* bin gescheitert. Man kann den Lauf der Geschichte nicht ändern.«

»Aber wir wollen doch nicht die Geschichte ändern«, korrigierte ihn Hogshead. Es war ein Versuch, Firkin Mut zu machen.

»Dann eben die Zukunft. Wir können die Zukunft nicht ändern. Es gibt einen Plan, ein System, eine Ordnung der Dinge – da kommen wir nie heran. Das *können* wir einfach nicht verändern. Vergiß die ganze Sache. Alles, auch Dawn und Klayth und Courgette. Wir haben es versucht und sind gescheitert. Mehr gibt's dazu nicht zu sagen. Knapp vorbei ist auch daneben.«

»Jetzt reiß dich zusammen! Das kannst du nicht sagen«, fuhr ihn Hogshead an. »Noch hat der Krieg nicht angefangen.«

»Alles nur eine Frage der Zeit.«

»Woher willst du das wissen? Wird schließlich nichts so heiß gegessen, wie es gekocht wird, oder? Gibt schließlich für nichts eine hundertprozentige Garantie, hab ich recht?« Hogsheads Augen glühten vor Verzweiflung, entsetzlicher Angst und Aufregung. »Könntest du schwören, daß es keine Chance mehr gibt… Könntest du das?«

Firkin blickte auf. »Worauf willst du hinaus?«

»Es ist nicht aus und vorbei, solange es… äh, nicht endgültig aus und vorbei ist. Wir können jetzt unmöglich einfach aufgeben.« Hogshead packte Firkin an der Schulter, riß ihn herum und starrte ihm in die Augen. »Willst du den Rest deines Lebens hier verbringen? Willst du wirklich Dawn und Klayth und Courgette vergessen? Willst du ableugnen, daß sie einmal existiert haben?«

»Natürlich nicht… aber…«

»Ich auch nicht«, fuhr ihm Hogshead über den Mund. Die glühende Kohle der Zuversicht flackerte, hell loderten die Flammen der Tat auf. Aus Hogsheads Augen blitzte der Widerschein der Feuersbrunst, die in ihnen brannte.

»Willst du einfach hier hockenbleiben?«

»Hast du einen Plan?« fragte Firkin.

»Ja«, log Hogshead. »Jetzt komm endlich!«

Er zog den flügellahmen, mutlosen Firkin von seinem Hintern und damit vom Boden hoch und rannte hinter der Staubwolke her, die rasend schnell verschwand.

Was er eigentlich tun wollte, wenn er sie eingeholt hatte, das wußte keiner genau.

Vierzehn Jahre in die unbekannte Zukunft. Im Innern eines kalten Steinkubus, in einem Raum in Losa Llamas, wandte sich Praxx, Deja-Moi-Meister des Neunten Äon und Thaumaturgischer Physiker, von Grauen gepackt von dem Bild ab, das er in der kleinen Kristallkugel sah. Der Linser übertrug eine winzige Schwarzweißaufnahme des zertrümmerten Portikus, des zersplitterten Türeingangs, der staubigen Fußabdrücke, die die anstürmende Horde hinterließ. Praxx hatte Angst. Tiefe Falten zogen sich über seine Stirn, sein Blick war düster, beinahe flehentlich sprach er auf Courgette ein.

»Uns bleiben allenfalls noch zehn Minuten. Wenn Firkin und Hogshead Erfolg gehabt hätten, wüßten wir das inzwischen. Was denkst du?«

»Tun Sie's!« sagte Courgette entschieden. Ihre Augen blitzten unter den feuerroten Brauen. »Es ist unsere letzte Chance! Wir müssen es versuchen!« Sie hob ein großes Bündel Bananen auf und steckte es in ihren Beutel.

»Sei vorsichtig«, warnte Praxx. Apathos stand vor dem Bedienungsfeld des Thaumatrons und wirkte seinen Zauber. Das Brummen, das den Raum erfüllte, wurde intensiver, als Courgette und Dawn nervös in das Pentagon traten, das mit Kreide auf den kalten Steinboden gezeichnet war. Eine kleine feuchte Schnauze zuckte leicht und schnüffelte marsupialisch in dem Beutel herum, der über Courgettes Schulter hing. Das Brummgeräusch wurde noch stärker, der Boden begann zu oszillieren.

Zitternd bewerkstelligte Apathos die Gestaltung der komplexen Formen und Konfigurationen, die zur Steuerung der Wellenleiter der steigenden thaumarenergetischen Flut nötig waren.

Praxx schrie, als ihm mit belebender Frische fünfzehn Gigathaum thaumarer Energie in die Wirbelsäule fuhren und ihn schwebend, fauchend und glühend mit dem innersten Innern des Thaumatrons verbanden. Die Kraft, die Losa Llamas trieb, durchströmte ihn – im hintersten Winkel seines brodelnden Hirns drängte sich ein winziges Neuronenhäufchen ängstlich zusammen und stellte sich mit flatternden Neuriten die bange Frage: »Wie lange denn noch …?« Sein Kopfhaar versprühte saphirblaue Funken, seine Augenbrauen schimmerten wie Haarschuppen in ultraviolettem Licht.

Das Gebrüll der anstürmenden kriegslüsternen Cranachier hallte dröhnend durch die Korridore. Angeführt von Zhorrothustra, fanden sie mühelos den Weg durch das verschlungene, verwirrende Labyrinth der unzähligen Tunnelgänge, unaufhaltsam drangen sie vor und kamen dem Raum, in dem das Thaumatron stand, immer näher.

Die Energiestärke stieg auf achtzehn Gigathaum an, mit explosiver Wucht sprangen die Funken knatternd von Praxx' Fingerspitzen ab. Er begann zu vibrieren und hob langsam ab. Himmelblaue Zungen schlugen peitschend gegen den Boden. 19,5 Gigathaum. Sein Bart zischte und knatterte wie ein Neonigel bei elektrischer Überlastung. Die Kreidestriche des Pentagons fluoreszierten mit umwerfend ultramarinblauem Glanz.

Der anstürmende Geheimdiensttrupp stellte mit Gebrüll und Geschrei weiterhin die Idiotie der cranachischen Militärterminologie unter Beweis, rannte um Ecken und Kehren, jagte durch einen Korridor nach dem anderen, irrte dabei, sicher geleitet vom kombinierten Machtwahn von Zhorrothustra und Fisk, nicht ein einziges Mal vom Weg ab und hielt schließlich vor einer riesigen Holztür an. Diese Tür war versperrt, war mit schalengehärteten, extrem zugfesten Stahlstäben verriegelt, die meterlang in den Felswänden steckten, war aus dreifach querverleimten Schichten aus langjährig abgelagertem Eichenholz gezimmert und mit mehr Halterungen und Schließvorrichtungen bestückt und verbolzt als die Lieblingsunterwäsche eines Masochisten. Thatarr genehmigte sich kaum die Zeit, um Atem zu holen, und bellte zwei, drei knapp gehaltene Befehle. Bhoerrnie nahm die Axt von der Schulter und ging mit schwellendem Bizeps und höllisch scharf geschliffener Klinge vorwärts. Schmorr Gaschbord, der in den Korridoren nur gebückt stehen konnte, öffnete den Reißverschluß der Schutzhülle, in der er den ›Lockenwickler‹ transportierte, nahm die Keule heraus und trat ebenfalls auf die Tür zu. Im nächsten Augenblick schon war Kholin mit Mjoelnir bei ihnen.

Mit der Anmaßung eines Mannes, der weiß, daß er eine unbesiegbare Streitmacht anführt, blickte der Hochverheerenswerte Thatarr auf die drei Krieger, deren Muskeln sich ungeduldig spannten, und sagte ruhig: »Also schön, Kerls, zu eurer Zeit ...«

Diese Worte hatten kaum noch die Trachea erreicht, da kollidierten drei Instrumente von verheerender Schlagkraft mit der hölzernen Barriere.

Das technisch-wissenschaftliche Personal erbebte vor Entsetzen, als die cranachische Schwerartillerie mit dröhnenden Schlägen den Ansturm auf die Tür eröffnete und mit jedem weiteren zielgerichteten Hieb die letzten Sekunden vor dem Ende abhakte.

20,4 Gigathaum stießen ihm scharf wie ein Speer in die Wirbelsäule, als Praxx die abschließenden Pentameter der chronoperatischen Verse psalmodierte und knisternde Funken von grellem Azurblau versprühte. Apathos bearbeitete fachmännisch das Bedienungsfeld und legte mit absoluter Präzision den Zeitpunkt des letzten entscheidenden thaumaren Spannungsstoßes fest.

Holzsplitter wirbelten durch den Korridor, Bhoerrnie, Kholin und Schmorr Gaschbord hackten auf das letzte Hindernis ein, das noch zwischen ihnen und dem Thaumatron lag. Fisk, Zhorrothustra und Thatarr rieben sich voll freudiger Erwartung die Hände. Es war nur noch eine Sache von wenigen Minuten, dann war der Durchbruch geschafft. Und wenn dann die Quelle der thaumaren Energie vernichtet war, dann waren auch die Thaumaturgischen Physiker nichts anderes mehr als kraftlose alte Männer, unfähig, die cranachische Elitetruppe daran zu hindern, ihre Beute an sich zu reißen: die Ultimative Abschreckungswaffe, *Rana Militaria*, die Kriegsfrösche.

Plötzlich zerschellte unter den Schlägen der cranachischen Axt, des cranachischen Hammers und der cranachischen Keule krachend und splitternd die Tür – wie ein stygisches Überfallkommando stürmte die schwarze Horde den Raum.

20,8 Gigathaum brausten durch den stämmigen Körper, Praxx strengte sich bis zum äußersten an, um das pulsende Dröhnen zu überbrüllen. Er hob die Hände, schwebte festgehalten vom zischenden Schlangenkopf der Energie, psalmodierte die Schlußverse und schrie, als der Kraftstrom von seinen Fingerspitzen über das Pentagon schoß und Courgette und Dawn in einen blendendhellen Wirbel saphirblauer Funken hüllte.

In der Thaumatronkammer lagen drei zerknitterte weiße Kittel, sie waren auf den Boden hingeworfen, so wie sie gefallen waren, befleckt vom Blut derer, die sie getragen hatten. Zwei Breitschwerter und ein Zerwirkmesser hatten Blut geleckt. Entsetzensschreie hallten durch den Raum, als das technisch-wissenschaftliche Personal zusammengetrieben wurde, und aus den Kehlen der Angreifer stieg röhrend das Gebrüll irrer, zerstörerischer Lust. Angetrieben von Thatarrs schnarrender Kommandostimme, befeuert vom Taumel der Raserei, stürzte sich die schwere Kampfmaschinerie der cranachischen Elitetruppe auf den pulsenden Koloß des Thaumatrons, ließ dabei hoch über den Köpfen – wie donquichottisch sich drehende Windmühlen – mehrere hundert Pfund schwere vernichtende Schlagwaffen kreisen und wirbeln.

Mit drei ohrenbetäubenden, metallisch dröhnenden Schlägen, die den Raum zum Erbeben brachten, trafen Mjoelnir, der Lockenwickler und Bhoerrnies Axt ihr Ziel, rasierten die großen Vakuumröhren und setzten damit Wolken hypermagischen Dampfs frei. Die gigantischen Krieger wanden sich in grotesken Verrenkungen, als sich die Entladung einer mehrere Gigathaum starken Menge remanenter Energie mit ihrem Kopfhaar kurzschloß (wodurch Kholin der Helm vom Schädel geblasen und quer durch die Kammer geweht wurde), dann durch ihre gleichermaßen todbringenden wie vom Tod bedrohten Körper raste, prickelnd um diverse wichtige Organe brutzelte und knatternd durch die Arterienbahnen in die

Erde zischte. Wie mit rasenden Peitschenschlägen zuckte und züngelte die Energie aus den dampfenden Rissen und verpuffte schließlich mit einer einzigen endgültigen Entladung. Zurück blieben das Thaumatron, das wie ein gestrandeter Zitterwal rauchte und zischelte, und drei angekokelte, qualmende Krieger, die maßlos erstaunt ihren bemerkenswerten, neuartigen Haarschnitt bewunderten.

Tief darunter hörte die thaumare Kobra, über die Praxx an das Herz des Thaumatrons angeschlossen war, zu zischen und fauchen auf. Der Stecker war aus der Steckdose gezogen worden, und Praxx stürzte stumm zu Boden – er war zu schwach, um den Schmerz zu äußern, den er fühlte. Entsetzt und von Schuldgefühlen geplagt sah er zu, wie die im saphirblauen Funkenflug erstrahlende Aura von Courgette und Dawn urplötzlich in einen winzigen zentrischen Punkt zusammenstürzte.

Und dann erlosch …

Von hoch oben sah es aus, als hätte sich ein riesenhafter Organismus mit über fünfundzwanzigtausend Füßen einen Weg durch die kahle Tundra des krapathischen Vorgebirges gebahnt, ein Organismus, der sich zielbewußt und ohne einmal abzuirren auf einen gewählten Bestimmungsort zubewegt hatte. Eine schnurgerade Linie aus zerstampftem Gras, niedergetrampeltem Gestrüpp und schlammig aufgewühlten Wasserläufen zog sich von Cranachan bis zu den vier Reitern, die den massierten Verbänden der cranachischen Armee voranzogen: den fünf Pikenierbataillonen, den drei Kavalleriezügen, der mit Schußwaffen gerüsteten Panzerdivision, den vierundzwanzig Regimentern der regulären Truppe. Hinter dem Train der Wagen und Fuhrwerke gondelten ratternd und klirrend große Käfigkarren dahin. Es war ein Aufmarsch, der sich um Tarnung und Geheimhaltung nicht kümmerte. Es war eine schamlos aufdringliche Demonstration der Stärke, bei deren Anblick der Feind kalte Füße bekommen sollte. Je lauter die Cranachier drauflostrampelten, um so eher würde der Gegner zurückweichen und schreiend die Flucht ergreifen. So lautete zumindest die Theorie. Thatarr hatte es noch nie mit dieser Taktik versucht. Er war sehr gespannt, ob sie sich tatsächlich so wirkungsvoll erweisen würde, wie es die Monatszeitschrift *Der Stratege* in der Augustnummer des Jahres 1025 MEZ voraussagte. Die Diagramme sahen jedenfalls äußerst überzeugend aus.

Als sich der Zug dem Tal näherte, in dem die Schlacht stattfinden sollte, hob König Erdrosselbart für jedermann sichtbar die Hand und ballte sie blitzschnell zur Faust. Die komplette Armee stand auf der Stelle still, schlagartig brach der rhythmisch hämmernde Marschtritt ab. *Meine Jungs!* dachte der König glückselig. *Welch eine Disziplin, welch eine Zucht!* Thatarr schlug die Augustnummer des *Strategen* auf, blätterte, bis er die einschlägige Seite gefunden hatte, und bellte den Feldwebeln eine Folge von Befehlen zu. Frandl und Gympl sahen mit zunehmender Bewunderung, wie die Befehle weitergegeben wurden, wie sich das zwölftausend Mann starke Heer in kleinere Gruppen aufgliederte und sich in langen Reihen über die cranachische Seite des Tals verteilte – wie schwarzgekleidete Zuschauermassen, die in ein Amphitheater drängten und die Ränge besetzten. Alle Augen waren auf den König gerichtet. Der hob die Hand, ballte sie zur Faust, und wie durch ein Wunder verschwand die gesamte Armee spurlos. Frandl kam nie dahinter, wie sie es fertigbrachte, im kümmerlichen Gesträuch der Tundra ausreichend Deckung zu finden. Und trotzdem: Vor seinen Augen machten sich zwölftausendsechshundertachtundfünfzig Mann unsichtbar, inklusive des mitlaufenden Fußvolks.

Zufrieden lächelnd ritt König Erdrosselbart, gefolgt von Frandl, Gympl und Thatarr, hinter einen gewaltigen

Findling und wartete dort auf den Anmarsch der Armee von Isolon, die zu einem Spektakel unterwegs war, das zu ihrer Abschiedsvorstellung werden sollte.

Aus sicherer Entfernung, hoch über dem Talboden und hinter einem großen Felsbrocken versteckt, beobachteten zwei Kinder mit ungläubigem Entsetzen, wie sich vor ihren Augen die konzentrierte cranachische Streitmacht in Luft auflöste. Mittlerweile trennte nur wenig mehr als ein Kilometer die langsam vorrückende Armee von Isolon von dieser im verborgenen lauernden schwarzen Gefahr. Und die Cranachier hielten alle Trümpfe in der Hand: Sie kämpften auf heimischem Territorium, sie kannten das Land und wußten genau, wie sie seine Beschaffenheiten zu ihrem Vorteil nutzen konnten, die CIA hatte jeden Zentimeter des Geländes ausgeforscht und vermessen. Sie verfügten über eine etwa fünfzehnmal stärkere Bewaffnung, und jede einzelne Waffe war entweder größer, schärfer und schwerer oder ganz einfach wirksamer als alles, was sich ihr langsam vorrückender Gegner vorstellen konnte. Und sie waren zahlenmäßig überlegen: Auf einen Soldaten aus Isolon kamen vier Cranachier.

Es war hoffnungslos. Die Sache stand von vornherein fest.

Und doch war auch die Armee von Isolon glücklich und zufrieden. Zumindest die Kriegsherren von Isolon waren es. Sie lachten und scherzten, hell strahlte die kriegerische Begeisterung, blitzte wie Orden und Ehrenzeichen auf ihrer soldatischen Brust. Hoch zu Roß und erhobenen Hauptes führte General Batteur seine Bogenschützen in die Schlacht, seine Hakennase zuckte in freudiger Erwartung. Der Edelmann Schlurf, Oberbefehlshaber der Infanterie, bebte und zitterte gespannt und erregt wie ein Schachchampion, der seine Figuren für einen Meisterschaftskampf aufstellt, mit glänzenden Augen blickte er auf die Hundertschaften der Bauern, die seinem Befehl unterstanden.

Viel zu lange hatte er auf eine anständige Schlacht warten müssen. Nach zweiundzwanzigjähriger, eintönig-öder Friedenszeit hatte er beinahe schon vergessen gehabt, welche Wonnen, welch prickelnden Kitzel, welches Vergnügen Krieg und Kampf zu spenden vermochten. »Welch ein Tag!« schrie Batteur. »Ein Ehrentag, der in die Geschichte eingehen wird! Den man preisen wird mit Rhapsodien, Hymen und Oden!«

Brummas schreckte aus dem Schlaf, als sein Rollstuhl über einen Stein ratterte. »Reißen? Strapse? Wem? Wasnlos, hä?«

»Rhapsodien!« brüllte Batteur und zwirbelte und rollte die Zügel um die langen Finger. »Preislieder! Heldengesänge! ...«

Brummas achtete nicht auf die lyrischen Exkurse des Generals und schielte in Marschrichtung voraus. »Sind wir schon da? Hä? Wie weit isses noch?« krächzte er. »Hä? Noch sehr weit?«

»... Verse von epischer Dimension!«

»Wer hat epische Dimensionen? Hab's genau gehört, bin schließlich nicht taub!«

Die Armee marschierte weiter.

Einen knappen Kilometer vor dem Kriegsschauplatz zog König Kharthezsh die Zügel an und beobachtete voller Stolz den Vorbeimarsch seiner Armee. Er hatte Tränen in den Augen, als der letzte Soldat salutierte. Dann machte er kehrt und ritt einen Berg hinauf, von dem er den Kampfplatz überblicken konnte, von dem er zusehen konnte, wie seine Kriegsherren die Männer in die Schlacht führten. Von hier oben hatte er das ganze Gelände im Blick und konnte jede Truppenbewegung verfolgen: die taktische Abwicklung der todsicheren strategischen Manöver, die Schlurf dirigierte, den vernichtenden Pfeilhagel von Batteurs Schützen, den Zusammenbruch der cranachischen Truppenmoral und den anschließenden Triumph der Streitmacht von Isolon. Von hier oben konnte er im Ruhmesglanz hinabreiten und die Krone des Siegers einfordern. Von hier oben …

… konnte er sich aber auch heimlich verdrücken, falls sich herausstellte, daß die Sache nicht ganz so lief, wie sie laufen sollte.

Unsichtbar lag die cranachische Armee einsatzbereit auf der Lauer. Ein paar Schwertkämpfer, größer und eifriger als ihre Waffenbrüder, schliffen die letzten Mikron Stahl von der Klinge ihrer Waffe und wetzten sie, bis die Schneide jene tödliche Schärfe hatte, die man beinahe blitzen *hörte*. Andere überprüften den Sitz der Wurfmesser, die in ihrem Brustpanzer steckten, in einem Geflecht aus Riemen und Gurten, in das sie wie in ein militärisches Stützkorsett geschnürt waren. Armbrustschützen leckten noch einmal die Befiederung an den panzerbrechenden Giftpfeilen glatt. In der Aufregung leckte ein bedauernswerter Schütze versehentlich die Pfeilspitze ab – erschrocken griff er sich an den Hals und hauchte stumm sein Leben aus. Bald darauf hatte jedermann seinen Schild, den er auf den Rücken geschnallt trug, losgehakt und damit das komplette Kriegsgerät, alles, was für einen anständigen Kampf nötig war, griffbereit zurechtgelegt. Fehlte nur noch der Gegner. Und der war nicht mehr allzuweit entfernt.

Das isolonsche Heer marschierte in das Tal ein, hielt dann, auf einen Befehl von Kommandeur Schlurf hin, an und sah sich um: nichts, weit und breit kein Gegner, keine Anzeichen von Gefahr.

»Wo stecken die? Alle heimgegangen? Hab'n wohl Schiß gekriegt«, krächzte Brummas und schielte über das offensichtlich menschenleere Land.

Plötzlich blitzte auf halber Höhe an einem Seitenhang des Tals ein Licht auf: der Widerschein eines Sonnenstrahls, der auf tödlich scharf geschliffenes Metall gefallen war. Das isolonsche Heer formierte sich aufgeregt und suchte angestrengt die Berghänge nach weiteren Lebenszeichen ab. Alle hatten blankgezogen und hielten die Schwerter kampfbereit in der Hand. Auf jeder Klinge glitzerte das bekannte Markenzeichen der Firma ›Scharwehr GmbH. Militärrecycling‹, ein Gütezeichen, das jedem Schwertträger ein gewisses Gefühl der Sicherheit vermittelte; vermutlich hatten nicht wenige Männer einen Teil des Metalls, das sie jetzt in Händen hielten, noch vor wenigen Wochen zur Feldarbeit benutzt. Die Armee von Isolon stand bereit wie eh und je und fürderhin, bereitwillig und stolz und gestiefelt mit dem einstmals bei der landwirtschaftlichen Arbeit getragenem Schuhwerk der Marke ›Scharwehr‹. Die Spannung stieg, desgleichen der Adrenalinspiegel; jeder spürte, wie ihm die nervöse Erregung mit harter Hand die Kehle zuschnürte, alle warteten auf den Befehl zum Angriff. Sie sollten nicht mehr lange warten müssen, bis sie ihren Feind zu sehen bekämen.

Bestürzung und ängstliche Gereiztheit strichen über die gespannten, sirrenden Nervenstränge der isolonschen Kämpfer, als vor ihnen ein einzelner allem Anschein nach unbewaffneter cranachischer Fußsoldat unbekümmert hinter einem einsamen Wacholderbusch hervortrat. Er blieb ein paar Augenblicke lang ruhig stehen und genoß die bewundernden und neidischen Blicke, mit denen die Isolonier seine schwarze Rüstung musterten. Dann legte er langsam und demonstrativ alle Waffen ab, die er versteckt bei sich getragen hatte, und fing an zu gestikulieren und grimassieren – er bediente sich des hochkomplizierten Systems der internationalen Zeichensprache des Kriegs, deren Regeln niedergelegt sind in der ›Genever-Konvention‹, einem knochentrockenen, nur äußerst schwer verdaubaren Erzeugnis, das mörderische, drei Tage lang anhaltende Kopfschmerzen verursacht.

Die versammelte Streitmacht von Isolon, König Kharthezsh, Firkin und Hogshead verfolgten diese Demonstration mit großen Augen und ohne auch nur das geringste zu verstehen. Der einsame Infanterist zeigte auf sich und hielt vier Finger hoch, zeigte auf die isolonsche Armee und hielt einen Finger hoch. Dann deutete er auf den Stapel schimmernder Mordwaffen, den er vor sich liegen hatte, und hielt acht Finger hoch, deutete auf die isolonsche Armee und hielt sich den Bauch vor Lachen, als im gleichen Augenblick und wie aufs Stichwort eine schwarze Welle über die Berghänge rollte, als die cranachischen Krieger aufstanden und einer nach dem anderen aus der Deckung traten. Blitzend und funkelnd brach sich das Sonnenlicht auf den chirurgisch scharf geschliffenen Waffen, die sie hoch über den Kopf hielten. Der einsame Infanterist verabschiedete sich mit einem freundlichen Winken von den ängstlich zitternden Isoloniern, denen jetzt die Bedeutung der zeichensprachlichen Ausführungen erschreckend klar wurde. Glasklar.

Das isolonsche Heer war den Cranachiern zahlenmäßig erbärmlich (im Verhältnis eins zu vier) unterlegen, jeder cranachische Soldat führte die achtfache Waffenmenge mit sich, und jede einzelne dieser Waffen war vermutlich achtmal gefährlicher als die Gerätschaften, mit denen die Isolonier angetreten waren. Zitternd standen die Krieger aus Isolon in ihren Stiefeln Marke ›Scharwehr‹ und sahen zu, wie sich das grüne Tal zunehmend schwarz färbte.

In der höhlenartigen Kammer bewegte sich kaum etwas. Durchscheinende Rauchfahnen trieben ziellos durch den Raum, wenn gelegentlich einmal saphirblaue Flammenzungen aus dem sterbenden Ruinenleib des Thaumatrons aufflackerten. Kümmerliche Dampfwolken stiegen von den zertrümmerten Vakuumröhren auf, kondensierten allmählich und bildeten langsam größer werdende Kühlwasserpfützen. Holzsplitter bedeckten den Boden, Bruchstücke der Tür, von der noch ein Viertel sacht schaukelnd an einem Scharnier hing. Weit in der Ferne, in den Korridoren, die dort hinunterführten, wo das schändliche Geheimnis von Losa Llamas verborgen war, polterten unheilvoll die schweren Armeestiefel der cranachischen Reichsgeheimpolizei.

Noch vor ihnen hetzte Praxx verzweifelt durch die Tunnelgänge, gefolgt von Apathos und fünf weißbekittelten und weißgesichtigen Angehörigen des technisch-wissenschaftlichen Personals. Sie waren unterwegs zum Teich. Praxx rannte stolpernd und torkelnd dahin. Er hatte sich von seinem letzten magischen Einsatz nicht wieder erholt, die Energiezufuhr war zu früh unterbrochen worden. Und jetzt, nachdem das Thaumatron zerstört war, war er faktisch hilflos – ein alter Mann, der allenfalls noch über restliche zauberische Kräfte verfügte. Wie so viele Einwohner von Losa Llamas war es auch ihm im Laufe der Jahre zur Selbstverständlichkeit geworden, daß Energie zuverlässig und unbegrenzt zur Verfügung stand und durch einen simplen Zauberspruch angeknipst werden konnte. Seine inneren magischen Kraftzentren waren dabei verkümmert und beinahe vollständig geschwunden, sie hatten sich zu jenen unbenutzten Organen zurückgebildet, von denen sie ursprünglich abgeleitet waren. Genaugenommen war er mittlerweile zu nichts mehr zu gebrauchen. Magieuntauglich.

Er schüttelte den Kopf und versuchte, nicht mehr an die beiden Mädchen zu denken. *Welch ein Verlust*, grübelte er zerknirscht, *ein ganzes Leben hatten sie noch vor sich, soviel, wofür zu leben sich lohnte.* Er taumelte um die nächste Biegung, stürzte beinahe – er hatte eine beträchtliche Menge thaumarer Energie in dieses letzte magische Unternehmen gesteckt; es würde voraussichtlich noch eine ganze Weile dauern, bis er sich davon wieder erholt hätte. Wie lange es dauern würde, bis sich Courgette, Dawn und das Verbl wieder erholt hatten, falls sie den Transfer nicht vollständig ... Daran wollte er lieber gar nicht denken. Auch nicht daran, ob sie sich überhaupt jemals davon erholten ...

Die sieben Männer bogen um eine Kurve, stürmten in wilder Hast eine Steintreppe hinunter, rannten um die nächste Kurve und stürzten in die finstere, modrige Froschkammer. Sie warfen die Tür hinter sich zu und zuckten zusammen, als sie sich der dumpf gurgelnden Geräusche bewußt wurden. Ganz gleich, wie oft Praxx hierherkam (und er war im Lauf der Zeit sehr oft hierhergekommen), nie konnte er verhindern, daß er wieder vor sich sah, was sich vor all den Jahren hier ereignet hatte.

Und auch jetzt schoß ihm unvermittelt wieder dieses Bild durch den Kopf: Er sah den zerschundenen blutenden Körper des Technikers, sah ihn durch die Luft wirbeln, sah ihn im schäumenden, aufgewühlten grünen Wasser, zwischen rasend zuschnappenden Zähnen verschwinden. In einer Ecke auf der anderen Seite des Teichs riß die Hülle eines Eis – groß wie ein Fußball – in Fetzen, ein Fruchtwasserschwall ergoß sich über den Stapel der anderen noch intakten Eier, in denen die junge Brut sich krümmte und wand, und ein frisch geschlüpfter Frosch stakste hochmütig in die Welt hinaus …

Apathos suchte zusammen, soviel er finden konnte, schichtete es auf- und übereinander und verbarrikadierte die schwere Stahltür.

In Praxx' Kopf lief die Szenenfolge der Bilder des Grauens weiter: Aus dem trüben grünen Wasser reckte sich eine Hand, die Finger suchten irgendeinen Halt, sie streckten sich, krümmten sich und streckten sich wieder. Dann verschwanden sie, wurden hinabgezogen … das Wasser schlug über ihnen zusammen.

Die fünf Techniker sammelten zusammen, was ihnen an Schutt und Trümmern in die Hände kam, und reichten es an Apathos weiter. Insgeheim wußte jeder von ihnen, daß sie damit das Unvermeidliche allenfalls verzögerten. Trotzdem machten sie weiter. Sie mußten weitermachen, es war wie ein Reflex. Es half ihnen, sie fühlten sich besser dabei, und möglicherweise konnten sie sich damit noch ausreichend Zeit verschaffen. Aber wofür …

Plötzlich hob sich ein riesiger grüner Kopf aus dem kabbeligen Wasser, schwielig und knorrig, mit Blut und Schleim beschmiert. Die dunklen Amphibienaugen blickten starr in seine Augen. Die Schleimschicht reflektierte das Licht, die Augen glitzerten – sie lähmten ihn, übten eine tödliche Faszination auf ihn aus. Das Maul öffnete sich. Zähne. Reihenweise mörderische Reiß- und Beißwerkzeuge. Glitschig-glänzender Geifer. Ein Schluck. Eine Bewegung. Eine klebrige Zunge schlug peitschend nach ihm. Näher. Tödlich. Zu nahe. Die Zunge des Todes schoß noch näher heran …

»Nein!« Praxx krümmte sich schreiend auf dem Boden. Die Bilder in seinem Kopf – sie waren zu real. »Das darf nicht sein!«

Zu spät! Es gibt kein Halten mehr, hörte er eine höhnische Stimme in seinem Kopf. *Es ist nicht zu vermeiden.*

Nein! schrie sein Verstand. *Es muß eine Möglichkeit geben! Es muß ganz einfach!*

Von wegen! sagte die Stimme der Verdammnis verächtlich.

Das kannst du gar nicht wissen! schrie die Stimme der Hoffnung.

Du bist verloren! Dem Untergang geweiht! VERDAMMT!

Niemand kann das wirklich wissen! *Oder ist das etwa die logisch notwendige, unausweichliche Wahrheit?*

… antwortete die Verdammnis.

Na? Ist es das? schrie die Hoffnung, packte die Verdammnis am Revers und schüttelte sie unerbittlich. *Die unausweichliche Wahrheit?*

… sagte die Verdammnis wieder. Sie schluckte nervös, ihr Gesicht zuckte schuldbewußt und verschlagen.

Du kannst es also nicht sagen? Nein, das kannst du nicht! schrie die Hoffnung.

Es hat *da noch einen winzigkleinen, verschwindend geringen Hauch einer Möglichkeit einer Chance gegeben, daß vielleicht auf irgendeine Weise …*

Halt die Klappe! brüllte die Hoffnung.

Merkwürdigerweise wurde jetzt plötzlich ein widersinnig albernes Bild sichtbar: Ein winziges weißes Häschen wurde strampelnd aus einer zylindrisch geformten Kopfbedeckung gezogen.

Die Hoffnung, die die Verdammnis noch immer an den Rockaufschlägen gepackt hielt, so fest, daß ihre Fingerknöchel weiß leuchteten – die Hoffnung wandte sich um, klimperte beiläufig mit den Wimpern und verschwand, um die Verdammnis ein wenig aufzumischen.

Firkin und Hogshead spähten über den Felsbrocken, hinter dem sie sich versteckt hatten. Hilflos mußten sie zusehen, wie unten im Tal die beiden Armeen einander taxierten. Die Cranachier hatten alle Trümpfe in der Hand. Der Ausgang der Schlacht stand von vornherein fest. Alles schien verloren, als jetzt das Heer von Isolon langsam vorrückte. Firkin und Hogshead waren gescheitert. Zweimal.

In gut vierzehn Jahren würde den Cranachiern endgültig die mächtigste Waffe gehören, die je geschaffen wurde, die Ultimative Abschreckung. Nichts konnte dies noch verhindern. Und die verlorene Schlacht würde wohl die letzte Impression sein, die König Kharthezsh von seinem Königreich Isolon mitnahm, wenn er sich zum heimlichen Rendezvous mit seiner Schönsten davonstahl und Klayth auf dem Königsthron zurückließ.

Die beiden Jungen kamen sich unsäglich klein und häßlich vor, vollkommen unfähig und – was noch schlimmer war – von aller Welt verlassen. Sie waren jetzt dazu verdammt, den Rest ihres Leben in einer Vergangenheit zubringen zu müssen, die vierzehn Jahre zurücklag, gequält von der deprimierenden Einsicht, daß alle ihre Bemühungen restlos gescheitert waren.

Beinahe wie im Traum und so, als hätten sie jede Verbindung zur Außenwelt verloren, beobachteten sie, wie das cranachische Heer den Isoloniern vielsagend mit den Waffen drohte und den Vormarsch begann.

Das war zweifellos der Anfang vom Ende ...

Plötzlich blitzte etwa einen Meter über Firkins Kopf ein blauer Lichtschein auf und erlosch wieder. Zwei Gestalten materialisierten, schwebten einen Augenblick lang zitternd in der Luft, stürzten dann auf Firkin und Hogshead herab und wirbelten eine dicke Staubwolke auf. Wieselflink riß eine Hand eine kleine Umhängetasche auf, eine Stimme schrie »Los!«, und ein verschwommener brauner Fleck flitzte an Firkin und Hogshead vorbei.

»Was zum ...? Wie ...? Ouuu! Runter da!« stotterte Hogshead, der unter Courgette lag.

Firkin kroch unter Dawns Hinterteil heraus und sah mit ehrfürchtigem Staunen, wie das kleine braune Beuteltier Hals über Kopf auf das cranachische Heer zurannte. Kleine Staubwolken stiegen auf, wo seine Füße auf den Boden trommelten. Plötzlich spürte er, wie kleine Hoffnungstropfen zu rieseln begannen und die Quellen der Zuversicht speisten.

Courgette kraxelte mühsam von Hogshead hinunter, kniff die Augen zusammen, um die durch den Metlag verursachte Übelkeit zu unterdrücken, und sprudelte los: »Sie sind eingedrungen ...« Hogshead verstand kein einziges Wort. Er hörte sie gar nicht, er starrte sie lediglich mit großen Augen an.

»Wir hätten es beinahe nicht geschafft.« Courgettes Gesicht wurde hart, mit Mühe hielt sie die Wut zurück, die sie gepackt hatte. »Und wenn wir es jetzt nicht schaffen, gibt es kein Zurück mehr.«

»Und das Thaumatron ...?« fragte Firkin.

»Höchstwahrscheinlich zerstört.« Die emotionalen Turbulenzen gruben tiefe Furchen in ihre Stirn. Hogshead geriet in Verzückung. Sie war zornig, sehr zornig. Er mochte es, wenn sie zornig war.

»Zerstört ...«, wiederholte Firkin. »Dann kommt es jetzt also auf uns an.«

»Nein.« Courgette zeigte auf den winzigen braunen Fleck, der schon fast verschwunden war. »Auf ihn.«

Die vier Kinder spähten über den Felsblock und verfolgten den pfeilschnellen Flug der braunen Zauberkugel, der geradewegs ins cranachische Herz zielte. Im nächsten Augenblick war das Verbl hinter einer Bodenerhebung verschwunden. Sie warteten, warteten eine ganze Weile und wurden, als offensichtlich nichts geschah, mutlos und verzweifelt.

Die schwarze Truppenansammlung der cranachischen Armee flutete in endlosen dicht geschlossenen Reihen über die seitlichen Abhänge des Tals herab und schwang drohend die Waffen.

Noch immer geschah nichts.

Das isolonsche Heer marschierte unsicher vorwärts.

Plötzlich stoppte der Vormarsch der Armeen. Irgend etwas störte die cranachische Angriffsbewegung, die eben noch wie am Schnürchen geklappt hatte. Aus irgendeinem Grund brach die geschlossene Formation auseinander. Die Disziplin zerfiel. Schnurgerade Linien und Reihen begannen zu wackeln. Rechteckig geordnete gepanzerte Mannschaftszüge wanden und krümmten sich. Strukturen und Muster veränderten sich schnell und wahllos. Das Prinzip Ordnung gehörte plötzlich der Vergangenheit an. Schreie hallten aus dem immer weiter anwachsenden militärischen Chaos, entsetzte Schreie, verwunderte Schreie. Das Verbl sauste den cranachischen Kriegern zwischen die Beine – ein kleiner brauner Fleck, der hin und her sprang und auf einer Bugwelle ritt, die die Überraschung aufgetürmt hatte und die einen starken Sog verbaler Magie verursachte, einen infernalisch wirbelnden Strudel. Das Beuteltier gluckste und fiepte ausgelassen, preschte durch das Heer, richtete Unordnung an, schuf Chaos und verursachte in wilder Zerstörungslust Entropie en-masse. Eine komplette Armee! Seine erste komplette Armee!

Infolge seiner Tätigkeit kam es zu merkwürdigen, unheimlichen Ereignissen. Nicht sofort, es dauerte ein paar Sekunden, bis die Wirkung einsetzte. Und zunächst brachte auch niemand das wuselige, harmlose braune Beuteltier mit dem jetzt anbrechenden kataklystischen Chaos in Verbindung. Scheiden zuckten und krümmten sich, als die verbale Zauberkraft die Hieb- und Stichwaffen erfaßte, die in ihnen steckte. Säbel begannen eigenmächtig zu säbeln, Degen degenerierten und parierten nicht mehr, Bögen verbogen pfeilgeschwind alles, was sie in den Köchern fanden. Das Leblose wurde lebendig.

Die Ordnung brach zusammen, als sich die so liebevoll geschärften cranachischen Waffen gegen die Soldaten wandten. Auch andere Gegenstände wurden schlagartig mobil, als die Zauberkraft ihre Verbwurzeln ergriff und erbarmungslos rüttelte und schüttelte, bis ihre verbale Dynamik aktiviert war. Pferde brachen aus und wurden aus der Kurve getragen, als der verbale Induktionsstrom auf die von den Kriegern mitgeführten Schleudern einwirkte. Die Gurte und Koppel, an denen Messer, Dolche, Schwerter und anderes Kriegsgerät hingen, wanden sich aus den Gürtelschleifen, schlängelten sich von einem Soldaten zum anderen und koppelten sie kolonnenweise zusammen. Nacktes Entsetzen packte die mit Morgensternen gerüsteten Einheiten, als ihre Waffen siderisch zu blinken anfingen, ihren Händen entglitten und kurz darauf funkelnd hoch am Himmel standen. Entsetzen brach aus, als sich die harmlosen Blechblasinstrumente der Hornisten in nadelspitze Keratinspieße verwandelten, in Hörner eines Kalibers, wie sie jedes Artillerie-Rhinozeros, das etwas auf sich hielt, mit Stolz auf der Nasenspitze getragen hätte. Und so, als säßen diese Hörner tatsächlich auf den Köpfen und Schnauzen unsichtbarer Dickhäuter, so begannen sie jetzt zu rempeln und zu stoßen, jagten das cranachische Heer ins sprichwörtliche Bockshorn und trieben die Soldaten wie Vieh zusammen, auch die Streuner, die aus der Formation auszubrechen versuchten. Und schließlich wirkten auch noch die Heeresbanner und Standarten, jene prächtig ornamentierten Fahnentücher, die eben noch stolz im

Winde geweht hatten, ihren ganz besonderen Verbalzauber. Die Bannerträger schrien verzweifelt auf, als sie plötzlich feststellen mußten, daß sie ein lähmender Schock befallen hatte: Wie Exponate einer noch nie gesehenen Stand-Art standen sie da, bewegungsunfähig, wie von einem Bannstrahl getroffen.

Fassungslos sahen die Kinder, wie vor ihren Augen das Verbl gleichsam mit der linken Pfote die gesamte cranachische Armee in einen schnatternden Haufen greinender und stammelnder Kretins verwandelte. Es jagte von Waffe zu Waffe, von Rüstung zu Rüstung, wich geschickt den stoßenden und spießenden Hörnern aus und machte aus Objekten und Instrumenten, die den Soldaten eben noch als zwar leblose, aber durchaus verläßliche Helfer gegolten hatten, überaus lebendige und erbarmungslos feindselige Gegner.

Noch weit entgeisterter aber als die Kinder waren die Truppen des isolonschen Heeres, die vollkommen perplex und wie vor den Kopf geschlagen das Spektakel verfolgten, das sich vor ihnen abspielte. Die Cranachier, von den Hörnern zu Paaren getrieben, taumelten und torkelten kopflos gegen- und übereinander und verklumpten zu einer amorphen Masse: Gurte und Koppel umgürteten sie in Windeseile und koppelten sie ausbruchssicher zusammen.

Wie angewurzelt standen die Mannen von Isolon am Eingang des Tals und wußte nicht, ob sie noch länger zusehen oder doch besser fliehen sollten. Richtete sich diese zauberische Macht nur gegen die Cranachier, oder ging es in Kürze schon ihnen an den Kragen?

In einem Anfall von seltener Hellsichtigkeit (möglicherweise aber auch nur, weil das Geschehen aus der Distanz nicht ganz so erschreckend wirkte) gab König Kharthezsh seinem Pferd die Sporen und sprengte ins Tal hinab, um für sich den Sieg in Anspruch zu nehmen. Das Heer schritt seinem herangaloppierenden Führer entgegen und begrüßte ihn mit Triumphgeschrei.

Wie der Blitz schoß das Verbl aus dem cranachischen Heeresverband und jagte den Abhang zu den wartenden Kindern hinauf. Wie ein Labradorwelpe, der im jugendlichen Übermut eine Klopapierfabrik auf den Kopf stellt, raste es auf sie zu, kam auf allen vieren schlitternd vor ihnen zum Halten, wirbelte noch einige Male im Kreis herum und sprang dann hechelnd Courgette auf den Schoß. Courgette leerte ihre Tasche aus, und das winzige braune Beuteltier hechtete hochbeglückt in den Bananenhaufen.

König Erdrosselbart, der sich mit Thatarr, Frandl und Gympl hinter einen mächtigen Findling zurückgezogen hatte, bebte vor Zorn: Seine unschlagbare, überlegene Streitmacht wurde von fliegenden Hörnern in Schach gehalten und wand sich als wirrer Haufen am Boden! Es war ein ziemlich großer Haufen, der sich da wand und krümmte. Plötzlich drehten vier Hörner ab und schossen auf das Abweichlerquartett zu, das ängstlich hinter dem Felsbrocken hockte.

Nachdem die isolonschen Streitkräfte vorsichtig ein wenig näher an die Schwarzgepanzerten herangerückt waren, die hilflos in einem sehr fest geknüpften Netz zappelten, hörten sie ein merkwürdiges Geräusch. Es war das kummervolle, beschämte Schluchzen gefangener Soldaten, die eine schändliche Niederlage erlitten hatten – so dachten sie jedenfalls zuerst. Es war etwas ganz anderes. Sie kamen noch ein wenig näher … Ganz eindeutig: Es war Gelächter, wildes, unbeherrschtes Gelächter! Der verbale Induktionsstrom hatte am Ende auch die panzerbrechenden Armbrustbolzen erfaßt, deren federbesetzte Enden sich jetzt erbarmungslos an den empfindsameren Stellen des menschlichen Körpers austobten.

Kommandeur Schlurf kratzte sich den Kopf. Unglaublich: Das cranachische Heer war kampfunfähig! Doch dann nahm er – Zweifel hin, Verwunderung her – als gegeben hin, was er vor sich sah: einen Haufen wehrlos zappelnder Soldaten. Schnarrend legte er los und brüllte Befehle, ließ die Cranachier gefangennehmen und gab das Kommando zum Rücktransport in ihre Heimatstadt.

Scheint so, sinnierte er, *als hätten wir Cranachan tatsächlich besiegt. Irgendwie …*

Nur wenige Sekunden, nachdem Apathos die letzte Fuhre Geröll vor der Tür aufgeschüttet hatte, verkündete ein rasant hämmernder Trommelwirbel, das Geräusch stampfender Füße, daß der Trupp der cranachischen Reichsgeheimpolizei den Eingang der Froschkammer entdeckt hatte. Ein paar wummernde Stöße gegen Stahl (der Versuch, die Tür mit der Schulter aufzubrechen), dann ein kurzes Gemurmel, schließlich die zittrige Stimme von Zhorrothustra: »Aufmachen! Ihr erspart euch eine ganze Menge Scherereien, wenn ihr die Tür öffnet!«

»Niemals!« schrie Apathos trotzig. »Ihr kommt hier nicht rein! Nie!«

»Das Thaumatron ist ruiniert … Ihr habt keine Chance«, hörten sie Zhorrothustra durch die Stahltür. Seine Stimme klang metallisch scharf.

»Es gibt immer eine Chance!« schrie Praxx.

»Du warst schon immer ein optimistischer Einfaltspinsel«, höhnte Zhorrothustra. »Bleibt ruhig da drinnen, wenn es euch Spaß macht! Wir kommen auch ohne euch rein … Und wenn ihr Widerstand leistet – Pardon wird nicht gegeben!«

Zhorrothustras Stimme war kaum verklungen, da erschütterten drei dröhnende Schläge die Kammer – die schwere Artillerie hatte sich an die Arbeit gemacht.

Die Zeit wurde knapp. Bhoernies Axt hackte und holzte mit ohrenbetäubendem Krach, und wo Mjoelnir und der Lockenwickler einschlugen, zersprang der Stahl mit berstendem Knall. Unablässig hämmerten sie drauflos. Die Tür war mit Buckeln und Beulen übersät, der Rahmen vibrierte ratternd, der Putz fiel von der Wand, rutschte ab wie losgebrochene Lawinenmassen. Hinter Praxx, Apathos und den anderen drei Technikern plumpsten und platschten die Frösche in der lauwarmen Brühe, der Lärm hatte sie neugierig gemacht: Fütterzeit …? Die Hiebwaffen wummerten ohne Ende weiter. Gedämpftes Geschrei war durch die Tür zu hören, die immer mehr ausbeulte, aufmunternde, anspornende Zurufe. Nicht mehr lange, dann würde …

Es war ein überwältigender Anblick: Über fünfzehntausend Soldaten waren marschbereit angetreten. Nur bei näherem Zusehen fiel auf, daß es sich um zwei verschiedene Armeen handelte: Die Soldaten unterschieden sich auffällig sowohl durch ihre Uniformen als auch durch ihre Mimik. Dreitausend erleichtert grinsende Gesichter umringten den Haufen der zwölftausend cranachischen Kriegsgefangenen, die eher niedergeschlagen und geknickt dreinschauten; die – immer noch gut verschnürt, aber aufrecht – bereitstanden zur schmachvollen Rückkehr in den Palast. Vor ihnen hatten sich, hoch zu Roß, König Kharthezsh und die Kriegsherren von Isolon aufgebaut, Brummas wie üblich ganz hinten. Kharthezsh zwirbelte erleichtert, ganz gewaltig erleichtert seinen Knebelbart und blickte voll Genugtuung auf die gefangenen Anführer der cranachischen Armee, die mit hängenden Köpfen vor ihm standen: auf Frundl, Gympl und den fassungslosen Thatarr, die neben ihrem König angetreten waren, die von den ominösen Hörnern in Schach gehalten und vorsichtshalber noch von jeweils fünf Schwertkämpfern bewacht wurden …

Kharthezsh rieb sich schadenfroh die Hände. Er freute sich schon auf die öffentliche Demütigung der vier cranachischen Heerführer, auf ihre traditionelle Verbannung aus dem Königreich, die unter Androhung des schrittweisen Ausweidens ausgesprochen werden würde. Ebenso froh stimmte ihn der Gedanke daran, daß er jetzt zwölftausend Soldaten mehr zum Spielen hatte. Aufmarsch, Abmarsch, Eilmarsch, Nachtmarsch, Parademarsch – was sich nicht alles anstellen ließ mit zwölftausend Wehrdienstleistenden …!

Mit einem Wink seiner fürstlichen Hand gab König Kharthezsh, Herr der Doppelmonarchie Isolon-Cranachan, den Befehl zum Abmarsch zu *seinem* befestigten Reichspalast, dem Amtssitz seines jüngst erworbenen Königreichs.

Im Korridor vor dem Eingang der Froschkammer hob Hauptmann Schikaneder die Hand und gebot dem Bombardement auf die Stahltür Einhalt. Die drei Krieger waren zwar gut vorangekommen, dem ungeduldig gespannten Thatarr ging indes alles viel zu langsam. Nicht nur ihm. Alle wollten sie endlich in die Kammer. Und zwar jetzt, sofort!

Als sich der Staub legte, brüllte Schikaneder zwei, drei Befehle. Daraufhin lief ein drahtiges Männlein zur Tür, kniete nieder, rückte seine Mütze zurecht, kramte in seinem Tornister und holte dann langsam etwas heraus, das wie eine Handvoll rotbrauner Lehm aussah. Das Männchen knetete die Masse und preßte sie sorgfältig in Form. Mit äußerster Vorsicht bewegte es dabei die Hände, sehr sacht, sehr behutsam und immer nur ganz, ganz langsam. Dann brach es ein Stück von dem Lehmklumpen ab und drückte es in den Spalt zwischen Türblatt und Türrahmen. Dann noch eines und wieder eines, so lange, bis die ganze Tür rundum mit Lehmklümpchen verfugt war. Daraufhin stöberte es ein weiteres Mal in seinem Tornister, zog eine Drahtspule heraus und schnitt mehrere lange Stücke davon ab. Diese Drahtstücke steckte es vorsichtig, aber fest in die Lehmklumpen und legte die freien Enden um eine Ecke neben der Tür. Dort holte es aus einem anderen Tornister ein Kästchen, schloß die Drähte an die Anschlußklemmen an, zog den Kolben hoch und erklärte, daß es jetzt bereit sei, die Lehmbombe zu zünden.

Für die fünf in der Kammer war die plötzlich eingetretene Stille beinahe schlimmer als der ohrenbetäubende, markerschütternde Radau. In der Stille konnte man denken. Und wenn man dachte, konnte man Angst bekommen. Hinter ihnen lauerten die todbringenden Kampfamphibien, die über kurz oder lang Futter brauchen würden. Und vor ihnen lauerten die Cranachier. Sie saßen in der Falle. Wie sie es auch drehten und wendeten, es lief immer auf das gleiche hinaus: Die letzten beißen die Frösche …

Praxx zerbrach sich den Kopf, um eine Lösung zu finden.

»Vier …«

Der cranachische Trupp zog sich von der Tür zurück.

»Drei …«

War es das? grübelte Praxx. *Sollten sie tatsächlich ihr Ziel erreichen?*

»Zwei …«

Die Vorstellung, daß sie möglicherweise verloren hatten, erfüllte ihn mit panischer Angst.

»Eins …«

Das Ende des Countdown, das Ende der Zukunft. Die Zeit war endgültig abgelaufen …

Lhunty, der Sprengmeister, drückte den Kolben nach unten.

Der Druck stieg sprunghaft an. Praxx glaubte, ihm platze das Trommelfell. Erst dann traf ihn der Schall. Zwei Pfund Lehmsprengstoff detonierten in einem geschlossenen Raum. Ein donnernder, tumultuarisch röhrender Lärm brach los, raste durch die Kammer, schien jeden von ihnen unerbittlich beim Kopf zu packen und ihm unerträglich laut ins Ohr zu brüllen. Die Stahltür flog aus dem Rahmen, wirbelte durch die Luft, krachte an die hintere Wand, prallte wieder ab und landete mit einem gewaltigen Platschen im Wasser. Wie Granatsplitter platzten Steinbrocken aus den berstenden Wänden und hagelten auf alles herab, was ihnen im Weg stand. Dann erstickten sie beinahe in einer dichten Wolke aus Mörtel- und Gipsstaub, die sich wie ein Teppich aus grauem Rauhreif auf alles legte und den Lärm dämpfte.

Praxx hustete sich die Lunge aus dem Leib, schnappte nach Luft und spähte durch den Wolkenwirbel. Ein riesiges Loch klaffte in der Wand, beinahe wie für sie gemacht. Sie überlegten keine Sekunde lang.

Die Kammer lag unter einer Trümmerschicht, nichts regte sich mehr ...

Den Kindern, die immer noch die Vorgänge im Tal beobachteten, fiel plötzlich auf, daß dort unten irgend etwas vor sich ging, etwas, das genau in der Mitte der cranachischen Armee seinen Anfang nahm. Diese Stelle erschien mit einem Mal undeutlich und verschwommen – es sah aus, als wäre ein Wassertropfen auf ein Aquarell gefallen. Oder anders: Es sah aus, als spannten Millionen winziger Wesen die Muskeln ihrer Zeitbeinchen an, flatterten mit ihren Zeitflügeln, um von diesem Punkt im Zentrum der Menschenmenge abzuheben und davonzufliegen. Eine neblig-dunkelgraue Wolke breitete sich aus, flirrte und summte und stieg auf – wie ein kugelförmiger Dschinn aus dem winzigen Schnabel einer unsichtbaren Lampe, an der eine ebenso unsichtbare Hand gerieben hatte. Aber was hier aufstieg, breitete sich in vier Dimensionen aus, es erstreckte sich von einem Zeitpunkt, der in unmittelbarer Nähe des augenblicklichen ›Jetzt‹ lag, bis an den fernen fahlen Horizont der endlosen Zukunft. Rund um das Epizentrum geschah nur wenig. Doch als die Kugel größer wurde, als sie mehr und mehr Volumen gewann und in sich einschloß, nahm man im summenden Dunst Unterschiede wahr, Divergenzen zwischen ›drinnen‹ und ›draußen‹, Änderungen in der Abfolge von ›davor‹ und ›danach‹. Waren es zunächst noch Kleinigkeiten wie etwa die Menge der Bartstoppeln auf dem Kinn eines Soldaten oder die Schärfe seines Schwerts, so kam es schon bald zu bedeutsameren Veränderungen, die zum Beispiel die tatsächliche örtliche Position von Personen betrafen oder die Höhe des Unkrauts, das auf dem Talboden wuchs. Völlig entgeistert sah Hogshead, wie eine große Distel, die die anrückende Armee niedergetrampelt hatte, plötzlich von dem dunkelgrauen Schleier umgeben war, wie geheimnisvoll summende Partikelchen sie verhüllten und wie sie noch im selben Augenblick wiederhergestellt war und in ihrer ehemaligen stacheligen Pracht vor ihm stand. Der schimmernde Rand des immer größer werdenden Kugelgebildes war über sie hinweggezogen, die Wolke der Zeitfliegen, die aus dem Zentrum ausschwärmten und nebelhaft verwischt, mit flirrenden Flügelschlag an ihr vorbeigeschwirrt waren, hatte sie wieder instand gesetzt.

Hogshead schrie auf. Plötzlich hatte er verstanden, was hier geschah: Sie hatten gesiegt! Sie hatten ihr Ziel erreicht! Sie waren Zeugen, sahen mit eigenen Augen, wie die Zeit sich selbst korrigierte und neu gestaltete, wie sie Intervalle und Perioden umänderte, wie sie die Zukunft festsetzte und die Fehler kommender Epochen ausmerzte. Sie beobachteten diese Vorgänge von einer Gegenwart aus, in der die Cranachier gewonnen hatten. Doch hinter den flatternden Flügeln der Zeitfliegen, jenseits der summenden Wand, die wie ein hitzeflirrender bleigrauer Dunstwall heranzog, lag eine andere Gegenwart. Eine Gegenwart, in der die Armee von Isolon Sieger war, eine Gegenwart, die *sie* geschaffen hatten, eine Gegenwart, die sich jetzt vor ihren ehrfürchtig staunenden Augen entfaltete. Durch den schimmernden Wall des Ereignishorizonts sahen sie, wie Gegenstände neu angeordnet, von den Zeitfliegen verschoben und dort plaziert wurden, wo sie, entsprechend des in *dieser* Gegenwart geltenden Gesetzes von Ursache und Wirkung, *jetzt* sein mußten. Die Unvermeidlichkeit setzte ihre Korrekturinstrumente an und löschte Kontinuitätsabweichungen, redigierte, änderte ab, berichtigte und stieg dabei unaufhaltsam vom Talboden auf, kam über die Berghänge immer näher auf sie zu.

Und plötzlich schoß Hogshead, so unerwartet wie eine nackte Singularität, verstörend wie ein ›Blitzer‹, der über den großen kosmischen Laufsteg paradiert – plötzlich schoß Hogshead ein entsetzlicher Gedanke durch den Kopf: Im Umkreis von fünfhundert Kilometern gab es vermutlich keine schwerwiegendere Kontinuitätsabweichung als ihn selbst und seine Freunde! Er, Courgette, Firkin und Dawn: Sie alle waren eine Zeitanomalie, die unweigerlich revidiert werden würde – die revidiert, reguliert und removiert werden *mußte*.

Was würde mit ihnen geschehen, wenn sie der äußere Rand dieser durchscheinenden wimmelnden Wand erreichte? Wo würden sie dann sein?

Nur wenige Minuten noch, dann sollte er es wissen.

Praxx rappelte sich aus dem Schutt hoch und rieb sich den Hals. Noch immer rieselten Steine und Steintrümmer von der ehemaligen Türöffnung herab, Staubwolken hingen in der Luft, und Staub steckte ihm auch in der Kehle. Er wollte schlucken, würgte und hustete heftig. Infolge des Explosionslärms hörte er sein eigenes Husten kaum, gespenstisch dumpf drang es durch das marternde, dröhnende Geräusch, das ihm in den Ohren klang wie das wütende Gesumm einer Hornisse, die sich in die Pfeife einer Kirchenorgel verirrt hat.

Ansonsten war in der Kammer kaum etwas zu hören. Nur weit entfernt das gereizte Brummen des ... Was war das? Hörte er tatsächlich etwas? Oder waren es nur seine Ohren? Hinter ihm schwappte das Wasser schlammig dumpf gegen den Teichrand. Wo kam dieses Geräusch her? Er sah sich suchend um ... Sah sich wieder um – zu spät! Er hätte schwören können, daß er eben etwas gesehen hatte. Etwas, das wie ein schimmerndes Band ausgesehen hatte, wie dunkelgraue Insekten, die über die

Wasserfläche geflitzt und durch die Rückwand der Kammer verschwunden waren. Dann hörte er ein Stöhnen, es kam aus einem Schutthaufen, der links von ihm lag. Er tappte auf ihn zu und versuchte herauszufinden, was eigentlich geschehen war. Die Explosion, erinnerte er sich, der cranachische Trupp, Drohungen, Angst …

Geistesabwesend grub er in dem Trümmerhaufen herum – Apathos kam darunter zum Vorschein, hustend und stotternd.

Wo waren die Angreifer geblieben?

Die Stille war beinahe genauso grauenerregend, wie der unerträgliche Lärm es gewesen war. Trieben sie ein Spiel mit ihnen? War es eine Finte? Wollten sie sie überrumpeln und sich so Eingang verschaffen?

Apathos kratzte sich stumm am Kopf. Staub wirbelte auf und legte sich wie ein glanzloser Heiligenschein um sein verstörtes Gesicht.

Unvermittelt rannte Praxx los und starrte durch das Loch in der Wand, dort, wo eigentlich die Tür hätte sein müssen in den Korridor hinaus. Er sah Trümmerhaufen, Schutt und Staub, das Ergebnis der Detonation einer zwei Pfund schweren Lehmbombe. Keine Leichen. Kein Angreifertrupp, der in dem Tunnelgang im Hinterhalt lag. Nicht ein Hinweis darauf, daß überhaupt jemand hier gewesen war. Mit Ausnahme der Fußabdrücke …

Apathos half den Technikern auf die Beine und taumelte dann auf den ehemaligen Eingang zu. Er versuchte sich einen Reim darauf zu machen, was er vor sich sah. Es war ganz eindeutig: Es gab keine Angreifer, nirgends. Es sei denn diese Schutthaufen und verbogenen Türtrümmer – aber dann hätten sie schon wahre Meister in der Kunst der Tarnung sein müssen. Und dann sah auch Apathos plötzlich die Fußspuren. Er schnappte entgeistert nach Luft und wurde prompt von einem weiteren Hustenanfall geschüttelt. Mit tränenden Augen starrte er auf das rätselhafte Muster in der dicken Staubschicht.

Vierundzwanzig Paar Armeestiefel hatten ihre Spuren hinterlassen, sie liefen alle auf die Stelle zu, an der der Sprengsatz detoniert war. Sie hatten den Staub aufgewirbelt, waren übereinandergetrampelt; wie eine Narbe zog sich eine verwischte gezackte Linie über die Fährte – ein versehentlicher Tritt gegen einen Felsbrocken, der eine Scharrspur in den Boden gegraben hatte. Sie hatten es eilig gehabt, waren auf das Loch in der Wand losgestürmt, um sich ihre Beute, ihren Gewinn zu sichern.

Aber sie waren nie angekommen.

Etwa einen halben Meter vor ihrem Ziel hörten die Fußspuren jäh auf. So als hätte sich der anstürmende Trupp ganz einfach in Luft aufgelöst.

Praxx drehte sich um und sah die Wand hinter sich an. *Dieses Schimmern,* überlegte er, *könnte es tatsächlich sein, daß …?*

Es wagte es nicht zu hoffen. Möglicherweise war es ja ein Bluff. Er mußte sich erst versichern. Er brauchte die absolut verläßliche Gewißheit, die er nur durch harte, nackte Fakten erlangen konnte.

Und noch im selben Augenblick wußte er, wo er sich diese Gewißheit verschaffen konnte. Er achtete nicht mehr auf den schmerzenden Hals, dachte nicht mehr an die ausgedörrte, staubwunde Kehle und rannte in den Korridor hinaus. Rannte über Schutt und Geröll, bog nach links, stürmte durch einen Gang, in dem kein Staub mehr durch die Luft wirbelte, hetzte weiter, wild und aufgeregt, und schleuderte und ruderte mehr, als er lief. Er mußte die Wahrheit wissen. Vor einer großen Tür aus Eichenholz blieb er endlich stehen und hob die Sichtklappe vor dem Guckloch an. Mit klopfendem Herzen und krank vor Sorge spähte er durch den Spion. Die Erleichterung, die er erlebte, war so gewaltig, daß sie ihn beinahe wie ein Schock traf; so überwältigend, daß er um ein Haar zusammengebrochen wäre.

An der Rückwand der Gummizelle, fest verschnürt in seine schmutziggraue Zwangsjacke, hockte Zhorrothustra und starrte mit eiskaltem Blick wütend auf den lästigen Schnüffler vor der Tür.

»Glotz nicht so!« fauchte der bärtige Lästerer. »Wo bleibt mein Tee?«

Praxx schrie vor Freude und Erleichterung auf und brach zusammen – nervlich restlos erschöpft, aber endlich befreit von seiner drückenden Sorge.

Die vier Kinder starrten auf die summende Wand, auf den Schwarm der mikroskopisch kleinen Zeitfliegen, die aus dem Tal zu ihnen heraufschwirrten. Das Epizentrum dieses Ereignisses lag irgendwo unter dem cranachischen Gewimmel, von dort dehnte sich der surrende Ballon immer weiter aus, expandierte und erfüllte den Raum zwischen Erde und Himmel, erstreckte sich bis weit an den geographischen und den zeitlichen Horizont. Es gab keine Möglichkeit, ihm auszuweichen, ihm zu entkommen oder ihm aus dem Weg zu gehen. Plötzlich wurde Hogshead etwas klar – und diese Erkenntnis war so schmerzhaft, als hätte ihm jemand einen meterlangen Eiszapfen ins Herz gestoßen.

Wenn dieses Etwas das machte, was er glaubte, daß es machte, dann …

»Ui, wie hübsch!« rief Dawn und meinte damit die dunkelgraue Kugel, die sich immer weiter ausdehnte.

»Was ist das denn eigentlich?« fragte Firkin.

»Die Zukunft«, sagte Hogshead. Die anderen sahen ihn erstaunt an. »Die Zukunft … Und sie beginnt … jetzt!«

Und während er das sagte, wurden auf seinen Schultern, auf seinem Rücken schwarze Pünktchen sichtbar, als hätte sich jemand neben ihm eine Wolke extravagant gefärbter Schuppen aus den Haaren gestaubt. Er packte Courgette bei der Hand. Die Zeitfliegen ließen sich auch auf ihr, auf Firkin und Dawn nieder, sie klebten an ihrer Kleidung und flatterten mit den Flügeln – unnachgiebig, wie es ihnen aufgegeben war. Dawn schlug nach ihnen.

Vergebens: Zahllose Zeitfliegen verliehen ihr Flügel, und schon hob sie vom Boden ab. Und Courgette? fragte sich Hogshead. Wo würde sie über kurz oder lang sein? Würden sie in der kommenden Gegenwart wieder zusammentreffen? Würde sie sich noch an ihn erinnern? Würden sie sich überhaupt schon jemals begegnet sein? Die vertrackte Logik dieses Problems wirbelte in seinem Kopf herum wie die Wäsche in einer überladenen Waschmaschine. Das surrende, schimmernde Strudel fiel über sie her, umfaßte sie und strömte mit schicksalshafter Bestimmtheit unabänderlich vorwärts. Hogshead umklammerte mit der freien Hand Courgettes Handgelenk – sie wurde fortgezogen, die Kraft unzähliger geflügelter Tentakel zerrte an ihr, sie stieg auf wie flüchtiges Helium. Der Vorgang war unwiderruflich, irreversibel, so unveränderlich, wie die Zeit selbst es war. Courgette öffnete den Mund und schrie. Kein Laut war zu hören. In diesem zeitlosen Sperrgebiet zwischen alternativen Zukünften hatte Frequenz keine Bedeutung.

Hogsheads Finger klammerten sich fester um Courgettes Lederarmband, mit aller Kraft versuchte er, sie zu sich heranzuziehen. Er kämpfte einen aussichtslosen Kampf gegen zwei unbezwingbare Mächte: gegen die Prädestination, den stahlharten Klammergriff der definitiven Vorherbestimmung, und gegen den unentwirrbaren Filz der absoluten, vollkommenen Unvermeidlichkeit.

Das Armband rutschte über das Handgelenk. Reflexartig krallte sich Courgette mit den Fingern an ihm fest – nur dieser dünne lederne Ring hielt sie jetzt noch zusammen. Der Ring schnitt ihr schmerzhaft in die Haut. Sie konzentrierte sich auf diese Empfindung, der Schmerz war ein Stück der Realität, die sie nicht verlieren wollte. Hogshead schlug wild um sich. Das Leder faserte aus und zerfranste, es war nicht mehr zu übersehen, daß es im Kampf gegen die Mächte der Unvermeidlichkeit unterliegen würde. Courgette blickte

Hogshead in die Augen, die sie aus dem tumultuarischen Wirrwarr sehnsüchtig anfunkelten. Beide stürzten und purzelten sie jetzt, der Lederring, ihre letzte Verbindung, wurde zunehmend brüchiger.

Und dann ereignete sich das Unausbleibliche: Der Ring riß entzwei und trennte Freundin und Freund. Der Trennungsakt vollzog sich leidenschaftslos, an ihm war nichts Bösartiges, weder Häme noch Schadenfreude. Er geschah, weil er zwangsläufig geschehen mußte.

Hogshead stieß einen Schrei aus, der ungehört im schwirrenden, surrenden Lärm verhallte: Courgette wirbelte davon, wurde vor seinen Augen von den Flügeln der Zeit weggetragen und verschwand … verschwand weiß der Himmel wo.

Als die summende graue Front des Ereignishorizonts an dem kleinen Zimmer hoch oben auf dem Dachboden des Westflügels von Schloß Isolon vorüberzog, fiel ein kleiner Stein, der dort ruhig über einem Tisch kreiste, aus einer Höhe von etwas mehr als einem Meter herab und schlug eine häßliche Delle in die Tischplatte aus Eichenholz. Es sollte noch lange dauern, bis einmal irgend jemandem dieser Kratzer auffiel.

Aus einem Fenster unter der Dachspitze eines hohen Turms des befestigten Reichspalastes von Cranachan spähte ein dürrer Mensch, der über einem Auge eine fesche Augenklappe aus schwarzem Leder trug. Er wartete. Der Krieg mit Isolon war vorbei, König Erdrosselbart würde im Triumphzug zurückkehren. Er war sich vollkommen sicher, daß Cranachen gesiegt hatte. Seine Spione, die er nach Isolon geschickt hatte, hatten ihm jede Truppenbewegung gemeldet. Isolon konnte überhaupt nicht gewinnen. So glaubte er zumindest.

Gespannt spähte er aus dem Fenster. Er wollte es unbedingt als erster erfahren und suchte mit angestrengt einäugigem Blick nach einem Hinweis, einem Zeichen, nach irgendeinem Anhaltspunkt.

Eine dunkelgraue Wolke stieg weit hinten am Horizont auf.

Das ist es! dachte er. *Der Staub, den die zurückkehrenden Truppen aufwirbeln. Oder die Rauchwolke, die über den verbrennenden Leichen hängt.*

Fisk bemerkte nicht, daß sich viele von diesen Wolken plötzlich verschoben. Und genausowenig fiel ihm auf, wie schnell diese ›Staubwolken‹ dahinzogen. Er hielt den Blick starr nach unten gerichtet.

Die summende Mauer raste auf den Palast zu.

Fisk wandte sich vom Fenster ab, holte sein Teleskop und stellte es auf.

Der Himmel schimmerte. Fisk bemerkte es nicht – der Innenminister mühte sich verzweifelt mit dem widerspenstigen Fernrohrstativ ab. Dann spähte er durch das Okular und stellte die Brennweite ein, bis schließlich Personen und Gesichter aus dem verschwommen-unscharfen Nebel auftauchten: Der König, Frandl, Gympl und Tatharr kamen auf ihn zu, sie waren auf dem Rückmarsch nach …

Marsch? Warum kamen sie nicht hoch zu Roß? Und was bedeuteten diese unglücklichen Gesichter?

Die durchscheinende graue Wand kam unerbittlich näher. Sie korrigierte, modifizierte und rückte wieder zurecht.

Fisk schwenkte das Teleskop leicht zur Seite.

Zwei Gesichter tauchten im Brennpunkt auf.

Kharthezsh! Batteur! Sie grinsten! Triumphierend!

Fisk schluckte schwer und sah weg. Er war erschüttert. Er hatte genug gesehen. Hals über Kopf rannte er los und stürzte schwindelerregend schnell die gewundene enge Wendeltreppe hinunter. Der schimmernde Ereignishorizont schwirrte durch den Palast von Cranachan, berichtigte, revidierte und sauste auch durch den Innenminister hindurch. Der hetzte in seine Gemächer, warf schleunigst das Notwendigste in eine große Tasche, sauste wie der Blitz hinter einen wandgroßen Gobelin und verschwand in einem kleinen Verbindungsgang. Sollte er etwas vergessen haben, dann wollte er es ein anderes Mal holen – er konnte immer wieder einmal hierher zurückkommen.

Im Handumdrehen und ohne daß er etwas davon bemerkt hätte, hatte sich seine Zukunft beinahe bis zur Unkenntlichkeit verändert und umgestaltet. Er würde sich nie in Isolon aufgehalten haben. Seine Flucht nach Losa Llamas – es würde sie nie gegeben haben. Und keine Frösche! Diese gewaltige Macht – nie sollte sie ihm in die Hände fallen! Hätte er das gewußt, er hätte vor Wut und Enttäuschung ausgespuckt. Im Augenblick beschäftigten ihn aber dringendere Probleme. Da war einmal die Frage: *Wie überleben?* und zum anderen: *Wie um alles in Cranachan hatte es dieser verkommene, disziplinlose isolonsche Sauhaufen, diese sogenannte Armee fertiggebracht, die überlegene cranachische Streitmacht zu besiegen?*

Er schwor sich, zu gegebener Zeit alles zu daranzusetzen, um die Antwort auf diese Frage zu finden.

Möglich war es, daß ihm das gelingen sollte. Ob er diese Antwort dann aber auch glauben würde – das war eine andere Sache.

Einstweilen aber schloß er die Tür hinter sich und stahl sich davon. Es beruhigte ihn ungemein, daß niemand außer ihm von diesen Geheimgängen wußte, die sich wie ein riesiges Labyrinth durch den Palast zogen. Hier konnte er seine Zeit abwarten, konnte – jahrelang, wenn es sein mußte – heimlich an Türen lauschen, geheime Konferenzen ausspionieren, konnte beobachten und horchen, bis sich wieder einmal eine Gelegenheit ergab, an die Macht zu kommen.

Und er wollte warten.

Es kam ihnen vor, als lägen sie auf der unvergänglichen Ledercouch eines kosmischen Chiropraktikers, der im

Lauf einer aufreibenden Kur alle die durch chronologischen Streß verursachten Schäden und Deformationen der Wirbelsäule des Schicksals behandelt und saniert hatte. Einen Augenblick lang hatten sie einen beinahe unerträglichen Druckschmerz verspürt, als die oppositären Daumen der Unvermeidlichkeit und die unerbittlichen Finger des Karma zu beiden Seiten der Lendengegend des Schicksals angesetzt hatten; hatten einen strahlenden Lichtwirbel wahrgenommen, als sich die Daumen in das geschmeidige Fleisch des Schicksals gegraben hatten und schonungslos gegen die Brustwirbel der unmittelbar bevorstehenden Zukunft vorgestoßen waren; hatte das kurze stechende Zucken der Reorganisation empfunden, als die Bandscheiben der Destination wieder dorthin rutschten, wo sie hingehörten. Und jetzt empfanden sie unendliche Erleichterung und wohltuende Lockerung. Die Fehler waren behoben, Irrtümer waren Schnee von gestern, die sprachlichen Sequenzierpannen der Zeit bereinigt, und alles war, wie es sein mußte – erholsam und ruhig, fast so, als würden sie in einem seichten, lauwarmen Meer dahintreiben, immer weiter, ohne Ende …

Sie täuschten sich. Das Ende kam sehr bald.

Sich in der richtigen Zeit am richtigen Ort aufzuhalten, bedeutet: Es gelten die Gesetze der nichtthaumaturgischen Physik. Inklusive des Gesetzes der Schwerkraft.

Und im Jahre 1038 MEZ war die Schwerkraft in dem hochgelegenen Tal in den Krapathen quicklebendig und putzmunter und hatte es gern, wenn alles dort war, wo es hingehörte: auf dem Boden. Oder wenigstens auf dem Weg dorthin. Auf dem schnellsten Weg.

Weswegen die drei Kinder auch nicht sehr lange dort blieben, wo sie zitternd auftauchten: gut einen Meter oberhalb des Bodens. Das Argusauge der Gravitation hatte sie im Nu erspäht.

Firkin, Hogshead und Dawn kamen beinahe gleichzeitig unten an. Grauer Staub wirbelte hoch, und ein kleines, in dieser Gegend heimisches Nagetier quiekte erschrocken auf.

Wie ein Blitzstrahl mit einer Lichtstärke von einigen Millionen Lumen zerriß die Wirklichkeit das Dunkel ihrer benommenen Welt, schreckte sie laut und schmerzhaft, mit der erschütternden Durchschlagskraft der ganz und gar unerfreulichen Normalität aus ihrem Dämmerschlaf. Es ist ein scheußliches Erwachen, wenn die zerbrechliche Sanftheit unendlich wohltuender Entspannung schlagartig in hunderttausend Fragmente zersplittert, weil einem ein ganzer Kontinent ins Kreuz kracht.

Es wäre ein Segen gewesen, eine wahre Wonne, hätten sie jetzt, nach der Aufregung der zurückliegenden Zeiten, ruhig und still auf festem Boden liegen, dem fröhlichen Zwitschern der Vögel und dem sanften Rascheln der Blätter lauschen können, hätten sie sich erholen können vom Metlag, der schon bald einsetzen und sich vermutlich als der schlimmste Metlag-Anfall aller Zeiten erweisen würde. Aber …

Kein Vogel zwitscherte.

Kein Blatt raschelte.

Von einem schwelenden Holzklotz stieg beißender Rauch auf und kroch Firkin in die Nase. Er hustete. Ein anderer gespenstisch-bleicher Rauchfinger kitzelte Dawn in der Nase. Sie nieste. Hogshead setzte sich auf und blickte verwirrt, schwindlig und migräneblind um sich. Der Metlag setzte ein. Hogshead würgte, kämpfte den Brechreiz nieder und starrte mit wachsender Bestürzung in eine Welt, die er noch nie gesehen hatte.

Der Horizont kringelte sich vor Vergnügen.

Schwarze kahle Bäume schüttelten steckendürre Zweigfinger.

Das Bergland, in dem er einmal gespielt hatte, wogte und winkte ihm wie in euphorischer Trance zu.

Wieder wälzte sich ein blauer Rauchschleier über Hogsheads wild bewegtes Gesichtsfeld, es platzte auf und zersprang in einen kaleidoskopischen Wirbel aus optischem Flitterkram. Doch durch diesen flirrenden Strudel blitzte der glimmende Schein der schwelenden, verkohlten Wahrheit: Die zahllosen rauchenden Aschehaufen rund um sie her – das war alles, was von Khucaph geblieben war.

Wenn es einen Platz gab, auf dem die Aschekübel der Höllenfeuer ausgeleert wurden, dann dürfte es dort nicht sehr viel anders ausgesehen haben.

Es war zuviel. Hogshead verfärbte sich fahlgrün und ... Die Räder des Empfindungsfähigkeit holperten auf den Weichen der Verwirrung aus der Spur, die Drehgestelle des Verstands sprangen aus den Gleisen des Erkenntnisvermögens, krachten funkensprühend auf die Schwellen und schlugen sie mitten durch. Die Zugmaschine der Vorstellungskraft ratterte schlingernd den Bahndamm des Nonsens hinunter, riß Tender und Waggons mit sich und blies mit explosiver Wucht fauchende Dampfwolken in die Luft, als die Pleuelstangen der Sinneswahrnehmung zerspellten ...

Kurz gesagt: Hogsheads Gehirn ging in die Brüche.